· 陕西师范大学优秀学术著作出版基金资助
· 中央高校基本科研业务费教育科学研究专项项目（2022JYYB08）资助

庞德《诗章》的现代主义风格研究

郭英杰 著

A Study of the Modernist Style of
Ezra Pound's *The Cantos*

中国社会科学出版社

图书在版编目(CIP)数据

庞德《诗章》的现代主义风格研究 / 郭英杰著.
北京：中国社会科学出版社，2024.6. -- ISBN 978-7-5227-3750-8

Ⅰ.I712.072

中国国家版本馆 CIP 数据核字第 2024FM6353 号

出 版 人	赵剑英
责任编辑	梁世超
责任校对	冯英爽
责任印制	戴　宽

出　　版	中国社会科学出版社
社　　址	北京鼓楼西大街甲 158 号
邮　　编	100720
网　　址	http://www.csspw.cn
发 行 部	010-84083685
门 市 部	010-84029450
经　　销	新华书店及其他书店
印　　刷	北京君升印刷有限公司
装　　订	廊坊市广阳区广增装订厂
版　　次	2024 年 6 月第 1 版
印　　次	2024 年 6 月第 1 次印刷
开　　本	710×1000　1/16
印　　张	26
字　　数	471 千字
定　　价	139.00 元

凡购买中国社会科学出版社图书，如有质量问题请与本社营销中心联系调换
电话：010-84083683
版权所有　侵权必究

目 录

导　言 ……………………………………………………………（1）
　第一节　现代主义诗歌的开拓者庞德 …………………………（1）
　第二节　现代主义史诗《诗章》………………………………（16）

第一章　《诗章》现代主义风格的研究现状及其他 ………（30）
　第一节　《诗章》现代主义风格在国外的研究 ………………（30）
　第二节　《诗章》现代主义风格在国内的研究 ………………（38）
　第三节　《诗章》现代主义风格研究的目的、内容与方法 …（51）

第二章　《诗章》现代主义风格研究的争议性话题 ………（57）
　第一节　关于庞德开始和结束创作《诗章》的时间问题 ……（57）
　第二节　关于《诗章》章节总数及语言文字使用的数量问题 …（61）
　第三节　关于《诗章》"早、中、后"的时期划分问题 ………（65）

第三章　《诗章》现代主义风格形成的背景 ………………（74）
　第一节　《诗章》对英国维多利亚诗歌传统的悖逆与革新 …（75）
　第二节　《诗章》对美国文学传统的批判性继承与发展 ……（87）
　第三节　"日日新"：庞德的文化观及其诗学思想 …………（98）

第四章　《诗章》现代主义风格的模仿与创造 ……………（113）
　第一节　《诗章》与布朗宁的"独白体" ……………………（113）
　第二节　《诗章》与惠特曼的自由体诗歌 ……………………（128）
　第三节　《诗章》与叶芝的象征主义诗歌 ……………………（144）
　第四节　《诗章》与艾略特的"荒原"式诗歌 ………………（160）

  第五节　《诗章》与卡明斯的"另类文风" …………………（175）
  第六节　《诗章》与 H. D. 希腊人式的"冷硬"风格 …………（188）
  第七节　《诗章》与其他作家及诗人的对话关系 ………………（199）

第五章　《诗章》现代主义风格的内化与吸收 ………………（207）
  第一节　《诗章》与《奥德赛》的神话叙事 ……………………（207）
  第二节　《诗章》与《神曲》的"光明"情结 …………………（227）
  第三节　《诗章》与"新希腊"的发现 …………………………（251）
  第四节　《诗章》与意象派诗风的延续 …………………………（277）
  第五节　《诗章》与漩涡派诗学思想的实践 ……………………（296）

第六章　《诗章》现代主义风格对欧美及中国的影响 ………（306）
  第一节　对欧洲文学传统的"反哺" ……………………………（307）
  第二节　对美国本土文学产生的"蝴蝶效应" …………………（322）
  第三节　对中国民族文学的启示 …………………………………（334）

结　语 …………………………………………………………………（345）

附　录 …………………………………………………………………（349）
  附录一　庞德人生"七阶段" ……………………………………（349）
  附录二　庞德作品及其出版简史 …………………………………（360）
  附录三　*The Cantos*、*Cathay* 等多种译名及出处 ……………（368）
  附录四　《诗章》名篇与对应的章节内容 ………………………（378）
  附录五　人名索引 …………………………………………………（381）

参考文献 ………………………………………………………………（389）

后　记 …………………………………………………………………（408）

导　言

理解伊兹拉·庞德从来都不是一件容易的事①。

——伊拉·B. 纳代尔（Ira B. Nadel）

现代英语诗歌主要是由庞德所创造，这其实已成为学界的共识和先锋派的观点②。

——E. 小圣胡安（E. San Juan, Jr.）

第一节　现代主义诗歌的开拓者庞德

提起美国大诗人伊兹拉·庞德（Ezra Pound, 1885—1972）③，读者一般首先会想到他那首发表在 1913 年、后来收录在诗集《仪式》（*Lustra*, 1916）④ 中，并被公认为是意象派诗歌经典之作的《在地铁车站》（"In a Station of the Metro"）：

The apparition　of these faces　in the crowd:

---

① 英语原文是 "Understanding Ezra Pound has never been easy." 参见 Ira B. Nadel, "Introduction: Understanding Pound", in Ira B. Nadel, *The Cambridge Companion to Ezra Pound*, Cambridge: Cambridge University Press, 1999, p. 1。

② 英语原文是 "In fact it has become the academic consensus and the avant-garde's view that modern poetry in English is largely Pound's creation." 参见 E. San Juan, Jr., "Introduction", in E. San Juan, Jr., ed., *Critics on Ezra Pound*, Coral Gables, Florida: University of Miami Press, 1972, p. 9。

③ 关于伊兹拉·庞德（下文简称庞德）富有传奇色彩的人生经历，请参见"附录一：庞德人生'七阶段'"。

④ 关于庞德更多作品的出版及发行情况，请参见"附录二：庞德作品及其出版简史"。

Petals　on a wet,　black　bough. ①
人群中　这些脸　幽灵般显现；
湿漉漉、黑黝黝的　树枝上　花瓣点点。②

或者是在 1915 年，他根据美国东方学专家厄内斯特·费诺罗萨（Ernest Fenollosa）遗留的中国诗笔记，以别出心裁的创作式翻译法完成的"文字最优美的书"③——《华夏集》（Cathay，或译为《契丹集》《神州集》等）④。在中西文化交流史上，读者不会忘记诗歌评论家爱德华·贾尼特（Edward Garnet）于 1917 年在《大西洋月刊》上，就庞德和他翻译的《华夏集》给予的极高评价："他译的中国诗是他最出色的作品"，因为"（里面）充满至高无上的美"⑤。1948 年诺贝尔文学奖获得者、诗人兼评论家 T. S. 艾略特（T. S. Eliot）也在 1928 年出版的《庞德诗选·导读》（Selected Poems：Introduction）中惊呼，庞德是"我们这个时代中国诗的发明者……300 年后，庞德的《华夏集》……将被视为'20 世纪诗歌当中出类拔萃的作品'，而非某种'译诗'"⑥。

从英美诗歌发展的整个历程来看，庞德是 20 世纪英美诗歌界现代主义风格的开拓者和领路人，是"现代主义诗歌的大师和开山祖"⑦。但是，庞德的现代主义风格到底指什么？庞德现代主义风格的复杂性又表现在哪些方面？具体而言，庞德的现代主义风格依托 19 世纪末 20 世纪初纷繁复杂

---

① 该诗原文参见 Hugh Kenner, *The Pound Era*, Berkeley：University of California Press, 1971, p. 197；另参见 Jerome McGann, "Pound's Cantos: A Poem Including Bibliography", in Lawrence S. Rainey, ed. , *A Poem Containing History*, Michigan：The University of Michigan Press, 1997, p. 44。

② 这是笔者根据原文翻译的文字。翻译时，笔者受到裘小龙译文和杜运燮译文的启发。他们的译文为："人群中这些脸庞的隐现/湿漉漉、黑黝黝的树枝上的花瓣"（裘小龙译）；"人群中这些面孔幽灵一般显现，/湿漉漉的黑色枝条上的许多花瓣"（杜运燮译）。

③ G. Grigson, "The Methodism of Ezra Pound", in Eric Homberger, *Ezra Pound：the Critical Heritage*, London & New York：Routledge and Kegan Paul, 1972, pp. 107 – 108。

④ 关于 *Cathay* 的中文译名，笔者发现国内存在 9 种不同的版本。譬如，钱锺书最早把它译为《契丹集》，赵毅衡把它译为《神州集》，张子清、钱兆明和蒋洪新把它译为《华夏集》。还有学者，如李文俊，把它译为《华夏》，钟玲把它译为《古中国》，等等。具体参见"附录三：The Cantos、Cathay 等多种译名及出处"。

⑤ Edward Garnet, "Critical Notes on American Poets", *The Atlantic Monthly*, Vol. 9, 1917, pp. 366 – 373。

⑥ T. S. Eliot, "Introduction to Ezra Pound", in T. S. Eliot, ed. , *Selected Poems*, London：Faber & Gwyer, 1928, pp. 14 – 15。

⑦ 彭予：《二十世纪美国诗歌——从庞德到罗伯特·布莱》，河南大学出版社 1995 年版，第 12 页。

的欧美社会环境与历史语境，注意借鉴和吸取当时社会流行的后象征主义（Post-Symbolism）、表现主义（Expressionism）、存在主义（Existentialism）、立体主义（Cubism）、达达主义（Dadaism）、未来主义（Futurism）、超现实主义（Surrealism）、意识流（Stream of Consciousness）等另类或前卫的艺术手法，是一套综合的艺术体系，无论内涵还是外延皆与哲学、历史学、政治学、经济学、社会学、心理学、自然科学等紧密相关。它立足传统，又不断挑战传统并从中获得深邃智慧；它致敬历史，又不断地质疑历史并从中获得理性思考。庞德的现代主义风格反对"为艺术而艺术"（art for art's sake）的纯粹艺术观，主张艺术创作与社会服务合一，往往借助标新立异的艺术手段——譬如互文与戏仿、拼贴、蒙太奇、意象网络、隐形书写、复调式表达、文化逻各斯之解构、隐喻式所指、碎片化叙事、时空交错、思维断裂、语法结构上的省略、随意拆词造词等，同时杂糅绘画、音乐、书法、雕塑、建筑等学科领域的艺术想象力及构思，使诗歌创作既具有艺术的张力和魅力，又具有思想的厚度和深度，最后达到与历史对话，与政治对话，与文化对话，与现实对话，与未来对话以促进社会发展进步的目的。当然，构成庞德现代主义风格的各个要素以及通过诗歌呈现的各种艺术手法是一个有机统一的整体，读者不能把它们割裂开来或者孤立地看待它们。总之，庞德的《诗章》就是一部借助现代主义风格彰显其登峰造极诗艺的独特存在，它不仅是一首包含历史的诗，而且见证着一段包含诗的历史。

早在1901年，庞德就宣称："（诗人）需要了解过去写了什么，才能避免重复，才能做到创新；还需要了解过去如何写的，才能找到恰到好处的品质和方法，才能找到医治现代文学弊病的良方。"① 庞德书写的诗歌，同他本人的个性一样，具有打破常规、不循规蹈矩的特点。这使他的诗歌创作从一开始就迥异于同时代其他诗人。一方面，他致力于创造一种宏大的诗学体系，使一切具有创造性的人类活动存在于充满诗意的历史空间；另一方面，他带着强烈的知识分子的使命感和责任心，笃信诗歌这门艺术能够帮助人们更好地反思自我、洞察世界、认识现在和未来。为此，彭予评价他说："庞德在现代诗歌中的地位如同毕加索（Pablo Picasso）在现代绘画中的地位，他和艾略特一起被公认为是英美现代主义诗歌运动的领袖，没有他，英美现当代诗歌很可能是另外一个样子。"②

---

① K. K. Ruthven, *Ezra Pound as Literary Critic*, London & New York: Routledge, 1990, p. 6.
② 彭予：《二十世纪美国诗歌——从庞德到罗伯特·布莱》，河南大学出版社1995年版，第12页。

庞德现代主义风格的形成并不局限于他作为诗人的这一个身份、一个角色，还与他作为诗歌理论家、文学评论家、典籍翻译家等多重身份和多元角色紧密联系在一起。事实上，庞德现代主义风格的形成经历了一个纷繁复杂的过程。读者目睹的不过是一个最终呈现出来的文学现象。当他的多重身份和多元角色一起彰显魅力，当偶然的和必然的文学事件形成合力，当"一以贯之"的勤勉、努力和执着共同发挥作用，就造就了今天读者看到的庞德式的（Poundian）现代主义诗风。

作为早慧型诗人，庞德很小就开始读诗、写诗，表现出作为天才诗人的独特品质。根据目前掌握的文献资料看，庞德9岁就在他就读的Chelten Hills School 小学校刊上发表过作品①；11岁时发表过一首题为《由11岁的E. L. 庞德写于温克特的诗》（"by E. L. Pound, Wyncote, aged 11 years"）的政治打油诗，1896年刊登在《珍金镇时报·纪实栏目》（Jenkintown Times—Chronicle）上，在当时引起热议。青年时代，庞德具有"迷茫的一代"（the Lost Generation）的典型特征：对现实不满甚至充满悲观，对未来表现出迷茫、彷徨并伴随各种困惑，幻灭感和叛逆情绪亦清晰可见。这些方面反映在他于1904年自费出版的第一部诗集《熄灭的细烛》（A Lume Spento）和1909年出版的第二部诗集《面具》（Personae）中，也反映在他于1920年发表的名篇《休·赛尔温·莫伯利》（"Hugh Selwyn Mauberley"）的字里行间。庞德曾梦想成为威廉·巴特勒·叶芝（William Butler Yeats）式的象征主义诗人，遂写下《归来》（"The Return"）、《树》（"The Tree"）、《白色牡鹿》（"The White Stag"）、《物体》（"An Object"）、《画像》（"Portrait"）等诗篇②；他也曾渴望成为瓦尔特·惠特曼（Walt Whitman）一样的美国自由体诗人，书写出《草叶集》（Leaves of Grass）那样激情澎湃的诗歌。但是后来，他决定要走一条与"头脑顽固的父亲"（pig-headed father）完全不同的道路，如他在题为《约定》（"A Pact"）的诗中所说的："I make a pact with you, Walt Whitman—/I have detested you long enough. /I come to you as a grown child/Who has had a pig-headed father. /... /It was you that broke the new wood, /Now is a time for carving."（我要与你签一份约定，瓦尔特·惠特曼——/我已怨恨你许久。/我作为长大的孩子来到你面前/他拥有一位头脑顽固的父

---

① Humphrey Carpenter, *A Serious Character*: *The Life of Ezra Pound*, New York: Dell Publishing, 1988, p. 26.

② 郭英杰：《模仿与超越——庞德对叶芝象征主义风格的习得性研究》，《北京第二外国语学院学报》2015年第12期。

亲/……/是你伐下新木,/现在是需要雕琢的时刻。)① 作为意象派诗人,庞德写下《刘彻》("Liu Ch'e")、《题扇诗,给她的帝王》("Fan-piece, for Her Imperial Lord")、《花园》("The Garden")、《少女》("A Girl")等经典作品②。它们要么被选入各类名家诗文集,要么被选入美国中小学绘本或大学教科书,相关成果对欧洲文学也产生了潜移默化的影响。作为漩涡派诗人,庞德希望书写出"像叶轮机一样"③充满动力的诗,类似于荷马('Oμηρος/Homer)的《奥德赛》(Odyssey)或但丁(Dante Alighieri)的《神曲》(La Divina Commedia),既充满跌宕起伏的故事情节,又能够描摹复杂的情绪或情感,而不是只简单记录平面化的场景抑或呈现静止不动的意象。庞德的大学挚友、《红色手推车》("The Red Wheelbarrow")的作者威廉·卡洛斯·威廉斯(William Carlos Williams)这样评价庞德富含漩涡之力的诗:"他(即庞德)毫无疑问倾向于使用一种现代语言进行表达——由于希望去挽救过去那些优秀的东西(如精心设计的形式),所以会过多地偏重于它";他的诗行就是"他的思想的运动轨迹(movement),以及他对整个世界的观念认识(concept)"。从该意义上讲,"He *is* a poet"(他是一位真正的诗人)④,因为他的优异是通过"maker"(创造者)这个身份呈现出来,而不只是作为"measurer"(评判者)⑤。作为一位敢于挑战西方权威的先锋派诗人,庞德通过"变形"(metamorphosis)或戴着"面具"(personae),借助荷马、但丁、维吉尔(Virgil/Publius Vergilius Maro)、奥维德(Ovid/Publius Ovidius Naso)、惠特曼等诗歌巨擘之口向西方世界言说,向普通读者言说,为此他不断求新、创新,"日日新"(Make It New)⑥,并以特立独行的方式使他的诗歌写作完全迥异于从前。作为史诗诗人,庞德像雕刻家一样雕琢他的《诗章》(The Cantos)。《礼记·学记》

---

① 郭英杰:《〈诗章〉对惠特曼自由体诗歌模仿的两面性》,《广东外语外贸大学学报》2021年第6期。
② Peter Jones, *Imagist Poetry*, London:Penguin Books, 1972/2002;中文译本参见[英]彼得·琼斯编《意象派诗选》,裘小龙译,重庆大学出版社2015年版,第193—206页。
③ [美]伊兹拉·庞德:《漩涡》,载[美]伊兹拉·庞德《庞德诗选——比萨诗章》,黄运特译,张子清校订,漓江出版社1998年版,第217—218页。
④ 在原文中,"is"作为强调,是斜体的。
⑤ 原文参见 William Carlos Williams, *Selected Essays of William Carlos Williams*, New York:New Directions, 1931, pp. 106 – 108, 110 – 111。此外,在 E. San Juan, Jr. 主编的《评论家论伊兹拉·庞德》一书中,该文题目为"Excerpts from a Critical Sketch:A Draft of XXX Cantos by Ezra Pound"。参见 E. San Juan, Jr., ed., *Critics on Ezra Pound*, Coral Gables, Florida:University of Miami Press, 1972, pp. 20 – 22。
⑥ Ezra Pound, *Make It New*, New Haven:Yale University Press, 1935.

有名句"玉不琢，不成器"。《旧唐书·经籍志上》亦云："琢玉成器，观古知今，历代哲王，莫不崇尚。"《诗章》就是庞德的"玉"——庞德雕琢《诗章》的过程就是他"琢玉成器"的过程。

  作为极具天赋的语言习得者，庞德除了学习自己的母语英语，还在很小的时候接触并学习拉丁语等古典语言。16岁进入号称"美国常春藤大学"之一的宾夕法尼亚大学（University of Pennsylvania），选修古英语、普罗旺斯语、西班牙语、德语等课程。1905年6月取得学士学位时，他已经"熟练地掌握了拉丁文、古英语、德语、法语、意大利语、西班牙语，对葡萄牙语和希腊语也较为熟悉"①。后来，他还自学了古汉语、日语、阿拉伯语、波斯语等东方语言。在语言学习方面用功甚勤，为庞德博览群书、涉猎包括英美在内的世界各国经典著作，准备了充分条件。庞德之所以后来成为百科全书式的人物，并能够在诗歌创作中旁征博引、游刃有余，彰显出卓越的诗人素养和非凡的现代主义风格，与他青少年时代如饥似渴的学习状态有密不可分的关系。

  作为诗歌理论家，庞德受T. E. 休姆（T. E. Hulme）、F. S. 弗林特（F. S. Flint）的诗歌创作思想和伯格森（Henri Bergson）②的直觉主义心理学及其哲学思想的深刻影响。他与早期意象派诗人一道，"激烈反对维多利亚诗歌过分模糊抽象、过分雕琢矫情，主张诗歌要写得坚挺（hardness）、明晰（clarity）和严谨（restraint）"，他们拒绝在诗歌创作时充满亚历山大·蒲伯（Alexander Pope）式的说教味③，同时也抵制那些高雅派诗人（the genteel poets）、乔治派诗人（the Georgians）在政治思想和文学创作方面都极其保守的诗④。1913年3月，哈丽特·蒙罗（Harriet Monroe）主编的《诗刊：一本诗歌杂志》（Poetry：A Magazine of Verse）发表了F. S. 弗林特题为《意象派》（"Imagisme"）的文章，同时刊出的还有庞德的名作《意象派诗人的几个不》（"A Few Don'ts by an Ima-

---

  ① Humphrey Carpenter, A Serious Character：The Life of Ezra Pound, Boston：Houghton Mifflin Company, 1988, pp. 36 - 37；另参见蒋洪新《庞德研究》，上海外语教育出版社2014年版，第47—48页。
  ② 20世纪引领世界思潮的著名犹太人有三位，他们是爱因斯坦、弗洛伊德和柏格森。柏格森在20世纪初曾是一位风靡全球的哲学家，他的学说在世界范围内形成一股强烈的"柏格森热"。柏格森的影响涉及哲学、心理学、宗教、政治、历史、文学、艺术等方面，其著作被译成多种文字。从1909年至1911年，仅英国出版的涉及柏格森的著作就多达200余部。
  ③ 刘海平、王守仁主编：《新编美国文学史（第三卷，1914—1945）》，杨金才主撰，上海外语教育出版社2002年版，第59页。
  ④ 赵毅衡：《远游的诗神——中国古典诗歌对美国新诗运动的影响》，四川人民出版社1985年版，第178—179页。

giste")。在《意象派》一文中,弗林特首先提出"意象派三原则",但是真正对它进行广泛宣传并积极践行该诗歌理念的是庞德。庞德在《回顾》("A Retrospect",1918)一文中写道:

  1912年春或初夏,H. D.(Hilda Doolittle)①、理查德·奥尔丁顿(Richard Aldington)和我经商议一致同意以下三条原则:
  1. 直接处理"事物",无论主观还是客观;
  2. 绝不使用无济于呈现事物的词语;
  3. 至于节奏:创作要依照乐句的排列,而不是依照节拍器的机械重复。②

  由于庞德大张旗鼓的宣传,加上1914年7月他主编的《意象派诗选》(Des Imagistes)问世,诸多不明真相的读者都把庞德作为"意象派三原则"的始作俑者。很明显,他头顶的光环使读者逐渐淡忘了原创者F. S. 弗林特的名字。③ 的确,意象派之所以能够在短时间内名震诗坛并对英美现代主义诗歌产生重要影响,庞德绝对是主将、旗手和中流砥柱。可以说,今天我们所津津乐道的意象派诗歌、意象派诗歌理论及其在世界范围内产生的影响,都与庞德有着千丝万缕的联系。可惜到了1914年,他因与"女罗斯福"艾米·洛厄尔(Amy Lowell)等诗人意见不合,退出意象派④,转而与温德姆·路易斯(Wyndham Lewis)合作发起比意象派更具视觉冲击力和爆发力的漩涡派运动(Vorticist movement)⑤,并创办

---

  ① H. D. 是美国意象派著名女诗人、庞德大学时代的初恋Hilda Doolittle(1886—1961)名字首字母的缩写。庞德帮助她给蒙罗主编的《诗刊》投稿时,首次使用"意象派诗人H. D."(H. D. Imagiste)。参见Ira B. Nadel, ed., *The Cambridge Companion to Ezra Pound*, Cambridge: Cambridge University Press, 1999, p. 30。
  ② 英语原文参见Ira B. Nadel, ed., *The Cambridge Companion to Ezra Pound*, Cambridge: Cambridge University Press, 1999, p. 2;中文译文参见[美]伊兹拉·庞德《回顾》,载[美]伊兹拉·庞德《庞德诗选——比萨诗章》,黄运特译,张子清校订,漓江出版社1998年版,第221页。根据原文,笔者对译文有改动。
  ③ Ira B. Nadel, ed., *The Cambridge Companion to Ezra Pound*, Cambridge: Cambridge University Press, 1999, p. 30.
  ④ Ira B. Nadel, ed., *The Cambridge Companion to Ezra Pound*, Cambridge: Cambridge University Press, 1999, p. xx;另参见赵毅衡《诗神远游:中国如何改变了美国现代诗》,上海译文出版社2003年版,第22页。
  ⑤ 该术语的译文出自[美]伊兹拉·庞德《漩涡》,载[美]伊兹拉·庞德《庞德诗选——比萨诗章》,黄运特译,张子清校订,漓江出版社1998年版,第217—218页;另参见张子清《20世纪美国诗歌史》(第一卷),南开大学出版社2018年版,第121页。

《爆炸》（BLAST，1914—1915）① 杂志。《爆炸》是漩涡派诗歌理论及其创作的主阵地。庞德在《爆炸》发表文章，指出"漩涡是极力之点，它代表着机械上的最大功率"，"一切经历蜂拥成这个漩涡，一切充满活力的过去，一切重温或值得重温的过去。一切动量，由过去传送给我们的种族、种族的记忆，本能冲击着平静、尚未充电的未来。对未来的设计紧抓在人类漩涡的手中"②。上述思想，潜移默化地影响了同时代许多艺术家、剧作家和诗人。庞德作为美国现代主义诗歌流派杰出的理论家，"发表和出版了大量富有创见性的论文及著作，在很大程度上铸造了美国现代派诗歌的基本形状，推动了现代美国文学多样性和包容性发展"③。

作为文学评论家，庞德以率真的语言、睿智的思想、自然清新的风格发挥他作为现代主义诗人的旗手之作用。庞德名作《罗曼司的精神》（The Spirit of Romance）先于1910年由伦敦 J. M. Dent 出版公司出版，后于1968年由纽约 New Directions 出版社再版。庞德在该书中论述了他对艺术、文学、人类情感等的个性化思考，正如他在序言中写的那样："艺术是液体，流过或流在人们的心里……艺术或一件艺术品并不是静止的水流……看似静止映照万物，水面下却暗流涌动。"④ 1911年，庞德在 A. R. 奥利奇（A. R. Orage）主编的先锋派刊物《新时代》（The New Age）上发表《我收集奥西里斯的肢体碎片》（"I Gather the Limbs of Osiris"）的评论文章。在该文中，庞德自喻为埃及古代神话里收集地狱判官奥西里斯（Osiris）肢体碎片的伊西丝（Isis），意思是说只要能够把奥西里斯散落的肢体重新聚合在一起，他就会复活，重新成为主宰冥界的神祇。奥西里斯于是成为新生命源泉的象征，预示着等待被挽救的强大生命力。"该文也为庞德的巨型长诗《诗章》中的大量碎片手法的运用奠定了诗学理论基础。"⑤ 1934年，庞德发表标志性作品《日日新》（Make It New），向读者

---

① 该术语的译文出自［美］伊兹拉·庞德《漩涡》，载［美］伊兹拉·庞德《庞德诗选——比萨诗章》，黄运特译，张子清校订，漓江出版社1998年版，第217—218页。此外，蒋洪新先生把 BLAST/Blast 译作《疾风》。参见蒋洪新《庞德研究》，上海外语教育出版社2014年版，第282—283页。张子清先生把它译为《狂飙》。参见张子清《20世纪美国诗歌史》（第一卷），南开大学出版社2018年版，第121—122页。

② ［美］伊兹拉·庞德：《漩涡》，载［美］伊兹拉·庞德《庞德诗选——比萨诗章》，黄运特译，张子清校订，漓江出版社1998年版，第217—218页。

③ 刘海平、王守仁主编：《新编美国文学史（第三卷，1914—1945）》，杨金才主撰，上海外语教育出版社2002年版，第64页。

④ Ezra Pound, The Spirit of Romance, New York: New Directions, 1968, p.7；另参见蒋洪新《庞德研究》，上海外语教育出版社2014年版，第284页。

⑤ 朱伊革：《跨越界限：庞德诗歌创作研究》，上海三联书店2014年版，第67页。

正式表明他的写作态度和创新思想。1935 年,由 New Directions 出版社出版的《阅读 ABC》(*ABC of Reading*)一书论述了表意文字法、文学的功用、语言的作用、六类文学家等话题。庞德在该书中还提出一个重要命题:"一部史诗是一首包含历史的诗"(An epic is a poem including history)①。此外,庞德还发表有《文雅集》(*Polite Essays*,1937)、《文化指南》(*Guide to Kulchur*,1938)等重要作品。T. S. 艾略特主编并作序的《伊兹拉·庞德文论集》(*Literary Essays of Ezra Pound*,1954)影响很大,里面收录了庞德撰写的诸多名作,包括《回顾》("A Retrospect")、《如何阅读》("How to Read")、《严肃的艺术家》("The Serious Artist")、《论传统》("The Tradition")、《论文艺复兴》("The Renaissance")《评罗伯特·弗罗斯特》("Robert Frost")、《评 T. S. 艾略特》("T. S. Eliot")等共计 35 篇。在《如何阅读·语言篇》里,庞德讨论了诗歌的分类:音诗(melopoeia)、形诗(phanopoeia)、理诗(logopoeia),曾引起诗歌评论家的热议②。威廉·库克森(William Cookson)主编的《庞德文选:1909—1965》(*Selected Prose*:*1909 - 1965*,1973)也有较大影响力,里面收录了庞德于 1909—1965 年间撰写的 68 篇比较有代表性的文章,论及庞德的诗学理论、哲学理念、文化思想等方面,为庞德现代主义诗学的建构提供了理论参照③。

作为翻译家,庞德"以独特的诗歌理念和改写与模仿式的创作模式,为东西方文化和文明的相互交流、相互融合做出了巨大贡献,为西方人深刻认识东方思想和诗歌审美提供了一个窗口"④。除了前面提到的那部根据费诺罗萨的中国诗笔记以创造性翻译方式完成的"最美的书"《华夏集》,庞德还于 1916 年整理并翻译出版《日本贵族戏剧选集》(*Certain Noble Plays of Japan*),于 1928 年翻译《大学》(*Ta Hio or The Great Learning*),于 1947 年翻译《中庸》(*The Unwobbling Pivot*),于 1950 年翻译《论语》(*Analects*,于 1951 年出版《论语》单行本,标题改为 *Confucian Analects*)。在《论语》之后,庞德根据中国儒学经典翻译的集子《孔子经

---

① Ezra Pound, *ABC of Reading*, New York:New Directions, 1934/1991, p. 46.
② Ezra Pound, *The Literary Essays of Ezra Pound*, T. S. Eliot, ed., New York:New Directions, 1968, pp. 24 - 25.
③ Ezra Pound, *Selected Prose*:*1909 - 1965*, William Cookson, ed., London:Faber & Faber, 1973.
④ 刘海平、王守仁主编:《新编美国文学史(第三卷,1914—1945)》,杨金才主撰,上海外语教育出版社 2002 年版,第 65 页。

典文集》（*The Classic Anthology Defined by Confucius*）于 1954 年由哈佛大学出版社出版。在"四书"中，庞德是有意把《大学》《中庸》和《论语》作为"孔子经典系列丛书"予以整体呈现的。至于《孟子》，庞德因一些突发事件未翻译完成。不过，关于《孟子》的一些译文片段，撒播在他的生命之书《诗章》中，尤其在《比萨诗章》里有许多精彩呈现。此外，庞德还翻译或改译了古希腊、古罗马以及古埃及的部分经典作品。譬如，他翻译出版了古希腊悲剧诗人索福克勒斯（Sophokles）的名作《特拉基斯的女人们》（*The Women of Trachis*，1956）；翻译并改写了古罗马诗人塞克斯都·普罗佩提乌斯（Sextus Propertius）为恋人辛西娅（Cynthia）撰写的 12 首挽歌——庞德重新释义并定题为《向塞克斯都·普罗佩提乌斯致敬》（"Homage to Sextus Propertius"，1934）；翻译并出版了 13 世纪意大利名诗人古尔德·卡瓦尔坎蒂（Guido Cavalcanti）的诗歌，即《古尔德·卡瓦尔坎蒂的十四行诗和歌谣》（*Sonnets and Ballate of Guido Cavalcanti*，1912）；整理并翻译出版了《古埃及爱情诗》（*Love Poems of Ancient Egypt*，1962）；等等。这一系列东西方经典作品的艺术特色、思想内容等都对庞德现代主义诗歌风格的形成，起到了潜移默化的作用。

作为美国芝加哥先锋派刊物《诗刊》的海外特约编辑，庞德一丝不苟、尽职尽责，认真甄选优秀的诗歌作品，为欧美现代主义诗风的形成起到了积极作用。经庞德推荐，发表在《诗刊》上的优秀作品包括 T. S. 艾略特的那首另类"独白诗"《J. 阿尔弗雷德·普鲁弗洛克的情歌》（"The Love Song of J. Alfred Prufrock"）、意象派诗人 H. D. 的那首"具有希腊式的硬朗"的《山岳女神》（"Oread"，亦译作《山林女神》等）、理查德·奥尔丁顿的那首讽刺浪漫主义诗人多愁善感情怀的《傍晚》（"Evening"）[①]等。对于一些质量不高，希望通过庞德介绍发表在《诗刊》上的诗作，庞德采取置之不理的策略，当然，他也因此得罪了某些诗人。这样做的最直接的好处是，凡经过庞德筛选发表在《诗刊》上的作品，均得到读者的认可和赞许，这在一定程度上扩大了《诗刊》的影响力和知名度。庞德甚至借助《诗刊》这个阵地号召读者关注中国诗。譬如，1915 年，他在《诗刊》上发表文章，指出中国诗是"一个宝库，今后一个世纪将从

---

① 具体细节参见［英］彼得·琼斯编《意象派诗选》，裘小龙译，重庆大学出版社 2015 年版，第 9、30 页；另参见彭予《二十世纪美国诗歌——从庞德到罗伯特·布莱》，河南大学出版社 1995 年版，第 34、132 页。

中寻找推动力,正如文艺复兴从希腊人那里寻找推动力"①。《诗刊》主编哈丽特·蒙罗对庞德所付出的努力极为肯定,而且,她似乎从认真尽职的庞德身上学到了不少优秀品质:"Thus began the rather violent, but on the whole salutary, discipline of the lash of which the editor of the new magazine felt herself being rapidly educated, while all incrustations of habit and prejudice were ruthlessly swept away. Ezra Pound was born to be a great teacher."(于是,这本新杂志的主编很快感觉到自己受到了醍醐灌顶式的教育,而她所有的习惯和偏见也都被无情地一扫而光。伊兹拉·庞德生来就是一位伟大的老师。)②

作为社会活动家和独具慧眼的"伯乐",庞德用五分之一的时间投入诗歌创作,其余时间用来支持与帮扶友人。《荒原》(*The Waste Land*, 1922)作为现代主义诗歌的里程碑,与其说是艾略特的,不如说"更像是庞德的"(more Poundian)③;当詹姆斯·乔伊斯(James Joyce)的生活陷入困顿,是庞德出钱资助他渡过难关,还时不时捐赠衣物给他,甚至帮助他发表《一个青年艺术家的画像》(*A Portrait of the Artist as a Young Man*, 1916)、《尤利西斯》(*Ulysses*, 1922)和《芬尼根的苏醒》(*Finnegans Wake*, 1939);叶芝对日本能剧的了解和模仿,离不开庞德的推荐和帮助,甚至他后期的一些具有现代主义风格的诗歌,也是在庞德的协助下完成的;四次获得普利策奖的罗伯特·弗罗斯特(Robert Frost)曾经历人生的低谷,正是在庞德的鼓舞和帮助下,才走出自我怀疑的阴霾,最终形成了自己诗歌创作的风格特色;"新闻体"小说的创始人、因《老人与海》(*The Old Man and the Sea*)荣获诺贝尔文学奖的厄内斯特·海明威(Ernest Hemingway),在欧洲游历期间,无论是艺术创作还是思想方面,也曾得到庞德无私的帮助……艾略特这样评价庞德:"(He) goes to any lengths of generosity and kindness; from inviting constantly to dinner a struggling author whom he suspected of being under-fed, or giving away clothing..., to trying to find jobs, collect subsidies, get work published and then get it criticised and praised...."(他慷慨友善,经常会邀请那些为生活所迫的作家吃饭。他担心他们吃不饱肚子或营养不良;他甚至送衣服给他们……他会帮助他们找工作、拉赞助、

---

① 赵毅衡:《诗神远游:中国如何改变了美国现代诗》,上海译文出版社2003年版,第17—18页。
② Ira B. Nadel, ed., *The Cambridge Companion to Ezra Pound*, Cambridge: Cambridge University Press, 1999, p. 42.
③ Ira B. Nadel, ed., *The Cambridge Companion to Ezra Pound*, Cambridge: Cambridge University Press, 1999, p. 35.

出版作品，还找人帮忙写评论……）① 他总是满腔热忱、乐于助人。海明威于 1925 年也写下一段评价庞德的话："Pound the major poet devoting, say, one fifth of his time to poetry, with the rest of his time he tries to advance the fortunes, both material and artistic, of his friends... he defends them when they are attacked, he gets them into magazines and out of jail... sells their pictures... arranges concerts for them... writes articles about them... introduces them to wealthy women [patrons] ... gets publishers to take their books."（庞德这位大诗人，爽快地说，用五分之一的时间搞诗歌创作，其余时间都用来努力提升朋友们的物质生活和艺术水平……当他们受到攻击，他替他们辩护，把他们介绍给各种杂志，使他们免遭牢狱之苦……帮他们卖画……为他们安排音乐会……写关于他们的评论文章……把他们介绍给有钱的女士 [赞助人] ……游说出版商出版他们的作品。）②

作为东西方文化的继承者、传播者，庞德拥有西方学者极罕见的开放之心、包容之心，且充满雄心壮志。他"信仰《大学》"（*I belive the Ta Hio*)③，强调并实践"苟日新，日日新，又日新"，积极向东方文化，尤其是中国优秀传统文化学习，并努力做到内化于心、为"我"所用。庞德对中国儒学抱有极大的热忱，笃信孔子思想及其教诲。他在《诗章》第 13 章，即《孔子诗章》④ 的最后，表明心迹要做西方世界里孔子思想的继承人和中国儒家文化的传播者，"The blossoms of the the apricot/blow from the east to the west, /And I have tried to keep them from falling"（杏花/从东方吹到西方/我努力不让它们凋谢）（Pound 60)⑤；在《诗章》第 82 章，庞德通过"老福特"（old Ford）之口，说他希望创造"more humanitas 仁 jen"（更丰富的人性 仁 jen)⑥（Pound 545）；在《诗章》第 84 章，

---

① Humphrey Carpenter, *A Serious Character: The Life of Ezra Pound*, Boston: Houghton Mifflin Company, 1988, p. 263.

② Charles Norman, *Ezra Pound*, New York: Macmillan, 1960, p. 275；另参见 George Bornstein, "Pound and the Making of Modernism", in Ira B. Nadel, ed., *The Cambridge Companion to Ezra Pound*, Cambridge: Cambridge University Press, 1999, p. 22。

③ 参见 Ezra Pound, *The Literary Essays of Ezra Pound*, T. S. Eliot, ed., New York: New Directions, 1968, p. 86。

④ 关于《诗章》中的名篇与它们对应的章节内容，请参见"附录四：《诗章》名篇与对应的章节内容"。

⑤ 本书所有关于《诗章》的原文均出自 Ezra Pound, *The Cantos of Ezra Pound*, New York: New Directions, 1996. 文内引用时，标注格式为（Pound ××），不另做注。

⑥ 本书凡是涉及《比萨诗章》（即《诗章》第 74—84 章）的中文译文，均出自 [美] 伊兹拉·庞德《庞德诗选——比萨诗章》，黄运特译，张子清校订，漓江出版社 1998 年版。

庞德强调说："our 中 chung/whereto we may pay our/homage"（我们的 中 chung/对此我们顶礼/膜拜）（Pound 560）。庞德既不同于西方顽固的保守派，也不同于激进的自由派，他希望学习孔子的智慧，拯救岌岌可危、行将末路的西方文化。

　　作为现代诗学史专家，庞德平等地对待人文主义历史语境下各个民族的传统文化。他不仅具有惠特曼那样广阔的胸襟和情怀，倡导世界主义和文化大同思想，而且关注那些几乎被历史遗忘或被历史的尘埃封存却依然闪耀历史光辉价值的历史事件、历史人物、历史故事等。譬如，他从中国汉文化古老的象形文字中寻找"表意文字法"（ideogramic method）的理据，从云南丽江纳西族象形文字及其所属的东巴文明中寻找作诗的灵感和智慧，并在他的诗歌作品中尽力还原。读者可以在庞德《诗章》第34章读到第一个汉字"信"，到后面的诗节，就会发现越来越多的汉字出现在《诗章》的字里行间。在《诗章》第112章，读者甚至可以读到纳西族文字，涉及"命运的托盘"（fate's tray）和"月亮"（luna）（Pound 805）等。在庞德缔造的诗学殿堂里，"这种视觉性的象形文字不但吸收了大自然的诗的实质，而且用它建立了一个比喻的第二世界，其活力与灵巧远胜过其他拼音文字"[①]。此外，庞德把中国汉文化的象形文字和纳西族象形文字融入诗歌创作，实现一种"诗就是画，画就是诗""诗中有画，画中有诗"的诗画互文意境。

　　作为破旧立新、敢冒天下之大不韪的美学家，庞德在青年时代曾经在"崇拜美"（the worship of beauty）和"文化变革"（the reform of culture）之间被迫做出选择[②]，并进行批判性思考，像声名显赫的诗人叶芝和罗斯金（Ruskin）年轻时代所经历的那样，在唯美主义（aestheticism）和社会责任（social commitment）两个维度之间做出有针对性的和解。为此，庞德好友 T. S. 艾略特分析说："He was... born into a world in which the doctrine of 'Art for Art's sake' was generally accepted, and living on into one in which art has been asked to be instrumental to social purposes."（他……出生在一个"为艺术而艺术"理念被普遍接受的世界，随后生活在一个要求艺术为社会服务的世界。）[③] 这导致他的美学思想具有模棱两可性和不统

[①] 曾艳兵主编：《西方现代主义文学概论》，北京大学出版社2013年版，第92—93页。
[②] Ira B. Nadel, ed., *The Cambridge Companion to Ezra Pound*, Cambridge: Cambridge University Press, 1999, p.43.
[③] Ira B. Nadel, ed., *The Cambridge Companion to Ezra Pound*, Cambridge: Cambridge University Press, 1999, p.43.

一性，也掺杂着主客观的自相矛盾之处。庞德后来的美学思想表现得不同凡响，是因为他自觉把中国儒家的美学思想融入他的诗歌创作，并以现代主义诗人的姿态积极培育超前意识。当他接触到人生中那部重要作品，即美国汉学家厄内斯特·费诺罗萨撰写的《作为诗歌手段的中国文字》（"The Chinese Written Character as a Medium for Poetry"）①，他的美学观遂产生巨大变化，并最终得到质的提升。1915 年，庞德兴高采烈地宣称，"很可能本世纪会在中国找到新的希腊，目前我们已找到一套新的价值"②。费诺罗萨在该文中写道："我们在中文中不仅看到句子的生长，而且看到词类的生成，一个从另一个抽芽长出。正如大自然一样，中文词是活的，可塑的，因为事物与动作并没有从形式上划分出来。"③ 对此，庞德感慨道："（该作品）不仅是一篇语文学的讨论，而是有关一切美学的根本问题的研究。"④ 不只是他的意象派诗歌，就连他的史诗代表作《诗章》，也具有独特的、不拘泥于英美传统的美学思想。在庞德建构的诗学大厦里，无论爱情、友情、亲情，似乎只要是他认为"美的"，就拿来为其所用，就淋漓尽致地得到呈现。譬如，庞德在《诗章》第 20 章中写道："为了这种美，既不怕死也不怕痛/如果有伤害，就来伤害我们自己。"（Pound 93）不过，因为要顾及形式与内容的统一，有时又迫于现实与理想不可弥合的差距，庞德不得不感慨"美是困难的"（Beauty is difficult）。最典型的例子出现在《诗章》第 74 章，庞德探讨美的价值以及对美的认识时，五次说到"美是困难的"（Pound 464 – 466）。庞德在《诗章》中不停地感叹"美是困难的"，乃事出有因。这与柏拉图（Plato）撰《大希庇阿斯篇——论美》中苏格拉底（Socrates）论述的"美是困难的"命题形成呼应⑤，成为有趣的互文现象。

作为一个既天真无邪又充满悲剧色彩的"幻想家"，庞德在英美诗歌界经常被视为是一个幼稚的"胡言乱语者"，一个用诗人的头脑去试图解

---

① 张子清先生把它译为《作为诗媒的汉字》。参见张子清《20 世纪美国诗歌史》（第一卷），南开大学出版社 2018 年版，第 127 页。

② 赵毅衡：《诗神远游：中国如何改变了美国现代诗》，上海译文出版社 2003 年版，第 17—18 页。

③ [美] 费诺罗萨：《作为诗歌手段的中国文字》，赵毅衡译，载 [美] 伊兹拉·庞德《庞德诗选——比萨诗章》，黄运特译，张子清校订，漓江出版社 1998 年版，第 242 页。

④ [美] 费诺罗萨：《作为诗歌手段的中国文字》，赵毅衡译，载 [美] 伊兹拉·庞德《庞德诗选——比萨诗章》，黄运特译，张子清校订，漓江出版社 1998 年版，第 229 页。

⑤ 参见 [古希腊] 柏拉图《大希庇阿斯篇——论美》，载《柏拉图文艺对话集》，朱光潜译，人民文学出版社 1963 年版，第 178—210 页。

决社会、政治以及经济问题的"不可知论者",一个被批评家口诛笔伐的所谓"政治经济学家",一个"政治糊涂虫",甚至是"政治笑柄"①。宋代大文豪苏轼在《题西林壁》中说:"不识庐山真面目,只缘身在此山中。"作为一位充满争议的诗人,庞德从20世纪30年代开始被意大利法西斯主义所蛊惑,48岁那年还在罗马会见意大利国家法西斯党党魁墨索里尼(Benito Mussolini)②,随后为墨索里尼及法西斯政治摇旗呐喊。虽然他的诗歌成就巨大,写下《比萨诗章》(*The Pisa Cantos*)那样具有永恒艺术魅力的诗篇并获得首届"博林根诗歌奖"(Bollingen Prize for Poetry),但是作品刚一获奖就在美国民众中引起轩然大波,查理·贝恩斯坦(Charles Bernstein)等诗歌评论家抨击庞德的诗歌充满政治阴谋,彰显的是法西斯主义美学③。

作为古希腊、古罗马文化的崇拜者和宣传者,庞德受其影响的痕迹可以在《面具》(*Personae*,1909)、《狂喜》(*Exultations*,1909)、《仪式》(*Lustra*,1916)、《休·赛尔温·莫伯利》("Hugh Selwyn Mauberley",1920)以及史诗《诗章》中找到原型。庞德或以神话意象的方式,或以回忆录的方式,或戴着面具以代言人的方式,或以复调和互文的方式等,实现了他色彩纷呈的现代主义的诗学内容以及风格的狂欢。不过,这些方面仍然是"庞德学"(Poundian Studies)研究领域待开垦的"林地"④。

总之,庞德的上述身份与他现代主义诗歌风格的建构关系密切。庞德是现代主义诗歌写作的高手,他也是英美现代主义诗风的积极倡导者和推动者。他所写的每一首诗歌都充满传奇色彩,亦可作为他的人生长诗中的一章。庞德现代主义诗歌风格的形成和现代主义诗人身份的确立有三个关键性因素。其一,庞德具有极高的语言天赋,且一以贯之地勤奋努力,能够以西方传统文化为根基,博览群书,注重从欧洲文学典籍中汲取营养;其二,庞德能够走出西方中心主义的藩篱,不做井底之蛙,不固守成规,敢于摒弃偏见,注重从遥远的东方寻找诗歌创作的灵感,尤其是他能够抓住中国儒家学说中的智慧——"对此我们顶礼/膜拜"

---

① 刘海平、王守仁主编:《新编美国文学史(第三卷,1914—1945)》,杨金才主撰,上海外语教育出版社2002年版,第65页。
② 庞德在《诗章》中称之为"Ben"(本)、"the Boss"(头儿)或"bullock"(公牛);参见 Ezra Pound, *The Cantos of Ezra Pound*, New York: New Directions, 1996, pp. 202, 445。
③ Charles Bernstein, "Pounding Fascism", in Charles Bernstein ed., *A Poetics*, Cambridge, Massachusetts: Harvard University Press, 1992, pp. 121–127.
④ 赵毅衡:《诗神远游:中国如何改变了美国现代诗》,上海译文出版社2003年版,第20页。

(Pound 560),并把它变成英美现代主义诗歌风格的清新剂;其三,庞德具有融会贯通的能力,能够积极主动地向前辈诗人和同时代优秀诗人学习,并及时将其转化为自己诗学的组成部分,惠特曼的自由体诗歌及豪情、叶芝和艾略特的象征主义手法、乔伊斯的意识流写作技巧、卡明斯(E. E. Cummings)的诗画合一理念及具象诗等,都是庞德在诗歌创作过程中学习和模仿的对象。这些都为庞德现代主义风格的形成起到了潜移默化的作用。

第二节 现代主义史诗《诗章》

《诗章》现代主义风格的形成与庞德作为现代主义诗人的身份密不可分。如果说《在地铁车站》《华夏集》和《休·赛尔温·莫伯利》是大诗人庞德前期诗歌创作的代表作,那么从他1904年前后开始酝酿构思,到1915年开始正式写作,到1917年在《诗刊》正式出版《三首诗章》("Three Cantos")从而拉开史诗《诗章》发表和出版的序幕[①],庞德作为现代主义诗歌的开拓者的形象和身份才得以最终确立。

《诗章》蕴含着庞德特别的诗学意图,并与前期作品《华夏集》形成某种内在的呼应。庞德研究权威、《庞德时代》(*The Pound Era*)的作者休·肯纳(Hugh Kenner)研究发现,"在《华夏集》的写作方法中,我们看到了《诗章》写作方法的铅笔底稿(pencil sketches)"[②]。《诗章》既是庞德个人的抒情诗史,又是关于美国的史诗、关于欧洲的史诗、关于世界的史诗。其现代主义风格通过包罗万象的内容淋漓尽致地呈现出来,犹如万花筒里色彩缤纷的世界。

《诗章》不拘泥于传统,所涉时空跨越古今中外,具有鲜明的现代主义诗歌特色。它吸收古希腊、古罗马的神话传说借古讽今、借古喻今,吸收中国的儒家智慧和古代政治经济学思想,希冀变革和改造"地狱般的"(Hell-a-dice)西方腐朽世界(Pound 462),关注被边缘化的非洲、南美洲、大洋洲民间故事及传说并使它们复活,这使《诗章》既富有赋格曲(fugue)的旋律和节奏,又充斥狂欢化的、杂语纷呈的声音,形成现代诗

---

① 郭英杰:《喧嚣的文本:庞德〈诗章〉研究》,中国社会科学出版社2020年版,第270—274页。

② Hugh Kenner, *The Pound Era*, Berkeley: University of California Press, 1971, p. 356;另参见赵毅衡《诗神远游:中国如何改变了美国现代诗》,上海译文出版社2003年版,第20页。

学意义上的"复调"①。

从《诗章》各板块的出版情况及其内容来看，休·肯纳、唐纳德·戴维（Donald Davie）、伊拉·B. 纳代尔（Ira B. Nadel）等权威批评家的观点和阐释具有重要的参考性和启发性②。上述专家学者的共识是：《诗章》写作虽然跨越漫长的历史时期，但是自始至终似乎贯穿着一条——后期发展成为多条——纷繁复杂却立场鲜明的逻辑主线。也就是说，在书写《诗章》的过程中，庞德虽然因为国际政治风云变幻和突发历史事件做出过内容、形式或者思路的调整，但是，他一生中创作的主导思想、写作风格和宏伟目标并没有发生根本性的、颠覆性的变革，总体而言还是有章可循的。这从他历时性地发表《诗章》的各板块内容，以及通过这些内容所折射出的思想主旨中可以看出来：

《诗章》第1—16章最早收录在1925年出版的《16首诗章草稿》（*A Draft of XVI Cantos*）③。其中，第1—6章涉及奥德修斯（Odysseus）来到地狱、狄俄尼索斯（Dionysus/DIGONOS）的变形与幻化等带有神秘和传奇色彩的描述。相比之下，现代人类生活显得麻木而没有生气。第7—11章聚焦艺术与社会之间的微妙关系。具体而言，第7章抨击英国现代社会的堕落，指出英国的文学艺术与美国国内一样，已经危机四伏。第8—11章热情讴歌欧洲文艺复兴时期人文主义学者的光辉思想，尤其对15世纪意大利里米尼的艺术守护人西吉斯蒙德·马拉特斯塔（Sigismund Malatesta）进行赞美。《诗章》第12—16章借古讽今，批判现代社会独裁政治的同时，热情讴歌中国儒家学派创始人孔子及其文化精神，认为重视"秩序"（order）和艺术价值的社会必定走向繁荣昌盛。在该部分中，第14—15章被称作《地狱诗章》，第16章被称作《炼狱诗章》。庞德犀利地抨击当代资本主义文明无视艺术本质、遏制有创造力的艺术家的罪恶做

---

① Daniel Albright, "Early Cantos I-XLI", in Ira B. Nadel, ed., *The Cambridge Companion to Ezra Pound*, Cambridge: Cambridge University Press, 1999, pp. 68 – 69；另参见王瑾《互文性》，广西师范大学出版社2005年版，第11—13、23—27页。

② 在撰写该部分内容的过程中，笔者参阅了Donald Davie（1964）、Hugh Kenner（1971）以及Ira B. Nadel（1999）等权威批评家的著作和论述，特此鸣谢。详见Donald Davie, *Ezra Pound: Poet as Sculptor*, New York: Oxford University Press, 1964; Hugh Kenner, *The Pound Era*, Berkeley: University of California Press, 1971; Hugh Kenner, *The Poetry of Ezra Pound*, Lincoln & London: University of Nebraska Press, 1985; Ira B. Nadel, "Introduction: Understanding Pound", in Ira B. Nadel, ed., *The Cambridge Companion to Ezra Pound*, Cambridge: Cambridge University Press, 1999, pp. 1 – 20.

③ 关于《诗章》中的经典名篇及其对应的章节内容，请参见"附录四：《诗章》名篇与对应的章节内容"。

法。当然，资本主义艺术的虚无、压抑和扭曲，使诗人不得不以逃往极乐世界作结。按照庞德原来的设想和计划，这部诗集应该是《诗章》整体思路的"调色板"，后面诗章的书写是对该部分诗章书写的拓展、升华和再创造（reinvention）。

《诗章》第17—27章收录在1928年出版的《诗章第17—27章草稿》（*A Draft of the Cantos 17 – 27*）中。该诗集作为《16首诗章草稿》的重要组成部分，有着独特的文本价值。其中，在第17—19章，庞德发挥想象力，把英美现代社会牟取暴利分子的贪婪无度和自私自利，与文艺复兴时期意大利威尼斯小镇居民井然有序的生活品质形成对比。庞德这样书写的目的在于：揭示现代社会由于缺乏正确的舆论导向，对现实世界以及人类艺术产生的极大的破坏力量。第20—27章再现欧洲文艺复兴时期的人文主义精神。一方面，庞德希望复兴过去优秀的文化传统；另一方面，庞德写给美国当局政府，希望制定决策者能学习先进，为民众构建遵守秩序、崇尚文明的美好社会。

《诗章》第28—41章中的个别章节原先收录在1930年出版的《30首诗章草稿》（*A Draft of XXX Cantos*）中，后来经过庞德不断续写和重新排版，于1934年重拟新标题《11首新诗章：第31—41章》（*Eleven New Cantos XXXI – XLI*）予以出版。该部分第31—34章也被学界称为《杰弗逊诗章》（*Jefferson Cantos*）[1]。《诗章》第28—30章从上帝之爱和关于遗憾的悲歌写起，为下文做铺垫。第31—34章庆祝新时代的诞生和美国先驱托马斯·杰弗逊（Thomas Jefferson）的开明政治，这一切用来跟欧洲社会的黑暗统治进行对比。第35—38章则书写欧美社会制度的腐朽、混乱和带给民众的灾难。在第39—41章，庞德的思想政治倾向开始发生变化，指向一个荒谬的世界：意大利法西斯头目墨索里尼被当作歌颂和膜拜的对象，而且诗人认为墨索里尼所具有的"男子气概"（virtu）和杰弗逊的"美德"（virtue）有相似之处。从该诗集开始，庞德在建构理想世界和诗学乌托邦的过程中，错误地把法西斯的虚假、伪善和美国先驱的民主共和思想等同起来。

《诗章》第42—51章收录在1937年出版的诗集《第5个十年：诗章第42—51章》（*The Fifth Decad of Cantos XLII – LI*）中。其中，第45章和第51章在整个《诗章》体系里被称作《高利贷诗章》。第42—43章抨击

---

[1] Ira B. Nadel, ed., *The Cambridge Companion to Ezra Pound*, Cambridge: Cambridge University Press, 1999, p. 7; 李维屏：《英美现代主义文学概观》，上海外语教育出版社1998年版，第91页。

资本主义的信贷和金融制度,认为这是导致社会堕落和人民一贫如洗的根源。第44—45章论述金钱不应该被粗暴地囤积和占有,而是应该被合理地分配和共享;同时,展示放高利贷者的种种罪恶行径及其危害。第46—51章除了揭露欧洲社会到处弥漫着的腐败,还呈现了高利贷与"光"和"人"的战争。

《诗章》第52—71章收录在1940年出版的《诗章第52—71章》(*Cantos LII–LXXI*)中。在该部分诗篇里面,第52—61章被称为《中国诗章》(*The China Cantos*),第62—71章被称为《亚当斯诗章》(*The Adams Cantos*)。《中国诗章》集中展现了中国从《礼记》诞生的时代到清王朝整个发展演变的历史,歌颂了孔孟儒学对中国历朝历代发展的影响。庞德认为,只有当儒家道德思想占正统地位的时候,帝国才会强大;反之,国家发展与社会进步就会受到阻碍。《亚当斯诗章》集中展现了美国先驱约翰·亚当斯(John Adams)对美国统一大业和发展事业所做出的杰出贡献。庞德认为,在政治决策和经济发展战略方面,亚当斯的功勋尤其卓著。为了突出主题,庞德从历史文献出发,一方面展现亚当斯乐于向法国和英国学习,"师夷长技以制夷";另一方面呈现他在制定美国宪法过程中所起到的决定性作用。该部分诗章影射了庞德对历史发展演进以及领袖人物对历史发展所做贡献的理性思考。

《诗章》第72—73章原文用意大利语写成,被称作《意大利诗章:第72—73章》(*Italian Cantos LXXII–LXXIII*)。这两首诗章字里行间点缀着庞德激进、狭隘、偏执的政治观点。由于担心刊印后会在欧美社会引发不可遏抑的争议,许多出版社都未接受庞德的出版要求。直到1986年《诗章》再版时[①],这两章才被添加进去。所以,在1971年的《诗章》版本中,第72—73章是空缺的。因此,在学术界,学者们也习惯性地把这两首诗章称作《遗漏诗章》[②]。

《诗章》第74—84章收录在1948年出版的《比萨诗章》(*The Pisan Cantos*)中。第二次世界大战后,庞德因为叛国罪(treason)被捕入狱。《比萨诗章》是庞德在比萨监狱所写的诗章,被视为诗人"最刻骨铭心"的诗篇,同时也被评论界视作庞德书写的《诗章》中最精彩的篇章之一。在该部分诗章中,庞德痛苦地反思意大利的没落、墨索里尼的失败以及他

---

① 郭英杰:《喧嚣的文本:庞德〈诗章〉研究》,中国社会科学出版社2020年版,第274页。
② [美]杰夫·特威切尔–沃斯:《"灵魂的美妙夜晚来自帐篷中,泰山下"——〈比萨诗章〉导读》,载[美]伊兹拉·庞德《庞德诗选——比萨诗章》,黄运特译,张子清校订,漓江出版社1998年版,第276—299页。

梦想中的乌托邦社会的终结。庞德将自己理想的破灭和政治经济学理念试验的失败，变成对欧洲的一首挽歌。庞德对过去的美好回忆和对孔子理想的执着追求，使他存活下来，"in the end—that has carved the trace in the mind/dove sta memoria"（最终——在脑幕上刻下痕迹/记忆不灭的地方）（Pound 477）①。但是，灵魂深处的美好天堂和现实生活的黑暗之夜产生了激烈的冲突，这让庞德痛不欲生、不知所措。而且，庞德作为诗人的存在，在此后的《诗章》文本中越来越具有隐喻性。

《诗章》第85—95章收录在1955年出版的《部分：掘石机诗章》（Section：Rock-Drill，De Los Cantares LXXXV - XCV）中。第一部分重复《中国诗章》和《美国诗章》的主题；第二部分再现庞德心中尚未泯灭的天堂（paradiso）幻象。说明诗人经过炼狱的考验之后，对个人理想和真理的追求并没有发生改变，反而像一位倔强的开山凿石的工人，去寻觅新的宝藏：他不仅对国民美德和崇高精神进行高歌、对异邦的神秘性进行探索，而且对新柏拉图主义哲学思想进行苦苦思索。该过程还包括庞德借助万物有灵论思想，对自然宇宙进行另类呈现。不过，第95章以奥德修斯船只的损毁和他被仙女伊诺（Ino）的拯救结尾，明显带有隐喻和自我投射的味道：有扑朔迷离的痛楚，也有神秘莫测的渴望。

《诗章》第96—109章收录在1959年出版的《王座诗章》（Thrones）中。该诗集标题出自但丁的《天堂》（"Paradiso"），并与但丁《天堂》里的理想境界有思想上的暗合②。总体来看，该部分诗章内容融合了《掘石机诗章》中出现的两个主题：对历史的深刻反思和对美德、智慧的高声赞美。一方面探索和描绘早期的基督教欧洲社会、19世纪的欧洲社会以及美国社会，另一方面展示君士坦丁堡公民法律、协会及其日常生活的细节等。在此过程中，理性和愚昧相互交织和碰撞。该部分的寓意在于：在追求智慧和光明的过程中，需要肉体和精神的双重磨炼，才可能抵达理想中的天堂；而现实的残酷，使庞德的理想变得虚无缥缈，这也是他内心痛苦的根源。

《诗章》第110—117章收录在1969年出版的《草稿与残篇》（Drafts & Fragments）中。此时，诗人年老体衰，精神状态大不如前。在重返意大利后，庞德努力回归平静、简单的生活。在该部分《诗章》中，庞德还

---

① [美]伊兹拉·庞德：《庞德诗选——比萨诗章》，黄运特译，张子清校订，漓江出版社1998年版，第65页。

② 常耀信：《美国文学简史》，南开大学出版社2003年版，第166页。

对自己几十年的创作历程进行回顾，反思个人得失，同时认识到，尽管他的生命之书《诗章》只是历史的碎片或者残篇，尽管它存在诸多争议、遗憾和缺陷，但是作为诗人呕心沥血写就的诗篇，仍不失为一首对人类社会、艺术创作、生命价值等进行审视的赞歌——当然，这首赞歌亦具有个人史诗的悲壮性质，就像荷马笔下奥德修斯的多舛命运。

如果说上面《诗章》的各板块内容介绍得比较宏观，不够具体，那么接下来就从微观之处着眼，对《诗章》117章中的各个章节进行聚焦和说明：

第1章：以极不平凡的互文和隐喻方式开始现代史诗创作之旅。庞德自喻为奥德修斯，受盲人先知提瑞西阿斯（Tiresias）启蒙，穿越黑暗的大海回家，有一种阴森、恐怖的气氛。

第2章：描绘了酒神狄俄尼索斯所代表的狂欢世界。真实的世俗世界与想象的永恒世界交相辉映，出现罗伯特·布朗宁（Robert Browning）、毕加索、荷马等人物形象。庞德似乎从一开始就要带领读者进行一次不同寻常的人类文化寻根之旅和探寻人类艺术真谛之旅。布朗宁的"独白体"，在该诗章中有生动呈现。

第3章：与《圣经·旧约》开天辟地的内容互文映射。庞德渴望"光：第一道光"。希伯来—基督教文学和古希腊—罗马文学及其传统对诗人的潜在影响，在此章有所呈现。

第4章：该诗章采用了典型的能剧书写形式，由一系列被分解后又重新组合的故事片段构成。基调灰暗，出现一系列象征人类不幸遭遇的意象。整个世界如同荒原，地狱的场景时隐时现。

第5章：神秘、浪漫、无奈混杂在一起；渴望真理；炼狱成为救赎的一种存在方式。

第6章：渴望人身权利和思想的自由；向往人间天堂。按照庞德原来的设想，第1—6章是整首《诗章》的"调色板"，后面的诗章围绕前六章的史诗结构和基调予以展开。

第7章：以英国为例，抨击西方现代社会及文化的堕落和腐朽；面对危机四伏的社会环境，呼唤有责任心的文学艺术工作者担负起历史使命；同时，对人生、人性等话题进行思考。

第8章：在追求理想和光明的道路上，需要意大利文艺复兴时期马拉特斯塔那样既懂高雅艺术又有崇高思想之人。

第9章：作为意大利艺术的庇护者，马拉特斯塔拥有君子做派和圣贤风度。

第 10 章：马拉特斯塔为了维护社会正义和良好秩序鞠躬尽瘁。

第 11 章：马拉特斯塔为了民族利益勇敢战斗，充满舍生取义的英雄气概。

第 12 章：回归历史真实，强调责任和义务的重要性。

第 13 章：大政治家、儒家学派创始人孔子的智慧以及关于责任与秩序的观念，值得西方人学习和借鉴。庞德潜意识里把孔子思想与基督教的价值观形成对照。他说，他愿意做东方文化的使者，使"杏花从东方吹到西方"。

第 14 章：现实世界如同地狱般丑陋、龌龊，没有一方净土；人类语言被滥用，失去纯粹之规范。

第 15 章：整个社会混乱无序、黑暗无比，当代文明虚无、压抑，让人窒息和绝望。

第 16 章：与但丁《神曲》中的地狱不同，庞德描写的地狱是真实存在的人间地狱。

第 17 章：在想象的世界里漂泊，把当代美国腐朽的社会文化与意大利水城威尼斯进行比较，构筑诗人心目中充满"光"的理性社会。

第 18 章：以忽必烈用桑树皮造钱的传说开始，以欧洲尔虞我诈的战争结束；通过对比，揭露西方社会动荡不安、道德沦丧的残酷现实。

第 19 章：透视美国资本主义社会唯利是图、金钱至上的本质。

第 20 章：向往春机盎然的景象，以半自传的方式纪念早年的欧洲之旅。在庞德看来，欧洲文明远超美国。但是当欧洲和平不再时，所谓繁荣和昌盛不过是海市蜃楼。

第 21 章：庞德注重历史记事；第一次出现美国前总统杰弗逊（Mr. Jefferson）形象，流露出庞德政治上的"需精英领导政府"的思想；指出"混沌是万物更新之源"。

第 22 章：回顾美国建国初期历史，试用 C. H. 道格拉斯（C. H. Douglas）经济学理论解释社会现象。

第 23 章：庞德有时戴着面具，有时变形为他者，想象与现实融为一体。在该诗章中，奥德修斯到达希腊、伯罗奔尼撒半岛及小亚细亚，见到玫瑰园及橄榄树。

第 24 章：追溯文艺复兴时期里米尼、米兰、威尼斯等地的历史人文盛况，借古讽今，针砭时弊。

第 25 章：继续挖掘意大利的历史文献遗存，寻找珍贵信息，还原历史真相，给现代社会以警示。

导　言

第 26 章：发誓从"黑暗中撷取光明"，恢复文艺复兴时期的人文主义精神和高尚品质。

第 27 章：认为英格兰、俄国等都处于极端的黑暗之中，必须改变现状，寻找光明。

第 28 章：上帝造万物，留下各种遗憾；需要提高人的道德水平，提升人在艺术、宗教、文化等方面的综合素养。

第 29 章：提到上帝之爱和对女性的认识，重申守护光明和顺其自然的重要性。

第 30 章：听月亮女神阿耳特弥斯（Artemis）唱关于"遗憾"的悲歌，说"时间是邪恶"。

第 31 章：赞颂美国先驱杰弗逊高瞻远瞩，敢作敢为，充满时代精神和开拓精神，以此衬托当时美国政府的麻木不仁和无所作为。

第 32 章：以拼贴手法诗性书写杰弗逊的经济政策、民族政策和外交政策。

第 33 章：艺术再现杰弗逊对军队供给的规划、提高国民素质的规划和经济建设规划。

第 34 章：把约翰·亚当斯的日记内容拼贴在诗句中，复原他的政治思想观点和经济建设主张。

第 35 章：揭露堕落的欧洲，质疑欧洲中心论；末尾暴露出庞德扭曲的政治意识和反犹太主义思想。

第 36 章：有意使用益格鲁－撒克逊语言探讨爱、理性、美德、仁慈等哲学命题。

第 37 章：聚焦马丁·凡·布伦（Martin Van Buren）的政治经济学思想，对他反对美国银行引发社会动荡的做法予以歌颂和赞美。

第 38 章：社会信贷危机导致经济危机和信仰危机；国际武器贸易必然导致国家间的战争；庞德希望用道格拉斯经济学中的"A＋B理论"解决社会问题。

第 39 章：转换身份，以奥德修斯的形象返回大海，向众神请教摆脱现实困境的办法。

第 40 章：再次抨击见利忘义、唯利是图的银行资本家；对高利贷及由此引发的社会问题，深恶痛绝；庞德指出，要"找到出口"，需要汉诺（HANNO）王那样的勇气和毅力。

第 41 章：把 1933 年 1 月与墨索里尼在罗马会晤时的场景移植到《诗章》，称墨索里尼为"Boss"；主张自主支配"我们的钱"，而不是被银行

23

家垄断。

第42章：倡导开设一种在任何情况下于公于私都讲信誉的银行机构，可以有合法的利润。

第43章：建构自己的金融服务体系和经济政策，强调责任、义务、信誉和秩序。

第44章：以史为鉴，建议通过宗教、律法、道德等手段维护金融和社会秩序。

第45章：依照道格拉斯的经济学思想，用最犀利的语言抨击高利贷产生的种种恶果。该诗章是《高利贷诗章》的重要组成部分。

第46章：从现实语境出发，把高利贷与战争以及银行的不作为联系起来。

第47章：回归想象世界；用奥德修斯与自然融为一体的和谐画面，反衬现实世界高利贷与人类战争的无聊和乏味。

第48章：杂糅历史碎片和趣闻逸事，展现高利贷与人类艺术创造力之间的矛盾。

第49章：根据庞德父亲留给他的画册（据说是一位名叫佐佐木玄龙的17世纪日本人画的潇湘八景，每张画上题有汉诗和日文诗。该潇湘八景图仿自北宋画家宋迪画的《潇湘八景》①），在中国学者曾宝荪女士的帮助下，创作《七湖诗章》，体现他对自然的敬畏，呈现人与自然的和谐关系，初步勾勒诗人心中的"地上乐园/人间天堂"。该诗章是整首《诗章》中最富有诗情画意的一个篇章，堪称经典。

第50章：由于高利贷和债务利息，人类和平和社会秩序被破坏。

第51章：揭露高利贷违背人性和自然规律，与第45章并称《高利贷诗章》。

第52章：用《礼记》的道德精神对抗高利贷；互文式地再现古代中国以礼治国、天人合一的观念。

第53章：歌颂尧、舜、禹，书写夏朝历史、商周之成汤以及孔子。

第54章：书写第四个朝代秦、第五个朝代汉、第八个朝代宋②以及第十三个朝代唐。

第55章：书写唐顺宗、王安石变法以及第十九个朝代宋。

---

① 叶维廉先生在美国对此做过考证和研究。具体细节参见蒋洪新《庞德研究》，上海外语教育出版社2014年版，第257页。

② 此处的"宋"是南朝"宋、齐、梁、陈"四朝之一，不同于下文的"宋"。

导　言

第 56 章：书写成吉思汗、忽必烈汗、第二十个朝代元、王氏（Lady Ouang Chi）、洪武之治以及第二十一个朝代明。

第 57 章：书写建文帝、明宪宗、明孝宗等皇帝在位时的中国历史。

第 58 章：书写第二十二个朝代清，重点聚焦清太宗爱新觉罗。

第 59 章：书写清朝顺治、康熙年间的人文历史；提到中俄条约。

第 60 章：书写耶稣传教士在中国的活动以及康熙皇帝的政治、经济策略。

第 61 章：书写雍正皇帝、乾隆皇帝的开明政治。

第 62 章：雍正皇帝驾崩那年，美国第二任总统约翰·亚当斯"恰好"诞生；在庞德看来，亚当斯传递了"东方的精神"，通过光明磊落、诚实和正直"解救我们"，解救混乱的西方世界。

第 63 章：亚当斯、杰弗逊、富兰克林（Benjamin Franklin）等革命先驱，为赢得美国独立自主和建立良好社会秩序做出了不朽贡献。

第 64 章：美国建国初期的法律与《礼记》中的"礼"有异曲同工之妙；在美国民众中倡导自由、民主、平等、博爱的思想。

第 65 章：以亚当斯为代表的美国领导人，在政治变革、经济发展、军事外交等方面与秉承中国孔子智慧的儒家领导人有相似之处，所以能够实现国泰民安。

第 66 章：消除国债，重视人权，建立和谐关系；同时强调责任、美德和义务。

第 67 章：提出美国政府及要员要从普通民众的共同利益出发，遵纪守法，实施行政、立法、司法三权分立。

第 68 章：认为对人性与自由的追求古已有之；反对高利贷剥削；为语言的合理性和合法性"正名"。

第 69 章：资本家唯利是图，政府必须采取措施进行干预；要搞好与欧洲各国的关系，重视发展经济。

第 70 章：批判汉密尔顿（Alexander Hamilton）① 经济政策未发挥实际作用；社会的混乱无序"在记忆之境"，诗人痛心不已；他希望西方政治领导人能够学习孔子智慧，采取"中庸"之道。

第 71 章：告诫西方执政者要以史为鉴，重视公众的意见；警示他们

---

① 亚历山大·汉密尔顿（Alexander Hamilton，1757—1804）是美国独立运动时期的政治家、经济学家，也是美国独立后第一届财政部长，保护幼稚工业理论的最早提出者，他代表工业资产阶级的利益，极力主张实行贸易保护政策。

要居安思危,不要妄自菲薄;同时,诗人呼唤和平与安宁。

第72—73章:史称《意大利诗章》或者《遗漏诗章》。原文为意大利语,内容亲法西斯,所以1971年的版本中未收录,直到1986年《诗章》再版时①才添加进去。目前仍存在许多争议。

第74章:《比萨诗章》第一章。开篇就展现诗人在比萨监狱的悲痛心情;计划将其作为遗言来写;称自己是"日落西山的人"。

第75章:《诗章》中唯一一篇将音乐五线谱直接作为诗歌内容的章节,显得非常特别;庞德称,那"不是孤鸟独鸣,而是群鸟齐唱"。

第76章:回顾往事,庞德无限惆怅,他感慨说:"人愈老愈愚蠢/历经磨难。"

第77章:坚守孔子的中庸之道;认识到"在炼狱中没有胜利"。

第78章:还在梦想共和国;抨击高利贷;寻找"道"。

第79章:活在想象之中,也活在记忆里,以获得生存的希望和动力。

第80章:怀念墨索里尼、惠特曼、艾略特、孔子、荷马、叶芝……纪念意大利文艺复兴;诅咒高利贷。

第81章:神话与想象再次唱和,痛楚与无奈再次溢出;自我慰藉;意味深长地说:"扯下汝之虚荣。"

第82章:回忆在伦敦、巴黎、意大利等地的生活场景;称"死亡不可捉摸",唯有哭泣。

第83章:与《诗章》第1章互文,想起海神涅普顿(Neptune);渴望光、快乐和永恒;希望美国告别"目空一切的时代"。

第84章:《比萨诗章》最后一章。庞德感觉自己的生命即将到尽头;有悲伤、有泪水;向往"桃花源";对"中"仍然顶礼膜拜。

第85章:对中国文化和汉字的痴迷,流露在字里行间;崇尚仁、义、礼、智、信。

第86章:从中国儒家文化认识到要体恤他人、爱人爱己、诚实守信,才能"成王"。

第87章:强调"日日新",注重"志"与"德",抨击高利贷。

第88章:再次回顾美国早期发展史以及中国古代史,阐述自己的经济学立场和态度;主张消除公共债务,建立法治政府;反对高利贷剥削,抵制垄断。

第89章:希望西方社会重视中国文化,区分善恶,讲"义"不"曰

---

① 郭英杰:《喧嚣的文本:庞德〈诗章〉研究》,中国社会科学出版社2020年版,第274页。

利"；倡导以法律治国；希望美国革命先驱的精神能够发扬光大、泽被后世。

第 90 章：进入梦幻世界，与自然融为一体；歌颂光和勇气，声称"梦想依然存在，一切因爱而生"。

第 91 章：受新柏拉图主义思想影响，频繁出现"光""水晶""火"等意象。在庞德看来，爱、荣耀、快乐是世界的正能量和人存活的精神支柱。

第 92 章：再谈高利贷给西方社会带来的危害，认为"凡事有因有果"；高利贷是祸端，对待它必须像防洪水一样。

第 93 章：知识有太多选择，需要做甄别；心中有光，行为需要仁义；孔子"仁"的思想要提倡，不能像汉密尔顿，只讲勇气而不顾后果。

第 94 章：银行以谋利为目的最终滋生腐败，需要完善法律维护公民利益，更需要孔孟儒学之"道"予以正确引导，达到"日日新"。

第 95 章：爱民如己乃为官之道，凡·布伦和亚历山大（Alexander）做出了榜样；但是需要后继有人，正如尧所说："需要继承人"，需要"近乎仁"的"人"！

第 96 章：理性、自由、诚实、守信是社会存在和立人之本；语言的纯化也是义举；美好秩序需要所有人共同参与和努力维护。

第 97 章：在庞德看来，好的社会需要有"王"或"英雄"的存在和领导，因为"当王退位了，银行家又开始行动了"；当然，法律和道德的约束力量不可忽视。

第 98 章："我们的工作是去建造光"，并且"日日新"；要寻找火种，点燃希望；坚持孔孟儒学的"义气"，做好"本业"；领会康熙《圣谕》。

第 99 章：雍正使《圣谕》泽被后世，社会井然有序，人民安居乐业；建议不能脱离典籍和圣人的教诲，亲贤臣，远小人，充满感恩之心。

第 100 章：对 18—19 世纪欧洲经济史进行回顾和批判性反思，认为孔子的道德哲学和康熙《圣谕》给堕落的西方社会带来光明和希望。

第 101 章：借助拼贴手法还原部分中国史、美国史和欧洲史；荣耀、自由、人性仍是被关注的对象。

第 102 章：意大利文艺复兴时期的民族精神需要继续发扬；追求阳光、慈爱、和平。

第 103 章：欧洲的政治经济已经"疲惫"；美国不仅要自强不息，而且要坚持原则、抵制高利贷。

第 104 章：庞德在该诗章一开始就聚焦云南少数民族纳西族文化及宗教传说，然后书写记忆中的好友、欧洲文艺复兴等内容。《论语·学而》云："君子务本，本立而道生。"庞德也特别强调人的独立、"本业"和诚信。

第 105 章：用马赛克式的语言谈到关于欧洲的典故，涉及莫扎特（Wolfgang Amadeus Mozart）、坎特伯雷、《大宪章》、《什一税》以及维庸（Francois Villon）的诗等，表达对尊严、正义、宗教、法律等的思考。

第 106 章：谈到尧、舜和《管子》，阐发对孔子思想的理解，间接表达自己的政治经济学立场以及美好期待。

第 107 章：回溯英国历史和政治；认为但丁《神曲·天堂》里的光与孔子的卓越思想一起，能够给世人以启示和引导。

第 108 章：强调做好"本业"需要勇气、善和"一以贯之"的责任。

第 109 章：融合庞德的回忆和亲身经历，以"陪审团在雅典的审判"隐喻自己在华盛顿的审判；内容方面有理性，也有疯狂。

第 110 章：庞德在该诗章书写"哈拉里肯"片段的主要依据，是美国植物学家兼人类学家洛克（Joseph F. Rock）于 1939 年译注的双语版《开美久命金的爱情故事》①。诗人浮想联翩，睹物思人，希望寻找到片刻的宁静与快乐。他回忆起年轻时的爱情和对美的理解及感悟，再次提出他的艺术创作主张"日日新"。

第 111 章：想起《论语》的教诲，想象美好的天堂，感受灵魂与空气的合流。

第 112 章：进入人间天堂——云南丽江以及纳西族文化圈。里面有"玉河"，还有"命运的托盘"和"月亮"。

第 113 章：在天堂穿行；目睹正义与非正义，品尝甜蜜与辛酸；感悟说："没有人能看到他自己的终结。"

第 114 章：天堂与地狱之境交错闪烁；诗人情绪异常复杂，不断追忆往事，借着伏尔泰的口说："我不恨任何人。"

第 115 章：歌唱光明，歌唱永恒；认为"生与死都不是答案"。

第 116 章：表示在"不失去正直的情况下承认错误"，因为"美不是疯狂"。

第 117 章：希冀和平与宁静永驻，但是痛苦仍流淌心间；悲壮地呐喊"我与世界争斗时/失去了我的中心/一个个梦想碰得粉碎/撒得到处都是——/而我曾试图建立一个地上的/乐园"②。

---

① 具体细节参见钱兆明《庞德〈诗稿与残篇〉中的双重突破》，《外国文学》2019 年第 2 期。
② 该译文转引自［美］伊兹拉·庞德《庞德诗选——比萨诗章》，黄运特译，张子清校订，漓江出版社 1998 年版，第 1 页。

综上所述，庞德的《诗章》在框架结构和内容书写方面表现出三个显著特点：一是庞德借助隐喻性的语言借古讽今，他戴着面具言说，亦常常变形为他者，在史诗的字里行间融入他对现代社会、政治、经济、历史、哲学等方面的批判性思考；二是庞德通过戏仿西方史诗经典的叙事模式——包括对《奥德赛》《神曲》《索尔戴罗》（"Sordello"）等经典作品的主题、结构等进行戏仿与创意式改写，实现他对英美诗歌传统的重塑和再创造；三是庞德信仰儒家经典《大学》《中庸》《论语》等，还把自己视作孔子思想的忠实信徒。他追求"日日新"，并把他对中国儒学的理解感知与对地狱、人间、天堂等的诗歌意象进行互文式建构和关联，积极呈现他所倡导的标新立异的现代主义风格。此外，由于庞德《诗章》的写作经历了一个跌宕起伏的过程，富有传奇色彩，这也使读者在阅读《诗章》时，能够觉察到这样一种特别的文本现象：诗人庞德将《诗章》各个组成部分形成体系的过程[①]，就是他的诗学大厦不断完善并最终得到和谐建构的过程。

[①] 关于《诗章》成书的具体细节，参见郭英杰《喧嚣的文本：庞德〈诗章〉研究》，中国社会科学出版社2020年版，第270—274页。

第一章 《诗章》现代主义风格的研究现状及其他

对任何事物的研究，文献梳理工作不可缺少。在古代中国，"文献"一词最早见于《论语·八佾篇第三》，语出儒家学派宗师孔子："夏礼，吾能言之，杞不足征也；殷礼，吾能言之，宋不足征也。文献不足故也。足，则吾能征之矣。"孔子的意思是说，"夏代的礼，我说得出来，可是它的后世杞国不足以作证明；殷代的礼，我也说得出来，但是它的后世宋国不足以作证明。这是因为这两国的历史文件和贤者都不够的缘故。如果有足够的历史文件和贤者，我就可以引来作证明了"①。文献梳理条分缕析，"历史文件"和"贤者的观点"亦做到了然于胸，后续研究及相关学术判断就会水到渠成。孔子编纂《春秋》、修订"六经"，司马迁编著《史记》，刘向编定《战国策》，班固修撰《汉书》……历代先贤率先垂范，鞠躬尽瘁，在文献梳理及阐释方面皆用心良苦，方有传世之作。我们开展《诗章》现代主义风格的研究工作，亦必须师法先贤、毕恭毕敬，才可能有锱铢之功。司马迁在《报任少卿书》中云："亦欲以究天人之际，通古今之变，成一家之言。""成一家之言"给我们的启示是，我们先应该对《诗章》现代主义风格在国内外的研究现状进行梳理，然后讨论《诗章》现代主义风格研究的目的、内容与方法。

第一节 《诗章》现代主义风格在国外的研究

整体来看，在对庞德及《诗章》的研究方面并非所有的西方学者都抱有浓厚的兴趣并秉持积极和肯定的态度。这里以英美学者为例。20世纪20—40年代，在英国比较正统的学术评论圈，很少有学者论及庞德及《诗章》②。直

---

① ［英］理雅各英译：《四书》，杨伯峻今译，湖南出版社1996年版，第80页。
② 蒋洪新：《庞德研究》，上海外语教育出版社2014年版，第13—14页。

到 1950 年，剑桥大学 F. R. 利维斯教授（F. R. Leavis）撰写名著《英诗新方向》(*New Bearings in English Poetry*)，开辟专章论述庞德和《诗章》，算是开了先河。不过，他对《诗章》评价不高，倒是比较欣赏庞德于 1920 年发表的《休·赛尔温·莫伯利》。1939 年，在美国有较高声誉的诗歌评论家柯林斯·布鲁克斯（Cleanth Brooks）出版了《现代诗歌与传统》(*Modern Poetry and the Tradition*)。这是一部专门讨论英美现代主义诗歌与文学传统关系的著作。该书辟有专章讨论叶芝、艾略特、弗罗斯特、奥登（Wystan Hugh Auden）等现代派诗人及其诗作，但是并未专章论及庞德。布鲁克斯只是在前言中一笔带过地提及庞德："伊兹拉·庞德、华莱士·史蒂文斯（Wallace Stevens）、唐纳德·戴维在本书中被省略应该是件憾事。"① 这两个虽是个案，但从一个侧面反映了部分学者对庞德及《诗章》的态度问题。纵观英美诗歌发展史，西方学术界对庞德及其作品的研究，经历了从 20 世纪初至 40 年代的起步期、50—60 年代的发展期、70—90 年代的高潮期、21 世纪以来的多元化探索期。与此同时，英美学者对待庞德的态度问题上，逐渐形成三大阵营："倒庞派""挺庞派"和"中立派"②。这在无形之中也影响到学者们对庞德《诗章》及其现代主义风格的研究。

经过文献梳理，笔者发现，国外学者中没有旗帜鲜明地仅研究庞德《诗章》现代主义风格的专著。有四部著作的部分内容涉及庞德《诗章》里的现代主义风格：一部出版于 1984 年，另三部同时出现在 1993 年。第一部聚焦庞德在"书写天堂"过程中呈现出来的"风格和谬误"，指出庞德的《诗章》具有现代主义风格；后三部论及"现代主义的诞生""习得现代主义"以及"激进现代主义"，是把庞德与其他诗人或艺术家（如艾略特、温德姆·路易斯等）放在一起进行考察，并非庞德《诗章》的专题研究。这里简要论述如下：

1984 年，克里斯丁·弗卢拉（Christine Froula）出版《去书写天堂：庞德〈诗章〉里的风格和谬误》(*To Write Paradise*: *Style and Error in Pound's Cantos*)③。该著作从庞德一生苦苦思索的"天堂"开始展开横向

---

① Cleanth Brooks, *Modern Poetry and the Tradition*, Chapel Hill: The University of North Carolina Press, 1939; Frank Raymond Leavis, *New Bearings in English Poetry*: *A Study of the Contemporary Situation*, London: Chatto & Widus, 1950.

② 郭英杰：《喧嚣的文本：庞德〈诗章〉研究》，中国社会科学出版社 2020 年版，第 8、275—281 页。

③ Christine Froula, *To Write Paradise*: *Style and Error in Pound's Cantos*, New Haven: Yale University Press, 1984.

和纵向的论述，在肯定《诗章》"非凡艺术构思"的同时，指出庞德的"天堂"建构在他极端的"个人主义"之上。为此，作者用"风格"（style）和"谬误"（error），影射庞德的"现代主义特色""颠覆传统"的决心以及"日日新"的艺术创举。弗卢拉同时指出，庞德的"天堂"因为具有"极端个人主义倾向"，使《诗章》不可避免沾染"令人遗憾的"内容。该作品的优点是，作者认识到庞德的《诗章》具有现代主义风格，但是未回答诸如"庞德《诗章》现代主义风格产生的背景是什么？表现在哪些方面？受哪些因素影响？"等关键性问题，因此留下不少遗憾。

1993年，里昂·苏瑞特（Leon Surette）出版《现代主义的诞生：伊兹拉·庞德、T. S. 艾略特和神秘学》(*The Birth of Modernism: Ezra Pound, T. S. Eliot and the Occult*)①。该著作不是单纯聚焦庞德及其诗学，而是把庞德和艾略特放在一起进行讨论。研究的思路，是把庞德和艾略特置于宏大的历史语境和社会情境中，指出庞德和艾略特通过"颠覆传统"和"革故鼎新"（innovation），创造了一个新时代，也就是"现代主义者的时代"，从而宣告了"现代主义的诞生"。因为庞德和艾略特继承和延续了英美文学和文化中的"神秘主义内容"，使他们的诗歌创作和诗学思想，潜移默化地带有"复杂性"（complexity）特征，也因此蒙上了一层神秘主义色彩。同年，盖尔·麦克唐纳（Gail McDonald）出版《习得现代主义：庞德、艾略特和美国大学》(*Learning to Be Modern: Pound, Eliot, and the American University*)② 一书。该著作与苏瑞特作品的相似之处在于，都把庞德和艾略特作为研究对象，并从欧洲文学及其历史语境和美国本土文学及其历史语境出发，探讨以庞德和T. S. 艾略特为代表的"特立独行的诗人"在19世纪中后期到20世纪初这个特殊的历史阶段，所引发的诸多诗学和文学现象。不同之处在于，麦克唐纳有两点新发现：（1）庞德和艾略特的"现代主义"只是一个开始，其"习得的过程"需要"后辈诗人"检验；（2）庞德和艾略特的诗学思想及其现代主义作品，已经在美国大学发挥积极作用，并逐渐成为美国"新传统"的重要组成部分。也是在同年，文森特·B. 谢里（Vincent B. Sherry）发表《伊兹拉·庞德、温德姆·路易斯与激进现代主义》(*Ezra Pound, Wyndham Lewis, and Radical*

---

① Leon Surette, *The Birth of Modernism: Ezra Pound, T. S. Eliot and the Occult*, Montreal: McGill-Queen's University Press, 1993.

② Gail McDonald, *Learning to Be Modern: Pound, Eliot, and the American University*, Oxford: Oxford University Press, 1993.

Modernism)①。该著作把庞德与路易斯放在一起讨论。路易斯是英国作家、批评家和画家,曾担任《爆炸》等实验派杂志的编辑,也是流行一时的漩涡画派的创始人,其作品包括小说、评论、哲学研究和政治宣传册等,充满"愤慨的激情"和"讽刺的智慧"。这些内容在该作品的评述中都有精彩呈现。该书的特色在于,作者能够游刃有余地把庞德与路易斯放在艺术批评的维度,思考二者之间的互动关系,论述他们在英美文坛的地位、价值和对当时文学圈、艺术圈产生的影响,同时以敏锐的批评视角探讨他们作品中的现代主义特色和艺术感染力,并把二者的"另类风格"界定为"激进现代主义"(radical modernism)。

1999 年,加拿大皇家学会院士、温哥华英属哥伦比亚大学英语系教授伊拉·B. 纳代尔主编了一部关于庞德及《诗章》研究的论文集《伊兹拉·庞德研究剑桥指南》(*The Cambridge Companion to Ezra Pound*)②。该论文集共收录 15 篇文章,颇具影响力。第一篇是纳代尔本人撰写的引言部分"理解庞德"("Understanding Pound"),其余 14 篇著者都是庞德及《诗章》研究领域颇有影响力的代表人物,分别是美国密歇根大学教授乔治·伯恩斯坦(George Bornstein)、美国新墨西哥大学教授休·维特米艾尔(Hugh Witemeyer)、美国罗切斯特大学教授丹尼尔·阿尔布赖特(Daniel Albright)、英国基尔大学教授伊安·F. A. 贝尔(Ian F. A. Bell)、英国牛津大学教授罗纳德·布什(Ronald Bush)、英国萨塞克斯大学教授彼得·尼克尔斯(Peter Nicholls)、德国拜罗伊特大学教授理查德·泰勒(Richard Taylor)、意大利热那亚大学教授马斯莫·巴奇加卢波(Massimo Bacigalupo)、美国新墨西哥州立大学教授瑞德·W. 戴森布鲁克(Reed W. Dasenbrock)、美国加州大学教授迈克尔·英格哈姆(Michael Ingham)、美国得克萨斯大学教授蒂姆·瑞德曼(Tim Redman)、英国华威大学教授海伦·M. 丹尼斯(Helen M. Dennis)、美国普渡大学教授温迪·弗洛瑞(Wendy Flory)以及在英国剑桥大学取得博士学位的中国学者谢明(Ming Xie)。上述专家学者的写作涵盖庞德及《诗章》研究的各个重要方面,涉及"早期《诗章》研究""中期《诗章》研究""晚期《诗章》研究""《诗章》版本研究""庞德作为评论家""庞德作为翻译家"等话

---

① Vincent Sherry, *Ezra Pound, Wyndham Lewis, and Radical Modernism*, New York: Oxford University Press, 1993.

② 鉴于该书的学术价值及影响力,2001 年,上海外语教育出版社从剑桥大学出版社获得该书出版的版权,开始在国内出版发行。参见 Ira B. Nadel, ed., *The Cambridge Companion to Ezra Pound*, Shanghai: Shanghai Foreign Language Education Press, 2001。

题。其中，乔治·伯恩斯坦撰写的《伊兹拉·庞德与现代主义的形成》（"Ezra Pound and the Making of Modernism"）一文，论述了庞德与英美现代主义诗歌发展之间的关系，同时也论及《诗章》中现代主义风格的呈现问题。庞德具有天才诗人的优秀品质，他本人不仅积极实践现代主义诗歌风格，全身心地投入现代主义文学事业，而且不遗余力地支持和鼓励诸如艾略特、海明威、叶芝、H. D.、乔伊斯等才华横溢的作家大胆地、实验性地在作品创作中呈现现代主义写作特色。伯恩斯坦指出："Pound helped to make modernism by supporting and encouraging other modernists and by helping to produce, distribute, and institutionalize modernist works."（庞德通过支持和鼓励其他现代主义作家，通过帮助他们出版、发行现代主义作品并使之形成体系，来帮助构建现代主义文风。）这是一个别开生面的"现代工程"（modernist project），庞德乐此不疲地参与其中。除了好友之间畅快淋漓的交流探讨，他们还有"互文"（intertextuality）式的创作内容，那是"一成套的、共有的创作主题和话语实践"（a common set of themes and discursive practices），既有方式方法的创造和"生产"（production），又有思想观点的"撒播"（dissemination）。庞德强调"日日新"（《诗章第 53 章》），他相信"艺术家总是不停地开始"（The artist is always beginning），认为"任何艺术品，倘若不是一种开始、一种创造、一种发现，几乎毫无价值可言"（Any work of art which is not a beginning, an invention, a discovery, is of little worth）。具有这种"现代主义品格"（modernist qualities）的作家除了庞德和上面提及的人物，还包括威廉斯、T. E. 休姆、奥尔丁顿、弗罗斯特、卡明斯、路易斯、劳伦斯（D. H. Lawrence）、摩尔（Marianne Moore）、福特（Ford Madox Ford）等。他们之间互相学习和借鉴，而不是因"影响的焦虑"（anxiety of influence）而产生隔阂[1]。庞德把这一切都以互文的方式写进他的史诗《诗章》。

在最新面世的著作中，英国学者杰玛·莫斯（Gemma Moss）于 2021 年由爱丁堡大学出版社出版的《现代主义、音乐与美学政治》（*Modernism, Music and the Politics of Aesthetics*）一书无疑是一颗耀眼的明珠。在该书中，莫斯专门有一章以《诗章第 75 章》（"Canto LXXV"）为例，论述庞德作为现代主义诗人与音乐和法西斯政治之间的微妙关系。《诗章第 75 章》是《比萨诗章》的第二首。在庞德宏大的《诗章》写作体系中，

---

[1] George Bornstein, "Pound and the Making of Modernism", in Ira B. Nadel, ed., *The Cambridge Companion to Ezra Pound*, Cambridge: Cambridge University Press, 1999, pp. 22 – 41.

《比萨诗章》通常被学者认为是"最著名、最持久的范例"①，而《诗章第 75 章》又是《比萨诗章》里非常与众不同的一首。《诗章第 75 章》的内容是 7 行参差不齐的诗行和两页共计 23 行的乐谱。无论在内容还是形式方面，它都完全有别于其他诗篇。即使把它放在 822 页的整部《诗章》中，也显得极为特别。不过，莫斯认为，这正是《诗章第 75 章》具有典型性和代表性的原因，因为它生动诠释并彰显了庞德在音乐方面的才能以及音乐对庞德现代主义风格形成所产生的积极作用。这两页乐谱在《诗章》中起到画龙点睛的作用，是庞德音乐美学（musical aesthetics）的集中呈现②。

在期刊论文方面，有 4 篇涉及庞德《诗章》现代主义风格研究的作品值得关注。这里概述如下：

1985 年，查尔斯·阿尔迪里（Charles Altieri）在《凯尼恩评论》（*The Kenyon Review*）第 4 期发表《现代主义抽象与庞德诗章首章创作：一种新文艺复兴理念》（"Modernist Abstraction and Pound's First Cantos: The Ethos for a New Renaissance"）一文。文章提到庞德诗章首章（first Cantos）的创作，具体是指庞德于 1917 年 6 月、7 月、8 月发表在《诗刊》第 3、4、5 期上的《三首诗章》（"Three Cantos"）。阿尔迪里把《三首诗章》亦称作"Ur-Cantos"（元诗章）。作者受到庞德研究权威休·肯纳的名作《庞德时代》（*The Pound Era*, 1971）的启发和影响，认为庞德的现代主义风格在"元诗章"中已有呈现，并与当时英美艺术领域兴起的漩涡派、立体派的绘画理论有密切关系。漩涡派、立体派的艺术创作思想强调创新融通和自我意识，"个人主义"（individualism）、"精确有型的能量"（precisely patterned energies）和绘画中的"可视艺术"（visual arts），都为庞德的"史诗创作提供必要的伦理关联"（the ethical correlative necessary for epic poetry）。这又与现代主义美学的塑造有关，因为"任何一种美学都意味着一种理念"（Every aesthetic implies an ethos），该理念会指导庞德这样的艺术工作者形成"理想化的力量"（an idealizable power）③。

1995 年，曾发表《庞德〈诗章〉探源》（*The Genesis of Ezra Pound's*

---

① Anthony Woodward, *Ezra Pound and the Pisan Cantos*, London: Routledge and Kegan Paul, 1980, p. 110.

② Gemma Moss, *Modernism, Music and the Politics of Aesthetics*, Edinburgh: Edinburgh University Press, 2021, pp. 88 – 136.

③ Charles Altieri, "Modernist Abstraction and Pound's First Cantos: The Ethos for a New Renaissance", *The Kenyon Review*, Vol. 7, No. 4, 1985, pp. 79 – 105.

Cantos)① 的著名学者罗纳德·布什教授,在《现代主义/现代性》(Modernism/Modernity)第3期发表《现代主义、法西斯主义与伊兹拉·庞德的比萨诗歌创作》("Modernism, Fascism, and the Composition of Ezra Pound's Pisan Cantos")一文。该论文就庞德《比萨诗章》中的现代主义、法西斯主义及创作主旨之间的关系展开讨论。作者旁征博引,立场鲜明,认为"诗歌现代主义"(poetic modernism)表现手法是《比萨诗章》"真实性"(authenticity)和"即时性"(immediacy)特色的彰显,人类社会、大自然和诗化的理想融合在一起,使《比萨诗章》成为英美诗坛不可多得的艺术佳作,并成为"现代诗歌的里程碑"(a landmark of modern poetry)。但是,由于受到法西斯思想的污染,庞德的诗歌创作在构思和主题等方面也受到批评家的质疑。譬如,《比萨诗章》的现代主义表达方式(modernist manner)、经验的移植(naturalization of experience)以及诗行中的法西斯政治(fascist politics)会被关联起来。力挺庞德影响力的一种观点是,"*The Pisan Cantos* were confessions wrung out of a repentant fascist"(《比萨诗章》是一个有悔改心的法西斯分子的忏悔书)。尽管庞德所写的诗歌内容和对自然的呈现具有"神秘化"(mystifications)的倾向,但是诗人通过高超的现代主义诗歌技巧使理想与现实、想象与真实、主体与客体等得到蒙太奇式的艺术演绎②。

对庞德《比萨诗章》的现代主义风格同样感兴趣的美国学者萨拉·艾勒斯(Sarah Ehlers),于2012年在《庞德研究专刊:现当代诗歌与诗学》(*Paideuma: Modern and Contemporary Poetry and Poetics*)上发表《伊兹拉·庞德的反常选集》("Ezra Pound's Perverse Anthology")一文。艾勒斯认为,庞德的《比萨诗章》内容庞杂,充满争议性和开放性,这也使该诗集具备现代主义阐释的各种可能。在文本理论的视域下,庞德的《比萨诗章》与诗人莫里斯·斯皮阿尔(Morris Speare)的《诗歌袖珍书》(*Pocket Book of Verse*)具有许多风格与表达上的关联之处。而且,按照艾勒斯的说法,"An analysis of the intertextual relationship between Speare's anthology and *The Pisan Cantos* allows the Pisans to be read as what I call a 'perverse anthology'"(对斯皮阿尔诗歌选集和《比萨诗章》之间互文关系的分析,会让读者感受到《比萨诗章》就是我所说的"反常选集")。庞德

---

① Ronald Bush, *The Genesis of Ezra Pound's Cantos*, Princeton: Princeton University Press, 1976.

② Ronald Bush, "Modernism, Fascism, and the Composition of Ezra Pound's Pisan Cantos", *Modernism/modernity*, Vol. 2, No. 3, 1995, pp. 69–87.

的《比萨诗章》充满马赛克式的拼贴内容，它是整部史诗《诗章》的一个缩影、一个"文化附录"（cultural appendix）或"索引"（index），而庞德本人充当了"文化档案管理员"（cultural archivist）的角色①。

2021 年，伊拉克科马尔科技大学（Komar University of Science and Technology, Iraq）的 K. S. 阿卜杜勒卡德尔（K. S. Abdulqadr）等三位学者合作撰写并发表了《伊兹拉·庞德在维多利亚时代和现代主义之间的诗歌：历史传记的分析视角》（"Ezra Pound's Poetry between Victorianism and Modernism: A Historical-Biographical Analysis"）一文。该文有两个亮点：一是作者从"历史—生平相结合"的角度讨论庞德的诗歌创作，有别于其他国外学者的研究和探讨；二是作者试图对庞德在维多利亚时代和现代主义之间的诗歌进行分析，具有一定的新意，因为以往的学者要么只讨论维多利亚文学对庞德诗歌创作的影响，要么只关注庞德的现代主义诗学特色，对维多利亚时代和现代主义之间的诗歌关注不够。当然，该论文的缺陷也显而易见：阿卜杜勒卡德尔等学者所说的"Ezra Pound's Poetry"是一个非常笼统和含混的概念，从字面看，它应该包括庞德从早期到晚期书写的许多诗歌，实际上在行文过程中仅涉及包括"In a Station of the Metro""And Days are Not Full Enough"和"Alba"在内的寥寥几首意象派诗作及名篇，而且学理性不足，论述亦欠深入。此外，作者提到庞德的史诗《诗章》页数是"800‐page"（800 页），创作时间是"ca. 1917‐1962"（约 1917—1962），均值得商榷②。同年，诗歌评论家大卫·霍克斯（David Hawkes）在《现代主义文化》（*Modernist Cultures*）第 3 期发表《T. S. 艾略特和伊兹拉·庞德诗歌创作中的现代主义、通货膨胀和金本位》（"Modernism, Inflation and the Gold Standard in T. S. Eliot and Ezra Pound"）一文。该文语言犀利、观点独到，问题所向直指靶心。其论述聚焦英美现代主义两位代表人物艾略特和庞德的诗歌创作，并就他们在诗歌中呈现出来的"现代主义风格"（modernist style）、"社会通货膨胀现象"（inflation in society）以及"金本位思想"（ideas of the gold standard）进行综合分析。文中就庞德《诗章》中的经典篇章如《比萨诗章》进行有针对性的讨论，较有启发性。但是，由于作者并不是只关注庞德及其

---

① Sarah Ehlers, "Ezra Pound's Perverse Anthology", *Paideuma: Modern and Contemporary Poetry and Poetics*, Vol. 39, 2012, pp. 115‐141.

② K. S. Abdulqadr, R. J. Omer & R. H. Sharif, "Ezra Pound's Poetry between Victorianism and Modernism: A Historical-Biographical Analysis", *Technium Social Sciences Journal*, Vol. 21, 2021, pp. 826‐832.

《诗章》，对《诗章》作品中现代主义风格的论述，显得有些薄弱[①]。

纵观上述国外研究成果，虽然学者们试图从不同角度和方面对庞德《诗章》中的现代主义风格进行讨论，有些论述也别开生面，但是，客观来讲，他们的研究并非完美无缺。一方面，以文森特·B.谢里为代表的英美学者，因为对庞德的政治立场和观点持有偏见，导致他们在论述《诗章》的现代主义风格时，会把政治和艺术杂糅在一起进行论述，从而使相关讨论带有较强烈的主观情感色彩[②]。这在某种程度上，不可避免地使某些阐释和结论有失公允。另一方面，国外学者不可能穷尽《诗章》中关于现代主义诗歌风格研究的所有话题。譬如，论及《诗章》与中国和中国文学之间的关系，西方学者所做的研究无论在质量上还是数量上都不尽如人意。而且，作为中国学者，我们还需要站在本土立场，对相关话题予以再审视和再思考。此外，《诗章》具有磅礴繁杂的诗学体系，在诗歌结构、思想、内容等方面，还存在许多待开拓的研究领域，包括庞德的《诗章》与荷马的《奥德赛》在诗歌主题和风格方面到底存在什么样的互文关系？庞德的《诗章》与但丁的《神曲》在诗歌主题和风格方面存在什么样的互文关系？布朗宁的"独白体"对庞德的《诗章》写作产生了怎样的影响？惠特曼的"自由体"及《草叶集》对庞德的《诗章》写作产生了怎样的影响？等等。这为该研究"踩在巨人的肩膀上"继续朝着纵深方向拓展，留下了许多可阐释的空间和可能性。

第二节　《诗章》现代主义风格在国内的研究

在国内，庞德及《诗章》研究已成为一门显学。从"庞德学"（Poundian Studies）[③] 整体研究动向来看，一方面，我们需要着眼于国外学者已有的研究和讨论，以避免观点偏颇和自说自话；另一方面，我们还需要立足本国，守好本位，系统分析《诗章》的现代主义风格这个"亮点"，从思想性和艺术性两个方面进行聚焦，对其进行较为全面和深入的探讨，以做到承上启下、继往开来。

[①] David Hawkes,"Modernism, Inflation and the Gold Standard in T. S. Eliot and Ezra Pound", *Modernist Cultures*, Vol. 16, 2021, pp. 316 – 339.

[②] Vincent Sherry, *Ezra Pound, Wyndham Lewis, and Radical Modernism*, New York: Oxford University Press, 1993.

[③] 该术语参见赵毅衡《诗神远游：中国如何改变了美国现代诗》，上海译文出版社2003年版，第20页；蒋洪新《庞德研究》，上海外语教育出版社2014年版，第18、20页。

然而，就目前国内学者已有的研究成果来看，关于庞德《诗章》现代主义风格的研究还没有专著问世，这与国内"庞德学"蓬勃发展的局面不相称，也使我们目前的研究工作显得紧迫而有意义。在已出版的专著中，袁可嘉、彭予、张子清、李维屏等学者对庞德《诗章》的现代主义风格有所涉及和讨论，为我们接下来的研究奠定了基础。

欧美现代派文学研究专家、"九叶派"诗人袁可嘉先生于1993年出版《欧美现代派文学概论》[①]。该书是袁可嘉先生1978—1993年从事欧美现代派文学译介、评论工作的阶段性总结，也是他多年来对欧美现代派文学深入思考、勤奋耕耘的结晶。鉴于该书的价值，2003年，广西师范大学出版社将此书予以再版[②]。袁可嘉先生在书中不仅论述了欧美现代主义文学的边界线、欧美现代主义文学的产生和发展，还论述了欧美现代主义文学的成就、局限和问题，并放眼国内，特别论述了欧美现代主义文学在中国的研究状况。在论述象征主义文学、未来主义文学、意象主义文学、表现主义文学、意识流文学和超现实主义文学六个具体的现代派文学时，袁先生聚焦意象派诗人"休姆和庞德"。讲到庞德时，袁先生论及"现代派诗《诗章》"："到1914年，庞德感觉意象派体制太小，不足以表达他对时代、对艺术的看法，在经过为《爆炸》[③]杂志写诗的短暂阶段（1914—1915）后，就转向写作现代派诗《诗章》和《休·赛尔温·莫伯利》——他一生最重要的诗作了。"[④]《诗章》的写作可谓一个奇迹。"庞德从1904年起写《诗章》，断断续续写到1972年逝世，可以说尽了毕生的心力，但其实绩如何，至今还是争论不休的问题。"[⑤]《诗章》内容丰富庞杂，袁先生以《〈诗章〉第四十五》揭露的"高利贷"的危害为例，说明庞德对社会现实问题的关切[⑥]。至于《诗章》中呈现的现代主义风格，袁先生未做专门论述。

[①] 袁可嘉：《欧美现代派文学概论》，上海文艺出版社1993年版。
[②] 袁可嘉：《欧美现代派文学概论》，广西师范大学出版社2003年版。
[③] 袁可嘉先生将 Blast/BALST 译为《狂风》。详见袁可嘉《欧美现代派文学概论》，上海文艺出版社1993年版，第202页；袁可嘉《欧美现代派文学概论》，广西师范大学出版社2003年版，第187页。
[④] 袁可嘉：《欧美现代派文学概论》，上海文艺出版社1993年版，第202页；袁可嘉：《欧美现代派文学概论》，广西师范大学出版社2003年版，第187页。
[⑤] 袁可嘉：《欧美现代派文学概论》，上海文艺出版社1993年版，第208页；袁可嘉：《欧美现代派文学概论》，广西师范大学出版社2003年版，第193页。
[⑥] 袁可嘉：《欧美现代派文学概论》，上海文艺出版社1993年版，第208—211页；袁可嘉：《欧美现代派文学概论》，广西师范大学出版社2003年版，第193—196页。

彭予于1995年出版《二十世纪美国诗歌》一书。该书有一个副标题"从庞德到罗伯特·布莱",可见作者对庞德的重视程度。彭予对庞德评价很高,认为他是现代主义诗歌大师和"开山祖",他在欧美现代主义诗歌中的地位可以与巴勃罗·毕加索在欧美现代主义绘画中的地位相提并论。除了论及《诗章》的史诗内容和可能存在的文本结构,彭予还谈到《诗章》的现代主义作诗法,包括"《诗章》表现的是历史""对庞德来说,诗歌是概念的工具""庞德对'真实'的描写依赖于他对语言的信仰"等①。但是,书中限于篇幅,相关话题并未完全展开。

同年,张子清出版《二十世纪美国诗歌史》②。该书于2018年6月受国家社科基金后期项目资助,由南开大学出版社出了全新的修订版,于2019年5月又进行了重印,书名写作《20世纪美国诗歌史》③。该修订版"全三卷",极其厚重,有2077页,共计2377千字,创造了研究20世纪美国诗歌史著作的研究对象之最、广度之最、内容之最和厚度之最。在该巨著第一卷,张子清首先梳理了19世纪末至20世纪初现代派过渡时期的诗歌;在第二卷论述现代诗歌的演变与分化时,他谈到欧美现代派有两条诗歌创作路线贯穿20世纪美国诗歌史,一条是T. S. 艾略特—兰塞姆(John C. Ransom)—艾伦·塔特(Allen Tate)的诗歌创作路线,另一条是庞德—W. C. 威廉斯—H. D. 的诗歌创作路线;在第三卷聚焦美国现代派时期的诗歌时,他指出庞德是"美国诗坛五巨擘"之一,另四位分别是:弗罗斯特、艾略特、威廉斯和史蒂文斯。张子清认为庞德是"文学巨匠",是"举世公认的继承传统而又创新的文学大师",他留下长达2.3万多行的鸿篇巨制《诗章》,在欧美现代诗歌史上堪称奇迹。《诗章》的现代主义风格不仅反映在他的"宏大叙事的历史性向度",还反映在他用"宏大想象来重构历史场景和人物"方面。该史诗最显著的特色,乃是"东西文化在这里交汇和撞击而发出耀眼的光辉"。除了表意文字法④,庞德还使用拼贴等手段把世界文化、各国历史"装进"他的现代史诗里。此外,庞德在《诗章》中还混合使用了独白、"意识流、自由联想、意象等表现手法"⑤。当然,庞德

---

① 彭予:《二十世纪美国诗歌——从庞德到罗伯特·布莱》,河南大学出版社1995年版,第12—33页。
② 张子清:《二十世纪美国诗歌史》,吉林教育出版社1995年版。
③ 张子清:《20世纪美国诗歌史》(全三卷),南开大学出版社2018年版。
④ 张子清称其为"会意字构成法"。参见张子清《20世纪美国诗歌史》(第一卷),南开大学出版社2018年版,第137页。
⑤ 张子清:《20世纪美国诗歌史》(第一卷),南开大学出版社2018年版,第137—140页。

在《诗章》中的写作并非完美无瑕。方志彤（Achilles Fang）在他的博士论文《庞德〈诗章〉研究》（"Materials for the Study of Pound's Cantos"）中，就指出庞德在引证中国儒学经典时出现了许多错讹之处①。

李维屏于1998年由上海外语教育出版社出版《英美现代主义文学概观》②。该书的大部分初稿是作者在1996年8月至1997年7月作为富布莱特学者在美国匹兹堡大学访学期间完成。该书除去导论界定现代主义的性质，主体部分分八章，论述了英美现代主义文学的文化与历史背景、现代主义文学的创作原则和艺术特征、现代主义诗歌、心理探索与意识流小说、"迷惘的一代"小说、"黑色幽默"小说、实验主义和"荒诞派"戏剧以及英美现代主义文学的演变与历史价值。在现代主义诗歌部分，李维屏选取庞德、艾略特和卡明斯三位诗人作为研究对象。就庞德而言，作者认为他是"现代英语诗歌的实验者和革新者"，同时也是"英美现代主义文学运动的核心人物"；他的史诗《诗章》是"历时半个多世纪的巨大的现代艺术工程"。《诗章》所呈现的现代主义风格，既有杂乱无章的一面，又有创新的一面。李维屏总结说庞德在四个方面做得比较出色：频繁使用神话典故，意象主义手法的使用，档案型（文本）布局，音乐（赋格曲）结构。这些特质使《诗章》成为20世纪英美诗歌界最富革新精神、最具实验性品格的长篇史诗之一。

蒋洪新于2001年由湖南教育出版社出版《英诗新方向——庞德、艾略特诗学理论与文化批评研究》③一书。该著作是在他的博士学位论文的基础上修改与扩充而成。该书从诗学理论与文化批评的角度来研究艾略特与庞德，"这不仅是我国有关艾略特和庞德研究的一部力作，而且是我国现代美国文学研究的一项重要成果"④。从内容来看，该书共分九章，其中第二、三、四章聚焦庞德，第五章是过渡部分，第六、七、八章聚焦艾略特。关于庞德的部分，论述了庞德与中国的关系、庞德的诗学理论、庞德的政治与文化批评等。由于作者把艾略特和庞德作为"英美现代诗的开创者"一起讨论，有些关于庞德的话题和涉及《诗章》现代主义风格的观点限于篇幅未能深入展开。该遗憾在蒋洪新于2014年出版的另一部力作

---

① 方志彤：《庞德〈诗章〉研究》，中西书局2016年版，第53—144页。
② 李维屏：《英美现代主义文学概观》，上海外语教育出版社1998年版。
③ 蒋洪新：《英诗新方向——庞德、艾略特诗学理论与文化批评研究》，湖南教育出版社2001年版。
④ 赵一凡：《序》，载蒋洪新《英诗的新方向：庞德、艾略特诗学理论与文化批评研究》，湖南教育出版社2001年版，第1—3页。

《庞德研究》中得到弥补。该著作由上海外语教育出版社出版，内容共计10章，涉及：（1）庞德的生平；（2）诗之舞：戴着面具；（3）《仪式》与早期诗；（4）《华夏集》：翻译后起的生命；（5）《休·赛尔温·莫伯利》及其他；（6）《诗章》研究；（7）庞德文学理论与文艺思想；（8）庞德政治经济文化批评；（9）庞德与英美诗坛以及（10）庞德与中国。在对《诗章》进行研究时，蒋洪新指出《诗章》是一部"奇书"，是"英美现代诗的扛鼎之作"①，同时重点考察了三大板块内容：（1）《诗章》的问世与写作过程，（2）《诗章》内容概要与结构解说，（3）《诗章》部分章节解读。涉及《诗章》的现代主义风格部分，该著作指出它充满神秘性和复杂性，而且"庞德的《诗章》已成为现代诗歌难题"。《现代主义与东方主义》一书的作者钱兆明先生对蒋洪新的这部专著评价很高，说这是"我国第一部全方位、与国际接轨的研究庞德的专著"，"这部专著的出版，在我看来，是我国庞德研究的一件大事，也应当是我国外国文学研究的一件大事。可以预言，它的面世必将把我国的庞德研究推向一个新的高度"②。

杨金才主撰的《新编美国文学史（第三卷，1914—1945）》于2002年由上海外语教育出版社出版③，后于2019年再版。该书主要讨论两次世界大战之间的美国文学（1914—1945），涉及美国现代诗歌的开端与发展、现代美国小说的兴起与发展、现代美国戏剧的兴起与繁荣、黑人文艺复兴与黑人文学的兴起、左翼文学的主要作家及其创作成就、两次世界大战之间的美国犹太作家、两次世界大战之间的美国文学批评共七章内容。在第一章讨论美国现代诗歌的开端与发展时，杨金才介绍了意象派诗歌运动、庞德的诗歌创作以及庞德与中国的关系，同时指出庞德是"一个远游的诗神"，而他的《诗章》是"最宏伟的代表作"。在谈到《诗章》的艺术特色时，杨金才指出，一方面，"《诗章》采用自由诗格律写成，大量运用平行比较的艺术手法，大胆借助典故创造栩栩如生的可感觉性意象"；另一方面，"不断采用跳跃式的叙述结构和音乐性的情感表现模式，运用简洁明快的语言技巧，其中也夹杂着意识流、内心独白、自由联想、隐喻暗示、象征主义等手法"。当然，《诗章》的艺术缺陷也比较明显，表现在"内容过分冗长""形式过分松散""语言创新方面"未达到预期

---

① 蒋洪新：《庞德研究》，上海外语教育出版社2014年版，第204—266页。
② 钱兆明：《序言》，载蒋洪新《庞德研究》，上海外语教育出版社2014年版，第1—7页。
③ 刘海平、王守仁主编：《新编美国文学史（第三卷，1914—1945）》，杨金才主撰，上海外语教育出版社2002年版。

效果等①。

赵毅衡于 2003 年由上海译文出版社出版《诗神远游：中国如何改变了美国现代诗》②。该书是作者在 1985 年出版的《远游的诗神：中国古典诗歌对美国新诗运动的影响》③ 的基础上重写而成。该书第一章在论述美国新诗运动中的"中国热"时，对庞德大加赞赏，指出"20 世纪美国最重要的诗人是庞德，而庞德也是 20 世纪对中国诗最热情的美国现代诗人"。在第三章论述"影响的诗学与诗学的影响"之间的辩证关系时，赵毅衡聚焦中国儒学与《诗章》的关系，称《诗章》是"现代史诗"。他还讨论了九个方面的话题：（1）儒学西传；（2）庞德学儒；（3）庞德译《诗经》；（4）《中国史诗章》；（5）《比萨诗章》与《中庸》；（6）《掘石机诗章》与"王王"；（7）《王座诗章》与《康熙圣谕》；（8）《草稿与片段》；（9）"思无邪"以及《诗章》中的汉字。虽然赵毅衡没有专门论述《诗章》的现代主义风格，但是他作为美国现代诗和庞德研究专家，指出《诗章》是庞德艺术创作真正的高峰，认为它"试图融合进关于文学、艺术、经济学、哲学，以及人类精神文化的其他一切问题"④。《远游的诗神》与《诗神远游》是赵毅衡研究中国古典诗歌传统与美国现代诗之关系的"姊妹篇"，也是我们研究庞德和《诗章》的重要参考资料。在 2003 年以后，赵毅衡就逐渐转向符号学与传播学研究领域，目前担任国家社科基金重大项目"当代艺术提出的重要美学问题研究"首席专家。

在期刊论文撰写方面，国内学者对庞德《诗章》现代主义风格的研究主要有以下三大类。

第一类：尝试对庞德《诗章》的现代主义属性进行界定。

1980 年，"九叶派"诗人兼诗歌评论家郑敏在《当代文艺思潮》第 6 期发文，标题为"庞德——现代派诗歌的爆破手"，正文内容开门见山，认为庞德的《诗章》与他的意象主义诗歌一样，是欧美现代派诗歌的杰作⑤。徐艳萍采取类似的命题方式，写到"受东方文化滋养的美国诗

---

① 刘海平、王守仁主编：《新编美国文学史（第三卷，1914—1945）》，杨金才主撰，上海外语教育出版社 2002 年版，第 59—62 页。
② 赵毅衡：《诗神远游：中国如何改变了美国现代诗》，上海译文出版社 2003 年版。
③ 赵毅衡：《远游的诗神：中国古典诗歌对美国新诗运动的影响》，四川人民出版社 1985 年版。
④ 赵毅衡：《诗神远游：中国如何改变了美国现代诗》，上海译文出版社 2003 年版，第 17—21、279—309 页。
⑤ 郑敏：《庞德——现代派诗歌的爆破手》，《当代文艺思潮》1980 年第 6 期。

人——庞德"，旨在说明庞德的诗歌成就受东方文化影响很大，其《诗章》充满东方文化的韵味①。1998年，张子清在《外国文学》第1期发文，标题是《美国现代派诗歌杰作——〈诗章〉》。该文原是作为《序》，出现在黄运特翻译的《庞德诗选——比萨诗章》里②。张子清认为，《诗章》之所以可以被视作美国现代派诗歌的杰作，是由于诗人庞德在《诗章》里"鲜明地显示了现代派艺术特色的破碎性艺术手法（fragmentation）"，并把它发挥到极致，"对传统的诗歌美学进行了一次振聋发聩的革命，在建构崭新的诗歌美学上起了决定性作用"。此外，庞德还大胆并灵活使用了其他艺术手法，包括"具体表现、语法结构上的省略、隐喻、并置和断续等"。这些标新立异的作诗法，使《诗章》成为20世纪美国现代派诗歌的丰碑。黄宗英于2003年撰文，认为庞德的《诗章》具有抒情史诗的性质，指出庞德把个人的情感"置于民族乃至人类的命运之中，融诗人抒情式的灵感与史诗般的抱负于一体"，使《诗章》内容自成一个"自我参照、交错剖白的内在体系"；还认为庞德的现代主义手法使《诗章》成为一首包含历史的史诗，兼具抒情性和史诗性，是"一张嘴道出一个民族的话语"③。董洪川也特别强调庞德在英美现代主义诗歌发展史上作为抒情诗人和史诗诗人的价值与作用。2006年，他在《庞德与英美现代主义诗歌的形成》一文中得出如下观点：庞德顺应诗歌潮流、倡导诗歌"现代化"；扶植现代主义诗歌新人、扶持现代主义刊物；身体力行地创作现代主义诗歌。此外，他还指出庞德在写作技巧、创作题材、诗歌主题等方面的努力使诗歌作品具有鲜明的现代主义色彩，认为庞德的不懈努力和追求"对推动英美现代主义诗歌运动的发展显然起到了不可替代的作用，值得我们认真总结和反思"④。除了上面提到的"史诗""抒情史诗"等说法，还有学者认为《诗章》是"挽歌性史诗"。譬如，杨晓丽就认为庞德的《诗章》是"现代西方文明的挽歌性史诗"⑤。庞德研究专

---

① 徐艳萍：《受东方文化滋养的美国诗人——庞德》，《西安文理学院学报》（社会科学版）2005年第3期。

② 张子清：《美国现代派诗歌杰作——〈诗章〉》，《外国文学》1998年第1期；张子清：《美国现代派诗歌杰作——〈诗章〉》，载［美］伊兹拉·庞德《庞德诗选——比萨诗章》，黄运特译，张子清校订，漓江出版社1998年版，第1—11页。

③ 黄宗英：《"一张嘴道出一个民族的话语"：庞德的抒情史诗诗章》，《国外文学》2003年第3期。

④ 董洪川：《庞德与英美现代主义诗歌的形成》，《外语与外语教学》2006年第5期。

⑤ 杨晓丽：《庞德〈诗章〉：现代西方文明的挽歌性史诗——兼论〈诗章〉的"反抗"与"破坏"主题》，《西华大学学报》（哲学社会科学版）2014年第4期。

家孙宏着眼于不同的研究视域。他认为研究庞德的史诗《诗章》需要与中国儒家经典和孔子思想紧密结合,这具有诗学和文化学两个层面的意义,因为《诗章》反映的是"一个(美国)现代诗人在中国古代文化中的求索"。2011年,他与李英合作撰写《为君主撰写教科书:伊兹拉·庞德对历史的曲用》一文,发表在《外国文学评论》第2期。该文未苟同国内外部分学者在解读《诗章》时称之为一部"现代的《神曲》"的说法,通过举证《中国诗章》《美国诗章》《比萨诗章》等相关内容,意在说明庞德撰写的《诗章》酷似16世纪马基雅维利撰写的《君主论》,是为"君主"撰写"历史教科书",为巩固意大利专制统治出谋划策。就《诗章》的现代主义属性而言,是庞德"给墨索里尼呈上一部20世纪的《君主论》"。① 总之,尽管学者们对庞德《诗章》中呈现的现代主义到底如何界定存在分歧,但是就《诗章》现代主义风格的确凿存在已达成共识。当然,也有学者提出不同看法,认为《诗章》具有后现代性和后现代的文本特征②。或许,这恰恰证明《诗章》现代主义风格所具有的复杂性、先验性和开放性。

第二类:尝试对《诗章》现代主义风格的呈现方式进行探索。

2001年,张强撰文《意象派、庞德和美国现代主义诗歌的发轫》,指出无论是研究意象派还是研究英美现代主义诗歌都不能绕过庞德,因为庞德"锐意创新的文艺主张、积极多样的诗歌实践和乐于扶助先锋作家的态度与行动",促进了20世纪初现代主义文学在英美两国的生成与发展;庞德本人呕心沥血书写的《诗章》内容博大精深,写作技巧涉及意识流、自由联想、意象叠加和内心独白等,是英美现代主义文学的巨著③。那么,《诗章》的现代主义风格到底是怎样具体呈现的呢?2005年,熊琳芳、黄文命对庞德《诗章》中的拼贴艺术进行研究,认为"庞德高明之处在于利用拼贴艺术的创作形式讲述了一段历史",类似于西班牙绘画大师、雕塑家毕加索的拼贴画,《诗章》中的许多引文都是庞德从各种典籍和异国文学作品中借助"剪切"和"拼贴"方式得以完成的。在另一篇分析《诗章》叙述模式的文章中,吴玲英、熊琳芳指出,庞德在诗歌创

---

① 孙宏:《美国现代诗人庞德与中国古代诗歌》,《华夏文化》1996年第4期;孙宏:《庞德的史诗与儒家经典——一个现代诗人在中国古代文化中的求索》,《西北大学学报》(哲学社会科学版)1999年第2期;孙宏、李英:《为君主撰写教科书:伊兹拉·庞德对历史的曲用》,《外国文学评论》2011年第2期。

② 郭明辉:《庞德〈诗章〉之后现代主义思辨》,《时代文学》2011年第5期。

③ 张强:《意象派、庞德和美国现代主义诗歌的发轫》,《外国文学研究》2001年第1期。

作时实际上摇摆于两种不同的叙述模式之中：一个是使整部作品趋于完整的向心式叙述，另一个是使作品趋向分散的离心式反叙述。① 刘白在 2007 年发表的文章中注意到庞德诗歌中的音乐性，认为西方乐曲中的赋格曲（fugue）模式较成功地运用到《诗章》中，当诗歌韵律与音乐节奏奇妙结合后，遂产生意想不到的效果②。2010—2011 年，胡平连发两篇文章对《诗章》中叙事的复调性和叙事空间进行解读。在论述《诗章》叙事的复调性时，胡平以《比萨诗章》为例，指出《诗章》随着诗人的思绪和遐想展开，时空跨度巨大，过去与现在、历史与现实在随意切换和并置，各种声音产生对话与交流，形成史诗叙事的复调性。至于《诗章》中所呈现的叙事空间，胡平认为，既有物理空间，也有心理空间。《诗章》的叙事空间不仅表现在历史和地理的跨越上，还表现在多主题的并列、交叉与跨越，当然还有穿越过去、现在和将来的记忆旅行③。2014 年，朱伊革在《国外文学》第 1 期发表《论庞德〈诗章〉的现代主义诗学特征》一文，该文是旗帜鲜明地研究庞德《诗章》现代主义风格的一个典型案例。朱伊革在文章中指出：《诗章》是现代主义诗歌的一个重要里程碑；《诗章》独特的艺术构思和标新立异的现代诗歌技巧给 20 世纪的世界诗坛带来异样的艺术活力。不过，它也因为晦涩难懂被称作"20 世纪现代主义文学的一部天书"。庞德超凡的艺术构思和想象力是怎样通过《诗章》的现代主义作诗法得以实现的呢？有四种带有实验性质的路径：意象的网络，碎片的美学，蒙太奇与全景手法，拼贴艺术。这四种路径作为现代主义长篇诗歌发展的独特形式在《诗章》中得到了生动呈现，不仅体现了诗人开拓现代诗歌新领域的远大志向，也表现了诗人超凡脱俗的诗歌想象力和领悟力。该文的论述及观点充满新意。不过，朱伊革并未在此基础上继续拓展和深化相关话题形成一部关于庞德《诗章》现代主义风格研究的专著，而是将该文连同他在不同时间刊发的其他关于庞德及《诗章》研究的文章，譬如《庞德〈华夏集〉创译的美学价值》《庞德诗学及其〈诗章〉的孔子思想渊源与呈现》《论庞

---

① 熊琳芳、黄文命：《庞德〈诗章〉中的拼贴艺术》，《长沙大学学报》（哲学社会科学版）2005 年第 4 期；吴玲英、熊琳芳：《浅析〈诗章〉的叙述模式》，《湖南医科大学学报》（社会科学版）2005 年第 2 期。
② 刘白：《诗歌与音乐的奇妙结合——论庞德诗歌中的音乐性》，《湘潭师范学院学报》（社会科学版）2007 年第 6 期。
③ 胡平：《论〈比萨诗章〉叙事的复调性》，《名作欣赏》2010 年第 23 期；胡平：《论〈庞德〉诗章的叙事空间》，《名作欣赏》2011 年第 29 期。

德诗学及其〈诗章〉的日本能剧渊源》《庞德〈诗章〉经济主题的美学呈现》等①，结集成一部名为《跨越界限：庞德诗歌创作研究》的著作，于2014年由上海三联书店出版发行。《诗章》现代主义风格的建构，还涉及诗人庞德孜孜以求的政治理想及其"理想国的神学构建"，同时受到"英雄崇拜"神话观念等的深刻影响。对此，李春长撰写的《〈诗章〉理想国的神学构建及其思想来源》以及叶艳、申富英合作撰写的《从〈诗章〉看庞德的英雄崇拜情结》等，都有比较具体的论述②。2019年，杭州师范大学外语学院特聘教授钱兆明先生在《外国文学》第2期发表《庞德〈诗稿与残篇〉中的双重突破》一文。该文聚焦庞德在《诗章》续篇《诗稿与残篇》(Drafts and Fragments of Cantos CX – CXVII) 中创作的纳西诗篇，即《诗章第110章》和《诗章第112章》，指出中国儒学崇拜者庞德在后期诗章写作中能够"冲破儒学禁锢、关注纳西族礼仪、回归意象主义的背景"，展现了他在"文化视野和现代派风格的双重突破"。与此同时，该文还研究发现："晚年的庞德不仅尊重纳西文化，还借用其观念、意象，乃至象形字来创新意象主义—漩涡派，抵制新兴的后现代主义。"③ 这对《诗章》现代主义风格相关内容的深入研究和探索，具有启示作用。

第三类：尝试对《诗章》的现代主义风格进行评价和反思。

对《诗章》现代主义风格的评价必然涉及对《诗章》作者庞德的评价，因为二者的关系密不可分。《比萨诗章》的中文译者黄运特于2006年在《外国文学研究》第6期撰文《庞德是新历史主义者吗?》（"Was Ezra Pound a New Historicist?"），从全球化时代诗歌与诗学的角度探讨"庞德诗学"（the poetics of Ezra Pound）与"新历史主义批评方法论"（the critical methodology of New Historicism）之间的亲缘类同性。这一类同性不是简单地指涉庞德与新历史主义之间的关系，而是作为一种结构性原则存在于庞德具体的诗歌作品中，存在于全球化的语境中。对《诗章》

---

① 朱伊革：《论庞德〈诗章〉的现代主义诗学特征》，《国外文学》2014年第1期；朱伊革：《庞德〈华夏集〉创译的美学价值》，《江苏科技大学学报》（社会科学版）2013年第4期；朱伊革：《庞德诗学及其〈诗章〉的孔子思想渊源与呈现》，《上海师范大学学报》（哲学社会科学版）2012年第2期；朱伊革：《论庞德诗学及其〈诗章〉的日本能剧渊源》，《外国文学研究》2012年第3期；朱伊革：《庞德〈诗章〉经济主题的美学呈现》，《国外文学》2011年第3期。

② 李春长：《〈诗章〉理想国的神学构建及其思想来源》，《中山大学学报》2010年第2期；叶艳、申富英：《从〈诗章〉看庞德的英雄崇拜情结》，《中国石油大学学报》（社会科学版）2014年第2期。

③ 钱兆明：《庞德〈诗稿与残篇〉中的双重突破》，《外国文学》2019年第2期。

现代主义风格的认识，需要考虑上述因素。黄运特在 2014 年发表的另一篇题为《中国制造的庞德》（"Ezra Pound, Made in China"）的文章中，直言庞德的史诗《诗章》就是他的"翻译诗学"（translational poetics）的创新试验场，彰显了"庞德的中国制造诗学"（Pound's Made-in-China poetics）。在《诗章》中，庞德运用从汉字里学到的表意文字技巧，把汉语变成他创作的灵感源泉。他通过汉语中的"声音象征学"（sound symbolism）对纯语言进行探索，使《诗章》成为 20 世纪现代主义诗歌一道亮丽风景线。①

对庞德和《诗章》有深入研究的王贵明在《汉字的魅力与〈诗章〉的精神》一文中指出，庞德的《诗章》是"现代史诗"，也是英语诗歌史上最伟大的诗篇之一。《诗章》里出现了许多具有深刻思想含义和造型艺术特征的汉字，使这部"现代史诗"充满独特的艺术魅力和感染力。在题为《庞德之于中国文化功过论》的文章中，王贵明带着知识分子的责任感和正义感与《理解抑或误解？——美国诗人庞德与中国之关系的重新思考》的作者进行商榷，语重心长地指出三点内容，启发读者能够对《诗章》的现代主义风格进行理性的分析、评价与反思：（1）中国的外国文化和文学研究界，应该重视庞德这样一位既是西方现代文学的主将又为中西文化交流做出过贡献的西方文人学者；（2）在中国，庞德学研究应该取得更多可喜的学术成果，但是，由于各种原因，中国的庞德研究和《诗章》研究仍然相对比较落后，中国学者需要确定方向，明辨是非，同时在方式、方法上做到理性与客观；（3）由于庞德本人的艺术思想和创作思想具有复杂性，导致该领域研究的复杂性，对此我们不仅要深入探讨，还应当在这一研究中秉持中肯的态度研究庞德的思想及其作品，努力改变目前较为落后的庞德学研究现状。②

蒋洪新作为庞德和《诗章》研究的又一位大学者，对《诗章》的现代主义风格也有相关评价和研究。2011 年，在他与郑燕虹合作撰写

---

① 黄运特：《庞德是新历史主义者吗？——全球化时代的诗歌与诗学（英文）》，《外国文学研究》2006 年第 6 期；黄运特：《中国制造的庞德（英文）》，《外国文学研究》2014 年第 3 期。

② 王贵明：《汉字的魅力与〈诗章〉的精神》，《北京理工大学学报》（社会科学版）2001 年第 1 期；王贵明：《庞德之于中国文化功过论——与〈理解抑或误解？——美国诗人庞德与中国之关系的重新思考〉的作者商榷》，《外国文学》2003 年第 3 期。此外，王贵明关于庞德和《诗章》研究的相关论文还包括：《〈比萨诗章〉中的儒家思想》，《国外文学》2001 年第 2 期；《中国古典诗歌美学与庞德现代主义诗学》，《北京理工大学学报》（社会科学版）2004 年第 6 期；与刘佳合著《今韵古风——论伊兹拉·庞德诗歌翻译和创作中的仿古倾向》，《北京理工大学学报》（社会科学版）2006 年第 6 期。

的《庞德与中国的情缘以及华人学者的庞德研究——庞德学术史研究》中，提出一个重要观点："庞德……是20世纪西方最有影响的文人之一，他对中国的兴趣激发西方其他人对中国的兴趣，可以讲，美国现代诗对中国的借鉴主要滥觞于庞德。"由于中国拥有浩瀚的儒学与经典，乃至宏富的历史文化背景，对西方研究庞德的学者而言难免会遇到认知和理解的障碍，故中国学者在此领域驰骋的空间较大。该研究空间自然也包括对《诗章》现代主义风格的关注。2012年，在《庞德〈诗章〉结构研究述评》一文中，蒋洪新又有新的论点和阐释。他指出，庞德的《诗章》之所以是一部晦涩难懂的现代诗，一个重要原因是《诗章》的文本结构并不清晰明了。实际上，国内外学者对《诗章》是否有统一的结构一直存在争议。在追索《诗章》的形成过程、谋篇布局以及写作主旨后，他最后得出结论："无论《诗章》是否有统一结构都不失为一部重要的现代诗。"① 2019年，王卓在《论〈诗章〉中的黑人形象隐喻与美国历史书写》一文中，首次在国内讨论了黑人形象及其隐喻在《诗章》中的艺术呈现和诗学价值，这实际上涉及美国少数族裔与《诗章》的关系研究。文章指出，"庞德不但在《诗章》中书写了黑人，而且打造了一条'黑人的后廊'，把各种黑人形象齐聚在包罗万象的《诗章》文本空间"。那么，庞德的用意何在呢？作者认为，"黑人形象之所以能够走进庞德的诗歌，和庞德试图书写一部美国'秘密历史'的理想密切相关"，而且，"黑人作为心理、社会、政治和文学符号对庞德的现代主义叙述视野和文学成就至关重要"，因为这是一种独特的"关涉主义诗学"②。此外，还有一些学者对《诗章》的现代主义风格进行了批判性思考。付江涛撰文讨论庞德诗学中的对立与统一，认为庞德书写的包括《诗章》在内的诗歌作品，既有内容和风格的"主观性"，也有其"客观性"，是"主观与客观的悖论"；冯文坤探讨了庞德诗学观之存在的价值和意义，认为现象学哲学家梅洛-庞蒂（Maurice Merleau-Ponty）的诗学思想，如"意义在境域之中生成""意义、语言和物的统一"等观

---

① 蒋洪新、郑燕虹：《庞德与中国的情缘以及华人学者的庞德研究——庞德学术史研究》，《东吴学术》2011年第3期；蒋洪新：《庞德〈诗章〉结构研究述评》，《外国文学研究》2012年第5期。此外，蒋洪新关于庞德和《诗章》研究的相关文章还包括：《庞德：作家的保护神》，《外国文学动态》1994年第3期；《庞德的〈七湖诗章〉与潇湘八景》，《外国文学评论》2006年第3期；等等。

② 王卓：《论〈诗章〉中的黑人形象隐喻与美国历史书写》，《外国文学研究》2019年第3期。

点，有助于客观剖析庞德的诗歌创作。①

虽然国内学者对庞德及《诗章》现代主义风格的研究已有不少成果问世，但是我们需要认识到，该领域还有许多未涉及、未讨论、未关注到的话题。正如王贵明、黄运特、蒋洪新等学者指出的那样，尽管国内学者对庞德研究和《诗章》研究已做出一些成绩，然而还有许多工作并没有深入地展开，也没有形成体系②。更何况，已有成果并没有穷尽关于庞德、《诗章》以及《诗章》现代主义风格的研究话题。实际上，我们也不可能穷尽上述相关话题的研究领域——上述研究成果，客观地讲，都只是国内外"庞德学"整体研究的阶段性成果。随着新材料、新方法的涌现，关于庞德和《诗章》现代主义风格研究的新观点必然汩汩而出。对此，在这里我们有必要仔细揣摩和深思董洪川在《接受的另一个维度：我国新时期庞德研究的回顾与反思》一文中提出的几个发人深省的话题：（1）从研究范围和深度看，我国的庞德研究还相当有限，跟国外庞德的研究现状不可同日而语；（2）我们的研究仅限于庞德的诗歌与诗学、翻译、庞德与中国文化的关系等几个方面，而仅这几方面，我们的研究也还十分单薄；（3）对耗费他毕生精力之《诗章》缺乏整体性研究，对他的创作风格及其形成与转变也研究不够。显然，国内在庞德及《诗章》的研究领域还留有一些遗憾。"如果我们与和庞德并驾齐驱的艾略特研究比较一下，就会发现庞德研究确实滞后了。"③庞德是英美现代主义诗歌运动的旗手，是20世纪英美现代主义诗歌风格的重要代表人物，国外学者对他及《诗章》的研究相对而言比较成熟，我国在该方面的研究工作还存在较大的上升空间。这需要我们秉持实事求是的态度，找到差距，努力迎头赶上。尤其是对庞德《诗章》的现代主义风格进行系统研究，乃是一个比较紧迫的工作，也是当下我们亟须面对的一个重要任务。

---

① 付江涛：《主观与客观的悖论——析伊兹拉·庞德诗学中的对立统一》，《四川师范大学学报》（社会科学版）2010年第5期；冯文坤：《论伊兹拉·庞德诗学观之意义》，《四川师范大学学报》（社会科学版）2010年第5期。

② 王贵明：《庞德之于中国文化功过论——与〈理解抑或误解？——美国诗人庞德与中国之关系的重新思考〉的作者商榷》，《外国文学》2003年第3期；黄运特：《庞德是新历史主义者吗？——全球化时代的诗歌与诗学（英文）》，《外国文学研究》2006年第6期；蒋洪新、郑燕虹：《庞德与中国的情缘以及华人学者的庞德研究——庞德学术史研究》，《东吴学术》2011年第3期。

③ 董洪川：《接受的另一个维度：我国新时期庞德研究的回顾与反思》，《外国文学》2007年第5期。

第三节 《诗章》现代主义风格研究的目的、内容与方法

对庞德《诗章》的现代主义风格进行研究，旨在全面梳理和掌握国内外相关文献资料及史料，站在中国立场和中国视角，对该史诗所涉及的现代主义诗歌风格和特色进行系统梳理和解读，进而发出中国学者与众不同的声音。尽管国内学者，如张子清、赵毅衡、孙宏、王贵明、蒋洪新等，有论文对庞德《诗章》的现代主义风格进行分析，但是因为篇幅所限，并没有全面展开相关论点的阐释，而且由于庞德的《诗章》博大精深，既有深邃的思想内容，又有波澜壮阔的情感世界，其风格建构在这些思想内容和情感世界之上，就有"站在巨人的肩膀上"做深入讨论的必要。此外，撰写该著作还有一个重要原因，那就是当笔者读到钱兆明先生给蒋洪新先生的著作《庞德研究》（2014）所作的《序言》时，很受触动。尤其是下面一些细节，激发笔者不能冷眼旁观：

> 2007年夏，中美诗歌诗学研究会（CAAP）在武汉成立。美国著名诗歌评论家、美国艺术与科学院院士玛乔丽·帕洛夫（Marjorie Perloff）① 亲临大会指导，并做精彩演讲。返回美国后，帕洛夫教授与新奥尔良大学校长亲命教授钱兆明先生交谈，在盛赞大会成功举办的同时也感叹说："与我们相比，中国对美国诗歌，尤其是美国现代主义诗歌的研究，落后了二三十年。"②

帕洛夫所说的"我们"是指"在美国的诗歌研究者"，所谈论的"中国对美国诗歌，尤其是美国现代主义诗歌的研究"当然也包括庞德研究和《诗章》研究。虽然她所做的评论"与我们相比……落后了二三十年"，有待商榷，但确实给我国当下的庞德研究和《诗章》研究以警示：与国际同行相比较，我们还存在不小的差距。此外，一个值得考虑的方面，就是关于庞德《诗章》现代主义风格的研究，目前国内还没有一部著作专门予以论述。《庞德〈诗章〉的现代主义风格研究》就是要为国内的

---

① 玛乔丽·帕洛夫还是美国斯坦福大学教授，美国现代语言协会主席，著名文论《庞德/史蒂文斯：谁的时代？》的撰写者。其作品另有 *The Poetics of Indeterminacy: Rimbaud to Cage* (1981), *Differentials: Poetry, Poetics, Pedagog* (2005) 等。

② 钱兆明：《序言》，载蒋洪新《庞德研究》，上海外语教育出版社2014年版，第3—4页。

《诗章》研究尽一份绵薄之力，也希望为世界的庞德学研究做一点贡献。

对庞德《诗章》的现代主义风格进行研究，本著作希望达到以下三个目的：

第一，整合国内外关于庞德《诗章》现代主义风格研究的成果，进行综合性和系统性论述，借助比较文学、诗学、传播学等领域的相关理论及观点，对《诗章》的现代主义风格展开比较全面、深入的分析和讨论。

第二，针对国内外相关研究的不足，努力做到有的放矢、查漏补缺，从系统性和科学性两个层面对庞德《诗章》的现代主义风格展开宏观及微观层面的研究，并在诗学批评和观点阐述方面力求突破和创新。

第三，对《诗章》中纷繁复杂而又色彩斑斓的现代主义风格进行理性透视和合理阐释，从美学视角挖掘庞德文字背后蕴藏的诗学思想和艺术主张，希望能够恰到好处地对庞德本人的诗学智慧和诗学理想进行审视和解读。

该研究的意义在于：努力打破国内外研究的壁垒，使庞德《诗章》的现代主义风格研究不仅仅局限在文本赏析和语言审美的范畴，而是走向开放式的文学批评和文化解读，能够使东西诗学对话和交流在比较文学的视域下走出有中国特色的路子。这亦会为庞德《诗章》的整体性研究工作带来裨益。

基于上述认识，该研究立足于比较文学理论、诗学理论、传播学理论等，对《诗章》中的现代主义风格展开多角度、多层面的研究。《诗章》作为一个典型的诗歌艺术文本，它用诗性的语言和艺术形式再现了庞德的真情实感，正如《尚书·舜典》云："诗言志，歌咏言。"为了细致阐述庞德《诗章》的现代主义风格及其艺术特色，该著作除了系统梳理国内外学者的相关研究成果，还竭力从以下五个方面进行聚焦透视：

聚焦点一：对国内外学者《诗章》研究中比较有争议性的话题进行梳理，确立本书的研究立场。内容涉及庞德开始和结束创作《诗章》的时间问题、《诗章》章节总数及语言文字使用的数量问题、《诗章》"早、中、后"的时期划分问题等。这些亦是《诗章》现代主义风格研究不可绕过的话题。

聚焦点二：论述《诗章》现代主义风格形成的背景。包括三节内容。第一节阐述《诗章》对维多利亚诗歌传统的悖逆与革新，认为庞德在《诗章》中充满"反驳此前的表述"以及对"为艺术而艺术"思想的革新；第二节讨论《诗章》对美国文学传统的继承与发展，庞德在《诗章》中呈现现代主义风格的目的，除了为实现"自助的文学"，还希望创造有生命力的诗歌；第三节揭示"日日新"创作理念对庞德文化观、诗学观产生的积极作用与影响。

聚焦点三：论述《诗章》现代主义风格的模仿与创造。包括七节内容。第一节讨论布朗宁的"独白体"对《诗章》创作的影响，包括"独白体"与《诗章》文本风格的契合以及庞德对戏剧独白的诗学试验。第二节论述惠特曼的自由体诗歌对《诗章》创作的影响，庞德由于受到惠特曼诗歌风格的感召，在《诗章》中不仅有自由体诗歌的咏叹，还有对理想与现实的惠特曼式的复调。第三节讨论叶芝的象征主义诗歌对《诗章》创作的影响，庞德在《诗章》里除了对象征之物的隐喻书写，还有叶芝式的用心灵去感受和描摹的诗行。第四节书写艾略特的"荒原"式诗歌对《诗章》创作的影响，庞德对艾略特早年文学成就及名望的取得发挥过重要作用，但是与此同时，艾略特精湛的语言技巧和创新的形式实验，也对庞德产生积极影响，这使庞德写出交响乐式的诗歌。一方面，庞德在《诗章》里着手打造他眼中的现代"荒原"世界，不仅像艾略特那样使用象征符号和隐喻手法，将抽象的概念和情感具象化，还大量使用颓废意象、灰色意象、死亡意象等，使诗歌充满了预示和多重解读的可能性；另一方面，庞德"用艺术形式表现情感"，凸显"客观对应物"的存在价值。第五节论述卡明斯的另类文风对《诗章》创作的影响，卡明斯的具象诗及其语言变异风格，不仅对庞德艺术观的变革产生影响，还使他在《诗章》里敢于大胆书写"小我"，采用反传统的方式挑战约定俗成的语法、句法规则等。第六节解读 H.D. 希腊人式的"冷硬"风格对《诗章》创作的影响，作为庞德年轻时代追求的对象，H.D. 身上那种与生俱来的硬朗风格和气质，使庞德受到感染和启发，"意象派诗人 H.D."不仅以核心成员的身份助力英美现代主义诗歌阵营的创作，而且激励庞德在《诗章》里书写《山岳女神》那样冷峻、洒脱的诗。第七节讨论《诗章》与其他作家及诗人的对话关系，涉及托马斯·哈代（Thomas Hardy）、乔伊斯、威廉斯以及一些英美桂冠诗人等对庞德和《诗章》创作风格的影响。庞德通过施展他的才华、彰显他的个性，同时融合"新/日日新"的创作理念，在《诗章》里实现模仿与超越。

聚焦点四：书写《诗章》现代主义风格的内化与吸收。包括五节内容。第一节论述《诗章》与荷马史诗《奥德赛》之间主题及风格的互文关系，通过借鉴《奥德赛》的神话叙事主题，庞德积极建构他的"归家"旅行，当然他也把"人间正道是沧桑"的思想理念融入其中；同时，《诗章》实现了对《奥德赛》叙述风格的戏仿，涉及第一人称叙述和"他者"叙述、故事结构和线索的雷同性等方面。第二节讨论《诗章》与但丁

《神曲》之间主题及风格的互文关系，鉴于但丁在《神曲》中倡导的至高无上的理性以及崇高的思想使之成为"中世纪学问的总结"，《诗章》以互文式的存在对它的思想体系进行模仿；此外，《诗章》在艺术呈现方式方面对《神曲》进行互文式书写，体现在艺术想象之维、宗教隐喻之维、自由美学之维、生命哲学之维等方面。第三节讨论《诗章》与东方学家厄内斯特·费诺罗萨撰写的《作为诗歌手段的中国文字》[①]及其美学思想之间的内外在联系，解读庞德希望从中国寻找推动力的内外在原因。庞德说中国诗"是一个宝库，今后一个世纪将从中寻找推动力"，"很可能本世纪会在中国找到新的希腊"[②]。第四节解读《诗章》对意象派诗风的延续，首先梳理了中外诗学在"意象"和"image"认知与接受层面的差异性，然后论及意象派三原则在《诗章》里的生动呈现。通过《诗章》里具体的诗歌案例，可看出《诗章》是庞德继《华夏集》之后的又一部巅峰作品，完美展现了庞德一贯坚持的作诗原则和诗学理念。第五节讨论《诗章》与漩涡派诗学实践之间的逻辑关系，认为《诗章》里充满会流动和跳跃的音符，充满具有创造力的"漩涡"；此外，庞德通过《诗章》实现了他努力打造的漩涡式诗歌，里面既有"大功率"运转的意象，还有"辐射"意义的立体画面。

聚焦点五：论述《诗章》现代主义风格对欧美及中国的影响。包括三节内容。第一节通过阐释庞德及《诗章》对欧洲文学传统的"反哺"作用，说明在现代主义语境下，不仅可以产生标新立异的文学，而且可以基于传统重塑文学，因为创造和革新是文学的使命。第二节书写《诗章》对美国本土文学的"蝴蝶效应"，庞德通过自己一生的文学实践和诗歌实验，证明了拉尔夫·沃尔多·爱默生（Ralph Waldo Emerson）在《论自助》（"Self-Reliance"）中提出的"相信你自己"（Trust thyself）和"不做墨守成规之人"（to be a nonconformist）[③]是多么重要，这也自然成为庞德创意性写作的生存之道。第三节聚焦《诗章》对中国民族文学的启示，庞德《诗章》的现代主义风格不只是对英美本土文学产生了潜移默化的影响，对英美之外的国家——包括中国和东亚各国也产生了一定的影响。

---

① [美]费诺罗萨：《作为诗歌手段的中国文字》，赵毅衡译，载[美]伊兹拉·庞德《庞德诗选——比萨诗章》，黄运特译，张子清校订，漓江出版社1998年版，第229—256页。

② 赵毅衡：《诗神远游：中国如何改变了美国现代诗》，上海译文出版社2003年版，第17—18页。

③ 吴伟仁编：《美国文学史及选读（1）》，外语教学与研究出版社2013年版，第145—146页。

一方面,"他山之石可以攻玉"的道理让我们以更加积极的心态重新思考"文学是什么,语言是什么",另一方面也启发我们"在知识后面航行",增进勇气和担当。中国诗歌发展不仅要树立自信、自强的意识,要有"新/日日新"的理念,还要立足于民族文化传统的精髓,在学习西方文学及文化知识的道路上继续坚持"取其精华,去其糟粕"的理性态度与作风。

总之,无论是书写体系,还是创作理念,本书力求突破已有研究范式,紧密围绕背景阐释、风格渊源揭秘、方法路径探寻、价值及影响归纳与展望等层面,对庞德《诗章》的现代主义风格进行细致研究,希望能够比较客观地呈现《诗章》现代主义风格的全貌。

该著作拟采取的研究方法包括:

第一,基于中国立场的问题导向法和唯物主义辩证法。该研究把庞德《诗章》的现代主义风格作为问题研究的"靶心",从中国立场发出中国学者的声音,在对它进行批判性审视时,把对《诗章》现代主义风格的讨论放在特定的历史语境,有机地与庞德所处的文化环境、社会环境以及"日日新"的创作理念结合在一起。根据唯物主义辩证法,会发现庞德《诗章》的现代主义风格是一个矛盾统一体:一方面,它呈现了诗人对艺术和美的本真追求;另一方面,它记录了庞德在特定历史时期由于阶级立场变化,导致他的诗歌艺术沾染了反犹太主义等内容。

第二,文本细读法。庞德撰写的《诗章》有117章,共822页,是一部鸿篇巨制。若要系统了解和赏析这部"奇书"和"西方现代史诗",囫囵吞枣和走马观花难以窥见其色彩斑斓的风格与内容。我们只有秉持高度自觉的细心、耐心、真心,做到潜心研究,才能有理有据地诠释庞德《诗章》现代主义风格的趣味性、生动性和艺术性。当然,要做到这一点,需要对《诗章》第1—117章进行细致的研读和批判性分析,这就使文本细读法成为该著作必须采用的基本研究方法之一。

第三,宏观微观兼顾法。庞德《诗章》现代主义风格的诞生、孕育、发展和成熟既不是一日之功,也非凭空捏造,其客观存在和产生影响有宏大的社会、历史背景与文化渊源。分析《诗章》词与词之间、行与行之间、段与段之间、篇与篇之间的现代主义风格及其呈现方式,需要兼顾19世纪到20世纪西方社会急剧变化的宏观物质世界和庞德波澜起伏、复杂深沉的微观心理世界。只有使宏观考察和微观透视相得益彰,对庞德《诗章》现代主义风格的分析和讨论才能切实做到水到渠成、合情合理。

第四,归纳演绎结合法。该著作在对《诗章》现代主义风格进行探讨和解读时，通过观照庞德本人的创作意图、艺术呈现方式以及标新立异的作诗法，会逐步归纳和总结出关于诗人创作理念、诗学思想、艺术主张等方面的观点和看法；与此同时，为更好凸显《诗章》的文本性及现代主义风格，该著作还会借助演绎法对《诗章》中涌现出来的关于东方和西方、古代和现代、历史和想象等错综复杂的语料进行界定、解释和说明，旨在使整个推理论证过程富有逻辑性和思辨性。

第二章 《诗章》现代主义风格研究的争议性话题

孔子在《论语·学而篇第一》中告诫弟子:"君子务本,本立而道生。"意思是说有道的君子做任何事情都要找到一个根本,根本立住了,道才会自然地产生①。《孟子·离娄上》亦教诲曰:"离娄之明,公输子之巧,不以规矩,不能成方圆;师旷之聪,不以六律,不能正五音。"讲的是即使有离娄那样好的眼力,公输子那样好的技巧,如果不用圆规和曲尺,也不能正确地画出方形和圆形;即使有师旷那样好的辨音能力,如果不用六律,也不能校正五音②。孔孟圣贤之智慧虽寥寥数语,却力透纸背,发人深省。关于庞德和《诗章》的研究在我国已经过去了好多年,但是对庞德《诗章》现代主义风格进行全面而系统的研究才刚刚开始。目前,在庞德研究和《诗章》研究各自的领域,还存在一些有争议性的话题,也存在不少有待澄清和深入讨论的问题。譬如,关于庞德开始和结束《诗章》创作的时间问题、关于《诗章》章节及语言文字的数量问题、关于《诗章》创作"三阶段"的划分问题等,本应该有一个较明确的说法,但是,根据笔者目前掌握的资料看,国内外学者对此众说纷纭、莫衷一是。这就需要我们在对庞德《诗章》的现代主义风格进行深入讨论之前,应该对相关问题进行梳理、归纳和澄清,求得"本立",掌握"规矩",才好确立我们的研究立场,为后续研究做好准备。

第一节 关于庞德开始和结束创作《诗章》的时间问题

首先,关于庞德开始创作《诗章》的时间,有六种说法比较有代表性:

---

① [英] 理雅各英译:《四书》,杨伯峻今译,湖南出版社1996年版,第64页。
② [英] 理雅各英译:《四书》,杨伯峻今译,湖南出版社1996年版,第388页。

说法一：1912 年

林骧华在《西方现代派文学述评》（1987）一书第 39 页这样写道："庞德的作品很多，主要代表作有两部。一部是《休·塞尔温·毛勃莱（生命与接触）》（1920），另一部是《诗章》（1912—1969）。"① 林骧华认为，庞德于 1920 年发表《休·塞尔温·毛勃莱》，于 1912—1969 年创作《诗章》，这两部作品是庞德一生中的两部代表作。后者创作的时间从 1912 年开始算起。

说法二：1917 年

赵毅衡在《诗神远游：中国如何改变了美国现代诗》（2003）一书第 21 页，认为《诗章》是"庞德的毕生力作"，"这部长诗是庞德心目中的'现代史诗'，试图融合进关于文学、艺术、经济学、哲学，以及人类精神文化的其他一切问题"。与此同时，他这样写道：庞德《诗章》的"首章作于 1917 年"②。

说法三：1925 年

袁可嘉先生在《欧美现代派文学概论》（1993/2003）一书"第七章　意象主义文学"之"第二节　休姆和庞德"中讨论意象派诗人庞德时，有一个脚注写道："伊兹拉·庞德（1885—1972）……二次大战期间曾在罗马电台广播，支持墨索里尼，被控叛国罪，1958 年获释。著有《莫伯利》（1920）、《诗章》（1925—1959）。"③ 从该脚注可看出，袁先生认为庞德的《诗章》开始创作于 1925 年。此外，吴其尧在《庞德与中国文化》（2006）一书第 244 页，亦认为庞德"从 1925 年开始创作（《诗章》）一直到 1969 年发表'残篇'（Fragments）"，其间经历了纷繁复杂的过程④。

说法四：1930 年

李维屏在《英美现代主义文学概观》（1998）一书第 88 页，聚焦《诗章》时写道："《诗章》（*The Cantos*，1930—1969）代表了庞德文学创作的最高成就，也是现代主义诗歌的一个重要里程碑"；接着在第 90 页，他对《诗章》的创作时间进行具体说明，认为"《诗章》的正式发表时间

---

① 林骧华：《西方现代派文学述评》，上海人民出版社 1987 年版，第 39 页。
② 赵毅衡：《诗神远游：中国如何改变了美国现代诗》，上海译文出版社 2003 年版，第 21 页。
③ 袁可嘉：《欧美现代派文学概论》，上海文艺出版社 1993 年版，第 199 页；袁可嘉：《欧美现代派文学概论》，广西师范大学出版社 2003 年版，第 183 页。
④ 吴其尧：《庞德与中国文化——兼论外国文学在中国文化现代化中的作用》，上海外语教育出版社 2006 年版，第 244 页。

应从 1930 年算起"。为什么"应从 1930 年算起"呢？李维屏解释说："在此之前，庞德曾先后于 1917 年、1925 年和 1928 年分别发表过 3 章、16 章和 11 章。随后，庞德对这 30 章进行了认真的修改，并于 1930 年在巴黎正式发表了第一卷。"① 由此可见，李维屏提出的"《诗章》的正式发表时间应从 1930 年算起"的说法，是因为庞德"于 1930 年在巴黎正式发表了（《诗章》）第一卷"。

说法五：大约是在 1904 年

庞德在世时，曾接受一位记者的采访，回忆说："I began the Cantos about 1904, I suppose."（我想我大约是在 1904 年开始《诗章》写作的。）②。按照该说法，庞德开始创作《诗章》的时间，又需要往前推到 1904 年。据此，曾艳兵等学者这样写道，"《诗章》写作的时间几乎贯穿了诗人的一生，从 1904 年一直延续到 1972 年"③，大约经历了 68 年时间。

说法六：1915 年

加拿大皇家学会院士、温哥华英属哥伦比亚大学英语系教授伊拉·B. 纳代尔在"Introduction: Understanding Pound"（《引言：理解庞德》）一文中，这样写道："From 1915 until 1969 he worked on an ambitious epic poem, *The Cantos*, which embraced the multiple traditions that informed his work."（从 1915 年到 1969 年，他创作了一首雄心勃勃的史诗《诗章》，这首诗融合了他作品中的多种传统。）④ 美国罗切斯特大学教授丹尼尔·阿尔布赖特在"Early Cantos I – XLI"（《早期〈诗章〉研究》）一文中，指出《三首诗章》（"Three Cantos"）虽然发表于 1917 年，但是其首章的撰写是在 1915 年："The Pound of 1915 did not want to ask himself such questions; he simply wanted to write, and to write without any particular sense of a model."（1915 年，庞德不想问自己这样的问题；他就是想写，而且写作时没有刻意参照某种特定的模板。）⑤

其次，关于庞德结束创作《诗章》的时间，国内学者也有不同的意见和观点。有四种说法比较有代表性。

---

① 李维屏：《英美现代主义文学概观》，上海外语教育出版社 1998 年版，第 90 页。
② Donald Davie, *Ezra Pound: Poet as Sculptor*, New York: Oxford University Press, 1964, p. 30.
③ 曾艳兵主编：《西方现代主义文学概论》，北京大学出版社 2012 年版，第 91 页。
④ Ira B. Nadel, "Introduction: Understanding Pound", in Ira B. Nadel, ed., *The Cambridge Companion to Ezra Pound*, Cambridge: Cambridge University Press, 1999, p. 1.
⑤ Daniel Albright, "Early Cantos I – XLI", in Ira B. Nadel, ed., *The Cambridge Companion to Ezra Pound*, Cambridge: Cambridge University Press, 1999, p. 60.

说法一：1959 年

在《欧美现代派文学概论》（1993/2003）一书"第七章　意象主义文学"之"第二节　休姆和庞德"中，袁可嘉先生讨论意象派诗人庞德时，有一个脚注写道："伊兹拉·庞德（1885—1972）……著有《莫伯利》（1920）、《诗章》（1925—1959）。"① 从该表述可知，袁先生认为，庞德结束创作《诗章》的时间是在 1959 年。

说法二：1970 年

张子清在《美国现代派诗歌杰作——〈诗章〉》一文中说庞德"花了半个多世纪心血创作的鸿篇巨制《诗章》（Cantos，1915—1970）是美国现代派诗歌的丰碑，它不但在当时而且在现在，不但在国内而且在国外对诗界影响至大至深"②。该说法在新版《20 世纪美国文学史（第一卷）》亦有相同的表述③。由此可知，张子清认为，庞德结束创作《诗章》的时间应该定格在 1970 年。杨金才也持类似看法。他在《新编美国文学史（第三卷，1914—1945）》写道："1917 年 8 月，庞德在芝加哥《诗刊》上发表前三篇'诗章'；第 4 章至第 71 章在 1940 年之前发表；1948—1970 年发表最后的章节。"④ 即庞德是在 1970 年发表了《诗章》最后的章节内容。

说法三：1972 年

曾艳兵在《西方现代主义文学概论》一书中认为，"《诗章》写作的时间……从 1904 年一直延续到 1972 年"⑤，即他认为，庞德对《诗章》的写作持续并贯穿了诗人一生，所以，庞德结束《诗章》创作的时间应该是他逝世的那一年，即 1972 年。

说法四：1969 年

伊拉·B. 纳代尔在《伊兹拉·庞德研究剑桥指南》（*The Cambridge Companion to Ezra Pound*）一书的第一章引言部分，即《引言：理解庞德》中，这样写道："From 1915 until 1969 he worked on an ambitious epic poem, *The Cantos*...."（从 1915 年到 1969 年，他创作了一首雄心勃勃的

---

① 袁可嘉：《欧美现代派文学概论》，上海文艺出版社 1993 年版，第 199 页；袁可嘉：《欧美现代派文学概论》，广西师范大学出版社 2003 年版，第 183 页。
② 张子清：《美国现代派诗歌杰作——〈诗章〉》，《外国文学》1998 年第 1 期；又参见张子清《二十世纪美国诗歌史》，吉林教育出版社 1995 年版，第 113 页。
③ 张子清：《20 世纪美国诗歌史》（第一卷），南开大学出版社 2018 年版，第 135 页。
④ 刘海平、王守仁主编：《新编美国文学史（第三卷，1914—1945）》，杨金才主撰，上海外语教育出版社 2002 年版，第 59 页。
⑤ 曾艳兵主编：《西方现代主义文学概论》，北京大学出版社 2012 年版，第 91 页。

史诗《诗章》……)①纳代尔认为,庞德结束创作《诗章》的时间是在1969年。其依据是,庞德于1969年发表了《诗章》的最后一部分《诗章草稿及残篇:第110—117章》(*Drafts and Fragments of Cantos CX – CXVII*)。

综上所述,我们在研究《诗章》的现代主义风格时,就该史诗正式开始写作、发表的时间以及结束出版的时间,认同《伊兹拉·庞德研究剑桥指南》主编、庞德研究专家纳代尔的说法:庞德从1915年正式开始写作《诗章》,1917年正式发表《诗章》最早的诗篇《三首诗章》,1969年正式出版与发行他生前最后挑选和整理的《诗章》片段。基于此,我们所要研究的《诗章》内容,是指庞德自1915—1969年期间完成的部分。对于以后可能发现或待发现的《诗章》"残篇",不在此次考察的范围之内。

第二节 关于《诗章》章节总数及语言文字使用的数量问题

关于《诗章》到底有多少章节、共使用了多少语言文字的说法,国内外学者也意见不一,存在争议。

首先,关于《诗章》到底有多少章节的论述,有三种说法比较有代表性。

说法一:115章

李维屏在《英美现代主义文学概观》一书第89页,谈到庞德的《诗章》时,认为"《诗章》也许是西方文学中形式与结构最混乱的史诗"。接着他写道,《诗章》"全诗115章"。为什么庞德的《诗章》会是"115章"呢?他在该书第90页这样解释说:"《诗章》原有117章,由于用意大利语写成的第72章和第73章具有明显的法西斯主义倾向而从未正式发表,因此现有的文本实际收集115章,其中最长的有20多页,而最短的只有几行诗句。"②

说法二:120章

赵毅衡在《诗神远游:中国如何改变了美国现代诗》一书第21页,认为《诗章》"长达120章"。该说法应该包括一些未正式发表的断章(unfinished cantos)和残篇(fragments)③。无独有偶,曾艳兵在《西方现

---

① Ira B. Nadel, ed., *The Cambridge Companion to Ezra Pound*, Cambridge: Cambridge University Press, 1999, p. 1.
② 李维屏:《英美现代主义文学概观》,上海外语教育出版社1998年版,第89页。
③ 赵毅衡:《诗神远游:中国如何改变了美国现代诗》,上海译文出版社2003年版,第21页。

代主义文学概论》一书第 91 页，也有相同的说法。他指出，《诗章》写作贯穿庞德的一生，从篇幅来看，《诗章》"由 120 首组成，长达 2.3 万多行，可谓现代主义诗歌的天书"①。朱伊革在《跨越界限：庞德诗歌创作研究》一书中，亦认为《诗章》是 120 章："《诗章》共 120 章，这部史诗包括文学、政治、经济、艺术、神话、历史名人传记等多方面的内容……真可谓'一部人类文明史的浓缩'。"② 认为《诗章》是 120 章的学者中，还有彭予。他在《20 世纪美国诗歌——从庞德到罗伯特·布莱》一书中指出："《诗章》分为 120 章，内容庞杂零乱……"③

说法三：117 章

按照 1970/1971 年美国新方向出版社最早的两个权威版本《伊兹拉·庞德诗章全集》（first printing of Cantos 1 – 117 in one volume/second printing of Cantos 1 – 117 in one volume）以及根据 1998 年美国新方向出版社最新出版的版本（The Cantos of Ezra Pound）④，庞德《诗章》的内容都标注是 117 章。

针对上述情况，我们在本书中对《诗章》的现代主义风格进行研究时，依据第三种说法。换言之，凡涉及《诗章》全集的诗歌内容，按照总数 117 章计算和讨论。

其次，庞德在《诗章》中共使用了多少种语言文字？学者们也是秉持不同的意见和看法。有五种说法具有典型性和代表性。

说法一：近十种外语

李维屏在《英美现代主义文学概观》一书中写道："《诗章》是一部难以卒读、令人费解的现代主义史诗……这是一部用多种不同风格英语写成的长篇巨著，其中包括古英语、现代语言、口语、俚语、美国英语和英国英语以及抒情诗体、散文体、书信体和公文体等。此外，读者还得面临法语、德语、汉语、希腊语、意大利语和西班牙语等近十种外语的考验。"⑤

说法二：十几种语言

---

① 曾艳兵主编：《西方现代主义文学概论》，北京大学出版社 2012 年版，第 91 页。
② 朱伊革：《跨越界限：庞德诗歌创作研究》，上海三联书店 2014 年版，第 73 页。
③ 彭予：《二十世纪美国诗歌——从庞德到罗伯特·布莱》，河南大学出版社 1995 年版，第 21 页。
④ Ezra Pound, *First Printing of Cantos 1 – 117 in One Volume/Second Printing of Cantos 1 – 117 in One Volume*, New York: New Directions, 1970/1971; Ezra Pound, *The Cantos of Ezra Pound*, New York: New Directions, 1998.
⑤ 李维屏：《英美现代主义文学概观》，上海外语教育出版社 1998 年版，第 89 页。

袁可嘉在《欧美现代派文学概论》一书中写道：庞德"在诗（即《诗章》）中运用了十几种语言，包括中文方块字和译文，内容极为庞杂……"①

说法三：多达 16 种

晏清皓在《庞德〈三十章草〉中的女性形象研究》一书中写道："在自然语言层面，《诗章》实际使用的语言多达 16 种"，这其中既包含"意大利语、西班牙语、普罗旺斯语等欧洲语言"，也包括"希腊语、拉丁语、希伯来语等古代语言"以及"汉语、日语、阿拉伯语等东方语言"②。

说法四：18 种

朱伊革在《跨越界限：庞德诗歌创作研究》一书中写道：《诗章》是"一部人类文明史的浓缩"，是一部浩瀚的史诗巨著，"作者在诗中旁征博引，除英语外，出现了 18 种外国文字，其中包括汉字"③。

说法五：20 多种

黄运特在"Ezra Pound, Made in China"（《中国制造的庞德》）一文中写道："Translational poetics represents the greatest achievement of Anglo-American poetic modernism. Having learned the ideogrammic method from the Chinese, Ezra Pound becomes a translational poet, who uses over twenty languages in his Cantos and creates between these languages a relationship that Walter Benjamin tries to describe in his famous essay on translation. What Benjamin articulates in theory has actually been realized in poetry by Pound, who digs deep into the Chinese box of sound symbolism in order to explore the terrain of pure language."（翻译诗学代表着英美现代诗歌的最高成就。伊兹拉·庞德从汉字里学到表意文字的技巧后，成了一位翻译诗人。他在自己的《诗章》里用了 20 多种语言，并且在这些语言之间建造了一种特殊关系，一种本雅明在其论翻译的著名论文中试图描述的关系。庞德通过汉语中的声音象征学对纯语言进行探索，在其诗作践行了本雅明的理论探索。）④

在上述说法中，笔者认同第五种，即黄运特所说的"他（即庞德）在自己的《诗章》里使用了 20 多种语言"。理由是：黄运特系美国纽约州立大学布法罗分校诗学博士，曾任哈佛大学助理教授，现任加州大学圣芭芭拉分校英语系教授，教授课程和研究领域均为"美国诗歌和跨太平

---

① 袁可嘉：《欧美现代派文学概论》，上海文艺出版社 1993 年版，第 208 页；袁可嘉：《欧美现代派文学概论》，广西师范大学出版社 2003 年版，第 193 页。
② 晏清皓：《庞德〈三十章草〉中的女性形象研究》，科学出版社 2018 年版，第 12 页。
③ 朱伊革：《跨越界限：庞德诗歌创作研究》，上海三联书店 2014 年版，第 72 页。
④ 黄运特：《中国制造的庞德》，《外国文学研究》2014 年第 3 期。

洋文学"（American poetry and transpacific literature）。黄运特中英文都有很高的造诣。截至目前，他翻译的《庞德诗选——比萨诗章》①是庞德《诗章》文本体系中唯一一部中国读者所能见到且独立成册的中文译本，在国内有很大的影响力。在《庞德诗选——比萨诗章》的《译后记》中，黄运特概述了他在翻译《比萨诗章》过程中遇到的各种困难："原诗对于英美本国语读者，不靠注解，亦无法通读；译成外文，其难度更可想而知。"② 为克服翻译方面的困难，他广泛阅读关于庞德和《诗章》的第一手材料和注释本，还积极求助庞德研究权威、英美诗歌评论家查尔斯·贝恩斯坦（Charles Bernstein）、罗伯特·克利里（Robert Creeley）、罗伯特·纽曼（Robert Newman）、罗伯特·伯托尔夫（Robert Bertholf）、麦克·巴辛斯基（Michael Basinsky）等著名学者。对翻译《诗章》时遇到不懂的语言，他四方问询以求正解，因此对《诗章》中到底有多少种语言他比普通读者要更加清楚和明白。此外，黄运特还是一位严肃、有国际声誉的学者、作家。他用英文撰写了一系列优秀学术类、文学类作品，包括《跨越太平洋的移置：20世纪美国文学中的人种学、翻译及互文旅行》（*Transpacific Displacement: Ethnography, Translation, and Intertextual Travel in Twentieth-Century American Literature*, 2002）、《CRIBS》（*CRIBS*, 2005）、《跨越太平洋的想象：历史、文学、对立诗学》（*Transpacific Imaginations: History, Literature, Counterpoetics*, 2008）、《陈查理传奇》（*Charlie Chan*, 2010）等。2011年，黄运特获得美国爱伦·坡文学奖（Edgar Allan Poe Award），2014年获得美国古根海姆奖（the Guggenheim Fellowship）。对于一位在中国出生、学习，然后到美国深造、打拼的学者，能够取得如此令世人瞩目的成就，实在是让人骄傲和自豪。要知道这些奖项对于美国本土作家，乃至欧洲旅美作家，都很难取得！综上所述，黄运特说"《诗章》里用了20多种语言"是可信的。

黄运特的上述说法在《伊兹拉·庞德研究剑桥指南》中得到权威认证。该书主编伊拉·B.纳代尔也认为，《诗章》里存在"20多种语言"："The numerous quotations and more than twenty languages in the work (i. e., *The Cantos*) present immense challenges to publishers, editors and printers...."（该作品（即《诗章》）中的大量引文和20多种语言，给所有出版商、编辑

---

① ［美］伊兹拉·庞德：《庞德诗选——比萨诗章》，黄运特译，张子清校订，漓江出版社1998年版。
② 黄运特：《译后记》，载［美］伊兹拉·庞德《庞德诗选——比萨诗章》，黄运特译，张子清校订，漓江出版社1998年版，第321—323页。

和印刷商带来巨大挑战……)①

庞德在《诗章》中使用了如此多的东西方语言,学者们对此持不同的意见和看法。认同庞德者,会赞美他是语言天才;不认同庞德者,会觉得他在搞语言文字游戏。不管怎样,庞德使用纷繁复杂的语言进入诗歌作品,确实给普通读者造成了阅读困难和认知障碍。这种阅读感受不为中国读者所特有。笔者曾于2013—2014年在美国北亚利桑那大学访学,于2019—2020年在美国罗文大学访学,一次是在美国西部,一次是在美国东部。两次访学期间,我与美国当地的大学教授、在校大学生、读书会友人、图书管理员等交谈,询问过他们对庞德和《诗章》的看法,也询问过他们对《诗章》中出现的大量外国文字作何感想,他们的阅读感受与我们中国人是一样的。也就是说,即使是英美读者,他们也认为,庞德的诗歌非常难以理解,尤其是《诗章》中出现的各种语言文字,让他们很头疼(It's a headache!),感觉像是读天书。即使是美国在校大学生,佶屈聱牙的文字也让他们眉头紧皱。此外,由于庞德的政治立场和对西方文化的态度英美读者并不都能接受,从《诗章》问世起,对它的研究就好像仅局限在文学研究所或高校里的学术机构。实际上,庞德在《诗章》中使用20多种语言并不是个案,也不是使用语言种类最多的一位作家。更出奇的是庞德的好友、《尤利西斯》(*Ulysses*)的作者乔伊斯——他在生前所写的最后一部小说《芬尼根的苏醒》(*Finnegans Wake*)②中,就使用了60多种语言。这就不得不让人怀疑作者使用这么多语言的动机何在了。英美文学评论家袁可嘉先生曾对此做出精彩的评述:"乔伊斯的《菲尼根的苏醒》竟要用60多种语言(包括他自己不懂的汉语)来表现人类历史的噩梦,与其说是在描绘梦幻的潜意识,不如说是有意识地做文字游戏了。"③

第三节　关于《诗章》"早、中、后"的时期划分问题

通常情况下,关于《诗章》创作时期的划分是以庞德的生平及年龄作为参照而进行的。以此为据,国内外学者有《诗章》创作"两段论"和"三段论"之别。

---

① Ira B. Nadel, "Introduction: Understanding Pound", in Ira B. Nadel, ed., *The Cambridge Companion to Ezra Pound*, Cambridge: Cambridge University Press, 1999, p. 16.
② 该书另有中文译名《芬尼根守灵夜》《菲尼根的苏醒》等。
③ 袁可嘉:《欧美现代派文学概论》,广西师范大学出版社2003年版,第3页。

1. 两段论:"早期《诗章》"与"后期《诗章》"

持该划分法的代表性学者是美国现代诗与中国古典诗关系研究的大家赵毅衡先生。早在1996年,他就在《中国比较文学》第1期发表题为《儒者庞德——后期〈诗章〉中的中国》的文章,指出:"研究者一般把《诗章》分成早期与后期,作于1945年的'比萨诗章',即第72章起,为后期。"① 该文把《诗章》的创作时期划分为"两段":"早期《诗章》"与"后期《诗章》"。前者是指《诗章》第1—71章,后者是指《诗章》第72—117章。该文在国内具有广泛的影响力,并于1998年收录在《庞德诗选——比萨诗章》中译本的附录部分②,作为该书"9篇名附录"的一部分。

2. 三段论:"早期《诗章》""中期《诗章》"与"后期《诗章》"

最为人所知的"三段论"划分法,出现在伊拉·B. 纳代尔主编的《伊兹拉·庞德研究剑桥指南》(1999)一书中。美国罗切斯特大学教授丹尼尔·阿尔布赖特执笔撰写了该书第四章"Early Cantos"(《早期〈诗章〉研究》),研究对象是"Cantos I – XLI"(《诗章》第1—41章);英国基尔大学教授伊安·F. A. 贝尔执笔撰写了该书第五章"Middle Cantos"(《中期〈诗章〉研究》),研究对象是"Cantos XLII – LXXI"(《诗章》第42—71章);英国牛津大学教授罗纳德·布什执笔撰写了该书第六章"Late Cantos"(《后期〈诗章〉研究》),研究对象是"Cantos LXXII – CXVII"(《诗章》第72—117章)③。自此,"早期《诗章》""中期《诗章》"和"后期《诗章》"的说法在国内外学者中传播开来。受到该书的影响,国内学者也开始沿用上述"三段论"划分法来研究《诗章》。譬如,朱伊革在《跨越界限:庞德诗歌创作研究》一书"第一节 庞德的文学生涯及其主要作品类型"中写道:"……《诗章》可分为前期《诗章》(第1—41章)、中期《诗章》(第42—71章)和后期《诗章》(第72—120章)。"④ 吴其尧在《庞德与中国文化——兼论外国文学在中国文化现代化中的作用》一书"第七章 对中国文化的全面整理:庞德的

---

① 赵毅衡:《儒者庞德——后期〈诗章〉中的中国》,《中国比较文学》1996年第1期。
② [美]伊兹拉·庞德:《庞德诗选——比萨诗章》,黄运特译,张子清校订,漓江出版社1998年版,第217—320页。
③ Ira B. Nadel, ed., *The Cambridge Companion to Ezra Pound*, Cambridge: Cambridge University Press, 1999; 另参见 Ira B. Nadel, ed., *The Cambridge Companion to Ezra Pound*, Shanghai: Shanghai Foreign Language Education Press, 2001。
④ 朱伊革:《跨越界限:庞德诗歌创作研究》,上海三联书店2014年版,第73页。

第二章 《诗章》现代主义风格研究的争议性话题

《诗章》"中,亦认同上述划分法,并基于上述三个阶段对庞德《诗章》的创作情况进行考察和研究①。

笔者根据这些年阅读《诗章》的感觉和体会,结合《比萨诗章》(*The Pisan Cantos*)在整个《诗章》写作过程中扮演的重要角色及其产生的影响力,提出一个与上述观点不同的假设:既然《比萨诗章》被许多学者认为是庞德《诗章》创作的一个巅峰时期②,那么是否可以把《比萨诗章》作为一个分水岭,去重新划分《诗章》的"前、中、后"呢?如果把《比萨诗章》作为中轴线,那么,《比萨诗章》以前,可以称作庞德《诗章》创作的前期,《比萨诗章》以后,可以称作庞德《诗章》创作的后期。如此一来,关于早期、中期、后期诗章的划分可以重新表述为:

第一,《诗章》创作的前期:《诗章》第 1—73 章。
第二,《诗章》创作的巅峰期:《比萨诗章》,即《诗章》第 74—84 章。
第三,《诗章》创作的后期:《诗章》第 85—117 章。

之所以把《比萨诗章》单列出来,有三个重要原因:

其一,《比萨诗章》是庞德整个人生发生重大变化的转折点,该部分内容完全可以独立成篇③。《比萨诗章》是庞德被关押在意大利比萨监狱里当作遗言去写的诗篇,风格、内容等方面与前期所写《诗章》有很大不同。当时庞德因为支持墨索里尼及其法西斯政治,并有反犹主义思想,在 20 世纪三四十年代还在罗马电台抨击美国罗斯福政府及其联邦,犯下叛国罪被捕入狱,待 1945 年墨索里尼政府倒台、墨索里尼本人及其情妇被处死"倒挂示众",时年 60 岁的庞德感觉自己性命不保,是"日落西山的人"(Pound 450),就把《比萨诗章》当作遗言去写,充满悲壮的味道,具有古希腊悲剧的艺术特色。

其二,《比萨诗章》被认为是《诗章》整个诗歌体系中最出色的部分,这已得到学界的普遍认可和接受。庞德研究专家诺尔·斯托克(Noel Stock)在其著作《庞德传》(*The Life of Ezra Pound*)中认为,"《比萨诗

---

① 吴其尧:《庞德与中国文化——兼论外国文学在中国文化现代化中的作用》,上海外语教育出版社 2006 年版,第 134—197 页。
② Noel Stock, *The Life of Ezra Pound*, New York: Pantheon Books, 1970, p. 412; Anthony Woodward, *Ezra Pound and the Pisan Cantos*, London, Boston and Henley: Routledge & Kegan Paul, 1980, p. 110; 另参见张子清《美国现代派诗歌杰作——〈诗章〉》,《外国文学》1998 年第 1 期。
③ Anthony Woodward, *Ezra Pound and the Pisan Cantos*, London, Boston and Henley: Routledge & Kegan Paul, 1980, p. 110; 胡平:《庞德〈比萨诗章〉研究》,上海大学出版社 2017 年版,第 3 页。

章》应该是庞德最好的诗作"①；安瑟尼·伍德瓦德（Anthony Woodward）在专著《伊兹拉·庞德与〈比萨诗章〉》（*Ezra Pound and the Pisan Cantos*）中说，"在庞德所有的诗章写作中，《比萨诗章》是最著名、最优秀的范例"②。国内学者也有类似的回应。譬如，张子清在《美国现代派诗歌杰作——〈诗章〉》一文中认为，"这（即《比萨诗章》）是《诗章》中最出色的部分，写了他（即庞德）希望的泯灭以及对自己的深省"③；胡平在其专著《庞德〈比萨诗章〉研究》中评述道，"《比萨诗章》包括庞德雄心勃勃的史诗中许多最著名的段落……它被广泛认为是整个《诗章》的华彩的部分"④。

其三，《比萨诗章》获得美国国会图书馆下属的美国文学委员会颁发的首届博林根诗歌奖（the Bollingen Prize for Poetry），这是庞德一生中获得的最高诗歌荣誉，也是他一生中唯一一次获得的诗歌大奖，意义非凡。对于该奖后来产生的各种争议，美国国会图书馆相关人员这样解释道：该奖是授予《比萨诗章》的，"如果允许诗歌成就以外的因素来影响我们的决定的话，那将破坏这一奖项的重要意义，并且从根本上否定文明社会赖以生存的、客观看待问题的原则的正确性"⑤。

如果说这样的分类有些唐突和欠缺依据，当笔者读到美国哈佛大学比较文学系方志彤先生于1958年完成的博士学位论文《庞德〈诗章〉研究》（"Materials for the Study of Pound's Cantos"）时，我坚定了自己的猜测和想法。在方志彤耗费八年时间勤勤恳恳完成的厚重的博士学位论文中，他对《诗章》做了这样的阶段性划分："The Pre-Pisan Cantos（1 – 71）"，"The Pisan Cantos（74 – 84）"以及"The Post-Pisan Cantos"。前两者是方志彤博士学位论文讨论的内容。对于后者，方志彤在他的博士论文前言的第二段开始部分，做了这样一些文字说明："The Cantos are now almost complete. But the post-Pisan Cantos (Section: Rock-drill 85 – 95 de los cantares, published in 1955, plus Cantos 96 and 97 published in *The Hudson Review*, Vol. IX, Nos. 1 and 2, Spring and Autumn 1956) demand a study by

---

① Noel Stock, *The Life of Ezra Pound*, New York: Pantheon Books, 1970, p. 412.
② Anthony Woodward, *Ezra Pound and the Pisan Cantos*, London, Boston and Henley: Routledge & Kegan Paul, 1980, p. 110.
③ 张子清：《美国现代派诗歌杰作——〈诗章〉》，《外国文学》1998年第1期。
④ 胡平：《庞德〈比萨诗章〉研究》，上海大学出版社2017年版，第3页。
⑤ 原文参见 William Van O'Connor and Edward Stone, eds., *A Casebook on Ezra Pound*, New York: Thomas Y. Crowell, 1959, p. 45；另参见朱伊革《跨越界限：庞德诗歌创作研究》，上海三联书店2014年版，第59页。

themselves."［《诗章》现在基本完工。但是,"后比萨诗章"（即1955年出版的《部分:拙石机诗章第85—95章》,加上1956年春、秋季《哈德逊评论》第九卷第1期和第2期刊印的《诗章》第96—97章）,需要对它们另行研究。]① 方志彤是1949年在美国哈佛大学比较文学系获得硕士学位后,开始他的博士论文研究的。在撰写博士学位论文时,方志彤参照的《诗章》版本是1954年英国伦敦Faber & Faber出版社出版的《伊兹拉·庞德诗章全集》（*The Cantos of Ezra Pound*）。那时候,庞德还在继续写作他的《诗章》。方志彤读到的已出版的后期《诗章》包括1955年出版的《部分:掘石机诗章:第85—95章》以及刊登在1956年《哈德逊评论》春、秋季刊第1—2期的《诗章》第96—97章。待庞德于1959年刊印《王座诗章:第96—109章》（*Thrones de los Cantares XCVI – CIX*）以及1969年出版《诗章草稿及残篇:第110—117章》（*Drafts and Fragments of Cantos CX – CXVII*）时,方志彤已于1958年博士毕业。所以,方志彤并未在博士学位论文中涉及《诗章》第97章以后的任何内容。即使是《诗章》第85—95章和第96—97章,方志彤也仅是在博士学位论文前言中不无遗憾地指出:"需要对它们另行研究。"

对于后期《诗章》（方志彤称之为"Post-Pisan Cantos"）与前期《诗章》（方志彤称之为"The Pre-Pisan Cantos"）和《比萨诗章》之间的内在关系,方志彤这样写道:"If The Pisan Cantos are an accident, the Post-Pisan Cantos are on the whole a mistake. At any rate, I have decided not to touch on the post-Pisan Cantos in the present study."（如果说《比萨诗章》的出现是一场意外,那么,总体来讲,"后比萨诗章"的出版就是一个错误。无论如何,我已决定在本研究中不涉及"后比萨诗章"。）② 与此同时,方志彤通过阅读庞德已发表的后期诗章（即《诗章》第85—95章和《诗章》第96—97章）,较准确地预见到庞德接下来可能要书写的内容:"In these Cantos Pound has applied the technique of *The Pisan Cantos* to the pre-Pisan subject-matter."［在这些诗章（即方志彤所说的"后比萨诗章"）中,庞德使用了在《比萨诗章》里已使用过的写作技巧和在"前比萨诗章"里已使用过的写作主题］。③

方志彤是庞德在世时的亲密好友,1947—1977年在美国哈佛大学东

---

① 方志彤:《庞德〈诗章〉研究（英文）》,中西书局2016年版,第 i—ii 页。
② 方志彤:《庞德〈诗章〉研究（英文）》,中西书局2016年版,第 ii 页。
③ 方志彤:《庞德〈诗章〉研究（英文）》,中西书局2016年版,第 ii 页。

亚语言与文明系任职，教授中国文学、历史、哲学等，是"庞德的中国朋友中最博学"的一位①。他在84岁高龄写下一首诗为自己"画像"，很像英国唯美主义诗人、小说家、剧作家奥斯卡·王尔德（Oscar Wilde）笔下的《中国圣人——庄子》：

> 那中国哲人，
> 燃着烟斗，白发苍苍，
> 拄杖而行
>
> 他见己身，似并不在此地
> 他归去已久，
> 眼神如洗，犹如大海
>
> 鸟儿在枝头颤动着
> 那逝去的远方，
> 他拾级而上，
> 手执雕木
>
> 滑翔在世纪
> 的落叶上②

庞德被关押在美国华盛顿的圣伊丽莎白医院（St. Elizabeths Hospital）期间（1945—1958），方志彤曾专程从波士顿到华盛顿看望庞德，并解答庞德在翻译中国儒家经典过程中遇到的困惑和问题。方志彤与庞德开始交往始于1950年。钱兆明先生在《中华才俊与庞德》（2015）一书中这样描述他们二人见面的场景："1950年12月27日，方氏（即方志彤）与庞德首次会面。与博学的方氏畅谈，庞德可谓'棋逢对手'，二人均有'互为知己，相见恨晚'之感。之后，两人之间的鸿雁传书日渐频繁，庞德在1954年3月的信中称方氏几乎是其晚年的'唯一安慰'。"③ 方志彤与庞德的友谊持续到1958年。此期间他们"二人的往来信件达214封，庞

---

① 钱兆明：《中华才俊与庞德》，中央编译出版社2015年版，第85页。
② 转引自闫月珍"两篇悼词，一首诗作——关于方志彤先生的身世（代序）"，载方志彤《庞德〈诗章〉研究（英文）》，中西书局2016年版，第1—4页。
③ 钱兆明：《中华才俊与庞德》，中央编译出版社2015年版，第87—88页。

德致方氏 108 封,方氏致庞德 106 封"①。

据考证,方志彤是把庞德的《诗章》作为博士学位论文研究对象的"世界第一人"。"方氏对庞德敬重有加,但学业上秉持严谨,他对庞德翻译和引用儒家概念既不吝惜褒奖,也不苟同其错误见解。他与庞德对儒家核心概念的探讨常被庞德融入自己的儒家典籍翻译和《诗章》的创作中。"② 鉴于此,方志彤用八年时间完成的博士学位论文 "Materials for the Study of Pound's Cantos" 对研究庞德的《诗章》具有重要参考价值,亦是目前我们珍贵的史料,它也是"包括叶维廉在内的庞德学者必不可少的参考书"③。《诗章》最扎实、最可靠的注释本《庞德〈诗章〉指南》的主编卡罗尔·F. 特里尔(Carroll F. Terrell)从中受益匪浅,并在 1980 年版的注释本前言中写道:"The unpublished doctoral dissertation of Achilles Fang, 'Materials for the Study of Pound's Cantos' (Harvard University, 1958) has been extremely valuable in locating numerous sources."〔阿喀琉斯·方(即方志彤)未发表的博士论文 "Materials for the Study of Pound's Cantos"(哈佛大学,1958 年)在寻找众多文献来源方面极具参考价值。〕④ 但是,方志彤本人为了维护庞德的声誉,一直未将该"极具参考价值"的研究成果出版。国内庞德研究者更是难得一见。直到 2016 年 10 月,上海中西书局慧眼独具,经过许多艰苦卓绝的协调、沟通工作,终于将这部珍贵的作品按照哈佛大学研究生院(The Graduate School of Arts and Sciences)博士学位论文的原样(To be Placed in Original Copy)出版。全书 865 页,共计四卷(Volumes Ⅰ - Ⅳ)⑤,书名译为《庞德〈诗章〉研究》。这里将该书目录呈现如下,以飨读者:

TABLE OF CONTENTS
Volume Ⅰ

Preface

Introduction: The Approach to the Cantos

The Pre-Pisan Cantos (1 - 71)

---

① 钱兆明:《中华才俊与庞德》,中央编译出版社 2015 年版,第 88 页。
② 钱兆明:《中华才俊与庞德》,中央编译出版社 2015 年版,第 88 页。
③ 钱兆明:《中华才俊与庞德》,中央编译出版社 2015 年版,第 87 页。
④ Carroll Terrell, *A Companion to the Cantos of Ezra Pound*, Volume 1 (Cantos 1 - 71), Berkeley: University of California Press, 1980, p. x.
⑤ 方志彤:《庞德〈诗章〉研究(英文)》,中西书局 2016 年版,第 ⅰ — ⅱ 页。

The Source Material
Appendix
On Certain Ideograms in the De Mailla Cantos

Volume II
The Pisan Cantos (74 – 84)
Appendices
Free-Association Technique
Musical Analogy
The Background
 Hic tendebat
 1. American Scene
 2. London Scene
   Appendices
    Yeats
    Upward
    Blunt
    Bunting
 3. Oxford Excursion
 4. Paris Scene
 5. Provincia Deserts
 6. Italy
 7. Venice
 8. Restaurants, Cafés, etc.

Volume III
De praestantibus ingeniis
 1. Politics and Politicians
 2. Mussolini
 3. Poet and Composer
 4. Some Painters

Volume IV
Expers et/aut Expertus

1. Pound the Mystagogue
2. The Four Books
   a. Analects
   b. Ta Hsüeh
   c. Chung Yung
   d. Mencius
   Appendix
3. The Noh
4. Classical Tags
5. Pound's Scholarship

Epilogue

第三章 《诗章》现代主义风格形成的背景

古今中外，凡饱学之士，对诗总有独到的认识和理解。或涉及诗之形式，或涉及诗之内容，或涉及诗之精神。诗之风格亦在其考察之内。《毛诗序》①云："诗者，志之所之也。在心为志，发言为诗，情动于中而形于言，言之不足，故嗟叹之；嗟叹之不足，故永歌之；永歌之不足，不知手之舞之，足之蹈之也。"古希腊哲学家亚里士多德（Aristotle）在《诗学》中另有高见：诗是一种"模仿"的艺术，"倾向于表现带普遍的事"②。古罗马诗人、批评家贺拉斯（Quintus Horatius Flaccus）在《诗艺》中提出：诗是一种"给人以快感，同时对生活有帮助"的艺术，"能按作者愿望左右读者的心灵"③。英国文艺复兴时期诗歌评论家菲利普·锡德尼爵士（Sir Philip Sidney）在《为诗辩护》中综合了亚里士多德和贺拉斯的诗歌主张，认为："诗，因此是模仿的艺术……它是一种再现，一种仿造，或者一种用形象的表现……目的在于教育和怡情悦性。"④法国古典主义文艺理论家布瓦洛（Nicolas Boileau）在《诗的艺术》中另辟蹊径，阐释说：诗是诗人"灵感"的产物，涉及"韵与理的配合"，是"人类的理智"用语言的完美表达⑤。作为英美诗歌艺术杰作，《诗章》具有"诗"的上述特征。而且，《诗章》呈现出来的诗歌艺术及风格，昭示它是一个独特的文本存在。对庞德而言，正是通过《诗章》才充分彰显了

---

① 《毛诗序》是中国古代诗歌理论佳作。汉代传授《诗经》有齐、鲁、韩、毛四家，赵人毛苌传诗，称为《毛诗》。《毛诗》305篇均有小序，其中第一篇《周南·关雎》的小序之后有一段较长的文字，后人称为《毛诗序》或《诗大序》。关于其作者，历来众说纷纭，其中影响较大的有两说：一说为孔子弟子子夏所作，另一说为汉人卫宏所作。一般认为，《毛诗序》的撰写从先秦延续至两汉，非成于一人一时。

② ［古希腊］亚里士多德：《诗学》，陈中梅译注，商务印书馆1996年版，第47、81页。

③ ［古罗马］贺拉斯：《诗艺》，杨周翰译，人民文学出版社1962年版，第142—155页。

④ ［英］锡德尼：《为诗辩护》，钱学熙译，人民文学出版社1998年版，第12页。

⑤ ［法］布瓦洛：《诗的艺术》，任典译，人民文学出版社2009年版，第3、64页。

他作为现代主义诗人的风范和魅力,呈现了他登峰造极的现代主义诗风及特色。然而,庞德《诗章》现代主义风格的形成背景是什么?若要解答该问题,我们需要讨论《诗章》对维多利亚诗歌传统的悖逆与革新、《诗章》对美国文学传统的继承与发展以及庞德的文化观及其诗学思想等方面。

第一节 《诗章》对英国维多利亚诗歌传统的悖逆与革新

1908年,庞德离开美国,只身一人到达英国伦敦。在庞德心目中,伦敦是欧洲文学的中心,那里有最优秀的诗人、小说家和剧作家,也有才华出众的艺术家和评论家,更有引领世界潮流的各种文学和艺术流派。19世纪后半叶至20世纪初,英国维多利亚诗歌传统及相伴而生的"绅士派"诗歌传统(the Genteel Tradition)[①] 具有较广泛的社会影响力。庞德作为诗歌领域的新人,与英国维多利亚诗歌传统之间关系复杂。在诗歌创作的前期,庞德对维多利亚诗歌传统表现出"积极模仿"[②];后期开始"正面交锋"和"对话",甚至对维多利亚诗歌传统进行悖逆与革新。关于庞德对维多利亚诗歌传统的"积极模仿",因为已有相关成果问世[③],不再赘述。这里仅聚焦《诗章》对维多利亚诗歌传统的悖逆与革新。

一 《诗章》对维多利亚诗歌传统的悖逆

巴赫金(Mikhail M. Bakhtin)在《文本、对话与人文》(1998)中指出:"每一个表述……都充满他人话语的回声和余音",该表述"首先应该视为是对该领域中此前表述的应答……它或反驳此前的表述,或肯定它,或补充它,或依靠它,或以它为已知的前提,或以某种方式考虑它"[④]。《诗章》作为一种表述的存在形式,自然具有上述文本的特点:不仅"充满他人话语的回声和余音",而且包含"对该领域中此前表述的应

---

① 也有学者译为"高雅传统""高雅文风"等。
② Daniel Albright, "Early Cantos I - XLI", in Ira B. Nadel, ed., *The Cambridge Companion to Ezra Pound*, Cambridge: Cambridge University Press, 1999, pp. 59 - 91.
③ 相关细节参见 Daniel Albright, "Early Cantos I - XLI", in Ira B. Nadel, ed., *The Cambridge Companion to Ezra Pound*, Cambridge: Cambridge University Press, 1999, pp. 59 - 91.
④ [俄]巴赫金:《文本、对话与人文》,白春仁等译,河北教育出版社1998年版,第176—177页。

答"。其中一个应答,就是《诗章》对维多利亚诗歌传统的悖逆。本质上讲,这是诗人庞德与同时代其他朝气蓬勃的年轻人一起"反驳此前的表述"①。就庞德而言,在他"反驳此前的表述"中,《诗章》成为他对抗维多利亚诗歌传统的利器。

维多利亚诗歌传统特指 1836—1901 年间英国维多利亚女王执政时期所形成的诗歌创作理念、风格及体系,它是浪漫主义诗歌向现代主义诗歌的过渡。受当时英国社会的重要变革及两次工业革命的深刻影响,该时期的诗歌艺术在英国文学史上曾因为追求自然华美、强调人文主义意识享有盛誉,被视为最辉煌的历史时期之一,可与英国文艺复兴时期和浪漫主义时期的文学成就相媲美②。其前期的文风具有明显的特色,表现为:气势磅礴,场面恢宏;措辞优雅,格调清新;聚焦生活,活力四射。但是,维多利亚诗风的这种宣泄方式和特点发展到后来,便逐渐成为阻碍英美诗坛向前发展的重要因素③。

在这纷繁复杂的因素中,除了社会的、政治的和历史的成分在潜移默化地发挥作用,实际上还有一个十分重要的存在(being)在强劲地影响着当时西方文学艺术发展的趋势,那就是:现代主义思潮的风起云涌和希望破旧立新的新生代诗人群体的摇旗呐喊。这些具有鲜明的现代主义特色、敢作敢为、喜欢标新立异的先锋派诗人,尤其是希望破旧立新的新生代诗人群体,如庞德、F. S. 弗林特、艾米·洛厄尔、H. D.、理查德·奥尔丁顿、瓦谢尔·林赛(Vachel Lindsay)、T. E. 休谟(T. E. Hulme)、威特·宾纳(Witter Bynner)、约翰·G. 弗莱契(John G. Fletcher)等,针对英国维多利亚后期普遍存在的无病呻吟、颓废俗套的诗歌风气,感到不满和厌倦,开始以"前无古人后无来者"的姿态大胆尝试新形式,书写新内容,以扭转 19 世纪末 20 世纪初英美诗坛逐渐衰微、毫无生机的"荒原"局面,并最终开创了民族诗歌以及个人创意写作的新时代。

"It is after all a grrrreat littttttttery period"(这是一个伟伟伟伟大的文文文文文文文学时代)④,庞德在 1921 年 12 月 24 日给好友 T. S. 艾略特回

---

① [俄]巴赫金:《文本、对话与人文》,白春仁等译,河北教育出版社 1998 年版,第 177 页。

② 董洪川:《英美现代主义诗歌与审美现代性研究》,科学出版社 2020 年版,第 57—93 页;张伯香主编:《英美文学选读》,外语教学与研究出版社 2009 年版,第 233 页。

③ Richard D. Altick, *Victorian People and Ideas: A Companion for the Modern Reader of Victorian Literature*, New York: Norton, 1973.

④ D. D. Paige, ed., *The Selected Letters of Ezra Pound (1907–1941)*, New York: New Directions, 1971, p. 170.

信时这样写道。以庞德和艾略特为代表的这个"伟伟伟伟大的文文文文文文文学时代"的青年作家精力旺盛，活力四射，脑子里充满新奇想法，敢于打破常规、破旧立新，勇于通过书写像《诗章》《荒原》这样具有悖逆精神的文学作品对抗维多利亚诗歌中的"靡靡之音"，并彰显"初生牛犊不怕虎"的气势和姿态。正是在这样的历史背景下，这些有想法的年轻人有计划、有规模地聚在一起，或办刊，或掀起文学运动，或形成某种合力，为实现共同的理想和目标做出努力。其中一个迫切需要实现的目标，就是在他们所处的时代去颠覆并革新僵化、腐朽、无病呻吟的英国维多利亚诗歌传统。

为了表达对维多利亚诗歌传统的不满，庞德及同时代的新诗诗人们相时而动，转换思维方式，调整写作状态，尝试各种诗歌体裁、题材，对诗歌形式、内容等方面进行花样翻新。譬如，庞德就把《诗章》作为他花样翻新的"实验基地"。他们的文学革新充满先锋性，也被证明最富生机和感染力[①]。一方面，他们把欧洲新兴的文化时尚，如雕塑、音乐、绘画、舞蹈等艺术领域的最新成果纳入文学系统，实现诗歌文本与上述艺术文本的互文、杂糅、交叉，达到革命和翻新的目的；另一方面，他们还注意改造和吸收千百年来在历史中沉淀下来的民族诗歌传统，同时将视野延展、转换并投向其他民族诗歌，有的放矢地把其他民族诗歌的艺术风格与他们的艺术风格融会贯通，实现诗歌文本的升级、改造甚至换代[②]。譬如，庞德、林赛、弗莱切等诗人就借鉴和吸收了中国古典诗歌意象鲜明、语言精练、意境高远等文风特点，积极把这些特点转化成他们诗歌风格的重要组成部分，书写出清晰、坚硬和富有美感的诗篇。

从英美诗歌发展史的整个历程来看，中国古典诗歌曾为19世纪末20世纪初美国诗歌摆脱维多利亚晚期颓废的诗风，起到重要的催化剂的作用。1915年，庞德在美国新诗运动核心刊物《诗刊》上发表文章宣称，中国诗"是一个宝库，今后一个世纪将从中寻找推动力，正如文艺复兴从希腊人那里寻找推动力"，"很可能本世纪会在中国找到新的希腊"[③]。庞德当时激情澎湃地说出此话时，正是他开始全身心投入《诗章》创作、

---

① James Langenbach, *Modernist Poetics of History: Pound, Eliot, and A Sense of the Past*, Princeton, New Jersey: Princeton University Press, 1987.

② Richard Gray, *American Poetry of the Twentieth Century*, London and New York: Longman, 1992, pp. 29 – 38.

③ 赵毅衡：《诗神远游：中国如何改变了美国现代诗》，上海译文出版社2003年版，第17—18页。

为他的史诗书写"开天辟地"的时候。荷马的《奥德赛》、但丁的《神曲》、维吉尔的《埃涅阿斯纪》(*The Aeneid*)、威廉·莎士比亚(William Shakespeare)的四大悲剧及历史剧、罗伯特·布朗宁的戏剧独白诗《索尔戴罗》("Sordello")等欧洲经典作品,随即成为庞德《诗章》模仿和戏仿的对象。这也最终开创了庞德研究专家休·肯纳所说的"庞德的世纪"(The Pound Era)①。

二 《诗章》对维多利亚诗歌传统的革新

庞德骨子里就藏着叛逆。这与同时代"迷茫的一代"(the lost generation)的年轻人海明威、卡明斯、帕索斯(John Dos Passos)、菲茨杰拉德(Francis Scott Fitzgerald)、福克纳(William Faulkner)等作家有许多相似之处。时代在他们的作品中留下了深刻的烙印。

庞德还有他特立独行的一面,那就是"Make It New"(求新)②。或者说,他要做到与众不同,"敢为天下先"。他不喜欢被约定俗成的东西束缚手脚,也讨厌刻板的清规戒律限制他的思维。文如其人,他的诗歌,无论是《熄灭的细烛》(*A Lume Spento*, 1908)、《面具》(*Personae*, 1909)、《狂喜》(*Exultations*, 1909)、《仪式》(*Lustra*, 1916)等诗集中的早期诗,还是他诗人生涯中可以与艾略特的《荒原》相媲美的重要作品《休·赛尔温·莫伯利》,都显示出诗人庞德与英国维多利亚诗歌传统"剪不断,理还乱"的关系。有互文式模仿,有个性化创造,字里行间还有对维多利亚诗歌传统形式的颠覆与革新。

这尤其反映在庞德的史诗代表作《诗章》里。为便于讨论,此处归纳并概述为四个主要方面,同时予以阐释:

第一,庞德在《诗章》中摒弃烦琐冗长的句式,主张使用铿锵有力、意象鲜明的短句。维多利亚诗歌充满复杂句式,有些还非常夸张,这与当时所处的时代背景和社会环境息息相关。一般认为,只有接受良好教育的人才能写出文雅的长句;反推可知,能够写出文雅的长句的人应该是接受了良好教育的人,而这些人多数被认为来自上流社会。为了表现或者附和这一点,许多作家自觉不自觉地使用复杂句。当然,不排除有些作家使用复杂句和冗长句是为了表情达意的需要,但是,庞德很讨厌这一点,他认

---

① Hugh Kenner, *The Pound Era*, Berkeley: University of California Press, 1971.
② Ezra Pound, *Make It New*, New Haven: Yale University Press, 1935.

为,"我们渴望那种清晰而硬朗的诗",我们要为"避免了新象征主义运动的软绵绵与多愁善感,避开了更加娘娘腔的新现实主义派"而欢欣鼓舞①。庞德所说的"清晰而硬朗的诗",不是充满烦琐冗长句式的诗,而是铿锵有力、意象鲜明、以短句形式写就的诗。譬如,在《诗章》第2章中,庞德有这样的表达:

> Heavy vine on the oarshafts,
> And, out of nothing, a breathing
> ...
> Beasts like shadows in glass,
>   A furred tail upon nothingness.
>   (Pound 8)

> 船桨上沉重的藤蔓,
> 生于无,一声喘息
> ......
> 野兽们像镜中的阴影,
>   一条长毛尾巴托在虚空。

再比如,在《诗章》第52章末尾,庞德写道:

> The fishing season is open,
>   rivers and lakes frozen deep
> Put now ice in your ice-house,
>   The great concert of winds
> Call things by the names.
>   (Pound 261)

> 鱼汛期开始
>   河流和湖泊冻得坚实
> 现在把冰放进汝之冰室
>   各种风的大型音乐会
> 辨明善恶

---

① Ezra Pound, *The Literary Essays of Ezra Pound*, T. S. Eliot, ed., New York: New Directions, 1968, pp. 3-14, 410-416.

还有《诗章》第 83 章:

> there is no base seen under Taishan
>   but the brightness of ύ dor   ύ δωρ
> the poplar tips float in brightness
> only the stockade posts stand
> And now the ants seem to stagger
>   (Pound 550 – 551)

在泰山下看不见根基
      但水明亮   水
杨树梢在亮光中漂浮
唯有栏柱不移

此刻蚁群似乎摇晃不安
               (黄运特译)

第二,庞德在《诗章》中避免使用华丽、花哨的书面语,倡导口语和日常用语。维多利亚诗歌因为要迎合上层统治阶级的需要,其语言要求华丽、优雅、高贵。口语和日常用语不建议写进诗歌,因为显得俗气和不庄重。但是,在庞德所处的时代,因为各种文风竞相上场,不少有远见卓识的诗人认识到,真正鲜活的语言和具有历史不朽价值的语言,是那些存活在普通老百姓中间,体现老百姓思想,展示老百姓风格,直白、爽朗、不做作、不虚伪的语言。庞德通过《诗章》试图复活和再现特定时代和特定语境中普通老百姓的口语和日常用语,一方面体现他作为一名语言学习者和研究者对语言的高度敏感性和求索精神,另一方面使《诗章》充满"人情味"和"趣味",拉近高雅诗歌艺术与普通老百姓之间的审美距离。譬如,在《诗章》第 46 章,庞德使用极为口语化的语言表达和通俗的日常用语,生动再现了"骆驼队长"(Camel driver)与"我"(I)的谈话内容:

> "He ain't got an opinion."
> ... "he wont HAVE an opinion
> trouble iz that you mean it, you never will be a journalist."
> ...
> "Greeks!" ... "a couple of art tricks!"

"What else? never could set up a NATION!"
"Wouldn't convert me, dwn't HAVE me converted",
"Said 'I know I didn't ask you, your father sent you here
to be trained. I know what I'd feel.
send my son to England and have him come back a christian!
What wd. I feel?'"

(Pound 232)

"他屁主意都没有!"
……"他也生不出个屁主意
问题出在你这儿,你压根儿不是打探消息的料儿。"
……
"希腊人!"……"就会耍些花把戏!"
"还能干啥?一个国家都折腾不好!"
"甭想改造我,也改造不了我,"
"说'我晓得我没有问过你,你爹把你送到这儿
受锻炼。我晓得我的感觉。
送儿子去英国,让他回来变成基督徒!'"
"我还能有嘛感觉?"……

再比如,在《诗章》第76章中,出现了监狱中"黑鬼杀人犯"(the nigger murderer)对"牢笼之友"(cage-mate)所说的话,以及"小黑个儿"(the smaller black lad)对"大黑个儿"(the larger)所说的话:

> Criminals have no intellectual interests?
> "Hey, Snag, wot are the books ov th' bibl'"
> "name 'em, etc."
> "Latin? I studied latin."
>   said the nigger murdered to his cage-mate
> (cdn't be sure which of the two was speaking)
> "c'mon, mall fry", sd/the smaller black lad
>   to the larger.
> "Just playin'" ante mortem no scortum
> (that's progress, me yr''' se/call it progress/)
>
> (Pound 474 – 475)

罪犯不爱动脑筋？
"嘿，无齿的，神经有哪几本书？"
"说说看，有啥？"
"拉丁文？我学过拉丁文。"
　　　　　　那黑鬼杀人犯对牢笼之友说
（弄不清楚他们中谁在说话）
"算了吧，小薯条，"小黑个儿对
　　　　　大黑个儿说。
"玩玩而已，"在死亡前没有妓女
（"那是进步，我的你的，"说/管它叫进步）
　　　　　　　　　　（黄运特译）

第三，庞德在《诗章》中打破传统的书写句式，根据跌宕起伏的情感及其宣泄的程度，呈现与众不同、标新立异的表达。典型的维多利亚诗歌句式工整，格律性强，每个小节的诗歌之间联系紧密，逻辑清晰。即使像阿尔弗雷德·丁尼生（Alfred Tennyson）的《尤利西斯》（*Ulysses*）和罗伯特·布朗宁的《我已故的公爵夫人》（"My Last Duchess"）那样具有开拓性的作品，也不过是传统史诗主题的遗风——《尤利西斯》是对荷马史诗《奥德赛》主题的吸收与改编；《我已故的公爵夫人》是用古老的英雄双行体完成的独白体，是对传统史诗风格的传承与延续。而庞德等标新立异的诗人，不拘泥于传统诗行的格律束缚和书写规范，故意违反语法规则和大小写，甚至违背句法规则，使文风特点和句式表达符合他本人情感起伏的需要。尤其是在表达方式方面，庞德有非常另类的一面。譬如在《诗章》第28章中，庞德写道：

"Je suis...
（Across the bare planks of a diningroom in the Pyrenees）
　　...plus fort que...
　　　　　　　　　　le Boud-hah！"
（No contradiction）
"Je suis...
　　...plus fort que le...
　　　　　　　　　...Christ！
（No contradiction）

(Pound 137)

"我……
(走过比利牛斯山一间餐厅里的光滑木板)
　　　　……比活佛……
　　　　　　　　　　……更强壮!"
(毋庸置疑)
　　　"我……
　　　　　……比基督……
　　　　　　　　　　……更强壮!"
(毋庸置疑)

类似这样别具匠心的宣泄表达,越是在《诗章》的写作后期,就越显得频繁、密集和技艺娴熟。在《诗章》第 100 章中,庞德写道:

"that STICKS
　　　　in
　　　　　my
　　　　　　throat."
Gardner, A. G.
　　Aug. 1, 1914
　　　also specific
(Pound 741)

"那东西粘
　　　在
　　　　我的
　　　　　喉咙。"
A. G. 加德纳
　　1914 年 8 月 1 日
　　　也是个确切的记录

再比如,在《诗章》第 110 章中:

Hast'ou seen boat's wake on sea-wall,
　　　　　　how crests it?

> What panache?
>
>   paw-flap, wave-tap,
>
>   that is gaiety
>
> Toba Sojo①,
>
>   toward limpity
>
>   （Pound 797）

> 你见过小船在海堤上醒来，
>
>   如何到了浪尖吗？
>
> 有什么夸耀的呢？
>
>   船身拍打着波浪，波浪拍打着船身，
>
>   那就是快乐，
>
> 鸟羽僧正觉犹，
>
>   走向清澈透明

第四，庞德在《诗章》中少用或尽量不用标点符号。维多利亚诗歌有较为严格的标点符号使用规范用来支撑语言表达，因为标点符号是一种规则、文雅和正统诗歌形式的组成部分。但是，庞德在《诗章》中，很少像传统诗人那样一丝不苟地运用标点符号，而是少用或者尽量不用标点符号。该特点在《诗章》文本创作的前期不明显，到了《诗章》创作的中后期，跟他带有叛逆风格的诗行一样，越发显得清晰。至于这是否因为庞德后来受到《论语》《中庸》《大学》等中国儒家经典著作不用标点，照样能够表情达意的呈现手法的影响，还是庞德在《诗章》里故意彰显个性，同时不断实验和创新的结果？答案不得而知。但是，有一点应该引起读者的注意，即庞德在《诗章》中频繁引用《中庸》里的话："MAKE IT NEW"，"Day by day make it new"，并附汉语表达"新，日日新"②。在诗行"自由流动"的过程中，庞德少用或尽量不用标点符号，是否可以视为庞德写作《诗章》时力求"日日新"并试图打破维多利亚诗歌传统的一种特殊表达方式呢？这留给读者无限的想象空间。

---

① 原文对应表达为"Toba Sojo"。鸟羽僧正觉犹（1053—1140）是12世纪日本艺术家，因绘制《鸟兽戏画》而出名。该作品后来被视为日本漫画的原型。

② 庞德在《诗章》写作中，还喜欢直接把"日日新"的汉语发音——"jih hsin"，"jih hsin renew"入诗，表明他对"日日新"的特别喜好和个人感悟。具体参见 Ezra Pound, *The Cantos of Ezra Pound*, New York: New Directions, 1996, pp. 265, 649。

第三章 《诗章》现代主义风格形成的背景

事实上，纵观《诗章》内容，庞德在诗行中少用或尽量不用标点符号的现象随处可见。这里试举几例。在《诗章》第 74 章，庞德回忆一幅油画带给他的深刻印象时，语句中没有一个标点符号：

>　　whereas the child's face
>　is at Capoquadri① in the fresco square over the doorway
>　　　　centre background
>　　the form beached under Helios
>　　　　　funge la purezza
>　and that certain images be formed in the mind
>　　　　to remain there
>　　　　　　　　　　（Pound 466）

>　　而孩子的面孔像在
>　卡波夸德里门口上方方形的壁画里
>　　　中央背景
>　形体在日神下抵达岸滩
>　　　柔光倾泻下来
>　某些意象在脑中形成
>　　　留在那里
>　　　　　　（黄运特译）

在《诗章》第 83 章，庞德呈现他眼中静谧、安详的自然世界，同时暗示那是一种美的享受时，也不用任何标点符号：

>　　and now the new moon faces Taishan
>　　one must count by the dawn star
>　　　　Dryad　thy peace is like water
>　　There is September sun on the pools
>　　　　　　　　　（Pound 550）

>　　此刻新月照临泰山
>　　我们应以晨星计时
>　　　　护树女神啊　你平静如水

---

① "Capoquadri" 是庞德在意大利锡耶纳曾经租住过的房子。

池上有九月的阳光

(黄运特译)

在《诗章》第104章，庞德描述"黄金"（gold）对人来说是"宝"（treasure），对以"蚂蚁"为代表的"非人类"而言什么也不是时，也不用任何标点符号：

  Once gold was
      by ants
         out of burrows
            not
 pao^{three} 寶
    This is not treasure
        （Pound 760）

  曾经黄金
    被蚂蚁
      带出洞穴
        不是
 pao^3 寶
   它不是宝

再比如，在《诗章》最后一章，即第117章的开始部分，庞德以特别的方式"记录"（mark）他落寞、黯淡、忧伤的心理状态时，亦未用任何标点符号：

  Brancusi's bird
     in the hollow of pine trunks
  or when the snow was like sea foam
   Twilit sky leaded with elm boughs
        （Pound 821）

  布朗库西之鸟
    在松树干的空心处

或者当雪看起来像大海的泡沫
　　　　暮色中的天空用榆树枝开道

　　总之，庞德是一位喜欢标新立异并且敢于破旧立新的诗人。在20世纪那个彰显艺术家创作个性的时代，庞德通过《诗章》对曾经辉煌的维多利亚诗歌传统进行颠覆和革新，取得了意想不到的艺术效果。无论是在摈弃烦琐冗长的句式，主张使用铿锵有力、意象鲜明的短句方面，还是在避免使用华丽、花哨的书面语，倡导口语和日常用语方面，无论是在打破传统的句式书写，根据感情宣泄的程度和意识流，呈现与众不同的表达方面，还是在少用或尽量不用标点符号等方面，庞德都以他独特的书写方式，彰显了他的现代主义作诗风格。

第二节　《诗章》对美国文学传统的批判性继承与发展

　　庞德曾对传统做过一番议论。他说："传统是一种我们要保存的美，而不是一套束缚我们的镣铐"；就美国的传统而言，"并不是从1870年才开始，也不是1776年，不是1632年，不是1564年，甚至不是从乔叟开始"①。在庞德看来，传统渊源复杂，很难断定其肇始的具体时间。他在不同的场合强调传统在人类发展史上的重要地位：传统的价值绝不容低估；传统的继承绝不容中断②。在《诗章》第80章，当庞德感觉自己的生命即将进入绝境时，他就以"遗言"的形式这样写给他的女儿玛丽（Mary de Rachewiltz）："我的小女孩，/把传统延续下去/可以有一颗诚实的心/而没有出奇的才干。"（Pound 506）真是语重心长。不过，也可由此管中窥豹，见得庞德对传统的重视程度。

一　通过《诗章》努力实现"自助的文学"

　　1775—1783年，美国经过八年艰苦卓绝的斗争，终于从号称"日不落帝国"的大不列颠英国手中取得了政治和经济的独立。1776年7月4日，美国《独立宣言》发出革命者的呐喊："We hold these truths to be

---

　　① 蒋洪新：《英诗的新方向：庞德、艾略特诗学理论与文化批评研究》，湖南教育出版社2001年版，第55页。
　　② Ezra Pound, *The Literary Essays of Ezra Pound*, T. S. Eliot, ed., New York: New Directions, 1968, pp. 91–93.

self-evident, that all men are created equal, that they are endowed by their Creator with certain unalienable rights, that among these are life, liberty and the pursuit of happiness."（我们认为下述真理是不言而喻的：人人生而平等，造物主赋予他们若干不可剥夺的权利，其中包括生存权、自由权和追求幸福的权利。）这鼓舞了美国殖民时期那些热爱自由、独立的民众为他们的幸福权利勇敢去奋斗。但是，客观来说，即使美国政治、经济相继获得独立，即使美国随后发生了翻天覆地的社会变化，可美国在文化、艺术、文学等领域仍然未能从根本上脱离英国及其他欧洲国家的影响。而且，这种影响持续多年，一直在发挥着作用，并潜滋暗长，渗透于美国人生活的各个方面。后来，美国经济腾飞使美国人的物质生存状况发生很大变化，这让欧洲人惊叹不已。然而，欧洲人仍然认为美国不过是"文化上落后的俗气的暴发户"[1]：既没有文化底蕴，亦没有所谓的文化传统。

庞德在美国接受中小学教育，并于 1901—1904 年在宾夕法尼亚大学和汉密尔顿学院接受本科教育，后来又在宾夕法尼亚大学接受研究生教育。这一切让庞德感受到美国教育水平和文化水准并不尽如人意，他看到了美国文化的浅薄和传统的支离破碎，他对美国文化和教育感到失望——即使是当时哈佛大学的教育水平，在庞德看来，也高不到哪里去（Pound 453）。尤其是当美国的清教主义思想和狭隘的民族偏见到处泛滥，使庞德在工作、生活等方面遭受创伤；而"一战"爆发造成年青一代普遍存在一种内心的空虚和对美国所谓民主政治的失望，使他们成为"悲哀的年轻人"（the sad young men）[2]，庞德终于下定决心要离开生他养他的故乡，情愿做个"自我放逐"（self-exile）的异国他乡漂流者。既然不愿意在美国白白浪费时间和生命，那倒不如破釜沉舟。

庞德选择去欧洲寻找梦想。他离开美国时的失落情绪在《诗章》第 74 章中可以看到一些端倪：

>   as he maneuvered his way toward the door
>   Said Mr Adams, of the education,
>   Teach? at Harvard?

---

[1] 赵毅衡：《远游的诗神——中国古典诗歌对美国新诗运动的影响》，四川人民出版社 1985 年版，第 177 页。

[2] F. Scott Fitzgerald, *All The Sad Young Men*, Richmond, United Kingdom: Alma Classics, 2013, pp. 8 – 15.

> Teach? It cannot be done.
>
> （Pound 453）

> 当他试图走出门时
> 那写教育的亚当斯先生说，
> 教书？在哈佛？
> 教书？这办不到。
>
> （黄运特译）

事实上，在离开美国故土之前，庞德曾经受到爱默生超验主义思想、哲学思想以及文学创作思想等的浸淫和深刻影响。庞德实现"自助的文学"的梦想，明显与爱默生有着密不可分的关系。爱默生对美国的文化独立、文学自强发挥了巨大作用，被认为"有了爱默生，美国文学才真正诞生"。爱默生也是确立美国文化精神的代表人物，是新英格兰超验主义最杰出的代言人。他对美国民众的思想影响是跨时代的。美国总统亚伯拉罕·林肯（Abraham Lincoln）称他为"美国的孔子""美国文明之父"[①]。爱默生留存于世的经典名作除了他于1836年出版的《论自然》（Nature），还有"最优秀的美国文学作品"《随笔集：第一、二卷》（Essays: First and Second Series）[②]。它们分别发表于1841年和1844年。第一卷包括《论自助》（"Self-Reliance"）、《论超灵》（"The Over-Soul"）、《论历史》（"History"）等12个名篇；第二卷包括《论诗人》（"The Poet"）、《论经验》（"Experience"）、《论政治》（"Politics"）等8个名篇。作为美国思想史和文化史上举足轻重的历史人物、作为"康科德的圣人"，爱默生在上述作品中睿智地告诉众人：要"相信你自己"（trust thyself），不做墨守成规之人（nonconformist），挖掘"个人价值"（individualism），践行"思想之独立"（independence of mind），思忖万物有灵论等。这对开启美国民众的心扉，使他们获得精神、思想、生活、创作等各方面的启示，起到重要作用。他的有些话语，今日读来，仍让人回味无穷。譬如，在《论自然》中，爱默生说，人一旦回归以"林地"为代表的自然，就会有奇迹发生："In the woods, we return to reason and faith"（在林地，我们回归理性与信念），"I become a transparent eyeball; I am nothing; I

[①] Joel Porte and Saundra Morris, *The Cambridge Companion to Ralph Waldo Emerson*, Cambridge: Cambridge University Press, 1999, pp. 3 – 21.

[②] 吴伟仁编：《美国文学史及选读（1）》，外语教学与研究出版社2013年版，第139—150页。

see all"（我变成一个透明的眼球；看似无足轻重；我却洞察一切）。在《论自助》中，他说："Trust thyself：every heart vibrates to that iron string"（相信你自己：每一颗心都会随着那根铁弦颤动）；"Whoso would be a man must be a nonconformist"（要想成为人上人，就不做墨守成规之人）①。在《美国学者》（"The American Scholar"，1837）中，他说："Action is with the scholar subordinate, but it is essential. Without it he is not yet man. Without it thought can never ripen into truth"（行动从属于学者本人，但它必不可少。没有它，学者不是完整意义上的人。没有它，思想永远不会成熟变为真理），"In self-trust all the virtues are comprehended. Free should the scholar be—free and brave"（身处自信之中，所有美德都会被理解。学者应该是自由的——自由而勇敢）……《美国学者》也因此被学者认为是美国"知识分子的独立宣言"（intellectual Declaration of Independence）②。

爱默生是超验主义大师、思想家、散文家，他还是一位被历史遮蔽的优秀的诗人和诗歌理论家。彭予说："19世纪美国共有四位诗歌天才：爱默生、爱伦·坡、惠特曼和狄金森"，爱默生排在这四位大诗人的首位③。爱默生曾于1847年出版《诗集》（Poems）。该诗集刚发表时，因为写作风格高度个性化，加上语言晦涩、思想深奥，并未引起读者的广泛关注。人们认可并喜欢的似乎还是他的随笔散文。客观讲，他的诗作如《康科德之歌》（"Concord Hymn"）、《杜鹃花》（"The Rhodora"）、《日子》（"Days"）等独具特色，行文犹如格言，哲理深入浅出，说服力强，注重思想内容而没有过分注重辞藻的华丽，呈现出典型的爱默生风格。常耀信这样评价爱默生风格："爱默生似乎只写警句，他的文字所透出的气质难以形容。"④

爱默生关于诗人和诗学理论方面的相关思想理念，对庞德建构《诗章》的诗学大厦起到重要的指路明灯的作用。在《论诗人》（"The Po-

---

① Joel Porte and Saundra Morris, *The Cambridge Companion to Ralph Waldo Emerson*, Cambridge: Cambridge University Press, 1999; Ralph Waldo Emerson, *The Complete Works of Ralph Waldo Emerson*, Stirling, Georgia: Franklin Classics Trade Press, 2018；[美] R. W. 爱默生：《爱默生随笔全集》，蒲隆译，国际文化出版公司、中国书籍出版社2006年版。
② 吴伟仁编：《美国文学史及选读（1）》，外语教学与研究出版社2013年版，第139—150页；另参见郭英杰、赵青《英美诗歌经典选读》，科学出版社2020年版，第125—135页。
③ 彭予：《二十世纪美国诗歌——从庞德到罗伯特·布莱》，河南大学出版社1995年版，第2页。
④ 常耀信：《美国文学简史（第二版）》，南开大学出版社2003年版，第59—64页；另参见郭英杰、赵青《英美诗歌经典选读》，科学出版社2020年版，第125—135页。

et"）一文的开篇，爱默生就有四行精妙绝伦的诗句：

> 奥林帕斯山上的诗人，
> 　　把山下神圣的思想歌唱，
> 它发现我们正当青春，
> 　　并永葆我们年富力强。

在接下来的文字中，爱默生写到他对诗人和诗歌的个人看法："The poet knows that he speaks adequately then only when he speaks somewhat wildly, or 'with the flower of the mind'."（诗人知道，只有当他说得有点疯狂，或者"带着心灵之花"时，他才能说得很充分。）他特别强调"与理性相对的直觉和本能的力量"，认为"单凭创作技巧创作不出真正的诗"。那么，诗人何为呢？爱默生说，诗人应该以生活经验为基础，因为"诗是生活经验、心灵感受富于激情的活生生的表达"①。

在《诗章》创作的过程中，庞德有的放矢地把爱默生的上述思想融入他那行云流水般的语言世界。譬如，在《诗章》第76章，庞德用爱默生式的超验主义手法写道：

> The rain has fallen, the wind coming down
> out of the mountain
> . . .
> . . . and within the crystal, went up swift as Thetis
> in colour rose-blue before sunset
> and carmine and amber,
>
> spirit questi? personae?
> 　　　　tangibility by no means atasal
> 　　　　but the crystal can be weighted in the hand
> 　　　　　　　　　　　　　　　（Pound 479）

---

① Ralph Waldo Emerson, *The Complete Works of Ralph Waldo Emerson*, Stirling, Georgia: Franklin Classics Trade Press, 2018；[美] R. W. 爱默生：《爱默生随笔全集》，蒲隆译，国际文化出版公司、中国书籍出版社2006年版；另参见彭予《二十世纪美国诗歌——从庞德到罗伯特·布莱》，河南大学出版社1995年版，第2页；吴伟仁编《美国文学史及选读（1）》，外语教学与研究出版社2013年版，第139—150页。

雨已落下，风从山上
吹来
……
……在清澈透明的水里，轻快地升腾如同忒提斯
在日落前的玫瑰蓝里，
胭脂红与琥珀黄里，

这些是灵魂？肉身？
　　　　实感绝不等于升天
　　　　但水可用手掂量

（黄运特译）

在《诗章》第81章，庞德特立独行的、明显具有爱默生风格的写法呈现出璀璨夺目的现代主义品格：

> Ed ascoltando al leggier mormorio
> 　　　there came new subtlety of eyes into my tent
> whether of spirit or hypostasis,
> …
> 　　sky's clear
> 　　night's sea
> 　　green of the mountain pool
>
> （Pound 540）

倾听那温柔的低语
　　　　新的微妙的目光进入我的帐篷，
或为精神或为实质
　　　……
　　天空的晴朗
　　夜的海
　　山池的绿

（黄运特译）

在《诗章》第103章，庞德甚至借助白描手法直接书写爱默生，写他与好友阿加西、奥尔科特一起参加著名小说《红字》（*The Scarlet Letter*）

的作者纳撒尼尔·霍桑（Nathaniel Hawthorne）的葬礼。这亦是一个具有现代主义风格和特色的蒙太奇式的回忆片段，言语简单却意味深长：

> Emerson, Agassiz, Alcot
> at Hawthorne's funeral
> （Pound 752）
> 爱默生、阿加西、奥尔科特
> 在霍桑的葬礼上

除了爱默生作为庞德超验主义思想、哲学思想和诗学思想的重要来源之一和人生导师，庞德还曾虔诚地致敬惠特曼及其自由诗（free verse）传统。在《诗章》创作的初期，庞德认真、努力地向惠特曼的《草叶集》（*Leaves of Grass*）学习，积极创造像《草叶集》一样充满自由、平等、民主、博爱精神的诗篇。他还称惠特曼为"精神上的父亲"（spiritual father），并视他为"美国的诗人"（America's poet）。庞德坦言，惠特曼是"我精神上的父亲"，"在大西洋沿岸的这个角落，我生命中第一次读到惠特曼的作品……我把他视为美国的诗人……他就是美国。他的粗犷显示出一种伟大和丑陋，然而那就是美国……私下里，我或许应该非常愉悦地呈现他作为我精神上的父亲的那种亲密关系"①。在他的名作《阅读ABC》中，庞德还专门开辟板块聚焦惠特曼，说读者"可以从惠特曼这里学到比任何其他作家中无论是谁的（思想观念）都要多"②。但是后来，他对"精神上的父亲"逐渐滋生出叛逆情绪，其态度亦呈现出"既爱又恨"的复杂性。

在一首题为《约定》（"A Pact"）的诗中，庞德称惠特曼为"头脑顽固的父亲"（pig-headed father），声称他们"拥有相同的叶脉、根系"，却直言不讳地说自己"作为长大的孩子"（as a grown child）来到他面前，并"怨恨"他许久。他希望与惠特曼订立一个约定，因为他"已长大，可以广交朋友"。惠特曼作为开路先锋"伐下新木"（broke the new wood），而作为后辈诗人，庞德非常笃信他要做的贡献："现在是需要雕琢的时刻"（Now is a time for carving）。庞德这种矛盾的态度，影射了他

---

① Ezra Pound, *Selected Prose 1909-1965*, William Cookson, ed., London: Faber & Faber, 1973, pp.115-116.

② Ezra Pound, *ABC of Reading*, New York: New Directions, 1960, p.192；另参见［美］埃兹拉·庞德《阅读ABC》，陈东飚译，译林出版社2014年版，第257页。

与前辈诗人惠特曼之间,存在微妙的诗学以及文化传承方面的联系。美国评论家彼得·布鲁克(Peter Brooker)在《庞德诗选学生用书指南》(*A Student's Guide to the Selected Poems of Ezra Pound*, 1979)一书中所说的话值得玩味:对庞德而言,惠特曼"不只是一位艺术家,还是一个时代的反映(a reflex),一个在虚构的文学时代第一个诚实的反映(the first honest reflex)"①。翻开《诗章》,我们会发现庞德以跳跃式的手法多次写到惠特曼。不过,庞德笔下的惠特曼具有多种意象和多重形象,这造就了一个完全不同于我们想象中的惠特曼。譬如,在《诗章》第80章,庞德描绘并建构了三种不同类型的惠特曼:

类型一:"喜欢吃牡蛎"的惠特曼

> Whitman liked oysters
> at least I think it was oysters
> (Pound 515)

> 惠特曼喜欢吃牡蛎
> 至少我想是牡蛎
> (黄运特译)

类型二:作为"传统"化身的惠特曼

> Hier wohnt the tradition, as per Whitman in Camden
> (Pound 528)

> 传统住在此地,就像惠特曼住在坎登
> (黄运特译)

类型三:与"死亡"意象有关的惠特曼

> That from the gates of death,
> that from the gates of death: Whitman or Lovelace
> (Pound 533)

> 那来自死亡之门

---

① Peter Brooker, *A Student's Guide to the Selected Poems of Ezra Pound*, London: Faber & Faber, 1979, p. 92.

那来自死亡之门：惠特曼或洛夫莱斯
（黄运特译）

尽管庞德对惠特曼的态度充满矛盾性，但是，面对作为美国自由体诗歌先驱和前辈诗人的惠特曼，庞德又不得不折服于惠特曼在欧洲世界所产生的广泛影响力。他五味杂陈的矛盾心理映射在《诗章》第82章：

"Fvy! in Tdaenmarck efen dh'beasantz gnow him",
　　　meaning Whitman, exotic, still suspect
　four miles from Camden

（Pound 526）

"啊！在丹麦即使农民都晓得他。"
　　指惠特曼，奇异的，充满疑惑
　离坎登四里路的地方

（黄运特译）

除了上面讨论的两位大诗人对庞德和《诗章》创作的影响，还有一些美国文学史上的作家及其经典作品——譬如，百科全书式的人物本杰明·富兰克林撰写的《穷理查德书》（*Poor Richard's Almanac*）和《自传》（*Autobiography*）、曾担任两届美国总统的托马斯·杰弗逊负责组织和起草的美国《独立宣言》、英裔美国启蒙思想家兼自由民主论提出者托马斯·潘恩（Thomas Paine）撰写的《常识》（*Common Sense*）、《美国危机》（*The American Crisis*）、《人权论》（*Rights of Man*）、《理性时代》（*The Age of Reason*）等，都对庞德诗学思想的产生、发展和革新，发挥过潜移默化的作用。

二　借助《诗章》创造有生命力的诗歌

至于美国诗歌史上另一个重要传统的典型代表——象征主义诗歌的开创者埃德加·爱伦·坡（Edgar Allen Poe），在当时他所生活的美国社会中并没有真正引起评论家和读者的足够重视[①]。这使庞德对坡的认识，也仅仅停留在比较粗浅的层面上。

---

① 吴伟仁编：《美国文学史及选读（1）》，外语教学与研究出版社2013年版，第111—112页。

现如今，坡的知名度很大，甚至产生国际影响力。他被认为是美国侦探小说、推理小说、恐怖小说、现代短篇小说、精神分析小说等诸多类型小说的开创者和奠基人，还被称作象征主义诗歌之父①。他的许多诗篇，如《致海伦》（"To Helen"）、《乌鸦》（"The Raven"）、《梦中之梦》（"A Dream Within A Dream"）、《安娜贝尔·丽》（"Annabel Lee"）等，连同他的小说《厄舍府的倒塌》（"The Fall of the House of Usher"）、《钟楼魔影》（"The Devil in the Belfry"）、《泄密的心》（"The Tell-Tale Heart"）等，都成为读者耳熟能详的经典作品。然而，具有讽刺意味的是，坡在世时，他的人生充满辛酸、惨淡和悲剧，世界对他太冷漠、太无情。他写这么多作品，只是为赚取稿费谋生，渴望能够与小他14岁的妻子弗吉尼亚·克莱蒙（Virginia Clemm）过上正常人的生活。可是，造化弄人。在坡拼尽全力写作挣取稿费养家糊口时，他的妻子因冬季受风寒导致肺结核发作不幸去世。那年，她仅有25岁。可怜的坡悲痛万分，整日酗酒，以泪洗面，加上精神过度抑郁，身体状况越来越差，又遭遇流氓小恶棍寻衅滋事，最终在他40岁时与世长辞。坡作为象征主义大师的声誉首先是被法国诗人和作家传播开来的。坡在法国作家中的影响力很大。《恶之花》（*Les fleurs du mal*）的作者波德莱尔（Charles Baudelaire）以及"法国象征主义诗歌三杰"马拉美（Stéphane Mallarmé）、魏尔伦（Paul Verlaine）和兰波（Arthur Rimbaud）都崇拜坡，并把他视为象征主义诗歌风格的源头。可是，有这样一个具有讽刺性的画面："While Poe was struggling in America, his work was commanding more and more praise in Europe, where he was hailed as a pioneer in poetic and fictional techniques."（当坡在美国苦苦挣扎时，他的作品在欧洲赢得了越来越多的赞誉，他被誉为诗歌和小说技艺的先驱。）② 客观地说，坡并没有引起庞德的太大兴趣和关注，尤其是坡推崇并实践的19世纪英国小说家、美学家奥斯卡·王尔德发动的"为艺术而艺术"（Art for Art's Sake）的艺术创作理念，这亦是一种唯美主义文学创作理念。唯美主义艺术家、文学家认为，艺术创作的最高目的是艺术本身，所以他们在创造艺术的过程中主张不掺杂任何功利思想，也不提倡过多关注文学的社会功能。唯美主义艺术家倡导的上述观点是庞德极力反对的。庞德当时走在世界先锋派诗歌的前列，强调"世界文学的概念"。他

---

① Kevin J. Hayes, ed., *The Cambridge Companion to Edgar Allan Poe*, Cambridge: Cambridge University Press, 2002.

② 吴伟仁编：《美国文学史及选读（1）》，外语教学与研究出版社2013年版，第111—112页；曾艳兵主编：《西方现代主义文学概论》，北京大学出版社2012年版，第25—43页。

第三章 《诗章》现代主义风格形成的背景

主张"一个抛开时代、国界的普遍标准——一种世界文学标准"。与此同时,他还主张文学的社会价值和实用功能,希望文学能够对世界发展进步做出积极贡献,而不仅仅作为纯粹的文学存在或艺术存在"只对一部分人有用"①。

当时,美国流行一种"大杂烩"性质的"世界文学"。美国诗人和各路作家唯欧洲文学传统是瞻,盲目接受,良莠不分,而且还进行各种各样"蹩脚的模仿"②。对此,庞德深恶痛绝。

庞德渴望创造有生命力的诗歌,而不是"蹩脚的"毫无生机可言的"大杂烩"式的诗歌。为了扭转局面,庞德言辞激烈地抨击美国诗坛。他说美国诗坛除了暴露粗犷、狂野的所谓民族风,还把欧洲低劣的诗歌作品直接拿来,使美国文学陷入前所未有的混乱状态:"美国流行的诗是对济慈、华兹华斯蹩脚的模仿,是可怕的'大杂烩','面团似的','连烘也没烘过','老天爷也不知道是什么鬼东西'。"③ 庞德要去欧洲寻找最优秀的诗人。在他心目中,当时欧美诗歌界最优秀诗人是叶芝。他崇拜叶芝,说叶芝是世界上最伟大的头脑。他还有意识地模仿叶芝。尤其是在20世纪初期,庞德对叶芝的尊崇和模仿超过读者想象。庞德天生具有一双慧眼,他崇拜的诗人叶芝于1923年获诺贝尔文学奖、1934年获歌德堡诗歌奖。叶芝当时在哪里呢?他在欧洲大陆,具体说,是在英国伦敦。于是乎,欧洲的伦敦成为庞德追求梦想、放飞梦想的地方。但是,他也完全没有想到,欧洲最后竟然成为他的伤心之所、葬身之地。

此外,在19世纪后半叶和20世纪早期,英国生物学家查尔斯·达尔文(Charles Robert Darwin)系统阐述生物进化理论的《物种起源》(On the Origin of Species)④ 等科学名著被陆续介绍到美国,在美国国内引起轩然大波。《物种起源》开创了生物学发展史上的新纪元,使进化论思想渗透到自然科学的各个领域,从而引发了整个人类思想的巨大革命,对世界的历史进程同时产生了广泛和深远的影响。然而,这对美国的基督教文明

---

① 蒋洪新:《英诗的新方向:庞德、艾略特诗学理论与文化批评研究》,湖南教育出版社2001年版,第55—56页。
② 彭予:《二十世纪美国诗歌——从庞德到罗伯特·布莱》,河南大学出版社1995年版,第3—4页。
③ 转引自彭予《二十世纪美国诗歌——从庞德到罗伯特·布莱》,河南大学出版社1995年版,第3页。
④ 《物种起源》全名为《论依据自然选择,或在生存斗争中保存优良品种的物种起源》(On the Origin of Species by Means of Natural Selection, or the Preservation of Favoured Races in the Struggle for Life)。

亦带来了前所未有的挑战。科学与宗教之争亦被推到风口浪尖。再加上德国唯心主义哲学的引进，弗洛伊德（Sigmund Freud）心理学也开始逐渐流行，美国的文学、艺术等领域，遂发生翻天覆地的变革。由于受到科学思想的影响，美国文学领域产生了自然主义文学。所谓自然主义文学，就是作者认为写作要像做实验一样，主张记录生活中的各种细枝末节——只需要事实，不需要夸大，也不需要过度使用艺术手法。自然主义文学强调对人性的深入研究和分析，揭示人类行为和社会现象的本质特征。它通常以客观冷静的态度对待人类行为，揭示人性的复杂性和深度。①

追求创新（innovation）、不做循规蹈矩之人（nonconformist）是庞德的信念②。面对汹涌澎湃的科学浪潮，他自然沉浸其中。他要做的，以及想做的，就是像达尔文这样的生物学家一样，把他的史诗《诗章》变成一个符合时代发展潮流的文本存在，对社会产生实实在在的作用。在他那本"最有挑动性的文学批评著作"《阅读ABC》的开篇，庞德无比激动地说："我们生活在一个科学和富足的时代……研究诗歌和好文学的正确方法是当今生物学家的方法，就是对材料做仔细的第一手检验……"③ 我们姑且不论庞德的说法是否真正"科学"，但至少看到了他的努力、执着和对科学方法的推崇。透过《诗章》，我们洞察到庞德科学实验的成效：他使《诗章》从头到尾充满开放性的话语，字里行间洋溢着丰富的表述以及能够不断加进各种人类文化知识的意义符号，成为"一部记录着西方文化的史诗"，也成为"一部满载着个体经验的抒情诗"④。这就是现代主义诗人庞德，这就是现代主义诗人庞德想通过他的生命之书《诗章》去打造的现代主义诗学。

第三节 "日日新"：庞德的文化观及其诗学思想

庞德的《诗章》是里程碑式的现代主义诗歌巨著。按照诗歌评论家、翻译家黄运特的说法，《诗章》更像"一道玉石与泥沙俱下的诗歌飞瀑"⑤。

---

① Donald Pizer, *The Cambridge companion to American Realism and Naturalism*, Shanghai: Shanghai Foreign Language Education Press, 1998.
② 吴伟仁编：《美国文学史及选读（1）》，外语教学与研究出版社2012年版，第146—147页。
③ ［美］埃兹拉·庞德：《阅读ABC》，陈东飚译，译林出版社2014年版，第3—4页。
④ 王晶石：《主体性、历史性、视觉性——论艾兹拉·庞德〈三十章草〉中"我"的多重性》，《国外文学》2019年第3期。
⑤ 黄运特：《内容简介》，载［美］伊兹拉·庞德《庞德诗选——比萨诗章》，黄运特译，张子清校订，漓江出版社1998年版，第1页。

第三章 《诗章》现代主义风格形成的背景

从具体的书写内容看，《诗章》并非一般意义上的文学文本，因为其字里行间蕴含着丰富多彩的人类文明和文化的印记①。这些关于人类文明和文化的印记所呈现的，正是庞德的文化观。而庞德的文化观又与庞德的诗学观紧密联系在一起。从某种意义上讲，考察《诗章》里蕴含的庞德的文化观，就是为探查并系统了解庞德的诗学观做好准备。这符合唯物辩证法中关于联系的观点：所谓联系就是事物之间以及事物内部诸要素之间相互影响、相互制约和相互作用的关系；世界上的一切事物都不能孤立存在，而是与周围其他事物相互联系、相互影响，整个世界就是一个普遍联系的有机整体。基于上述理论观点，我们需要做进一步思考：庞德在《诗章》中到底流露出什么样的文化观？他对待文化的态度是什么？他又提出了怎样的文化主张？

一 "圣灵或至道：诚"②

庞德在《诗章》第 74 章中写道：

in principio verbum
paraclete or the verbum perfectum：sinceritas
（Pound 447）

太初有道
圣灵或至道：诚
（黄运特译）

意思是说，万事万物在刚开始孕育和发展时，就有它存在的道理，就有它特定的运行规律。无论是"圣灵"还是"至道"，都追求"诚"，因为"诚"是一种境界，一种修养。庞德在《诗章》中书写此话，不是故作深沉，也不是心血来潮，而是有感而发。尤其是亲身经历了第一次世界大战的血腥以及欧洲社会的动荡，目睹了人类文化遭受的创伤以及"人群迁移的灾祸"（Pound 447）之后，庞德越发感悟到"诚"的价值所在。当然，庞德对《诗章》中"诚"的理解，还源于他在 1928 年、1942 年和

---

① Ezra Pound, *Guide to Kulchur*, New York：New Directions, 1968, pp. 178 – 179.
② 庞德特别喜爱中国汉字"诚/誠"。"诚/誠"的左侧是"言"，右侧是"成"，在庞德看来，该字意思是说一个人言而有信，说话算数。庞德甚至在《诗章》第 76 章把"誠"字放在诗句中，称"誠"这个字造的"完美无缺"。

1945年三次对儒家经典《中庸》的翻译。《中庸》第22节记载说:"唯天下至诚,方能尽其性;能尽其性,则能尽人之性;能尽人之性,则能尽物之性;能尽物之性,则可以赞天地之化育。"意思是,"只有天下至诚的人,才能全部发扬自己的本性;能够全部发扬自己的本性,也就能发扬别人的本性;能够发扬别人的本性,也就能全部发扬万物的本性;能够全部发扬万物的本性,就可以赞助天地的变化孳生和养育了"[①]。《中庸》的智慧让庞德懂得,"至诚"有助于发挥人的潜能、造化万物;而万物的演化、进步又反过来升华了"诚"的价值,使"诚"不仅指导个人在行为层面要"一以贯之""忠诚厚道",还要在精神和道德层面不偏不倚、诚实守信。表现在文化观上,旨在倡导人们抛弃傲慢与偏见,诚实、勇敢地面对现实语境,承认西方文化的不足甚至堕落,承认人类文化的多元及其价值,承认世人能够发挥聪明才智,为社会发展和文明进步做出力所能及之贡献。

首先,因为"诚",庞德敢于直面西方世界的腐朽和堕落,不仅对此不避讳,反倒故意暴露和揭发其文化层面的衰败和荒诞。最典型的例子是《诗章》第14章,庞德这样写道:

> And the betrayers of language
> ...... n and the press gang
> And those who had lied for hire;
> the perverts, the perverters of language
> the perverts, who have set money-lust
> Before the pleasures of the senses;
> howling, as of a hen-yard in a printing-house,
> the clatter of presses
> ...
> the pusillanimous, raging
> plunging jewels in mud
> and howling to find them unstained,
> sadic mothers driving their daughters to bed with decrepitude,
> ...
> (Pound 61)

语言的背叛者

[①] [英]理雅各英译:《四书》,杨伯峻今译,湖南出版社1996年版,第48页。

第三章 《诗章》现代主义风格形成的背景

> ……以及印刷部门的流氓帮
> 还有那些为了被雇佣说谎的人；
> 堕落者，滥用语言的人，
> 　　　堕落者，唯利是图的人，
> 在感官的快乐面前折腰；
> 号叫，从一个印刷厂里的鸡舍开始，
> ……
> 优柔寡断的人，出离愤怒的人；
> 把珍珠宝贝扔进淤泥，
> 　　　然后号叫着发现它们未被污染，
> 虐待狂母亲拖着衰老的躯体驱赶女儿们上床睡觉，
> ……

庞德的意图，是通过真实揭示西方世界的种种荒原景象和荒诞情节，给众人以警示：西方世界已经变得丑劣不堪，亟须人们积极采取行动，恢复昔日秩序，再现历史辉煌。

其次，因为"诚"，庞德以前无古人后无来者的魄力，希望打破欧洲文化一元论思想以及"逻各斯"（logos）中心主义，并以人类文化的媒介——语言（language）为突破口，大胆实验、开拓和创新，从而呈现生机勃勃的多元人类文化景观。《诗章》中实际运用的语言众多，据伊拉·B. 纳代尔、黄运特等学者统计，多达 20 多种①。除了显而易见的英语，还包括希腊语、拉丁语、希伯来语等古代人类语言，融合法语、意大利语、德语、西班牙语、葡萄牙语等现代欧洲语言。此外，与欧美语言体系完全不同的古汉语、日语、阿拉伯语等东方语言，也自由嬉戏在《诗章》里，并作为人类文化的符码（codes）和象征（symbols）②。毫不夸张地说，当读者打开《诗章》寻找文化的踪迹时，在字里行间发现的，就是色彩斑斓、形态各异的人类文化现象，这些文化现象通过独具艺术魅力的人类语言得到淋漓尽致的体现。从《诗章》第 1 章的悬念，到第 117 章的残篇，我们不仅会发现古希腊和古罗马文化，还会发现近现代的美国文化、英国文化、法国文化、意大利文化、德国文化等；不仅会发现欧洲文化、美洲

---

① Ira B. Nadel, "Introduction: Understanding Pound", in Ira B. Nadel, ed., *The Cambridge Companion to Ezra Pound*, Cambridge: Cambridge University Press, 1999, p. 16；另参见黄运特《中国制造的庞德》，《外国文学研究》2014 年第 3 期。

② 张子清：《美国现代派诗歌杰作——〈诗章〉》，《外国文学》1998 年第 1 期。

文化，还会发现亚洲文化、大洋洲文化和非洲文化等①。总之，各种文化现象，纵横交错，让人眼花缭乱。难怪美国评论家盖伊·达芬波特（Guy Davenport）在他的研究著作中论述说："《诗章》……是一首关于各种文化现象（various cultures）的诗。"②

最后，因为"诚"，庞德不断激发创造力并展现他的个性魅力，希望凭借非凡的魄力和与众不同的精神品质为人类文化事业贡献智慧和力量。庞德在《诗章》第74章中说，"Fear god and the stupidity of the populace"（害怕神及民众的愚昧），迫切地渴望获得"a precise definition"，即"'诚'的确切定义"，以能够及时把它：

> transmitted thus Sigismundo
> thus Duccio, thus Zuan Bellin, or trastevere with La Sposa
> Sponsa Cristi in mosaic till our time/deification of emperors
>
> （Pound 445）

传递给希格斯蒙多，
再传递给杜桥、祖安·贝林，或传到罗马外台伯区新娘教堂，
那有拼花图案的基督新娘教堂，
直传到我们的时代/神话的帝王

（黄运特译）

在"诚"方面，庞德最推崇孔子，认为他虽然"nor in historiography nor in making anthologies"（述而不作典籍）（Pound 474），却是圣贤中"至诚"最好的典范——他不仅留给后世巨大的精神财富，而且通过自己的言传身教，惠及平民百姓。更重要的是，庞德指出：孔子所积极倡导的"诚"的精神品质，是其思想体系当中"完美无缺"的部分。当西方文化失去生命活力，当西方社会堕落不堪的时候，迫切地需要扯下他们虚伪的面具，去认真思考并借鉴东方文化的优秀品质及其精华，比如孔子的"诚/誠"，以"Made courage, or made order, or made grace"（造就勇气，或造就秩序，或造就恩典）（Pound 541）因为"诚/誠"是"献给国家最好的礼物"。为此，庞德在《诗章》第76章中这样写道：

---

① 郭英杰：《喧嚣的文本：庞德〈诗章〉研究》，中国社会科学出版社2020年版，第54—62页。

② Guy Davenport, *Cities on Hills: A Study of I - XXX of Ezra Pound's Cantos*, Ann Arbor, Michigan: UMI Research Press, 1983, p. vii.

```
                    the word is made
        perfect 誠
        better gift can no man make to a nation
                than the sense of Kung fu Tseu
                        who was called Chung Ni
                                （Pound 474）
                        "誠"这个字已造得
        完美无缺  誠
        献给国家最好的礼物莫过于
                孔夫子的悟性
                        那名叫仲尼的人
                                （黄运特译）
```

二 "日日新"

庞德在《诗章》第53章中,以互文手法书写了中国商朝开国君主成汤施仁政德化天下的故事,并从这位伟大的君王身上获得他文化观及诗学观中的"信仰"(belief):

```
        Tching prayed on the mountain and
                    wrote MAKE IT NEW
        on his bath tub
                    Day by day make it new
                        （Pound 264-265）
            成汤登山祈祷
                        在浴盆之上
                书刻铭文：  日日新
                            又日新
```

庞德所摘录的关于"日日新,又日新"的典故,出自《大学》。《大学·曾传》第3节记载说:"汤之盘铭曰:'苟日新,日日新,又日新。'"意思是说:"商汤在洗脸盛水的盘子上刻着:'果真要每天洗涤污垢,刷

103

新自己，就要每天每天地刷新，又每天更加刷新。'"其实，《大学》在"日日新"这个典故之后，紧接着还有一些延伸性细节："《康诰》曰：'作新民。'《诗》曰：'周虽旧邦，其命维新。'是故君子无所不用其极。"① 但是，庞德并没有把后面的这些细节呈现出来，而是有选择性地故意凸显前者的存在及其价值，尤其是"日日新，又日新"：一方面他用英文表达 "MAKE IT NEW/.../Day by day make it new"，另一方面还在该表述的右侧写下四个非常醒目且原汁原味的汉字，并加注了有利于西方读者识别的拼音——"新 hsin/日 jih/日 jih/新 hsin"。由此可以看出，庞德对"日日新"的喜爱和重视程度。

1934 年，庞德的好友、《荒原》的作者 T. S. 艾略特曾经询问："庞德信仰什么？"庞德回答说："我信仰《大学》。"1955 年，庞德再次重申了他的这个立场。② 如果说《大学》是庞德的信仰，那么《大学》里的"日日新"则是庞德的思想信念（philosophy）。随后，在庞德富有传奇色彩的人生道路上，"日日新"的思想信念对他的行为方式、文化观、世界观等产生了多方面的影响。

首先，在对待人类文化演进的问题上，庞德采取积极的态度，并坚持发展性原则。譬如，他认为，传统是一种美的存在。虽然我们在讨论庞德及其诗学思想时，会把他标榜为一个具有叛逆风格的现代主义诗人，似乎觉得他对文化传统不屑一顾，实际上并非如此③。庞德不是一位激进的反传统主义者，恰恰相反，他曾经把传统与美（beauty）联系起来，并声称"传统是一种我们要保留的美，而不是一套来束缚我们的镣铐"④。庞德的本意"并不想如未来派那样与过去决裂，而是重塑传统，恢复过去有活力的和同现在有关联的东西，为今天所用"⑤。而且，庞德所倡导的这种文化传统观与艾略特在"Tradition and the Individual Talent"（《传统与个

---

① [英] 理雅各英译：《四书》，杨伯峻今译，湖南出版社 1996 年版，第 4 页。
② Mary Paterson Cheadle, *Ezra Pound's Confucian Translation*, Michigan: the University of Michigan, 1997, p.1; 蒋洪新：《庞德的翻译理论研究》，《外国语》2001 年第 4 期。
③ William M. Chace, *The Political Identities of Ezra Pound and T. S. Eliot*, Stanford: Stanford University Press, 1973, p.45; A. Durant, *Ezra Pound, Identity in Crisis*, Sussex: The Harvester Press, 1981, p.126.
④ Ezra Pound, *The Literary Essays of Ezra Pound*, T. S. Eliot, ed., New York: New Directions, 1968, pp. 91 – 93.
⑤ [美] 杰夫·特威切尔-沃斯：《"灵魂的美妙夜晚来自帐篷中，泰山下"——〈比萨诗章〉导读》，张子清译，载 [美] 伊兹拉·庞德《庞德诗选——比萨诗章》，黄运特译，张子清校订，漓江出版社 1998 年版，第 276—299 页。

人才能》)一文中所提出的论点,有异曲同工之妙:"每个国家,每个民族,不但有创造性的也有批评式的头脑","历史意识关系到一种察觉,不只是察觉过去中的过去性,还有过去中的现在性……(所以)没有任何诗人,没有任何艺术的艺术家,能够单靠自己获得全部意义……这是美学批评的原则,不只是历史批评原则。他需要遵从传统,需要承前启后"①。从该视角出发,我们就不难理解为什么庞德会把"荷马以来整个欧洲的文学与本国(即美国)整个的文学视为一个同时的存在",并把古希腊文化、古罗马文化、中古英语文化、中世纪普罗旺斯文化、古中国文化等杂糅和拼贴在一起,使《诗章》成为多种语言、多种文化相互唱和并展现它们卓越风姿的场所②。

其次,在文化的呈现方式方面,庞德坚持民主原则,并试图通过《诗章》对西方文化中心主义价值观以及历史文化体系进行解构和重塑,从"求同"走向"存异"。庞德打破西方文化"一言堂"的局面,采取民主建构的方式,努力使各个民族和各个国家的文化在《诗章》里实现平等对话。这样做至少有两点好处:一是使几乎僵化的西方文化重新获得生机,无论是从古希腊、古罗马文化中获得新的灵感和启示,还是从中国古典文学和文化中收获"新希腊",都会使创作者体验到一种文本的快乐(the pleasure of the text)③;二是承认民族文化差异性的存在,不是去压制或者贬抑其他民族文化,而是主动欢迎并平等对待其他民族文化,并呼吁不同历史语境下的民族文化共同参与到人类文化命运共同体的建构之中。于是,就会产生一种文化层面的狂欢,不同民族、不同国家在《诗章》这个平台上共赴同一场文化盛宴,它们积极参与文化的对话与交流,发出"和而不同"的声音。譬如,除了欧美诸国文化内部的多声部对话,还有东方文化和西方文化之间的对话等④。

最后,在把人类文化与诗歌写作结合的问题上,庞德坚持开放性原则。庞德是一位敢于破旧立新的诗人,其重要表现就在于,他在创作《诗章》时非但不墨守成规,反而充满创新精神。庞德的《诗章》不是浪漫派诗人那种矫揉造作,也不是维多利亚诗人那种无病呻吟,更不是读者想象中的那种呆板与笨拙,他在把人类文化融入诗歌创作时,注重吸收多种文化表达形式,以实现标新立异、开拓创新的目标。譬如,庞德在

---

① 朱刚:《二十世纪西方文论》,北京大学出版社2006年版,第59—60页。
② 蒋洪新:《庞德的翻译理论研究》,《外国语》2001年第4期。
③ Roland Barthes, *The Pleasure of the Text*, Trans. Richard Miller, New York: Hill and Wang, 1975.
④ 郭英杰:《喧嚣的文本:庞德〈诗章〉研究》,中国社会科学出版社2020年版,第54—62页。

《诗章》中会故意镶嵌一些书法、图表、便条、广告、数字、新闻报道，甚至穿插他自己谱写的乐曲或者亲手绘制的简笔画——《诗章》第75章主体部分就是一个五线谱，用非常醒目和直观的方式向读者宣告，那"不是孤鸟独鸣，而是群鸟齐唱"；《诗章》第85章随处可见中国书法和汉字焕发出来的独特魅力，让人怀疑这到底是不是"美国史诗"；《诗章》第112章有庞德绘制的"命运的托盘"（fate's tray）和"月亮"（luna），此外，诗行中还镶嵌了两个汉字"玉河"，那是关于中国云南丽江玉河走廊上纳西族文化的美丽传说。除此之外，《诗章》里充满展现人类文化多样性的文本素材，包括"戏剧、讽刺诗、实录、'详目'（即目录）、布道文、报告、抒情诗、日记、冥想、描述性固定场景、爆发式音响、神恩、颂歌、挽歌、田园诗、旁白、涂鸦、历史笔记、警句、摘要、小品、'范式'（即模型）、演说、仪式中所用的短曲"等。① 为此，庞德在1917年写给好友詹姆斯·乔伊斯的信中，非常自豪地说："我开始了一首无尾诗，不知属于哪个范畴。形诗（光或意象）或什么别的，无所不包。"或许，恰恰是这种"无所不包"的、不伦不类的开放性诗歌，使《诗章》张力十足，同时使它魅力四射。当然，这也在另外一个层面超越了读者的心理期待，给他们的听觉、视觉等方面造成错乱或者催生幻觉。对此，庞德匠心独具地给自己的这些诗歌做了特殊的界定和分类，把它们划分成"声诗"（melopoeia）、"形诗"（phanopoeia）和"理诗"（logopoeia）："声诗"借助音乐般的声音彰显诗歌的韵律、节奏和美感，"用音乐引导意义的动态与倾向"；"形诗"通过独特的外在形式彰显诗歌的内容和风格，"即把意象浇铸在视觉想象之上"；"理诗"则凭借丰富多彩的内涵意义和衍生意义，彰显诗歌的语义特征及其伦理道德观念等，是"语词间智慧之舞"。②

三 "杏花/从东方吹到西方"

庞德在《诗章》第13章中意味深长地写道：

---

① Alexander Michael, *The Poetic Achievement of Ezra Pound*, London: Faber & Faber, 1979, p.125；晏清皓、晏奎：《力量、知识与生命：庞德〈诗章〉的语言能量研究》，《外国文学研究》2016年第2期。

② ［美］伊兹拉·庞德：《诗的种类》，载［美］伊兹拉·庞德《庞德诗选——比萨诗章》，黄运特译，张子清校订，漓江出版社1998年版，第227—228页。

第三章 《诗章》现代主义风格形成的背景

> The blossoms of the apricot
> 　　blow from the east to the west
> And I have tried to keep them from falling
> 　　　　　　　　　（Pound 60）
> 杏花
> 　　从东方吹到西方
> 我一直努力不让它们凋落

庞德此处的意思是说，为了代表东方文化精神和品质的"杏花"能从遥远的东方吹到西方去，"我"（即庞德）肩负着重任，一直充当着文化传播的使者，且一直努力"不让它们凋落"，目的是希望文化传播不至于半途而废。在这里，庞德有意选择"杏花"（apricot）一词，而不是"梅花""桃花""梨花"等，其实影射了中国儒家思想创始人孔子在世时，进行传道授业解惑的"杏坛"。"杏坛"开出的花朵喻指孔子的智慧得到继承和传播。在这里，庞德暗示说，他愿意做孔子思想的国外继承人。但是这也产生出一个悖论，即"杏花吹得那么远，如何不至于凋落？"赵毅衡对此解释说，"庞德只不过是立志使中国古代文明之花重新开放而已，但这努力必将是很艰苦的，因为这意味着不只是保持，而是再创造"①。从渊源上来讲，该部分内容是庞德参照法国汉学家波蒂埃（M. G. Pauthier）的法译本"四书"（Les Quatre Livres de Philosophie Morale et Politique de la Chine）得以完成的，从头到尾都是孔子给他的弟子们的语录，是对《论语》的摘引和转述，只有最后关于"杏花"的三句诗是庞德自己的想象和发明创造②。而恰恰是庞德创造的这三句"杏花"诗，如神来之笔，展现了庞德文化观的另一个层面，即作为文化使者和文化传播者，应该履行一定的社会责任并发挥积极的作用。接着要问，具体要履行哪些社会职责呢？

第一，要守"中"，即做到不偏不倚。据统计，庞德在《诗章》中共手书"中"字7次，仅《比萨诗章》部分就出现了3次。让人称奇的是，庞德居然还对此字展开了深入讨论：在《诗章》第76章，庞德写道："Chung 中/we doubt it/and in government not to lie down on it"（Chung 中/我们怀疑/政府不会信赖这个中）（Pound 474）；在第77章，庞德写道，"some sort whereto things tend to return/Chung 中/in the middle/whether up-

---

① 赵毅衡：《儒者庞德——后期〈诗章〉中的中国》，《中国比较文学》1996年第1期。
② 赵毅衡：《诗神远游：中国如何改变了美国现代诗》，上海译文出版社2003年版，第281页。

right or horizontal"（事物遵循之某种水准/Chung 中/居之中/不管垂直还是水平）（Pound 484）；在第 84 章，庞德写道，"our 中 chung/whereto we may pay our/homage"（我们的中 chung，/对此我们顶礼/膜拜）（Pound 540）。庞德之所以强调"中"，并对"中"如此"顶礼/膜拜"，是因为他受到《中庸》第 6 节里孔子对舜之"大知"的评述的启发："子曰：'舜其大知也与！舜好问而好察迩言，隐恶而扬善，执其两端，用其中于民，其斯以为舜乎！'"① 此外，《中庸》第 8 节还有孔子对得意门生颜回的论述："回之为人也，择乎中庸。得一善，则拳拳服膺，而弗失之矣。"② 庞德有感于颜回"择乎中庸"的处世哲学，同时综合舜"执其两端，用其中于民"的理智之举，以互文的方式在《诗章》第 74 章将其创造性地改写为：

> Yaou chose Shun to longevity
> who seized the extremities and the opposites
> holding true courage between them
> shielding men from their errors
> cleaving to the good they had found
> 　　　　　　　　　　　　　　　（Pound 462）
> 　　　尧立舜为主
> 舜抓住极端与相反
> 持其中正道
> 隐恶以新民
> 得一善则紧紧抱住
> 　　　　　　　　　　（黄运特译）

庞德认为，"中"是一种至高无上的境界，它强调恰到好处、执两用中，这也是一种崇高的道德修养和精神品质，当然也有助于文化传播工作者履行自己的神圣职责。

第二，要讲"道"，即不能违背事物发展的规律。在《诗章》第 83 章中，庞德这样写道：

---

① ［英］理雅各英译：《四书》，杨伯峻今译，湖南出版社 1996 年版，第 28 页。
② ［英］理雅各英译：《四书》，杨伯峻今译，湖南出版社 1996 年版，第 28 页。

第三章 《诗章》现代主义风格形成的背景

as before stated, don't work so hard
don't

勿
助
长

(Pound 551－552)

如前所述,劳作别太过分
别

勿
助
长

(黄运特译)

庞德此处所说的"勿助长"摘抄自《孟子·公孙丑上》。他甚至在《诗章》的正文里干脆告诉读者它的出处:"as it stands in the Kung-Sun Chow"(据《公孙丑上》)(Pound 552)。查阅《孟子·公孙丑上》原文,我们会读到该句的完整表达:"我故曰,告子未尝知义,以其外之也。必有事焉,而勿正,心勿忘,勿助长也。"一方面,"勿助长"影射了"揠苗助长"的典故。该典故亦出自《孟子·公孙丑上》:"宋人有闵其苗之不长而揠之者,芒芒然归,谓其人曰:'今日病矣,予助苗长矣。'其子趋而往视之,苗则槁矣。"① 另一方面,庞德此处的"勿助长"实际上还关涉中国古代哲学体系中的"道"。"道"被誉为"中国哲学最基本最复杂的概念",庞德对"道"的理解是借助他的"拆字策略"和"表意文字法",释义为"过程。脚迹,足带着首,首指挥足,在理智的引导下做有秩序的运动"②。在《诗章》第78章中,庞德阐发过他对"道"的理解和认识,即"道"必须:

inside a system and measured and gauged to human requirements

道

inside the nation or system

---

① [英]理雅各英译:《四书》,杨伯峻今译,湖南出版社1996年版,第311—312页。
② 赵毅衡:《儒者庞德——后期〈诗章〉中的中国》,《中国比较文学》1996年第1期。

and cancelled in proportion
          to what is used and worn out
                    (Pound 502)

以完成的工作为基础，以人们的需求为准绳

道

在一个国家或制度里
按照使用和磨损的程度
          定量消除
               （黄运特译）

在庞德看来，"道"需要一定的现实基础，其"准绳"是现实中"人们的需要"。从文化传播学的角度来看，遵循"道"首先不能违背事物发展的规律，即庞德所说的"勿助长"；其次要遵循一定的规章制度，要有章法，不能随心所欲、离经叛道。《大学·孔经》第 1 节记载说："物有本末，事有始终，知所先后，则近道矣。"庞德受此感悟，以别具一格的方式将其改写为：

     things have ends (or scopes) and beginnings. To
know what precedes 先 and what follows 後
          will assist yr/comprehension of process
                    (Pound 465)

凡事有始有终（末）。 知
先   後
则有助悟道
          （黄运特译）

这是庞德就他所认知的文化传播之"道"的借题发挥和创造性阐释。
第三，要施"仁"，即充满仁爱之心和同情之心。庞德在《诗章》中认为，要实现理想中的文化自觉与文化大同，不是轻而易举的事情，需要：

     and had more humanitas 仁 jen
          (Pound 545)

第三章 《诗章》现代主义风格形成的背景

创造更丰富的人性　　仁
（黄运特译）

也就是说，通过"仁"实现一种伦理观，通过慈爱、友善和宽容等，实现人类文化的和谐共存。评论家凡·韦克·布鲁克斯（Van Wyck Brooks）曾经指出，"在他（庞德）的作品里，文学成了一种高尚的、艰难的和严肃的追求"①，因为庞德认为，除了在文学创作中坚持一定的原则和方法，在文化传播的道路上也要坚持与之相匹配的原则和方法。这其中除了要秉持"中"，一丝不苟地遵循"道"，还要凭着严肃认真的态度去实施"仁"。这种追求当然不是一蹴而就的事情。"仁"之所以重要，在庞德看来，是因为它与人性（humanitas/jen）相关，也与正义（justice）、慷慨（generosity）、友善（kindness）有关（Pound 524 – 525）。基于此，庞德认同《论语·雍也第六》中的名句："知者乐水，仁者乐山。知者动，仁者静。知者乐，仁者寿。"②并把他最喜欢的两句变成《诗章》第83章里的内容：

pax, ὔδωρ　　　　Ὕδωρ
　　　　　　the sage
delighteth in water
　　　the humane man has amity with the hills
（Pound 549）

平静，水　　　　水
　　　知者
乐水
　　仁者乐山
　　（黄运特译）

谈到"仁"，庞德也十分赞同《大学》第10节里流传久远的两句话"仁者以财发身，不仁者以身发财"③，并以一种立体主义的艺术形式手书这些汉字，同时将其竖行排列生动地呈现在《诗章》第55章的开始部分

---

① 转引自吴其尧《是非恩怨话庞德》，《外国文学》1998年第3期。
② ［英］理雅各英译：《四书》，杨伯峻今译，湖南出版社1996年版，第112页。
③ ［英］理雅各英译：《四书》，杨伯峻今译，湖南出版社1996年版，第18页。

(Pound 290),给读者以视觉冲击。当然,"仁"要求文化传播工作者在文化传输的过程中,能够谨言慎行,以君子的仁义道德和谦谦之风,去创造更加丰富的人性。

总之,庞德在《诗章》中呈现的文化思想同他在《诗章》中流露出来的诗学思想、学术思想是一脉相承、密不可分的,这成为庞德《诗章》现代主义风格形成过程中的重要历史背景之一。而且,其蕴含的诗学内容博大精深,值得读者关注。一方面,庞德以百科全书的形式淋漓尽致地呈现人类文化的丰富多彩和无穷魅力;另一方面,他又带着前无古人后无来者的气魄书写现代主义语境下人类文化的错综复杂以及作为文化传播者所应履行的职责和要担负的历史使命。难怪庞德的挚友 T. S. 艾略特在他选编的《伊兹拉·庞德文论集》(*Literary Essays of Ezra Pound*) 中论述说:"庞德的诗歌是一部取之不尽用之不竭的参考书。事实上,没有其他诗人的诗值得我们如此去研究去学习。"[①] 此话一语中的。但是,实事求是地讲,我们还应该清醒地、辩证地认识到,《诗章》这部充满"远大志向"和"巨大抱负"的史诗,"有许多的长处同时又有许多弱点"[②],需要读者带着冷静的头脑和谨慎的态度去细致地阅读、批判性地鉴赏和客观理性地分析。对待他的文学观和学术观如此,对待他的文化观亦应如此。

[①] Ezra Pound, *The Literary Essays of Ezra Pound*, T. S. Eliot, ed., New York: New Directions, 1968, pp. ix – xv.

[②] [美]杰夫·特威切尔-沃斯:《"灵魂的美妙夜晚来自帐篷中,泰山下"——〈比萨诗章〉导读》,张子清译,载[美]伊兹拉·庞德《庞德诗选——比萨诗章》,黄运特译,张子清校订,漓江出版社1998年版,第276—299页。

第四章 《诗章》现代主义风格的模仿与创造

在《中庸》第 8 节,孔子这样评价他最得意的门生颜回:"回之为人也,择乎中庸。得一善,则拳拳服膺,而弗失之矣。"① 意思是说,颜回就是这样一个人,他选择了中庸之道,得到了它的好处,就牢牢地把它放在心上,再也不让它失去。庞德就是颜回这样的人,在创作《诗章》的过程中,能够"得一善,则拳拳服膺,而弗失之矣"。虽然庞德被视为一位标新立异、个性十足的创新型诗人,然而他的实验性诗歌还是带有不少传统诗歌的印记,这其中不乏伟大的先驱诗人如布朗宁、惠特曼、叶芝以及同时代著名现代主义诗人 T. S. 艾略特、卡明斯、H. D. 等,对他产生的直接或者间接的影响,也使《诗章》充满各种文学思想和历史对话(dialogue)的痕迹。互文性理论认为,"所有诗人的作品都具有相互指涉性,所谓个人的'新异'只不过是对他人作品的一种反映"②。由此观之,我们可以看到另一番景象:庞德《诗章》的写作过程,就是它与历时性以及共时性的文学传统进行互文建构和对话的过程。

第一节 《诗章》与布朗宁的"独白体"

英国 19 世纪有两位著名的诗人:一位是阿尔弗雷德·丁尼生(Alfred Tennyson),另一位是罗伯特·布朗宁(Robert Browning)。在英国维多利亚时代,最受欢迎、名气最大的诗人非丁尼生莫属。他的诗以严谨的格律著称,以优美的音律享誉世界文坛,更是因为怀旧情结,让许多读者产生共鸣。有些英美诗歌评论家甚至公开声称丁尼生的诗歌成就是他那个时代英国最高水平,并做出解释。譬如,诗歌评论家玛兹诺(Lau-

---

① [英] 理雅各英译:《四书》,杨伯峻今译,湖南出版社 1996 年版,第 28 页。
② 王瑾:《互文性》,广西师范大学出版社 2005 年版,第 4 页。

rence W. Mazzeno）就指出，丁尼生之所以伟大，是因为他具备三种同时代诗人很少兼而有之的品质：作品众多，风格多样，才能全面①。英国维多利亚时代横跨近七十年（1837—1901）。据说女王本人并不热衷于文学，却独爱一位诗人，那便是丁尼生。丁尼生是英国历史上唯一进贵族院的诗人，桂冠诗人的称号是女王亲自封予他的，而且女王在许多场合公开称赞了丁尼生的诗。但是，庞德却不以为然，他喜欢布朗宁。"晋陶渊明独爱菊。自李唐来，世人甚爱牡丹。予独爱莲之出淤泥而不染……"庞德具有周敦颐在《爱莲说》中所持的"不做墨守成规之人"②的态度和格调。布朗宁能够把戏剧的独白艺术与诗歌的抒情艺术巧妙结合，呈现一种超凡脱俗的诗歌写作效果，这让庞德着迷。

一 "独白体"与《诗章》文本风格的契合

庞德一方面抨击维多利亚诗歌的烦琐冗长与矫揉造作，另一方面又按照个人喜好寻觅、模仿并复活他认为仍然富有生命力的诗歌创作方式。布朗宁的"独白体"是庞德比较欣赏的创作技巧之一，它那具有强烈情感的艺术呈现方式，符合《诗章》的写作需求，也契合庞德彰显《诗章》史诗功能的诉求。

戏剧"独白体"被认为是一种"特别的、独具艺术特色的"文体存在形式，本来是剧作家根据剧情需要经常使用的写作技巧，后来被移植到小说、诗歌等创作领域③。布朗宁在诗歌创作中擅于凸显戏剧"独白体"的魅力和价值。在他看来，诗歌中采用戏剧语言不仅可以表达某个特定的场景和行动，还可以揭示说话人的性格特征。这就与一般意义上的独白不同。布朗宁在创作戏剧独白体时强调：诗歌中的戏剧独白不是表现说话者直接表达或转述了什么具体内容，而是表现在诗学层面上如何将说话者与过去的历史事件进行理性嫁接；一方面不经意地隐匿作者的创作动机，另一方面邀请读者参与意义的建构。在这整个过程中，说话者（speaker）、听话者（listener）和意义（meaning）的生成，是"三位一体"的关系。④布朗宁这种独特的表达方式，在他书写的《男人和女人》（*Men and Women*,

---

① Laurence W. Mazzeno, *Alfred Tennyson: The Critical Legacy*, New York: Camden House, 2004.
② 吴伟仁编：《美国文学史及选读（1）》，外语教学与研究出版社2013年版，第144—149页。
③ Glennis Byron, *Dramatic Monologue*, New York: Routledge, 2003, pp. 12 - 20.
④ Philip Drew, *The Poetry of Robert Browning: A Critical Introduction*, London: Metheun & Co., 1970, pp. 5 - 9.

1855)、《戏剧人物》(*Dramatis Personae*, 1864)、《指环和书》(*The Ring and the Book*, 1868—1869)等诗集作品中，都有淋漓尽致的艺术呈现。评论家伊丽莎白·A. 霍维（Elisabeth A. Howe）和格莱尼斯·拜伦（Glennis Byron）把布朗宁的戏剧独白界定为"一种人物抒情诗"和"一种借助特定的人物形象进行言语表达的诗"①，称他具有思想呈现和意义阐释的双重价值和功效。

至于如何恰如其分地将戏剧独白融入诗体创作中，使其发挥真实有效的作用，文体学家 M. H. 阿布莱姆斯（M. H. Abrams）在考察和研究布朗宁的诗学特点后，提出诗歌中运用戏剧独白的三个显著特点：

> 第一，至少有一个独立的人物角色，很明显不是诗人自己，发表的言辞构成诗歌整体的一个重要组成部分……第二，该人物角色与一个或多个其他人物角色相互关注和产生作用，但是必须通过听者的参与和理解，阐释他们在说什么和在做什么……第三，影响诗人选择和陈述者抒情表达的主要原则，旨在向读者揭示，该原则在某种程度上会加强文本的信息量、可信度以及陈述者在戏剧独白时呈现出来的气质和个性特点。②

布朗宁的戏剧独白因为具有上述文本特点，在经历了诸多争议后终被学界接受，并被视为一种有鲜明特色的抒情媒介和叙事手段③。对于该特色，后来者庞德既心领神会又充满向往④。同时，庞德希望能够延续其生命力，并将它发扬光大。为了呈现对布朗宁"独白体"的吸收、认同和发展，庞德在《诗章》写作中不断模仿布朗宁，并且有的放矢地、富有创造性地把它转化为《诗章》现代主义风格的重要组成部分。当然，庞德喜欢布朗宁也是因为他的"独白体"诗歌"充满思想，大胆讨论宗教、科学和政治"，这在内容及风格方面都比较符合庞德的"胃口"⑤。所以，

---

① Elisabeth A. Howe, *The Dramatic Monologue*, Boston: Twayne Publishers, 1996, pp. 166 - 167; Glennis Byron, *Dramatic Monologue*, New York: Routledge, 2003, pp. 208 - 209.
② M. H. Abrams, "Dramatic Monologue", in M. H. Abrams, ed., *A Glossary of Literary Terms* (8th ed.), Boston: Thomson Wadsworth, 2005, pp. 70 - 71.
③ Philip Drew, *The Poetry of Robert Browning: A Critical Introduction*, London: Metheun & Co., 1970, pp. 5 - 9.
④ Peter Wilson, *A Preface to Ezra Pound*, New York & London: Longman, 1997.
⑤ N. D. Nagy, "Pound and Browning", in Eva Hesse, ed., *New Approaches to Ezra Pound*, Berkeley and Los Angeles: University of California Press, 1969, p. 87.

在具体而微的诗歌写作过程中，庞德有意模仿布朗宁的戏剧独白形式，并在《诗章》中以他标新立异的创作方式，使它成为《诗章》的一个显著艺术特色。

二 《诗章》中的"独白"与蒙太奇式表达

对布朗宁的热爱，庞德毫不讳言[①]；向布朗宁学习戏剧独白写作技巧，他也毫不掩饰。从《诗章》第2章开始，庞德就使用明白晓畅的语言将 Robert Browning（罗伯特·布朗宁）引入诗歌，还径直谈到他的名作 "Sordello"（《索尔戴罗》）：

> Hang it all, Robert Browning,
> there can be but the one "Sordello"
> But Sordello, and my Sordello?
> （Pound 6）
> 岂有此理，罗伯特·布朗宁，
> 有且只有一本《索尔戴罗》。
> 但是谈到索尔戴罗，那么我的索尔戴罗呢？

由此可见，庞德那时已有一个宏伟的写作计划，即创作一部属于他自己的《索尔戴罗》。"但是谈到索尔戴罗，那么我的索尔戴罗呢？"（Pound 6）对此，庞德在下文中没有直接给出答案，是因为他想让读者在《诗章》的字里行间去寻找。于是，读者在阅读《诗章》的过程中，收获到一个个意想不到的惊喜：庞德在《诗章》中确实努力创造着他的"索尔戴罗"，不过他的"索尔戴罗"在诗学层面完全不同于布朗宁的《索尔戴罗》[②]。在艺术呈现方面，庞德似乎更加匠心独具；在意蕴、主旨及情节安排层面，庞德的"索尔戴罗"似乎远比布朗宁笔下的《索尔戴罗》更具有现代主义精神和批判性色彩。或许，正是由于庞德对布朗宁及《索尔戴罗》的喜爱，对那些不了解布朗宁甚至不欣赏布朗宁的人士，庞德流露出些许无奈和遗憾的情绪，这从《诗章》第48章可以看出一些端倪：

[①] Mary Ellis Gibson, *Epic Reinvented: Ezra Pound and the Victorians*, Ithaca & London: Cornell University Press, 1995, pp. 42 – 43.

[②] N. D. Nagy, "Pound and Browning", in Eva Hesse, ed., *New Approaches to Ezra Pound*, Berkeley and Los Angeles: University of California Press, 1969, pp. 86 – 89.

第四章 《诗章》现代主义风格的模仿与创造

> ……
> there was no good conversation. At no single entertainment
> in London did I find any good conversation
> They take Browning for an American,
> he is unenglish in his opinions and carriage
>
> (Pound 240)
>
> ……
> 没有好的沟通。在伦敦，
> 没有哪次愉悦的聚会让我发现有好的沟通
> 他们把布朗宁视为美国人
> 说他在言谈举止方面不像英国人

玛丽·E. 吉布森（Mary E. Gibson）说得好："从庞德发表作品开始，他就积极地想象他作品的读者，他那个时代的以及未来的读者。"[①] 的确，庞德在进行《诗章》写作时，不断地变换叙述方式并站在读者的角度，希望能够充分调动读者的原型意识，让他们在了解布朗宁的戏剧独白作品《索尔戴罗》之后，还能够在《诗章》中寻找到一个隐约存在却又呈现出崭新面貌的艺术版本或者作品。而且，一个基本事实是，在《诗章》创作过程中，庞德并没有完全生搬硬套布朗宁的戏剧独白形式，而是以先锋派（avant-garde）的试验精神进行改造、革新并有所突破。其呈现方式包括：

第一，多声部独白（many-voiced monologue）[②]。庞德在《诗章》第 2 章写道：

> Seal sports in the spray-whited circles of cliff-wash
> ...
> And the wave runs in the beach-groover
> "Eleanor..."
> ...
> Ear, ear for the sea-surge, murmur of old men's voices

[①] Mary Ellis Gibson, *Epic Reinvented: Ezra Pound and the Victorians*, Ithaca & London: Cornell University Press, 1995, pp. 42 – 43.

[②] 该术语出自 Allen Tate, "On Ezra Pound's *Cantos*", in E. San Juan, Jr., ed., *Critics on Ezra Pound*, Coral Gables, Florida: University of Miami Press, 1972, pp. 23 – 24。

"Let her go back to the ships..."

...

And by the rock-pool a young boy loggy with wine must
"To Naxos? Yes, we'll take you to the Naxos,
Cum' along lad." "Not that way!"

...

the vines grow in my homage

(Pound 6 – 9)

海豹在悬崖边的水域嬉戏，喷吐着白色的圈
……
海浪奔涌在海滩的凹槽里：
"埃莉诺……"
……
耳朵，耳朵能够听到海潮的涌动，那是老人低语的声音：
"让她回到船上……"
……
在岩石潭边，一个小男孩拿着未发酵的葡萄汁缓缓走来
"去纳克瑟斯吗？是的，我们会带你去纳克瑟斯，
一起走吧，孩子。""不是那条路！"
……
葡萄藤在我的敬意中成长。

很显然，庞德把第 2 章作为他戏剧独白的"试验田"。在该"试验田"里，庞德匠心独运地把独白效果穿插在多种形象和多重声音之中：庞德写海豹在悬崖边嬉戏；由海豹联想到里尔（Lir）的女儿、毕加索（Picasso）、海洋之女（daughter of Ocean）、老荷马（Old Homer）；由海浪声联想到埃莉诺（Eleanor）和老人低语的声音（murmur of old men's voices）；在老人的低语中充满古希腊预言家式的呼唤和咒语；船只着陆，男人们饥渴的形象；岩石水边的小男孩、未发酵的葡萄汁（vine-must）、笔直的船；男人、小男孩和"我"的对话；蓝色大海上里埃克斯（Lyaeus）的自言自语；他自言自语的内容涉及祭坛、服役人、木质的猫（cat of the wood）、山猫（lynxes）、豹猫（leopards）、熏香（incense）和成长中的葡萄藤（vines）；等等。如果有读者认为该篇章不过是布朗宁戏剧独白风格的翻版，那么读完之后我们无论如何也不能把二者直接匹配并关联

到一起。尽管庞德刚开始确实是在模仿布朗宁的艺术风格，但是他的这种"多声部"独白已经充分彰显出他正在努力开辟一条新的创作路径，而且，该路径显得那样卓尔不群。

我们再来看看《诗章》第74章，庞德书写了一个话中话式（dialogue in dialogues）的独白：

>   these the companions：
> Fordie that wrote of giants
>   and William who dreamed of nobility
>   and Jim the comedian singing
>   …
>   And this day the sun was clouded
>   —— "You sit stiller," said Kokka
> "if whenever you move something jangles."
> and the old Marchesa remembered a reception in Petersburg
> …
>   opinion in 1924
> …
> Uncle George stood like a statesman   PEI IIANTA
>   （Pound 452-453）

>   下列都是我志趣相投的人：
> 写巨人的福特
>   梦想高贵的威廉
>   幽默大师詹姆斯唱道：
>   ……
>   今日阴云蔽日
>   ——"坐着别动，"科尔说，
> "若你一动身上就叮当作响。"
> 年老的伯爵夫人还记得彼得堡的一个招待会
> ……
>   1924年的观点
> ……
> 乔治大叔俨然一位发言人   万物皆流
>   （黄运特译）

遭受牢狱之灾的庞德，在"死囚室"（the death cell）里生不如死。痛苦之余，想起以前有频繁往来的好友。庞德所说的"志趣相投的人"（Pound 452），包括作家福特（Ford Madox Ford）、诗人威廉（William Yeats）、小说家詹姆斯（James Joyce）、作家普拉尔（Victor Plarr）、小说家杰普森（Edgar Jepson）、作家休利特（Maurice Hewlett）、诗人纽博尔特（Henry Newbolt）等①。这些"旧友"每个人都是独立的意象：他们不是静止的，而是动态的；不只代表独特的风格特点，还发出独立自由的声音。这些独立自由的声音叠加在一起，就是一部多声部的唱和：福特写巨人的故事，威廉梦想着高贵，普拉尔谈数学，杰普森迷恋玉器，莫里斯写着历史小说，纽博尔特在浴缸泡两次澡，尤其是詹姆斯幽默十足地发出弦外之音"布拉尔尼城堡……你如今只是一块石头"。而这些，也只是庞德戏剧独白时对过去的一小部分想象，还有关于"今日"的更多独白——"今日阴云蔽日。"有关"今日"的独白明显带有更加生动新鲜的内容。科尔（Kokka）说"坐着别动""若你一动身上就叮当作响"，这是庞德在用互文的艺术手法影射他自己当时的身份和处境：戴着镣铐，死刑犯一个。不过，庞德生性乐观，借伯爵夫人之口回忆彼得堡的招待会，似乎是非常想念那里的美味佳肴。当科尔即使"有好的交往"在西班牙也不愿前往时，伯爵夫人发出"天哪，不！"的质疑声，时间定格在 1924 年。现实与想象合二为一。庞德此时还借用美国参议院乔治大叔（Uncle George）② 的口吻，以残篇的形式道出希腊哲学家赫拉克利特的名言"万物皆流"（PEI IIANTA），意思是说任何事物都不可能恒久，所以不如干脆丢掉幻想，回归真实。这明显是庞德自言自语式的精神告慰法，也是他"话中话"式的戏剧独白的一次个性化尝试。

艾伦·塔特在《论伊兹拉·庞德的〈诗章〉》（"On Ezra Pound's Cantos"）一文中评论说，庞德诗歌形式的秘诀即对话（conversation），所以他在《诗章》中不停地"说、说、说"（talk，talk，talk）。而且，庞德在《诗章》的每一部分都试图对现实生活进行形式多样的模仿，即进行一种"非正式对话的模仿"（imitation of a causal conversation）。实践证明，这种"非正式对话的模仿"具有鲜明的艺术效果："每一首诗章都有断流的情形，每一个好的对话都有一个几乎让人难以捉摸的高潮：因为没有独立的

---

① 关于这些作家的介绍，请参见 ［美］伊兹拉·庞德《庞德诗选——比萨诗章》，黄运特译，张子清校订，漓江出版社 1998 年版，第 18—19 页，注解 4。
② 即乔治·廷克海姆（George Tinkham，1870—1956）。

说话人，每一首诗章都是一个多声部的独白（a many-voiced monologue）。这是《诗章》组诗的作诗法。"①

第二，蒙太奇式表达（expression of montage）。艾伦·塔特同时认为，庞德的《诗章》有三个对话主题——古代社会、文艺复兴时期的意大利以及现代社会②。然而，庞德是如何将这三个错综复杂的对话主题在戏剧独白的过程中连接在一起，然后形成一个有机整体，进而互文式地再现历史全貌的呢？笔者认为，庞德的一个秘诀就是：他在艺术呈现方式上采用了蒙太奇式的表达。

蒙太奇是电影艺术中常用的技巧和手法，多表现为图像和图像之间的跳跃性衔接，或者图像与声音、声音与色彩、图像与色彩等方面的断裂式互动，其目的是产生一种非连续的连续性。其功能"不但可以把漫长的时间浓缩在几个镜头中，也可以把生活中一瞬间的事强化、放大，把时间延长"，还可以创造新意，"造成象征、暗示和比喻的艺术效果"，并且使"观众在镜头（画面）所传达的原有的信息基础上，进行多种多样的对比、联想"③。为了实现这些效果，艺术家常常借助蒙太奇手法打破传统时间观念的束缚和局限，任意自由地倒转、重置和设计时间，或者随心所欲地通过逼真形象创造空间，让空间发生位移、叠合和搭配，并且随时转换，目的是借助观众和读者的想象力构建新的空间概念，实现对时空的重塑和再造。在电影艺术中，蒙太奇强调镜头的并置效果（juxtaposition of shots），往往与拼贴（collage）手法一起使用。在文学作品中，蒙太奇强调内容并置或者意象并置，以达到丰富作品内容、凸显作品效果的目的。鉴于蒙太奇手法的独特艺术价值和魅力，庞德在《诗章》写作中大胆使用，并且乐此不疲。

为了说明问题，我们依然参照艾伦·塔特划分的庞德《诗章》的三个对话主题——古代社会、文艺复兴时期的意大利以及现代社会，来论证庞德在《诗章》创作过程中是如何以个性化的方式，频繁运用蒙太奇手法彰显其写作艺术及诗歌特色的。

关于古代社会的叙述，庞德在《诗章》中就运用了蒙太奇的艺术手法。我们在《诗章》第52—61章的《中国诗章》里会发现不少戏剧独白

---

① Allen Tate, "On Ezra Pound's *Cantos*", in E. San Juan, Jr., ed., *Critics on Ezra Pound*, Coral Gables, Florida: University of Miami Press, 1972, pp. 23–24.

② Allen Tate, "On Ezra Pound's *Cantos*", in E. San Juan, Jr., ed., *Critics on Ezra Pound*, Coral Gables, Florida: University of Miami Press, 1972, p. 23.

③ 李标晶主编：《电影艺术欣赏》，浙江大学出版社2005年版，第79—84页。

片段，譬如第53章：

>   Hia! Hia is fallen
>   for offence to the spirits
>   For sweats of the people.
>   Not by your virtue
>   but by virtue of Tching Tang
>   Honour to YU, converter of waters
>   Honour Tching Tang
>   Honour to YIN
>   seek old men and new tools
>   After five hundred years came then Wen Wang
>   B. C. 1231
>
>   (Pound 285)

>   夏朝！夏朝灭亡了！
>   因为冒犯神灵
>   让百姓疾苦
>   不是因你的美德
>   而是凭借成汤的美德
>   荣耀归属禹，治水的功臣
>   荣耀归属成汤
>   荣耀归属殷
>   追忆先王，创造新工具
>   五百年后文王继位
>   公元前1231年

在该部分叙述中，庞德有多幅图片的混搭：第一幅是夏朝灭亡，像是普通老百姓对腐朽旧时代的终结予以热情洋溢的欢呼，"夏朝！夏朝灭亡了！"；紧接着切换场景到第二幅，揭示夏朝帝王没落的重要内因——"冒犯神灵"，并且"让百姓疾苦"；第三幅以对话的口吻与"你"探讨美德，实质上考察了夏朝灭亡的外因——"不是因你的美德/而是凭借成汤的美德"，庞德的意思是说，有美德者得天下，无美德者失天下；第四幅歌颂"荣耀"，这里面又有三个并列场景——大禹治水（泽被百姓的荣耀），成汤灭夏（顺应民心的荣耀），商殷励精图治（奋发图强的荣耀）；

第五幅回顾历史,"追忆先王",同时摆出历史发展的动因——顺应历史规律以及自然规律,不断"创造新工具";第六幅跨越时空到了五百年后,此时"文王继位",翻开历史新的一页;第七幅定格具体人物和事件,锁定旋律,指向让人遐想的"公元前 1231 年"。类似的例证还有《诗章》第 74 章:

> and in the hall of the forebears
>   as from the beginning of wonders
> the paraclete that was present in Yao, the precision
> in Shun the compassionate
>
> 4 giants at the 4 corners
>   three young men at the door
> and they digged a ditch round about me
>   lest the damp gnaw thru my bones
>   to redeem Zion with justice
>   (Pound 449)

> 在祖宗的庙堂里
>   如同自神迹初萌
> 尧的圣灵,舜的
> 真诚,禹这位治水者的怜悯
>
> 监狱四角伏着巨兽般四座守望塔
>   在门口的三位年轻人
> 他们在我周围挖了一条沟
>   以免潮气咬蚀我的骨头
>   以正义赎回锡安山
>   (黄运特译)

关于对文艺复兴时期意大利的蒙太奇艺术手法的运用,我们在《诗章》第 8 章中会发现庞德聚焦意大利人文主义者西吉斯蒙德·马拉特斯塔(Sigismundo Malatesta)的蒙太奇式特写镜头:

Duke of Milan
Is content and wills that the aforesaid Lord Sigismundo
Go into the service of the most magnificent commune
of the Florentines
. . .
To come into the terrene of the commune. . .
As please the ten of the Baily,
And to be himself there with them in the service
of the commune
. . .
Sigismundo, ally, come through an enemy force. . .
And they shut it before they open the next gate, and he says:
　"Now you have me,
　　　　　　Caught like a hen in a coop."
. . .
And he was twelve at the time, Sigismundo. . .
And that year they fought in the streets,
And that year he got out to Cesena. . .
And that year he crossed by night over Foglia, and. . .
　　　　　　　　　　　　（Pound 29 – 33）

米兰公爵
心悦诚服，同时希望前面提到的西吉斯蒙德大人
可以进入佛罗伦萨最重要的社区
服务于民
……
为了进入社区的属地……
正如为了使中央刑事法庭的十个要员开心
在那里以他自己的风格与他们相处，服务
于民
……
西吉斯蒙德，这个同盟者，冲破敌军防线……
他们关上门，再打开另一扇门。于是，他说：
　"现在你们抓我，
　　　　就像在鸡笼里抓母鸡。"

……

那时候他才十二岁，西吉斯蒙德……
就在那一年，他们在街道里打斗，
就在那一年，他离开家门去了切塞纳……
就在那一年，他趁着夜色横渡福利亚，然后……

这四个特写镜头意味着四个醒目的蒙太奇式书写片段。第一个片段聚焦前面提到的著名的米兰公爵，由他引出"前面提到的西吉斯蒙德大人"；两个"aforesaid"给读者带来无限的好奇和遐想，要"西吉斯蒙德大人"进入佛罗伦萨社区干什么呢？答案是"服务于民"（in the service of the commune），"形成联盟抵御两个邻国"（Pound 29–30）。由此可知，这个带有无限悬念的"西吉斯蒙德大人"肩负着历史的重任，同时为他在后面呈现"圣贤"风度的情节做好了铺垫。第二个片段聚焦西吉斯蒙德进入社区属地的情形，由于不熟悉环境，初来乍到的他还以为到了"托斯卡纳区的某个地方"；不过，他已做好准备，要与"中央刑事法庭的十个要员"一道，服务于社区人民。第三个片段聚焦西吉斯蒙德的勇敢无畏，在无法使锡拉库扎的暴君狄俄尼索斯（Dionysius）"回心转意"的情况下，不辱使命，"在安科纳的大门内""冲破敌军防线""签署了条约"，还幽默地对敌军长官说："现在你们抓我，/就像在鸡笼里抓母鸡。"第四个片段聚焦英雄人物西吉斯蒙德十二岁时的趣闻逸事，这明显是一个倒叙手法，企图还原西吉斯蒙德的早年生活。不过，庞德首先设置"风停息了片刻/夜幕慢慢降临/一边"的自然场景，让人产生身临其境之感；然后谈到他的"经济"以及"兄长"，并用三个并列的"And that year"，说出他当时的"事迹"——"在街道里打斗""离开家门去了切塞纳""趁着夜色横渡福利亚"，这显然是一种"画中画式"的蒙太奇表达；最后的"and..."是庞德故意而为之的一种蒙太奇式的呈现策略，省略的内容就是艺术手法上的"留白"，希望读者在上述已知信息基础上，进行穿越时空的联想或者断想。类似的蒙太奇式戏剧独白在《诗章》第 10 章也有比较明显的艺术呈现：

And the poor devils dying of cold
（And there was another time, you know,
He signed on with the Fanesi,
   and just couldn't be bothered...）

> And there were three men on a one man job
> ...
> And he, Sigismundo, refused an invitation to lunch
> In commemoration of Carmagnola
> (vide Venice, between the two columns
> where Carmagnola was executed.)
>
> (Pound 42)

> 可怜的魔鬼死于寒冷……
> （应该还有机会，你知道的，
> 他签约雇佣法尼斯①，
> 　　只是不想被麻烦……）
> 还有三个人盯着一个人的工作空缺
> ……
> 还有他，西吉斯蒙德，拒绝别人的午饭邀请
> 　　纪念卡尔马尼奥拉②
> 　　（空荡荡的威尼斯，在两根柱子中间
> 　　卡尔马尼奥拉被处以极刑。）

至于对现代社会的叙述，庞德在《诗章》中更是不吝惜笔墨地运用了蒙太奇艺术手法，并借助别开生面的方式进行铺陈和展开。庞德这样写作的目的在于：通过前面对古代社会以及文艺复兴时期意大利社会的蒙太奇式描述，最终为书写现代社会埋下伏笔，与此同时，通过前后映衬和对比，暴露现代社会的种种衰败场景，最后给人以暗示——现代社会真是丑劣不堪，亟须人们迅速采取行动，恢复昔日辉煌。

且看在《诗章》第16章，庞德通过蒙太奇场景影射了战争带给现代人的痛苦、迷茫和彷徨，涉及"人群""步兵中尉""枪""广场""车站""刺刀""学生""他们""邮局""屋顶""领班""营房"等意象和聚焦镜头，呼吁停止战争，拥抱和平：

> And when it broke, there was the crowd there
> ...

---

① 法尼斯（Fanesi）是意大利文艺复兴时期的一名劳工。
② 卡尔马尼奥拉（Carmagnola）是意大利文艺复兴时期的一位文化名人。

> And that got round in the crowd,
> And then a lieutenant of infantry
> Ordered'em to fire into the crowd
> …
> And they wouldn't,
> And he pulled his sword on a student for laughing
> And killed him
> …
> And there were some killed at the barracks
>
> （Pound 75）

战争爆发时，那里围满了人
……
他在人群里到处逃窜
然后来了一个步兵中尉
命令手下朝着群众开枪
……
他们不服从
他拿着剑刺向一个学生，大笑着
杀死他
……
还有一些人在营房被杀

  总之，庞德是20世纪英美文学史上极具艺术魅力且个性十足的作家，他不只是一位敢于破旧立新的意象派诗人，他还是一位勇于开拓创新的现代派诗人。他的史诗代表作《诗章》作为文本既具有克里斯蒂娃所说的互文性的特征，又具有巴赫金所阐述的文本对话和狂欢化的属性。庞德在《诗章》中呈现出来的一个鲜明的写作特色，就在于通过实践"日日新"的诗歌创作主张，积极借鉴和吸收维多利亚诗人布朗宁的"独白体"，并以自己独特的诗歌语言创造性地把它糅合在《诗章》的字里行间，化有形于无形之中。与此同时，他还通过镶嵌和撒播的方式把传统与现代、过去与当下、现实与想象、古典与浪漫等各种素材有机地荟萃其中，大胆地呈现他的所见、所闻、所想。多声部独白和蒙太奇式表达，更是以别具一格的方式，彰显了庞德的现代主义创作风格和诗歌特点。

第二节 《诗章》与惠特曼的自由体诗歌

自由体诗歌（free verse/vers libre）是一种"没有固定节拍或韵律规则的诗歌"①，美国加州大学伯克利分校詹姆斯·D. 哈特（James D. Hart）解释说，"自由体诗歌没有固定格律，只有比较松散的韵律节奏"②。自由体诗歌与传统诗歌的相似之处在于，它们都以"短诗的形式书写，不像散文那样连续起来"；区别是，作为具有开放形式的诗行，自由体诗歌突破了传统诗歌的局限，最显著的特点是它的节奏模式"没有形成规律的韵律形式——即音步，或以轻重音节单元循环出现"③。自由体诗歌的源头是《圣经》，其中 verse 一词是指《圣经》里的"一章"（chapter），意为"any one of the short numbered divisions of a chapter in the Bible"（《圣经》的节）④。广义的自由体诗歌包括詹姆斯国王钦定本圣经译文中的《诗篇》《所罗门之歌》等名篇，因为它们"模仿了英语散文的对句法和希伯来诗歌的韵律"，并与现代自由体诗歌在形式和风格方面有相近之处⑤。纵观欧美文学史，英国 18 世纪浪漫主义诗人布莱克（William Blake）、19 世纪诗人阿诺德（Matthew Arnold），法国 19 世纪象征主义诗人马拉美、魏尔伦、兰波，奥地利德语诗人里尔克（René Maria Rilke）等都曾在创作中背离传统、挑战约定俗成的格律。就美国诗歌而言，瓦尔特·惠特曼被认为是 19 世纪美国自由体诗歌的鼻祖。1855 年他自费出版《草叶集》（*Leaves of Grass*），因为"诗行采用长短多变的句式，不依赖音步的重复而借助节奏单元和言词语句和诗行的重复、平行及多变使诗句富于节奏感"⑥，不久便在欧美文坛引起轰动。美国超验主义之父爱默生称赞《草叶集》是"美国迄今做出的最不平凡的一个机智且睿智的贡献"

---

① 常耀信：《美国文学简史（第二版）》，南开大学出版社 2003 年版，第 88 页。
② James D. Hart, ed., *The Oxford Companion to American Literature* (5th ed.), Oxford: Oxford University Press, 1983, p. 264.
③ M. H. Abrams and Geoffrey Galt Harpham, *A Glossary of Literary Terms*, Beijing: Peking University Press, 2014, p. 142.
④ A. S. Hornby, et al., *Oxford Advanced Learner's English-Chinese Dictionary* (7th ed.), London: Oxford University Press, 2009, p. 2238.
⑤ M. H. Abrams and Geoffrey Galt Harpham, *A Glossary of Literary Terms*, Beijing: Peking University Press, 2014, p. 142.
⑥ M. H. Abrams and Geoffrey Galt Harpham, *A Glossary of Literary Terms*, Beijing: Peking University Press, 2014, p. 142.

(the most extraordinary piece of wit and wisdom that America has yet contributed),并祝贺惠特曼在"开启一桩伟大的事业":"我祝贺你在开启一桩伟大的事业,它无疑是从一个长远的背景出发的。"(I greet you at the beginning of a great career, which yet must have had a long foreground somewhere, for such a start.)① 到了 20 世纪二三十年代,惠特曼及其自由体诗歌大放异彩,"逐渐在美国、英国、法国、日本和中国等许多国家得到越来越广泛的传播与接受"②。在众多受惠特曼及自由体诗歌影响的现当代诗人中,庞德是具有代表性的一位,而且他的史诗代表作《诗章》有明显受其影响的痕迹。

一 惠特曼自由体诗歌影响下的《诗章》创作

美国诗歌评论家哈特在他的研究中发现,自由体诗歌"首先在惠特曼、斯蒂芬·克莱恩(Stephen Crane)等 19 世纪美国诗人的作品中得以呈现,于'一战'后得到广泛传播。较早使用该诗歌形式的作家包括意象派诗人(the Imagists)、桑德堡(Carl Sandburg)、马斯特斯(Edgar Lee Masters)、庞德以及卡明斯(E. E. Cummings)"③。

换言之,在诗歌创作的继承性方面,惠特曼是庞德的老师。尽管庞德渴望"日日新"并竭力使他的《诗章》标新立异且充满个性,然而作为"一部记录着西方文化的史诗,也是一部满载着个体经验的抒情诗"④,庞德不可能脱离欧美文学传统以及当时的历史和文化语境,更何况"惠特曼及其自由体诗歌对美国现代诗的影响巨大无比,已然成为美国文学传统的重要组成部分,任何后来诗人及其作品似乎都无法挣脱其影响"⑤。在前辈诗人惠特曼的影响下,庞德进行他的诗歌创作,并在《诗章》中以互文的方式艺术性地呈惠特曼式的(Whitmanesque)诗歌韵律、节奏和抒情模式,口语表达和开放结构,平民思想和道德意识。

---

① Justin Kaplan, "Introduction", in Walt Whitman, *Leaves of Grass*, New York: Bantam Books, 1983, p. xxi;中文译文参见李野光《惠特曼研究》,上海外语教育出版社 2003 年版,第 895 页。
② 刘树森:《中国的惠特曼研究:历史与现状》,《国外文学》2014 年第 2 期。
③ James D. Hart, ed., *The Oxford Companion to American Literature* (5th ed.), Oxford: Oxford University Press, 1983, p. 264.
④ 王晶石:《主体性、历史性、视觉性——论艾兹拉·庞德〈三十章草〉中"我"的多重性》,《国外文学》2019 年第 3 期。
⑤ Kenneth M. Price, ed., *Walt Whitman: The Contemporary Reviews*, Cambridge: Cambridge University Press, 1996, pp. 355–356.

(一) 惠特曼式的诗歌韵律、节奏和抒情模式

惠特曼的自由体诗歌不以抑扬格四音步 (iambic tetrameter)、抑扬格五音步 (iambic pentameter)、抑扬格六音步 (iambic hexameter) 等传统韵律作为情感抒发形式,而是呈现一种发自肺腑的、自由产生的韵律和节奏:"完美的诗的韵脚和均匀产生的诗的韵律,就像枝头的丁香或玫瑰那样跟着自然的节奏毫无拘束地长出蓓蕾,同时还像栗子、柑橘、甜瓜、梨那样构筑自己坚实的形状,并且散发出缥缈的香气来。"① 也就是说,"它的节奏只能从内部产生,在内部调整,而不能以某种形式从外部强加于它"②。对"纯我"的追求,与其说关系到某种自我中心主义,不如说反映了一种追求自由的意志③。惠特曼广为人知的《自我之歌》("Song of Myself")、《我歌唱一个人的自身》("One's-Self I Sing")、《红杉树之歌》("Song of the Redwood-Tree")、《英雄们的归来》("The Return of the Heroes") 等诗歌,都具有上述鲜明的韵律特点和节奏模式。为了呈现这些韵律和节奏,惠特曼会突破传统诗行的整齐划一,通过直接重复或间接重复某个词、某些词或词组以达到音乐的抑扬顿挫的效果或者舞蹈的高低起伏的美感。他甚至借助一些语法结构相似、意义相近的平行结构和并列结构,建构一种不依赖"韵律或形式的均匀"就可以自由抒发诗人内在的激情,最终使诗人的情感或情绪达到高潮④。

在《诗章》中,庞德也像前辈诗人惠特曼那样呈现一种自然产生的、基于个人气质和性格特点的韵律和节奏,通过使用短语、短句形成节拍,展现内心澎湃的激情和炙热的能量,有的放矢地借助《草叶集》里经常使用的"A/and"句式、"I"句式、"We"句式、"The"句式、"Who"句式以及它们的平行结构或并列结构等,宣泄他的所思、所想、所感,并以互文的方式呈现《诗章》的文本内容。譬如,在《诗章》第 6 章,庞德用四个并列的"And"句式形成音乐的节拍,呈现流动的意象,在奔放的氛围中描述一位骑士之子艾斯高尔特 (Sier Escort):

---

① [美]惠特曼:《〈草叶集〉初版序言》,载[美]惠特曼《草叶集》,李野光译,北京燕山出版社 2003 年版,第 870 页。根据原文,笔者对译文有细节方面的改动。
② 李野光:《惠特曼研究》,上海外语教育出版社 2003 年版,第 83 页。
③ 姜俊钦:《瓦莱里"诗化的自传"——〈纳喀索斯〉解读》,《广东外语外贸大学学报》2020 年第 5 期。
④ Kenneth M. Price, ed., *Walt Whitman: The Contemporary Reviews*, Cambridge: Cambridge University Press, 1996, p. 126;李野光:《惠特曼研究》,上海外语教育出版社 2003 年版,第 84 页。

> *And* he delighted himself in chancons
> *And* mixed with the men of the court
> *And* went to the court of Richard Saint Boniface
> *And* was there taken with love for his wife
>
> （Pound 22）

> 他哼着小曲自娱自乐
> 混在法庭的人物中间
> 走到理查德·圣·博尼法斯的法庭前
> 带着给妻子的满腔的爱站在那里

在《诗章》第11章，当庞德讲述意大利人文主义者西吉斯蒙德·马拉特斯塔的光辉事迹和历史故事时，也是用"A/and"的排比句式制造抑扬顿挫的音乐效果。并且，与惠特曼一样，他也不使用传统意义上注重音节、重音、头韵或者尾韵的韵律，而是以短语、短句为单元形成跌宕起伏的节奏：

> *And* the Lord Sigismundo had but mille tre cento cavalla
> *And* hardly 500 fanti (and one spingard)
> *And* we beat the papishes *and* fought them back through the tents
> *And* he came up to the dyke again
> *And* fought through the dyke-gate
> *And* it went on from dawn to sunset
> *And* we broke them *and* took their baggage
>
> （Pound 48）

> 西吉斯蒙德大人只有1300匹马
> 和不到500名步兵（另加一支火绳枪）
> 我们击败了天主教徒并迫使
> 他们回到驻地
> 他再次莅临堤坝
> 冲破堤坝闸门
> 堤坝从早到晚水流不息
> 我们击垮他们并拿走了他们的行囊

庞德甚至像惠特曼在《当傍晚时我听说》（"When I Heard at the Close of the Day"）、《给两个老兵的挽歌》（"Dirge for Two Veterans"）、《我梦见

我日夜爱着的他》（"Of Him I Love Day and Night"）、《再见!》（"So Long!"）等诗行里频繁使用的"I + A/and"句式及其平行结构来制造诗歌的音乐效果，形成立体的、动态的诗歌韵律和节奏。这里以《诗章》第 8 章为例，可看出"I + A/and"句式及其平行结构已在艺术层面成为庞德诗歌创作的重要抒情模式之一：

> ...*I* want it to be quite clear, that until the chapels are ready
> *I* will arrange for him to paint something else
> So that both he *and I* shall
> Get as much enjoyment as possible from it
> *And* in order that he may enter my service
> *And* also because you write me that he needs cash
> *I* want to arrange with him to give him so much per year
> *And* to assure him that he will get the sum agreed on
>
> （Pound 29）

……我想把它说得更清晰，好让教堂有所准备
我为他打点好，让他去画别的东西
目的是让他和我都可以
从那里获得足够多的快乐
也为他可以进入我的关照范围
当然也因为你写信给我，说他需要现金
我想和他一起安排此事，以便每年多给他些储备
并向他允诺，让他可以得到既定的那份

类似具有惠特曼风格的使用短语、短句形成节奏，通过重复某个词、某些词达到音乐的效果，借助一些平行结构或并列结构进行铺陈和描写的《诗章》章节还有很多，包括第 2 章（Pound 6 – 8）、第 5 章（Pound 17 – 20）、第 7 章（24 – 27）、第 9 章（Pound 34 – 37）、第 13 章（Pound 58 – 59）、第 14 章（Pound 61）、第 16 章（Pound 68 – 72）、第 18 章（Pound 80 – 83）、第 21 章（Pound 96 – 98）、第 22 章（Pound 104 – 105）、第 23 章（Pound 109）、第 41 章（Pound 202 – 203）、第 54 章（Pound 275）、第 80 章（Pound 516）、第 92 章（Pound 618）、第 97 章（Pound 672 – 673）等。纵观《诗章》的文本内容和艺术风格，庞德在《诗章》前 30 章比较明显地使用了惠特曼式的抒情技巧和表达方式，在后面的《诗章》

章节，虽然也不乏惠特曼式的激情和风格特点，但比起前 30 章，其抒情模式渐渐变得含蓄而隐蔽。这说明越是到后来的《诗章》写作，庞德越是不再拘泥于模仿，而是尽可能个性化地彰显自我，以凸显他的现代主义风格。

（二） 惠特曼式的口语表达和开放结构

惠特曼在《建国百周年版序言》（"Preface to the Edition of the 100th Anniversary of the Founding of America"）的注释中揭示，他书写"叶子"（leaves）的一个主要意图是，"要与神圣的宇宙法则一致地歌唱那个一般个性的法则"，用"日常实际生活中或碰巧成为普通农民、航海者、机械工、文书、工人或驾驶员"的语言，表达古老、永恒而又常新的话题①。阅读《向世界致敬!》（"Salut au Monde!"）、《横过布鲁克林渡口》（"Crossing Brooklyn Ferry"）、《大斧之歌》（"Song of the Broad-Axe"）、《各行各业之歌》（"A Song for Occupations"）、《一首波士顿歌谣——1854》（"A Boston Ballad—1854"）等诗篇，读者会发现惠特曼把他从西山、布鲁克林、东诺维奇、汉普斯特德、史密斯镇、坎登镇等地所接触到的，以及从华盛顿、费城、波士顿、查尔斯顿、新奥尔良等地民众那里习得的日常用语，有的放矢地写入诗集，并用口语的形式呈现在波澜壮阔且具有开放结构的诗行当中。李野光一语中的地说，惠特曼"重视从工地、农场和码头吸收词语，喜欢将俚语、土语、印第安语写入诗中，同时使用外来语，包括从新奥尔良拾来的法语，从意大利歌剧中学到的意大利语，以及个别的西班牙语单词。这说明诗人刻意要让自己的语言适应表现他的时代和不断吸收外来移民的多民族国家，以及他的'全人类友好'的理想"②。

庞德在抵制维多利亚诗歌那种多愁善感、看似高雅实际做作的文风时，主张"诗歌必须写得像散文那样好"，语言表达要尽量简洁和口语化，最好让每个词都带着情感的力量，有音乐的效果③，这与惠特曼提倡的诗歌写作可以"更灵活一些，更实用一些"，最好"打破散文与诗歌之间形式的壁垒"，让诗歌语言表达"飞向更加自由、广阔、神圣的散文天国中去"④ 的说法有异曲同工之妙。庞德甚至在《回顾》（"A Retrospect"）一文中提醒后来的诗人们不要为"凑足格律或完整嘈杂的音韵"硬塞一些

---

① ［美］惠特曼：《建国百周年版序言》，载［美］惠特曼《草叶集》，李野光译，北京燕山出版社 2003 年版，第 908 页。
② 李野光：《惠特曼研究》，上海外语教育出版社 2003 年版，第 82 页。
③ Xie Ming, *Ezra Pound and the Appropriation of Chinese Poetry: Cathay, Translation, and Imagism*, New York: Garland Pub, 1999, p. 179.
④ 李野光：《惠特曼研究》，上海外语教育出版社 2003 年版，第 83 页。

词，可借鉴口语表达自然、流畅的优势以呈现"流体性"的内容，不要把自由体诗歌变得"跟它之前的乏弱的古体诗一样啰嗦和冗长"①。

惠特曼在《草叶集》里融入大量普通民众的语言，其诗体结构也具有明显的开放性。与惠特曼的做法类似，庞德在《诗章》写作时也使用了个性化的口语表达和开放结构。譬如，在第 74 章，庞德因为在罗马电台抨击美国政府和军队、抨击美国总统和议员、公开支持法西斯头目希特勒和墨索里尼，犯下叛国罪，被意大利游击队员逮捕后关押在美军军纪训练集中营（US Army Disciplinary Training Center），他"从死囚室里仰望比萨的泰山"，听"水仍在西边流淌"，睹物思人，回忆过去，用非常口语化的语言写道：

> ... where with sound ever moving
> 　　　　　　　　　in diminutive poluphloisboios
> in the stillness outlasting all wars
> 　"La Donna" said Nicoletti
> 　　　　　　　　　"la donna
> 　　　　　　　　　　　　　la donna!"
> 　"Cosa deve continuare?"
> 　"Se casco" said Bianca Capello
> 　"non casco in ginnocchion"
> 　　　　　　　　　　　　　（Pound 447）
> ……那里的水哗哗地流
> 　　　　　　　在渐小的水声里
> 在比一切战争经久的死寂里
> 　"那女人"尼可勒蒂说
> 　　　　　"那女人，
> 　　　　　　　　那女人！"
> 　"为何一定要继续？"
> 　"若我倒下"白安卡·加贝洛说，
> 　"也不下跪"
> 　　　　　　（黄运特译）

---

① ［美］伊兹拉·庞德：《回顾》，载［美］伊兹拉·庞德《庞德诗选——比萨诗章》，黄运特译，张子清校订，漓江出版社 1998 年版，第 222 页。

第四章 《诗章》现代主义风格的模仿与创造

在极为恶劣的环境中,庞德生不如死,通过追忆往事获得些许慰藉。这里的口语表达既像是他的喃喃自语,又像是自我真情实感的外在流露——当然,这也暴露了他放荡不羁的性格、顽固不化的思想以及对自己当下命运的"不屈服""不认罪",即"若我倒下……/也不下跪"。接着在《诗章》第81章,庞德借助日常口语和开放式结构写道:

    "You the one, I the few"
     said John Adams
  speaking of fears in the abstract
    to his volatile friend Mr Jefferson
 (To break the pentameter, that was the first heave)
or as Jo Bard says: they never speak to each other
if it is baker and concierge visibly
    it is La Rouchefoucauld and de Maintenon audibly
"Te cavero le budella"
    "La corata a te"
             (Pound 538)

    "你一个,我一群。"
     约翰·亚当斯说,
对他反复无常的朋友杰弗逊先生
  谈及抽象的恐惧
(打破五音步,此为首举)
或如约·巴德所说:他们彼此从不对话,
若他们看起来像面包师和旅店接待员
    他们说起话来却像鲁舍富科尔德和曼特农。
"我要你的命。"
    "我要你的。"
           (黄运特译)

在该例证中,庞德口语化的表达更具鲜明特色:他不仅直接转述普通民众生动的口语、复活历史人物的言谈,而且还通过互文方式把自己的诗歌革新主张镶嵌在诗行里面,达到"一石击二鸟"的美学效果,即"打破五音步,此为首举",意思是说"打破音节格律的限制,采用日常口语"(Pound 538)。在接下来的诗行中,庞德还把好友的调侃以及古希腊

135

口头传唱的民谣以戏仿的形式呈现出来，再次强化他提出的诗歌写作要引入日常口语、切勿矫揉造作的创作主张：

> said Henry Mencken
> "Some cook, some do not cook
>   some things cannot be altered"
>   …
>   "doan yu tell no one I made it"
>   from a mask fine as any in Frankfurt
>   "It'll get you off ' n th' grou."
>   （Pound 538–539）

亨利·门肯说
"有些人做饭，有些人不做
    有些事情无法改变。"
  ……
    "跟谁也甭提是俺做的"
        声音来自面具，它和收藏在法兰克福的任何一张一样
"有它你就不用坐在地上了。"

（黄运特译）

除了以上例子，庞德在《诗章》中出现的惠特曼式的口语表达和开放结构还有很多，全书117首诗章几乎每一个小节都会出现口语化的言语表达，其结构也做到了开放和自由，似乎口语化表达和开放式书写本来就是《诗章》的艺术特色。然而，与前辈诗人惠特曼相比，庞德的语言书写显得晦涩难懂且个性十足，因为即使是同样采用了口语体，庞德除了使用英语还会时不时地嵌入古希腊语、拉丁语、普罗旺斯语、意大利语、法语、德语、西班牙语，甚至是汉语、日语等，而且还有多种语言的杂糅和混合，这就给普通读者造成意想不到的阅读障碍，不像惠特曼的自由体诗歌和口语表达那样浅显易懂。不仅如此，庞德在《诗章》中的口语表达和诗歌形式显得比较随意，具有诸多不确定性，彰显了他作为现代主义诗人的叛逆和不拘一格。当然，除了惠特曼，乔叟（Geoffrey Chaucer）、华兹华斯（William Wordsworth）、朗费罗（Henry Wadsworth Longfellow）、爱伦·坡等诗人对庞德诗歌创作中的口语化表达和开放式结构，也起到潜移默化的影响和作用。

（三）惠特曼式的平民思想和道德意识

1855年，惠特曼在《〈草叶集〉初版序言》（"Preface to the First Edition of *Leaves of Grass*"）中写道，"别的国家通过它们的代表来显示自己……但是合众国的天才表现得最好最突出的不在行政和立法方面，也不在大使或作家，高等学校或教堂、客厅，乃至它的报纸或发明家……而是常常最突出地表现在普通人民之间。他们的礼貌、言谈、衣着、友谊——他们容貌的清新和开朗——他们那多姿多彩而散漫不羁的风度……"都是不押韵的诗，"等待着与它相称的大手笔来充分描写"①。身为民族诗人，惠特曼把自己视为普通民众的一员，他带着强烈的责任心和责任感号召"美国诗人们要总揽新旧，因为美利坚是一个多民族的民族"，还说"作为它们的一个诗人要同这整个民族相称才行"②。于是，他把自己的平民思想和道德观念融合在他的诗行里面，饱含激情地在《从巴曼诺克开始》（"Starting from Paumanok"）里歌颂草原上的居民、兵营里的士兵、加利福尼亚的矿工、数不胜数的群众，还有人道主义者们，因为"我"既是诗人又是"偏于信任品质和民族的人，/我从人民中出发，带着他们的精神前进"③；在《回答者之歌》（"Song of the Answerer"）里歌颂城市里的建筑工人、海上航行的水手、工厂里的机械工、甘蔗田里锄地的兄弟、咖啡馆里的服务员，还有妓女、暴徒和乞丐，让诗人去"安排正义、真实和不朽"④；在《开拓者！啊，开拓者！》（"Pioneers! O Pioneers!"）里歌颂晒黑脸的孩子们、西部的年轻人、来自沟壑的猎人、战斗的妇女和所有陆地上的居民，说"我也在其中，连同我的灵魂和肉体"⑤……作为世界万象的目击者、亲历者和书写者，作为劳动人民的一员，惠特曼的平民思想和道德意识由此可见一斑。

惠特曼通过《草叶集》宣扬的各种平民思想和道德意识，包括民主、平等、自由的精神和独立、友善、仁爱的观念，深深影响了后辈诗人。庞德在《阅读ABC》里有一节专论惠特曼，认为他"确实传达了他的时代的一个意象，他写出了 histoire morale（道德史）"，所以"彻底享受惠特

---

① ［美］惠特曼：《〈草叶集〉初版序言》，载［美］惠特曼《草叶集》，李野光译，北京燕山出版社2003年版，第865—866页。
② ［美］惠特曼：《〈草叶集〉初版序言》，载［美］惠特曼《草叶集》，李野光译，北京燕山出版社2003年版，第866页。
③ ［美］惠特曼：《草叶集》，李野光译，北京燕山出版社2003年版，第30—45页。
④ ［美］惠特曼：《草叶集》，李野光译，北京燕山出版社2003年版，第229—234页。
⑤ ［美］惠特曼：《草叶集》，李野光译，北京燕山出版社2003年版，第305—309页。

曼的唯一方式是专注于他的根本意义"。庞德还补充说,读者"可以从惠特曼这里学到比任何其他作家中无论是谁的(思想观念)都要多"①。与惠特曼相似,庞德在《诗章》里也通过各种书写方式传达他的平民思想和道德观念。譬如,庞德接受中国孔孟儒学中"泛爱众,而亲仁""民为贵,社稷次之,君为轻"的"民本"思想,在《诗章》第4章就以互文的方式说,"没有什么风是帝王之风"(Pound 15-16);在第13章,庞德转述孔子关于"秩序"的观点,并阐发他对国家和社会良好秩序的向往以及对人民安居乐业的诉求,说"如果一个人的内心深处没有秩序,/他就不可能把秩序带给周围人;/……/如果君王在内心深处没有秩序,/他就不可能在他的属地推行秩序"(Pound 59);在第60章,庞德聚焦于在位61年的中国清代皇帝康熙,赞扬他心系百姓、追求正义、实施仁政,实现了"万民康宁、天下熙盛"的繁荣景象(Pound 352-353)。

出于对底层人民的关心和同情,庞德反对西方资本主义社会里各种形式的高利贷剥削和压榨——"恶根在于高利贷和转换货币"(the root stench being usura and METATHEMENON)(Pound 501)。譬如,在《诗章》第78章,庞德希望金钱分配和物质分配能够"以完成的工作为基础,以人们的需要为准绳",并犀利地指出:

> Geneva the usurers' dunghill
>   Frogs, brits, with a few dutch pimps
> as top dressing to preface extortions
>   and the usual filthiness
> ...
> the root stench being usura and METATHEMENON
>   (Pound 501)
>
> 日内瓦,高利贷者的粪堆
>   青蛙,英国佬,和几位荷兰皮条客
> 做盘上装饰以准备敲诈
>   与常见的肮脏勾当
> ……
> 恶根在于高利贷和转换货币
>   (黄运特译)

---

① [美]埃兹拉·庞德:《阅读ABC》,陈东飚译,译林出版社2014年版,第257页。

资本主义社会里的放高利贷者和银行主无视普通民众的根本利益和生存状况，只看重金钱，唯利是图，压榨和剥削成为他们的本性。他们不仅搅乱了国民经济发展，而且破坏了社会秩序和安定团结。对此，庞德深恶痛绝。其实，早在《诗章》第45章和第51章，他就曝光了高利贷以及转换货币的种种罪恶，说高利贷"杀死子宫里的胎儿"，"把疯瘫带上床"，"拆散年轻人的姻缘"，"违背大自然（Nature）的生长"（Pound 230，250）。在《比萨诗章》里，他又从上层的国家层面和下层的百姓层面考虑现实问题，认为"若在宏观上盗窃是/政府的主要动机/则肯定会有小偷小摸"（Pound 502）。对于故土美国所犯下的种种错误，他也痛心疾首。于是，他站在平民百姓的角度，义正词严地告诫美国议员和政府，是时候正视现实，反省自己，以告别"该死的目空一切的时代"（Pound 556）。否则，就会面临：

> in short/the descent
> has not been of advantage either
>   to the Senate or to "society"
>   or to the people
>   （Pound 556）

简而言之/堕落
这对参议会或"社会"
   或对人民
      都没有好处
      （黄运特译）

相比较而言，惠特曼带着积极、开朗、乐观的心态在《草叶集》里阐发他的平民思想和道德意识，因为纵观他所生活的那个时代，美国在政治、经济、文化、艺术等各个层面都处于蓬勃发展的阶段，所有的一切似乎都充满可能性并带给他希望和憧憬；而庞德生活在新旧社会转型、国际局势动荡、美国政治和经济格局存在诸多不确定性的历史条件下，加上他本人亲历第一次世界大战和第二次世界大战，目睹过许多荒原式的景象，他的精神世界不可能"静如止水"，所以，他习惯于带着批判的态度与犀利的眼光对待和审视他生活过的时代及其人与事。很多时候，他自己甚至陷入悲观而不能自拔，致使他的平民思想和道德意识不可避免地产生某种悲壮的味道，流溢出一些沉重的色彩。

二 庞德在《诗章》中模仿惠特曼自由体诗歌的矛盾心态

尽管庞德在模仿惠特曼，但是他对惠特曼的个人情感从一开始就表现得复杂又纠结。在评述普罗旺斯诗歌传统时，庞德有一句话非常值得玩味，"在普罗旺斯有一个传统，采用一个人的形式被视为剽窃，正如今天采用他的主题或情节被视为剽窃一样"①，由此可以推断他对于惠特曼及自由体诗歌的态度。正是认识到这一点，庞德在《诗章》中模仿的不应该是惠特曼这一位作家，而是一群作家。他甚至向读者提出了一个犀利的问题："华尔特·惠特曼的作品有多少是写得好的？"（How much of Walt Whitman is well written?）② 对此，他没有直截了当给出答案，倒是在后来专论惠特曼的部分毫不客气地批评前辈诗人语言不规范："如果你坚持要剖析他的语言，你将很可能发现它是错的……他间歇性地因循这个、那个或别的；零星地扯进一点点'常规的'韵，使用一点点文学语言，把他的形容词放置在口语里，而不是它们该待的地方。"③ 庞德甚至质疑惠特曼于1856年8月在《致爱默生》的信里提出的"美国将保持粗犷和开阔"④ 的诗学观点，并且在后来的随笔中重申他"对惠特曼的奇特感觉"（"what I feel about Walt Whitman"）：

> 在大西洋沿岸的这个角落，我生命中第一次读到惠特曼的作品……我把他视为美国的诗人（America's poet）……他就是美国。他的粗犷显示出一种伟大和丑陋，然而那就是美国……他让人生厌。他像是一粒让人难以下咽的药丸，但是他出色地完成了他的使命……我要表达的关键部分都直接取自美国的汁液和血脉，正如从他那里摄取的东西一样……私下里，我或许应该非常愉悦地呈现他作为我精神上的父亲（my spiritual father）的那种亲密关系。我还有更加意气相投的先辈——但丁、莎士比亚、忒俄克里托斯、维伦；然而，（与他们的那种）血

---

① [美]埃兹拉·庞德：《阅读ABC》，陈东飚译，译林出版社2014年版，第54页。
② Ezra Pound, *ABC of Reading*, New York: New Directions, 1960, p.79；另参见[美]埃兹拉·庞德《阅读ABC》，陈东飚译，译林出版社2014年版，第65页。
③ [美]埃兹拉·庞德：《阅读ABC》，陈东飚译，译林出版社2014年版，第257页。
④ [美]惠特曼：《致爱默生》，载[美]惠特曼《草叶集》，李野光译，北京燕山出版社2003年版，第888页。

统联系却很难建立。①

庞德把惠特曼视为"美国的诗人"是一种肯定,把他视为"精神上的父亲"也是一种崇敬。但是,当庞德说"他就是美国"、他就是美国的象征时,暗含一种讥讽和不满,因为"他的粗犷显示出一种伟大和丑陋","他让人生厌"。而且,对于除美国以外的读者来说,如果他们把惠特曼等同于美国,那将是一个巨大的误解、一种认知性错误。一方面,庞德承认惠特曼的诗学贡献,说他"出色地完成了他的使命"并成为"美国的汁液和血脉"的组成部分,但是另一方面,又说他是"一粒让人难以下咽的药丸"。这充分暴露了庞德在处理惠特曼的文学地位、诗学贡献及其影响的问题上,存在不可调和的矛盾心态。

庞德的这种矛盾心态还反映在《诗章》创作中。在他眼里,惠特曼就是一位普通人,"惠特曼喜欢吃牡蛎/至少我想是牡蛎"(Pound 515);他也不是什么神话和传奇,"那来自死亡之门:惠特曼或洛夫莱斯/在那边的茅厕座位边找到/便宜版本"(Pound 533)。然而,他确实代表美国传统:"传统住在此地,就像惠特曼住在坎登。"(Pound 528)作为先驱和前辈诗人,庞德承认惠特曼在英美民众心中拥有的广泛影响力,正如他在《诗章》第82章中以互文的手法所暗示的那样:"'啊!在丹麦即使农民都晓得他。'/指惠特曼,奇异的,充满疑惑/离坎登四里路的地方。"(Pound 546)紧接着,他用惠特曼式的激情在自己的诗行中镶嵌了两句带有指涉性的文字:"啊,浑浊的反光!/啊,歌呦,啊,跳动的心!"(Pound 546)这是从惠特曼《从那永远摇荡的摇篮里》("Out of the Cradle Endlessly Rocking")一诗中直接摘录的诗句:"O troubled reflection in the sea! / O throat! O throbbing heart!"② 具有明显的语义互文效果。

其实,早在1916年庞德31岁时,他就写过一首题为《约定》("A Pact")③ 的诗,已流露出他对惠特曼及其自由体诗歌在接受层面的矛盾心态:

> I make a pact with you, Walt Whitman—
> I have detested you long enough.

---

① Ezra Pound, *Selected Prose 1909–1965*, William Cookson, ed., London: Faber & Faber, 1973, pp. 115–116.
② Walt Whitman, *Leaves of Grass*, New York: Bantam Books, 1983, p. 203.
③ 张伯香主编:《英美文学选读》,外语教学与研究出版社2009年版,第559—560页;吴伟仁编:《美国文学史及选读(2)》,外语教学与研究出版社2013年版,第131页。

> I come to you as a grown child
> Who has had a pig-headed father;
> I am old enough now to make friends.
> It was you that broke the new wood,
> Now is a time for carving.
> We have one sap and one root—
> Let there be commerce between us.
>
> 我要与你签一份约定，瓦尔特·惠特曼——
> 我已怨恨你许久。
> 我作为长大的孩子来到你面前，
> 那孩子拥有头脑顽固的父亲；
> 我已长大，可以广交朋友。
> 是你伐下新木，
> 现在是需要雕琢的时刻。
> 我们拥有相同的叶脉、根系——
> 让我们之间展开交流。

在这只有九行的短诗中，庞德直言不讳地声称要与前辈诗人惠特曼签署一份《约定》。庞德说他怨恨惠特曼许久，一个重要原因是他对惠特曼的自由体诗歌拖沓冗长的抒情方式和内容感到不满。在庞德看来：惠特曼的诗歌无异于"情绪喷射器"；他在诗歌写作以及语言表达方面显得粗俗、浅薄，却在无形中影响着其他人；惠特曼的"自由体诗已变得跟它之前的乏弱的古体一样啰嗦冗长……塞进一些字词以凑足格律或完整嘈杂的音韵"[1]。然而，庞德又不得不承认：在前辈诗人惠特曼面前，他只能算是一个"长大的孩子"。要想超越惠特曼，要挣脱这位"头脑顽固的父亲"对他的精神束缚，庞德希望在不断的探索和努力后，能够足够地成熟，"可以广交朋友"，以获得诗歌创新的突破口。他认可前辈诗人的文学地位：作为"新木"（new wood）的砍伐者，惠特曼曾以非凡的魄力、勇气和决心给19世纪美国民族诗歌带来希望和力量。作为后辈诗人，庞德自知倘若要有所作为，就应该在新的时代语境下去"雕琢"前辈诗人已经完成的工作，即伐下"新木"，使粗糙和丑陋变得精致和华美。更重要的是，庞德意识到

---

[1] ［美］伊兹拉·庞德：《回顾》，载［美］伊兹拉·庞德《庞德诗选——比萨诗章》，黄运特译，张子清校订，漓江出版社1998年版，第222页。

第四章 《诗章》现代主义风格的模仿与创造

他与惠特曼"拥有相同的叶脉、根系",即他们拥有共同的历史传统和文化命脉,这决定了他们之间必然存在不可剥离的关系,需要互相妥协和认同,需要理性地对话和沟通。所以,庞德语重心长地对"头脑顽固的父亲"说,"让我们之间展开交流"(Let there be commerce between us)。为了表达作为晚辈和后来诗人的诚意,庞德在这里采用了惠特曼式的自由诗体,用《自我之歌》中的"我"(I)的慷慨激昂和直抒胸臆,在《约定》中引吭高歌,激情地与惠特曼进行对唱。《约定》中连续四行首句出现的"I"以及一个与"I"有密切关联的"who",一起与"you""we""us"交汇成节奏和谐的共鸣曲。这首和谐的共鸣曲是庞德向惠特曼学习和致敬的结果,也是庞德打算挣脱他的影响,带着前辈诗人未完成的使命"雕琢""新木"的决心书。在后来的诗歌创作中,庞德念念不忘他与"头脑顽固的父亲"签署的《约定》,执着坚定地进行尝试,直到把自由体诗歌形式发挥得淋漓尽致,完全具备现代主义品格。当然,与惠特曼的自由体诗歌存在的本质性不同在于,庞德杂糅并融合了意象派诗歌的现代主义叛逆因素,使诗歌表现形式更加自由和富有张力,而且更多地考虑了诗歌所要彰显的文本意义和诗学价值①。事实证明,带有现代主义诗学印记的自由体诗歌(vers libre)形式,似乎更符合庞德设计的诗歌蓝图②。

总之,惠特曼的《草叶集》和庞德的《诗章》都是自由体诗歌的典范。在前辈诗人惠特曼及其自由体诗歌面前,后辈诗人庞德曾表现出深深的焦虑,这也是布鲁姆所说的"影响的焦虑"③。在影响的焦虑中,庞德书写着他的鸿篇巨制《史诗》。作为一部展示东西方文明和文化的史诗,也作为一部书写个体生命价值和思想观念的史诗,《诗章》对惠特曼自由体诗歌的模仿表现出两面性:一方面,《诗章》呈现了惠特曼式的韵律、节奏和抒情模式,也以互文的方式展现了惠特曼式的口语表达、开放结构以及平民思想和道德意识;另一方面,《诗章》暴露了庞德作为后辈诗人的矛盾且复杂的诗学心态:他承认惠特曼及其自由体诗歌的价值,但同时也通过《诗章》创作暗示读者,《诗章》里呈现的自由体与《草叶集》书写的自由体有着本质上的不同,即《诗章》里的自由体已经脱胎换骨,具备了现代主义的品格和艺术特色。

---

① 常耀信:《美国文学简史(第二版)》,南开大学出版社 2003 年版,第 159—161 页。
② 张伯香主编:《英美文学选读》,外语教学与研究出版社 2009 年版,第 559 页。
③ Harold Bloom, *The Anxiety of Influence: A Theory of Poetry*, New York & London: Oxford University Press, 1973, p. 30.

第三节 《诗章》与叶芝的象征主义诗歌

讨论《诗章》与叶芝象征主义诗歌的关系,或者说讨论美国诗人庞德对爱尔兰大诗人叶芝(William Butler Yeats)的象征主义诗学风格的模仿与超越,需要我们把它们二者之间极微妙的关系置于象征主义诗歌和整个意象派诗歌发展历程的大背景之中。

一般认为,象征主义(Symbolism)首先在法国兴起,19世纪末风行欧洲。《牛津英国文学辞典》(The Oxford Companion to English Literature,1998)认为,象征主义是欧美现代主义文学中出现最早、影响最大的文学流派之一,是对"现实主义和自然主义文学的回应"(a reaction against realist and naturalist tendencies)[1]。对于其产生和发展的历史过程,学界认为该流派"滥觞于美国诗人爱伦·坡(1809—1849),奠基于法国诗人波德莱尔(1821—1867),成熟于马拉美(1842—1898),完善于瓦莱里(1871—1945)"[2],而叶芝的出现则意味着西方象征主义诗歌达到了另一个巅峰。意象派(Imagism)比象征主义流派出现时间要晚,大概是在1908年前后,之后经历了三个发展时期:(1)1908—1912年的准备期,代表人物是英国剑桥天才诗人T. E.休姆和曾研究法国象征主义诗歌的自由体诗人F. S.弗林特;(2)1912—1914年的繁荣期,代表人物是美国诗人庞德;(3)1914—1917年的衰败期,代表人物是"个性十足的"美国波士顿女诗人洛厄尔[3]。意象派最为人津津乐道的成果,就是"意象派三原则":(1)直接处理"事物",无论主观还是客观;(2)绝不使用无济于呈现事物的词语;(3)至于节奏,创作要依照乐句的排列,而不是依照节拍器的机械重复[4]。客观地说,意象派虽然存

---

[1] Margaret Drabble, The Oxford Companion to English Literature, Oxford: Oxford University Press, 1998, p. 956.

[2] 杨思聪:《感应与冥合:中西象征主义诗论比较》,《西南师范大学学报》(人文社会科学版)2000年第6期。

[3] 刘海平、王守仁主编:《新编美国文学史(第三卷,1914—1945)》,杨金才主撰,上海外语教育出版社2002年版,第58—81页。

[4] Ezra Pound, The Literary Essays of Ezra Pound, T. S. Eliot, ed., New York: New Directions, 1968, p. 3; Hugh Kenner, The Poetry of Ezra Pound, Lincoln & London: University of Nebraska Press, 1985, p. 56; 中文译文参见[美]伊兹拉·庞德《回顾》,载[美]伊兹拉·庞德《庞德诗选——比萨诗章》,黄运特译,张子清校订,漓江出版社1998年版,第221页。对照原文,笔者对译文有改动。

在时间短暂，但是影响却非常深远，被认为是"美国文学史上开拓出最大前景的文学运动"①。

象征主义流派和意象派具有一些共性。譬如，它们都曾属于历史上的革新派；对传统文学中脱离社会实际、无病呻吟、毫无生气的文风比较鄙夷；希望借助某种具体的形象，并通过与"原始信念"之间建立某种联系，把主观思想投射在客观事物之上；等等②。

但是，二者之间的差异性似乎更为显著。一方面，它们的哲学基础不同。象征主义诗人以叔本华（Arthur Schopenhauer）、尼采（Friedrich Wilhelm Nietzsche）等哲学大师的"非理性主义哲学思想"为基础；而意象派则是以柏格森的"直觉主义"和弗洛伊德的"潜意识"理论为基础。另一方面，二者的诗学主张不同。象征主义诗人主张把外在的现象世界和内在的心灵世界通过暗示、通感等方式进行嫁接，使艺术世界和现实世界在象征主义手法的观照下实现契合和统一。不过，该过程也充分暴露了其缺点，即诗歌表达过于晦涩、抽象和神秘，往往让人感觉不知所云。意象派诗人反对晦涩、神秘的"矫揉造作之诗"，提出"要写硬朗清晰的诗，不写模糊的不确定的诗"，"更接近骨头……尽可能变得像岩石那样，它的力量在于它的真实……质朴、直率，没有感情上的摇曳不定"③。意象派诗人的诗歌主张，明显是针对象征主义诗歌风格的缺陷与不足提出来的，是对象征主义诗人诗歌主张的颠覆与反拨。在实践层面，意象派诗人希望通过"苟日新，日日新，又日新"的艺术创作形式，实现对象征主义诗歌的改造和超越。不过，意象派诗人在前期必须以谦卑的态度对象征主义诗歌进行学习和模仿——这从以庞德为代表的意象派诗人对象征主义诗学观念的认知、接受以及后来在态度方面的"蜕变"，可以窥知。

美国意象派诗歌领袖庞德在成名之前，曾对象征主义怀有崇高的敬意，并且有一段时间还是象征主义"热情澎湃的"模仿者④。不过到后来，庞德对象征主义进行了质疑和批判，他公开声称：诗歌必须摒弃带有浪漫主义风格的烦琐比喻，绝不做"情绪喷射器"，而要做"情绪方程

---

① 马贺兰：《"意象派"与"朦胧诗"》，《信阳师范学院学报》（哲学社会科学版）1988年第2期。
② 户思社：《法国象征主义诗歌的思与辩》，《外语教学》2007年第3期。
③ ［美］伊兹拉·庞德：《回顾》，载［美］伊兹拉·庞德《庞德诗选——比萨诗章》，黄运特译，张子清校订，漓江出版社1998年版，第221—225页。
④ Hugh Kenner, *The Pound Era*, Berkeley: University of California Press, 1971, p.190.

式"。庞德的目的,是努力尝试"用一种新的现代,去替换一种自身出了毛病的文明体系"①。虽然庞德是在做除旧布新的尝试和努力,但是有研究者认为,庞德其实是在重复"爱尔兰象征主义大师"叶芝的诗体风格与创作理念②。这也反映在庞德早期的诗歌创作、他的诗歌理论创建以及中后期的《诗章》写作中。

一 叶芝的象征主义与庞德早期的诗歌创作

叶芝在他的《散文集》(Essays, 1924) 里曾经宣称:"象征主义事实上是不可见的、本源的、唯一可行的表达方式,是燃烧着精神火焰的、透明的灯。"③ 在象征主义理论的光照下,叶芝创造了一系列具有鲜明艺术特色的、风格卓越的意象,如"芦苇""天鹅""树林""头盔""玫瑰""蝴蝶""阶梯""塔楼""月亮""苹果花"等。这些意象镶嵌在他的多部诗集中,如《苇塘之风》(The Wind Among the Reeds, 1899)、《七片树林里》(In the Seven Woods, 1904)、《绿色头盔及其他》(The Green Helmet and Other Poems, 1910)、《职责》(Responsibilities, 1914)、《塔楼》(The Tower, 1928)、《旋转的阶梯》(The Winding Stair, 1929)、《三月里的圆月》(A Full Moon in March, 1935) 以及《最后的诗及两部戏剧》(Last Poems and Two Plays, 1939)。尤其是在他的《塔楼》中,汇集了意象极其丰富的诗,如《驶向拜占庭》("Sailing to Byzantium")、《塔楼》("The Tower")、《丽达与天鹅》("Leda and the Swan")、《在学童中间》("Among School Children")、《内战冥思》("Meditations in Time of Civil War") 等,它们无疑成为叶芝《诗歌的象征主义》的一个注脚:一方面,叶芝通过具体事物展现"燃烧着的精神",以体现与原初思想的内在联系;另一方面,叶芝从宏观方面努力把昔日辉煌灿烂的古希腊、古罗马文明与爱尔兰民族传统相结合,实现爱尔兰文化传统的再创造④。叶芝的这些创作思想和诗歌风格潜移默化地影响了庞德。

自从1908年庞德定居伦敦成为远游他乡的"自我放逐"的诗人,缪

---

① Daniel Hoffman, *Harvard Guide to Contemporary American Writing*, Cambridge: Harvard University Press, 1979, pp. 464 – 465.
② Hugh Kenner, *The Pound Era*, Berkeley: University of California Press, 1971, pp. 190 – 191.
③ William Butler Yeats, *Essays*, London: Macmillan, 1924, pp. 141 – 142.
④ William Butler Yeats, *Essays*, London: Macmillan, 1924, pp. 141 – 142.

斯女神似乎特别眷顾庞德,并赋予他无穷无尽诗歌创作的灵感。在此期间,庞德如痴如醉地阅读叶芝的象征主义诗歌,对他充满意象的诗歌推崇备至,尤其羡慕叶芝能够随心所欲地运用古希腊、古罗马神话中已经约定俗成的人物形象和意象,然后别出心裁地将充满象征意义的意象镶嵌在自己诗歌的字里行间,以全面调动读者的"原型意识"。1913—1916年,即评论界所说的"在苏塞克斯郡石头屋的岁月里"(in the Stone Cottage years in Sussex),庞德心甘情愿地充当了叶芝的私人秘书和诗歌伙伴[①],并且跟他攀上了"亲戚":在庞德跟叶芝相处的第二年,即1914年,庞德与多萝西·莎士比尔(Dorothy Shakespear)结婚,而庞德新婚妻子的表姐正是叶芝的夫人。这似乎使庞德与叶芝的关系变得更加非同一般。在与叶芝频繁的接触中,庞德受到叶芝全面而深刻的影响,在某些方面可以用根深蒂固来形容。

在诗歌创作方面,尤其是庞德于1908—1920年间书写的诗歌,有不少明显具有象征主义的神韵。1912年,他发表的《归来》("The Return")一诗,就是一个典型代表。该诗闪烁着象征主义的光辉:

> 看,他们归来了;啊,看那犹豫的
> 动作,还有那迟缓的步伐
> 烦恼在脚步中,在摇摆不定的
> 晃动里!
>
> 看,他们归来了,一个跟着一个,
> 带着恐惧,半寐半醒;
> 好像雪花迟疑飘动
> 在风中低语,
>   翻转回旋;
> 这些曾是"威严的带翅天使",
>   神圣不可侵犯。
>
> 步履如飞的众神哟!

[①] Thomas F. Grieve, *Ezra Pound's Early Poetry and Poetics*, Columbia and London: University of Missouri Press, 1997, pp. 69-70; Also see Stephen Greenblatt, ed., *The Norton Anthology of English Literature*, New York & London: W. W. Norton & Company, 2006, pp. 2386-2389.

追随他们的是银色的猎犬，
　　　嗅着空中的留痕！
嗨！嗨！
　　这些是痛苦的雨燕，
这些是敏锐的猎犬；
这些是带血的灵魂。
戴着枷锁缓慢行走，
　　苍白的戴着枷锁的人！①

该诗被认为是庞德早期诗歌中"最具象征主义风格的作品"②。里面出现了许多"叶芝式的"意象（"Yeatsian" images），譬如"犹豫的动作""迟缓的步伐""摇摆不定的晃动""雪花""威严的带翅天使""银色的猎犬""空中的留痕""痛苦的雨燕""敏锐的猎犬""戴着枷锁的人"等。这些意象彰显着象征主义特色，与叶芝在《绿色头盔及其他》《塔楼》《旋转的阶梯》等诗集中出现的意象，有异曲同工之妙。赵毅衡先生说，该诗巧妙使用"希腊神话模糊的形象（而不是直接搬用希腊神话）"，并通过"自由诗的形式""巧妙地调动西方的原型意识"③，这也从一个侧面有力印证了庞德是在模仿和学习叶芝的象征主义诗歌特色及作诗法。叶芝这位当时声名显赫的大诗人也非常欣赏《归来》，认为庞德这首与他风格接近的诗是"用自由体写成的最美的诗"；不过，叶芝同时指出，该诗似乎是庞德从"一首希腊的名篇"翻译过来的④。此外，庞德于1920 年发表的《休·赛尔温·莫伯利》（"Hugh Selwyn Mauberley"）一诗，也明显具有叶芝式的象征主义风格。譬如，在该诗第二节刚开始部分，庞德提到的那个带着神秘色彩的"形象"（image）以及"模糊不清的遐思梦想"（the obscure reveries）⑤：

---

① 该诗原文参见 Christine Froula, *A Guide to Ezra Pound's Selected Poems*, New York: New Directions, 1983, p. 42；译文参见郭英杰《模仿与超越——庞德对叶芝象征主义风格的习得性研究》，《北京第二外国语学院学报》2015 年第 12 期。
② 赵毅衡：《诗神远游：中国如何改变了美国现代诗》，上海译文出版社 2003 年版，第 261 页。
③ 赵毅衡：《诗神远游：中国如何改变了美国现代诗》，上海译文出版社 2003 年版，第 261—262 页。
④ Peter Brooker, *A Student's Guide to the Selected Poems of Ezra Pound*, London: Faber & Faber, 1979, pp. 80 – 81.
⑤ Alexander W. Allison, et al., *The Norton Anthology of Poetry* (3rd edition), New York & London: W. W. Norton & Company, 1983, p. 577.

> The age demanded an image
> Of its accelerated grimace,
> Something for the modern stage,
> Not, at any rate, an Attic grace;
> Not, not certainly, the obscure reveries
> Of the inward gaze
> ……
>
> 这个时代需要一种形象
> 去展现它加速变化的怪相,
> 特别需要适合现代的舞台,
> 而不是,故作典雅的模样;
>
> 不,当然不是,只凝视内心世界的
> 模糊不清的遐思梦想
> ……

庞德的早期诗歌作品除了《归来》《休·赛尔温·莫伯利》,还有《树》("The Tree")、《白色的牡鹿》("The White Stag")、《物体》("An Object")、《画像》("Portrait")等,它们都具有叶芝的象征主义风格。虽然在叶芝诗歌创作的后期,庞德曾指出叶芝的诗歌越来越显得"过分晦涩,象征、暗示和典故的运用导致诗歌感觉的迟钝与审美的过分朦胧"①,并且调侃式地感慨"美是困难的"(Beauty is difficult)(Pound 464),但是,叶芝曾经充当庞德的导师,同时在庞德早期的诗歌创作方面给过他全面且深刻的影响,却是不争的事实。

二 叶芝的象征主义与庞德诗歌理论的创建

作为一个叛逆型的、不喜欢墨守成规的现代主义诗人,庞德希望以他天才的创造力和革新精神另辟蹊径,构建他自己的诗学理论体系。首先,为了自立门户,也为了摆脱叶芝对他的影响,庞德在理论上大胆创新,将"意象"(image)和"象征"(symbol)做了比较彻底的区分:"象征主义

---

① [爱尔兰] W. B. 叶芝:《诗歌的象征主义》,载王家新编选《叶芝文集卷三·随时间而来的智慧》,东方出版社1996年版,第66页。

诗人的象征符号好像算数中的数字1、2、7，都有固定的价值和意义，而意象派诗人的意象是代数中的 a、b、x，其含义变化不定。"同时，他还指出，"诗人用意象，不是要用它来支撑什么信条……而是因为他要通过这个意象进行思考和感觉"。由此观点出发，庞德自信地声称，"意象派不是象征主义"（Imagisme is not symbolism）：

> 要秉持一种……在某个永恒隐喻中存在的信念……那是"象征主义"在它更深层面的意义。它不只是一个在永恒世界里的信念，也是那种以特别的方式运作的信念……意象派不是象征主义。象征主义者主要靠"联想"（association），换言之，是靠某种暗示，类似于寓言。他们把象征物（symbol）降格到一个特定的词，使它成为借代（metonymy）的一种形式……①

很明显，庞德此处是要为他的"意象派理论"（Imagist theory）正名。庞德于 1914 年与 H. D.、奥尔丁顿、F. S. 弗林特、弗莱契等人在英国伦敦创立并开展意象派诗歌运动以来，不仅使"意象派三原则"②广为人知，还发表了《意象派诗人的几个不》（"A Few Don'ts by An Imagiste"），并且主编了《意象派诗选》（Des Imagistes）③。这使庞德成为 20 世纪英美意象派名副其实的旗帜和号手。为了使意象派具有特立独行的风格和特点，庞德对"意象"与"意象派诗歌"都做了与以往诗歌理论完全不同的阐释和解读。尽管庞德试图否认他是在步叶芝的后尘，认为自己所强调的"意象"是一种特殊的产物，即"意象在精神层面的存在物"，但是，细心的读者还是能够发现庞德的"意象"与叶芝的"符号"式的"意象"有许多雷同之处。叶芝说："符号会产生作用是因为大记忆将它们与某些事件、情绪和人物联系起来。无论人类情感所积聚的是什么，都会变成大记忆中的一个符号；在掌握其秘密的人手中，它就是奇迹的创造者，天使或恶魔的召唤者。"④ 在这里，庞德的"意象"与叶芝"大记忆"里

---

① Mary Ellis Gibson, *Epic Reinvented*: *Ezra Pound and the Victorians*, Ithaca, N.Y.: Cornell University Press, 1995, p. 121.

② Hugh Kenner, *The Poetry of Ezra Pound*, Lincoln & London: University of Nebraska Press, 1985, p. 56.

③ 刘海平、王守仁主编：《新编美国文学史（第三卷，1914—1945）》，杨金才主撰，上海外语教育出版社 2002 年版，第 58—64 页。

④ [爱尔兰] W. B. 叶芝：《诗歌的象征主义》，载王家新编选《叶芝文集卷三·随时间而来的智慧》，东方出版社 1996 年版，第 66 页。

的"意象"之间有微妙的从属关系。这也说明,尽管庞德否认他与象征主义有直接的关系,但是叶芝象征主义诗歌中出现的大量意象,在庞德内心的确留下了深深的痕迹(trace)和印象(impression),并对他的意象派理论观点和现代主义风格的形成起到了潜移默化的作用。为此,诗歌评论家休·维特米艾尔说得好:

> 尽管庞德否认这一点,但是他对意象在精神层面重要性的强调,要归功于叶芝的象征主义诗学(Yeatsian symbology)——换句话说,要归功于一种新柏拉图主义的信念。该信念基于对超验主义本源的认同和对精神层面某些东西的有预见性的共鸣。正是那些精神层面的东西,把自己呈现给诗人清醒的和睡梦中的思想。①

除了在"意象"概念的形成方面"要归功于叶芝的象征主义诗学",庞德"漩涡派"理论的提出和建构也与叶芝的象征主义有诸多关系。庞德因为与弗林特等意象派诗人在创作理念等方面的冲突而离开了意象派,转而与好友、画家温德姆·路易斯创立了比意象派更富有动力特征的"漩涡派",在此之前,他曾于1914年6月20日在《爆炸》杂志第一期发表《漩涡》一文。该文指出:"漩涡是极力之点,它代表着机械上最大的功率","每一个概念、每一种情感均以某种形式把自己呈现给清晰的意识","一幅画等于一百首诗,一支曲子等于一百幅画,能量最高度集中的陈述,这种陈述尚未在表达中竭尽自我,然而却是最富于表达的潜能力","意象是在刹那间表现出来的理性与感性的复合体"②。庞德关于"漩涡"的这些论述,让人不由自主地想起叶芝在《诗歌的象征主义》一文中提到的"情感"升华理论:"一首小抒情诗唤起一种情感,这种情感将聚集起其他情感,在某一部伟大的史诗中融为一体;最后,求助于一个总是更微妙的小小形体,或象征,变得越来越强烈,随同它所聚集的一切流泻而出,在日常生活蒙蔽的本能中,像滚雪球一样驱动着包含许多感召的感召……"③ 在这里,笔者认为,庞德是在有意识地把叶芝的诗学思想

---

① Hugh Witemeyer, "Early Poetry 1908 – 1920", in Ira B. Nadel, ed., *The Cambridge Companion to Ezra Pound*, Cambridge: Cambridge University Press, 1999, p. 48.

② [美]伊兹拉·庞德:《漩涡》,载[美]伊兹拉·庞德《庞德诗选——比萨诗章》,黄运特译,张子清校订,漓江出版社1998年版,第217—220页。

③ [爱尔兰] W. B. 叶芝:《诗歌的象征主义》,载王家新编选《叶芝文集卷三·随时间而来的智慧》,北京东方出版社1996年版,第150页。

和象征主义风格内化为自己的诗学品格,并且对其加以改造和吸收,一方面以标新立异的方式建构和塑造自己的风格,另一方面通过他的"漩涡"理论使之得到更高层次和意义上的呈现。

三 叶芝的象征主义与庞德《诗章》的创作

《诗章》是庞德的代表作,也是他富有传奇色彩的一生中最伟大的作品。《诗章》的酝酿和构思开始于 1904 年①,正式开始创作则是在 1915 年。它的前三章分别于 1917 年 6 月、7 月、8 月发表在哈丽特·蒙罗主编的《诗刊》杂志的第 3、4、5 期上,题为《三首诗章》("Three Cantos")。《诗章》的最后一部分,即《诗章》第 110—117 章《草稿与残篇》,发表于 1969 年。在这部书写历程跨越半个多世纪并被誉为"20 世纪现代主义史诗"的不朽作品中②,仍然可以找到叶芝象征主义风格对庞德的影响。这种影响在《诗章》中突出地表现为两个重要方面。

其一,庞德模仿叶芝的象征主义风格,以文字表述的形式将其直白地呈现在《诗章》中,使《诗章》中不乏象征主义的例子。譬如,在《诗章》第 74 章,庞德用象征主义的手法写道:

>   The enormous tragedy of the dream in the peasant's bent
>   shoulders
>   Manes! Manes was tanned and stuffed
>   Thus Ben and la Clara a Milano
>   by the heels at Milano
>   That maggots shd/eat the dead bullock
>
>   (Pound 445)
>
>   梦想的巨大悲剧在农夫弯曲的
>   双肩
>   梅恩斯!梅恩斯被抽打,塞满干草,
>   同样,本和克莱拉在米兰
>   被倒挂在米兰

---

① Donald Davie, *Ezra Pound: Poet as Sculptor*, New York: Oxford University Press, 1964, p. 30.

② Hugh Kenner, *The Pound Era*, Berkeley: University of California Press, 1971, pp. 190–191.

第四章 《诗章》现代主义风格的模仿与创造

蛆虫们该去啃死公牛

(黄运特译)

这里出现了几个典型的意象,包括"农夫""梅恩斯""蛆虫""公牛"等,具有丰富的象征性和隐喻意义。其中肩扛"梦想的巨大悲剧"的"农夫"是庞德的自喻,暗指他因为梦想破灭,痛苦不已;"梅恩斯"是指波斯哲人 Manes,其死后尸体被抽打并被塞满杂草,这里象征"本和克莱拉"的悲惨命运,即葬身"在米兰/被倒挂在米兰";"蛆虫们"该去啃死的"公牛"是指谁呢?这里喻指意大利法西斯头子墨索里尼。事实上,前面提到的"本"(Ben)就是墨索里尼,即 Benito Mussolini,而"克莱拉"(la Clara)则是他的情妇,两人在逃窜途中被愤怒的意大利游击队员处死。从上面庞德叙说的语气,可看出他对墨索里尼充满了同情和怜悯。而且,在接下来的诗行,庞德运用叶芝的象征主义手法,借助希腊神话中已约定俗成的人物形象狄俄尼索斯(DIGONOS)(Pound 445)去调动读者的"原型"(prototype)想象,强化诗人自己对"公牛"的暧昧态度:植物神狄俄尼索斯系宙斯的私生子,母亲塞墨勒在生产前受到宙斯妻子赫拉的迫害而死亡,宙斯迫不得已从塞墨勒的腹中取出胎儿,并缝进自己的腹中使狄俄尼索斯二次降生。该典故象征性地指涉墨索里尼的悲惨遭遇:先是被枪决,然后被倒挂在米兰示众;而庞德的愿望是使"狄俄尼索斯二次降生"。这些细节暴露了庞德的亲法西斯主义立场。① 庞德对"公牛"象征手法的运用后来又在《诗章》中多次出现,譬如:

    especially after the rain
        and a white ox on the road toward Pisa
            as if facing the tower,
    dark sheep in the drill field and on wet days were clouds
                (Pound 448)

特别在雨后
一头白公牛站在通往比萨的路上
    似乎仰面斜塔,
黑羊在操练场上,雨天云雾
      (黄运特译)

---

① 张子清:《美国现代派诗歌杰作——〈诗章〉》,《外国文学》1998 年第 1 期。

又比如：

>   that had been a hard man in some ways
>   a day as a thousand years
>   as the leopard sat by his water dish;
>   hast killed the urochs and the bison
>   (Pound 451)

>   那人看来是个硬汉子
>   度日如千年
>   如豹蹲坐在水盆边；
>   已宰了野牛和公牛
>   （黄运特译）

对于像"公牛"这样的象征性"意象"在庞德的《诗章》里到底是怎么形成并发挥作用的呢？庞德在《诗章》第74章中解释说：

>   and that certain images be formed in the mind
>   to remain there
>   formalo locho
>   Arachna mi porta fortuna
>   (Pound 466)

>   某些意象在脑中形成
>   留在那里
>   在一处预备的地方
>   阿拉克涅带给我好运气
>   （黄运特译）

换言之，庞德在《诗章》中运用这些"意象"之前，"意象"其实早已"在脑中形成"，只是先"留在那里/在一处预备的地方"；等到希腊神话中的蜘蛛女神阿拉克涅"带给我好运气"，就有机会让"我"把这些"意象"像蜘蛛吐丝那样连接起来，使之形成更具隐喻意义和象征意义的"意象"。这些"意象"与法国象征主义诗人保罗·魏尔伦（Paul Verlaine）提出的"不是象征 而是成分"（nec accidens est but an element）的东西，似乎达成了某种契合：

第四章 《诗章》现代主义风格的模仿与创造

  （Verlaine）as diamond clearness
  ... out of hell, the pit
  out of the dust and glare evil
  Zephyrus/Apeliota
  ...
  nec accidens est but an element
      in the mind's make-up
        （Pound 469）

  （魏尔伦）如钻石般清纯
  ……远离那个地狱
  远离尘埃与耀眼的邪恶
  西风/东风
  ……
  不是象征　而是成分
    在思维的构造里
      （黄运特译）

  其二，出于对叶芝的感恩和怀念，庞德频繁地在《诗章》中提到他的名字或者讲述关于他的"故事"，这从一个侧面反映了他与叶芝以及叶芝的象征主义诗歌之间存在千丝万缕的联系。翻阅《诗章》，读者会注意到，庞德在《诗章》里用不同的称呼指代叶芝，造成了一种陌生化的效果——庞德称他为"Uncle William"（威廉大叔）（Pound 525, 548, 549）、"old William"（老威廉）（Pound 527）、"Mr. Yeats（W. B.）"（叶芝先生）（Pound 548）或者"William B. Y."（威廉）（Pound 507）。这说明他们二者的关系非同寻常。譬如，在《诗章》第 77 章，庞德写道，"从萨宾人的领地逃到罗马/'斯莱戈在天堂'，威廉大叔咕哝着"（Pound 493）；在《诗章》第 79 章，庞德写道，"'半截已入土'/我亲爱的 W. B. 叶芝，你的二分之一太轻微了"（Pound 507）；在《诗章》第 80 章，庞德写道，"80 高龄的杰克逊自愿为乌尔斯特的部队做饭/'好兵来自好汤。'/他在一次漩涡派画展上问叶芝：/"你也属于兄弟会？/……/还有威廉大叔/研究龙萨德的一首十四行诗"（Pound 524, 525）。同样在该章，庞德写道，"可老威廉说得很对，/一座好房屋的倒塌/对谁都没有好处"（Pound 527）。通过对叶芝在不同历史空间和时间的碎片化描写，庞德表达了他对这位曾经备受瞩目的象征主义大师的敬意，并通过现代主义手法与叶芝的象征主义艺术进行对话。

此外,庞德在《诗章》第80章中讨论"美"的存在时,特意把"美"与"叶芝"建构在一起:

> La beauté, "Beauty is difficult, Yeats" said Aubrey Beardsley
>   when Yeats asked why he drew horrors
>   or at least not Burne-Jones
>   and Beardsley knew he was dying
> ...
>   So very difficult, Yeats, beauty so difficult
>
> （Pound 511）

> 美,"美是困难的,叶芝。"奥布里·比亚兹莱说
>   当叶芝问他为何画那些恐怖之物
>   或至少不再是伯恩－琼斯
>   比亚兹莱知道自己快要死了
> ……
>   如此十足的困难,叶芝,美如此困难。
>
> （黄运特译）

在此处,关于"美是困难的"（Beauty is difficult）和叶芝关系的讨论具有一语双关的功效:一方面,它暗指叶芝对"美的存在""美的形式"和"美的价值"等的个人体会和感受①;另一方面,它影射出庞德对叶芝诗歌美学中晦涩难懂部分的个人思考和评价,亦向读者暗示柏拉图在《大希庇阿斯篇——论美》中所论述的"美是困难的"这一哲学命题②,与古希腊先哲建立起互文式对话关系。叶芝在青少年时代随父母辗转于他的出生地都柏林、大都市伦敦和他母亲的家乡斯莱戈郡（County Sligo）。他的艺术观、美学观就是在这段历史时期逐渐成熟的。叶芝对艺术的态度受到他父亲的影响。他的父亲曾是一名律师,后放弃律师职业从事绘画,是个"宗教怀疑论者"（a religious skeptic）,对艺术之美的追求却有宗教般的狂热。叶芝也对宗教的正统性产生过怀疑,他宁愿去读斯宾塞（Ed-

---

① A. Norman Jeffares, *Commentary on the Collected Poems of W. B. Yeats*, Stanford: Stanford University Press, 1968.
② ［古希腊］柏拉图:《柏拉图文艺对话集》,朱光潜译,人民文学出版社1963年版,第116—136页。

第四章 《诗章》现代主义风格的模仿与创造

mund Spenser)、布莱克（William Blake）、雪莱等英国古典或浪漫派诗人的诗歌，接受前拉斐尔学派的诗学思想（Pre-Raphaelite ideas of poetry），而不愿信奉让他煎熬的信条①。后来，他确实找到了属于他的"宗教"，那是"一种新宗教"（a new religion）：以"诗歌传统"（poetic tradition）作为内容，充满神秘主义之美，既有关于古希腊、古罗马的神话传说，也有关于爱尔兰的民间传说，还有新柏拉图主义的人文精神及尼采悲观主义的哲学理念①。庞德视叶芝为他们那个时代"最优秀的诗人"，他的诗学体系和美学观念也在无形之中受到了他的深刻影响。

在《诗章》第82章，庞德谈到意象派诗人坦克雷德（Mr. Tancred）与叶芝的一次对话，其内容是关于叶芝的抒情诗，"关于耶路撒冷/和西西里坦克雷德家族，坦克雷德先生对叶芝说：'你能否为我们念一首你自己选的/最好的/抒情诗'"（Pound 544）；在《诗章》第83章，庞德又谈到叶芝，"W. B. 叶芝先生说：'除了我们的交谈/没有别的能影响这班家伙'……/天堂不是人造的/威廉大叔在巴黎圣母院附近逛游/寻找什么玩意/停下观赏那象征物"（Pound 548）。极具戏剧效果的镜头是，"当草长堰旁时/威廉大叔忧伤地陷入沉思"（Pound 549）。接着，庞德还回忆起叶芝在"石头屋"的岁月里，为写诗模仿孔雀开屏。具体细节形象且生动：

> as it were the wind in the chimney
>   but was in reality Uncle William
> downstairs composing
> that had made a great Peeeeacock
>   in the proide ov his oiye
>   had made a great peeeeeecock in the...
> made a great peacock
>   in the proide of his oyyee
>   （Pound 553 – 554）

> 好像是风在烟囱里
>   而其实是威廉大叔在楼下写作
> 模仿一只大孔孔孔孔孔雀

---

① Stephen Greenblatt, ed., *The Norton Anthology of English Literature*, New York & London: W. W. Norton & Company, 2006, pp. 2386 – 2389.

> 克屏
> 模仿一只大孔孔孔孔孔孔开……
> 　　模仿一只打孔雀
> 克屏
> 　　克屏
> 　　　　　　（黄运特译）

前面已讨论，庞德在他诗歌创作的前期，曾积极模仿叶芝的象征主义风格，并奉之为圭臬。但是，随着诗歌创作理念的逐渐成熟，尤其是以他的意象诗为代表的现代主义风格成型之后，庞德开始反过来影响大诗人叶芝。他甚至帮助叶芝修改诗歌内容，使其脱离象征主义的晦涩难懂，从而具有现代主义诗风的清晰、硬朗和准确。

叶芝给庞德留下终生难忘的印象。有些印象充满情趣，甚至蕴含美学意义上的"调侃"。不过，庞德把这些"调侃"与他所处的现实环境和历史事件杂糅在一起，形成一种类似赋格曲的东西，或者干脆使"话中话"成为一种叙述类型。譬如，在《诗章》第93章，庞德转述叶芝对伊安·汉密尔顿的评论，"叶芝评论伊安·汉密尔顿说：'他是如此之蠢，以至于他不会思考，炮击还在持续'"（Pound 632）；在《诗章》第95章，庞德引述"威廉大叔"的话，"俄国人/带来屠格涅夫所有的'烟雾'。/正如威廉大叔所云，'是记忆之女'"（Pound 645）；在《诗章》第97章，庞德呈现了"威廉大叔"的癫狂作诗方式及表达，"威廉大叔以癫狂的方式拒绝他的/最睿智的表达"（Pound 676）……值得一提的是，庞德在《诗章》中还频繁使用互文手法暗指叶芝的重要作品，以调动读者对原作内容的"原型"想象。譬如，在《诗章》第96章，出现了叶芝和画家温德姆·路易斯的对话："'君士坦丁堡，'温德姆说，'我们的明星'/叶芝先生把它叫作拜占庭。"（Pound 661）此处，庞德通过书写"拜占庭"实际在互文性地指涉叶芝的名作《驶向拜占庭》（"Sailing to Byzantium"）："那地方可不是老人们待的。青年人/互相拥抱着，树上的鸟类/——那些垂死的世代——在歌吟/……"（袁可嘉译）① 庞德在《诗章》中还戏仿了叶芝的爱尔兰口音，并与他的象征主义杰作《丽达与天鹅》形成文本

---

① 具体译文参见杨恒达主编《外国诗歌鉴赏辞典·现当代卷》，上海辞书出版社2010年版，第30—34页；另参见彭予《驶向拜占庭——袁可嘉和他的诗歌翻译》，《诗探索》2001年第Z2期。

对话关系。最明显的例子出现在《诗章》第 80 章，庞德写出"女人形美如天鹅"（O woman shapely as a swan）的诗句：

> the problem after any revolution is what to do with
> your gunmen
> as old Billyum found out in Oireland
>   in the Senate, Bedad! or before then
>   Your gunmen thread on moi drreams
>   O woman shapely as a swan,
> Your gunmen tread on my dreams
>
>   （Pound 516）

> 任何革命之后的问题是如何处置
> 你的枪手
> 就像比利姆在奥尔兰参议会
>   所见，天哪！或在此之前
>   你的枪手踩在我的蒙（梦）里
>   哦，女人形美如天鹅，
> 你的枪手踩在我的梦里。
>
>   （黄运特译）

  综上所述，庞德受到叶芝象征主义风格的影响是全面而深刻的。从某种意义上讲，叶芝是庞德诗歌写作和诗学理论创建的重要引路人。虽然大诗人叶芝在晚年诗歌创作中直言不讳地说："（庞德）帮助我回到确定和具体的意象当中，从而远离现代的抽象。"① 但是，他对庞德"意象"的创造性发挥和阐释、对意象派及漩涡派理论的建构、对 20 世纪百科全书式的《诗章》写作，都发挥了不容低估的影响和作用。而且，通过对庞德与叶芝象征主义诗歌风格关系的探讨，可从两个层面获得启示：一是在诗学的价值层面，以叶芝为代表的象征主义诗歌和以庞德为代表的意象派诗歌之间，存在诗学思想和诗学艺术互文对话的内容，该内容客观存在并且充满错综复杂的细节，同时在一个理性的高度促使研究者对诗歌派别的相互关系不得不进行深入的思考和剖析；二是在诗学的认知层面，以叶芝为代表的象征主义诗歌和以庞德为代表的意象派诗歌之间，存在诗学体系

---

① K. L. Goodwin, *The Influence of Ezra Pound*, London: Oxford University Press, 1966, p. xv.

和诗学理念的审美借鉴和时空转换，二者之间表面上看似乎各自独立、"井水不犯河水"，但是由于历史的因袭传承又使他们之间产生了"既对抗又统一"的矛盾关系。当然，这也从一个侧面说明：任何文学流派都不可能孤立保守地存在并发挥作用，它必须与其他文学流派相互借鉴和学习，才可能保持鲜活和持久的生命力。

第四节 《诗章》与艾略特的"荒原"式诗歌

耶鲁大学斯特林英语荣退教授梅纳德·麦克（Maynard Mack）向来以治学严谨、一丝不苟，甚至有些苛刻闻名于西方文学评论圈。在他主编的《诺顿世界名著选集》（*The Norton Anthology of World Masterpiece*，1997）第六部分"20世纪文学：全球语境下的自我与他者"（"The Twentieth Century: Self and Other in Global Context"）中，弗罗斯特、史蒂文斯、威廉斯、庞德等现代主义诗人都未出现，只有T. S. 艾略特"作为20世纪英美诗歌最杰出的代表"光荣入选。麦克认为"作为一位作家，艾略特在文学表达和帮助形成（英美）现代主义诗学品格和风格方面，具有独一无二的地位（a unique position）"，他曾对"美国现代主义诗歌产生巨大影响（enormous influence）"①。另一位享誉全球的诗歌评论家约翰·普莱斯（John Press）这样评价西方现代主义诗歌传统："现代英语诗歌是由两个美国人和一个爱尔兰人创造的。"② 两个美国人一个指庞德，另一个指艾略特，而这个爱尔兰人则是叶芝。在普莱斯看来，对现代英语诗歌发展做出重要贡献并产生积极影响的作家中，艾略特是一位重量级诗人，另外两位举足轻重的人物分别是庞德和叶芝。在西方文学史上，叶芝由于"用鼓舞人心的诗篇，以高度的艺术形式表达了爱尔兰民族的精神面貌"③于1923年获得诺贝尔文学奖，艾略特因为"对现代英语诗歌的发展作出了重要的贡献"④ 于1948年获得诺贝尔文学奖。庞德虽然没有斩获诺贝尔文学奖，但是确实在诗歌创作方面帮助过叶芝和艾略特成就他们的诺贝尔文学之梦。就艾略特与庞德的关系而言，可以用"不可分割"来形容。尤

---

① Maynard Mack, *The Norton Anthology of World Masterpiece*, New York & London: W. W. Norton & Company, 1997, p. 2784.
② 傅浩：《英国运动派诗学》，译林出版社1998年版，第14页。
③ 王文主编，周丽艳、郭英杰副主编：《二十世纪英美文学选读：英汉对照》，世界图书出版西安有限公司2013年版，第2页。
④ 李维屏：《英美现代主义文学概观》，上海外语教育出版社1998年版，第102页。

其是在文学、文化研究以及诗学研究领域，我们谈庞德必然要谈到艾略特；反之，我们谈艾略特也必然会谈到庞德。而且，有两点国内外学者已达成共识：其一，他们二人均是20世纪英美诗坛响当当的风云人物，也是英美现代主义诗歌运动的领袖和开拓者；其二，他们终其一生都致力于促进现代主义诗歌的发展与繁荣，为英美现代主义诗歌的辉煌业绩做出了杰出贡献。从某种意义上说，这两位现代英美诗坛核心人物的艺术生涯和创作业绩已经成为"20世纪整个英语诗歌革新运动的重要组成部分"[1]。

一　艾略特与庞德史诗般的友谊

庞德在《诗章》中亲切地称艾略特为"Possum"（负鼠）。"负鼠"在庞德心中，既是一种艺术层面的调侃和隐喻，又是现实层面二人亲密友谊的象征。一个典型的例子出现在《诗章》第74章的开始部分，庞德这样写道：

　　yet say this to the Possum: a bang, not a whimper,
　　　　with a bang not with a whimper
　　　　　　　　　　　　　　　　　　（Pound 425）
不过这样对负鼠说：一声轰隆，不是一声呜咽，
　　以一声轰隆不以一声呜咽
　　　　　　　　　　　　　　　　（黄运特译）

从内容看，以上文字是庞德对"负鼠"名作《空心人》（"The Hollow Men"）的互文与戏仿，不过文字表述不尽相同。《空心人》一诗的首句是，"We are the hollow men/We are the stuffed men"（我们是空心人/我们是塞满稻草的人），最后四句是："This is the way the world ends/This is the way the world ends/This is the way the world ends/Not with a bang but a whimper."（世界就这样结束/世界就这样结束/世界就这样结束/不是一声轰隆，而是一声呜咽。）[2] 庞德偷梁换柱却不留一丝痕迹，他以一种戏仿和变形的方式，产

---

[1]　蒋洪新：《英诗新方向——庞德、艾略特诗学理论与文化批评研究》，湖南教育出版社2001年版，第18—20页；另参见李维屏《英美现代主义文学概观》，上海外语教育出版社1998年版，第100页。
[2]　吴伟仁编：《美国文学史及选读（2）》，外语教学与研究出版社2013年版，第180页；另参见［美］伊兹拉·庞德《庞德诗选——比萨诗章》，黄运特译，张子清校订，漓江出版社1998年版，第4页，注解1。

生一种幽默的诗歌表达效果：既让读者感到似曾相识，又让读者读出不同的味道。同时，他制造的这种幽默效果，还达到了与艾略特诗学对话的目的。

艾略特在世时，与庞德建立了深厚友谊。他们的友谊是英美现代主义诗歌史上的佳话，如荷马史诗般经典。更重要的是，他们史诗般经典的友谊佳话对双方的诗歌创作和诗学成就都产生了潜移默化的影响。为说明问题，我们在这里简单回顾一下他们二者不同寻常的关系。

1910年，艾略特从哈佛大学本科毕业后来到英国伦敦，感受到欧洲正在勃兴的现代主义思潮及现代哲学、科技、艺术、心理学等对文学创作的深刻影响；随后去巴黎学习法国文学，在法兰西公学院（College de France）聆听亨利·伯格森（Henri Bergson）的哲学讲座，深受启迪。1914年，艾略特再次到达伦敦寻找发展机会，后与庞德相识，自此二人成为终生挚友。在与庞德认识之前，艾略特已完成《序曲》（"Pre-lude"）、《一位女士的画像》（"Portrait of a Lady"）、《J. 阿尔弗雷德·普鲁弗洛克的情歌》（"The Love Song of J. Alfred Prufrock"）等作品，但是未公开发表①。庞德认识艾略特时，他本人已是伦敦著名诗人，早在1912年就已有七部作品问世（the author of seven volumes），还应邀成为现代主义先锋派诗歌刊物《诗刊》的海外编辑（foreign correspondent）②。庞德发现艾略特是个难得的诗歌天才，遂鼓励他发表诗作，同时主动给予他最无私、最热情的帮助。艾略特的名诗《J. 阿尔弗雷德·普鲁弗洛克的情歌》于1915年6月在《诗刊》上登出。这是庞德强烈推荐与鼎力相助的结果。其实当时在选稿时，《诗刊》主编哈丽特·蒙罗并不看好这首诗，认为该诗与《诗刊》的办刊宗旨有出入，而且她本人也不欣赏该诗的写作风格，因为庞德一再坚持，她才最后做出让步和妥协。《J. 阿尔弗雷德·普鲁弗洛克的情歌》一经发表，就在欧美诗坛引起轰动，同时为艾略特赢得极高的声誉。这不仅赋予艾略特无穷的动力和信心，也让他找到了继续努力和奋斗的方向。不仅如此，庞德还在他认识的诗坛好友中到处宣传该诗，并加大对艾略特的宣传力度："这是我从一位美国同胞那里见到并读到的最优秀的诗歌，愿上帝保佑它不是一次昙花一现式的唯一的成功。"③ 现如今，《J. 阿尔弗雷德·普鲁弗洛克的情歌》已被公认为是艾略特诗歌创作早期最优秀的诗篇。在庞德的鼓励和帮助之下，艾略特人生中的首部诗

---

① 李维屏：《英美现代主义文学概观》，上海外语教育出版社1998年版，第101页。
② 吴伟仁编：《美国文学史及选读（2）》，外语教学与研究出版社2013年版，第128页。
③ 转引自 Philip R. Headings, *T. S. Eliot* (*Revised Edition*), Boston: Twayne Publishers, 1982, p. 20。

集《普鲁弗洛克及其他观感》（*Prufrock and Other Observations*）于1917年出版。该诗集是艾略特现代主义诗歌技巧的初步展示和有益尝试。虽然部分诗作问世后在评论家中引起争议，但却为他赢得了现代主义优秀诗人的称号，也为他日后在英美诗坛迅速崛起发挥了奠基性的作用。

真正使艾略特走向西方诗歌界神坛的，是他的诗歌代表作《荒原》（*The Waste Land*）的发表。艾略特于1920年开始创作《荒原》。创作《荒原》的那段日子，艾略特个人生活陷入困顿，处于人生的低谷：婚姻不幸福、日常工作不见起色，加上第一次世界大战造成整个社会环境、生存环境充满苦闷、忧伤和不确定性，使他的精神状态极度压抑，有一段时间甚至出现精神抑郁。艾略特把内心的孤独、恐惧、焦虑、痛苦等变成文字，通过内心独白、神话预言、宗教隐喻、文化影射等方式宣泄出来。艾略特本人称之为"对生活不满的发泄"和"有节奏的牢骚"："对我而言，它（即《荒原》）仅仅是个人的、完全无足轻重的对生活不满的发泄；它通篇只是有节奏的牢骚。"[①] 1921年11月，艾略特接受医生建议到瑞士洛桑异地静心疗养。在去往瑞士的途中，他把《荒原》手稿交给好友庞德处理。面对这份真诚与信任，庞德很是感动。《荒原》原诗有800多行，形式杂乱，意识流痕迹严重，而且语言晦涩、艰深。庞德把它视作自己的作品，不仅精心推敲打磨，聚焦思想主题删改近半，而且加以匠心独运式的编辑和排版，遂成为读者今天读到的434行紧凑、硬朗、明晰的好诗。1922年1月底，待庞德把大刀阔斧般删减过的《荒原》交到艾略特手中时，艾略特除了惊诧还是惊诧，甚至不能自已[②]。因为庞德在他人生最低谷、精神最压抑、身心最疲惫的困顿时期这样全身心投入地修改他杂乱无章的作品，而且能够花费心血做出这样"手术刀式"的修订、润色，完全出乎艾略特的意料。对于庞德对内容做出的删减，艾略特没有反对意见，他表示，"自己甚至不在乎（庞德）是不是理解自己在说些什么"[③]。为了表达对庞德的感激之情，艾略特在《荒原》删减稿的开头，写下最引人注目的献词："For Ezra Pound/il miglior fabbro"（献给伊兹拉·庞德/最卓越的匠人）[④]。

---

① 陆建德：《序》，载［英］托·斯·艾略特《荒原》，陆建德编，汤永宽译，上海译文出版社2012年版，第XII页。

② Ira B. Nadel, ed., *The Cambridge Companion to Ezra Pound*, Cambridge: Cambridge University Press, 1999, p. xxi.

③ 陆建德：《序》，载［英］托·斯·艾略特《荒原》，陆建德编，汤永宽译，上海译文出版社2012年版，第XII页。

④ 具体参见张子清《美国现代派诗歌杰作——〈诗章〉》，《外国文学》1998年第1期。

严格来讲，当庞德把 800 多行删减成 434 行时，《荒原》已不纯粹是艾略特一个人的作品了——从风格到语言，再到形式和艺术内涵，《荒原》已经充分掺杂了大诗人庞德的情感认知和思想内容。在大刀阔斧删减《荒原》的过程中，庞德似乎已有"自掘坟墓"的味道。因为 1920 年他发表的诗歌《休·赛尔温·莫伯利》已成为一个时代的标志，在这种情况下，他这样尽心竭力地帮助艾略特修改诗歌，相当于是集自己多年来的诗情才华和成功经验于艾略特的诗歌智慧之上，使《荒原》无形中超越了他自己打造的诗歌神话。庞德向来具有常人无法理解的广阔胸襟，他似乎并不在意自己的好友会超越自己，甚至会为好友取得的辉煌成就和赞誉而兴奋不已。他就是这样一位甘为人梯、情愿做铺路石子的人。庞德凭借个人魅力和影响力，把《荒原》推荐给《日晷》（The Dial）杂志。当《日晷》刊登了《荒原》，立刻引起英美文学界的广泛关注和热议。不少读者认为该诗是现代主义诗歌中最杰出的作品，有些评论家甚至认为它是 20 世纪欧美文学史上的里程碑[1]。在此期间，为了纾解艾略特的经济困难，庞德还召集身边的朋友为他募捐，对此，艾略特婉言谢绝。不过，庞德为他联系到出版界的好友约翰·昆因（John Quinn），说服他购买了《荒原》出版的版权。艾略特的《荒原》一书在 1922 年面世，被评论家认为是"20 世纪 20 年代美国诗歌进入现代派时期的重要标志之一"[2]。也正因为这部作品，艾略特被推上英美现代主义诗歌巨匠的宝座，从此开始了他声名赫赫的后半生，直到他于 1948 年获得诺贝尔文学奖。从某种意义上讲，"负鼠"的成功也是庞德的成功——《荒原》是原作者艾略特和修改润色者庞德这两个当时最优秀的诗学思想者合力碰撞出的火花，是一种现代主义诗歌风格互文化的结果。从 1914 年他们相识，到 1922 年艾略特登顶西方诗坛巨匠的位置，只用了 8 年时间。在艾略特这 8 年的奋斗历程里，伴随他的是好友庞德的影子，是好友庞德与他站在一起，成为他走向成功的推手或者得力助手[3]。

艾略特是一个博览群书、学识渊博的有才之人，也是一个孜孜以求、内敛勤勉之人，此为内因；庞德作为好友，亦作为伯乐，对艾略特有发现

---

[1] 陆建德：《序》，载 [英] 托·斯·艾略特《荒原》，陆建德编，汤永宽译，上海译文出版社 2012 年版，第 XII 页。

[2] 张子清：《20 世纪美国诗歌史》（第一卷），南开大学出版社 2018 年版，第 4 页。

[3] Caroline Behr, *T. S. Eliot: A Chronology of His Life and Works*, London: The MacMillan Press Ltd., 1983, pp. 15 – 21; Hugh Kenner, *The Poetry of Ezra Pound*, Lincoln & London: University of Nebraska Press, 1985, pp. 43 – 45.

和推举之功,此为外因。哲学上讲,内因是根本,外因是条件;内因起决定作用,外因必须通过内因起作用。内因和外因共同发挥作用,最终塑造了一个不平凡的艾略特。当然,反过来讲,艾略特不只是接受庞德的帮助,他也是一位与庞德一样、重情重义、有担当且知恩图报之人。待他成为英美诗坛的领袖人物,便竭尽所能为庞德在西方文学中的影响拼尽全力——尤其当庞德误入政治歧途、身心遭受沉重打击之时。

1920年庞德离开伦敦,他的人生逐渐发生了戏剧性的变化。1921—1924年,当庞德和妻子多萝西移居巴黎时,他的文学事业还处于光芒耀眼的阶段。但是自从1924年10月10日庞德定居意大利的拉帕罗(Rapallo),他的人生开始演绎各种悲剧性故事。20世纪三四十年代,庞德打算通过文学"参政",而且殷切渴望能够参与到美国和欧洲的社会变革与经济发展中,发挥他作为现代诗人的社会作用。但是,庞德毕竟只是一位非常理想化的、意气风发的诗人,在政治面前,他无疑是个"糊涂虫"。庞德因未能说服时任美国总统的罗斯福接受他的经济政策和改革措施,转而支持意大利法西斯头目墨索里尼,犯了政治错误,同时滋生了较为极端的反犹主义思想,这在"二战"后那个风起云涌的时代,实在是不得人心。原先他翻译的"最美的书"《华夏集》①、发表的著名诗集《面具》《狂喜》《仪式》等以及优秀诗篇《在地铁车站》《休·赛尔温·莫伯利》等,连同他担当主力并产生深远影响的意象派诗歌运动、漩涡派诗歌运动等,本可以成就一个更加辉煌、更有诗学魅力的诗坛巨匠庞德形象,但是他的政治倾向性却把他打入深渊,也使他在英美读者中本应有的良好印象被蒙上了一层挥之不去的阴影。庞德因为在意大利罗马广播电台胡言乱语、攻击美国罗斯福政府及首脑,被指控犯下叛国罪而招致牢狱之灾,不但永远无缘问鼎诺贝尔文学奖,而且到最后连最起码的人身自由都保证不了②。在庞德身处的艰难岁月里,艾略特作为好友对他的处境予以高度关注。纵观庞德与艾略特的交往史,后者对庞德的帮助其实很早就已经开始,并伴随他的一生。

综合来看,艾略特在与庞德结交为好友后,为庞德做了至少四件大事:

其一,从1917年开始,艾略特为庞德撰写诗歌评论文章,推介他的诗作。譬如,在1917年由纽约Alfred A. Knopf出版社出版的《评述批评家》(*To Criticize the Critic*)一书中,艾略特辟专章书写了《伊兹拉·庞

---

① 赵毅衡:《诗神远游:中国如何改变了美国现代诗》,上海译文出版社2003年版,第19页。
② 张子清:《20世纪美国诗歌史》(第一卷),南开大学出版社2018年版,第116—140页。

德：韵律及其诗作》（"Ezra Pound: His Metric and Poetry"）一文。该文与该书于1965年由纽约Farrar, Straus and Giroux出版社再版。该作品对宣传庞德及其早期诗起到重要作用。

其二，艾略特精心挑选并编辑庞德的优秀诗作结集出版，以吸引更多的读者对他的诗作产生兴趣，同时扩大了他的诗歌影响力。艾略特选编了不同的历史时期庞德在不同的期刊杂志上发表的比较有代表性的论文及随笔，帮助读者理解庞德的诗学思想和诗歌内容。譬如，1928年，艾略特选编了《庞德诗选》（Selected Poems）并作序，里面挑选了他认为最能代表庞德写作特色和风格的优秀诗篇，由伦敦Faber & Gwyer出版社出版；1954年，艾略特主编的《伊兹拉·庞德文论集》（Literary Essays of Ezra Pound）由纽约New Directions出版社出版。该书对读者认识和理解庞德，同时阅读他的现代主义诗作起到指路明灯的作用，直到今天依然是我们研究庞德的重要参考书。

其三，艾略特于1925年成为英国伦敦Faber & Faber出版社的董事会成员①，把庞德的生命之书《诗章》的重要章节积极推介给英美读者，对《诗章》在英美诗坛的广泛影响起到重要的助推作用②。譬如，在艾略特的主持下，1933年9月，《30首诗章草稿》（A Draft of XXX Cantos）由Faber & Faber出版社出版；1935年3月，《诗章第31—41章草稿》（A Draft of Cantos XXXI – XLI）由Faber & Faber出版社出版；1937年6月，《诗章的第5个十年第42—51章》（The Fifth Decad of Cantos XLII – LI）由Faber & Faber出版社出版；1940年1月，《诗章第52—71章》（Cantos LII – LXXI）由Faber & Faber出版社出版；1949年7月，《比萨诗章第74—84章》（The Pisan Cantos LXXIV – LXXXIV）由Faber & Faber出版社出版；1950年，《70首诗章》（Seventy Cantos）由Faber & Faber出版社出版，并首次使用胶印技术制作；1957年2月，《部分：掘石机诗章》（Section: Rock-Drill, De Los Cantares）以及《伊兹拉·庞德诗章》（第1—95章）[The Cantos (1—95)]由Faber & Faber出版社出版；1960年3月，《王座诗章》（Thrones de los Cantares XCVI – CIX）由Faber & Faber出版社出版；1964年，《伊兹拉·庞德诗章》（第1—109章）[The Cantos of Ezra Pound (1—109)]由Faber & Faber出版社出版。1965年，艾略特因病在伦敦家中

---

① 吴伟仁编：《美国文学史及选读（2）》，外语教学与研究出版社2013年版，第164页。
② 在《诗章》的印刷史上，有两个出版社为庞德做出了不可磨灭的贡献：一个是位于纽约的New Directions出版社，另一个就是位于伦敦的Faber & Faber出版社。

逝世。他的墓志铭上写着：请记住托马斯·斯特尔那斯·艾略特，一位诗人。或许他最想说的是这两句话："我的开始就是我的结束，我的结束就是我的开始。"① 艾略特去世后，Faber & Faber 出版社依然按照惯例继续出版庞德的诗歌作品。譬如，1967 年，《伊兹拉·庞德诗章选集》（*Selected Cantos of Ezra Pound*）由 Faber & Faber 出版社出版；1970 年 2 月，《草稿及残篇：诗章第 110—117 章》（*Drafts and Fragments of Cantos CX – CXVII*）由 Faber & Faber 出版社出版；1975 年，Faber & Faber 出版社从纽约 New Directions 出版社获得《伊兹拉·庞德诗章全集》文稿，统一体例后在英国出版；1976 年，Faber & Faber 出版社出版《伊兹拉·庞德诗章全集》第 4 版；1986 年，Faber & Faber 出版社出版《伊兹拉·庞德诗章全集》修订版；1987 年，Faber & Faber 出版社出版《伊兹拉·庞德诗章全集》全新版……从某种意义上讲，正是由于艾略特一以贯之的参与和大力协助，使庞德《诗章》在英美诗坛的影响力和关注度增加了不少。

其四，在庞德跌入人生最低谷的艰难时刻，艾略特不仅想方设法帮助他免受牢狱之灾，还冒着被别人口诛笔伐的风险，四方游说并支持美国国会把诗歌最高奖首届博林根奖颁发给庞德，同时联合弗罗斯特、海明威、卡明斯、H. L. 门肯、麦克利什等一大批名诗人、名作家共同营救庞德于水火之中②。甚至在庞德监禁在圣伊丽莎白医院期间，艾略特也默默无闻地提供各种力所能及的帮助。

二 艾略特、《荒原》与《诗章》创作

艾略特撰写的《荒原》由五部分组成："死者的葬礼"（"The Burial of the Dead"）、"对弈"（"A Game of Chess"）、"火诫"（"The Fire Sermon"）、"水葬"（"Death by Water"）和"雷霆之语"（"What the Thunder Said"）。从诗歌主题看，《荒原》主要借助有关繁殖的神话和关于鱼王（the Fisher King）的传说，揭示死亡与重生这一哲学命题。"根据神话记载，由于鱼王身体残废，虚弱无比，因此他的土地一片荒芜。只有当一个傻瓜或陌生人在规定的仪式上答对几个问题时，鱼王荒凉的土地才能恢复生机，长出青葱的植物。"③ 艾略特在转述关于鱼王的神话故事时，并

---

① Ronald Tamplin, *A Preface to T. S. Eliot*, Beijing: Peking University Press, 2005, pp. 8 – 15.
② 张子清：《美国现代派诗歌杰作——〈诗章〉》，《外国文学》1998 年第 1 期。
③ 李维屏：《英美现代主义文学概观》，上海外语教育出版社 1998 年版，第 109 页。

没有简单地平铺直叙,而是通过互文方式并结合三个重要的文本素材进行艺术呈现:一是杰西·莱德利·威斯顿女士(Jessie Laidlay Weston)撰写的《从祭仪到罗曼司:圣杯传说史》(*From Ritual to Romance*: *History of the Holy Grail Legend*)①;二是古典人类学家、神话学和比较宗教学先驱詹姆斯·乔治·弗雷泽(James George Frazer)撰写的12卷鸿篇巨制《金枝:巫术与宗教研究》(*The Golden Bough*: *A Study in Magic and Religion*)② 中关于寻找遗失的耶稣圣杯的传说;三是地中海地区祈求丰产的神话。将古典神话、《圣经》中的神话和广泛搜集的民族志神话集合起来进行深入研究的《金枝》一书,被誉为古典人类学的经典之作,对20世纪人类学及文化研究产生了重要影响。艾略特尤其喜爱这本充满智慧的书,并把其中一些关键情节借助象征主义手法杂糅在《荒原》的章节中。其造成的陌生化效果,使时间与空间、现实与想象、神话与预言、历史与未来自然地交织在一起,拼贴成一幅幅令人眼花缭乱却能给读者带来无限警示的画面。而且,多视角的镜头切换在一动一静中"折射出现代荒原危机四伏的本质"③。庞德从《荒原》中深受启发,在书写《诗章》时,也采用了艾略特的"荒原"式的写法。这样的例证比较多,仅《比萨诗章》第74章就随处可见。譬如:

> under the gray cliff in periplum
>   the sun dragging her stars
>   a man on whom the sun has gone down
> and the wind came as hamadryas under the sun-beat
>   Vai soli
>   are never alone
>   (Pound 451)

在地貌上的灰崖下
    太阳拖着她的群星
        日落西山的人

---

① Jessie Laidlay Weston, *From Ritual to Romance*: *History of the Holy Grail Legend*, London: Forgotten Books, 2008.

② James George Frazer, *The Golden Bough*: *A Study in Magic and Religion*, Oxford: Oxford University Press, 1998. 弗雷泽一生的研究尽在《金枝》一书。《金枝》第一版于1890年面世,包含2卷内容。等到1915年第三版出现时,它已扩充至12卷。

③ 李维屏:《英美现代主义文学概观》,上海外语教育出版社1998年版,第110页。

阳光下，风踏着树精的脚步而来
　　　　孤独者啊
　　　　从不孤独
　　　（黄运特译）
　surrounded by herds and by cohorts looked on Mt Taishan

. . . I saw from dead straw ignition
　　From a snake bite
　　fire came to the straw
　　from the fakir blowing
　　foul straw and an arm-long snake
　　　　　　　　　　　　　　（Pound 452）

　　　夹在百姓和士兵中遥望泰山

……我看到用枯黄的稻草点火
　　　　用蛇咬
　　使稻草着火
　　那托钵僧吹着
　　脏脏的稻草和一条长过手臂的蛇
　　　　　　　　　　（黄运特译）
and eucalyptus that is for memory
under the olives, by cypress, mare Tirreno
. . .
　　　rain, Ussel
To the left of la bella Torre
　　　　　　　　　　（Pound 456）
在蒂勒尼安海的橄榄枝下，柏树边，
拾起桉树果作为纪念
……
　　雨，于塞尔
在美丽的塔的左边
　　　　　　　（黄运特译）

庞德在《诗章》中书写这些带有"荒原"或"荒野"气息的文字

169

时，透露着无限的神秘性和感伤主义色彩，无论是涉及古希腊、古罗马的神话内容，还是关于现实的生存处境，抑或是一个个跳跃着的记忆碎片，都具有这种抽象、晦涩的艾略特诗学特色和风格。庞德透露出的神秘感和幻灭感不指望读者都能明白，就像艾略特在《荒原》里所呈现的关于"鱼王"和《金枝》的细节，无法让所有读者都能明白一样。我们能够感受到的，是在庞德和艾略特的诗歌描述中呈现出的那种隐隐约约、似是而非的孤独感、异化情绪和绝望心境，或许，这就是他们的现代主义风格所希望达到的效果以及具备无限艺术感染力的原因所在吧。不过，他们这种另类前卫的现代主义写法也可能产生另一种戏剧性场景，即"诗歌供贵妇人消遣的观念的彻底结束"①。

艾略特在《荒原》里运用了希腊语、拉丁语、意大利语、法语、德语、埃及语、西班牙语、梵文、英语9种语言文字，引用了维吉尔、但丁、奥维德、莎士比亚、庞德、赫胥黎（Aldous Huxley）等35位作家的50多部作品，诗中征引并涉及古今大量的神话传说、民间歌谣、诗歌、戏剧、小说、经文、回忆录以及各种著述，还特别强调了有关圣杯的传说，弗雷泽的《金枝》以及太洛纸牌、鱼王、耶稣基督等传说，同时糅合了多种流行于"一战"和"二战"期间的歌曲作为隐喻，以呼应现实生活，甚至在诗行接近尾声时出现了读者耳熟能详的儿歌"London Bridge is falling down falling down falling down"（伦敦大桥在沉没，在沉没，在沉没），另外还涉及佛教元素，镶嵌暗示语言学、人类学、哲学等学科的词汇信息……② 这些大胆而现代的做法完全打破了常规和传统，给庞德带来许多智性的（intellectual）启示，对他后来的诗歌创作产生了多方面的影响。譬如，庞德在《诗章》中使用的语言数量与艾略特在《荒原》中使用的语言数量相比，"有过之而无不及"——据统计，有20多种③。《尤利西斯》的作者乔伊斯则比他们更夸张，他在生前所写的最后一部小说《芬尼根的苏醒》中使用了60多种语言④。

艾略特在《荒原》里使用了大量的颓废意象、灰色意象，乃至死亡

---

① Richard Ellmann, *Golden Codgers: Biographical Speculations*, New York: Oxford University Press, 1973, p. 155.

② Maynard Mack, *The Norton Anthology of World Masterpiece*, New York & London: W. W. Norton & Company, 1997, pp. 2784 – 2802.

③ 黄运特：《中国制造的庞德（英文）》，《外国文学研究》2014年第3期；Ira B. Nadel, "Introduction: Understanding Pound", in Ira B. Nadel, ed., *The Cambridge Companion to Ezra Pound*, Cambridge: Cambridge University Press, 1999, p. 16.

④ 袁可嘉：《欧美现代派文学概论》，广西师范大学出版社2003年版，第3页。

意象，充满玄学派诗人约翰·邓恩（John Donne）习惯使用的"奇思妙想"，或者曰"奇喻"（Conceit）。最典型的一个案例，是艾略特在《荒原》一开篇就把生机盎然、姿态万千的四月刻画成地狱般最冷酷、最残忍的（cruellest）月份，并出人意料地把本来寒冷萧索、死气沉沉的冬天描写成能使我们感觉温暖的季节，因为覆盖的积雪会帮助人们遗忘春天的幻灭感：

> April is the cruellest month, breeding
> Lilacs out of the dead land, mixing
>   Memory and desire, stirring
>   Dull roots with spring rain.
>   Winter kept us warm, covering
>   Earth in forgetful snow, feeding
>   A little life with dried tubers. ①
>
> 四月是最残忍的一个月，荒地上
> 长着丁香，把回忆和欲望
> 掺合在一起，又让春雨
> 催促那些迟钝的根芽。
> 冬天使我们温暖，大地
> 给助人遗忘的雪覆盖着，又叫
> 枯干的球根提供少许生命。
>
> （赵萝蕤译）

在这里，我们对比一下英国诗歌之父乔叟（Geoffrey Chaucer）在《坎特伯雷故事集·序曲》（The Canterbury Tales—Prelude）里对四月的描写，就会有截然不同的体会：

> As soon as April pieces to the root
> The drought of March, and bathes each bud and shoot
>   Through every vein of sap with gentle showers
>   From whose engendering liquor spring the flowers;

---

① Maynard Mack, *The Norton Anthology of World Masterpiece*, New York & London: W. W. Norton & Company, 1997, pp. 2790-2791.

> When zephrs have breathed softly all about
> Inspiring every wood and field to sprout...①
> 　　当四月带来甘美的春雨
> 　　滋润三月里久旱的根茎
> 　　和风细雨里，通过条条叶脉
> 　　让汁液尽情沐浴每一个嫩芽和花蕾
> 　　任凭催生的力量使百花盛开
> 　　当西风甜美的气息处处撒播生机
> 所有的树林和田野获得新生的召唤……

　　在乔叟的"四月"里，甘美的绵绵细雨滋润三月里久旱的根茎，草木的嫩芽和花蕾在春光的沐浴下焕发生机；暖风拂面，百花盛开，山林吐出新绿，阳光挥洒苍穹；小鸟尽情展现动听的歌喉，通宵不愿睡去，因为担心会错过这大好春光……这是一派春意盎然的景象，让人充满希望，更是人与自然和谐共生的美好画面。

　　与乔叟笔下充满浪漫主义诗情画意的四月不同，艾略特书写的四月呈现了一个另类的世界——一个被"一战"摧毁的世界，人类肉体遭受重创的世界，精神信仰失去根基的世界，所有希望荡然无存且黑白颠倒的世界。这些符合艾略特那个时代真实的历史语境。当然，艾略特出类拔萃的书写感染了庞德，这使他在书写《诗章》时，在揭露西方世界的黑暗、衰败时，不由自主地使用具有"荒原"式的有些萧索甚至颓废的意象。譬如，在《诗章》第14章，庞德眼中的现代社会到处是——

> 　　The slough of unamiable liars
> 　　　　bog of stupidities
> 　　malevolent stupidities, and stupidities
> 　　the soil living pus, full of vermin
> 　　...
> 　　　　the drift of lice, teething
> 　　and above it the mouthing of orators
> 　　...
> 　　　　And Invidia

---

① 吴伟仁编：《美国文学史及选读（1）》，外语教学与研究出版社2013年版，第38—43页。

```
            the corruptio, foetor, fungus
                                    (Pound 63)
       伪善谎言家的泥沼
                  愚蠢的沼泽地
       邪恶的愚蠢，除了愚蠢还是愚蠢，
                  泥土里长着浓汁，爬满寄生虫
       ……
                  成群的虱子蠕动，长着牙齿，
       虱群之上是演说家的怪模样
       ……
                  还有嫉妒，
       腐败、恶臭、霉菌
```

甚至还有《诗章》第 15 章所描述的现代世界里，那一系列畸形、怪诞、无可救药的社会乱象（chaos）：

```
       the courageous violent
                  slashing themselves with knives
       the cowardly inciters to violence
       .....n and.......h eaten by weevils
       ........ll like a swollen foetus
                       the beast with a hundred legs, USURA
       and the swill full of respecters
                  bowing to the lords of the place
                                    (Pound 64)
凶残的暴力分子
       用砍刀朝自己砍去，
懦弱的煽动者走向暴力
……并　且………被象鼻虫吃掉，
…………看起来像一个肚子肿胀的胎儿，
       长着一百条腿的怪兽，高利贷
和充满崇拜者的泔水，
       向地方官卑躬屈膝
```

173

现代西方社会在庞德笔下，如同在艾略特笔下一样，不是一个充满希望和生机的社会，而是满目疮痍、晦涩抑郁，让人产生一种难以名状的隔膜感、失落感和陌生感，让人窒息、困惑和不堪忍受①。

对于艾略特这一独特意象在《诗章》中的艺术呈现，庞德发挥他天才的作诗法，以别开生面的方式进行摹写。庞德在《诗章》中除了亲切地称呼艾略特的绰号"Possum"，还会比较严肃称他为"Mr. Eliot"（艾略特先生），或者用《荒原》里的隐喻语言直呼他为"il decaduto"（那个颓废者）。无论使用哪一种表述，庞德都带着深情，好像他笔下的"Possum""Mr. Eliot""il decaduto"就立在他的面前，正与他侃侃而谈。譬如，在《诗章》第65章，庞德这样把好友"Mr. Eliot"引入诗歌文本："罗氏福柯公爵/拜访我/（卢侃女士关于爱尔兰的诗篇）/拜访我/并想让我给他解释一些/在康涅狄格州宪法中的片段/（对此，艾略特先生离开我们）"（Pound 378）。在《诗章》第74章，庞德与"Possum"玩起了多声部游戏："古今何处能寻到？/不过这样对负鼠说：一声轰隆，不是一声鸣咽（a bang, not a whimper），/以一声轰隆不以一声鸣咽（with a bang, not with a whimper），/去建造迪奥切的城市，它的露台是群星的色彩。"（Pound 445）同样在该章，庞德调侃"Possum""从不读一个字"，这就像他大刀阔斧帮助修改完《荒原》后，艾略特的滑稽表现："负鼠……/不读一个字"，"穷困年迈　我从不读一个字"（Pound 456）。在《诗章》第77章，庞德使用"Mr. Eliot"的表述，并附带一个小插曲："……年轻的/泰米的'裁缝账单'/或格里希金的照片多年后又找到/觉得艾略特先生可能/在作他的花边小诗时，毕竟忽略了些什么，/地貌……"（Pound 486）在该部分，庞德别具匠心地采用互文与戏仿手法，彰显他作为现代主义诗人的独特文风：诗中提到的"格里希金"（Grishkin）是艾略特《永恒的低语》一诗里的人物，忽略了"地貌"的"花边小诗"根据上下文来看，正是指代此诗②。在《诗章》第78章，庞德谈到"il decaduto"（那个颓废者）带着古典哲学家的风度，却难以掩盖其内心的感伤和苦楚："于是我们坐在斗兽场边/外面，西伊和那位颓废者"（Pound 501）。在《诗章》第80章，庞德用第一人称"我"与"Mr. Eliot"对话，他们谈及陈年往事，整个谈话过程轻松幽默，不过带有意识流的味道："然而撒都该人几

---

① Leon Surette, *The Birth of Modernism: Ezra Pound, T. S. Eliot and the Occult*, Montreal: McGill-Queen's University Press, 1993.

② ［美］伊兹拉·庞德：《庞德诗选——比萨诗章》，黄运特译，张子清校订，漓江出版社1998年版，第80页，注解5。

乎不承认/艾略特先生的说法/在开罗有部分复活/贝多斯，我想，忽略了它。/生命的骨髓，我想是他的出发点/很奇怪，不是吗，艾略特先生"（Pound 517）。类似的意识流书写法在《诗章》第 81 章再次出现，不同点是呈现方式发生变化，"Possum"的形象出现在记忆碎片中，并且是嵌入式的："负鼠注意到当地葡萄牙民间舞蹈中/在不同的地方总是那班同样的人在跳舞/在迎接……的政治性场合。"（Pound 518）

总之，庞德在《诗章》中书写艾略特时，他的情感态度异常复杂，有开心喜悦，有怅然若失，有千言万语，有欲说还休。不管是哪一种状态，诗人庞德都借助多重意象和多维所指彰显他的现代主义风格，以不同寻常的艺术手段唤起读者对 "Possum" "Mr. Eliot" "il decaduto" 等文本意象的原型想象。或许，庞德这种高超的诗艺以隔空对话的方式呼应了艾略特在他撰写的一篇题为《哈姆雷特》（"Hamlet"）的重要论文中提出的 "客观对应物"（objective correlative）的理论，即"用艺术形式表现情感的唯一方法是寻找一个'客观对应物'"，隐藏自我，实现"非个性化的"（impersonal）表述[①]。

第五节 《诗章》与卡明斯的"另类文风"

1921 年 1 月，庞德离开居住了十二年的伦敦，于 4 月在巴黎安顿下来。巴黎是艺术之都、浪漫之都。庞德在这里开始他人生中另一段特殊且重要的创作经历。他不仅完成了《诗章第 4—7 章》（*Cantos IV – VII*）和《诗章第 8—11 章》（*Cantos VIII – XI*），出版了《诗集 1918—1921》（*Poems 1918 – 1921*），还翻译了法国后期象征主义诗坛领袖雷米·德·古尔蒙（Remy de Gourmont）[②]的名作《爱的自然法则》（*The Natural Philosophy of Love*）等。闲暇之余，庞德以活跃的社会活动家的身份会见在法国艺术界、文学界的诸多名流，包括罗马尼亚裔法国雕塑大师康斯坦丁·布朗库西（Constantin Brancusi）、现代艺术创始人毕加索（Pablo Picasso）、

---

① Caroline Behr, *T. S. Eliot: A Chronology of His Life and Works*, London: The MacMillan Press Ltd., 1983, pp. 19 – 21.

② 雷米·德·古尔蒙是法国一位重量级诗人和散文家，他的著名作品还包括诗集《西茉纳集》（一译《西摩妮集》）、随笔《海之美》等。诗人戴望舒称赞他的诗"有着绝妙的微妙——心灵的微妙与感觉的微妙，他的诗情完全是呈给读者的神经，给微细到纤毫的感觉的，即使是无韵诗，但是读者会觉得每一篇中都有着很个性的音乐"。在国内，戴望舒以及卞之琳都曾翻译过他的作品。

"冰山原则"小说创作理念的倡导者海明威、"迷惘的一代"（the Lost Generation）的发言人和引路人格特鲁德·斯泰因（Gertrude Stein）①、小提琴演奏家奥尔加（Olga Rudge）②等。庞德也见到了美国具象诗（concrete poetry）的先驱和代表人物卡明斯，并与他在巴黎结下了深厚友谊。他们之间友谊的见证，就是那本颇具影响力的《庞德/卡明斯：伊兹拉·庞德与 E. E. 卡明斯通信集》（*Pound/Cummings: the Correspondence of Ezra Pound and E. E. Cummings*）③。在他们交往的过程中，卡明斯解构传统、凸显新奇的"另类文风"对庞德《诗章》的创作及其现代主义诗歌风格的塑造，产生过不小的影响。

一 卡明斯的"另类文风"与庞德艺术观的变革

卡明斯的父亲是哈佛大学教授和波士顿地区唯一神教派的牧师（Unitarian Minister），母亲具有良好的文学和艺术修养。优渥的家庭环境使卡明斯从小对艺术和人类精神世界展现出浓厚兴趣。1915 年，他获得哈佛大学古典文学学士学位；次年，获得英语文学硕士学位④。此后，年轻气盛、精力旺盛的他被 20 世纪初流行欧美的新艺术运动所吸引，尤其喜欢张扬个性的可视性艺术（visual art），包括印象主义（Impressionism）、后印象主义（Post-impressionism）、立体主义（Cubism）、未来主义（Futurism）等。卡明斯甚至以现代艺术家的身份从事绘画创作，同时受英美日益勃兴的诗坛风气的影响，开始另类诗歌的创作。《E. E. 卡明斯诗歌全集：1904—1962》（*E. E. Cummings: Complete Poems 1904 - 1962*）的主编乔治·J. 费尔玛奇（George J. Firmage）在《编者按》（"Editor's Note"）中亦认为，纵观卡明斯诗歌创作的整个历程，他的诗作具有先锋派实验性质⑤。

画家和诗人的双重身份，使卡明斯在诗歌创作时习惯把绘画和诗歌糅合在一起。具体来讲，就是把诗人喜欢的毕加索的立体主义绘画艺术和未

---

① 毕加索曾经于 1906 年为格特鲁德·斯坦因画过肖像。
② 奥尔加于 1923 年与庞德相识，后来成为庞德 50 多年的情人和缪斯，他们有一位私生女玛丽（Mary de Rachewiltz）。庞德在《诗章》中有多处细节提到她。
③ Ezra Pound, *Pound/Cummings: the Correspondence of Ezra Pound and E. E. Cummings*, Ann Arbor: University of Michigan Press, 1996.
④ 李维屏：《英美现代主义文学概观》，上海外语教育出版社 1998 年版，第 123—138 页。
⑤ George James Firmage, "Editor's Note", in E. E. Cummings, *E. E. Cummings: Complete Poems 1904 - 1962*, George James Firmage, ed., New York: Liveright Publishing Corporation, 1991, p. V.

来派的绘画技巧融入他的诗歌创作,实现诗就是画、画就是诗(Poetry is painting and painting is poetry)的视觉效果。卡明斯这种融绘画艺术技巧于韵文创作的做法使他的诗歌看起来非常另类。到底有多另类?我们先来看一下他发表的诗集的名字:1925 年自费出版的诗集名是 & (《&》)①,1926 年出版的诗集名字是 *is 5* (《是5》),1931 年出版的诗集名字是 *W* (《W》),1935 年出版的诗集名字是 *No Thanks* (《不谢》),1944 年出版的诗集名字是 *1 × 1* (《1 乘 1》),1950 年出版的诗集名字是 *XAIPE* (《庆贺》)等。卡明斯在各个诗集中书写的诗歌题目更是千奇百怪、无所不有,有些甚至让人瞠目结舌。我们再看几例:在诗集 & 中,他有 A、N、D 三组诗歌,分别对应"后期印象诗"(Post Impressions)、"&:诗 7 首"(&:Seven Poems)和"十四行诗—现实/真实"(Sonnets - Realities,Sonnets - Actualities),相关诗歌包括"Take for example this:""Who/threw the silver dollar up into the tree? /I didn't said/the little""(one!)""O It's Nice To Get Up In, the slipshod mucous kiss"等;在诗集 *XAIPE* 中,他呈现了 71 首姿态万千、内容"雷人"的诗,包括"o""tw""a(ncient)a""goo-dmore-ning(en""F is for foetus(a""&(all during the""(im)c - a - t(mo)"等;在诗集 *73 Poems* (《诗 73 首》)中,他另类的诗还包括"at just 5 a""e""n""nite)""t,h;r:u;s,h;e:s""mi(dreamlike)st""&sun&""(listen)""D - re - A - mi - N - gl - Y""!hope"等②真是让人眼花缭乱!而且,上述诗作(包括题目)很难根据语义功能对等(functional equivalence)原则从英语原文完全地翻译成汉语。唐代大诗人杜甫在《江上值水如海势聊短述》有名句云:"为人性僻耽佳句,语不惊人死不休。"该句放在卡明斯身上,似乎也恰如其分!

在卡明斯看来,诗是一种艺术,是一种自由的艺术,是一种可以跟绘画打通、各取所需的可视性艺术。尤其是通过打字机独特的排版技术(typography),诗人可以随心所欲地镶嵌现实的或想象的话语,改变单词字母的大小写(cases of letters),甚至按照主观愿望使字体随时发生变异(variation),使语言的词性随处发生变化(shift)……换言之,诗可以达到与绘画一样惟妙惟肖、楚楚动人的境界。卡明斯天生崇尚无拘无束的个人生活,凡是束缚自己思想和禁锢自己头脑的事物统统被他视为不可忍

---

① 诗集《&》的出版经历了许多周折。据说因为卡明斯的诗歌太过另类且"史无前例",当时许多出版社无法接受他的诗歌及创作风格,并不愿意替他出版。

② E. E. Cummings, *E. E. Cummings: Complete Poems 1904 - 1962*, George James Firmage, ed. , New York: Liveright Publishing Corporation, 1991, pp. vii - xxxii.

受、难以想象的东西。就连几百年来西方约定俗成的单词拼写、语法句法，在他看来也是烦琐冗长的代名词，是桎梏的表征，是禁锢艺术家头脑的存在。卡明斯决心要打破各种规则和繁文缛节，于是，他煞费苦心地通过独特的断词断句、拼词造句和标点、大小写等来控制诗歌的视觉效果，以彰显他"崇尚自然，反对工业化；崇尚直觉和想象，反对常规认知"的先锋派思想和态度①。

卡明斯有一首题为"l（a"的具象诗，在英美诗坛流传甚广，名气很大。该诗最早发表在 1958 年的诗集 95 *Poems*（《诗 95 首》）中②。据说，卡明斯本人亦特别喜欢这首极彰显个性的诗，所以有意把它放在该诗集的开篇，以飨读者。全诗呈现如下：

> l（a
>
> le
>
> af
>
> fa
>
> ll
>
> s）
> one
> l
>
> iness

"l（a"是卡明斯诗集《诗 95 首》中的第一首诗。它呈现为一竖行，仅由一句话组成："a leaf falls：loneliness"。看似简单的一句话，卡明斯硬是给它做了一个"大手术"：全诗共 4 个英文单词（即 a、leaf、falls 和 loneliness），其中 3 个单词（即 leaf、falls 和 loneliness）被分别拆分成两个、三个和四个部分，排成 9 行，形成 5 个诗节，呈 1—3—1—3—1 模

---

① 刘海平、王守仁主编：《新编美国文学史（第三卷，1914—1945）》，杨金才主撰，上海外语教育出版社 2002 年版，第 181 页。

② E. E. Cummings, *E. E. Cummings*: *Complete Poems 1904 - 1962*, George James Firmage, ed. , New York: Liveright Publishing Corporation, 1991, p. 673.

式。该诗括号里面的部分,是动态的,造成一种立体三维的可视效果,描述一片(a)树叶受到地球万有引力作用从树枝上由高到低飘落的过程(fa/ll/s),有叶片在风中飘舞、翻飞的动作(le/af),也有"嘶嘶嘶"(s/ss)的声响。该诗括号外面是静态的,呈现一种神秘、抽象、难以名状的心灵状态,描写的是诗人观看树叶飘零时的切身感受和他内心复杂的心理活动,即诗人真实的抑或纯粹想象的"loneliness"(孤独)。括号外面的"l"和"one"可以理解为诗人自己,亦可以看成一棵树或一个树枝,或者是这片树叶本身;而"iness"描述了树叶最后飘落在地上后的状态:一方面影射叶子已经完全落地,另一方面还暗示了地上躺着许许多多类似的树叶,错落叠加,形态各异。"卡明斯成功地将 oneness 与 loneliness 交织一体,通过单片落叶来同时表现物质和精神的孤独。其构思之巧妙,设计之完美,的确令人拍案叫绝。"① 而且,诗中没有任何音步,更谈不上押韵。诗中没有大写字母,没有诗歌里常用的标点符号。诗行被组成了一种可见的形体,具有物体形状的图案,看上去像一幅画。这既不是无韵体(blank verse)形式,又与我们熟知的自由体(verse libre)完全不同,即使是以大胆和不拘一格著称的惠特曼,在《草叶集》中使用的"free verse"也没有这种形式的诗。在西方文学史上,公元前4世纪古希腊诗人曾创作过"图案诗"(pattern poetry),16—17世纪英国玄学派诗人流行过"形体诗"(shaped verses),譬如乔治·赫伯特(George Herbert)创作的"翅膀诗"《复活节的翅膀》("Easter Wings")、罗伯特·赫里克(Robert Herrick)创作的"墓碑诗"《所以我》("Thus I")、乔治·威瑟(George Wither)创作的"树丛诗"《再见,芳香的树丛》("Farewell, Sweet Groves")等②。然而,卡明斯创作的"l(a"与上述所有诗歌均不属于同一类别。事实上,卡明斯创造了一种新的诗歌类型,一种融合了20世纪立体主义绘画特色、使诗歌充满动态效果的"三维立体诗"(Three-dimensional poetry)。该类型诗具有独具一格的现代主义风格,是来源于现实生活,又高于现实生活,是来源于对现实世界的观察,又必须发挥读者头脑中的想象力和认知力的"静中有动、动中有静"的卡明斯式诗体诗(Cumming-style poetry)。许多评论家都把卡明斯的诗称作"concrete poetry"③,本质上讲,该说法并不十分恰当,但实属无奈之举。

---

① 李维屏:《英美现代主义文学概观》,上海外语教育出版社1998年版,第132页。
② 王珂:《论英语图像诗的流变》,《宁夏大学学报》(人文社会科学版)2006年第4期。
③ 胡全生等编著:《20世纪英美文学选读——现代主义卷》,上海交通大学出版社2003年版,第359—362页。

除了"l(a"这样描述树叶立体式飘零过程的经典诗歌,卡明斯还创作了模拟草丛中的蚱蜢由远而近、蹦蹦跳跳扑入诗人眼帘的动态"蚱蜢诗""r-p-o-p-h-e-s-s-a-g-r":

```
            r-p-o-p-h-e-s-s-a-g-r
                        who
            a) s w (e loo) k
            upnowgath
                        PPEGORHRASS
                                        eringint (o-
            A The): l
                        eA
                           ! p:
            S                              a
                           (r
            rIvInG              . gRrEaPsPhOs )
                                             to
            rea (be) rran (comg (e)) ngly
               , grasshopper;①
```

该诗是卡明斯于 1935 年出版的诗集 *No Thanks* 中的第 13 首。乍一看,读者难免有如坠云雾之感。仔细玩味,我们会读到这样的句子:"As we look up now, r-p-o-p-h-e-s-s-a-g-r, PPEGORHRASS and. gRrEaPsPhOs who, gathering into a/the leap (s) and arriving, become rearrangingly grasshopper"(在我们向上看时,蚱蜢攒足劲纵身一跃,最后成为一只不同寻常的蚱蜢)。该诗因为独特的诗体结构和动态效果,迄今没有令人心悦诚服且符合诗意的中文译本。以上文字表述也只是粗略且肤浅的翻译。该诗字里行间最让人看不懂的部分,实际上隐藏着诗人卡明斯的"别具匠心"——那是一幅画,一幅"蚱蜢图"。该图已被国内学者徐艳萍和杨跃破解并还原出来②,呈现如下(图 4-1):

---

① E. E. Cummings, *E. E. Cummings: Complete Poems 1904-1962*, George James Firmage, ed., New York: Liveright Publishing Corporation, 1991, p. 396.
② 徐艳萍、杨跃:《谈 E·E·卡明斯诗歌中的"变异和突出"》,《西安外国语学院学报》2005 年第 1 期。

第四章 《诗章》现代主义风格的模仿与创造

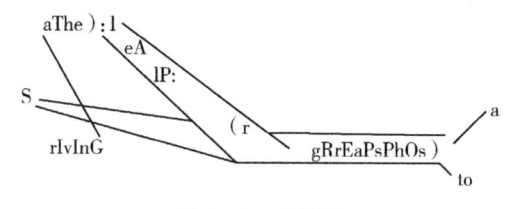

```
    aThe ):1
           eA
  S         lP:
             (r           a
    rIvInG      gRrEaPsPhOs )
                            to
```

图 4-1 蚱蜢图

卡明斯还有一首叫人流连忘返、浮想联翩的诗"mOOn Over tOwns Moon"（小城上的圆月）。此诗仍然出自 *No Thanks*，是该诗集第 1 首。它也是卡明斯本人最得意的诗作之一。全诗如下：

  mOOn Over tOwns mOOn
  whisper
  less creature huge grO
  pingness

  whO perfectly whO
  flOat
  newly alOne is
  dreamest

  oNLY THE MooN o
  VER ToWNS
  SLoWLY SPRoUTING SPIR
  IT ①

在该诗中，前两个诗节中的字母"O"都是大写，让人不禁联想到一轮圆盘似的皎洁明月（"O"）在静谧的小城上空高悬，发出耀眼夺目的光芒；月光下万物祥和，亦呈现影影绰绰神秘的模样。月亮并不是静止不动，它在自由"漂浮"（flOat），所以到了诗的最后一节，月亮变成了"o"。"O"与"o"两种月亮形状形成比较强烈的对比和视觉差。对月亮戏剧性变化的描述，卡明斯给出的解释是："只有小城上/空的月亮/慢慢

---

① E. E. Cummings, *E. E. Cummings: Complete Poems 1904-1962*, George James Firmage, ed., New York: Liveright Publishing Corporation, 1991, p. 383.

181

地将灵魂萌发"(oNLY THE MooN o/VER ToWNS/SLoWLY SPRoUTING SPIR/IT)。当月亮与灵魂联系到一起,一种难以名状的神秘感就从夜幕泪泪流溢而出。纵观卡明斯的另类诗歌,由于"他摒弃了诗歌应有的音步和韵脚,别开生面地采用了一种规则与不规则相结合的自由诗节,并十分注重诗歌的韵律和视觉效果"[①],所以在诗歌形式上显示了比较大的自由度和灵活性。这也给包括庞德在内的其他现代主义诗人,在书写他们各自现代主义诗篇时提供了重要参考和借鉴。

庞德在《诗章》中也试图写出像卡明斯这样带有立体感和动态感的诗,以期待在《诗章》中渲染一种类似的离奇、玄妙和神秘的气氛。譬如,庞德在《诗章》第 15 章描写了但丁《地狱篇》一般肮脏、腐败、混乱的西方社会,写到了堕落、麻木的人群,写到了"百足虫一样的怪物"(the beast with a hundred legs)——高利贷带给世界的危害,其表达方式非常接近卡明斯式诗体风格:

> Ultimate urinal, middan, pisswallow without a cloaca,
> ......r less rowdy, ...Episcopus
> ....sis,
> head down, screwed into the swill
> ...
> the cowardly inciters to violence
> .....n and.......h eaten by weevils,
> ....ll like a swollen foetus,
> the beast with a hundred legs, USURA
> ...
> a green bile-sweat, the news owners, ...s
>   the anonymous
> ....ffe, broken
> ...
> boredom born out of boredom,
> british weekliness, copies of the...............c,
> a multiple ....nn,
>
> (Pound 64 – 65)

---

① 李维屏:《英美现代主义文学概观》,上海外语教育出版社 1998 年版,第 129 页。

第四章 《诗章》现代主义风格的模仿与创造

庞德在上述《诗章》里的书写方式及风格让人瞠目结舌。不仅没有任何逻辑可言，还随心所欲地破坏传统意义上的语法规则，随意造词、拆词，甚至扭曲和改变正确的单词拼写法，随意使用标点符号，随意改变句法、句式，随意造成意义的断裂，随意改变单词的大小写，等等。为了凸显高利贷的"面目狰狞"，庞德把它写成"USURA"；为了凸显"一战"后那个曾号称自己是"日不落帝国"的英国的"渺小"和"微不足道"，庞德把它写成"british"，并且强调说明：生活在当时堕落之城伦敦的人们"除了无聊还是无聊"（boredom born out of boredom）。在庞德看来，无聊好像传染病一样，会在西方社会各个角落传播。

卡明斯式的支离破碎法除了可用来表现"地狱般"的世界，还可以呈现某种幽默和调侃，并用它来展现一些温馨、可爱的内容。在《诗章》第16章，庞德有这样的表述：

"Was it? it was
　　　　Lord Byron
Dead drunk, with the face of an A y n..........
He pulled it out long, like that:
　　　　The face of an a y n................... gel"
　　　　　　　　　　　　　　　　（Pound 71）

庞德在该片段中呈现了高超的卡明斯式语体风格——虽然是回忆一位老海军（the old admiral）的陈年话语，但是让读者感觉妙趣横生，好像发生在眼前。尤其是描绘"拜伦大人"（Lord Byron）醉酒的状态，惟妙惟肖：他因为"喝得死醉"（dead drunk），语无伦次，身不由己，想表达思想，却又无法控制自己的嘴巴，只能"把那声音拖得很长"（A y n..........）；他因为"喝得死醉"，面部表情和内心世界无法受到意志力的控制，遂表现得天真、可爱、情不自禁；估计轻飘飘地、跟跟跄跄地挪动脚步时，还在傻笑，那样子憨态可掬；而回归本我的率真无邪的脸呢，像是"一张　　天…………使　的脸"，原语表达"The face of an a y n................... gel"模拟了一种动态的、具体的、搞笑的立体画面，里面的省略号给人留下无限遐想的空间。

此外，在模仿自然界的小动物方面，庞德更是借鉴了卡明斯式的诗画结合"造型艺术法"和"图画描述法"。譬如，在《诗章》第82章，庞德赋予"蟋蟀"（cricket）以生命的律动，说它只"蹦跳却不唧唧作响"；

庞德还描绘了"小鸟"（birds）蹦蹦跳跳、自由飞舞的样子，很像卡明斯绘制的动态"蚱蜢图"——"r-p-o-p-h-e-s-s-a-g-r"：

> Till the cricket hops
>   but does not chirrp in the drill field
> 8th day of September
>   f f
>   d
>   g
>   write the birds in their treble scale
> Terreus! Terreus!
>
>   （Pound 545）

该诗的动态视觉效果，及其随之产生的意义断裂和思维跳跃也是非常明显的。

  庞德在比萨监狱期间与世隔绝，好在自然界里各种动物和虫鸟是慷慨而没有任何偏见的。它们不但不嫌弃庞德的"死囚犯"身份，反而经常光顾他的"猪圈"（pigsty）会见他，并给他吹拉弹唱，使庞德兴奋不已（Pound 459）。为此，听自然界里这些虫鸟的鸣叫，就成为庞德获取片刻的快乐和陶醉在自我想象世界的重要途径。该片段是庞德倾听鸟儿在监狱外的电线杆上吹拉弹唱的一个写照：前三行是铺垫，里面有"可怜的畜生"（poor beaste），即前文提到的"狗"以及监狱管理人员（庞德用Dirce指代）的训斥声——"高兴点"（be glad）、"爱跟随着你"（love follows after thee）。庞德应该循声望去看到了这一切，因为他同时还目睹了蟋蟀在操场蹦跳"却不唧唧作响"（chirrp）——注意，庞德故意在"chirp"里多加了一个"r"，造了一个新词，以强调其音乐效果。事情发生在"九月八日"（8th day of September）那天，"鸟儿在它们的三音阶上书写"（write the birds in their treble scale）。鸟儿能书写什么样的音符呢？又怎样去表达这些音符呢？庞德匠心独具地创造了一种蒙太奇式的动态表达，用三个音符"f""d""g"既代表小鸟也代表小鸟的声音本身，将其分别安置在高低起伏的位置上：

      f f
        d
         g

这三个音阶（scale）应该就处在音符背后所在的隐形的三根电线上。小鸟欢唱的是什么内容呢？庞德听到的鸟语是"Terreus! Terreus!"而最上面的两个"f"代表什么呢？就是代表 f 音符的那只小鸟边唱边跳的动态效果图。当然，它实现的是平行的动态跳跃。可见，庞德为了表现这种跳跃用了非常形象和富于动感的画面。庞德的这种诗歌写作法，在我们看来，与卡明斯的名诗"l（a""r-p-o-p-h-e-s-s-a-g-r"和"mOOn Over tOwns Moon"① 有异曲同工之妙。

二　从"大我"到"小我"的卡明斯式实验及其他

为彰显个性特色，卡明斯以完全另类和不拘一格的姿态变革英语的传统语法和句法。他像法国哲学家雅克·德里达（Jacques Derrida）解构西方根深蒂固的逻各斯中心主义一样，具有革命和革新的决绝态度。他拒绝把自己的名字写成大写的"E. E. Cummings"，而是故意写成小写的"e. e. cummings"。他的用意除了表明他自由、开放、随意的性格之外，还有一层艺术的或哲学的意蕴，即他是偌大一个世界里的小人物，是芸芸众生，用小写的"e. e. cummings"更符合他的身份和生存状态。此外，他还故意违背约定俗成的常规，在诗歌写作时故意把第一人称大写的"I"改写成小写的"i"，以体现他与众不同和标新立异的个性。

在《E. E. 卡明斯诗歌全集：1904—1962》中，笔者发现，卡明斯于 1911—1916 年在哈佛大学读书期间就已经开始大量写诗，并且有的放矢地呈现自己独特的诗歌风格和体系。当时，他的诗作包括《早期诗》（*Early Poems*）三首，《文学献礼》（*Literary Tributes*）四首，《爱情诗》（*Love Poems*）十一首，《朋友组诗》（*Friends*）四首，《晚期诗》（*Late Poems*）四首。客观地说，这些诗与诗集 *No Thanks*（1935）、*50 Poems*（1940）、*XAIPE*（1950）里的诗相比，写法的确稚嫩且传统，模仿乔叟、但丁、约翰·济慈（John Keats）等前辈诗人的痕迹比较明显，"I"还是写成约定俗成大写的模样。但是到了 1916—1917 年，卡明斯进入他的诗歌创新和试验期，诗风开始发生显著变化。在该时期，卡明斯有一部未发表的题为 *EXPERIMENTS, 1916 - 1917*（《试验主义诗歌 1916—1917》）的诗集。里面有十首风格迥异的诗。前两首诗的写法比较保守，"I"还

---

① 参见 E. E. Cummings, *E. E. Cummings: Complete Poems 1904 – 1962*, George James Firmage, ed., New York: Liveright Publishing Corporation, 1991, pp. 673, 396, 383。

是传统语法意义上的"I"。然而，到了第三首题为"logeorge"的诗，其典型的卡明斯式（Cummings-style）的"怪诞"风格开始出现。在该诗支离破碎的诗行之第12行，笔者发现了这样的"离经叛道"的诗句："do i remember rita what'sthejoke/well/goddam/don'ttakeit too hard old boy/…"该句中的"i"不再是传统写法，而是像一首宣言一样宣告"卡明斯式"的实验主义诗歌正式拉开序幕，而且卡明斯用他创造的新词"what'sthejoke"，以幽默调侃和别开生面的口吻开始他的另类诗歌展示之旅。纵观《E. E. 卡明斯诗歌全集：1904—1962》，这首题为"logeorge"的短诗，也是卡明斯第一次使用小写的"i"①。自此，小写的"i"成了卡明斯诗作的标志性书写，频频出现在 *Tulips and Chimneys*（《郁金香与烟囱》，1923）、*is 5*（《是5》，1926）、*Eimi*（《我是》，1933）、*95 Poems*（《诗95首》，1958）等诗集中。具体的诗歌例证包括"i""if i""i like""i will be""if i believe""i will wade out""if i love you""much i cannot""i say no world""i go this window""i will cultivate within""i met a man under the moon""i like my body when it is with your"等。可以说，在卡明斯后期的诗歌创作中，都有类似把"I"写成"i"、不遵守传统语法规则和拼写规则的诗篇。这俨然成为他特立独行的诗歌标志和名片。

有意思的是，卡明斯这种独特的诗歌写作方式对庞德的《诗章》创作产生了积极影响。庞德尤其佩服卡明斯敢于打破常规并大胆使用不合常理的（unusual）手法和技法以及怪诞的（grotesque）排字法进行现代主义诗歌创作和试验。受卡明斯风格的启发，庞德以另类且个人主义的姿态，把他从卡明斯那里借鉴来的诗歌写作技巧、排版艺术、诗画合一的思想融入他的《诗章》创作，取得了意想不到的新奇效果：

庞德不仅把"American"写成"american"（Pound 241, 481），如"Strengthen franco-american amity"（Pound 137）、"american civil war"（Pound 241）、"the american lady"（Pound 481）；还把"Cummings"写成"cummings"，如"Bunting and cummings"（Pound 452）、"sd/mr cummings"（Pound, 528）、"said mr cummings"（Pound, 623）；把"French"写成"french"，如"the french authority"（Pound 137）和"the french"（Pound 401, 777）；把"English"写成"english"，如"says it in english"（Pound 781）和"and buy english"（Pound 791）；把"European"写成

---

① 参见 E. E. Cummings, *E. E. Cummings: Complete Poems 1904–1962*, George James Firmage, ed., New York: Liveright Publishing Corporation, 1991, p. 935。

"european",如"If any european merchant can show good cause"(Pound 399);把"at"写成"@"(Pound 218,219,398,399,405,447);把"and"写成"&",如"& no increase in burocracy…/& that they be read 4 times the year…/& be tried locally…/& souls of the dead derauded"(Pound 787,789)。庞德也像卡明斯那样打破语法规则,改变词语本来的属性。譬如,在类似"And I have learned more from Jules/(Jules Laforgue)since then/deeps in him,/and Linnaeus"(Pound 836)的诗句中,把形容词"deep"用作动词等。此外,庞德甚至像卡明斯那样自己创造新词,以有的放矢地增加诗歌的新鲜感或扩充诗句的内涵及外延。他创造的新词包括"biz-nis"(Pound 174)、"unenglish"(Pound 240)等。为了简化语言表达,庞德把"your"写成"yr",如"in yr/cash box"(Pound 226)和"yr/ladyship"(Pound 365);把"could"写成"cd",如"trade of Empire cd/be under parliament"(Pound 364);把"would"写成"wd",如"yet wd/it not be more representative"(Pound 396);把"should"写成"shd",如"shd/be Jones"(Pound 397);把"said"写成"sd",如"'A man's paradise is his good nature'/sd/Kati"(Pound 643);把"through"写成"thru",如"Charity I have had sometimes,/I cannot make it flow thru"(Pound 817)……总之,庞德受到卡明斯另类文风全方位的影响,大胆在史诗《诗章》中标新立异,以使他的写作风格表现得不同凡响。

除了借鉴卡明斯的写作方式和创作技巧、吸收卡明斯诗歌艺术的合理成分,庞德还把卡明斯本人作为生动鲜活的诗歌素材直接写进《诗章》,并在不同的章节和诗行中频繁谈到关于他的趣闻逸事。譬如,在《诗章》第74章中,庞德写道:"于是抨击古典研究/并且卷入这场战争的是乔·古尔德、邦廷和卡明斯(cummings)/就跟反对肥胖是一样的道理。"(Pound 452)在《诗章》第80章,庞德写道:"'是朋友',卡明斯先生(mr cummings)说,'我知道是因为他/从未试图卖给我什么保险。'"(Pound 528)在《诗章》第89章,庞德写道:"'你这该死的悲观主义者!'卡明斯先生(mr cummings)说。/'你要让老百姓思考。'"(Pound 623)在《诗章》第105章,庞德写道:"过了那天,画了一只蚱蜢"(passed than day drawing a grasshopper)(Pound 767)——此处明显是庞德对卡明斯的《蚱蜢》("r-p-o-p-h-e-s-s-a-g-r")一诗的互文式映射与所指……

评论家格兰·麦克里德(Glen Macleod)在《视觉艺术》("The Visual Arts")一文的开篇就指出:"The ancient parallel between literature and the visual arts—i. e., painting, sculpture, and architecture—becomes newly relevant in the twentieth century."（文学与视觉艺术——即绘画、雕塑和建筑——之间的古老平行关系，在20世纪以新的姿态变得相互关联起来。）① 卡明斯的诗歌就是将文学与视觉艺术进行完美关联的典范。庞德受卡明斯诗画合一诗风的影响，使他的《诗章》在20世纪焕发出与众不同的魅力和姿态。换言之，庞德对卡明斯诗歌写作技巧的借鉴和吸收是其诗歌艺术发展变化的一个产物，有其发生的偶然性，也有其发生的必然性。当然，庞德在《诗章》中尝试类似于卡明斯式的现代主义诗歌写作手法，从另一个角度说，确实也融合了他自己对20世纪早期盛行的立体主义画派和未来主义诗风的感悟和内省，是其诗学发展道路上一道奇特且亮丽的艺术风景。

第六节　《诗章》与H. D. 希腊人式的"冷硬"风格

H. D. 的本名是Hilda Doolittle，译作希尔达·杜利特尔。学术界经常用H. D. 取代她的真名，讨论她充满传奇色彩的创作历程及诗歌成就。当下，H. D. 被评论家认为是"最能代表意象主义的诗人"和"20世纪美国最伟大的女诗人之一"②。她是一位才女，继承了父亲查尔斯·杜立特尔（Charles Doolittle）一位宾夕法尼亚大学天文学家的科学理性头脑和母亲海伦·沃尔（Helen Wolle）一位音乐爱好者的艺术感性思维。美国传记作家阿达莱德·莫里斯（Adalaide Morris）评价H. D. 时说道，她神奇的创造力除了受到家庭环境的浸淫使她养成干练、坚决、我行我素的风格，还来源于"两种智力（intellects）的共同影响"，包括"实际的和审美的""世俗的和神圣的"以及"美国平民文化和欧洲的优雅传统"。按照H. D. 自己的描述就是，源自"我父亲的科学和我母亲的艺术"③。H. D. 与庞德的关系研究是H. D. 研究以及庞德研究都不可绕过的话题。在庞德的杰作《诗章》里，时不时闪现H. D. 的身影，有些文字中甚至闪烁着受其影响书写的希腊人式的"冷硬"风格。那种风格非常独特，

---

① Glen MacLeod, "The Visual Arts", in Michael Levenson, ed., *The Cambridge Companion to Modernism*, Shanghai: Shanghai Foreign Language Education Press, 2006, pp. 194 – 214.

② 彭予：《二十世纪美国诗歌——从庞德到罗伯特·布莱》，河南大学出版社1995年版，第33页；刘海平、守仁主编：《新编美国文学史（第三卷，1914—1945）》，杨金才主撰，上海外语教育出版社2002年版，第85页。

③ A. Morris, "Hilda Doolittle", in Lea Baechler, et al., eds., *Modern American Writers*, New York: Charles Scribner's Son, 1991, p. 106; 另参见刘海平、守仁主编《新编美国文学史（第三卷，1914—1945）》，杨金才主撰，上海外语教育出版社2002年版，第86页。

具体而言就是"硬而清晰,绝不含混,绝不晦涩"(hard and clear, never blurred, nor indefinite)①。

一 庞德发现的"意象派诗人 H. D."

庞德在宾夕法尼亚州立大学本科学习期间认识 H. D.。那时的 H. D. 年轻漂亮,充满活力,个性与气质都与其他同龄女孩完全不同。自信、帅气的庞德对她一见钟情,迅速把她作为追求对象。然而,作为家中掌上明珠,H. D. 的父母对女儿与庞德的交往持反对态度。尤其是 H. D. 的父亲,他认为庞德轻浮、傲慢、不稳重,说他俩即使走到一起婚姻也不会幸福。1906 年春,庞德在宾夕法尼亚大学获得罗曼语(Romance languages)专业硕士学位,次年在美国印第安纳州的瓦巴什学院(Wabash College)谋得教职。那年,庞德 22 岁。可惜工作时间不长,就被"女房东指控夜晚在他居住的房间留宿一位女演员"(accused by his landlords of harboring an actress overnight in his room)而被校方解聘。② 失去工作的庞德非常沮丧,回到家里央求他的父亲荷马·卢米思·庞德(Homer Loomis Pound)资助他去欧洲碰碰运气。1908 年,庞德到达英国伦敦后,确实发愤图强,在英国诗坛混得风生水起,逐渐有了名气,并被芝加哥《诗刊》主编哈丽特·蒙罗聘为海外编辑,未来可期。H. D. 于 1910 年在美国纽约格林尼治村(Greenwich Village)待了一段时间后,于次年到达伦敦,追随庞德而来。庞德与 H. D. 本可以有一个浪漫和圆满的故事结局。但是造化弄人,庞德在伦敦认识了著名小说家奥利维亚·莎士比尔(Olivia Shakespear),并结识了她的女儿多罗西(Dorothy),移情别恋,后者最后成为庞德的妻子。不过,庞德对 H. D. 依然很好,只是不再把她视为追求对象,而是当作普通朋友。此后,庞德把她介绍给伦敦本地的年轻诗人、后来成为意象派诗歌主将之一的理查德·奥尔丁顿。奥尔丁顿对此非常感激庞德,说他这个人真是慷慨。1913 年,H. D. 与奥尔丁顿喜结良缘。庞德与多罗西也于第二年结婚。自此,H. D. 与庞德的爱情故事宣告结束。③

---

① 张剑、赵冬、王文丽编著:《英美诗歌选读》,外语教学与研究出版社 2008 年版,第 386 页。
② Ira B. Nadel, ed., *The Cambridge Companion to Ezra Pound*, Cambridge: Cambridge University Press, 1999, p. xviii.
③ Vincent Quinn, *Hilda Doolittle*, New York: Twayne Publishers, Inc., 1967, pp. 17 – 19;另参见刘海平、王守仁主编《新编美国文学史(第三卷,1914—1945)》,杨金才主撰,上海外语教育出版社 2002 年版,第 87 页。

1913年11月，在给母亲伊莎贝尔（Isabel W. Pound）的信中，庞德这样描述道："Richard and Hilda were decently married last week, or the week before, as you have doubtless been notified."（理查德和希尔达在上周或上上周结婚，你应该已经知道了消息。）① 庞德似乎隐藏了一些言不由衷的话。不管怎样，庞德对H. D. 诗学成就的取得和她在欧美诗坛地位的确立起到了关键性的推动作用②。

1912年10月，庞德给大洋彼岸的《诗刊》主编哈丽特·蒙罗写信，强烈推荐"意象派诗人H. D. "（Imagiste H. D.），并对她书写的几首风格迥异的诗作如《帕利普斯》（"Priapus"）、《警句》（"Epigram"）等大加赞赏。具体细节是这样描述的："Dear Harriet Monroe: —I've had luck again, and am sending you some modern stuff by an American, I say modern, for it is in the laconic speech of the Imagistes, even if the subject is classic. A least H. D. has lived with these things since childhood, and knew them before she had any book-knowledge of them... Objective-no slither; direct-no excessive use of adjectives, no metaphors that won't permit examination. It's straight talk, straight as the Greek!"（亲爱的哈丽特·蒙罗女士：——我又有了好运气。这次我给你寄一些由一个美国人写的现代东西。我说它现代，是因为它用意象派的简洁语言写成，尽管主题仍带有古典色彩。H. D. 从小就熟悉这些诗中的事物，对这些事物的了解程度亦超过她读过的任何一本书的介绍……客观——不绕来绕去；直接——不滥用形容词，亦不用经不起推敲的比喻。谈吐干脆利落，像希腊人一般！）③ 自此，"意象派诗人H. D. "的说法从庞德这里，通过哈丽特·蒙罗主编的《诗刊》平台，走进英美读者和批评家的视野。于是，H. D. 也变成一种符号或象征，与"意象派"（Imagisme）和"意象派诗人"（Imagiste）等说法紧密地联系在一起。

H. D. 从小受到西方古典主义文学和艺术的熏陶，尤其喜欢古希腊、古罗马文化及经典，这得益于她与生俱来的天赋和悟性，得益于父母对她的培养，也得益于她在学校读书时对古典作品的学习、钻研和求索。

---

① D. D. Paige, ed. , *The Selected Letters of Ezra Pound* (1907 – 1941), New York: New Directions, 1971, p. 26.

② Julian Symons, *Makers of the New: The Revolution in Literature 1912 – 1939*, New York: Random House, 1987.

③ D. D. Paige, ed. , *The Selected Letters of Ezra Pound* (1907 – 1941), New York: New Directions, 1971, p. 11；另参阅［英］彼德·琼斯编《意象派诗选》，裘小龙译，漓江出版社1986年版，第9—10页。根据英语原文，笔者对译文有改动。特此说明。

第四章 《诗章》现代主义风格的模仿与创造

H. D. 的诗中洋溢着希腊式的古典美和意境,也具有显而易见的干练、硬朗风格及特征:"客观——不绕来绕去;直接——不滥用形容词,亦不用经不起推敲的比喻。谈吐干脆利落,像希腊人一般!"随后,庞德又帮助 H. D. 发表了《山岳女神》("Oread")、《热》("Heat")、《美少男》("Adonis")、《果园》("Orchard")、《海玫瑰》("Sea Rose")等富有神秘色彩和宗教意味的诗①。这当中,《山岳女神》被庞德称作意象派诗歌中最成功的典型。全诗如下:

> WHIRL up, sea—
> Whirl your pointed pines.
> Splash your great pines
> On our rocks.
> Hurl your green over us—
> Cover us with your pools of fir.
>
> 旋转吧,海——
> 旋转你尖尖的松林
> 泼溅你巨大的松林
> 在我们的岩石上
> 把你的绿扔在我们上面
> 以你松叶之池淹没我们
> 　　　　(黄运特译)②

在这里,之所以把 H. D. 的原诗和中文译文全部展示出来,是因为我们在读 H. D. 的原诗和中文译文时会有两种不同的阅读感受。H. D. 的这首诗非常短小,却别具匠心地使用了古希腊雕塑一般形象生动的意象"sea""pointed/great pines""rocks""green""pools of fir",同时配备了一系列强劲有力的动词"whirl (up)""splash""hurl""cover"与它们搭配,形成节奏和谐、形式优美、意境深远的"天籁之音"。与原文相比较,总感觉译文欠缺点什么。不过这也难免,意大利大文豪但丁曾有

---

① 刘海平、王守仁主编:《新编美国文学史(第三卷,1914—1945)》,杨金才主撰,上海外语教育出版社 2002 年版,第 85—97 页。
② 该诗原文请参见 https://www.poemhunter.com/poem/oread/。该诗的译文请参见[美]伊兹拉·庞德《漩涡》,载[美]伊兹拉·庞德《庞德诗选——比萨诗章》,黄运特译,张子清校订,漓江出版社 1998 年版,第 220 页。

"从声调音韵着眼,曾最早提出诗歌翻译的不可能"的悲观论调,美国诗人弗罗斯特更是这样给诗歌下定义,说它是"在翻译中丧失掉的东西"(what gets lost in translation)①。

在希腊神话中,Oread 是指 "one of the mountain nymphs",即山岳女神,中文可直译为俄瑞阿得。俄瑞阿得的希腊语写法是"'Ορειάδες",其字面意思还指"山之少女""半神半人的少女"或"山岳神女"。根据希腊语读音,也有译者将它译为俄瑞阿得斯。在希腊神话故事中,俄瑞阿得诸仙女以狩猎女神阿耳特弥斯(Artemis)侍女的群体形象出现,陪同女神周游各地。关于她们的父亲是谁,说法不一。一种说法是宙斯的儿子、掌管旅行和商业之神赫耳墨斯(Hermes),另一种说法是达克堤利诸精灵(Daktiri Elves),还有一种说法是萨堤洛斯(Satyrus)诸林神。无论哪一种说法,都充满浪漫和神秘色彩。庞德在《诗章》第 74 章中,提到希腊神话中掌管山脉和岩洞的宁芙仙女(the nymph of the Hagoromo),就与 Oread 有关。庞德的原句是:"the ewe, he said had such a pretty look in her eyes;/and the nymph of the Hagoromo came to me,/as a corona of angels..."(那母羊,他说,她的眼神多么迷人;/宁芙身披羽衣向我走来,/如同天使的花冠……)(Pound 450)。《山岳女神》这首诗之所以成功,在庞德看来,就在于 H. D. 使用了古希腊式的凝练语言以及硬朗、客观的意象,表达了浪漫、激昂的情感内容。以意象代替情感,却又不乏情感,这一点呼应了庞德于 1913 年 3 月在《诗刊》上发表的《意象派诗人的几个不》中表达的诗学思想:"一生呈现一个意象,胜过写出无数作品。"(It is better to present one Image in a lifetime than to produce voluminous works.)② 由此看来,庞德对 H. D. 的爱慕除了私人感情之外,还有对她诗歌才华的欣赏。

不过,客观地说,H. D. 超凡脱俗的诗人气质和风格反过来也影响了庞德,影响了他的《诗章》创作。不仅如此,当庞德离开意象派转向比意象派更具视觉冲击力和想象力的漩涡派时,更是把 H. D. 的《山岳女神》作为典型进行宣传。1914 年 6 月 20 日,庞德在《爆炸》杂志第 1 期

---

① 钱锺书和许渊冲对此有专门论述和阐释。具体请参见许渊冲《文学翻译等于创作》,《外国语》1983 年第 6 期。

② [美] 伊兹拉·庞德:《漩涡》,载 [美] 伊兹拉·庞德《庞德诗选——比萨诗章》,黄运特译,张子清校订,漓江出版社 1998 年版,第 217—220 页;另参见 [美] 伊兹拉·庞德《几个不》,载 [美] 伊兹拉·庞德《庞德诗选——比萨诗章》,黄运特译,张子清校订,漓江出版社 1998 年版,第 222—223 页。原文参见 Ezra Pound, *The Literary Essays of Ezra Pound*, T. S. Eliot, ed., New York: New Directions, 1968, p. 4。

第四章 《诗章》现代主义风格的模仿与创造

上发表《漩涡》("Vorticism")一文,并把它作为漩涡派正式成立的宣言书。在该文最后,即"诗歌"("Poetry")部分,庞德说"诗歌的基本色素是意象","漩涡派者决不允许任何概念或情感的基本表达沦为模拟",如果在绘画方面我们推崇"康丁斯基、毕加索",那么在诗歌方面我们就必须推崇"H. D. 的诗(即《山岳女神》)"①。

除了《山岳女神》备受英美读者瞩目,H. D. 还有一首题为《热》("Heat")② 的诗写得也非常出色,堪称意象派诗歌中的精品佳作,经常被选入各种诗歌选集和教材。原诗如下:

> O wind, rend open the heat,
> cut apart the heat,
> rend it to tatters.
>
> Fruit cannot drop
> through this thick air——
> fruit cannot fall into heat
> that presses up and blunts
> the points of pears
> and rounds the grapes.
>
> Cut the heat——
> plough through it,
> turning it on either side
> of your path.

风啊,撕开炎热,
剪破炎热,
扯碎炎热。

水果浮在浓重的空气上面,
掉不下来——

---

① [美]伊兹拉·庞德:《漩涡》,载[美]伊兹拉·庞德《庞德诗选——比萨诗章》,黄运特译,张子清校订,漓江出版社1998年版,第220页。
② 该诗原文参见https://www.poemhunter.com/poem/heat/。

> 水果落不尽炎热之中，
> 炎热把水果往上托，
> 磨秃了梨的尖头，
> 磨圆了葡萄。
>
> 切开炎热——
> 犁碎炎热，
> 把它掀到
> 路旁。
>
> （彭予译）①

在该诗中，风"撕开炎热""剪破炎热""扯碎炎热"；炎热除了"把水果往上托"，还"磨秃了梨的尖头""磨圆了葡萄"。在 H. D. 看来，炎热可以被"切开"，被"犁碎"，可以把它"掀到"路旁……整首诗一气呵成，读起来朗朗上口。细细品读文字，读者能够感受到诗人热烈的情感如她描述的"炎热"一样扑面而来，而且会发现硬朗的意象在诗行里此起彼伏、充满力量。如果没有深厚的诗学功底，如果没有真挚的情感存在，是写不出这么优秀的诗篇的。H. D. 就是这样一位独具艺术特色的诗人，一位被庞德发现的意象派诗人。②

二 "护树女神啊，你的双目如云……"

H. D. 与同时代的任何女作家都不同，她的诗作带给人一种奇妙的感受——"暖雪与冷岩融于一身"。尽管她的早期创作有明显的意象派风格，但意象派于她而言，只是风格之一，并非风格之全部③。庞德欣赏 H. D. 具有的那种古希腊韵味和特色，他也曾竭力帮助 H. D. 挖掘她内在的文学潜力和诗歌想象力。H. D. 从庞德那里发现了自己的天赋，找到了写诗的自信并开拓出属于她的诗学天地。从某种意义上讲，当时 H. D. 在

---

① 彭予：《二十世纪美国诗歌——从庞德到罗伯特·布莱》，河南大学出版社 1995 年版，第 35 页。

② 刘海平、王守仁主编：《新编美国文学史（第三卷，1914—1945）》，杨金才主撰，上海外语教育出版社 2002 年版，第 87 页。

③ 彭予：《二十世纪美国诗歌——从庞德到罗伯特·布莱》，河南大学出版社 1995 年版，第 33—39 页。

第四章 《诗章》现代主义风格的模仿与创造

英美诗坛获得成功，除了与她自己的天资禀赋、勤奋努力和执着精神有关外，还与庞德的提携、鼓励和引导分不开。当然，庞德也从 H. D. 澎湃的"希腊式"的硬朗中寻找灵感和闪光点，在《诗章》中造就属于他的特立独行和与众不同。最明显的例子，是庞德在《诗章》中也试图写出像 H. D.《山岳女神》《热》一样冷峻、洒脱、客观白描的诗。譬如，在《诗章》第 2 章末尾部分：

  Lithe turning of water
     sinews of Poseidon,
Black azure and hyaline,
     glass wave over Tyro
Close cover, unstillness,
     bright welter of wave-cords
…
Glass-glint of wave in the tide-rips against sunlight,
     pallor of Hesperus,
Grey peak of the wave,
     wave, colour of grape's pulp
          （Pound 9 - 10）

海水轻盈的翻滚，
   海神波塞冬的肌腱，
墨蓝和湛蓝，
   海浪的晶体涌向堤洛①，
密集的覆盖，浪潮涌动，
   浪弦亮闪闪的翻滚
……
海浪发光的晶体迎着阳光在潮水中爆裂，
   金星的苍白
海浪灰色的浪尖
   海浪，葡萄酒浆的颜色②

---

① 原文写作"Tyro"。
② 翻译该部分时，笔者参阅了叶维廉先生的译文，但是，根据《诗章》原文，笔者做了格式及语言方面的改动。具体参见［美］叶维廉《遥远与贴近：翻译庞德的一些理论问题》，《华文文学》2011 年第 3 期。

再比如,在《诗章》第 74 章:

"the great periplum brings in the stars to our shore."
You who have passed the pillars and outward from Herakles
...
if the suave air give way to scirocco
...
the wind also is of the process,
                          Sorella la luna
                                    (Pound 445)

"伟大的航行把群星带到我们的海岸。"
你,已越过石柱,驶离赫拉克勒斯悬崖
……
若和风让位给地中海的热风,
……
风亦属道,
      月亮妹妹
            (黄运特译)

还有《诗章》第 80 章:

Death's seeds move in the year
                  semina motuum
      falling back into the trough of the sea
...
                  said the moon nymph immacolata
                                    (Pound 520)

死亡的种子移动在岁月里
            移动的种子
      落回到海槽
……
      月宁芙①说   洁白无瑕
            (黄运特译)

---

① 原文对应的表达是"the moon nymph"。

第四章 《诗章》现代主义风格的模仿与创造

文如其人。由于庞德和 H. D. 是两个独立的灵魂和个体,性格、阅历、知识体系完全不同,致使他们在文字选择、情绪宣泄、感情表达等方面不可能一模一样,所以尽管庞德有像 H. D. 《山岳女神》一样冷峻、洒脱的诗,二人在风格呈现以及带给读者的感受力方面还是有较大差异,以上引述庞德的文字就是例证。相比之下,H. D. 的《山岳女神》显得更硬朗、更直白,感情表达也更浓烈。庞德呢,因为要创造气势磅礴的史诗,加上已经内化了意象派以及漩涡派诗歌理论的思想精髓,所以在进行具体的诗歌创作和材料筛选时,比 H. D. 的意象诗歌多了不少理性的内容,读起来包容性更强、信息量更大,但是缺点也更明显——诗歌结构及形式显得更松散、破碎和无厘头。当然,这也给喜欢挑战的读者,带来更多阐释的空间。

庞德虽然没有和 H. D. 走到一起,但是,这并不意味着他对她的感情完全消失了。作为初恋情人,庞德对 H. D. 似乎还是念念不忘。最深情的细节之一瞥出现在《诗章》第 83 章:

  Δρυάε, your eyes are like clouds
...
  Δρυάε, your eyes are like clouds over Taishan
   When some of the rain has fallen
   and half remains yet to fall
...
   Dryad, thy peace is like water
  There is September sun on the pools
         (Pound 550)

护树女神啊,你的双目如云
……
护树女神啊,你的双目如泰山顶上的云
  当一些雨已下
  另一半还没落
……
 护树女神啊
   你平静如水
池上有九月的阳光
      (黄运特译)

此处的"Δρυ ᾰ ε"是希腊语，与英文中的"Dryad"相对应。在该引文中，庞德把"Δρυ ᾰ ε"和"Dryad"混合使用，显得极为神秘。实际上，"这是庞德对希尔达（即 H. D.）的昵称，希尔达跟庞德的书信联系皆用此名"①。庞德在此处除了使用神秘的陌生化手段指代他曾经的恋人 H. D.，还在《诗章》第 76 章开篇说："dove sta memora/…/Dryas…/flowered branch and sleeve moving/…/in the timeless air"（记忆不灭的地方/……/德雅丝……/开花的树枝，摇摆的衣袖/……/在永恒的时空中）（Pound 472）。这里的"Dryas"依然是对 H. D. 的影射和暗指②。庞德对 H. D. 牵肠挂肚似乎持续了一生，或者在"记忆不灭的地方"，或者在"永恒的时空中"。当然，作为读者，我们读起上述诗句会感到比较费解，尤其理解不了庞德在这些诗行里到底想说些什么。对此，庞德似乎早预料到了。他在《诗章》第 80 章中这样说："gentle reader to the gist of the discourse/to sort out the animals"（亲爱的读者 抓住话语的要点/以辨别动物）。庞德书写这些文字，一方面是一种为了忘却的纪念，另一方面似乎是为了留给那个真正懂得他内心的人。作为读者，或许我们不可能完全明白庞德话语的内核，只能"抓住"他在《诗章》里留下的只言片语。

上面的文字发表后，H. D. 应该读到过。不过，她读后心里到底会想些什么，周围人不得而知。到了 1958 年，H. D. 完成了她人生中一部分量很重的回忆录，名为 *End to Torment*: *A Memoir of Ezra Pound*（《痛苦的结束：追忆伊兹拉·庞德》）。1979 年该书由纽约新方向出版社出了完整版③。这本书记载了 H. D. 与庞德的过往，有欢乐和幸福的时光，也有痛苦、无奈与忧伤。各种滋味，意味悠长。H. D. 的这本回忆录与 51 年前庞德献给她的情诗诗集 *Hilda's Book*（《希尔达之书》，1907），达成一种默契，或者说呼应（echoing）。作为他们之间爱情的见证，《希尔达之书》中尘封着这样一些诗句，蕴含着庞德对她的情感：

> 她有树之精灵的气息，
> 　　在她的周围，风在她的头发里

---

① 蒋洪新：《庞德研究》，上海外语教育出版社 2014 年版，第 55—56 页。
② 蒋洪新：《庞德研究》，上海外语教育出版社 2014 年版，第 56 页。
③ Hilda Doolittle, *End to Torment*: *A Memoir of Ezra Pound*, New York: New Directions, 1979.

似乎他轻语、待在那里
好像他也懂得
苔藓长在佳木
在我看来，她或许与它们同类①

（蒋洪新译）

第七节 《诗章》与其他作家及诗人的对话关系

除了上面已讨论的诸位诗人与《诗章》现代主义风格之间的关系，还有一些作家及诗人对庞德的诗歌创作也产生了不同程度的影响。尽管有些影响渗透在《诗章》行云流水般的文字里面，已经与《诗章》情节浑然一体，不可剥离，且"不显山不露水"，俨然成为庞德诗学系统的有机组成部分。不过，作为读者，我们依然能够"拨开云雾见天日，守得云开见月明"②。

1954 年诺贝尔文学奖获得者、《老人与海》(*The Old Man and the Sea*) 的作者海明威曾这样评价庞德："庞德这位大诗人，爽快地说，将他五分之一的时间投入诗歌创作，其余时间都用来提高朋友们的物质生活和艺术水平……"③ 美国文艺理论批评家、比较文学奠基人韦勒克（René Wellek）更是开门见山地指出："他（庞德）有一种罕见的批评资质……如果批评的功用之一就是发现新的天才，是预言新的文学道路，那么庞德就是他那个时代的一位重要的批评家。"④ 庞德不仅是一位擅于发现众多天才作家、诗人的"伯乐"，他还是乐此不疲地帮助这些天才作家、诗人的"推手"，更是博采众家之长、汇聚英才智慧的"创造者"（maker）和他那个时代的"一位重量级诗人"（a major poet）⑤。当然，所有影响都是

---

① 原文参见 Richard Sieburth, ed., *Ezra Pound: Poems and Translations*, New York: Library of America, 2003, p. 17. 译文转引自蒋洪新《庞德研究》，上海外语教育出版社 2014 年版，第 56 页。

② 元末明初的大作家施耐庵在《水浒传》中有一首插诗，原文写道："莫语常言道知足，万事至终总是空。理想现实一线隔，心无旁骛脚踏实。谁无暴风劲雨时，守得云开见月明。花开复见却飘零，残憾莫使今生留。"施耐庵在该诗中说，"守得云开见月明"，真乃画龙点睛之笔。

③ George Bornstein, "Pound and the Making of Modernism", in Ira B. Nadel, ed., *The Cambridge Companion to Ezra Pound*, Cambridge: Cambridge University Press, 1999, p. 22.

④ [美] 雷内·韦勒克：《现代文学批评史（第五卷）》，章安祺、杨恒达译，中国人民大学出版社 1986 年版，第 243—245 页。

⑤ K. L. Goodwin, *The Influence of Ezra Pound*, London: Oxford University Press, 1966.

相互的、双向的，充满各种可能性。庞德不仅通过实际行动和作品风格影响他人，其他作家和诗人精彩绝伦的艺术创见及其创作风格也反过来在潜移默化地影响庞德。该影响就像杜甫在《春夜喜雨》里描述的那样："随风潜入夜，润物细无声。"

一 踪迹"在……灵气萦绕之处"

庞德是一位善于发现人才的伯乐，他曾帮助一批年轻、有才华的后起之秀迅速成长，并使他们后来成为文学领域有着广泛影响力的甚至是举足轻重的代表性作家。除了上面讨论过的艾略特、卡明斯、H. D.，还有詹姆斯·乔伊斯、威廉·卡洛斯·威廉斯、托马斯·哈代、罗伯特·弗罗斯特等小说家和诗人。他们也曾在不同时期、不同场合得到过庞德的帮助。庞德爱惜这些人才，欣赏他们的才干，因为上述作家的文风拥有一些难得的品质：清新、现代、准确，富有朝气，不落俗套；字里行间流溢着深邃的思想；从里到外渗透着叛逆的人文主义精神。这种风格很明显与当时循规蹈矩的维多利亚式的"靡靡之音"大相径庭。庞德在帮助这些艺术家成长的同时，也在积极地向他们借鉴和学习。

在《诗章》中，庞德会时不时地提到他们的名字，并且有意识地把他们镶嵌、撒播在自己史诗的各个角落，让他们变得与《诗章》一样不朽。

在《诗章》第74章，庞德写到乔伊斯先生（Mr. Joyce），即詹姆斯·乔伊斯："乔伊斯先生也沉迷于直布罗陀/与赫尔库勒斯石柱"（Pound 467）；"乔伊斯及儿子的来访/在卡图鲁斯灵气萦绕之处"（Pound 476）。这些是庞德在伦敦和巴黎逗留期间，与乔伊斯本人及家人交流、畅谈时留下的记忆碎片。从某种意义上讲，这些记忆碎片与乔伊斯的意识流（stream-of-consciousness）的艺术手法形成对话和互文关系。乔伊斯在《都柏林人》（*Dubliners*，1914）、《一个青年艺术家的肖像》（*A Portrait of the Artist as a Young Man*，1916）、《尤利西斯》（*Ulysses*，1922）及《芬尼根的苏醒》（*Finnegans Wake*，1939）中，通过思想意识世界的建构以及流动的文本想象，对庞德的《诗章》创作产生了直接或间接的作用与影响，因为庞德上面含沙射影写到的关于乔伊斯的记忆碎片，都具有意识流的显著特征：一方面，它是"一种流动不已、飘忽不定的"意识存在状态，另一方面，它借助相关人物的"潜意识活动"再现了纷乱多变、离奇复杂的外部世界①。

在《诗章》第78章，庞德写到"威廉斯大夫"（Dr Williams）。为了避免歧义或混淆，他又在诗行里加了一个注"比尔·卡洛斯"（Bill Carlos）："或许只有威廉斯大夫（比尔·卡洛斯）/懂得其重要性和/祝福。他会放进手推车里（He wd/have put in the cart）……"（Pound 503）庞德在此处论及的"威廉斯大夫（比尔·卡洛斯）"正是他在宾夕法尼亚大学读本科时的舍友兼终生好友威廉·卡洛斯·威廉斯。威廉斯于1902年考入宾夕法尼亚大学，结识庞德和H. D.，这段友谊给了他诗歌创作的激情。从宾夕法尼亚大学毕业后，威廉斯取得医学学位，后来又去德国莱比锡大学进修。他的一生主要是行医，直到20世纪50年代退休。威廉斯业余从事诗歌创作，也写小说和评论文章。他在文学创作上受庞德和其他意象派作家的影响很深，同时倡导惠特曼的浪漫主义传统，并在诗歌形式方面进行实验，发展了自由诗体。他反对感伤主义的维多利亚诗风，坚持"美国本色"，坚持用美国本土语言写作，很少使用普通读者不熟悉的语言，被评论家认为是美国后现代主义诗歌的鼻祖②。庞德与威廉斯的关系一直比较亲密。在学校读书时，庞德会亲切地称他为"比尔"（Bill）；待威廉斯成为美国新泽西州的职业医生，他兢兢业业奔波在病人中间，履行他作为白衣天使的职责，且乐此不疲，庞德就以半认真半调侃的口吻称他"威廉斯大夫"。在上面提到的《诗章》情节中，庞德不仅影射了有关威廉斯的趣闻逸事，还非常巧妙地借助互文手法暗指了他那首备受读者关注并被各种诗歌选集选录的意象派诗歌杰作《红色的手推车》（"The Red Wheelbarrow"）③：

> so much depends
>   upon
>
> a red wheel
>   barrow
>
> glazed with rain

---

① 李维屏：《英语意识流文体的特点与功能》，《解放军外语学院学报》1993年第6期。
② Stephen Tapscott, *American Beauty: William Carlos Williams and the Modernist Whitman*, New York: Columbia University Press, 1984.
③ 该诗最初发表时，并没有题目。1923年，收录在威廉斯的诗集《春天及其它》（*Spring and All*）中，后来开始以《红色的手推车》（"The Red Wheelbarrow"）为题，被读者广泛阅读并成为威廉斯最著名的诗篇之一。全诗短小精悍、意象鲜明，被誉为早期意象派诗歌的一个成功典范。

>   water
>   beside the white
>   Chickens
> 　　那么多东西
> 　　　依靠
> 　　一辆红色
> 　　　手推车
> 　　雨水淋得它
> 　　　晶亮
> 　　旁边是一群
> 　　　白鸡
> 　　　（袁可嘉译）

在《诗章》第 80 章，庞德写到英国作家托马斯·哈代："于是离开美国，我带着 80 美元/离开英国，一封托马斯·哈代的信/离开意大利，一颗桉树籽/在那条从拉巴洛往上爬的坡道上"（Pound 520）。之后在第 83 章，庞德又写到哈代："那张家族的面孔，约在 1820 年/并不全是哈代的诗作"（Pound 549）。提到哈代，读者一般都记得他是英国小说家，知道他一生发表了近 20 部长篇小说，耳熟能详的作品包括《德伯家的苔丝》(*Tess of the D'Urbervilles*, 1891)、《无名的裘德》(*Jude the Obscure*, 1895)、《还乡》(*The Return of the Native*, 1878) 和《卡斯特桥市长》(*The Mayor of Casterbridge*, 1886) 等。但是，读者容易忽略他也是一位优秀的诗人——一位被庞德"发现"的优秀诗人[①]。哈代是横跨两个世纪（19 世纪末 20 世纪初）的作家，早期和中期的创作以小说为主，继承并发扬了维多利亚时代的文学传统；晚年借助诗歌开拓了 20 世纪英国文学的疆域。哈代曾创作诗集 8 部，包括《威塞克斯诗集》(*Wessex Poems and Other Verses*, 1898)、《诗集：过去与现在》(*Poems of the Past and the Present*, 1901)、《现实的讽刺》(*Satires of Circumstance*, 1914)、《晚期与早期抒情诗》(*Late Lyrics and Earlier with Many Other Verses*, 1922) 等。哈代最著名的诗作，是他于 1903—1908 年期间创作完成的三卷本诗剧《列王》(*The Dynasts*)。由于在文学方面取得辉煌成就，哈代于 1912 年获得

---

① J. I. M. Stewart, *Thomas Hardy: A Critical Biography*, London: Longman, 1971.

英国皇家文学学会（Royal Society of Literature）颁发的金质奖章①。在上述诗集中，读者会发现，哈代有不少诗作其实受庞德诗风影响从而具有意象派诗歌的特点。尤其是在意象派诗歌运动期间，哈代曾按照庞德在《回顾》中重申并强调的"意象派三原则"来写诗，因此许多诗作充满意象派的风格及特征。不过，目前国内关于该领域的相关研究还比较薄弱。哈代在诗歌创作过程中受到庞德的影响，但是反过来说，庞德也受到哈代的影响，尤其是哈代特有的英国气质、话语风格、"威塞克斯"民间诗歌思想等，对庞德而言，具有很好的参考和借鉴价值。庞德把哈代对他的影响有选择性地投射到《诗章》写作中。他的《马拉特斯塔诗章》《美国诗章》《比萨诗章》等，有不少细节以互文的方式与哈代的写作风格进行对话，有些显而易见，更多的时候比较隐晦，不易被读者察觉。大文豪 T. S. 艾略特有一句经常被引用的话说得巧妙："稚嫩的诗人依样画葫芦，成熟的诗人偷梁换柱。"② 这"偷梁换柱"的诗人形象用在庞德身上，似乎非常恰当。

二 "踉踉跄跄"努力实现对"桂冠诗人"的超越

庞德虽然不是桂冠诗人，但是他在《诗章》里基本上把欧美重要的桂冠诗人都"收纳"到他的诗歌体系中。与此同时，他还把欧洲文学史上比较有代表性的文学巨擘写进他的现代史诗里，复活他们的音容笑貌。譬如，在《诗章》第 4 章，庞德写到古罗马诗人奥维德（Ovid）："踉踉跄跄，踉踉跄跄行走在树林里，/咕咕哝哝，咕咕哝哝奥维德在自语。"（Pound 15）在《诗章》第 81 章，庞德引入英国诗歌之父乔叟（Geoffrey Chaucer）的名句"汝之双目骤然戕我/吾望其美瞬息即逝"（Pound 540），具有一种穿越历史、跨越时空的神奇效果。在《诗章》第 107 章，庞德联想到《激情牧人的情歌》（"The Passionate Shepherd to His Love"）的作者克里斯托弗·马洛（Christopher Marlow）及其"天空之境"（mirror of sky）："天空之镜发挥榆树枝的主导作用/马洛把它变成希腊语"（Pound 781）。这些细节，最后都变成《诗章》有名的"注脚"。庞德把上述文学巨擘写进《诗章》，并通过杂语纷呈的方式让他们替自己代言，其写作目的旨在通过现代主义诗歌艺术与他们对话，最后实现对他们的超越。

---

① Paul Turner, *The Life of Thomas Hardy: A Critical Biography*, Oxford: Blackwell, 1998.
② 转引自王瑾《互文性》，广西师范大学出版社 2005 年版，第 5 页。

最精彩的部分，莫过于庞德对"桂冠诗人"的现代性书写。在庞德心中，存在三类"桂冠诗人"。第一类以威廉·莎士比亚（William Shakespeare）为代表，是真正的大文豪，值得所有人认真学习和研究；第二类以威廉·华兹华斯、波西·比希·雪莱（Percy Bysshe Shelly）、乔治·戈登·拜伦（George Gordon Byron）、约翰·济慈等浪漫主义诗人为代表，虽然不少评论家和读者对他们推崇备至，但是在庞德看来，他们不过是蹩脚的"二流诗人"，书写的诗歌无异于"面团似的""大杂烩"①；第三类以 T. E. 休姆、温德姆·路易斯等庞德同时代的优秀诗人为代表，庞德认为他们虽然没有"桂冠诗人"之名，但却有"桂冠诗人"之才。下面分别进行论述。

其一，《诗章》中的莎士比亚形象及其作品。庞德一生崇拜英国文艺复兴时期伟大的人文主义剧作家、诗人莎士比亚，喜欢阅读他撰写的四大悲剧和历史剧，这在《诗章》中有生动体现。在《诗章》第 34 章，庞德以日记体（1829 年 3 月里的一篇日记）的形式复原莎士比亚的形象，同时借助一语双关的艺术手法给读者暗示莎翁的语言是"不平凡的语言"："'有一种奇怪的东西，并且该东西现在/被认为深受莎士比亚语言的影响/其平凡的思想用不平凡的语言表达出来'"（Pound 169）。在《诗章》第 80 章，庞德再次写到莎士比亚并称他为"诗圣"："对，诗圣的台基是在莱斯特广场/在伦敦市内/可这转义，谨慎的读者会发现，/在山姆·约翰逊的版本里找不到"（Pound 521）。在这里，"可这转义"是指什么呢？"在山姆·约翰逊的版本里找不到"的又是什么呢？庞德欲擒故纵，在有意造成这些悬念后接着写道："'人为恶事，留其身后'/嗯，那出自（莎剧）《尤利乌斯·凯撒》"（Pound 521）。自此，一个完美的互文式表达通过庞德的天才写作，活灵活现地呈现在读者面前——"嗯，那出自（莎剧）《尤利乌斯·凯撒》"。既有暗示读者回顾莎剧《尤利乌斯·凯撒》情节的必要，又向读者展示诗人本人其实已对莎翁及其名剧《尤利乌斯·凯撒》烂熟于心。此外，除了历史剧，庞德还会在《诗章》中以文本互文的方式论及莎士比亚的其他经典作品，包括悲剧、喜剧、悲喜剧等。譬如，在《诗章》第 38 章，庞德写道："简洁胜过千言万语，一只白色的狗不是/我们所说的狗，譬如一只黑色的狗。/不要发生，罗密欧与朱丽叶……"（Pound 189）在此处，庞德是对莎士比亚的著名爱情悲剧

---

① 彭予：《二十世纪美国诗歌——从庞德到罗伯特·布莱》，河南大学出版社 1995 年版，第 3 页。

《罗密欧与朱丽叶》（Romeo and Juliet）思想内容和主题的互文式书写。庞德没有把关于罗密欧与朱丽叶的故事写完整，只是点到为止，造成意义的断裂和缺失，反倒给读者留下无限遐想的空间。

其二，《诗章》中的华兹华斯、雪莱、拜伦、济慈等诗人形象及相关作品。庞德还写到英国浪漫主义开路先锋、"湖畔派诗人"威廉·华兹华斯："他出于良心／听了几乎华兹华斯所有的诗作，可／其实他更爱听埃内莫塞对女巫的论述"（Pound 554）。这里隐含着故事叙述人庞德对浪漫主义诗歌的不屑与反叛。为什么这样说呢？在《诗章》第 97 章，庞德这样写道："他们将清除罗斯福的粪堆／并且把华兹华斯放回到学校的书本里去？"（Pound 691）字里行间暴露出来的是庞德的个人情绪和艺术偏好——诗人既不认可罗斯福这样的政治人物，又不喜欢华兹华斯这样的抒情诗人。另外，庞德书写和讨论了英国浪漫主义诗人雪莱、拜伦、济慈等。譬如，在《诗章》第 16 章："他发出臭味……／波西兄弟，／我们的波西兄弟"（Pound 70）。这里的"波西兄弟"是指波西·比希·雪莱，"发出臭味"表明庞德并不欣赏和认同"我们的波西兄弟"带给周围人（包括后辈诗人）的影响，不管该影响是隐性的还是显性的。在《诗章》第 81 章，庞德用隐喻性的语言写道："但是／在季节冰冷地死去之前／生于西风的肩头／我升起在灿烂的天空。"（Pound 539）这里提到的"西风"明显是庞德与雪莱著名诗篇《西风颂》（"Ode to the West Wind"）的互文。其中，"在季节冰冷地死去之前"是对《西风颂》最后一句"冬天已经到了，春天还会远吗？"① 的非赞美性的改编和戏仿，同时与艾略特在《荒原》开篇的描述形成呼应。在《诗章》第 16 章，还有"他们看着它，我还能听到老上将的声音，／'是他吗？'他是拜伦大人／喝得死醉，长着天……使一般的脸"（Pound 71），这里的"拜伦大人"（Lord Byron）是指乔治·戈登·拜伦，具体细节描绘了拜伦曾经醉酒的窘态。在第 63 章，庞德还提到"拜伦大人充满激情和夸张的诗"（Pound 351）以及第 77 章拜伦的"叹惜"："拜伦勋爵叹惜他（孔子）／未能把它写成韵文"（Pound 488）。庞德在《诗章》第 20 章中写道："声音：至于夜莺的声音，太远了听不清楚。"（Pound 90）在这里，庞德试图通过镶嵌"夜莺的声音"，实现对约翰·济慈（John Keats）的名篇《夜莺颂》（"Ode to Nightingale"）的互文与戏仿。济慈在《夜莺颂》最后几句中写道："你怨诉的歌声／流过草坪，越过幽静的溪水，／溜上山坡；而此时，它正深深／埋在附近的溪谷中：／噫，这是个幻

---

① 其英文表述为："If winter comes, can spring be far behind?"

觉,还是梦寐?/那歌声去了:——我是睡?是醒……太远了听不清楚。"说明济慈的"夜莺"美学在庞德看来已经失去往昔的辉煌与魅力,《诗章》的作者要以现代主义的方式进行"祛魅"……总之,庞德对英国浪漫主义时期的诗人基本上持批判和质疑的态度①,这与庞德通过颠覆英美浪漫主义的文风进行破旧立新,以故意误读的方式克服"影响的焦虑",最终去建构西方先锋派诗歌理论大厦的心态有很大关系②。

其三,《诗章》中的 T. E. 休姆、温德姆·路易斯等诗人形象及其思想。在《诗章》第 78 章,庞德提到意象派领袖人物 T. E. 休姆和庞德的挚友路易斯:"葛迪尔的话并未被封杀/老休姆或温德姆的话/也没有被封杀"(Pound 499)。这里庞德用白描手法写到"老休姆"及温德姆在世时,他们的思想观点曾遭遇不公正的待遇,对此庞德愤愤不平;在第 80 章,庞德连续三次提到路易斯:"路易斯先生去过西班牙/……/路易斯先生,即温德姆·路易斯先生。他的斗犬,我,像是同老斯特奇·莫尔的斗犬作对"(Pound 527)。一方面,庞德以记忆碎片的方式向有才华的路易斯致敬;另一方面,此处亦影射了庞德内心复杂的心理活动。在《诗章》第 80 章,庞德提到英国维多利亚时期著名诗人阿尔杰农·查理斯·斯温伯恩(Algernon Charles Swinburne)在醉酒后的尴尬局面,以及桂冠诗人阿尔弗雷德·丁尼生的反感情绪:"'把他(指斯温伯恩)扛上去洗澡。'/'连丁尼生都试图/从壁炉里出去'"(Pound 528)。在该章,庞德还写到 19 世纪著名抒情诗人但丁·加布里埃尔·罗塞蒂(Dante Gabriel Rossetti),同时以"话中话"的方式再现该诗人对待孤独的态度:"在我的孤独中让他们来吧/摆在那儿直到罗塞蒂发现它/以两便士出售"(Pound 530)。这其实亦映射并再现了庞德本人对待孤独的态度……

从以上例证可知,庞德的《诗章》是一个包容性极强的文学及艺术文本,里面不仅有他崇拜和推崇的文学巨匠,亦包括他质疑和批判的"二流诗人",还有他念念不忘的文学及艺术天才。总之,庞德旨在通过《诗章》实现他宏伟的史诗目标,同时把这种目标建立在他的知识体系和诗学理想之上。不过,真实体现他的思想意图和实现他的互文式理念以及对话的,就是《诗章》里一系列富有隐喻精神和带有"原型"气质的各类人物形象。

---

① Julian Symons, *Makers of the New: The Revolution in Literature 1912 – 1939*, New York: Random House, 1987, pp. 5 – 8, 36, 102 – 109.

② Richard Gray, *American Poetry of the Twentieth Century*, London and New York: Longman, 1992, pp. 29 – 38.

第五章 《诗章》现代主义风格的内化与吸收

《孟子·滕文公上》记载了一个典故,说滕文公做太子时,要到楚国去,经过宋国,会见孟子。孟子开口不离尧舜,同他讲述人性本善的道理。待滕文公从楚国回来,又来会见孟子。孟子曰:"夫道一而已矣……今滕,截长补短,将五十里也。"孟子给滕文公的建议是:"天下真理就这么一个……现在,滕国假如把土地截长补短,拼成正方形,每边之长也将近五十里,可以治理成一个好国家。"① 这是我们常说的"取长补短"的出处。取长补短,或曰"裁长补短",看似简单,经过变通,却可治理国家、解决社会重大问题,堪称奇迹。现如今,取长补短指吸取各家之长,以弥补自己先天之不足。其践行的目的,旨在"百尺竿头,更进一步"。庞德在书写《诗章》的过程中,自始至终保持着旺盛精力。他不仅大量吸收西方古典文化精粹,做到"取长"和内化,而且积极借鉴东方优秀文化中的合理成分为"我"所用,做到跨时空"补短"。庞德渴望实现的文学愿景之一,就是通过"取长补短"的方式,让他的现代主义风格能够在《诗章》中熠熠生辉。这亦是庞德宏伟史诗抱负的重要组成部分。

第一节 《诗章》与《奥德赛》的神话叙事

庞德研究专家史蒂芬·斯卡里(Stephen Sicari)在《庞德的史诗抱负》(*Pound's Epic Ambition*)一书中指出,庞德的《诗章》具有连接过去和开启未来的史诗功效;与此同时,庞德在《诗章》中所起的作用就像"荷马在《伊利亚特》和《奥德赛》"中所起的作用一样[2]。另一位庞德

---

① [英]理雅各英译:《四书》,杨伯峻今译,湖南出版社1996年版,第346页。
② Stephen Sicari, *Pound's Epic Ambition: Dante and the Modern World*, New York: State University of New York Press, 1991, pp. 1–2.

研究者彼得·威尔逊（Peter Wilson）在《伊兹拉·庞德序言》（A Preface to Ezra Pound）一书中更是一语中的：庞德的《诗章》"犹如荷马的《奥德赛》"，因为"荷马史诗中有关特洛伊和奥德修斯的传说"在《诗章》中仍然存在，而且"奥德修斯的归家旅行""预示了《诗章》宏观方面的诗学之旅"①。斯卡里和威尔逊的论述，揭示了《诗章》和《奥德赛》之间存在密切关系。细读《诗章》，读者不难发现，庞德别具匠心地在《诗章》里穿插《奥德赛》的相关情节，或者点缀《奥德赛》的只言片语，或者影射《奥德赛》的某些意象，实际上在思想主题、叙述风格、文本结构等方面，已使《诗章》与《奥德赛》产生了某种互文式的文本对话。

一 "归家"：《奥德赛》思想主题在《诗章》中的重现

《诗章》与《奥德赛》的文本对话，尤其是《诗章》与《奥德赛》思想主题的对话，是庞德对史诗诗人荷马进行创造性历史书写和形象再建构的重要表现形式。从具体的论述方式看，《诗章》与《奥德赛》思想主题的互文式对话，已不是一般意义上文本之间的借鉴与被借鉴、模仿与被模仿的关系，而是明显加入了庞德的现代主义戏仿特色和伦理内容。诗歌评论家莱斯利·费德勒（Leslie Fiedler）旗帜鲜明地撰文称，庞德是"Pound as Parodist"（戏仿者庞德）②，一方面印证了作为戏仿者的庞德，自觉从历史中习得传统并积极向传统输入现代主义元素的迫切愿望，另一方面印证了他要把《诗章》打造成一部不同于以往的、具有先锋派风格的民族史诗（national epic）的殷切理想。

在西方文学史上，《奥德赛》（Odyssey）被认为是《伊利亚特》（Iliad）的姊妹篇，它们共同构成荷马史诗彪炳史册的部分。从内容和情节看，《奥德赛》叙述伊萨卡（Ithaca）国王奥德修斯在攻陷特洛伊城后归国途中十年漂泊的故事。其主题是坚忍不拔、不畏艰险、战胜困难，为既定的理想和信念做持续不断的努力，而且不达目的誓不罢休。这与《伊利亚特》书写的主题不同。《伊利亚特》是荷马史诗中直接描写特洛伊战争的英雄史诗，旨在赞美古代英雄的刚强威武、机智勇敢，讴歌他们在同异族战斗中所建立的丰功伟绩和英雄主义气概。

---

① Peter Wilson, A Preface to Ezra Pound, New York and London: Longman, 1997, pp. 173 – 174.
② Leslie Fiedler, "Pound as Parodist", in Marcel Smith and William A. Ulmer, eds., Ezra Pound: The Legacy of Kulchur, Tuscaloosa and London: The University of Alabama Press, 1988, pp. 128 – 143.

第五章 《诗章》现代主义风格的内化与吸收

作为充满传奇色彩的盲诗人,荷马用悲壮的史诗感染并激励西方各国人民,包括庞德及其家族。一个有趣的巧合是,庞德的父亲也叫"荷马"(Homer),即"Homer Loomis Pound"。父亲叫荷马,这使庞德从小就对荷马产生了特别的感情。随后,他在求知的道路上接触到文学大师荷马及其文学巨著"荷马史诗"——《伊利亚特》和《奥德赛》,不仅由衷地为之赞叹,更是情不自禁地为之倾倒①。续写荷马史诗,或者说书写现代版的荷马史诗,成为庞德早年就有的、在青壮年时期终于可以付诸实施的雄心壮志。对此,美国学者史蒂芬·斯卡里有一个专门的术语,称为"Pound's epic ambition"(庞德的史诗抱负)②。

在书写策略方面,庞德借助《诗章》平台建构与《奥德赛》的互文关系,这从一开始就是毫不隐讳的。在《诗章》第1章,庞德采用荷马在《奥德赛》中使用的史诗叙述方法,通过人神对话,渲染宏大叙事场景——众神聚集,共同见证那被"众神之神"宙斯赋予万能并具有神奇预言能力的盲人先知提瑞西阿斯(Tiresias),在冥界庄重地对"我"(I)言说:

> ..."Odysseus
> "shalt return through spiteful Neptune, over dark seas,
> "Lose all companions." And then Anticlea came.
> (Pound 4-5)

> ……"奥德修斯
> 是该击败邪恶的海神尼普顿回家了,在黑暗的大海上,
> 会失去所有的伙伴。"然后,安提克勒亚③来了。

在这里,庞德特意使用第一人称"我",明显具有暗指和影射:一方面,把"我"等同于"奥德修斯"(Odysseus),或者说"奥德修斯"就是"我"的化身,然后让"我"成为现代版《奥德赛》的代言人;另一方面,"我"被赋予某种神性,在先知引导下履行某种神圣责任,在《诗章》中继续演绎《奥德赛》里才具有的波澜壮阔的史诗情节。该写作意图和风格特点在《诗章》第74章中得到进一步验证。"无人,无人?奥

---

① Demetres P. Tryphonopoulos and Stephen J. Adams, eds., *The Ezra Pound Encyclopedia*, London: Greenwood Press, 2005, pp. 12-13.
② Stephen Sicari, *Pound's Epic Ambition: Dante and the Modern World*, New York: State University of New York Press, 1991, pp. 2-5.
③ 安提克勒亚在希腊神话中是奥德修斯(Odysseus)之母。

德修斯/我家族的名字"（Pound 445），在此处，庞德把奥德修斯与"我家族的名字"（the name of my family）联系在一起，是想暗示奥德修斯是"我家族"的重要成员，同时以互文的方式论及"无人"（OY TIΣ, no-man）。"无人"又指涉什么呢？我们知道，在《奥德赛》中，奥德修斯曾说自己名叫"无人"，其目的是捉弄一个魔鬼（Pound 5）。这种带有隐喻意义的互文式表达，在随后的文本内容中再次重现："无人/无人/'我是无人，我的名字叫无人'"（Pound 446）。紧接着，庞德开门见山地阐释说，该称呼是在"劳斯发现他们讲奥德修斯的故事时"，而且与某种神性的意图有关，因为"他们谈的是以利亚"（Pound 446）……在这些情节里，庞德先隐匿自己的身份（identity），再通过具体的"行动"（action）① 逐渐呈现自己的身份，旨在有的放矢地展示他潜在的书写愿景和"最后的写作意图"：模仿或者续写荷马史诗《奥德赛》的思想主题，然后加入他特立独行的个性特色和风格内容②。但是，庞德模仿或者续写《奥德赛》完全是靠他天才的想象力吗？当然并非如此，因为庞德借着提瑞西阿斯的预言继续叙述说：

> Lie quiet Divus. I mean, that is Andreas Divus,
> In officina Wecheli, 1538, out of Homer.
> 　　　　　　　　　　　　　　　（Pound 5）
> 狄乌斯在安眠。我是说，那是安德里斯·狄乌斯，
> 在沃池利的工作室，于1538年，译自荷马。

由此可断定，《诗章》与"译自荷马"的"Divus"（狄乌斯）有某种必然的联系。那么，庞德提及的"Divus"，或者说"Andreas Divus"（安德里斯·狄乌斯），何许人也？经查史料，"Divus"系意大利文艺复兴时期鼎鼎大名的人文主义学者和翻译家，他曾经耗费几乎毕生精力翻译《奥德赛》，为《奥德赛》在欧美国家的宣传与广泛传播做出过不朽贡献③。

---

① [古希腊]亚里士多德：《诗学》，陈中梅译注，商务印书馆1996年版，第78—80页。
② Hugh Kenner, *The Poetry of Ezra Pound*, Lincoln & London: University of Nebraska Press, 1985, pp. 252 – 262.
③ J. Whittier-Ferguson, *Ezra Pound, T. S. Eliot, and the Modern Epic*, Cambridge: Cambridge University Press, 2010, pp. 211 – 232; 又参见 Ronald Bush, *The Genesis of Ezra Pound's Cantos*, Princeton: Princeton University Press, 1976, pp. 66 – 70。

第五章 《诗章》现代主义风格的内化与吸收

再查《奥德赛》原文，我们发现，庞德《诗章》第 1 章竟然译自荷马史诗《奥德赛》第 11 卷，不仅基本情节和主题思想非常接近，就连其主要内容都是主人公奥德修斯的阴间之旅①。这是庞德的记忆作祟，还是他故意而为之的写作策略？答案有些扑朔迷离。不过有两点内容可以肯定：一是庞德有意识地运用了一种特殊的文学手法在《诗章》中对荷马史诗进行了模仿和重述，二是庞德以独特的艺术风格谱写的《诗章》是在对《奥德赛》的思想主题进行互文式改写（rewriting）。此外，还要明确一个文学事件，现在我们读到的《诗章》第 1 章，其实是 1917 年庞德首次发表的《诗章》第 3 章，最先出现在哈丽特·蒙罗主编的《诗刊》杂志上。之后，经过庞德再三斟酌，重新调整史诗书写的思路和顺序，最终确立为现在《诗章》的首章，此后再没有变动。庞德还专门予以澄清："In the first sketches, a draft of the present first Canto was the third."［在我最初的草稿中，现在（读者们见到）的《诗章》第 1 章是原来的第 3 章。"］② 庞德为什么要做出这样大的改动和调整呢？根据庞德研究专家休·肯纳的阐释，天才诗人庞德特意如此安排有他的良苦用心：为了使《诗章》从一开始就充满像荷马史诗《奥德赛》一样的神话底蕴和意境，把读者带入无限遐想和思考的空间③。此外，庞德在《诗章》第 1 章里就旗帜鲜明地以《奥德赛》为基石，描写了奥德修斯进入冥界，到阴森恐怖、"特别黑暗的"（exceedingly dark）的世界旅行探索，然后在先知的带领下最终归家的经过。这可以说是庞德对整部《诗章》一个提纲挈领式的表达：《诗章》第 1 章及其随后章节是整部《诗章》的一个缩影（miniature），同时也是整部史诗的基础章节（a base），以后的故事情节和思想内容都围绕上述逻辑和思维模式进行④。关于《诗章》在未来的写作过程中如何运用叙述策略，保持《诗章》整体的卓越风姿，庞德于 1927 年 4 月 11 日在给父亲的来信中有过较为详细的论述。他指出，为了极力避免整部《诗章》显得"晦涩难懂"（rather obscure），像一堆"碎片"（fragments），他在思考采用一种引人入胜的类似神游状态的赋格曲（fugue）形式，比如下

---

① ［古希腊］荷马：《奥德赛（第一至六卷）》，王焕生译，上海译文出版社、上海人民出版社 2014 年版。
② 转引自 Donald Davie, *Ezra Pound*: *Poet as Sculptor*, New York: Oxford University Press, 1964, pp. 30 – 31。
③ Hugh Kenner, *The Pound Era*, Berkeley: University of California Press, 1971, pp. 354 – 356.
④ Michael Alexander, *The Poetic Achievement of Ezra Pound*, Edinburgh: Edinburgh University Press, 1998, pp. 142 – 145.

面这种带有互文特征的陈述结构：

  A. A. Live man goes down into world of Dead
  C. B. The "repeat in history"
  B. C. The "magic moment" or moment of metamorphosis, bust thru from quotation into "divine or permanent world." Gods, etc.
  A. A. 活人进入冥界
  C. B. "历史中的重复"模式
  B. C. "魔幻时刻"或者变形时刻，突然从日常生活到达"神界或永恒世界"。（见到）众神，等等。①

  随后，为了有效呈现《诗章》中这种独特的思维方式和写作模式，庞德还与导师叶芝探讨了史诗书写的具体情节、逻辑及主题等，使之更加明朗化和具有可操作性，并声称"荷马的冥间之旅"是重要的"两个并行的主题"之一：

  ……没有情节，没有时间发展的时间顺序，没有叙述逻辑，只有两个并行的主题：荷马的冥间之旅以及奥维德的变形记，与这些细节掺杂在一起的还有中世纪和现当代的历史人物。②

  由此可见，《诗章》的思路设计与史诗结构建立在庞德本人对《奥德赛》思想主题以及史诗内容的理解、认知和重新建构的基础之上。而且，庞德在《诗章》中为了实现与《奥德赛》思想主题的互文，从一开始就做了许多积极的准备工作，属于"有的放矢"③。当然，《诗章》写作到了后期，由于纷繁复杂的时代背景以及庞德本人所处的社会环境发生了未曾预料的重大变化，其与《奥德赛》思想内容的互文呈现出弱化趋势。

  然而，在《诗章》中，庞德到底通过哪些途径实现了对《奥德赛》思想主题的互文呢？这里可以归纳为两点。

  第一个途径是庞德使用白描手法书写荷马，通过直接书写荷马影射了

---

① D. D. Paige, ed., *The Selected Letters of Ezra Pound, 1907 – 1941*, New York: New Directions, 1971, pp. 210 – 211.
② Noel Stock, *The Life of Ezra Pound*, New York: Avon, 1974, pp. 365 – 366.
③ D. D. Paige, ed., *The Selected Letters of Ezra Pound, 1907 – 1941*, New York: New Directions, 1971, pp. 209 – 210.

《奥德赛》的史诗情节。除了在《诗章》第 1 章正式提到荷马并向他致敬，庞德接下来在第 2 章又提到荷马："可怜的老荷马瞎了，瞎了，像蝙蝠一样，/耳朵，耳朵是倾听大海波浪翻滚的耳朵，那是老人们窃窃私语的声音。"（Pound 6）在第 7 章，庞德又借助独特的现代主义诗体风格重复说："可怜的老荷马，瞎得像蝙蝠一样，/耳朵，耳朵是倾听大海波浪翻滚的耳朵；/那是老人们喋喋不休的声音。"（Pound 24）在第 68 章，庞德把古罗马元老院议员塔西图斯与荷马并称，同时谈到"秩序"（order）："……没有什么像它在原创里那样/蒲伯先生已经把它转化为/英国人和美国人的观念/在对塔西图斯和荷马作品方面，三种秩序，在希腊正如在德国一样。"（Pound 395）——字里行间流露出庞德对良好社会秩序的渴望和苦苦追寻。在第 80 章，庞德还谈到传说中荷马的职业以及与"希腊军队"的关系："据说荷马是一位医师/跟随希腊军队到特洛伊"（Pound 523）。在第 94 章，庞德写到关于荷马与"石头"的典故："正如荷马所说：……不只是竖起石头……（还要选择合适时机）在日落时分出发"（Pound 658）……这些细节通过庞德大胆的戏仿手法对荷马进行重塑和再造，以激发读者对荷马的原型想象，同时荷马"喋喋不休的声音""为了正义""跟随希腊军队到特洛伊"等细节，又旨在暗示《诗章》与《奥德赛》在思想内容等方面存在内在呼应和对话关系。

第二个途径是庞德把自己视为荷马笔下的奥德修斯，通过对奥德修斯的描写实现对《奥德赛》的互文与戏仿——这也恰好影射了书名《奥德赛》所揭示的本义："关于奥德修斯的故事。"① 在《诗章》第 6 章，庞德写道，"你都做了些什么，奥德修斯，/我们知道你所做的一切"（Pound 21）；在第 20 章，庞德继续发问，"和奥德修斯在一起有何收获呢？/他们死在漩涡里/经过许多徒劳的努力"（Pound 93）；在第 23 章，庞德谈到"派生词"和"傻子"奥德修斯，"'不确定的派生词。'傻子/奥德修斯犁着沙地"（Pound 107）；在第 24 章，庞德笔下的奥德修斯穿越历史时空，回到遥远的过去，神奇地充当了向导，"他还处在他年轻的时候，跟随奥德修斯的步伐/到达塞西拉岛（公元后 1413 年）"（Pound 111）；在第 39 章，庞德借助意识流式的内心独白对奥德修斯进行自嘲，"'我想你一定是奥德修斯……/如果你已经吃过了，感觉应该好多了……/总是把你的思想停留在过去……'"（Pound 194–195）；在第 47 章，庞德又以第二人称

---

① 王焕生：《奥德赛·译者序》，载［古希腊］荷马《奥德赛（第一至六卷）》，王焕生译，上海译文出版社、上海人民出版社 2014 年版，第 9 页。

的叙事语调调侃说,"到了洞穴把你叫做奥德修斯"(Pound 237)……除此之外,庞德还借用《奥德赛》里经典的故事情节实现对该作品的戏仿。比如,在《诗章》第76章,庞德写到了"高贵的岛屿/诅咒那些以武力征服的人",这些内容出自《奥德赛》第一卷《奥林波斯神明议允奥德修斯返家园》;在第77章和第82章,庞德写道,"撒谎者们还在希拉库孔码头/与奥德修斯争吵不休"(Pound 467)以及"在特洛伊时代消息传得较快"(Pound 525),这些细节出自《奥德赛》第二卷《特勒马科斯召开民会决议探父讯》和第四卷《特勒马科斯远行访问墨涅拉奥斯》[①];等等。

或许有读者会问:庞德为什么选择荷马史诗中的《奥德赛》作为《诗章》的一个重要原型,而没有选择《伊利亚特》呢?正如前文所述,《伊利亚特》和《奥德赛》在呈现的思想主题方面差异很大。这两部史诗惊心动魄,但是各有侧重:一个聚焦战争,另一个以归家为主旨。它们同时影射了平凡人生命中的两种归宿:一个必须要不断斗争,在斗争中让生命的价值得以体现;另一个是听从心的呼唤,带着希望和力量,克服险阻和诱惑回家。两千多年来,这两部不朽作品因为波澜壮阔的内容和包罗万象的思想,在欧洲和世界各地广为传诵。这对崇尚古典、喜欢引经据典的庞德而言,自然再熟悉不过。所以,庞德在书写《诗章》时,出于对荷马的崇拜和对《奥德赛》的欣赏,希望有所作为:一方面,庞德渴望与荷马对话,通过他天才的诗学思想与《奥德赛》建立历史的联系和文本的互涉;另一方面,庞德希望把神话故事、古代社会和现代社会建构在一起,通过隐喻性的写作技巧借古喻今、以古讽今,完成他作为现代史诗诗人和文学批评家的历史使命,为现代生活和人类社会服务。这与他母亲当年建议他书写一部既"服务于艺术"又"服务于社会"的具有双重属性的史诗的构想一致[②]。

除此之外,庞德选择《奥德赛》归家的思想主题,或许还有两个潜在因素。其一,《伊利亚特》的主题是战争,而庞德在欧洲期间对战争深恶痛绝。尤其是经历了第一次世界大战的庞德,曾目睹战争对人类文明和生存世界的摧残和破坏,发现即使像伦敦这样昔日辉煌灿烂的世界文化之都亦不可能幸免,他所见的尽是腐朽和堕落、一派"荒原"景象。扼腕叹息、惊魂未定的庞德不可能再以凸显战争的方式去烘托战争、歌颂战争,

---

[①] [古希腊]荷马:《奥德赛(第一至六卷)》,王焕生译,上海译文出版社、上海人民出版社2014年版,第49、125页。

[②] Hugh Witemeyer, "Early Poetry 1908 – 1920", in Ira B. Nadel, ed., *The Cambridge Companion to Ezra Pound*, Cambridge: Cambridge University Press, 1999, pp. 43 – 44.

这与他的创作理念相悖逆。美国诗人兼评论家杰夫·特威切尔-沃斯在《"灵魂的美妙夜晚来自帐篷中,泰山下"——〈比萨诗章〉导读》一文中,也证实了这一点:"两次世界大战的岁月正是庞德能够继续创作《诗章》的年代……《诗章》的整个计划是以努力结束长期战争为前提的。"[1]其二,庞德长期"流亡"在欧洲各国,虽然是一种"自我放逐",但是荣归故里以及为祖国贡献力量的愿望"从未消失"[2]。正如母亲在庞德年轻时代为他构思的美国西部史诗的框架那样,从他的出生地和成长之地出发,经过各种冒险经历,最终回到家乡。还有一种说法是:庞德想为《奥德赛》重新"立言",因为"自远古以来,有许多人认为《奥德赛》根本不能算作史诗","《奥德赛》更接近于小说,而不是史诗"。但是,庞德想通过模仿《奥德赛》和书写《诗章》以颠覆上述带有偏见的论述,并试图说明:"《奥德赛》越是接近小说,就更进一步说明它源自史诗。"[3]

基于对《奥德赛》思想主题的思考、理解和重塑,庞德在《诗章》中不仅对欧美的历史、人文、政治等方面进行批判性反思,而且充分发挥想象力彰显他对古典史诗进行戏仿的能力——庞德尤其不惜大量笔墨描写现实社会,表达他作为现代史诗诗人的崇高责任感和道德伦理关怀。在《诗章》的许多细节,庞德对自己的家乡美国以及西方社会很不满意,因为他认为这些地方肮脏、堕落、善恶不分,如同人间地狱。譬如,在《诗章》第14章,庞德这样曝光他眼中地狱般黑暗的西方社会:

>   melting like dirty wax,
>   decayed candles, the bums sinking lower,
>   faces submerged under hams,
>   And in the ooze under them,
>   reversed, foot-palm to foot-palm,
>   hand-palm to hand-palm, the agents provocateurs
>   ...

---

[1] [美] 杰夫·特威切尔-沃斯:《"灵魂的美妙夜晚来自帐篷中,泰山下"——〈比萨诗章〉导读》,张子清译,载 [美] 伊兹拉·庞德《庞德诗选——比萨诗章》,黄运特译,张子清校订,漓江出版社1998年版,第282页。

[2] Barbara Graziosi, *Inventing Homer: The Early Reception of Epic*, Cambridge: Cambridge University Press, 2002, pp. 23-24.

[3] Donald Davie, *Ezra Pound: Poet as Sculptor*, New York: Oxford University Press, 1964, pp. 30-31.

> black-beetles, burrowing into the sh-t,
> The soil a decrepitude, the ooze full of morsels,
> lost contours, erosions.
>
> (Pound 62)

像肮脏的蜡烛在融化,
　　　　腐烂的蜡烛,流浪汉更加堕落,
脸淹没在火腿里,
陷入他们身下的淤泥中,
身体颠倒,从脚掌到脚掌,
　　　　从手掌到手掌,那些破坏分子
……
蟑螂,在挖洞钻进屎堆,
土壤是一种腐臭之物,软泥充满结块,
丧失轮廓,到处是腐朽。

为改变这种惨不忍睹的社会状况,庞德渴望建立一个完全不同于现实的秩序井然的理想世界,一个经过改造和修缮后充满"美"(beauty)的世界,一个可以让精神得到安眠的天堂似的永恒世界,里面有伟大的君王,有幸福的百姓,还有圣贤的思想。于是,庞德热情呼唤伟大君王和圣贤思想的出现——最好像中国古代的圣贤尧(YAO)、舜(CHUN)、禹(YU)那样,是:

> ... controller of waters
> Bridge builders, contrivers of roads
> gave grain to the people
> kept down the taxes
>
> (Pound 302)

治水的功臣
桥梁的建设者、道路的创造者
把谷物分发给百姓
压低税收

像中国清朝皇帝康熙(KANG HI)那样胸怀宽广、爱民如己:

> and KANG HI gave a fur cap to the envoy
> and his (KANG HI's) horse sweat pink
>   as in legend the horses of Taouen land; the
> Tien ma, or the horses of heaven
>   (Pound 329)

康熙把皮帽子给他的外交大臣戴
同时把他的（康熙的）栗色汗血马赐给他
    那在传说中的桃源仙境才有的马，那匹
天马，或者天之马

更重要的是领悟、借鉴和吸收中国孔夫子（Kung fu Tseu）的思想，譬如他的"诚/誠"。倘若在人们尊崇的前提下能够在现实中进行实践，这将是一种无与伦比的、纯粹的道德力量和美德：

>   the word is made
> perfect   誠
> better gift can no man make to a nation
>   than the sense of Kung fu Tseu
>   (Pound 474)
>   "诚"这个字已造的
> 完美无缺   誠
> 献给国家的礼物莫过于
>   孔夫子的悟性
>   （黄运特译）

就连美国本国，庞德认为也急需像美国第二任总统约翰·亚当斯以及第三任总统托马斯·杰弗逊那样的"共和国的缔造者""创造者"和"拯救者"，才能够真正为美国百姓谋福利：

>   pater patriae
>   the man who at certain points
>   made us
>   at certain points
>   saved us

>   by fairness, honesty and straight moving
>   (Pound 350)
>
>   共和国的缔造者
>   这样的人，在某种意义上
>   创造了我们
>   在某种意义上
>   拯救了我们
>   凭借光明磊落、诚实和正直的行动

很明显，庞德要把他的《诗章》变成具有现代主义风格且充满隐喻精神的《奥德赛》，同时达到两个重要目的：第一，表达他复兴崇高民族精神、振兴国家经济发展的迫切愿望，使《诗章》成为该思想意识的物质载体和媒介，实现与《奥德赛》一样的主题；第二，国家的文明有序是庞德一生的渴望，在那个时候，他就不再只是一个道德和伦理的预言家，而是怀揣梦想"回家"的幸运儿，《诗章》于是成为《奥德赛》的现代版隐喻——从艰难困苦开始，经历"地狱"和"炼狱"，最后实现终极目标，回归故里，抵达"天堂"。然而，事与愿违的是，《诗章》后来并没有真正成为《奥德赛》的翻版，原因在于：欧美以及世界局势的风云变幻，以强大的外在力量深刻影响了庞德，迫使他不得不改弦易辙书写血淋淋的现实，抒发所思所想以及未曾预料到的人生体验，后来竟然愈来愈悲观、痛苦和失望。就像他在"遗言"《比萨诗章》一开始所表达的那样：

>   The enormous tragedy of the dream in the peasant's bent
>   shoulders
>   (Pound 445)
>   梦想的巨大悲剧在农夫弯曲的
>   双肩
>   （黄运特译）

直到《诗章》末尾第 117 章，庞德的心情更加矛盾、更加抑郁，那是一种心灰意冷、无所适从的落魄状态：

>   That I lost my center

> fighting the world
> The dreams clash
> and are shattered
> and that I tried to make a paradiso
> terrestre
>
> （Pound 822）

　　我与世界争斗时
　　　　失去了我的中心
　　一个个梦想碰得粉碎
　　　　撒得到处都是——
　　而我曾试图建立一个地上的
　　　　乐园
　　　　（黄运特译）

庞德是一位具有历史责任感的现代主义诗人，但是同时他又是一位缺乏足够理性、内心异常矛盾的诗人。尤其是当他把不成熟的政治观点和经济思想融入《诗章》文本写作，他就变得"判若两人"。将他前期和后期的《诗章》内容稍加对比，读者就可以清楚地洞察到这一点。亲历了第一次世界大战之后的庞德，对战争的残酷无情和泯灭人性深恶痛绝，这促使他不去借鉴以战争为主题的《伊利亚特》，而是青睐以归家为主旨的《奥德赛》；后期，由于他的亲法西斯主义立场和反犹太主义思想，使他的文本风格和思想内容发生彻底的改变。庞德活在自相矛盾的世界里不能自拔：一个是自我放逐式的美好愿景，另一个是变化莫测的社会现实。这也促使庞德在对《奥德赛》思想主题进行互文式改写时，充满各种含混性和不确定性。与《奥德赛》汪洋恣肆的叙事风格相比较，《诗章》带有个人英雄主义色彩，也带着命运悲壮的味道。当然，庞德通过与《奥德赛》思想主题的互文，在现实层面上实现了他借古讽今、借古喻今的书写目的，并且通过对奥德修斯的重新塑造和刻画达到了他对西方世界的批判与反思。

二　"包含历史的诗"：《诗章》对《奥德赛》叙述风格的戏仿

尽管庞德被公认为一位创新型诗人，但是他在创作方法方面，却是从"认真地致敬传统、虔诚地学习传统"开始的。他还尝试走一条把传统与现代进行折中的中庸主义路线,并且"一以贯之"①。尤其是在书写《诗章》的过程中,他既没有墨守成规地按照西方古典和中世纪欧洲的传统诗体写作,也没有随波逐流地追求极端的新式现代主义文学样式。纵观其创作历程,庞德在诗歌实验和改革方面,理性与感性交织,具有鲜明的个人特色②。在《阅读 ABC》一书中,庞德曾公开声称,他"对荷马史诗的兴趣从未稍减"③,暗示他并不排斥传统对自己诗歌创作的影响,以及在开启心智方面对个人思想产生的潜移默化的作用。他还义正词严地与同时代学者辩论,认为没有"哪位希腊剧作家能够与荷马比肩"④。在阅读荷马以及其他经典作品的过程中,庞德甚至惊喜地发现:"一部史诗就是一首包含历史的诗。"(An epic is a poem including history.)⑤

相对于荷马的《伊利亚特》,庞德更钟情于《奥德赛》。作为"希腊圣经"荷马史诗的重要组成部分,《奥德赛》影射了古希腊从氏族社会过渡到奴隶制社会的各种风土人情和精神面貌。它不仅是古希腊英雄时代(Heroic Age)的一个重要缩影,而且是西方艺术殿堂(palace of Occidental art)里公认的、富含不屈不挠斗争精神的旷世佳作⑥。正是由于《奥德赛》拥有恢宏壮阔的叙事场域、庄重典雅的文体形式、人神共舞的狂欢情境以及充满道德责任感的隐喻性内容,促使庞德在《诗章》中对它进行多维度的叙述风格的戏仿。具体表现在以下几个方面:

(一)第一人称叙述和"他者"叙述

在《奥德赛》中,荷马从开篇就以第一人称的叙述口吻写道:"请为我叙说,缪斯啊","女神,宙斯的女儿,请随意为我们述说"⑦。很明显,第一人称叙述直接拉近了故事叙述者和阅读者的距离,使故事情节在自然而然展开的过程中变得生动、鲜活、充满情趣,与此同时,还增加了故事内容的可读性和真实性。不过,在《奥德赛》后面情节的叙述中,就有了"他者"

---

① Ezra Pound, *Guide to Kulchur*, New York: New Directions, 1968, p. 15.
② Daniel Albright, "Early Cantos I – XLI", in Ira B. Nadel, ed., *The Cambridge Companion to Ezra Pound*, Cambridge: Cambridge University Press, 1999, p. 61.
③ [美]埃兹拉·庞德:《阅读 ABC》,陈东飚译,译林出版社2014年版,第16—17页。
④ [美]埃兹拉·庞德:《阅读 ABC》,陈东飚译,译林出版社2014年版,第32—33页。
⑤ Ezra Pound, *The Literary Essays of Ezra Pound*, T. S. Eliot, ed., New York: New Directions, 1968, p. 86.
⑥ 王焕生:《奥德赛·译者序》,载[古希腊]荷马《奥德赛(第一至六卷)》,王焕生译,上海译文出版社、上海人民出版社2014年版,第1—9页。
⑦ [古希腊]荷马:《奥德赛(第一至六卷)》,王焕生译,上海译文出版社、上海人民出版社2014年版,第13页。

第五章 《诗章》现代主义风格的内化与吸收

叙述,即除去荷马作为故事讲述者的第一人称身份之外所做的叙述,出现了荷马作为旁观者角色目睹和耳闻故事中的其他人所进行的对话和议论。

此类例证,在荷马史诗中比较普遍。限于篇幅,这里仅以《奥德赛》第三卷《老英雄涅斯托尔深情叙说归返事》为例,做简明扼要的说明。在老英雄涅斯托尔深情叙说的错综复杂的各种细节中,荷马不仅"看到""特勒马科斯走下船,由雅典娜引领",而且隔着时空听到女神雅典娜给"迷茫的"特勒马科斯进行的"教导":"目光炯炯的女神雅典娜对他这样说:/特勒马科斯,你切不可怯懦羞涩,/我们为了打听你父亲的消息而航行。/他漂泊在什么地方,陷入怎样的命运……"① 采用第一人称叙述和"他者"叙述的好处在于,它可以邀请读者参与整个故事发展的过程,能够让读者从不同角度及层面审视和解读故事发生的具体情节与内容。

第一人称叙事方式更直接、更自然、更亲切,易于拉近与读者的距离,使读者容易进入"我"所创设的场景;同时,方便人物角色之间进行自由对话和交流,又有抒情效果,能够增强艺术感染力。此外,它还能促使整个阅读过程充满趣味性、戏剧性和生动性②。《诗章》也仿拟《奥德赛》的叙述方式,即采用个性化的第一人称叙述和"他者"叙述。譬如,从《诗章》第 1 章开始,庞德就用"We/we"(我们)和"I"(我)进行史诗场景的描写:"然后到了船上/让船迎着波浪,朝着神圣大海的方向,接着/我们竖起桅杆,在黝黑的船上起帆远行","因为有张开的帆,我们在海上漂泊到天黑","我们来到最深水域的交界处"。在接下来的细节中,"我"在波利米德斯和尤里洛克斯举行宗教仪式时被安排闪亮登场:"我从身后拔出宝剑/扎入 L 型的深坑……"(Pound 3) 这些叙事场景中的"我"到底指谁呢? 庞德在随后的情境中以戏剧化的方式告诉读者:"我"就是"Odysseus"(奥德修斯)。相关内容是这样叙述和展开的:"And I stepped back, /And he strong with the blood, said then:'Odysseus'/'Shalt return through spiteful Neptune, over dark seas'"(我胆怯地退后,/他威猛无比,随后丢给我一句话:"奥德修斯/该是征服邪恶的海神尼普顿、穿越黑暗的茫茫大海,回家去了")(Pound 4 - 5)

此外,庞德还以旁观者的身份目睹和耳闻《诗章》中其他人物角色进行对话与交流。譬如,在第 80 章中,庞德远远地望见酒贩中士彼此交

---

① [古希腊] 荷马:《奥德赛(第一至六卷)》,王焕生译,上海译文出版社、上海人民出版社 2014 年版,第 85 页。
② Roland Barthes, *The Pleasure of the Text*, Richard Miller, Trans., New York: Hill and Wang, 1975, pp. 10 - 11.

谈热烈。虽然相距较远，他居然能够清楚听到他们在发泄私愤："'干吗打仗？'……'人太多啦！当人多时/就得杀掉一些。'"（Pound 499）更让读者不可思议的是，庞德甚至能亲耳听到几千年前中国儒家学派创始人、"大成至圣先师"孔子在评述管仲的历史贡献时，叙说他对当时社会和老百姓日常生活发挥的重要作用："'若没有管仲'（But for Kuan Chung）……'我们或许/穿衣服和扣子都会反了'（we shd/still be buttoning our coats tother way on）"（Pound 519–520）。在此处，庞德不仅戏仿了《奥德赛》在人称使用方面带来的艺术效果，而且互文式地呈现了《论语·宪问第十四》"微管仲，吾其被发左衽矣"的具体文本内容。

（二）故事结构和线索的雷同性

在《奥德赛》中，荷马别具匠心，在史诗第一卷《奥林波斯神明议允奥德修斯返家园》中叙述说："那位机敏的英雄，/在摧毁特洛伊神圣的城堡后又到处漂泊，/见识过不少种族的城邦和他们的智慧，/在辽阔的大海上忍受无数的苦难，/为保全自己的性命，使同伴们返家园。/但他耗费了辛劳，终未能救得众同伴，/只因为他们亵渎神明，为自己招灾祸：/真愚蠢，竟拿高照的赫利奥斯的牛群，/来饱餐，神明剥夺了他们的归返时光。"① 这些诗行看似极为普通，甚至无关紧要，但其实是整部《奥德赛》史诗的引子和故事框架，因为关于奥德修斯返回家园的各种情节从此展开，并有条不紊地布局在随后二十四卷跌宕起伏的故事中。或者换句话说，《奥德赛》后面二十四卷的史诗内容，竟然是以此故事情节为中心，得以具体展开和进行铺陈的。

在奥德修斯受到神明指点返回家园的过程中，荷马又安排了两条线索：第一条是奥德修斯本人从神女卡吕普索的洞穴被放逐后，因为心怀怨怒的海神波塞冬设置障碍，奥德修斯不得不历经各种磨难；第二条是奥德修斯的妻子佩涅罗佩在家乡遭受求婚人的无理纠缠，儿子特勒马科斯受雅典娜女神的感召外出寻找父亲消息。在史诗的高潮部分，奥德修斯抵达故乡伊萨卡，特勒马科斯也得知父亲归来，父子相见并合力诛戮求婚人，奥德修斯和妻子也终于破镜重圆。②

《诗章》整体的故事结构没有《奥德赛》那样清晰、明朗，但是从

---

① ［古希腊］荷马：《奥德赛（第一至六卷）》，王焕生译，上海译文出版社、上海人民出版社2014年版，第85页。
② 王焕生：《奥德赛·译者序》，载［古希腊］荷马《奥德赛（第一至六卷）》，王焕生译，上海译文出版社、上海人民出版社2014年版，第3—9页。

《诗章》第 1 章来看,庞德似乎也设计了跟《奥德赛》类似的故事情节:"安提克勒亚来了,我使她退却,然后底比斯人提瑞西阿斯来了,/他拿着金色的魔杖,认出我,首先开口说话:/'再来比试?怎么样?遭厄运的年轻人'/……/我胆怯地退后,/他威猛无比,随后丢给我一句话:'奥德修斯/该是征服邪恶的海神尼普顿、穿越黑暗的茫茫大海,回家去了/(但是)会失去所有的同伴'。"(Pound 4-5)提瑞西阿斯是希腊神话中的盲人先知,具有很强的预言能力。该预言就是整部《诗章》后面116 个章节所要发生的内容——该是"奥德修斯"回家的时候了,但是他必须经历各种磨难和考验,包括"征服邪恶的海神尼普顿""穿越黑暗的茫茫大海",而且还会"失去所有的同伴",这与《奥德赛》史诗中的故事情节非常类似。

此外,庞德为了使《诗章》具有《奥德赛》史诗般的文本特质和艺术感染力,也安排了两条线索:第一条延续荷马在《奥德赛》中的神话主题,让神参与人类世界理智、勇敢、不屈不挠等精神层面的建构,指导人类进行英雄般的搏斗、抗争以及从事各种社会活动,而作者作为"奥德修斯"充当神与人的媒介,传达神赋予人的启示,诠释神的预言和话语;第二条是庞德充当现代社会里面鲜活的"人"的代表,切身感受社会的腐败、堕落、肮脏以及戏剧化的变迁,使神的预言和人的期待在喧嚣与狂欢化的情境中合二为一。但是,后来《诗章》的写作过程似乎偏离了这种预先设计的故事叙述轨道,也未完成庞德原先拟定的宏大叙事计划。原因是多方面的。评论家海斯(Eva Hesse)指出:诸多纷繁复杂的社会背景和未曾预料到的外界因素,干扰了庞德最初透视过去、展望未来的"视线",使他在史诗叙事过程中"被迫疲于应对",然后改弦易辙[1]。

(三) 人神共舞

荷马创作《奥德赛》的时代,正处于氏族社会向奴隶社会过渡的历史时期。尽管当时出现了较先进的人类文明,如迈锡尼文明,但是生产力发展水平毕竟有限,人们对自然界和社会群体的认识也不充分,于是建构了许多关于神的意象和形象。在这些意象和形象中,有些与当时的宗教信仰直接关联,有些纯粹是艺术加工的结果。《奥德赛》涉及的人物形象除了奥德修斯之外,还包括掌管天庭和风雨雷电的众神之王宙斯,宙斯之

---

[1] Eva Hesse, "Introduction", in Eva Hesse, ed., *New Approaches to Ezra Pound*, Berkeley & Los Angeles: University of California Press, 1969, pp. 13-53.

女、文艺女神缪斯，宙斯的兄弟、掌管海洋和一切水域的海神波塞冬，宙斯之子、掌管旅游和商贸的信使神赫尔墨斯，宙斯之女、掌管艺术发明和武艺的智慧女神雅典娜，宙斯的姐姐与妻子、掌管女人婚姻与生育的赫拉，被赫拉指使、迫害伊奥的百眼巨怪阿尔格斯，老海神涅柔斯的女儿、波塞冬的妻子安菲特里泰，老一辈提坦女神之一、掌管秩序和法律的特弥斯，宙斯之子、死后成为冥府判官之一的拉达曼提斯，"宙斯与美发的勒托的儿子"阿波罗，半人半鸟女妖塞壬，能把目光所及的一切变成石头的"蛇发怪物"美杜莎，因嫉妒误杀自己的儿子、被宙斯变成夜莺的艾冬……

《奥德赛》除了描写众神及其故事，还巧妙地把他们与现实中的人与事进行结合，以增强故事的感染力和真实性。譬如，第一卷中提到的阿尔戈斯人和阿开奥斯人都是古希腊的原始居民，第五卷中提到的索吕摩斯人是小亚细亚半岛南部的原始居民，第十三卷中提到的西顿尼亚人是地中海区域的原始居民……此外，还涉及许多在人类历史上真实存在过的地名。比如，第三卷提到的马勒亚是伯罗奔尼撒半岛东南部一个海岬，第七卷提到的尤卑亚岛在希腊东部近海区域，第十一卷中提到的斯库罗斯为爱琴海中的一个小岛，第十九卷中提到的帕尔纳索斯山是希腊中部班都斯山脉的一部分，等等。总之，《奥德赛》是由荷马本人直接参与设计的人神共舞的恢宏杰作。

《诗章》虽然创作于 20 世纪，但是作者庞德依然延续了西方神话叙事的传统，并且与《奥德赛》"人神共舞"的叙述模式一样，在情节展开时也匠心别具地镶嵌和导入诸多神话人物以及他们的冒险经历。譬如，在《诗章》第 1 章中，"我"除了化身为奥德修斯并"被预言"会遭遇劫难，还会在大海上"邂逅"那些依次登场亮相的会巫术且容貌美丽的希腊女神赛丝，奥德修斯的母亲安提克勒亚，希腊神话中的盲人先知提瑞西阿斯，半人半鸟的女海妖塞壬，冥界王后普罗瑟派恩，宙斯之女、戴着金冠的爱情女神阿佛洛狄忒，古罗马神话中的海神尼普顿等；在第 2 章有的放矢地嵌入拒绝崇拜狄俄尼索斯的底比斯国王继承人、卡德摩斯的孙子彭休斯，用杀掉的恶龙牙齿长出许多武士的腓尼基王子卡德摩斯，可以随意改变形体并具有先知先觉能力的海神普鲁提斯等；在第 4 章呈现了罗马神话中处女守护神、月亮和狩猎女神戴安娜，希腊和罗马神话中常化身为年轻女子的自然女神宁芙，希腊神话阿格斯国王之女达娜厄等；在第 6 章聚焦并描写了希腊神话中杀死牛头人身的怪物、征服阿玛宗女战士并娶其女王为妻的忒修斯，希腊神话中的雅典国王艾格斯，伊斯兰神话中的恶魔比利斯，罗马神话中的农事之神皮库斯；在第 74 章书写了希腊神话中的大力士赫拉克勒斯，澳大利亚民间传说中的虹蛇神之子忘吉那，希腊神话中主管生产的女神德墨忒尔，罗马神话中保护分娩的女神露卡娜，希腊神话中被曙光女神爱恋并被变成蚱蜢的提托纳斯，在《奥德赛》中把人变成猪的女巫师喀耳刻，罗马神话中克洛诺斯和瑞亚之子、掌管天界的主神朱庇特……

与《奥德赛》一样，《诗章》中也点缀和穿插了许多真人真事，以增强"人神共舞"的艺术效果和生动性，并最终实现其史诗性。除了《诗章》前二十章已经讨论过的布朗宁、叶芝、卡明斯、惠特曼、孔子、孟子、莎士比亚、雪莱、拜伦等之外，还包括第 27 章提到的居里夫人、斯巴伶吉尔博士、布里塞先生等，第 33 章提到的拿破仑、克伦威尔、威灵顿、亚当斯、杰弗逊、华盛顿将军等，第 54 章提到的尧、舜、禹、汉高祖刘邦、楚王、齐王、隋炀帝、魏王、唐太宗、单于、魏徵、贵妃娘娘……此外，《诗章》还镶嵌了不计其数的真实地名作为故事情节的发生地或者作为史诗叙事的场域，包括意大利的威尼斯、英国的伦敦、法国的巴黎、德国的柏林、俄国的莫斯科、中国的北京和上海、日本的神户等。由此可见，《诗章》也是一个人神共舞、想象与现实狂欢的艺术文本。

（四）"整一的行动"

古希腊先哲亚里士多德在《诗学》第 8 章分析指出，荷马的《奥德赛》有"整一的行动"，是"整一的行动完成了这部作品（《奥德赛》）"①。那么"整一的行动"具体指什么？亚里士多德经过高屋建瓴的讨论和缜密的逻辑分析后，给出答案："奥德修斯回归故乡。"亚里士多德由衷赞美荷马对史诗情节的安排与处理："在创作《奥德赛》时，他（荷马）没有把俄底修斯（即奥德修斯）的每一个经历都收进诗里"②，而是凭借"真知灼见"灵活、巧妙、艺术性地把 12110 行的《奥德赛》进行合理的布局。

阅读具体的史诗内容会发现，《奥德赛》涉及奥林波斯神明、老英雄涅斯托尔、奥德修斯、儿子特勒马科斯、公主瑙西卡亚、独目巨人、魔女基尔克、佩涅罗佩及其求婚者等纷繁多样的人物形象，而且故事情节跌宕起伏、纵横交错。荷马在处理这些人物和事件时，"不知是得力于技巧还

---

① ［古希腊］亚里士多德：《诗学》，陈中梅译注，商务印书馆 1996 年版，第 77—78 页。
② ［古希腊］亚里士多德：《诗学》，陈中梅译注，商务印书馆 1996 年版，第 78 页。

是凭借天赋"，使他讲的故事变成一个又一个"完整的行动"①。除了富有魅力的"完整的行动"，在《奥德赛》中，荷马设计的人物形象也自始至终围绕奥德修斯返回家乡发挥作用，其他人物为奥德修斯故事的展开起到了推波助澜的作用。此外，荷马并没有把关于奥德修斯的所有细节，都搬进故事体系中，而是围绕"我们这里所谈论的整一的行动"②，实现情节书写和人物塑造的高度统一。

庞德吸收了《奥德赛》内容叙述的长处，并且采用《奥德赛》灵活、变通的艺术表现手法。从《诗章》第1章，庞德就开宗明义地以奥德修斯自居，并且接受希腊神话盲人先知提瑞西阿斯的预言：先是遭遇暗无天日的死亡的考验和毫无快乐可言的人间的困扰，然后"穿越黑暗的大海……回归家园"。所以，"回归家园"也是《诗章》"整一的行动"和潜在的主题，当然也是"我"，即《诗章》中的奥德修斯，努力要践行的目标和未来要完成的使命。

从宏观方面看，庞德实现了《诗章》史诗主题的契合。其"整一的行动"不仅通过神明和先知的预言得到最终实现，而且通过庞德本人对于社会、历史、政治、经济、文化等的亲身感悟和体会得到淋漓尽致的呈现。《诗章》中的奥德修斯作为庞德的化身，与自然搏斗，与邪恶搏斗，在艰苦卓绝的个人斗争和思想的反复历练中获得无穷智慧，这与《奥德赛》中奥德修斯的形象有许多共通之处，即所谓的互文式形象书写。但是，如果按照亚里士多德在《诗学》第26章提出的史诗模仿说及其理论，《诗章》显然要比《奥德赛》逊色一筹。这是因为《诗章》在情节安排方面，出现了亚里士多德所批评的"在整一方面欠完美的情况"③。一方面，在叙事结构的处理方面，《诗章》显得比较松弛，逻辑性也不强，语言表达支离破碎；另一方面，由于庞德意识流手法在《诗章》中的频繁运用，使得整个史诗线索及主题变得不可捉摸，呈现出神秘化和断裂性特点，从而造成史诗的佶屈聱牙。这也是长久以来《诗章》会在诸如文本结构、逻辑线索等方面，被国内外学者诟病的症结所在。

作为西方文学的源流之一，荷马史诗《奥德赛》在主题设计、故事情节安排、写作技巧等方面深深影响了后辈诗人，尤其是欧美现代派诗

---

① ［古希腊］亚里士多德：《诗学》，陈中梅译注，商务印书馆1996年版，第78—80页。
② ［古希腊］亚里士多德：《诗学》，陈中梅译注，商务印书馆1996年版，第78页。
③ ［古希腊］亚里士多德：《诗学》，陈中梅译注，商务印书馆1996年版，第190—192页。

人。庞德无疑是其中一位比较典型的代表。由于《奥德赛》在叙述风格方面达到了相当的艺术高度,庞德以他特立独行的姿态通过《诗章》对它进行了多维度的戏仿,反映在第一人称叙述和"他者"叙述、故事结构和线索的雷同性、人神共舞、"整一的行动"等诸多方面,并取得了一定的文学成就。此外,庞德希望借助现代主义诗歌技巧复活《奥德赛》的思想主旨和艺术神韵,并为此做出积极努力。[①] 但是,他在文本层面实现吸收、改造和戏仿的同时,却也不可避免地暴露出松散、断裂、无序以及缺乏逻辑和未能做到从一而终的连贯性等缺陷。总之,《诗章》对《奥德赛》叙述风格的戏仿既有值得称道之处,亦存在不少遗憾。这需要读者带着理性、客观与批判的态度,进行文本细读和赏析。

第二节 《诗章》与《神曲》的"光明"情结

《诗章》与《神曲》关系的探讨也同《诗章》与《奥德赛》关系的探讨一样,充满扑朔迷离的内容。诗人庞德在接受一次记者采访时承认:在创作史诗《诗章》的过程中,他受到了意大利文艺复兴时期杰出诗人但丁(Dante Alighieri)及其名作《神曲》(La Divina Commedia)的影响和启发。当时,"苦于"找不到"现成的"可供参照或模仿的、能够包罗万象的写作模式,加上在现实层面无法克服"影响的焦虑",致使他不得不把求索的目光转向西方古典主义作家及作品;是但丁及《神曲》给了他艺术"灵感"与写作"框架"方面的启示[②]。庞德的说法是有据可依的:他曾积极建构《诗章》与《神曲》的对话关系,并尝试在书写方式等方面形成二者之间的互文联系[③],使文本的"吸收和改编"[④](absorption and transformation)成为《诗章》的一个艺术特色。以斯蒂芬·斯卡里为代表的学者研究后就认为,庞德的《诗章》闪烁着但丁《神曲》的影子,"正是从但丁和他的史诗传统那里,庞德学会了作诗的原则,这积

[①] A. E. Durant, *Ezra Pound, Identity in Crisis: A Fundamental Reassessment of the Poet and His Work*, New Jersey: Barnes & Noble Books, 1981, pp. 1 – 14.

[②] Donald Hall, "Ezra Pound: An Interview", in Peter Makin, ed., *Ezra Pound's Cantos: A Casebook.*, Oxford: Oxford University Press, 2006, pp. 251 – 260.

[③] Stephen Sicari, *Pound's Epic Ambition: Dante and the Modern World*, New York: State University of New York Press, 1991, pp. 1 – 2.

[④] Julia Kristeva, *The Kristeva Reader*, Toril Moi, ed., New York: Columbia University Press, 1986, p. 37.

极促使他展现自己的史诗抱负"①。但是,也有学者走向该观点的反面。譬如,瑞德·W.戴森布鲁克就论述说,《神曲》不是《诗章》的原型,因为《诗章》没有《神曲》那样清晰明朗的逻辑主线,也缺乏《神曲》里贯穿始终的人物角色②。尽管存在争议,我们在对《诗章》和《神曲》进行文本细读和比较研究后发现,它们二者确实存在某种关联,在结构安排和情节塑造等方面的确存在对话性的内容,涉及《诗章》对《神曲》思想体系、叙述风格的互文式书写等方面。

一 "学问的总结":《诗章》与《神曲》思想体系的互文

《神曲》的本名是 Commedia(《喜剧》),意思是"由纷乱和苦恼开始而结局于喜悦的故事"。中文名译自 La Divina Commedia(《神圣的喜剧》),其中"Divina"是后人加上去的,意指"神圣的诗"(Poemasacro)③。《神曲》分为《地狱》("Inferno")、《炼狱》("Purgatorio")、《天堂》("Paradiso")三部分,每部分33曲,加上序曲,一共100曲,14233行。《神曲》的作者但丁是意大利佛罗伦萨人,活着时被敌党放逐,生活颠沛流离,最后连家乡也不能回,客死他乡。如今,但丁被认为是欧洲中世纪到文艺复兴过渡时期最具代表性的诗人,也被誉为意大利最伟大的民族诗人之一。恩格斯称颂他是"中世纪最后一位诗人,同时又是新世纪第一位诗人"④;而他的《神曲》也被称作"中世纪学问的总结"⑤。

但丁在《神曲》中倡导一种至高无上的理性,而该理性源自诗人一次离奇的神游。讲的是但丁在"人生的中途"迷失在"黑暗的森林",想极力挣脱时,不幸碰到豹、狮和母狼。但丁徘徊在荒芜的山林,惊慌失措,危难之际大声呼救,来者是诗人最崇拜的古罗马诗人兼哲学家维吉

---

① Stephen Sicari, *Pound's Epic Ambition: Dante and the Modern World*, New York: State University of New York Press, 1991, pp. 1 – 2.
② Reed Way Dasenbrock, "Why *The Commedia* is Not the Model for *The Cantos* and What is", in Peter Makin, ed., *Ezra Pound's Cantos: A Casebook*, Oxford: Oxford University Press, 2006, pp. 81 – 82.
③ 王维克:《但丁及其神曲》,载[意]但丁《神曲》,王维克译,上海文艺出版社2014年版,第7—8页。
④ 南宫梅芳、訾缨、白雪莲主编:《西方文化读本》,北京大学出版社2014年版,第2页。
⑤ 王维克:《但丁及其神曲》,载[意]但丁《神曲》,王维克译,上海文艺出版社2014年版,第8页。

尔。维吉尔告诉但丁，他受但丁心仪的恋人贝雅特丽齐（Beatrice）的委托前来搭救他，要走一条不同寻常的路：先是由维吉尔做引导穿越漏斗式的九层地狱，亲历幽暗世界里各种痛苦的灵魂；然后到达炼狱的山门，目睹灵魂做自省的工作，并在山顶的地上乐园见到美丽的贝雅特丽齐；此时，维吉尔隐去，贝雅特丽齐以目光做引导，带领但丁穿越九重天，到达天府，即但丁所说的"幸福者的玫瑰园"（Rosa dei Beati）；在那里，他们仰望上帝，沉浸在上帝的光和爱之中。

但丁创作《神曲》的时代正处于新旧交替的历史时期，政治斗争、权力更迭、思想变革异常激烈。但丁就是那个黑暗时代的牺牲品。尽管如此，但丁把自己的思想感悟、人生体会倾注于《神曲》中，集中了他在哲学、神学、历史、神话、伦理学、天文学、民俗学、地理学等方面的丰富知识，使《神曲》成为欧洲中世纪的百科全书。在百科全书式的《神曲》里面，但丁别出心裁地建构了自己史诗的思想体系：一方面，但丁把自己深邃的思想建立在亚里士多德的伦理学和哲学、托勒密（Claudius Ptolemy）的天文和阿奎纳（Thomas Aquinas）的神学之上，使《神曲》成为"中世纪文学哲学之总汇"①；另一方面，但丁通过象征和隐喻的方式影射社会现实，把"黑暗的森林"比作黑暗的意大利社会，把"阳光"比作希望，把"豹""狮""母狼"比作傲慢、野心和贪婪，暗指当时的佛罗伦萨人、法兰西国王和罗马教皇，把自己的三界旅行比作人生的三重境界——人只有经过地狱、炼狱的过程，才能到达美好的天堂，实现理想。但是，实现理想只凭借自己的力量远远不够，还需要知识和理性，需要有维吉尔那样的智慧与胆识以及贝雅特丽齐那样的执着与信仰。与此同时，史诗诗人应该有不畏艰险、追求真理、惩恶扬善的坚定意志力，应该尊重历史、明辨是非、崇尚光明。可以说，但丁在《神曲》里展现出来的思想体系以及生命价值观具有普世意义。它虽然是对当时社会的鞭挞与反思，但却对后世产生了无限的启迪与警示。

诗歌评论家丹尼尔·珀尔曼（Daniel Pearlman）在研究庞德《诗章》的统一性及主题思想后，认为《诗章》套用了《神曲》的叙事结构：文本中主人公奥德修斯"奋力走出愚昧走向真知"的过程，就是庞德本人试图从"黑暗"走向"光明"的过程；奥德修斯从地狱、炼狱到天堂的精神历炼，就是庞德本人从愚昧混乱的社会现实走向秩序井

---

① 王维克：《但丁及其神曲》，载［意］但丁《神曲》，王维克译，上海文艺出版社2014年版，第5页。

然、充满大爱的理想社会的过程①。《伊兹拉·庞德〈诗章〉指南》的主编卡罗尔·F.特里尔对庞德及《诗章》进行细致研究后也认为：(1)《诗章》有意制造"善"(good)与"恶"(evil)的永恒冲突和矛盾，跟但丁的《神曲》一样是特殊时代"学问的总结"，是追求"光明"的典范②；(2)《诗章》亦充满《神曲》宗教式的神秘判断和伦理内容，试图告诉人们：对人生理想的追求，不可能一帆风顺，如果要实现精神的蜕变到达"天堂"、活在永恒的幸福园地，必须经过"地狱""炼狱"等种种考验③。

对上述评论家的观点，读者在庞德《诗章》的具体情节中，可找到相关例证，说明庞德确实受但丁的深刻影响。此外，但丁充当过庞德的"导师"(guide)和"模范"(model)。就像在《神曲·地狱》第一篇里，但丁见到维吉尔时所说的那样："从你的嘴里，流出多少美丽而和谐的诗句呀！你是众诗人的火把，一切荣耀归于你！我已经长久地学习过，爱好过，研究过你的著作！你是我的导师，我的模范，我从你那里学得好诗句，因此使我有了一些名声。"④ 但丁对维吉尔所说的话，可以引申到庞德对但丁的个人感受上。

庞德在《诗章》中多次提到但丁，并且引用了但丁《神曲》里的名句。一方面，诗人以"偷梁换柱"的方式表明他的诗学思想与但丁有密切关系；另一方面，他也通过隐喻性的语言暗示读者：《诗章》写作是借鉴《神曲》的一个成果，因为《诗章》与《神曲》是一种互文式的文本存在。

当我们翻阅《诗章》，会发现庞德是在《诗章》第7章第一次提到但丁，而且话中有话、一符多音："不只是连续的打击，不可见的叙述，／然后但丁的'日记'，在该游戏中的标记。"(Pound 24)在这里，庞德写到"不只是连续的打击"暗指诗人但丁首先因为1300—1301年的政治活动被驱逐出佛罗伦萨，1315年得知消息说只要他肯交一笔罚金，然后头

---

① Daniel D. Pearlman, *The Barb of Time*: *On the Unity of Ezra Pound's Cantos*, Oxford: Oxford University Press, 1969, pp.17-29.
② 王维克：《但丁及其神曲》，载［意］但丁《神曲》，王维克译，上海文艺出版社2014年版，第8页。
③ Carroll Terrell, *A Companion to the Cantos of Ezra Pound*, Volume 2 (*Cantos 74 – 117*), Berkeley: University of California Press, 1984, pp.7-9.
④ ［意］但丁：《神曲·地狱》，王维克译，载［意］但丁《神曲》，王维克译，上海文艺出版社2014年版，第5页。

第五章 《诗章》现代主义风格的内化与吸收

上顶灰，脖下挂刀，在佛罗伦萨游行一周，即可回乡①。但丁感觉那是莫大的羞辱和"不可容忍的打击"。唯一能带给他些许安慰的，是他可以把这些愤怒的情绪写进《神曲》里，变成"不可见的叙述"。庞德所说的"但丁的'日记'"影射但丁的生命之书《神曲》，在诗人看来，它是但丁这位勇敢的斗士对当时政治和宗教游戏的一种血淋淋的"标记"。《诗章》第16章被视为庞德的《地狱诗章》。在该章中，庞德没有直白地提及但丁的名字，但是从庞德的描述中，我们可以品出《神曲·地狱》的味道。庞德在该章中这样写道："现在到了地狱之门；干枯的平原/和两座大山；/在一座山上，有惨淡的河流形状，/而另一条/在山丘的拐弯处……"（Pound 68）在地狱里，庞德看到昔日里博学多才的人物，现在都变成了幽灵鬼魂，比如裸体奔跑的威廉·布莱克，痛苦远望的奥古斯丁（Aurelius Augustine），脖颈错位的皮尔·卡丁那尔（Peire Cardinal）……穿过死亡之湖，走过灰色石阶，庞德到达地界（the earth），进入沉寂的世界，看到昔日英雄西吉斯蒙德·马拉特斯塔和马拉特斯塔·诺维洛（Malatesta Novello）……其实，庞德这种晦涩阴暗的"地狱"描写在但丁的《神曲》中有更加生动和具体的呈现。譬如，在《神曲·地狱》第三篇中，但丁这样描绘初到地狱的情形："地狱之门；地狱之走廊，懦夫受刑之地。惨淡的呀开龙河；老船夫加龙。"地狱之门上写着黑漆漆的字："从我这里走进苦恼之城，从我这里走进罪恶之渊，从我这里走进幽灵队伍里……"到了地狱第一圈，但丁看到昏暗、幽谧的深渊，里面是"未信耶教者"和"著名的异教徒"，包括诗国之王荷马、罗马古典主义创始人贺拉斯、古罗马诗人奥维德、卢坎（Marcus Lucanus）……到了第二圈，但丁看到"色欲场中的灵魂"，第三圈看到"犯了饕餮罪的灵魂"，第四圈看到"贪吝者和浪费者"，第五圈看到"愤怒的灵魂"，第六圈看到"不信灵魂存在的邪教徒"，第七圈看到"残暴者""自杀者"和"重利盘剥者"，第八圈看到"淫媒和诱奸者""阿谀者""圣职买卖者""贪官污吏"等，第九圈看到"巨人们""叛徒"等。

相比但丁，庞德在《诗章》里的确把《神曲》中的九层地狱简约化了。此外，还有例证说明庞德的《诗章》和但丁的《神曲》有互文性的内容。譬如，在《诗章》第48章，庞德写道，"迪葛诺思；迷失在森林里；那时候被称为豹"（Pound 241），该情节明显与但丁"迷失

---

① 王维克：《但丁及其神曲》，载［意］但丁《神曲》，王维克译，上海文艺出版社2014年版，第2—5页。

在黑暗的森林",遇到豹、狮和母狼的情节有重叠。在《诗章》第74章,庞德写道,"在黄昏/那令人不禁的时刻"(Pound 451),该句出自但丁的《神曲·地狱》第一篇,描写黄昏暮霭让身处荒野之地的但丁害怕恐惧、惊魂未定。不过在这里,庞德是借题发挥,说明他当时像但丁遇到危难一样百感交集、柔肠寸断①。同样在该章,庞德以自传式的手法直言但丁和他的 *Divina Commedia*(《神曲》):"书架上摆着……《神曲》,一本魅力十足的诗集"(Pound 461)。这说明庞德不仅读过但丁的《神曲》,而且对它非常熟悉。在《诗章》第80章,庞德写道:"我就这样乘邪风而下/人须既来之则安之"(Pound 519)。这两句是但丁《神曲·地狱》第三章的原文,前一句为意大利语,后一句为法语,是对《神曲》的互文式重复②。"'哦,你'但丁说道,'在那里的小船船尾'"(Pound 451)明显是庞德对但丁《神曲·天堂》第二篇开始几句的戏仿。但丁在《神曲》中的原话是:"你们呀!坐着一条小船,跟着我唱着前进的船,一路听到此地,请回到你们自己熟悉的岸上去吧!"③ 在《诗章》第93章,庞德写到但丁的四卷本名作《宴会》(*Convivio*):"……谈到分配的正义,但丁写道,在《宴会》第4节和第11节","但丁提到该话题,/小个子教授讨论其他篇章"(Pound 647)。在第95章,庞德写到但丁"动物式的博弈","'非政治性的',但丁说,一种/动物式的博弈"(Pound 663),这让人情不自禁地想到但丁《神曲·地狱》第一篇中描绘的豹、狮和母狼与但丁之间的"博弈"。在第96章,庞德写到但丁对"诚实"的讨论:"'诚实的羽毛',但丁说,或者'谋杀会怎样?'"(Pound 684)在第97章,庞德写到但丁和中世纪末期法兰西最伟大的抒情诗人维庸撰写的名篇:"于是,但丁写《森纳》篇;维庸写《判决》篇。"(Pound 691)同样在该章节,庞德写到但丁对音律的喜爱,"但丁已经读过那部抒情歌谣词"(Pound 698),旨在说明但丁对盛行于16世纪晚期和17世纪早期的普罗旺斯或意大利的抒情歌谣曾经非常着迷……

---

① [美]伊兹拉·庞德:《庞德诗选——比萨诗章》,黄运特译,张子清校订,漓江出版社1998年版,第15页,注解3。

② [美]伊兹拉·庞德:《庞德诗选——比萨诗章》,黄运特译,张子清校订,漓江出版社1998年版,第143页,注解2;又参见[意]但丁《神曲》,王维克译,上海文艺出版社2014年版,第11—13页。

③ [意]但丁:《神曲·天堂》,王维克译,载[意]但丁《神曲》,王维克译,上海文艺出版社2014年版。

庞德在《诗章》中对但丁的描写以及对但丁杰作《神曲》的碎片化呈现，足以说明庞德和但丁之间有许多不解之缘，也说明庞德的《诗章》和但丁的《神曲》之间客观存在着互文的痕迹以及相互指涉的内容。总之，《诗章》与《神曲》思想体系的互文，是两部史诗著作文本内容互文的重要方面，值得关注和深入研究。

二 "有一个画好的天堂"：《诗章》与《神曲》叙述风格的互文

《诗章》与《神曲》的关系探讨属于当下"现代性"与"经典重读"共同关注的话题①。作为世界文学经典，《神曲》的魅力在于，诗人但丁既把它作为与前辈作家对话的媒介，又把它作为打开新世纪大门的钥匙。就《神曲》的叙述风格而言，但丁不可谓不具有原创性，但有学者仍然认为但丁是在模仿和试图超越维吉尔的《埃涅阿斯纪》（The Aeneid），就像维吉尔在《埃涅阿斯纪》中重复和续写荷马在《奥德赛》和《伊利亚特》中的故事一样②。作为英美文学史上标新立异的现代主义鸿篇巨制，《诗章》镶嵌着色彩斑斓的经典话语，汇集了形式迥异、立场鲜明的文本内容。即使它特立独行的说法成立，《诗章》对《神曲》叙述风格的模仿似乎已成定论。按照史蒂芬·斯卡里的说法："《诗章》主要是在但丁（叙述风格）的启发下完成的。"③ 但是问题在于，庞德在创作《诗章》时，究竟受到但丁和《神曲》哪些叙述风格的影响？又具体表现在哪些方面？

（一）《诗章》与《神曲》互文的艺术想象之维

在《神曲》中，但丁充分发挥想象的作用，将虚幻与现实进行结合，成为他重要的写作手段和艺术策略。在但丁生活的时代，凡是有成就的大诗人及文学家都擅长借助神话传说和历史典故隐喻性地表达深邃的思想。尤其是接受亚里士多德《诗学》及其哲学思想的学者，不难理解先哲的说法："诗倾向于表现带普遍性的事"，"诗人的职责不在于描述已经发生的事，而在于描述可能发生的事"④。这使但丁在描写"带普遍性的事"

---

① 董洪川：《英美现代主义诗歌与审美现代性研究》，科学出版社2020年版，第15页。
② Stephen Sicari, *Pound's Epic Ambition: Dante and the Modern World*, New York: State University of New York Press, 1991, pp. 1 – 2.
③ Stephen Sicari, *Pound's Epic Ambition: Dante and the Modern World*, New York: State University of New York Press, 1991, p. 2.
④ ［古希腊］亚里士多德：《诗学》，陈中梅译注，商务印书馆1996年版，第81页。

时，不得不关注社会现实。然而，诗人又不能只"描述已经发生的事"，他须将眼光放得长远，还应"描述可能发生的事"，这就决定了但丁必须展开想象力的翅膀，实现虚幻与现实的结合。不过，对但丁而言，尚有一种被动和无奈。但丁曾作为佛罗伦萨白党（Bianchi）的一员参与政治，在与黑党（Neri）较量的过程中目睹意大利社会的黑暗和政治的腐朽，同时亲历社会阶级之间残酷的斗争。对社会现实的不满和厌恶，使但丁做出了艰苦卓绝的反思，这些反思成为《神曲》鲜活的素材。然而，直接在《神曲》里书写现实太过暴露和苍白，于是他采取虚幻、象征和隐喻相结合的方式，把黑暗的社会比作"黑暗的森林"，自己是"黑暗的森林"里迷失方向的"羔羊"。先是遭遇"豹""狮"和"母狼"，然后由维吉尔做向导游历地狱和炼狱之所，最后抵达天堂。① 这一切都是但丁把虚幻与现实糅合在一起进行叙事的佐证。实际上，但丁把人类社会及其理想划分为地狱、炼狱和天堂，有他个人的独特思考。但丁把他喜欢的诗人、英雄人物和哲学家等，大多安排在地狱第一圈。这一圈只是"候判所"（Limbo），不算真正的地狱②，因为他们都是品德高尚的"未信耶教者"和"著名的异教徒"③。譬如，大诗人奥维德，大英雄赫克托尔，哲学家赫拉克利特、泰勒斯、德谟克利特，甚至还有哲学大师苏格拉底、柏拉图和亚里士多德。但丁因为最推崇亚里士多德，所以特意"邀请"他坐在诸位圣哲中间，甚至先师苏格拉底和柏拉图都"立近大师"，"大家望着他""大家尊敬他"④……该场景在历史上从未发生，但在《神曲》里，经过但丁的想象、设计和参与，一切变得顺理成章。但丁心目中最美丽、最圣洁的姑娘贝雅特丽齐，充当了他从炼狱出来后升入天堂、面见上帝最重要的引路人。而但丁同情之群体，诸如美女海伦、英雄阿喀琉斯、特洛伊王子帕里斯等，被有意安排在第二圈⑤；但丁鄙视之群体，诸如贪婪者、浪费者、易怒者、"不信灵魂存在的异教徒"等，被安排在第四、第五和第六圈⑥；但丁憎恶之群体，诸如罗马教皇尼科罗三世（Niccolo Ⅲ）、教皇逢尼法西八世（Bonifazio Ⅷ）、法国豪德福贵族伯尔尼（Bertram dal Bor-

---

① ［意］但丁：《神曲》，王维克译，上海文艺出版社2014年版，第5页。
② ［意］但丁：《神曲》，王维克译，上海文艺出版社2014年版，第10—11页。
③ ［意］但丁：《神曲》，王维克译，上海文艺出版社2014年版，第14—18页。
④ ［意］但丁：《神曲》，王维克译，上海文艺出版社2014年版，第14—18页。
⑤ ［意］但丁：《神曲》，王维克译，上海文艺出版社2014年版，第19—22页。
⑥ ［意］但丁：《神曲》，王维克译，上海文艺出版社2014年版，第26—36页。

第五章 《诗章》现代主义风格的内化与吸收

nio）和为伯爵造假币的亚当司务（Maestro Adamo）等被安排在地狱第八圈①；像"最卑鄙的罪人"该隐、撒旦和出卖耶稣基督的叛徒犹大等，被但丁专门安置在地狱第九圈②。

庞德在《诗章》中也像但丁在《神曲》中精心设计的那样，把虚幻与现实有机结合，充分发挥想象在艺术创作中的重要作用。虽然庞德生活在现代社会，但是他秉承神话传说入诗的传统，积极学习但丁"创造性地使用诗歌传统素材为史诗书写服务"的理念，在写作中"灵活借用"，并作为"《诗章》组织的原则"③。一方面，庞德有的放矢地搜集和妙用历史上关于东西文化琳琅满目的珍贵史料；另一方面，他注意观察和发掘现实世界中极具代表性的人物与事件，并把它们别出心裁地转化为《诗章》的素材。在庞德看来，他所栖居的社会不仅没有真诚、友善和美好，反而充斥着腐败、堕落和愚昧。美国如此，欧洲文化名城伦敦、巴黎、威尼斯等亦是如此，它们就像艾略特笔下的"The Waste Land"④，没有生机，缺乏活力，让人丧失希望。于是，庞德悲观地承认：他的时代就像但丁生活的那个时代，政治腐朽、经济衰败、生灵涂炭；如果要进行变革，必须经历"火的洗礼"和但丁在《炼狱》里描绘的"灵魂再生"过程。只有那样，才能荡涤现实生活中藏匿的"污垢"与"肮脏"，还"所有活着的人"（any man living）一个纯洁、祥和的世界⑤。尤其经历"一战"后，庞德的写作动机发生了很大变化。1944 年，他对创作《诗章》到底应遵循什么样的"宏旨"有了新的认识："40 年来，我一直告诫自己不要写一部关于美国或其他国家的经济史，而是要写一部史诗，该史诗始于'黑暗的森林'，穿越人类舛讹的炼狱之城，终止于光明……"⑥ 庞德说此话时，已经完成 70 多首诗章的写作⑦。而他完成的这 70 多首诗章，"一以贯之"地坚持一个主导思想，即他所说的"始于'黑暗的森林'，穿越人类舛讹的炼狱之城，终止于光明……"这明显有"先驱文本"《神曲》的影子：诗人从"黑暗的森林"开始，穿越

---

① ［意］但丁：《神曲》，王维克译，上海文艺出版社 2014 年版，第 73—76 页。
② ［意］但丁：《神曲》，王维克译，上海文艺出版社 2014 年版，第 127—140 页。
③ Stephen Sicari, *Pound's Epic Ambition: Dante and the Modern World*, New York: State University of New York Press, 1991, pp. 2 – 3.
④ 具体内容参见 T. S. Eliot, *The Waste Land*, London: Mariner Books, 1974。
⑤ ［意］但丁：《神曲》，王维克译，上海文艺出版社 2014 年版，第 2—5 页。
⑥ Ezra Pound, *Selected Prose 1909 – 1965*, William Cookson, ed., London: Faber & Faber, 1973, p. 167.
⑦ Stephen Sicari, *Pound's Epic Ambition: Dante and the Modern World*, New York: State University of New York Press, 1991, p. 5.

地狱，经过炼狱，最后抵达天堂，沉浸在光明之城。庞德在《诗章》中戴着面具，同时把但丁在《神曲》里关于地狱、硫黄火湖、冰湖、黑水污沟等的描写像卡夫卡（Franz Kafka）在《变形记》（The Metamorphosis）中设计的那样，用象征和直觉手法进行变形，一方面凸显现实世界的荒诞离奇，另一方面暴露那些"扭曲的灵魂"和被充满敌意的社会环境所围困的"孤立无助的个人"（Pound 19 - 20）。譬如在《诗章》第 5 章，他将虚幻与现实结合，造成一种神秘之感：

   "Whether for love of Florence", Varchi leaves it,
 Saying "I saw the man, came up with him at Venice,
  "I, one wanting the facts,
  "And no mean labour... Or for a privy spite?"
 ...
 The lake of ice there below me.

            （Pound 19）

   "是否为了佛罗伦萨之恋，"瓦尔齐说了句，
 声称"我看到那人了，在威尼斯追上他，"
  "我，独自在等消息，"
  "没有卑劣的行为……或者不愿公开的怨恨吗？"
 ……
 冰之湖在就我身下。

  庞德通过勾勒被麻木不仁的西方社会所挤压变形的现实与人，影射资本主义制度下那地狱般让人煎熬的世俗生活（Pound 19 - 20）。他要揭发唯利是图、对金钱顶礼膜拜的社会真相，同时鞭挞那些置真性情、真人性于不顾的世界阴暗面。除了批判与讽刺功能，庞德还变形为他者，把虚幻与现实进行改头换面，书写一种神秘的忧伤与爱恋。譬如在《诗章》第 7 章，庞德除描写"那些魂灵"（ghostly visits）和"空荡荡的屋子"（empty rooms），还谈到"被掩埋的丽人"（buried beauty），不只清晰可见"我的门楣"（My lintel），而且可见中国古代汉武大帝刘彻（Liu Ch'e）的"门楣"，带着对历史的幽怨和对现实的感伤：

   We also made ghostly visits, and the stair
   That knew us, found us again on the turn of it,

第五章 《诗章》现代主义风格的内化与吸收

> Knocking at empty rooms, seeking for buried beauty;
> ...
> My lintel, and Liu Ch'e's lintel
>
> (Pound 25)

> 我们也去探访那些魂灵，那里的台阶
> 熟悉我们的行踪，在拐弯处再次目送我们，
> （我们）敲响空荡荡的屋子，寻找被掩埋的丽人
> ……
> 我的门楣，还有刘彻的门楣。

总之，《诗章》与《神曲》互文的艺术想象之维充满汪洋恣肆的内容，其艺术呈现不是简单地停留在文本书写的表面，而是渗透在字里行间形成涓涓细流，滋养了丰富深邃的思想，闪烁着灵动鲜活的情感。此外，庞德观照的另一个重要方面，是《诗章》与《神曲》互文的宗教隐喻之维。

（二）《诗章》与《神曲》互文的宗教隐喻之维

众所周知，关于地狱、炼狱、天堂的描写，在基督教发展史上早已存在。但丁一生浸淫在西方基督教文化中，谙熟基督教神学教义，亦熟知《旧约》中的《创世记》《出埃及记》《诗篇》《箴言》等以及《新约》中的《马太福音》《罗马书》《启示录》等内容。他的墓碑上就刻有"神学家"字样。[1] 在但丁的《神曲》中，宗教气息异常浓烈。由于对西方基督教神学有深入思考和批判性认识[2]，但丁在他的生命之书《神曲》里书写了具有宗教隐喻意义的地狱、炼狱和天堂，似乎在情理之中。

《神曲》的宗教隐喻性俯拾皆是。首先，整部《神曲》的故事情节就是围绕地狱、炼狱和天堂展开，其逻辑框架也具有宗教典型性。此外，《神曲》中出现的大量宗教词汇，如神、上帝、救世主、耶稣、基督、天使、上帝所住的城、灵魂、《旧约》、《新约》以及与此相关的人物形象亚当、夏娃、亚伯、诺亚、摩西、亚伯拉罕、大卫、米迦勒等，均以不同方式活跃在《神曲》的字里行间，赋予史诗浓厚的宗教色彩[3]。譬如，在

---

[1] Francis Fergusson, *Dante*, New York: Macmillan, 1966, pp. 2-12；另参见王维克《但丁及其神曲》，载［意］但丁《神曲》，王维克译，上海文艺出版社2014年版，第7页。

[2] Andreach, Robert J., "A Late 20th-Century American Reimagining of Dante's Commedia", *Neohelicon*, No. 2, April 2001, pp. 191-204.

[3] Stephen Sicari, *Pound's Epic Ambition: Dante and the Modern World*, New York: State University of New York Press, 1991, pp. 15-16.

《神曲·地狱》第一篇，但丁见到维吉尔之后，诗人给他说明来意，同时告诉他整个游历的过程，表示到天堂这段路不能做但丁的向导时说："因为我没有信仰他，所以我不能进上帝所住的城。上帝统治宇宙，权力无所不达，但是他在天上有一定的座位；能够接近他的是多么快乐呀！"① 这里与其说透露出维吉尔对上帝的敬畏与崇拜，不如说展示出但丁本人对上帝的敬畏与崇拜，而且也道出了但丁的宗教理想：在天上谋得"一定的座位"，同时实现"能够接近他"的愿望。随后，但丁还调动读者对宗教原型的想象，聚焦"和撒旦一起从天上掉下来的反叛的天使"（《神曲·地狱》第八篇）②、"眼眶里的泪珠涌出睫毛""立即冰冻，把两眼封锁"的该隐（《神曲·地狱》第三十二篇）③、"头在嘴里，脚在外面乱动的灵魂"犹大（《神曲·地狱》第三十四篇）④……对于这些形象，但丁比较唾弃，所以书写的画面萧索暗淡，语气也充满讽刺。真正让但丁兴奋并代表着但丁宗教理想的，是在天堂的路上，有美丽的贝雅特丽齐陪伴，二人一起飞越九重天，到达"幸福者的玫瑰园"⑤，共同沐浴在上帝的光和永恒的爱之中，达到不朽。然而，但丁的宗教理想毕竟是虚幻的，因为现实生活中的他，始终处在社会的底层，连最基本的住所都保证不了，经常处在颠沛流离的状态；他一生挚爱的贝雅特丽齐不到25岁就因病去世，给诗人的精神造成了沉重打击；他后来受政治迫害有家不能回，56岁客死在意大利的拉文纳（Ravenna）。

与但丁一样，庞德浸润于西方宗教文化中，熟稔《旧约》《新约》内容，对其中关于神的创造、伊甸园、人类的邪恶、上帝所住的城、末日的审判以及与此相关的人物亚当、夏娃、撒旦、诺亚、亚伯拉罕、犹大等形象了然于胸，这为《诗章》写作中宗教典故的使用埋下伏笔⑥。首先，庞德在《诗章》里也写了"Hell/hell"（地狱）、"Paradis/heaven/paradise"（天堂）之类明显带有宗教性质的事物。譬如在《诗章》第16章，庞德描写地狱："在地狱之门"（Pound 68），"他的双眼朝着地狱之门燃烧"（Pound 68），"我用硫酸沐浴身体，以使自己不受到地狱虱虫的叮咬"

---

① ［意］但丁：《神曲》，王维克译，上海文艺出版社2014年版，第6页。
② ［意］但丁：《神曲》，王维克译，上海文艺出版社2014年版，第31页。
③ ［意］但丁：《神曲》，王维克译，上海文艺出版社2014年版，第128页。
④ ［意］但丁：《神曲》，王维克译，上海文艺出版社2014年版，第138页。
⑤ ［意］但丁：《神曲》，王维克译，上海文艺出版社2014年版，第133页。
⑥ Christine Froula, *To Write Paradise*: *Style and Error in Pound's Cantos*, New Haven: Yale University Press, 1984, pp. 3 – 8; Demetres P. Tryphonopoulos, *The Celestial Tradition*: *A Study of Ezra Pound's the Cantos*, Waterloo, Ont., Canada: W. Laurier University Press, 1992, pp. 15 – 17.

(Pound 69)。在《诗章》第 74 章和第 76 章,庞德描写天堂:"有一个画好的天堂在尽头"(Pound 456),"天堂不是人造的,/心灵的状态对我们不可名状"(Pound 480)。其次,庞德在《诗章》中也像但丁在《神曲》中书写的那样,运用大量宗教意象,营造某种神秘气氛或创设某种宗教氛围。最常见的做法是,庞德在《诗章》中大量使用宗教词汇及术语,涉及"上帝"(God)、"神"(Dio)、"基督"(Christ/Cristo)等内容,给读者制造了一系列宗教式原型想象,并与《旧约》《新约》产生互文关系。譬如在《诗章》第 18 章,庞德写道,"我们将会给你一个新的。啊,我的上帝!"(Pound 81);在《诗章》第 20 章写道,"上帝啊,这是什么女人!"(Pound 91);在《诗章》第 74 章写道,"害怕神及民众的愚昧"(Pound 445);在《诗章》第 83 章写道,"基督王,上帝太阳"(Pound 553)等。庞德甚至把"宗教"(religion)、"教堂"(church)等表达直接嵌入《诗章》。譬如在《诗章》第 63 章,庞德写道,"真正的宗教及其道义,在此地兴盛"(Pound 351);在《诗章》第 71 章写道,"我乃经常去教堂的顺民"(Pound 415)等。

但丁生活的 13—14 世纪意大利正值基督教教义占绝对统治地位的时期,虽然新旧理念冲突不断,但是基督教神学思想影响着人们生活的方方面面。而庞德生活的年代已是 19 世纪末到 20 世纪,处于现代主义思潮风起云涌之时,各种艺术流派和创作主张竞相亮相。与此同时,生物学、物理学、心理学等科学领域的最新成果,包括达尔文的进化论、爱因斯坦的相对论、弗洛伊德的精神分析法等,猛烈冲击人们固有的传统观念,使之逐渐土崩瓦解,西方社会进入垄断资本主义和现代工业社会。[①] 这一切使人们的思想变得开放、多元,充满不确定性,同时促使以庞德为代表的诗人、作家不可能照搬前辈诗人的传统做法、亦步亦趋地进行文学创作。在此背景下,庞德"新/日日新"(MAEK IT NEW/Day by day make it new)(Pound 264 – 265)的创作理念应运而生。

庞德倡导诗歌创作要"新/日日新",其中一个重要聚焦点是他对但丁《神曲》宗教隐喻的互文式书写。但丁作为欧洲文艺复兴时代的开拓人物,精通西方宗教教义,他撰写的《神曲》既是关于宗教神学的著作,又是论述人性伦理的典籍,无论在西方宗教史上,还是在西方文学史上,都具有里程碑的地位。庞德作为后来诗人,要实现与《神曲》内容互文的同时又做出诗艺的突破,并非易事,但是他通过妙用一些现代主义诗歌

[①] 李维屏:《英美现代主义文学概观》,上海外语教育出版社 1998 年版,第 1—2 页。

技巧，努力做到"新/日日新"（Pound 264-265），收获了意想不到的表达效果。譬如，在《诗章》第3章，庞德与《索尔戴罗》（"Sordello"）的作者罗伯特·勃朗宁进行隔空对话后，笔锋一转，借助拼贴手法写到"光：第一道光"（Light: the first light）（Pound 11），接着用蒙太奇手法写到伊甸园般美好的盛景：蔚蓝的天空、湖面的云朵、绿色的藤蔓、苹果树、枝叶下"神"的声音……与但丁在《神曲》里描写的"至高无上的光"和"唯一的景象"① 不同，庞德所写的"光"出现在"露水掉落之前"，盛景中的"神"不是模糊抽象、威严神秘的唯一"神"（God），而是清晰可见、杂语纷呈的"众神"（gods）（Pound 11-12）。在《诗章》第76章，庞德延续但丁在《神曲》里使用的白描手法，写到人类的邪恶及堕落造成了社会混乱不堪。尤其是见利忘义者（但丁称之为"窃贼"）通过"度量衡"上的"不义之举"获得金钱和财富时，庞德愤怒至极："基督徒们不必佯装/他们写了《利未记》/尤其是第十九章/凭正义锡安山/不靠把张三李四骗得/晕头转向/干吗不修改旧制？"② 庞德此处照搬了《旧约·利未记》第十九章，其实是在暗示读者去读该章第35节的内容："你们实行审判，不可行不义。在尺、秤、升、斗上，也是如此。""凭正义锡安山"句是仿作，具体内容见《新约·帖撒罗尼迦前书》第四章第11节："又要立志做安静人，办自己的事，亲手做工，正如我们从前所吩咐你们的。""干吗不修改旧制？"乍一看让人觉得突兀，但细细品读，读者会发现庞德写法的高妙之处：它既是庞德本人站在未来预言家的角度做出的评判，又是庞德将诗人身份降格为读者或旁观者，对见利忘义者的灵魂进行叩问。

在《诗章》人物塑造方面，庞德对《神曲》进行仿拟的同时，亦进行了创意性改写。在《旧约》中，亚当和夏娃住在伊甸园；在《神曲》中，诗人但丁变成亚当，他钟爱的女人贝雅特丽齐成为他梦中的夏娃，他们最后相会在"幸福者的玫瑰园"。与上述不同，在《诗章》中，亚当的角色多元且分散，他有时化身为奥德修斯，有时借着荷马、奥维德或但丁之口说话，最典型的是变成"日落西山的人""从死囚室仰望比萨的泰山"③；而夏娃是那大海的女儿、身披羽衣的宁芙、在海波上生长的巨大

---

① 具体细节参见［意］但丁《神曲》，王维克译，上海文艺出版社2014年版，第442—443页。
② 译文参见［美］伊兹拉·庞德《庞德诗选——比萨诗章》，黄运特译，张子清校订，漓江出版社1998年版，第60页。
③ 相关细节参见［美］伊兹拉·庞德《庞德诗选——比萨诗章》，黄运特译，张子清校订，漓江出版社1998年版，第5、8、14、17页。

第五章 《诗章》现代主义风格的内化与吸收

贝壳,或是看管葡萄园的山猫①,不管什么角色,她都不是"但丁式一步步地上升",因为"她不愿被揪着头发拖进天堂"②。诺亚、摩西、亚伯拉罕等在《神曲》里都是先知、贤哲的形象,与诗国之王荷马、哲学家德谟克利特、讽刺诗人贺拉斯等住在一起,虽身处"候判所",但拥有相对的自由和实在的位置③。在《诗章》里,他们变成了"某些意象""在脑中形成/留在那里/在一处预备的地方",抑或"留在那里/(成为)复活的形象……"④ 可见,庞德对《神曲》的互文式书写不是简单停留在内容对话层面,还反映在他的现代主义风格的艺术创新与实验方面。这需要论及庞德对地狱、炼狱和天堂的创意性书写。

庞德在《诗章》中也写地狱、炼狱和天堂,不过,他没有像但丁在《神曲》里那样明确标注出哪些是"地狱篇",哪些是"炼狱篇",哪些是"天堂篇"。《诗章》写作似乎从一开始就显得与众不同。庞德回忆说,他在1904年前后构思《诗章》内容,到1915年正式写作时,已有一些惊世骇俗的理念和思路,但"没有特定的写作模板"(without any particular sense of a model)⑤。这使《诗章》所有的章节除了序号并无原始的标题可供参照。所谓"地狱诗章""炼狱诗章""天堂诗章"都是研究者为讨论的方便,后来添加的。譬如,斯卡里、蒋洪新等学者把《诗章》第14—15章称为"地狱诗章",把第16章称为"炼狱诗章",把第17章称为"天堂诗章"⑥。在这些诗章的字里行间,读者很容易找到"Hell/hell""Fire/fire""Paradis/heaven/paradise""Light/light"等字眼,亦可读到庞德通过互文方式重复但丁在《神曲》里的宗教主题和话语。庞德使用的诗歌技巧不仅有人称仿拟、场景的迅速变换,还有拼贴艺术、蒙太奇手法、戏剧独白等。这里试举几例。在《诗章》第14章,庞德用但丁式的第一人称视角写

---

① 相关细节参见[美]伊兹拉·庞德《庞德诗选——比萨诗章》,黄运特译,张子清校订,漓江出版社1998年版,第4、14、39、127—129页。
② 相关细节参见[美]伊兹拉·庞德《庞德诗选——比萨诗章》,黄运特译,张子清校订,漓江出版社1998年版,第15、39页。
③ [意]但丁:《神曲》,王维克译,上海文艺出版社2014年版,第14—18页。
④ 相关细节参见[美]伊兹拉·庞德《庞德诗选——比萨诗章》,黄运特译,张子清校订,漓江出版社1998年版,第46页。
⑤ Donald Davie, *Ezra Pound: Poet as Sculptor*, New York: Oxford University Press, 1964, p.30.
⑥ Stephen Sicari, *Pound's Epic Ambition: Dante and the Modern World*, New York: State University of New York Press, 1991, pp.36-40;蒋洪新:《庞德研究》,上海外语教育出版社2014年版,第246页。

道,"我来到所有光都黯然的地方/……/在地狱的腐臭里"①;在第15章,庞德变换场景,采用拼贴艺术,衬托那腐臭之地"无聊之中生出无聊/……/看不到阳光/……黑暗无意识"(Pound 64 – 67);在第16章,庞德运用蒙太奇手法,说自己来到炼狱之所的所见所闻,"我走过粗大的树,/……/进入静止的空气,/新的天空/和有如落日余晖的光芒中去"②;在第17章,庞德借助戏剧独白,称他到达"一处地上乐园"(a paradiso terrestre),"由是,葡萄藤从我的手指间爆放/满载花粉的蜜蜂/在幼芽尖沉重地移动/……"③ 从细节可看出,庞德虽然受但丁《神曲》内容的影响比较明显,但是在艺术呈现方式上确实有很大不同。

产生上述不同点的一个原因,是庞德在写《诗章》的过程中,在写"地狱""炼狱""天堂"时,不是"为艺术而艺术",而是旨在借助(现代)艺术手段实现一种社会批判功能④。《诗章》中的"地狱",不像《神曲》里那具有象征意义的、虚幻的地狱,它呈现的是现实之镜,是"一战"后以英国伦敦为代表的真实的"人间地狱",暴露的乃是其肮脏和混乱,批判的乃是其腐朽和无序。这与艾略特笔下的《荒原》,形成呼应。《诗章》中的"炼狱",没有《神曲》里清晰可见的"灵魂忏悔"和"灵魂赎罪",看似平静的面具之下,遮蔽的是地狱般沉重的苦难。《诗章》中的"天堂",没有《神曲》里"幸福者的玫瑰园",展现的是诗人主观愿望与客观现实的激烈冲突——庞德真诚渴望天堂美好,但是现实的残酷让他对天堂是否真的存在产生怀疑。宗教隐喻之维的"天堂",在庞德那里,最终变成一种假象⑤。这也可以用来解释,为何庞德会在《诗章》第74章和第76章,痛苦万分地写道,他笃信的《神曲》里的"天堂"不过是但丁"画好的天堂"(a painted paradise):"有一个画好的天堂在尽头,/没有一个画好的天堂在尽头","在天堂吾谁与归?"⑥

总之,《诗章》与《神曲》互文的宗教隐喻之维是庞德"新/日日

---

① 译文转引自蒋洪新《庞德研究》,上海外语教育出版社2014年版,第241页。
② 译文转引自彭予《二十世纪美国诗歌——从庞德到罗伯特·布莱》,河南大学出版社1995年版,第21页。
③ 译文转引自蒋洪新《庞德研究》,上海外语教育出版社2014年版,第246页。
④ Hugh Witemeyer, "Early Poetry 1908 – 1920", in Ira B. Nadel, ed., *The Cambridge Companion to Ezra Pound*, Cambridge: Cambridge University Press, 1999, p. 43.
⑤ R. B. M. Colakis, "The Poetry of Allusion: Virgil and Ovid in Dante's *Commedia*", *Classical World*, Vol. 3, 1993, p. 246.
⑥ [美]伊兹拉·庞德:《庞德诗选——比萨诗章》,黄运特译,张子清校订,漓江出版社1998年版,第26、61页。

新"创作理念之一瞥,亦是《诗章》与《神曲》互文式书写比较有鲜明个性特色的方面。另有一种艺术呈现方式相对而言较为隐蔽,那就是《诗章》与《神曲》互文的自由美学之维。

(三)《诗章》与《神曲》互文的自由美学之维

但丁在《神曲》中歌颂自由与美,无形中建立了别具一格的自由美学。但丁的自由美学包含自由和美两个基本要素,形成并塑造于他生活的特殊时代,体现的是一种自由之精神和美之精神①;但丁的自由美学与他虔诚的宗教理想、政治理想和人生理想密不可分,彰显的是他豁达的人生态度和对真理的执着追求②。阅读《神曲》,读者会发现在但丁眼中,自由被视为神圣不可侵犯的权利,而爱美则被视为人的天性和理想追求的动力。一个有力证明是:如果没有自由,但丁就不可能跟随他崇敬的前辈诗人维吉尔游历地狱;如果没有自由,但丁就不可能以平和的心态抵达炼狱之城;如果没有自由,但丁就不可能升至净界山顶的地上乐园,最终进入洋溢幸福和光明的天堂之境,与他美丽的贝雅特丽齐共享爱的光辉③。英国剑桥大学教授、但丁研究专家罗宾·柯克帕特里克(Robin Kirkpatrick)在对但丁和《神曲》研究多年后认为,但丁为自由和美而生,最后为自由和美而死,是不朽的自由的灵魂、美的灵魂,预示着新时代的到来;他呕心沥血书写的《神曲》,乃是追求自由与美的经典之作,是"为平反而写的奇书",是"寻求我们真正自我"的诗篇④。

庞德受到但丁自由之精神、美之精神的感召,亦受到但丁在《神曲》中呈现的自由美学思想的影响。但是需要指出,庞德在《诗章》中影射的自由美学思想更多地反映在他对自由和美的个性化思考方面,这与但丁的自由美学既有相通之处,又有本质不同。正如沃尔顿(Michael Worton)和斯蒂尔(Judith Still)在论述文本互文现象时所说:文本互文既有共性,又有个性;文本互文"不是简单地对前辈作家进行注释;它是对文学和哲学长期性的质疑,是对历史作为决定性传统的挑战……"⑤ 研读《诗

---

① Robert S. Haller, *Literary Criticism of Dante Alighieri*, Lincoln: University of Nebrasks Press, 1973, pp. 35 – 38.
② 苏晖、邱紫华:《但丁的美学和诗学思想》,《西南师范大学学报》(人文社会科学版)2004 年第 2 期。
③ [意]但丁:《神曲》,王维克译,上海文艺出版社 2014 年版,第 427—428 页。
④ [英]罗宾·柯克帕特里克:《为平反而写的奇书》,唐建清译,载 [意]但丁《神曲》,王维克译,上海文艺出版社 2014 年版,第 446—481 页。
⑤ Michael Worton and Judith Still, eds., *Intertextuality: Theories and Practices*, Manchester: Manchester University Press, 1990, p. 12.

章》,会发现该史诗中有不少细节,彰显了庞德对自由的个性化认识以及对美的独特性理解。在书写过程中,庞德既有散点透视,又运用网络化意象,使观点的表达在现代主义诗歌技巧的衬托下显得浑然天成。譬如,在《诗章》第 6 章,庞德谈到"自由之人,自由之意志/自由去买卖、作证和留下遗嘱"(Pound 23);在第 64 章,庞德公开声称,"作为一个自由之人,我敬重你"(Pound 360);在第 76 章,庞德耐人寻味地写道,"从此自由了,因此不同"(Pound 460)……"自由"意象愈是不断得到重复,庞德关于"自由"的理念愈是清晰可见。至于对"美"的讨论,庞德借助暗示、挪用、隐喻、仿作等互文手法予以艺术呈现。譬如,在《诗章》第 20 章庞德暗示说,"为了美,既不惧怕死亡,也不惧怕疼痛"(Pound 93);在第 110 章,他先挪用但丁《神曲》里的话"che paion' si al vent"(who appear on the wind/乘着风)①,然后通过隐喻歌颂希腊神话中月亮女神阿尔忒弥斯的"美":"在你心中,美,哦,阿尔忒弥斯/直到黎明中的高山和湖泊……"(Pound 778) 与但丁追求的具有中世纪时代特征的自由和美不同,庞德接受他所在特殊时代关于自由和美的思想观念。尤其从 1908 年开始,庞德离开故土自我放逐,长期侨居英国伦敦、法国巴黎和意大利拉帕罗等地,受当时欧洲先锋派艺术影响,对自由和美产生了更多元化的认识与理解。譬如,除了像但丁一样关注人身自由、思想自由,庞德还以现代主义艺术家的身份关注国家自由,并吸收了当时欧洲社会备受瞩目的达尔文的进化论、爱因斯坦的相对论、弗洛伊德的精神分析法等其他学科领域知识的影响。这反映在《诗章》第 65 章,庞德写道,"一个政党为了财富和权力/居然以牺牲国家自由为代价",实在荒谬绝伦(Pound 361);在第 66 章,他认为社会一直处于进化之中,需要综合考量正义、人性、国家自由之间的关系,提出"自由与谦逊、正义和人性"匹配,才可作用于"国家的(终极)自由"(Pound 361)。在庞德看来,个人自由应服务于国家自由,国家自由才是个人自由之大义和归属。

庞德在《诗章》中树立的自由美学观,服务于他的诗学主张,服务于他的"新/日日新"的创作理念。他希望通过实践关于自由和美的观念作用于现实世界,实现文学对社会的改造之功。最典型的案例,是庞德把关于自由和美的思想运用到社会学和经济学领域,抨击高利贷剥削。庞德接受英国人道格拉斯(C. H. Douglas)提出的"社会信贷理论"(the So-

---

① Carroll Terrell, *A Companion to the Cantos of Ezra Pound*, Volume 2 (*Cantos 74 – 117*), Berkeley: University of California Press, 1984, p. 714.

第五章 《诗章》现代主义风格的内化与吸收

cial Credit)及"经济民主思想"(the Economic Democracy)①,倡导金钱在银行业和经济领域的自由流通,而不是囤积在银行资本家手中成为少数人赚钱牟利的工具。在论述上述观点过程中,庞德借助意识流和碎片化艺术,称高利贷剥削迫使许多底层人民身处崩溃的边缘,这造就"一个以大偷大盗为本的制度"。"恶根在于高利贷和转换货币",庞德说道。② 同时,他带着现代知识分子的使命感和责任感,指出高利贷破坏自由和谐的社会秩序,混淆人的是非观念,把美变成丑,把丑当作美,最终扭曲人性,给人类造成不可挽回的灾难。譬如,在《诗章》第45章,庞德借助现代电影艺术中的"曝光"手段,酣畅淋漓地暴露高利贷的"罪行":"因为高利贷,道路杂草丛生/因为高利贷,不再有清晰的界限","因为高利贷,人的罪恶对抗人的本性"(Pound 229),其目的旨在警示世人。在《神曲》中,但丁把放高利贷者视为贪财者,与贪吃者、贪色者和暴怒者归为一类,只处于地狱的第四层,因为他们的罪恶被认为是"不能节制的"(incontinenza),尚属可以谅解的类型③。但是,在庞德看来,唯利是图的高利贷剥削者罪孽最为深重,他们制造社会混乱,引发血腥战争,应该与但丁笔下谋杀亲族的该隐、卖国求荣的昂得诺(Antenor)、出卖恩主的犹大等一起,打入地狱最底层,即第九层冰湖层。

在对待自由和美的理性认知方面,庞德通过重复、强调、戏拟等互文手法在《诗章》中呈现"Beauty is difficult"(美是困难的)。但丁在《神曲》中未涉及该话题,庞德却在《诗章》中连续五次重复并强调该说法。最集中的呈现是在第74章:"来吧,甜美的风/'美是困难的'","美是困难的/在柏林—巴格达工程的年代和/汤姆·劳伦斯拍摄阿拉伯彼特拉石庙的年代","想谈现代艺术/只可谈二流的,不谈一流的/美是困难的","引证'他在我看来'/以应答震颤的空气/美是困难的","还有福特社的猜测/美是困难的"④。表面上看,"美是困难的"只是庞德通过现代作诗法随意抒发的感慨,就像他在讨论自由和美的存在时,利用拼贴、蒙太奇、意识流等方式呈现自由的历史价值及其重要性一样,其实该说法已从

---

① Ira B. Nadel, ed., *The Cambridge Companion to Ezra Pound*, Cambridge: Cambridge University Press, 1999, p. xxi.
② 相关细节参见[美]伊兹拉·庞德《庞德诗选——比萨诗章》,黄运特译,张子清校订,漓江出版社1998年版,第22、110页。
③ [意]但丁:《神曲》,王维克译,上海文艺出版社2014年版,第26—28页。
④ [美]伊兹拉·庞德:《庞德诗选——比萨诗章》,黄运特译,张子清校订,漓江出版社1998年版,第42—45页。

浅层的对美的描述升华至对美的哲学思考。"美是困难的"是哲学命题，最早出自柏拉图的《大希庇阿斯篇——论美》①。庞德提出该命题，是借助《诗章》与古希腊三哲中的苏格拉底和柏拉图对话，与《论美》对话。《论美》是苏格拉底和希庇阿斯的对话录，围绕"什么是美？""什么东西是美的？""美是如何呈现的？""美本身是什么？"等问题展开。因为美的表现不同、形式不同、属性不同，人们对美的理解不同、看待美的标准不同、对待美的态度不同，导致不同的人对美会有不同的认识和感受。如果非要找到一个所有人都信服的、统一的美的样式或定义，苏格拉底只能说"美是困难的"②。庞德深受苏格拉底哲学思想的影响，不过此处他"偷梁换柱"，赋予"美是困难的"以现代主义的诗学价值和美学意蕴。在庞德看来，两千多年前苏格拉底提出的关于美的各种哲学问题，直到今天也未能解决。"美是困难的"仍属现代哲学难题。不过，这阻挡不住爱美之人的存在和人们对美的向往。"A/a lover of beauty"（美的爱好者）在《诗章》第74章中连续出现两次，"老里斯，欧内斯特，是美的爱好者"，"格兰维尔是美的爱好者"③，以复调、文本碎片化等互文方式影射庞德本人对美的理解和开放式讨论：只有上升为"美的爱好者"，执着于对美的发现和体验，对艺术乃至对生活和理想的追求才会超凡脱俗，止于至善。

总之，《诗章》与《神曲》互文的自由美学之维彰显了庞德作为现代史诗诗人希冀将诗歌创作在20世纪实现现实语境与先锋派艺术无缝衔接的迫切愿望和努力尝试。不过，该艺术呈现方式也仅是《诗章》对《神曲》进行互文式书写的一处景观。还有一个触及人的生命及其价值的更高的层面，那就是《诗章》与《神曲》互文的生命哲学之维，它对呈现庞德"新/日日新"的理念亦起到不容忽视的作用。

（四）《诗章》与《神曲》互文的生命哲学之维

无论是但丁的《神曲》，还是庞德的《诗章》，都包含对个体生命和群体生命的聚焦和书写④。虽然但丁和庞德有着各自迥异的人生经历，但

---

① ［古希腊］柏拉图：《大希庇阿斯篇——论美》，朱光潜译，载［古希腊］柏拉图《柏拉图文艺对话集》，朱光潜译，人民文学出版社1963年版，第178—210页。

② ［古希腊］柏拉图：《大希庇阿斯篇——论美》，朱光潜译，载［古希腊］柏拉图《柏拉图文艺对话集》，朱光潜译，人民文学出版社1963年版，第116—136页。

③ ［美］伊兹拉·庞德：《庞德诗选——比萨诗章》，黄运特译，张子清校订，漓江出版社1998年版，第44页。

④ Francis Fergusson, *Dante*, New York: Macmillan, 1966, pp. 23 – 26; Donald Davie, *Ezra Pound: Poet as Sculptor*, New York: Oxford University Press, 1964, pp. 5 – 9.

第五章 《诗章》现代主义风格的内化与吸收

是他们都曾经受肉体和精神的痛苦的历练。这促使他们不可能不对生命本身做出思考，不可能不对生命的价值、生命的过程、生命的归宿、生命的目的和意义做出思考，不可能不对处理人生中的迷茫和痛苦的方式、方法及路径做出思考①。上述话题，客观来讲，都涉及这两部史诗巨制对生命哲学之维的讨论。

但丁的《神曲》是一首对生命的赞歌，尽管《神曲》的不少情节——尤其是"地狱篇"——充满了死亡。从《神曲》的字里行间，读者看到的是但丁对生命的敬畏和对生命不朽的追求。但丁在《神曲》中大量使用铺陈、白描、咏叹等手法。他歌唱不畏艰险的生命之旅，赞美生命的价值和活下去的勇气。当他迷失在"黑暗的森林"，不是消极等待，让生命坐以待毙，而是选择"立起来赶我的路程，一步一步爬上荒凉的山坡"；当他遇到敏捷的豹并觉察死亡来袭，看到"太阳正同美丽的群星从东方升起"，这使他顿时有了"克服那炫眼的走兽之希望"；当饥饿的狮子和"瘦瘦的母狼"到来时，但丁虽然"全身发抖"，但是会理智地为生命做好安排——"放弃爬到山顶的企图"，重新去凝聚力量②……但丁在《神曲》中表现出来的对生命的态度，影响了后辈诗人③。庞德是其中一位深受其思想影响的"自觉的'现代'史诗诗人"（the self-consciously "modern" epic poet）④。

庞德的《诗章》同但丁的《神曲》一样，是对生命的赞歌。庞德也在《诗章》中使用但丁擅长的白描手法，他歌颂顽强的生命，激赏为追求美好生活而奋斗的精神；他像但丁那样敬畏高尚的灵魂，渴望建立人人平等且幸福的"地上乐园"（Pound 76-77）。他也竭尽所能守护新生命，为社会发展贡献力量。不同之处在于，庞德通过《诗章》呈现的是他在现代语境中对生命价值的思考和对生命意义的追寻，而且，他希冀自己在现代社会能够发挥作为史诗诗人的作用。为此，他使用现代主义诗歌技巧，一方面别出心裁地呈现生命价值及意义，另一方面通过融合西方文化传统，谱写具有 20 世纪风骨的"再造的史诗"（epic reinvented）和"审

---

① 具体细节参见 Gilson, Etienne, *Dante and Philosophy*, New York: Harper & Row, 1963, pp. 45-49; Humphrey Carpenter, *A Serious Character: The Life of Ezra Pound*, Boston: Houghton Mifflin Company, 1988, pp. 583-597; 苏晖、邱紫华《但丁的美学和诗学思想》，《西南师范大学学报》（人文社会科学版）2004 年第 2 期。

② ［意］但丁：《神曲》，王维克译，上海文艺出版社 2014 年版，第 3—6 页。

③ Hugh Kenner, *The Poetry of Ezra Pound*, Lincoln & London: University of Nebraska Press, 1985, p. 34.

④ Stephen Sicari, *Pound's Epic Ambition: Dante and the Modern World*, New York: State University of New York Press, 1991, pp. 1-3.

判的史诗"(the epic of judgment)①。不过,在此过程中,他遭遇迷茫。他用蒙太奇、暗示、象征、意识流等方式,呈现他的思绪。在《诗章》第74章,庞德写道:"他的书架上摆着《亨利·福特的生涯》/还有一本《神曲》/一本海涅诗集……"② 书架上的三本书是蒙太奇式的铺陈;《神曲》除了作为其中一个场景和画面,还暗示读者它对庞德摆脱迷茫起到的潜在作用。此外,"鬼影幢幢""缝满历史的补丁""海崖上的永恒时空"等描述③,以象征方式暗示庞德沉浸在痛苦的思绪中不能自拔。尤其经历了像但丁那样的人生困厄后,他被迫对人生和人性进行哲学思考,并通过亚里士多德之口探讨哲学与人生、共性与个性的关系(Pound 36)。庞德思忖的是一个困扰他多年的哲学命题:到底怎样才能找到生命的真谛?作为诗人,庞德自称是"已经渡过忘河的人"(Pound 51),对生命的体验与同时代作家不同,与但丁自然也不同。这不禁让人想起,他在《诗章》第2章后半部分两次强调"我已目睹我目睹过的东西"(I have seen what I have seen)(Pound 9)所蕴含的言外之意。

在《神曲》中,有关于生命与死亡的较量,带给庞德珍贵的启示。当生命和死亡进行较量,但丁邀约睿智和理性一同前往;维吉尔后来成为睿智和理性的化身,他既赋予但丁各种鼓舞和力量,又让但丁亲身感受到地狱死亡的痛苦、犯罪孽的后果和不愿承担责任的代价,从而给但丁反思人性、直面死亡、珍视生命的机会。无论是穿越地球的中心,走出地狱的一刹那,还是到达炼狱之门,使灵魂得到彻底的淬炼,抑或受着贝雅特丽齐的目光指引走向天堂,但丁所感受到的是经历死亡之后的生命,一种有着丰富内涵、灵魂经过净化后的生命,所以但丁才会幸福地与心爱之人一起,享受光明、美好和纯粹之爱:"我的欲望和意志,像车轮转运均一,这都由于那爱的调节;是爱也,动太阳而移群星。"④

庞德从但丁那里习得对生命价值的尊重,这使他在书写《诗章》时,能够自觉地、艺术性地演绎但丁式的生命与死亡的博弈。不过,庞德奏响的生命之歌具有古希腊史诗般悲壮的味道,其流溢的情感颇像象征主义大

---

① 具体细节参见 Mary Ellis Gibson, *Epic Reinvented*: *Ezra Pound and the Victorians*, Ithaca & London: Cornell University Press, 1995, pp. ix - x; James J. Wilhelm, *Dante and Pound*: *The Epic of Judgment*, Orono: University of Maine Press, 1974, pp. 2 - 3。

② [美]伊兹拉·庞德:《庞德诗选——比萨诗章》,黄运特译,张子清校订,漓江出版社1998年版,第35页。

③ [美]伊兹拉·庞德:《庞德诗选——比萨诗章》,黄运特译,张子清校订,漓江出版社1998年版,第45、61页。

④ [意]但丁:《神曲》,王维克译,上海文艺出版社2014年版,第441—445页。

师艾略特在《荒原》中展现的那般萧索与伤感;他本希望自己能够像英雄人物奥德修斯一样跨越"黑暗的大海"、打败邪恶的海神波塞冬"回家",但是命运使他挫折不断。他迷惘且彷徨,如同莎士比亚笔下的哈姆雷特那般犹豫不决、不知所措,所以他说渴望"光""勇气"和"力量"(Pound 13-15);他使用超现实主义手法,站在德国古典哲学创始人康德的位置,思考人性和人活着的意义(Pound 71-72);他穿越时空,拨开历史迷雾,宣扬新柏拉图主义者倡导的"善""责任"和"秩序"(Pound 215-218);他糅合爱默生的超验主义哲学及超灵论思想,戴着"面具","在冬季/搜寻每座房屋以驱除魔鬼",思索如何成为"思维的一部分"①;即使身陷囹圄,他仍痴心不改,像盗取天火的普罗米修斯,悲壮地呐喊"死者与生者/世界能否重循旧轨"②;他充当东西方文化的桥梁,说"杏花/从东方吹到西方,/我一直努力不让它们凋落"(Pound 60)……庞德走了一条与但丁看似完全不同的生命路线,这是由他当时所处的生活环境以及20世纪纷繁复杂的社会环境决定的。

作为20世纪现代主义思潮的弄潮儿,庞德有他特立独行的应对方式与策略。这与他"新/日日新"的创作理念分不开。一方面,源于对生命的敬畏和对死亡的考量,庞德在《诗章》中叩问历史,向历史寻求救命济世的良方;另一方面,他把目光转向文艺复兴时期的意大利(如《马拉特斯塔诗章》),转向古代中国和孔孟儒学(如《中国诗章》),转向美国建国初期的领袖亚当斯和杰弗逊(如《美国诗章》),也转向墨索里尼那头危险的"公牛"(如《意大利诗章》)。对未来世界和平、秩序、友爱等的渴望,本应该让庞德远离痛苦和死亡,但残酷的现实让他迷失方向,像但丁迷失在"黑暗的森林",像奥德修斯晕眩在"黑暗的大海"上。

相对于但丁而言,庞德在《诗章》中借助现代主义诗歌技巧呈现的生命价值观更带有悲观主义的味道,而且,越到后面的《诗章》章节,诗人这种悲观主义的味道就越加明显。这与庞德特殊的人生经历有关。庞德因为从20世纪30年代开始支持墨索里尼和法西斯,并公开抨击美国总统罗斯福及其联邦政府和军队,犯下"叛国罪",致使多重灾难突如其来③。

---

① [美]伊兹拉·庞德:《庞德诗选——比萨诗章》,黄运特译,张子清校订,漓江出版社1998年版,第50页。
② [美]伊兹拉·庞德:《庞德诗选——比萨诗章》,黄运特译,张子清校订,漓江出版社1998年版,第57页。
③ 张子清:《美国现代派诗歌杰作——〈诗章〉》,《外国文学》1998年第1期。

面对极具象征意义的"崩塌的蚁山",他想过"在毁于他人之手前,先毁自己"①,但是智慧和理性又说服他选择坚强。庞德从信仰的儒家经典里汲取智慧,就像但丁走投无路时找到维吉尔这个智慧一样。他坦言,"我们的中 chung……对此我们顶礼/膜拜"②。

庞德对生活和生命曾付诸火一般的热情,可是,各种生活和生命中的不幸,让他在晚年患上抑郁症,他开始怀疑活着的意义。"生与死都不是答案"(neither life nor death is the answer)(Pound 794),他在《诗章》第 115 章写道。他像存在主义哲学家让－保罗·萨特在《存在与虚无》中所说的那样:"呈现于直观的正是虚无的闪光,是基质的虚无,是那召唤和要求形式的显现的基质的虚无化","意识超越自己,但是是空洞地超越。痛苦在此,它是客观的和超越的"③。庞德的这种悲观情绪在《诗章》最后一章,即第 117 章,达到一个高峰:"我与世界斗争时,/失去了我的中心/一个个梦想碰得粉碎,/撒得到处都是——/而我曾试图建立一个地上的/乐园。"(That I lost my center/fighting the world. /The dreams clash/and are shattered—/that I tried to make a paradiso/terrestre.)(Pound 822)④ 说到底,庞德的这种悲观情绪并非他个人独有,它充斥在他那个特殊的时代,亦属于"一战""二战"后迷茫的一代和垮掉的一代。也就是说,庞德在 20 世纪遭遇的新问题,是但丁在欧洲中世纪无法想象的。

可见,《诗章》与《神曲》互文的生命哲学之维具有深刻的内容,它通过庞德高超的艺术再现手法使之灵动呈现,其艺术效果植根于庞德对但丁在《神曲》里体现的深邃思想的透彻思考和领悟,亦是他"新/日日新"创作理念与文学精神的精彩外化。

综上所述,庞德对但丁与《神曲》的接受既有历史维度的偶然性和必然性,亦有文学层面的机缘和巧合。通过习得以拉丁语为代表的古典语言和以意大利语为代表的现代语言,他得以自由涉猎西方经典,并为日后潜心钻研和活学活用提供了便利。正是庞德的执着和对传统的继承,才使

---

① [美]伊兹拉·庞德:《庞德诗选——比萨诗章》,黄运特译,张子清校订,漓江出版社 1998 年版,第 15 页。

② [美]伊兹拉·庞德:《庞德诗选——比萨诗章》,黄运特译,张子清校订,漓江出版社 1998 年版,第 213 页。

③ [法]萨特:《存在与虚无》,陈宣良译,生活·读书·新知三联书店 2014 年版,第 36、410 页。

④ 黄运特:《前言》,载[美]伊兹拉·庞德《庞德诗选——比萨诗章》,黄运特译,张子清校订,漓江出版社 1998 年版,第 1 页。

但丁与《神曲》最终在现代主义语境下重获新生、古为今用。此外,庞德因为慧眼独具,又拥有极高的悟性和审美感知力,使他能够自觉把《神曲》的高超艺术技巧以及关于地狱、炼狱、天堂的三维文本结构凸显出现代价值,并借助登峰造极的现代主义诗化手段融会贯通在《诗章》的个人抒情、社会批判、警世立言等立体的叙事模式之中。庞德的写作方式受但丁及《神曲》的影响和启发,既反映在艺术想象之维、宗教隐喻之维、自由美学之维,亦反映在生命哲学之维等方面。总之,《诗章》对《神曲》艺术呈现方式的互文式书写彰显了庞德大胆的现代主义诗歌技巧,同时以镜像方式映照出他在《诗章》中倡导的"新/日日新"的创作理念与文学精神。当然,它也是庞德向但丁和《神曲》致敬的艺术写照。

第三节 《诗章》与"新希腊"的发现

除了从古希腊、古罗马经典作品里挖掘写作的灵感,寻找历史的"推动力",庞德还有意识地转向东方,从东方优秀的文明和文化传统中发现并汲取养分。在东方恢宏的文明、文化资源中,庞德带着极大的热忱聚焦中国,聚焦中国诗,聚焦中国文化的精髓儒家思想,并在他的诗歌写作中淋漓尽致地予以体现——或以翻译和改写的方式,或借助他的"表意文字法"(ideogramic method)[①] 进行创造式写作。这不仅反映在庞德早期用"英语写成的最美的诗"《华夏集》中,也更集中地反映在他后期诗歌创作的核心《诗章》里。赵毅衡先生在《诗神远游:中国如何改变了美国现代诗》一书里指出:"20世纪美国最重要的诗人是庞德,而庞德也是20世纪对中国诗最热情的美国现代诗人。"[②] 该评价切中肯綮。

一 "新希腊"的发现与庞德现代主义诗歌努力的方向

1915年,庞德在哈丽特·蒙罗主编的《诗刊》杂志上发表了一篇文章,带有很强的预言性。他说中国诗"是一个宝库,今后一个世纪将从中寻找推动力,正如文艺复兴从希腊人那里找推动力"。庞德为了把问题说明白,接着又补充了一些重要细节:"一个文艺复兴,或一个觉醒运动,其第一步是输入印刷、雕塑或写作的范本……很可能本世纪会在中国

---

① 赵毅衡:《诗神远游:中国如何改变了美国现代诗》,上海译文出版社2003年版,第21页。
② 赵毅衡:《诗神远游:中国如何改变了美国现代诗》,上海译文出版社2003年版,第17页。

找到新的希腊。目前我们已找到一整套新的价值。"① 在文章最后，庞德却欲言又止，说得比较隐晦。他说"目前我们已找到一整套新的价值"，但是并没有直截了当地告诉读者，他找到的"一整套新的价值"到底是什么。尽管如此，该文章随后所激发的轰动效应及产生的重要影响，超过庞德本人想象，也超过《诗刊》主编蒙罗的想象。20世纪初，美国社会各种流派争相亮相，各种艺术争奇斗艳。在该复杂历史阶段，庞德预言并宣扬的"中国诗的影响"后来真的成为"一个时代性的热潮"，而且几代美国诗人都不约而同地卷入这股热潮，其人数之多、规模之大、令人惊讶②。

当时庞德欲言又止、闪烁其词未透彻说明的"一整套新的价值"，就是题为"The Chinese Written Character as a Medium for Poetry"（《作为诗歌手段的中国文字》）的文章，作者是美国东方学家厄内斯特·费诺罗萨（Ernest Fenollosa）。该文最早的版本于1920年面世，由纽约Boni & Liveright出版社出版。在1920年出版的单行本封面上，最先映入眼帘的是下面几行排版考究的黑体字：

INSTIGATIONS

OF

EZRA POUND

TOGETHER WITH

AN ESSAY ON THE CHINESE WRITTEN CHARACTER

BY

ERNEST FENOLLOSA

文章的标题出现在封面中间偏下的位置，最初的版式、字体是这样的：

THE CHINESE WRITTEN CHARACTER AS A MEDIUM FOR POETRY BY ERNEST FENOLLOSA

原文本没有任何注解，只有正文，共24页。为了使读者理解文章的内涵，庞德在编辑时，加了12条注释，都以"–E. P."作为标志。整个

---

① 转引自赵毅衡《诗神远游：中国如何改变了美国现代诗》，上海译文出版社2003年版，第17—18页。

② 赵毅衡：《诗神远游：中国如何改变了美国现代诗》，上海译文出版社2003年版，第16页。

第五章 《诗章》现代主义风格的内化与吸收

出版物共计 25 页。从正文开始,庞德有三段说明性文字。前两段比较短小,出现在封面最下方;最后一段稍长些,出现在第二页。原文如下:

> *This essay was practically finished by the late Ernest Fenollosa; I have done little more than remove a few repetitions and shape of a few sentences.*
>
> *We have here not a bare philological discussion, but a study of the fundamentals of all aesthetics. In his search through unknown art the West, was already led into many modes of thought since fruitful in "new" western painting and poetry. He was a forerunner without knowing it and without being known, as such.*
>
> *He discerned principles of writing which he had scarcely time to put into practice. In Japan he restored, or greatly helped to restore, a respect for the native art. In America and Europe he cannot be looked upon as a mere searcher after exotics. His mind was constantly filled with parallels and comparisons between eastern and western art. To him the exotic was always a means of fructification. He looked to an American renaissance. The vitality of his outlook can be judged from the fact that although this essay was written some time before his death in 1908 have not had to change the allusions to western conditions. The later movements in art have corroborated his theories. — EZRA POUND.* ①

赵毅衡先生的译文如下:

【庞德按语】

　　已故的欧内斯特·费诺罗萨实际上已完成此文,我所做的除了删去某些重复之外,只是把某些句子整理了一下。

　　摆在我们面前的不是一篇语文学的讨论,而是有关一切美学的根本问题的研究。费诺罗萨在探索我们所未知的艺术时,遇到了未知的动因和西方所未认识到的原则,他终于看到近年来已在"新的"西方绘画和诗歌中取得成果的思想方法。他是个先驱

---

① Ernest Fenollosa, *The Chinese Written Character as a Medium for Poetry*, New York: Boni & Liveright Publishers, 1920, pp. 1-25.

者,虽然他自己没意识到这点,别人也不知道。

他解析出的若干写作原则,他自己也并没有足够的时间加以实践。在日本,他恢复了或至少帮助恢复了对本国艺术的尊敬。在美洲和欧洲,他不应当被看作只是个探新猎奇的人。他的头脑中老是充满了东西艺术异同的比较。在他看来,异国的东西总是大有裨益的。他盼望见到一个美国文艺复兴,他的眼力可由以下事实证明:虽然这篇文章是他1908年逝世前写的,我却不必改动此文中关于西方艺术的任何提法。他逝世后发生的艺术运动证实了他的理论。①

费诺罗萨是西班牙裔美国人、远东美术史专家,1874年从美国哈佛大学本科毕业。1878年,他第一次来到日本,在东京帝国大学(Imperial University at Tokyo)教授政治经济学和哲学,当时拥有多个头衔——逻辑学教授、美学教授、日本政府美术学特派员等②。在教学之余,费诺罗萨学习日本文化,研究日本美术,并因此接触到中国绘画、中国汉字和中国诗歌。他曾写长诗 East and West(《东方与西方》),对东西文化进行比较,认为东西文化的差别很大:西方太过关注现实和物质生活,而东方崇尚心灵、重视精神修养。12年后,即1890年,费诺罗萨返回美国,他希望更多的美国人知道和了解东方文化艺术,并受聘为波士顿博物馆东方艺术部主管(Curator of Oriental Art at Boston Museum)。6年后,他再次来到日本。这次是专为学习东方文化、东方艺术而来,一待就是4年。在4年时间里,费诺罗萨拜日本当时著名学者贺永雄(Ariga Nagao)和森海南(Mori Kainan)为师,潜心学习中国古典诗歌以及日本诗歌、能剧艺术等,并做大量笔记。1900年回到美国家中,8年后因病去世。③ 美国耶鲁大学珍本馆馆藏着费诺罗萨的原始笔记,共21本。笔记封面上清晰、明了地写着一些标题:

一、能剧
二至三、汉语课笔记

---

① [美]欧内斯特·费诺罗萨:《作为诗歌手段的中国文字》,载[美]伊兹拉·庞德《庞德诗选——比萨诗章》,黄运特译,张子清校订,漓江出版社1998年版,第229—256页。
② Humphrey Carpenter, *A Serious Character: The Life of Ezra Pound*, Boston: Houghton Mifflin Company, 1988, p. 219.
③ Humphrey Carpenter, *A Serious Character: The Life of Ezra Pound*, Boston: Houghton Mifflin Company, 1988, p. 219.

第五章 《诗章》现代主义风格的内化与吸收

四、中国思想
五、汉语中段课程
六、中国与日本诗,摘要与演讲笔记
七、中国诗:平井(Hirai)与紫田(Shida)讲课笔记
八、中国诗:屈原
九至十一、中国诗:森(Mori)的讲课笔记
十二、中国诗:笔记
十三至二十一、中国诗:笔记与翻译①

在上述笔记中,还夹有一张小纸条。这是庞德于1958年打印并留存下来的,上面记录着他从费诺罗萨的遗孀玛丽(Mary Fenollosa)那里,获得该珍贵笔记的具体细节:

> 大约在一九　　年　月我与费诺罗萨夫人在萨洛姬妮·奈都夫人(Sarojini Naidu)家中见过面。此后,她读了我的一些诗,认为我是"能够像我先夫所愿的那样处理他的笔记的唯一人选"。当时我对中国文字一无所知,但根据她的要求,做了一些工作并将成品付梓,《华夏集》是这些工作中使我最感兴趣的。②

对于该字条为何会缺失日期,赵毅衡在《诗神远游》一书中特别做了一个注解,阐明了缘由:"1958年庞德被释时,记忆力看来不太妙了,他对确切日期有所犹疑,所以空在那里。据庞德的传记作者之一卡本特查证,庞德1913年底给父母的信中说1913年10月2日他到奈都夫人家会见费诺罗萨夫人。"赵毅衡所依据的参考资料是庞德传记专家休姆弗利·卡朋特撰写的厚达1003页的鸿篇巨著 *A Serious Character*: *The Life of Ezra Pound*。赵毅衡在注释中所说的"卡本特"即"休姆弗利·卡朋特"(Humphrey Carpenter)。不过,"1913年10月2日他到奈都夫人家会见费诺罗萨夫人"的说法有待商榷。根据卡朋特在其著作第218—219页的记载,读者会读到两个重要细节:(1)"In the same letter to his parents in which he describes this visit to Upward (written at the end of September 1913), he goes on: 'Have seen

---

① 转引自赵毅衡《诗神远游:中国如何改变了美国现代诗》,上海译文出版社2003年版,第163—164页。
② 转引自赵毅衡《诗神远游:中国如何改变了美国现代诗》,上海译文出版社2003年版,第165页。

Mrs Fenollosa...and Sarogini Naidu....'"[在给他父母亲写的同一封信中,庞德描述了他专程去拜访诗人厄普瓦德的经过(该信写于1913年9月底),接着他还写道:"已见过费诺罗萨夫人……和奈都夫人……"](2) "And to Dorothy on 2 October:'Dined on Monday with Sarogini Naidu and Mrs Fenollosa, relict of the writer on chinese art....'"(10月2日在致多萝西的信中,庞德写道:"在周一,我与奈都夫人和费诺罗萨夫人共餐,费诺罗萨夫人就是那位对中国艺术很懂行的作家的寡妻……")① 从上述细节可知,1913年10月2日是庞德给妻子多萝西写信的日子,并不是"他到奈都夫人家会见费诺罗萨夫人"的时间。"他到奈都夫人家会见费诺罗萨夫人"的具体时间是在"on Monday"(周一)。查阅旧历,笔者发现,"1913年10月2日"是周四。如果"他到奈都夫人家会见费诺罗萨夫人"的具体时间是在"周一"属实,那"周一"对应的日期应该是1913年9月29日。也就是说,庞德1958年书写的那张字条上空缺的日期,不是"1913年10月2日",而是"1913年9月29日"。

到奈都夫人家,是庞德第一次与费诺罗萨夫人会面。那次会面,费诺罗萨夫人留给庞德的印象应该不太好:"When they met at Sarojini Naidu's house, Ezra thought Mary Fenollosa 'the lightest possible', apparently frivolous society woman."[当他们在奈都夫人家里会面,伊兹拉(即庞德)感觉玛丽·费诺洛萨算是"最清高的女人"了,很显然她是那种轻浮的社会女性。]② 所以,庞德回忆说,"after a couple of weeks I got a note; an invitation to a hotel off Trafalgar Square"(几周后,我收到一张纸条;那是一张去特拉法加广场附近一家酒店的邀请函),他感到非常惊讶(rather surprised)。于是,就有了庞德与费诺罗萨夫人在伦敦的第二次会面。第二次会面的时间和地点都非常明确:"Actually the second meeting was in the Café Royal on 6 October 1913."(实际上,他们第二次会面的地点是皇家咖啡厅,时间是1913年10月6日。)③ 此次会面对庞德意义重大,因为"最清高的女人"费诺罗萨夫人,决定把费诺罗萨的中国诗笔记交给庞德处理,理由有两个:(1)"She had seen some of my staff"(她读过我写的东西),了解"我"的

---

① Humphrey Carpenter, *A Serious Character: The Life of Ezra Pound*, Boston: Houghton Mifflin Company, 1988, pp. 218–219.
② Humphrey Carpenter, *A Serious Character: The Life of Ezra Pound*, Boston: Houghton Mifflin Company, 1988, p. 220.
③ Humphrey Carpenter, *A Serious Character: The Life of Ezra Pound*, Boston: Houghton Mifflin Company, 1988, p. 220.

第五章 《诗章》现代主义风格的内化与吸收

诗歌风格和写作水平，对"我"有信心①；（2）"You're the only person who can finish this stuff the way Ernest wanted it done"［你（即庞德）是能够像我丈夫厄内斯特所希望的那样，处理他的笔记的唯一人选］②。庞德自然喜出望外。他还把这个喜讯传达给妻子多萝西："I dined last night with Heinemann, Sarojini & Mrs Fenollosa-good food-Café Royal-mild memories of Whistler"［我昨晚和海涅曼、萨洛吉尼（即奈都夫人）和费诺洛萨夫人共进晚餐——美食——皇家咖啡厅——惠斯勒的美好记忆］③。根据庞德后来的回忆，几天后，费诺罗萨夫人在宾馆再次约见他，告诉他"Fenollosa had been in opposition to all the Pros and academes"（费诺罗萨过去比较抵触大学教授和学院派的学究气），希望他能够做到不墨守成规，彰显个性及特色。此外，费诺罗萨夫人说她愿意资助庞德40英镑用于出版，不过其余费用得靠他自己筹措。一个有利于庞德的附加条件是："he could keep any profit he might make"［所有盈利都归他（即庞德）］④。

费诺罗萨夫人回到美国后，按照约定把她丈夫遗留的中国诗和日本诗笔记分批寄给了庞德。"这个偶然事件，成为美国现代文学史上的大事。"⑤庞德不负众望，从费诺罗萨的笔记中整理出三部不朽的作品：

（1）1915年，译出 Cathay（《华夏集》），由伦敦 Elkin Mathews 出版社出版。

（2）1916年，译出 Certain Noble Plays of Japan（《日本贵族戏剧》），由位于英国邓德拉姆（Dundrum）市的 Cuala Press 出版社出版，叶芝作序；同年，该作品更名为"Noh", or Accomplishment（《日本能剧》），由伦敦 Macmillan 出版社重版，该版本未附叶芝的序言。

（3）1920年，整理出版费诺罗萨的论文"The Chinese Written Character as a Medium for Poetry"（《作为诗歌手段的中国文字》）⑥。

---

① Humphrey Carpenter, *A Serious Character: The Life of Ezra Pound*, Boston: Houghton Mifflin Company, 1988, p. 220.
② Humphrey Carpenter, *A Serious Character: The Life of Ezra Pound*, Boston: Houghton Mifflin Company, 1988, p. 220.
③ Humphrey Carpenter, *A Serious Character: The Life of Ezra Pound*, Boston: Houghton Mifflin Company, 1988, p. 220.
④ Humphrey Carpenter, *A Serious Character: The Life of Ezra Pound*, Boston: Houghton Mifflin Company, 1988, p. 220.
⑤ 赵毅衡：《诗神远游：中国如何改变了美国现代诗》，上海译文出版社2003年版，第18页。
⑥ Ira B. Nadel, ed., *The Cambridge Companion to Ezra Pound*, Cambridge: Cambridge University Press, 1999, pp. xx–xxi; 又参见赵毅衡《诗神远游：中国如何改变了美国现代诗》，上海译文出版社2003年版，第18—19页。

这三部作品中任何一部都具有划时代的重要价值。

《华夏集》被当时英国权威杂志《英国评论》的主编福特认为具有"至高无上的美","是英语写成的最美的诗"①。华裔学者叶维廉先生1967年在美国普林斯顿大学完成的博士论文,就是关于《华夏集》的专门研究,题目为"Ezra Pound's *Cathay*"(《伊兹拉·庞德的〈华夏集〉研究》)。两年后,该论文由普林斯顿大学出版社出版②,成为庞德《华夏集》研究的重要标志性成果。《日本贵族戏剧》(或《日本能剧》)对叶芝等西方戏剧大师的写作产生了潜移默化的影响。《作为诗歌手段的中国文字》更被庞德视为20世纪美国"文艺复兴",乃至西方新的"文艺复兴"的重要"推动力"。这部作品意味着"一整套新的价值"和"美学观点",能够积极促成英美诗坛一次新的"觉醒运动",无论在诗歌理论层面还是美学实践层面都将发挥难以估量的作用。这也是为什么庞德在1920年版《作为诗歌手段的中国文字》的前言中说"This essay was practically finished by the late Ernest Fenollosa; I have done little more than remove a few repetitions and shape of a few sentences"(已故的欧内斯特·费诺罗萨实际上已完成此文,我所做的除了删去某些重复之外,只是把某些句子整理了一下),却并未早早将它公之于众的原因所在——庞德实际上一直在咀嚼、玩味和消化这篇"价值连城"的文章③。庞德的好友、意象派诗人弗莱契就曾抱怨说,"庞德在1914年至1915年时常谈到费诺罗萨这篇文章,但秘不示人"④。等到时机成熟,待他领会其中要旨,感觉已经能够与他的现代主义诗歌写作风格、诗学思想以及美学理念融会贯通后,才终于将它"大白于天下"。庞德告诉西方读者:"摆在我们面前的不是一篇语文学的讨论,而是有关一切美学的根本问题的研究。费诺罗萨在探索我们所未知的艺术时,遇到了未知的动因和西方所未认识到的原则,他终于看到近年来已在'新的'西方绘画和诗歌中取得成果的思想方法。他是个先驱者,虽然他自己没意识到这点,别人也不知道。"⑤

---

① Eric Homberger, *Ezra Pound: the Critical Heritage*, London & New York: Routledge and Kegan Paul, 1972, pp. 107 – 109.

② Wai-lim Yip, *Ezra Pound's Cathay*, Princeton, N. J.: Princeton University Press, 1969.

③ Ernest Fenollosa, *The Chinese Written Character as a Medium for Poetry*, New York: Boni & Liveright Publishers, 1920, pp. 1 – 25.

④ 转引自赵毅衡《诗神远游:中国如何改变了美国现代诗》,上海译文出版社2003年版,第89页。

⑤ Ernest Fenollosa, *The Chinese Written Character as a Medium for Poetry*, New York: Boni & Liveright Publishers, 1920, pp. 1 – 25.

二 《诗章》对《作为诗歌手段的中国文字》理念的吸收与运用

庞德是中国文化和中国诗学的热情拥护者。实际上，在美国新诗运动的早期，庞德就已经有意识地从日本俳句（haiku）和中国古典诗歌中汲取营养，以获得智慧和灵感。他发现在带有异国情调的诗歌里，可以体会到一种在西方传统诗歌里所感受不到的快乐，一种神秘的快乐，一种前所未有的"文本的快乐"（pleasure of the text）①。他试着按照自己的诗歌节奏、意象和写作手法去改造它、塑造它或者重新建构（reconstruct）它。这是一种基于异国材料，融合欧美情调，恰到好处地加入庞德个人的风格特色以及认知和理解方式的新尝试（new experiment）、新乐趣（new pleasure）。

庞德1913年4月发表仿俳句名作"In a Station of the Metro"（《在地铁车站》），是在他读到费诺罗萨的笔记之前。庞德对中国诗的热情和执着，使他找到阿伦·厄普瓦德（Allen Upward）做朋友。厄普瓦德于1913年给哈丽特·蒙罗主编的《诗刊》寄去一组关于中国的组诗 Scented Leaves from a Chinese Jar（《从中国花瓶采来的花瓣》），包括"The Acacia Leaves"（《槐叶》）、"The Commentator"（《注疏家》）、"The Rose"（《玫瑰》）等②。庞德读后兴奋不已并被深深吸引。庞德一直以为，这是厄普瓦德的译作而非创作。他专程到厄普瓦德在怀特岛（the Isle of Wight）的家中予以求证。厄普瓦德给庞德解释说："... his 'Scented Leaves' sequence of poems was not a translation from the Chinese, not even a paraphrase, but that he made it out of his head, using a certain amount of Chinese reminiscence."（……他的"香瓣"组诗并不是从中国诗翻译而来，甚至不是意译，而是他自己头脑中想出来的，用了一些关于中国诗的回忆。）③ 厄普瓦德还慷慨地把一些"秘籍"告诉庞德，让他去读翟理思（Herbert Allen Giles）于1901年出版的 History of Chinese Literature（《中国文学史》）；还鼓励他去翻阅法文版的关于中国孔子和孟子的书，也就是鲍狄埃（G. Pauthier）于1841年翻译出版的

---

① Roland Barthes, *The Pleasure of the Text*, New York: Hill and Wang, 1975.
② 赵毅衡：《远游的诗神——中国古典诗歌对美国新诗运动的影响》，四川人民出版社1985年版，第16—18页。
③ Humphrey Carpenter, *A Serious Character: The Life of Ezra Pound*, Boston: Houghton Mifflin Company, 1988, p. 218；译文参见赵毅衡《远游的诗神——中国古典诗歌对美国新诗运动的影响》，四川人民出版社1985年版，第19页。

Les Quatres Livres de Philosophie Morale et Politique de la Chine（"四书"）。正是在厄普瓦德的引领、"鼓动"（instigation）和影响下[1]，庞德开始精研翟理思的名作《中国文学史》，并从中受到智性启发。他于1913年前后，书写的另外一组类似于《在地铁车站》的仿俳句作品，包括"Fan-Piece, for Her Imperial Lord"（《扇，致陛下》）、"After Ch'u Yuan"（《仿屈原》）、"Liu Ch'e"（《刘彻》）和"Ts'ai Chi'h"（《彩姬》）[2]。这些诗都是庞德在接触到费诺罗萨笔记之前创作完成的。客观地说，正是厄普瓦德这位对人类学、宗教学、社会学、民俗学均有精深研究的英国学术界怪人，把庞德引向了博大精深的中国儒家哲学。

如果说庞德个人的诗学才华是一个良好基础，如果说厄普瓦德给他的诗歌探索以重要指引，那么真正让庞德在中国诗学研究领域里自由徜徉并获得诗性智慧，从诗学理论和实践层面给了他关键性的启发并使他后来在《诗章》中做出重大突破的作品，莫过于费诺罗萨的论文《作为诗歌手段的中国文字》了。

第一，《作为诗歌手段的中国文字》使庞德对中国诗学的认识和理解，上升到美学的高度。这给庞德提供了一种理论层面的支持，亦是智力支持。

费诺罗萨开篇就说："20世纪不仅在世界之书上翻过新的一页，而且另开了一个全新的惊人的篇章。"[3] 这个"全新的惊人的篇章"并不倡导狭隘的欧洲中心主义（logocentrism），也不倡导自以为是的美国性（Americanness），而是要"拥抱全世界各种文化"。按照庞德在《诗章》中的话说，就是"writing ad posteros"（为后世写作）（Pound 458）。对此，世界各个国家和民族都肩负着责任和使命。不过，"光中国问题，就是如此巨大，没有一个国家能够忽视"。然而，事实却是"英国和美国迄今忽视或误解了东方文化中深层的问题。我们错以为中国人是个物质主义

---

[1] Humphrey Carpenter, *A Serious Character: The Life of Ezra Pound*, Boston: Houghton Mifflin Company, 1988, p. 218.

[2] 对 "Ts'ai Chi'h" 到底如何翻译，国内学界曾出现不同版本。赵毅衡把 "Ts'ai Chi'h" 译为《曹植》，裘小龙把它译为《蔡姬》。傅浩提出异议，认为应该译为《彩姬》。相关文献参见赵毅衡《远游的诗神——中国古典诗歌对美国新诗运动的影响》，四川人民出版社1985年版，第67—68页；[英]彼德·琼斯编《意象派诗选》，裘小龙译，漓江出版社1986年版，第85页；傅浩《Ts'ai Chi'h 是谁?》，《外国文学评论》2010年第2期。

[3] 本书中所有引用《作为诗歌手段的中国文字》的译文，均出自[美]欧内斯特·费诺罗萨《作为诗歌手段的中国文字》，载[美]伊兹拉·庞德《庞德诗选——比萨诗章》，黄运特译，张子清校订，漓江出版社1998年版，第229—256页。不另做注。

第五章 《诗章》现代主义风格的内化与吸收

民族,一个低劣的疲惫不堪的种族……我们愚蠢地断定中国历史在社会演变中一成不变,没有显著的道德和精神危机时期。我们否认了这些民族的基本的人性;我们轻视了他们的理想,似乎他们的理想只不过是闹剧中的滑稽歌曲"。20世纪初,欧洲凭借曾经较先进的工业文明"目空一切",美国则以欧洲为榜样"唯我独尊"①。虽然置身于这种复杂环境,费诺罗萨能够"出淤泥而不染",并站在遥远的东方国家中国的立场反观西方,一针见血地指出西方国家存在的问题,不包庇、不掩饰、不回避,实在是难能可贵。庞德从费诺罗萨的论述中获得真诚、正直的力量以及追求真理和美的迫切愿望——不去粉饰太平,不去随波逐流,尤其在关乎国家、民族的重大问题上,要有"诚/誠"(sincerity)(Pound 445,474)。"诚/誠"意味着"言必信,行必果"(《论语·子路》)。庞德希望把"诚/誠"传递给更多的人,使它发扬光大。正如庞德在《诗章》第74章所云:

> but a precise definition
>   transmitted thus Sigismundo
>   thus Duccio, thus Zuan Bellin, or trastevere with La Sposa
> Sponsa Cristi in mosaic till our time/deification of emperors
>   (Pound 445)
>
> "诚"的确切定义
>   传递给西格斯蒙德,
>   再传递给杜乔、祖安·贝林,或传到罗马外台伯区新娘教堂,
> 直传到我们的时代
> 神话的帝王
>   (黄运特译)

在《诗章》第76章,庞德又再次强调:

> 誠
> better gift can no man make to a nation
>   (Pound 474)

---

① Richard Gray, *American Poetry of the Twentieth Century*, Harlow, Essex: Longman Group UK Limited, 1992, pp. 1-38.

誠
献给国家最好的礼物……

不过，在欧美确实存在像费诺罗萨所说的无视中国历史价值、误解中国文化的人群。对此，庞德说："对唐史一无所知的傲慢的野蛮人用不着骗谁"（Pound 445），"整个意大利你连一盘中国菜都买不到/这就要完蛋了"（Pound 527）。面对西方的愚昧无知，该怎样去诊治他们的"病"呢？费诺罗萨给出了这样的"药方"："我们面临的责任不是摧毁他们的要塞，或是利用他们的市场，而是研究，并进而同情他们的人性和他们高尚的志向。他们一向有高度的文明。他们有记载的经验数倍于我们。中国人一向是理想主义者，是塑造伟大原则的实验家。我们的历史打开了一个具有崇高目标和成就的世界，与古代地中海诸民族遥相辉映。我们需要他们最好的联系来补充我们自己——珍藏在他们的艺术中、文学中和生命的悲剧之中的那些理想。"就美国急功近利的社会现状，费诺罗萨也给出这样切中肯綮的建议："我们在美国尤其应当越过太平洋去正视它、掌握它，否则它就会使我们不知所措。而掌握它的唯一方法，是以耐心和同情去理解其中最好的、最有希望的、最富有人性的因素。"庞德非常认同费诺罗萨的说法。在《诗章》第 80 章，他用隐喻性的语言这样回应：

    bull-dog, et
  meum est propositum, it is my intention
      …
  "we'll get ' em all back"
        （Pound 507）
    斗犬，还有
  乃吾之意图，这是我的意图
     ……
  "我们要把它们全部恢复"
      （黄运特译）

在庞德看来，"我们"需要"恢复"的，还有理性主义的认知态度——不仅尊重事实，用事实说话，还带着开放包容的世界观、方法论，去全面

第五章 《诗章》现代主义风格的内化与吸收

对待长期被忽视的东方艺术瑰宝（如绘画）以及东方文学精粹（如诗歌），以打破西方长期存在的狭隘民族主义。换言之，"我们业已见到足够的证据，证明东方绘画的活力和对他们的实际价值，以及作为理解东方之魂的钥匙的价值。接触他们的文学，尤其是其中最集中的部分，即诗歌，哪怕不能完美地理解它，也是值得一做的"。庞德努力从现实着眼，从自我做起，从费诺罗萨遗留的中国诗笔记出发，把他对东方绘画的认识和感受体现在《诗章》里，"作为理解东方之魂的钥匙"。他还尽力去体会中国诗歌中蕴含的意境和智慧，虽然他"不能完美地理解它"，却以他特立独行的方式进行实验和尝试①。最典型例子的莫过于《诗章》第49章（"Canto XLIX"），即"七湖诗章"：

献给七湖，作者不详：
雨水；空江；旅程；
冻云闪电，日暮暴雨
蓬檐下一盏孤灯。
芦苇沉重；低垂；
竹林喃喃似泣。

秋月；群山耸立湖边
有落日映衬
夜晚如一帘云幕，
微波之上朦胧；穿透夜幕，
是桂树尖而长的枝干，
芦苇丛中一曲冷调。
山后有僧侣的钟声
风飘处处闻。
四月船帆过；十月也许返航
船融入银光；缓缓地；
唯太阳燃焰于河面。

酒旗醉斜阳

---

① [美]伊兹拉·庞德：《庞德诗选——比萨诗章》，黄运特译，张子清校订，漓江出版社1998年版，第229—256页。

263

几缕炊烟袅袅，逐光升腾

随后，雪卷长河
世界覆盖玉的洁白
小舟浮游，像盏灯，
流水因寒冷冻结，而在山阴
有人悠然自得其乐
平沙雁落
云聚积在窗口
江阔；雁行排成秋
乌鸦绕着渔火降噪

光移行北方天际
不少孩童在那里翻石捉虾
1700年，康熙莅临这些山湖
光移行南方天际

生产财富的国家却因此负债累累？
这是丑恶；这是格利翁
这条运河静静地流向天子
虽然老帝王当年建河只为玩乐

卿云烂兮
缦缦兮
日月光华
日兮旦兮

日入而作
日落而息
凿井而饮
耕田而食
帝力于我何有哉？

第四度空间；静止度

第五章 《诗章》现代主义风格的内化与吸收

  制服野兽的伟力①
(Pound 244 – 245)

  在这首不同寻常的诗中,庞德把费诺罗萨所说的"我们业已见到足够的证据,证明东方绘画的活力和对他们的实际价值,以及作为理解东方之魂的钥匙的价值"体现得淋漓尽致,因为庞德在上述《诗章》片段中融合了八幅彪炳史册的画面:《潇湘夜雨》,《洞庭秋月》,《烟寺晚钟》,《远浦归帆》,《山市晴岚》,《渔村晚照》,《江天暮雪》,《平沙秋雁》。
  根据华裔学者叶维廉先生考证,庞德在写此诗时,可能参照了一位名叫佐佐木玄龙的日本人画的"潇湘八景":"庞德在意大利得到一本册页,里面是一个名叫佐佐木玄龙的日本人(17世纪日本诗人、书画家)画的潇湘八景,每张画上题有汉诗和日文诗。此画册为庞德家中物,从何而来很难考证。"②至于庞德书写该诗的素材,庞德研究专家威廉·库克森在1985年出版的《庞德〈诗章〉指南》(A Guide to the Cantos of Ezra Pound)一书第53页,指出主要有三个来源:
  (1)前32行基于庞德父亲留给他的有关16世纪的中日诗画;
  (2)关于尧舜中国古诗的日文注释;
  (3)"日出而作"诗行来源于费诺罗萨留给庞德的手稿。③
  尤其是该诗最后关于中国古代尧时的民歌《击壤歌》和舜时的民歌《卿云歌》的写作,完全是"忠实的翻译"。不过他的这种"翻译"犹如天书,给读者带来了极大的阅读困难与挑战。原文如下:

KEI	MEN	RAN	KEI
KIU	MAN	MAN	KEI
JITSU	GETSU	KO	KWA
TAN	FUKU	TAN	KAI

(Pound 245)

---

 ① 对于该诗的中文译文,笔者参阅了赵毅衡先生、蒋洪新先生的版本。不过,对照原文,笔者又做了一些改动。请参见赵毅衡《诗神远游:中国如何改变了美国现代诗》,上海译文出版社2003年版,第137—138页;蒋洪新《庞德研究》,上海外语教育出版社2014年版,第254—256页。
 ② 转引自蒋洪新《庞德研究》,上海外语教育出版社2014年版,第256—257页。
 ③ William Cookson, *A Guide to the Cantos of Ezra Pound*, London & Sydney: Croom Helm Ltd., 1985, p.53;另参见蒋洪新《庞德研究》,上海外语教育出版社2014年版,第256—257页。

相信没有多少普通读者一眼能辨认出这是中国古诗词吧？由于庞德当时不懂中文，也不懂汉语拼音，就用他熟悉的拉丁字母"杂糅"费诺罗萨诗歌笔记提供的汉字日语发音，形成上面这首看起来奇怪、读起来更奇怪的诗。不过，庞德这种天才的"发明"却彰显了他现代主义诗歌风格的另一面：奇特且晦涩难懂。读者必须"上下求索"，得知其来源出处，才可能理解他的诗歌内容。

第二，从《作为诗歌手段的中国文字》中，庞德"习得"表意文字法（ideogramic method），并将其有的放矢地运用到《诗章》写作中。

费诺罗萨在论文里有一句话对庞德启发很大："The purpose of poetical translation is the poetry, not the verbal definitions in dictionaries."（诗歌翻译的目标是诗，而不是词典上的文字定义。）这本是费诺罗萨说给英美汉学家（sinologues）听的，庞德却把它深刻地印在脑海中。庞德后来在翻译《论语》《大学》《中庸》《孟子》（庞德没有把《孟子》翻译完整，翻译的片段散落在《比萨诗章》等章节中）时，都遵循此翻译原则。庞德"翻译的目标是诗"，翻译出来的文字也应该是"诗"，而不应该是字对字的"死译"或者"硬译"，更不是完全对应于"词典上的文字定义"。根据费诺罗萨提出的翻译原则，庞德发现英国大翻译家詹姆斯·理雅各（James Legge）译出的"四书"存在不少缺陷，如"僵化"、太拘泥于细节并造成译文的生硬等。这也是他想重新翻译中国儒家经典"四书"的一个重要原因。

从费诺罗萨那里，庞德还学到两点翻译国外诗歌的"技巧"：其一，关于翻译国外诗歌的技巧，需要特别聚焦"poetic workmanship in the chosen medium"（使用所选择的手段的诗的技巧性）。具体而言，是"用英文介绍一种外国诗，其成败主要取决于使用所选择的手段的诗的技巧性。要求毕生与难以驾驭的汉字作殊死搏斗的老学者做个成功的诗人，是过高的期望。哪怕是希腊诗，如果介绍者不得不满足英文押韵的偏狭标准，也会不堪一读"。其二，关于创造性改译和再创作"新"诗的技巧，需铭记在心"My subject is poetry, not language"（我的主题是诗，而不是语言）。但是，需要处理好"诗"与"语言"之间的逻辑关系，因为"The roots of poetry are in language"（诗之根深植于语言之中）。譬如，要处理中国诗，需要认识到"中文的书面文字，形式上与我们如此相异，要研究它，必须先弄清从构成诗学的这些普遍要素中如何能抽取合适的养分"。这些译诗、写诗技巧为庞德的"表意文字法"准备了条件。同时，它们也把中国诸多"视觉性的象形文字"（visible hieroglyphics）"卷入"这场大

第五章 《诗章》现代主义风格的内化与吸收

讨论。

费诺罗萨提出了一个重要议题:"In what sense can verse, written in terms of visible hieroglyphics, be reckoned true poetry?"(在何种意义上,用视觉性的象形文字写下的诗才是真正的诗呢?)传统的英美学者会认为,"诗就像音乐,是一种时间的艺术,以声音之连续构成整体",其效果类似于英国"墓地派"诗歌代表人物托马斯·格雷(Thomas Gray)在《墓地挽歌》("Elegy Written in a Country Churchyard")一开始所写的那种音乐般的语言和跨时空的韵律和节奏:"The curfew tolls the knell of parting day, /The lowing herd wind slowly o'er the lea/The plowman homeward plots his weary way, /And leaves the world to darkness and to me. /..."[①] 不一定能够接受"主要由半图画性的诉诸眼睛的语言"写成的诗。譬如,"月耀如晴雪"一句是美丽的中国诗,用英语表达"Moon rays like pure snow"就会显得很平淡,因为它是"用视觉性的象形文字写下的诗",需要用眼睛去观察、去发现、去慢慢感受。按照费诺罗萨的说法就是"The characters may be seen and read, silently by the eye, one after the other"(这些汉字可以用眼睛默默地看,默默地读,一个接一个),读者会感知到这些汉字之间有思想的"连续性"(Successiveness),观察到自然界事物运动的"连续性",发现其中蕴含的某种神奇力量。不过,由于"力量从行动者转移到构成自然现象的客体是占用时间的,因此,在想象中再造这种转移就需要一个时间次序"。汉语中的"人見馬"(Man sees horse)就有类似神奇的图画性,遵循自然的提示:

首先,现实中的人(man)是用两条腿站着,即"人"是现实中人的画像;

其次,"見"(see)表示人的眼睛(即"目")在空间运动的过程,也呈现一种画面感——"用一个眼睛下长两条腿来表示,眼睛的图画是变形的,腿的图画也是变形的,但一见难忘";

再者,"馬"(horse)作为"马"的繁体字,反映了现实生活中马用四条腿站立的姿态,呈现的亦是一个立体且形象的具体画面。

那么"人見馬"三个事物之间,存在什么关系呢?它们组合在一起,从具体到具体,既是符号又不是符号,在整体上构成一幅别致的思维图画。费诺罗萨说,"这思维图画既由符号唤起,又由词语唤起,但生动

---

① Alexander W. Allison, et al., *The Norton Anthology of Poetry* (3rd edition), New York & London: W. W. Norton & Company, 1983, pp. 248 – 251.

267

具体得多。每个字都有腿，它们都是活的。这一组字有连续的电影的性质"，即我们所常说的蒙太奇效果。

由此及彼，费诺罗萨又谈到三点关键信息，使庞德的"表意文字法"最终落地生根：

（1）"Chinese poetry has the unique advantage of combining both elements. It speaks at once with the vividness of painting, and with the mobility of sounds."（中国诗的独特长处在于把两者结合起来。它既具有绘画的生动性，又具有声音的运动性。）

（2）"The earlier forms of these characters were pictorial, and their hold upon the imagination is little shaken, even in later conventional modifications. It is not so well known, perhaps, that the great number of these ideographic roots carry in them a verbal idea of action. It might be thought that a picture is naturally the picture of a thing, and that therefore the root ideas of Chinese are what grammar calls nouns."（汉字的早期形式是图画式的，但即使在后来规约性的变形中，它们对形象思维的依靠也很少动摇。恐怕人所不知的是这些表意字根带着一种动作的语言概念。可以认为一幅画自然是一个事物的图画，因此，汉字的根本概念是语法上称作名词的东西。）

（3）"Examination shows that a large number of the primitive Chinese characters, even the so-called radicals, are shorthand pictures of actions or process."（考察一下即可看出，大部分中国原始的汉字，甚至所谓部首，是动作或过程的速记图画。）

费诺罗萨提出的上述观点深深吸引了庞德，似乎让他进入一个神奇的充满符号的世界，一个把绘画的生动性和声音的流动性完美结合的世界。虽然费诺罗萨的有些说法带有知识上的片面性和逻辑上的漏洞，但是这并不影响庞德在《诗章》里运用他从费诺罗萨这里学来的"表意文字法"。

方式一：直接在《诗章》中嵌入汉字，既把它视作一幅立体的画面，又让它巧妙蕴含作者的意图。

在《诗章》第34章最后，庞德写到"信"：

      Electro-magnetic（morse）

    信 Constans proposito...

    Justum et Tenacem

              （Pound 171）

第五章 《诗章》现代主义风格的内化与吸收

　　这是庞德第一次在《诗章》中直接插入汉字作为诗歌内容。这也从一个侧面说明，庞德在那个时候已经开始学习汉字，并学以致用，努力使它变成他的现代主义诗歌风格的一部分。在庞德看来，"信"分两部分，左边是"人"，右边是"言"，组合起来是说"人要言而有信"，要讲信用。尤其是西方的政治家、首脑、总统等，特别需要"信"。银行家和放高利贷者，就是因为缺乏"信"和完全不讲"信"，最终导致西方社会腐败、堕落。
　　在《诗章》第 51 章最后，庞德写到"正名"：

In the eel-fishers basket
Time was of the League of Cambrai:

正名

(Pound 252)

　　这是庞德第二次在《诗章》中直接插入汉字作为诗歌内容，却是第一次以一个汉语词组的形式呈现出来。"正名"是庞德的一种愿望："rectification of names"（辨正名称、名分）以使名实相符。"正名"出自《论语·子路篇第十三》，原指一个人的身份或地位要和行为或作为相符合，具体细节涉及子路和孔子的对话。子路曰："卫君待子而为政，子将奚先？"子曰："必也正名乎！……名不正，则言不顺；言不顺，则事不成；事不成，则礼乐不兴；礼乐不兴，则刑罚不中；刑罚不中，则民无所措手足。"意思是说，子路请教孔子："卫国君主等着您去治理国政，您首先干什么呢？"孔子说："一定纠正名分上的用词不当吧！……用词不当，言语便不能顺理成章；言语不顺理成章，事情就办不好；事情办不好，国家的礼乐教化也就兴办不起来；礼乐教化兴办不起来，刑罚也就不会恰当；刑罚不恰当，老百姓就会不知如何是好，连手脚都不晓得往哪里摆了。"① 孔子的教诲，是要从"正名"开始整顿社会秩序，整顿人的言行举止，整顿世间乱象。对此，庞德深受启发，悟出一条他自己解决一战后西方社会混乱局面的重要路径：首先从"正名"开始，聚焦各种"荒原"式衰败景象、人与人之间麻木不仁的生存状态以及高利贷制造的混乱不堪的状态等；其次有意识地"规范用词"，做到有理有据，还要注意日常言语表达；再次过渡到对具体政治事务、国家礼乐教化等方面的关注；最后

---

① ［英］理雅各英译：《四书》，杨伯峻今译，湖南出版社 1996 年版，第 176 页。

实现社会公平与正义,旨在为普通百姓服务,同时把普通百姓的疾苦作为社会变革、国家治理的目标。

方式二:在《诗章》中使用"汉字+注释"表达法,凸显汉字的语义特征和隐喻价值,旨在替庞德说话,实现与读者交流的目的。

在《诗章》第61章,快接近尾声时,庞德写到"福":

If you think that I think that I can make any man happy
you have misunderstood the FU:

福

(**the Happiness ideogram**) that I sent you
(Pound 338)

在这里,庞德像是哲学家,说着绕口令式充满哲理的话。他意味深长地言语道:"如果你认为我认为我可以让任何人快乐/那你就误解了'福'字的真正含义。"庞德不仅写了汉语拼音"FU"表示"福",还用一个括号及"the Happiness ideogram"解释它是"幸福一词的表意符号",并幽默地说,"愿把祝福送给你"。这里的"ideogram"与庞德的"ideogramic method"(表意文字法)形成一种呼应和对话。

在《诗章》第88章中间部分,庞德写到"敬":

Not un-man, my Estlin, but all-men
As 敬 ching
in the 4th
tone
To respect the vegetal powers
(Pound 601)

在这里,庞德想到昔日好友 Estlin,即把自己名字写作 e. e. cumming 并以另类诗歌创作享誉诗坛的诗人"Edward Estlin Cummings"(爱华德·艾斯特林·卡明斯)。卡明斯在他的名作《郁金香与烟囱》(1922)等诗集中,有诗作讨论人与自然的关系,认为西方工业文明和科学技术发展造成人与自然关系的扭曲,人不再是与自然和谐相处的伙伴,而是扭曲降格为破坏者(destroyer)和劫匪(robber)。人变成"非人"(un-man)。"un-man"

第五章　《诗章》现代主义风格的内化与吸收

是卡明斯自己创造的词。在上述《诗章》引文中，庞德仿效卡明斯创造了另一个词"all-men"，该词带有互文与戏仿的性质。庞德写到"敬"，用拼音"ching"和声调"in the 4th/tone"来说明"敬"的"音乐性"，又用"to respect"解释"敬"的意义，用"To respect the vegetal powers"（尊重植物的力量）表明诗作者对待自然的态度。与卡明斯一样，庞德也希望人与自然之间能建立起和谐、平等、友好的关系，做到"天人合一"。

　　方式三：拆解汉字偏旁部首，然后充分发挥诗人想象力，描述被拆解汉字各个组成部分要传达的动作或过程，建构立体速记图画，凸显《诗章》里独特的现代主义语言风景。

　　在《诗章》第 74 章，庞德把《论语·学而第一》中的名句"学而时习之，不亦说乎？有朋自远方来，不亦乐乎……孝弟也者，其为仁之本与"嵌入诗行。不是采用字对字的"硬译"和"死译"，而是遵照费诺罗萨的说法，"诗歌翻译的目标是诗，而不是词典上的文字定义"。当他翻译"习"字时，因为参照的是繁体字"習"，就把"習"字拆解成两部分——"羽"和"白"，于是生成下面的诗句：

> To study with the white wings of time passing
> 　　is not that our delight
>
> 　　　　　　　　　　　（Pound 457）

直译过来表述为："学而见时光之白翼飞驰而过/这不是我们的快乐吗？"有读者和诗歌评论家批评庞德在这里望文生义、胡写乱写，但是，当我们细细品味，会发现庞德在这里的"胡写乱写"还挺有水平和境界：他非但没有破坏《论语》中"学而时习之，不亦说乎"的本来意思，反而通过幽默、轻松的笔调，借助意象派擅长使用的生动、形象的语言描绘了时光飞驰的过程"见时光之白翼飞驰而过"，即巧妙地把不可见的抽象时间概念，变得具体、可见、可感。而且，写作手法鲜活、大胆，完全不同于庞德同时代的传统诗人。此外，"the white wings"（白翼）还让人情不自禁地联想到《圣经·旧约》中提到的六翼天使，也就是那位被称作"爱和想象力的精灵"的 Seraph（撒拉弗）。可谓中西文化之荟萃，妙不可言也。

　　还有一个典型例子出现在《诗章》第 77 章，是庞德对汉字"旦"和"口"的素描和书写：

> Bright dawn 旦 on the sht house
>
> ……
>
> mouth, is the sun that is god's mouth 口
> or in another connection (periplum)
>
> (Pound 486)

在该部分,庞德首先把汉字"旦"拆解成两部分:"日"和"一"。在"旦"的两边,是庞德想象的两幅场景:左边是"bright dawn"(闪耀的黎明),与"日"联系在一起,描绘太阳升起后天空的存在状态;右边是"on the sht house"(在茅屋上),与"一"联系在一起。"一"既可以想象成太阳升起时的地平线,亦可想象成茅屋的屋顶。"on"作为介词本是静态和抽象的,这里却变成动态和具体的。左右合并,形成"旦"的效果图。整幅画面犹如一个立体派油画勾勒的场景,生动、有趣,又充满现代艺术气息。至于"口",无论读者还是诗人,都太过熟悉,从写作的角度来说要想出彩很不容易。语言学里存在一个有趣的现象:越是熟悉的事物,越不好下定义,也不好去描述,譬如说"门""人""车"等。对于诗人庞德,刚开始也应该存在这样的困境(dilemma)。但是,他是如何破解的呢?只见庞德刚开始就单刀直入,用英语单词"mouth"(嘴,口)去对应同一行最后的汉字"口",在"mouth"和"口"之间,加入离奇却又合情合理的想象:"is the sun that is god's mouth"(是太阳——神之口)。通过巧妙地嵌入两个意象"the sun"和"god",让读者自然而然地联想到古希腊、古罗马神话中的"太阳神",即"the sun"和"god"的"聚合物"。虽然庞德本人没有直接提到这个"聚合物",但是他邀请读者参与并进入他设计好的想象空间,并对这个想象空间里的"聚合物"做出相应的推理和判断。对此,他还感觉不过瘾,接着又设计了另一个想象空间:"or in another connection (periplum)"。这是一种与前者截然不同的空间——"或在另一种联想里(地貌)",即联想空间。该联想空间促使读者从想象回归现实,从抽象回到具体。就是在这样一个又一个奇特的空间里——不管是前面的想象空间,还是后面的联想空间,我们感受到庞德现代主义诗学的魅力,还有他高超的现代主义诗艺技巧。

第三,《作为诗歌手段的中国文字》使庞德认识到,汉语是一种完全不同于西方语言的特殊存在,它的隐喻性自有一套独立的思想体系,是西方语言体系重要的参照和补充,不可小觑。

第五章 《诗章》现代主义风格的内化与吸收

费诺罗萨在《作为诗歌手段的中国文字》中敏锐地观察到:"Our ancestors built the accumulations of metaphor into structures of language and into systems of thought. Languages today are thin and cold because we think less and less into them. We are forced, for the sake of quickness and sharpness, to file down each word to tis narrowest edge of meaning."(我们的先祖将隐喻累积成语言结构和思维体系。今日的语言稀薄而且冰凉,因为我们越来越少把思想往里放。为了求快求准,我们被迫把每个词的意义锉到最狭小的边缘。)这样带来的后果是,人们赖以生存的大自然越来越不像美丽的天堂,而是蜕变成一个机械化的加工厂。生活在其中的人们,被迫接受"今日俗人的误用",而那些衰变后的词语因为被涂上香料有了"香味"竟然被放在词典里,不过命运也只有一个:"木乃伊化"(embalmed)。这让使用这些词语的学者、诗人们备受折磨,因为他们必须痛苦地(painfully)沿着词源往前摸爬,才可能零星半点地把"被忘却的片段"(forgotten fragments)拼凑成大家可知、可感的内容。还有一点,费诺罗萨说得一针见血:"This anemia of modern speech is only too well encouraged by the feeble cohesive force of our phonetic symbols. There is little or nothing in a phonetic word to exhibit the embryonic stages of its growth. It does not bear its metaphor on its face. We forget that personality once meant, not the soul, but the soul's mask. This is the sort of thing one can not possibly forget in using the Chinese symbols."(这种现代语言的贫血症,由于文明语言记号的微弱黏着力而日益严重。一个表音词中几乎没有任何东西可以显示其生长的胚胎期。它的脸上不戴着比喻,我们忘记了人格从来不是指灵魂,而是指灵魂的面具,而在使用中文时我们不可能忘记这一点。)费诺罗萨在这里提到的"人格",即"personality"一词,不是我们常说的"个性,性格",它是从拉丁词汇"personae"衍化而来,意思是"戏剧舞台上表演者使用的面具"。庞德于 1909 年曾出版诗集 *Personae*(《面具》)献给一位名叫玛丽·莫尔(Mary Moore)的女士①。

汉语的情况似乎与西方语言完全不同。这是一个特殊的存在类型。"In this Chinese shows its advantage. Its etymology is constantly visible. It retains the creative impulse and process, visible and at work. After thousands of

---

① Ira B. Nadel, ed., *The Cambridge Companion to Ezra Pound*, Cambridge: Cambridge University Press, 1999, p. xviii;另参见蒋洪新《庞德研究》,上海外语教育出版社 2014 年版,第 421 页;[美]欧内斯特·费诺罗萨《作为诗歌手段的中国文字》,载[美]伊兹拉·庞德《庞德诗选——比萨诗章》,黄运特译,张子清校订,漓江出版社 1998 年版,第 249 页。

years the lines of metaphoric advance are still shown, and in many case actually retained in the meaning."（在此，汉语表现出优越性。它的词源学是经常可见的。它保留着创造的冲动和过程，看得见，起着作用。经过几千年，隐喻性的进展路线依然可以显现出来，而且在很多场合下，还保存在意义中。）的确，汉语中的词汇，至少不像费诺罗萨上面描述得如同英语那样"稀薄而且冰凉"（thin and cold），而是"一代一代更加丰富，几乎是自觉地发光"（richer and still more more rich from age to age, almost consciously luminous）。我们不得不感喟费诺罗萨竟具有如此敏锐的洞察力和感悟力。他甚至还发现，词义丰富的汉语在历史发展的过程中，"使用于民族哲学和历史中，使用在传记文学和诗歌中，从而在它周围投出了一层意义的光环"（a nimbus of meanings），"这些意义集中在图像符号周围，记忆能够抓住它们，使用它们"。当然，费诺罗萨带给庞德的还有一个更深层次的东西，那就是使他认识到汉语不仅是特殊性的存在，它的隐喻性还自有一套独立的思想体系。用费诺罗萨的话说，就是"The very soil of Chinese life seems entangled in the roots of its speech. The manifold illustrations which crowd its annals of personal experience, the lines of tendency which converge upon a tragic climax, moral character as the very core of the principle – all these are flashed at once on the mind as reinforcing values with an accumulation of meaning which a phonetic language can hardly hope to attain"（中国生活的土壤看来缠满了语言的根须。充满于人事经验的编年史中的多重的例证，汇集在一个悲剧性高潮上的倾向的线，作为原则核心的道德品质——所有这些同时在心中闪过，成为因意义的积累而不断增加的价值，这不是表音语言能够取得的）。所以，汉语是西方语言体系重要的补充，绝不容诗人、艺术家们轻视，更不能忽视。

不过，对庞德和他的诗歌创作而言，费诺罗萨的下面这些话语更具有启发性，有助于诗人在他的《诗章》中进行实践操作和语言实验。"Their (i. e., Chinese) ideographs are like blood-stained battle flags to an old campaigner. With us, the poet is the only one for whom the accumulated treasures of the race-words are real and active. Poetic language is always vibrant with fold on fold of overtones, and with natural affinities, but in Chinese the visibility of the metaphor tends to raise this quality to its intensest power."［他们的（即中国人的）表意文字，就像老战士眼中那面沾着血渍的战旗。在我们中间，诗人是唯一能够感觉到民族的词汇之真实与生动的人。诗的语言永远振动着一层层弦外之音并带着自然的亲和力。但在中文里，隐喻性语言的

第五章 《诗章》现代主义风格的内化与吸收

可见性把这种品质提到最高的强度。]费诺罗萨的上述论断,亦让人想起他的另一句名言:"诗与科学一致,而与逻辑不一致。"(Poetry agrees with science and not with logic.)庞德的应对策略是把它变成实验性的文字,撒播在《诗章》的各个章节,尤其是从《中国诗章》往后的部分,里面越来越多地点缀着充满隐喻性的中国语言和文字,这里试举几例。

在《诗章》第 77 章,庞德写道:

  Chung   中
   in the middle
  whether upright or horizontal
     ...
 things have ends (or scopes) and beginnings. To
 know what precedes 先 and what follows 后
  will assist yr/comprehension of process
      (Pound 484 – 485)

庞德通过翻译"四书"中的经典《中庸》,对"中"有了他自己独特的理解与认知。在 1947 年出版的《中庸》译本里,他把"中"阐释为"The Unwobbling Pivot"(不动摇的枢纽)。"Pivot"具有隐喻意义,指"一个供某物体围绕旋转的轴",居于中心,稳如泰山,坚挺且屹立不倒。"君子时而中"在庞德看来就是"君子的轴不动"。庞德认为"Chung 中"作为中国儒学的核心术语之一,体现一种至高的道德标准,即"居之中/不管垂直还是水平"(黄运特译)。而且,它亦是"事物遵循之某种水准"(some sort whereto things tend to return)(Pound 464)。此外,庞德通过"中"隐喻做人、做事的道理。他认为,正直之人就像"中"一样,有一种刚直不阿、不偏不倚的骨气和姿态。至于做事,即对社会事务的应对和处理,庞德认为人需要把握分寸、守住"中",同时应该掌握事物发展的规律,有的放矢——凡事有始(beginnings)有终(ends/scopes),或者说有"先"(what precedes)有"后"(what follows)。换言之,我们做事需要问"道",做到有条不紊,做到善"始"善"终",且遵循"先"与"后"的顺序,不顾此失彼,这有助于悟道(yr/comprehension of process);否则,就可能违背"道",让事物在发展过程中滋生乱象。

在《诗章》第 83 章,庞德告诉人们"勿助长"。实际上,他借助互文的诗艺与手法延伸了他上面提到的关于做事要遵循"道"的说法，即知"先""后"而为之，不能违背事物发展的规律：

> Meaning, as before stated, don't work so hard
>   don't   勿
>   助
>   长
> as it stands in the Kung-Sun Chow
> （Pound 551－552）

在此，庞德至少有两个用意：其一，强调"勿助长"在前面已经陈述过（as before stated），意思是"don't work so hard"（劳作别太过分），凡事需要遵循"道"，遵循事物发展的规律，如果走向事物的反面，会给自己和他人带来意想不到的伤害；其二，告诉读者"勿助长"不是庞德本人自说自话或胡言乱语，它有出处，即"as it stands in the Kung-Sun Chow"（见《孟子·公孙丑上》），这似乎是庞德在暗示读者，去阅读关于"勿助长"的原文内容，以便获取更多有价值的信息。《孟子·公孙丑上》的原话是："我故曰，告子未尝知义，以其外之也。必有事焉，而勿正，心勿忘，勿助长也。"意思是，"所以我说，告子不曾懂得义，因为他把义看成心外之物。我们必须把义看成心内之物。一定要培养它，但不要有特定的目的；时时刻刻地记住它，但也不能违背客观规律去帮助它生长"①。这是拔苗助长的出处，告诉我们的道理是：如果违背客观规律去帮助"苗"生长就是"拔苗的人"，这种"助长"行为，非但没有益处，反而成为伤害"苗"的最直接原因。为此，庞德使用两个"don't"，强调"不要……不要……助长"，即"勿助长"。

另外，在《诗章》第 100 章，庞德用类似重复"don't"的"重复法"，强调"光明"的重要性时，亦将"光明"重复了两遍。原文如下：

>   "A DICtionary
>   and learn the meaning of words!"
> **Kuan** 光

---

① ［英］理雅各英译：《四书》，杨伯峻今译，湖南出版社1996年版，第310—311页。

第五章 《诗章》现代主义风格的内化与吸收

>   **Ming** 明
> Double it
>   **Kuan** 光
>   **Ming** 明
>
>   (Pound 739)

在《诗章》中，庞德使用了许多与"光明"有关的词，诸如"日""月""旦""耀""燊"等，并在这些词汇里寄托了庞德的个人理想和对他的家乡美国以及全人类社会的美好祝愿，希望"有光"。就像《圣经·旧约》创世纪中上帝所说的话："Then God said, 'Let there be light', and there was light."（上帝说："要有光，就有了光。"）此外，这些词也折射了庞德的新柏拉图主义思想，即庞德受到新柏拉图主义学说中关于"光"的流溢说的影响，在《诗章》中对其予以隐喻性的艺术呈现。"光"不只是"太阳光"，它还是"智慧""知识""真理"的象征。在这里，"A DICtionary/and learn the meaning of words!"（一本字典/学习词语的意义）既可作为庞德的自画像，即勾勒出他本人拿着英汉字典学习汉语词汇意义时的样子，又可视作庞德邀请读者一起跟他学习汉语词汇意义时，其乐融融，潇洒自如的"群体像"。为什么呢？因为"A DICtionary/and learn the meaning of words!"似乎是他自言自语时的言辞，又好像是他要说给他的好友和读者听。无论是他，还是其他人，到底要学习什么汉语词汇呢？即"Kuan 光/Ming 明"。庞德似乎担心别人不明白他的意思，或者感觉未听清他所说的话（这影射了庞德本人当时的状况：年老，体衰，耳背），"double it"（再说一遍），"Kuan 光/Ming 明"！庞德希望整个人类世界都充满"Kuan 光/Ming 明"、智慧和理性，不再有黑暗、无知和愚昧。这当然亦是庞德试图"建造一个地上的人间/天堂"（a paradiso/terrestre）（Pound 822）的宏伟目标的重要组成部分。

第四节 《诗章》与意象派诗风的延续

早在1912年，庞德在诗集 *Ripostes*（《回击》）的附录中，以赞许的口吻称 T. E. 休姆为"imagiste"（意象派诗人），并补充说"'Imagisme'（意象派）这个词第一次使用在我给 T. E. 休姆的五首诗的脚注里，印在

1912 年秋我的 *Ripostes* 的结尾"①。1913 年 3 月，哈丽特·蒙罗在她主编的《诗刊》中，凭借高瞻远瞩的眼光发表了 F. S. 弗林特的文章 "Imagisme"（《意象派》），同时隆重推出庞德撰写的 "A Few Don'ts by an Imagiste"（《意象派诗人的几个"不"》），使意象派诗歌有了特定的名称、写作纲领和行动指南。1914 年 7 月，庞德整理发表诗选集 *Des Imagistes*（《意象派诗人》），旗帜鲜明地把包括 H. D. 、理查德·奥尔丁顿、F. S. 弗林特、艾米·洛厄尔、威廉·卡洛斯·威廉斯以及他自己在内的诗人称作"意象派"，称他们所写的诗歌为"意象派诗歌"。自此，意象派诗歌从孕育、发展到理论纲领的提出，再到代表性作品的结集成册，已形成一套完整的体系。针对意象派及其诗风，我们在此需要就两个重要议题做出思考和研究：（1）英美意象派诗人所推崇的"image"（目前国内学者普遍译为"意象"）和中国古典诗歌中广泛使用的"意象"是一回事吗？（2）英美意象派诗人倡导的诗歌原则和作诗理念在《诗章》中是否有所体现？

一　中外诗学对"意象""image"的认知与接受②

探究中国"意象"的来源和出处，首先需要我们跨越漫长的历史时空。根据目前掌握的典籍和文献资料看，中国古人对意象的讨论早在百家争鸣的春秋战国时期就已经开始。在当时，"意""象"是两个独立表意的文字。

《周易·系辞上》最早进行了阐释。子曰："书不尽言，言不尽意。然则圣人之意，其不可见乎！"子曰："圣人立象以尽意，设卦以尽情伪，系辞焉以尽其言。"③ 在这里，"意"是指要阐发的思想或者暗示说话人的意图，而"象"最早指"卦象、卦辞"，指代某个具体的事物或者与人的生命、精神、思想等紧密相连的神秘物体。圣人"尽意"需要通过"立象"，可见"象"对于表达"意"具有不可或缺的特殊功能。而且"象"和"意"的关系，就是某个具体所指物和抽象概念之间的对应关系。三

---

① ［美］伊兹拉·庞德：《回顾》，载［美］伊兹拉·庞德《庞德诗选——比萨诗章》，黄运特译，张子清校订，漓江出版社 1998 年版，第 221—222 页。

② 该部分主体内容已经发表在《跨语言文化研究》2016 年第 10 辑，此处有细节内容的增补。详见郭英杰《中国唐代诗歌和美国意象派诗歌对"意象"（image）的民族认同和阐释》，《跨语言文化研究》2016 年第 10 辑。

③ ［英］理雅各英译：《周易》，秦颖、秦穗校注今译，湖南出版社 1996 年版，第 312 页。

国时期，王弼在《周易略例·明象》中再次论及"意"和"象"，并且从事物普遍联系的角度出发，阐述"象""意""言"三者之间的密切关系。论述简洁有力且极为精辟：

> 夫象者，出意者也。言者，明象者也。尽意莫若象，尽象莫若言。言生于象，故可寻言以观象；象生于意，故可寻象以观意。意以象尽，象以言著。故言者所以明象，得象而忘言；象者所以存意，得意而忘象。①

"意""象"合二为一的并列指称第一次出现在东汉思想家王充的《论衡·乱龙》中："夫画布为熊麋之象，也布为侯，礼贵意象，示义取名。"② 这里的"意象"是一种观念形象或表意形象，是借用"熊麋之象"指代具有侯爵威严象征意义的画面形象。把"意象"作为一个文论术语并赋予其美学意义的，当属南朝著名文学家刘勰。他在《文心雕龙·神思》中写道：

> 是以陶钧文思，贵在虚静，疏瀹五脏，澡雪精神，积学以储宝，酌理以富才，研阅以穷照，驯致以怿辞；然后使玄解之宰，寻声律而定墨；独照之匠，窥意象而运斤。此盖驭文之首术，谋篇之大端。夫神思方运，万涂竞萌；规矩虚位，刻镂无形。③

这段话的意思是说，诗文作者在构思谋篇过程中，需要按照和谐的声律完成写作，就像具有独创精神的工匠一样，凭借着脑海中想象出来的形象进行艺术加工和创作。唐代以降，王昌龄由"意象"说生发了"意境"说，并在《诗格》中加以阐发，认为"诗有三境：一曰物境。二曰情境。三曰意境"，"诗有三思：一曰生思。二曰感思。三曰取思"。具体来讲，"生思一。久用精思，未契意象。力疲智竭，放安神思。心偶照境，率然而生。感思二。寻味前言，吟讽古制，感而生思。取思三。搜求于象，心入于境，神会于物，因心而得"。可见，"生思"的过程与"意象"息息相关："久用精思，未契意象，力疲智竭，放安神思，心偶照镜，率然而

---

① （魏）王弼：《周易注（附周易略例）》，楼宇烈校释，中华书局2011年版，第414—415页。
② （东汉）王充：《论衡》，陈蒲清点校，岳麓书社2006年版，第209页。
③ 转引自霍松林主编《古代文论名篇详注》，上海古籍出版社1988年版，第120—121页。

生。"① 在王昌龄看来，意象的功能在于积极促成意境的形成与完善。著名诗僧、茶僧皎然把意象表达作为诗歌写作的初级阶段，在《诗式》中提出"缘境不尽曰情"，同时认为要实现"文外之旨"，贵在"取境"②。这就使意境论上升到一个更高的理论层次。晚唐诗人司空图在《二十四诗品》中把意象视为意中之象，即"是有真迹，如不可知，意象欲出，造化已奇"③，并延伸了意象说和意境论的发展空间，认为诗歌不能空谈意象，要努力呈现"象外之象，景外之景""味外之旨"和"韵外之致"。这使意境论从内容到形式的理论框架得以完整确立。可见，发展到唐代，意象被认为是诗人脑海当中必需的自然而然的生成物，已不作为中国古典诗人刻意追求和观照的对象，古典诗人所津津乐道并且极力推崇的是"文外之旨""象外之象""景外之景"，追求"意象"的升华物："味外之旨"和"韵外之致"，或曰"意境"。总之，"意象"背后的"意境"才是唐代诗人探讨的更为高深的学问。

与中国古典文论中气势磅礴的"意象"相比较，美国意象派所倡导的"image"（目前读者广泛接受的中文翻译是"意象"）似乎相形见绌：不仅存在时间短，而且在内容深度和广度等方面亦较为逊色。但是，美国意象派推崇的"image"具有鲜明的民族个性，它脱胎于现代主义诗歌语境，同时又具有美国文学史发展的特殊性和异质性。

从20世纪早期美国意象派喊出"image"的口号，到旗帜鲜明地标榜自己是"imagist"，美国意象派诗歌在很短时间内就以破竹之势席卷英美，成为与欧洲旧大陆无病呻吟、哗众取宠、空洞乏味的维多利亚诗风相抗衡的重要力量。发展到后来，美国意象派诗歌不仅成为20世纪美国新诗运动中最活跃、最引人注目的现代主义诗歌典型，同时成为影响欧洲大陆和包括中国在内的亚洲文学的最重要的文学流派之一。从某种意义上讲，美国新诗诗人积极倡导的意象派诗歌运动是"整个美国现代诗歌史的起点"，是"美国诗歌复兴"的辉煌标志④，而且美国的新诗运动也在客观上积极促成了包括中国在内的民族诗歌解放运动。的确，美国意象派诗歌在美国文学史上存在的时间并不长，一般认为是从1914年到

---

① 转引自张伯伟《全唐五代诗格汇考》，凤凰出版社2002年版，第172—173页。
② 转引自刘德重主编《中国古代诗文名著提要》，河北教育出版社2009年版，第11—13页。
③ （唐）司空图：《二十四诗品》，蔡乃中、罗仲鼎译注，浙江古籍出版社2018年版，第67页。
④ 赵毅衡：《诗神远游：中国如何改变了美国现代诗》，上海译文出版社2003年版，第13—14页。

第五章 《诗章》现代主义风格的内化与吸收

1917 年①。最初也只涉及七位诗人：四位美国诗人庞德、H. D.、艾米·洛厄尔、约翰·G. 弗莱切，以及三位英国诗人理查德·奥尔丁顿、F. S. 弗林特和 D. H. 劳伦斯。这七位诗人成为美国意象派发轫期的中坚力量。但是，意象派诗歌体系中的"image"（意象）到底是什么呢？美籍华裔汉学家余宝琳（Pauline Yu）② 指出："Image…originally meant no more than picture, imitation, or copy … a device useful for the purpose of making the reader seem to see something."③ 意思是说"image……原初仅指图像、模仿品或者复制品"，是一种"旨在使读者看到所描述事物的有用技巧"。T. E. 休姆认为"image"类似一种"视觉和弦的东西"，暗示"诗人为某种场景所感动"；换言之，"image"不再是"一种（文学）修饰"，本质上是"直观语言的精髓"，所以诗人的任务是不断地创造"image"④。相比较而言，庞德对"image"的定义似乎更具有震撼力和影响力，他在《意象派诗人的几个"不"》中指出：

>"image"是瞬间呈现的理性与情感的复合物（An image is that which presents an intellectual and emotional complex in an instant of time）⑤……正是这种"复合物"的瞬间表现造成一种骤然解放的感觉；一种从时空局限中获得自由的感觉；一种我们在伟大的艺术作品面前体验到的骤然成长的感觉。⑥

---

① 刘海平、王守仁主编：《新编美国文学史（第三卷，1914—1945）》，杨金才主撰，上海外语教育出版社 2002 年版，第 58—59 页。

② 余宝琳现任美国学术团体联合会（The American Council of Learned Societies）主席，曾任加州大学洛杉矶分校东亚语言文化系教授，并兼任文理学院院长。余宝琳教授的学术专长是中国古典诗歌，特别是盛唐诗的研究，其著作包括《王维的诗：新译及评论》（1980）、《中国诗歌传统中意象的法》（1987）等。余宝琳教授关于中西诗学意象的研究，植根于她对中西诗学的深入理解，移植西论以为中用，并尝试为中西诗学的对话做出努力。

③ Pauline Yu, *The Reading of Imagery in the Chinese Poetic Translation*, Princeton, New Jersey: Princeton University Press, 1987, pp. 3 – 4.

④ T. E. Hulme, "Romanticism and Classicism", in Patrick McGuinness, ed., *Selected Writings*, New York: Routledge, 2003, pp. 68 – 83.

⑤ 此外，还有其他翻译版本，包括：(1)"意象"是瞬间表现的理智与情感的情结（黄运特译），参见［美］伊兹拉·庞德《庞德诗选——比萨诗章》，黄运特译，张子清校订，漓江出版社 1998 年版，第 222 页；(2) 意象"就是理智与情感在瞬间的心理联结"（杨金才译），参见刘海平、王守仁主编《新编美国文学史（第三卷，1914—1945）》，杨金才主撰，上海外语教育出版社 2002 年版，第 74 页。

⑥ ［美］伊兹拉·庞德：《几个不》，载［美］伊兹拉·庞德《庞德诗选——比萨诗章》，黄运特译，张子清校订，漓江出版社 1998 年版，第 222—223 页。

很明显，庞德借用了心理学家伯纳德·哈特（Bernard Hart）的"complex"（复合物）概念①。他不仅升华了"image"在意象派运动初级阶段所倡导的意义和内涵，而且有的放矢地与 T. E. 休姆理论体系中的"image"概念进行了区分：一方面，庞德强调"image"具有清晰质感的感性特征，揭示了"image"是一个复合体；另一方面，庞德认为"image"融合了诗人特定时空里的思想意识，是主观感情和客观对应物的内在统一。

在美国意象派诗歌理论发展的过程中，庞德还接触到中国古典诗歌并且领略到中国文字尤其是象形文字的神奇魅力，他感慨万千地说："The point of Imagism is that it does not use images as ornaments. The image itself is the speech. The image is the word beyond formulated language."（意象派的观点是它不把 image 作为装饰物。image 本身就是言语的呈现。image 是一个超越公式化语言的词。）②由于庞德对"image"的独特理解，加上他对中国古典诗词以及表意文字的认识和接受，在《关于意象主义》一文中，庞德又对"image"进行了"主观"和"客观"的划分：

> image 可以有两种。image 可以在大脑中升起，那么 image 就是"主观的"。或许外界的因素影响大脑；如果如此，它们被吸收进大脑溶化了、转化了，又以与它们不同的一个 image 出现。其次，image 可以是"客观的"。拽住某些外部场景或行为的情感，事实上把 image 带进了头脑；而那个漩涡（中心）又去掉枝叶，只剩那些本质的、主要的或戏剧性的特点，于是 image 仿佛是那外部的原物似的出现了。③

这种划分无疑使"image"的内涵和外延得到实质性突破。然而，需要强调指出，庞德对"image"的深刻理解与剖析是建立在对中国"意象"的互文和戏仿的基础上。从某种意义上讲，如果没有中国古典诗歌的

---

① Hart Bernard, *The Psychology of Insanity*, Cambridge: Cambridge University Press, 1930, pp. 3 – 4.
② 庞德的原文参见张伯香主编《英美文学选读》，外语教学与研究出版社 2009 年版，第 556 页；译文参见［英］彼德·琼斯编《意象派诗选·序》，裘小龙译，载［英］彼得·琼斯编《意象派诗选》，裘小龙译，重庆大学出版社 2015 年版，第 152 页。译文有改动。
③ ［美］伊兹拉·庞德：《关于意象主义》，载潞潞主编《准则与尺度——外国著名诗人文论》，北京出版社 2003 年版，第 211—212 页。

熏陶以及中国古典诗歌中丰富多彩、富于强烈震撼力的"意象"的启发，庞德对"image"的理解将会是另一番情形。难怪艾略特高调称赞庞德"Pound is the inventor of Chinese poetry for our time"（庞德是我们这个时代中国诗的发明者）[1]。英美意象派诗歌阵地《诗刊》的主编哈丽特·蒙罗更是一语中的地概括说："意象主义只是中国风的另一种称呼而已。"[2]

不过，这里需要补充说明一点，庞德及其他意象派诗人所倡导的"image"和"imagism（e）"，本质上与中文的"意象""意象主义"/"意象派"还是有很大差异。毕竟，美国意象派诗歌是在英美文化和历史传统中生长起来的奇葩。为此，对"image"和"imagism（e）"译为"意象"和"意象主义"的说法，目前在中国学术界仍然存在争议。有中国学者认为这纯属一种巧合和偶然，并提出异议，认为英语原文和汉语表达之间其实并不存在语义对等关系，容易混淆视听。譬如，国学大师梅光迪和梁实秋曾建议把"image"译为"形象"或者"影象"，与此对应，把"imagism（e）"译为"形象主义"或者"影象主义"——这样的译法似乎更符合当时的文化语境和历史语境，而且在某种程度上也会减少国人在理解和认知层面的偏差[3]。诗歌评论家赵毅衡先生也认为，"image似乎译成'形象'比'意象'合适"，因为"我们在讨论诗歌技巧时，大部分情况下image一词指的是语言形象，或是指具象语言"。鉴于此，"用'意象主义'来翻译imagism并不是一个准确的翻译"[4]。可见，目前大家普遍接受（或者已经默认）的把"image"译为"意象"的做法可能存在不合理的地方，因为汉语中的"意象"与英语中的"image"在内涵和外延等方面存在许多不一致和不对等的方面。当然，要改变长期以来人们形成的思维习惯，还需要学界达成共识，与此同时还要经历一个缓慢的接受过程。

二 意象派诗歌原则在《诗章》中的呈现

一般认为，英美意象派诗歌运动从1912年开始，1914—1917年达到其发

---

[1] D. E. Standford, *Revolution and Convention in Modern Poetry*, London & Toronto: Associated University Presses, 1983, pp. 13–14.
[2] 赵毅衡：《诗神远游：中国如何改变了美国现代诗》，上海译文出版社2003年版，第14—15页。
[3] 康尔：《试论中国古典意象论与英美意象派诗歌理论之异同》，《镇江师专学报》1989年第3期。
[4] 赵毅衡：《诗神远游：中国如何改变了美国现代诗》，上海译文出版社2003年版，第14—15页。

展的高峰,1918年以后就逐渐消失了。但是笔者认为,所谓某个诗歌流派的消失,并不意味着该诗歌流派所产生的影响就跟着一起消失了。在很多情况下,诗歌流派的消失只是形式上不复存在,其存在或发生变异(alienation),或变形为他者(other),或衍生(derivation)出新样式,或与另一种新生诗派的诗学特征结合(blending)生成新事物。新诗运动被学者们视为整个美国现代主义诗歌史的起点,而意象派诗歌则被视作"新诗运动中最引人注目,也是对美国现代诗影响最大的一个派别"①,由此可见一斑。

1913年3月,F. S. 弗林特在哈丽特·蒙罗主编的《诗刊》上发表了具有彪炳史册价值和意义的《意象派》("Imagisme")一文,里面提出意象派诗人需要遵守的三条原则:

(1) Direct treatment of the "thing", whether subjective or objective;

(2) To use absolutely no word that does not contribute to the presentation;

(3) As regarding rhythm: to compose in sequence of the musical phrase, not in sequence of the metronome.

(1) 直接处理"事物",无论主观还是客观;

(2) 绝不使用无济于呈现事物的词语;

(3) 至于节奏:创作要依照乐句的排列,而不是依照节拍器的机械重复。②

在同一期,庞德发表了《意象派诗人的几个"不"》("A Few Don'ts by an Imagiste"),除了明确提出意象是"瞬间呈现的理性与情感的复合物",还石破天惊地指出:"一个人与其在一生中写浩瀚的著作,还不如一生中呈现一个意象(image)。"③ 庞德甚至邀请读者"想一想弗林特先生的三条原则",即上面提到的意象派诗人需要遵守的三条原则,"不是作为教条——绝不要把任何东西当作教条——而是当作长时间深思熟虑的结果。尽管这是其他人的深思熟虑,也还是值得想一想的"④。庞德不只大胆地提出关于意象的概念,大张旗鼓地宣传意象派诗歌理论,还身体力行,用实际行动实践上述诗歌主张。最著名的例子,就是他于1913年3

---

① 赵毅衡:《诗神远游:中国如何改变了美国现代诗》,上海译文出版社2003年版,第15页。

② 英语原文转引自 Ira B. Nadel, ed., *The Cambridge Companion to Ezra Pound*, Cambridge: Cambridge University Press, 1999, p. 2;中文译文参见〔美〕伊兹拉·庞德《回顾》,载〔美〕伊兹拉·庞德《庞德诗选——比萨诗章》,黄运特译,张子清校订,漓江出版社1998年版,第221页。译文有改动。

③ 〔美〕伊兹拉·庞德:《意象主义者的几个"不"》,裘小龙译,载〔英〕彼得·琼斯编《意象派诗选》,裘小龙译,重庆大学出版社2015年版,第305—310页。

④ 〔美〕伊兹拉·庞德:《意象主义者的几个"不"》,裘小龙译,载〔英〕彼得·琼斯编《意象派诗选》,裘小龙译,重庆大学出版社2015年版,第305—310页。

第五章 《诗章》现代主义风格的内化与吸收

月发表的那首"In a Station of the Metro"(《在地铁车站》):"The apparition of these faces in the crowd;/Petals on a wet, black bough."(人群中这些脸幽灵般显现;/湿漉漉、黑黝黝的树枝上花瓣点点。)①

据庞德本人回忆,1911 年的某一天,他在法国巴黎协和广场走出地铁时,突然在熙熙攘攘的人群中看到一张张美丽动人的脸。他非常激动和兴奋,突然有了创作的冲动。他希望用最美好的语言,把它描摹下来。他冥思苦想了一天。到了晚上,觉得可以写了。但是,笔下的辞藻,始终与脑海中涌现的那份美丽不相匹配。他先按照怦然心动的感觉写了 30 行,不尽如人意。半年后,删减为 15 行。诗句及内容更加凝练、简洁,仍不能满意。一年后,为了使诗句"接近骨头",突出"意象之美"(beauty of image),再改其诗,变成现在的模样:只有 2 行。② 这种创意及写法,是庞德受到日本俳句(haiku)③ 表达方式的启发最后定格的,现在已成经典④。实际上,这首诗不仅被公认为庞德早期诗歌创作的代表作,而且被视作意象派诗歌的扛鼎之作。国外许多诗歌选集及读本都会遴选庞德的《在地铁车站》,国内诸多翻译家亦乐此不疲地用汉语去呈现该诗的风骨和魅力⑤,

---

① Alexander W. Allison, et al., *The Norton Anthology of Poetry* (3rd edition), New York & London: W. W. Norton & Company, 1983, p. 575.
② 赵毅衡:《意象派与中国古典诗歌》,《外国文学研究》1979 年第 4 期。
③ 庞德写作"hokku",疑有误。详见 Ezra Pound,"Ezra Pound to Harriet Monroe (March 30, 1913)", in D. D. Paige, ed., *The Selected Letters of Ezra Pound (1907 – 1941)*, New York: New Directions, 1971, p. 17.
④ Wu Di, "The Features of Chinese Poetry in Ezra Pound's 'In a Station of the Metro'", *Foreign Literature Studies*, Vol. 5, 2007, pp. 53 – 57.
⑤ 关于"In a Station of the Metro"的中文译本,笔者收集了国内诗歌翻译家的多个版本。包括:"人群中这些脸庞的隐现/湿漉漉、黑黝黝的树枝上的花瓣"(裘小龙);"人群中这些面孔幽灵一般显现;/湿漉漉的黑色枝条上的许多花瓣"(杜运燮);"人群中这些面庞的闪现;/湿漉的黑树干上的花瓣"(赵毅衡);"人群里这些脸忽然闪现;/花丛中一条湿黑的树枝"(流沙河);"人群中,这些面孔的鬼影;/潮湿的黑树枝上的花瓣"(余光中);"这几张脸在人群中幻景般闪现;/湿漉漉的黑树枝上花瓣数点"(飞白);"这些面孔似幻象在人群中显现;/一串花瓣在潮湿的黑色枝干上"(江枫);"这些面庞从人群中涌现/湿漉漉的黑树干上花瓣朵朵"(郑敏);"人群中千张脸孔的魅影;/一条湿而黑的树枝上的花瓣"(洛夫);"出现在人群里这一张张面孔;/湿的黑树枝上的一片片花瓣"(张子清);"人潮中这些面容的忽现;/湿巴巴的黑树丫上的花瓣"(罗池);"人群中幻影般浮现的脸/潮湿的,黑色树枝上的花瓣"(钟鲲);"人群中这些脸庞的幻影;/潮湿又黑的树枝上的花瓣"(成婴);"这些脸的幻影在人群中,/一条潮湿的、黑色枝干上的点点花瓣"(李德武);"这些面孔浮现于人群;/花瓣湿漉的黑树枝"(颜元叔);"在群众中这些脸的魅影;/花瓣在一根濡湿的辚枝丫上"(李英豪);"在这拥挤的人群里这个美貌的突现;/一如花瓣在潮湿里,如暗淡的树枝"(周伯乃);"人群中一张张魅影的脸孔/湿黝枝干上片片花瓣"(张错);等等。

足见其受欢迎的程度。庞德最初创作《在地铁车站》时,有着比较明显的韵律和节奏,与我们今天读到的诗歌排版不同:

> The apparition   of these faces   in the crowd;
> Petals   on a wet,   black   bough.

1913年3月30日,在给哈丽特·蒙罗的信中,庞德这样写道:"In the 'Metro' hokku, I was careful, I think, to indicate spaces between the rhythmic units, and I want them observed."(在俳句《在地铁车站》中,我想我很小心地标注了节奏单元之间的空距,我希望刊登时照此安排印出。)① 对此,庞德研究专家休·肯纳评述说,庞德这样排版的目的旨在表现一种"特别的节奏":在形式上,他采用日本俳句的做法;在音韵上,又特意"模仿中国诗"以及中国诗的"节拍"。换言之,"被空间隔开的每个小单元"在功能方面,相当于汉语中的表意文字,或者相当于"具有图画性质的象形文字"②。庞德的这首短诗充分体现了意象派三原则的要求和标准,成为英美意象派诗歌中读者关注度最高的作品之一。该诗为他赢得了盛誉,但是,庞德并没有裹足不前,也没有一劳永逸。他有更雄心勃勃的目标,那就是在他的史诗《诗章》中,去淋漓尽致地展现意象派诗歌的风格及魅力。

其一,直接处理"事物",无论主观还是客观。

庞德在翻译《论语》时曾说过这样的话:"研究孔子哲学要比研究希腊哲学获得的益处大得多,因为用不着浪费时间来无聊地讨论错误。"③庞德的意思是说孔子哲学清晰明确,直截了当,研究起来无须拐弯抹角,不用像以亚里士多德为代表的西方哲学家那样"花了90%的时间来辨认错误",因此,西方学者应该学习"东方哲人直接领人们抵达宁静的境界"④。事实上,庞德的这些话与他倡导的作诗原则和诗学理念一脉相承。庞德在书写《诗章》第13章《孔子诗章》时,就直接处理"事物",无论主观还是客观。该诗章描写了孔子(Kung)与弟子子路(Tseu-lou)、

---

① Ezra Pound, "Ezra Pound to Harriet Monroe (March 30, 1913)", in D. D. Paige, ed., *The Selected Letters of Ezra Pound, 1907–1941*, New York: New Directions, 1971, p. 17.
② Hugh Kenner, *The Pound Era*, Berkeley: University of California Press, 1971, pp. 405–406.
③ Ezra Pound, *Confucian Analects*, London: Peter Owen Limited, 1933, p. 7.
④ 蒋洪新:《庞德研究》,上海外语教育出版社2014年版,第235页。

曾皙（Thseng-sie）、冉求（Kieu）、公西华/赤（Tchi）① 一起讨论国政、畅谈理想的情景，语言直截了当，书写干净利落：

> Kung walked
>   by the dynastic temple
> and into the cedar grove,
>   and then out by the lower river,
> ...
> And "we are unknown", said Kung,
> "You will take up charioteering?"
> ...
> And Tseu-lou said, "I would put the defences in order",
> And Khieu said, "If I were lord of a province
> "I would put it in better order than this is."
> And Tchi said, "I would prefer a small mountain temple,
> "With order in the observances,
>   with a suitable performance of the ritual",
> And Tian said, with his hand on the strings of his lute
> The low sounds continuing
>   after his hand left the strings,
> And the sound went up like smoke, under the leaves,
> And he looked after the sound:
>   "The old swimming hole,
> "And the boys flopping off the planks,
> "Or sitting in the underbrush playing mandolins."
>   And Kung smiled upon all of them equally.
> And Thseng-sie desired to know:
>   "Which had answered correctly?"
> And Kung said, "They have all answered correctly,

---

① 公西华，春秋末年鲁国人，姓公西华，赤是他的名，字子华，亦有学者称他为公西赤。他是孔子的弟子。公西华为人谦虚有礼，善于辞令。《史记·仲尼弟子列传》载："公西赤，字子华。少孔子四十二岁。"《孔子家语·弟子行》说："齐庄而能肃，志通而好礼，傧相两君之事，笃雅有节，是公西赤之行也。"庞德在《孔子诗章》中用公西华的名"赤"，英语原文写作"Tchi"。参见 Ezra Pound, *The Cantos of Ezra Pound*, New York: New Directions, 1996, p. 58。

"That is to say, each in his nature."

(Pound 58)

孔子走到
　　　　天朝的庙宇旁
走进松树林
　　　　然后来到低河边
……
"没人了解我们啊"孔子说,
"你们愿意乘坐兵车去打仗吗?"
……
子路说:"我会加强国防。"
冉求说:"如果我是一地之主,我会
比原来治理得更好些。"
赤说:"我喜欢一个小的山寺,
庆祝时讲究秩序,祭之以礼。"
　　　　曾点手在抚琴,低音缠绵
舍琴而作
　　　　"浴乎池,
孩子们从木板上跳下来,
或者坐在草丛里奏曼托林。"
　　　　孔子对大家一视同仁地微笑
曾皙想知道:
　　　　"谁回答得正确"
孔子回答说:"他们都回答得正确,
也就是,每个人都遵循自己的本性。"

(蒋洪新译)①

在该选段,庞德用白描手法,生动地刻画了一位和蔼可亲、充满智慧的圣人形象②。在庞德心中,孔子是最伟大的思想家、教育家、哲学家,有超凡脱俗的学问和智慧。按孔子的学识,他是有资格表现得傲慢、不可一世的。然而,事实正好相反。孔子与弟子平起平坐,相互尊重,共同讨论国家大事和彼此的政治抱负,毫无盛气凌人之态。西方教育机构里一些自

---

① 蒋洪新:《庞德研究》,上海外语教育出版社2014年版,第236—237页。
② 该选段原文参见《论语·先进篇》11.26《子路、曾皙、冉有、公西华侍坐》。

第五章 《诗章》现代主义风格的内化与吸收

以为是、态度傲慢的所谓大学者、大专家与之相比,实在有天壤之别。关键是,孔子忧国忧民,为社稷秩序和百姓命运殚精竭虑。这些感动了庞德。庞德也殷切希望西方社会能有孔子这样的大贤大能,救西方世界于水火,使其脱离"荒原"状态。庞德除直接处理上面的"客观"事物,还直接处理"主观"事物。在该诗的末尾,庞德这样写道:

>   The blossoms of the apricot
> blow from the east to the west,
> And I have tried to keep them from falling.
> （Pound 60）

> 杏花
>   从东方吹到西方
> 我一直努力不让它们凋落。

这是庞德在开门见山地表明心迹。他希望做连接中西方文化的桥梁和使者:在象征孔子智慧的"杏花"(blossoms of the apricot)"从东方吹到西方"的过程中,"我一直努力不让它们凋落"。"主观"世界的东西本来异常复杂、不好表达,但是庞德采取"直接处理"的方式,不仅收到了良好效果,而且做到了准确、传神,灼灼思想力透纸背。

在《诗章》第 20 章,庞德写到了"boughs",也是采取"直接处理事物"、不拖泥带水的方式:

> The boughs are not more fresh
> where the almond shoots
> take their March green.
>   （Pound 89）

> 花枝不再新鲜
> 上面长出的杏芽儿
> 趁着三月吐绿

在此处,庞德虽是直接描述,没有给出更多细节,却通过白描让读者自然联想到两个重要文本。一是庞德的名篇《在地铁车站》中的第二句:"Petals on the wet, black bough."《在地铁车站》中的"bough"只是单数一枝,显得形单影只;庞德在《诗章》里所写的"boughs"是复数,呈现

289

的是群体像,有许多枝甚至蕴含千枝万枝之意。庞德在《诗章》中的宏伟理想,不是一个"湿漉漉、黑黝黝的"花枝,而是千枝万枝、让人看起来眼花缭乱的花枝。二是前面提到的《诗章》第13章最后"The blossoms of the apricot"。虽然庞德使用的词汇是"apricot"(第13章),而不是"almond"(第20章),然而这两个词的意义都指"杏树",使《诗章》第13章和第20章形成别具匠心的文本呼应:东方的"杏花"(The blossoms of the apricot)继续散发诱人的香味之时,西方的"杏芽儿"(almond shoots)开始吐绿,因为春天已经来了,它们要迎接"三月"这个美好的季节。

其二,绝不使用无济于呈现事物的词语。

中国古诗中有"鸡声茅店月,人迹板桥霜"(温庭筠《商山早行》)、"人闲桂花落,夜静春山空"(王维《鸟鸣涧》)、"青山横北郭,白水绕东城"(李白《送友人》)、"窗含西岭千秋雪,门泊东吴万里船"(杜甫《绝句》)、"无边落木萧萧下,不尽长江滚滚来"(杜甫《登高》)、"竹外桃花三两枝,春江水暖鸭先知"(苏轼《惠崇春江晚景》)、"横看成岭侧成峰,远近高低各不同"(苏轼《题西林壁》)等意象丰富、让人浮想联翩的佳句,其中韵味亦让人回味无穷。上述诗词有一个共同特征:语言极为精练、简洁,绝不使用无济于呈现事物的词语。世世代代,文人骚客吟咏不绝,积极效仿。庞德也受中国古典诗歌优秀传统的影响和感染。他参照美国东方学家费诺罗萨遗留的中国诗笔记整理并翻译的《华夏集》,参照英国汉学家翟理思的《中国文学史》(*A History of Chinese Literature*) 改写的经典名篇"Fan-Piece, For Her Imperial Lord"(《扇,致陛下》)、"After Ch'u Yuan"(《仿屈原》)等,都是语言精练、意境生动的典范。庞德绝不使用无济于呈现事物的词语,而且其风格与中国古诗如出一辙。譬如,在"Fan-Piece, For Her Imperial Lord"中,庞德写道:

O, Fan of white silk,
Clear as frost on the grass-blade,
You also are laid aside.

哦,白绸的扇,
洁白如草叶上的霜,
你也被搁在一边。

(赵毅衡译)

该诗是庞德参阅班婕妤的《怨歌行》改写而成,是典型的创意性写

第五章 《诗章》现代主义风格的内化与吸收

作（creative writing）①。《怨歌行》原诗是五言乐府，共5行、10句：

> 新裂齐纨素，皎洁如霜雪。
> 裁成合欢扇，团团似明月。
> 出入君怀袖，动摇微风发。
> 常恐秋节至，凉风夺炎热。
> 弃捐箧笥中，恩情中道绝。

庞德把班婕妤的10句中文五言乐府用他意象派诗歌的审美标准和写作方式，改写为短短3行英文诗句，没有使用无助于表现诗意的形容词、副词、动词、代词等，竭力做到语言浓缩、具体，尤其是最后一句"You also are laid aside"（你也被搁在一边）充满诗情画意，把"you"（你）比作"Fan of white silk"（白绸的扇），"扇"的命运就是"你"的命运。庞德正是因为充分领悟了班婕妤诗歌的精髓，才自然而然地做到妙笔生花，书写出超凡脱俗的意境。

庞德在《诗章》中有许多类似的"绝不使用无济于呈现事物的词语"的例子。譬如，在《诗章》第74章，庞德由"两只云雀对偶"想到自己"茕茕孑立，形影相吊"的悲惨处境：

> With two larks in contrappunto
>   at sunset
>   Ch'intenerisce
> a sinistra la Torre
>   （Pound 451）
>
> 两只云雀对偶
>   在黄昏
>   那令人不禁的
> 时刻
>   （黄运特译）

庞德使用的语言表达"With two larks in contrappunto"（两只云雀对

---

① 转引自赵毅衡《远游的诗神——中国古典诗歌对美国新诗运动的影响》，四川人民出版社1985年版，第66—67页。

偶)、"at sunset"（在黄昏）非常简洁明了，就像元代戏曲家马致远在《天净沙·秋思》中所写的诗句，"枯藤老树昏鸦，小桥流水人家，古道西风瘦马，夕阳西下"；而"Ch'intenerisce/a sinistra la Torre"（那令人不禁的/时刻）颇有《秋思》最后"断肠人在天涯"的意境。另外说明一点，庞德因为谙熟20多种语言，在《诗章》中随心所欲变换语言表达，也遵循"绝不使用无济于呈现事物的词语"的标准，且多蕴藏互文式的隐喻所指。"Ch'intenerisce/a sinistra la Torre"是古拉丁语和意大利语的混合，出自但丁杰作《神曲》，描写了黄昏薄雾令返乡者肝肠寸断、痛苦不堪的情形。在这里，庞德以互文手法，借助《神曲》中的原话，表达自己内心的真实感受，也即当时在比萨监狱身心俱疲、生死未卜且与外界彻底失去联系时的绝望心情。

在《诗章》第117章，庞德回忆往事，内心波澜起伏。他悲伤，他绝望，他痛苦，他无奈，一切情感如滔滔江水连绵不绝。但是，当庞德将其宣泄出来变成文字时，他的语言依旧简练、浓缩，做到了字字珠玑，做到了"绝不使用无济于呈现事物的词语"：

> That lost my center
> 　　　　　　fighting the world
> 　　the dreams clash
> 　　　　　　and are shattered——
> and that I tried to make a paradiso
> 　　　　　　　　Terrestre
> 　　　　　（Pound 822）

> 　　我与世界争斗时
> 　　　　　　失去了我的中心
> 　一个个梦想碰得粉碎
> 　　　　　　撒的到处都是——
> 而我曾试图建立一个地上的
> 　　　　　　乐园
> 　　　　（黄运特译）

其三，至于节奏，创作要依照乐句的排列，而不是依照节拍器的机械重复。

庞德在诗歌创作过程中，从一开始就特别注重诗行之间音乐的效果和

第五章 《诗章》现代主义风格的内化与吸收

节奏的和谐。他的"The Return"(《归来》)、"A Girl"(《一位姑娘》)、"The Tree"(《树》)、"The Garden"(《花园》)、"Portrait d'ume Femme"(《一个女人的画像》)以及于1920年出版的、被不少评论家视为其早期诗歌代表作的诗篇"Hugh Selwyn Mauberley"(《休·赛尔温·莫伯利》)等,都具有音乐的效果。其词与词之间、行与行之间、句与句之间,都有"依照乐句的排列"的例子。譬如,《休·赛尔温·莫伯利》一开篇呈现的两个诗节:

> For three years, out of key with his name,
> He strove to resuscitate the dead art
> Of poetry; to maintain "the sublime"
> In the old sense. Wrong from the start—
>
> No, hardly, but seeing he had been born
> In a half savage country, out of date;
> Bent resolutely on wringing lilies from the acorn;
> Capaneus; trout for factitious bait. ①

这两个诗节共有8行。除了每一行内部形成音乐的旋律和节拍,每4行还单独成为一个体系,"依照乐句的排列",构成节奏单位。其中,第1—4行最后的单词"name""art""sublime""start"形成abab韵律模式,第5—8行最后的单词"born""date""acorn""bait"形成cdcd韵律模式。读者不难发现:庞德的诗歌充满着传统韵文所拥有的节奏、韵律和音乐效果。但是,庞德希望呈现的"不是依照节拍器的机械重复"带来的效果。他在《意象派诗人的几个"不"》一文中,有一部分专门谈到诗歌的"节奏和韵律",并涉及诗歌的音乐效果问题。他这样阐释说:"让诗人们在他们的头脑中填满他能找到的优美节奏,最好是在一种异国语言中的节奏。这样,词的意义就不大可能把他的注意力从节奏中分离开来","一首诗并不一定非依赖音乐不可,但如果它确实依赖音乐了,那就必须是能够使专家听了满意的音乐","让初学者熟悉半韵和头韵,直接的韵和延缓的韵,简单的韵和多音的韵,就像一个音乐

---

① Alexander W. Allison, et al., *The Norton Anthology of Poetry* (3rd edition), New York & London: W. W. Norton & Company, 1983, p.576.

家理应熟知和谐、对位以及他这一门艺术中所有的细节","在最好的诗中有一种袅袅余音,久久地留在听者的耳朵里,或多或少像风琴管一样起着作用"①。

在《诗章》中,庞德书写的带"节奏"的诗句随处可见。一方面,他通过高超的现代主义诗歌技巧展现诗歌创作"要依照乐句的排列";另一方面,他在呈现深邃思想、针砭时弊的过程中,又不拘一格,"不是依照节拍器的机械重复"进行史实或情感的发挥。譬如,在《诗章》第4章,庞德有这样充满激情的"乐句的排列":

> If it were gold,
> Beneath it, beneath it
> Not a ray, not a silver, not a spare disc of sunlight
> Flaking the black, soft water;
> Bathing the body of nymphs, of nymphs, and Diana,
> Nymphs, white-gathered about her, and the air, air,
> Shaking, air alight with the goddess,
> fanning their hair in the dark,
> Lifting, lifting and waffing
> …
>
> (Pound 14)

这里不仅有"beneath"的二重音节奏,还有"not"的三重音节拍;不仅有"-l-"音的跌宕起伏的音乐效果,还有"-ing"音和"-s"音的连续性赋格曲伴奏;更有"of nymphs"与"air, air"构成的重叠音韵律。整个诗句读起来节奏感十足,像一场音乐会在畅快淋漓地进行。

在《诗章》第26章,庞德用带节奏的语言,进行"I"(我)与"you"(你)的对话。慢慢阅读,细细品味,读者就会发现,其对话的"音乐性"效果远比对话的具体内容,要有趣得多:

> Please Y. L. to answer quickly
> As I want to take myself out here,

---

① [美]伊兹拉·庞德:《意象主义者的几个"不"》,裘小龙译,载[英]彼得·琼斯编《意象派诗选》,裘小龙译,重庆大学出版社2015年版,第305—310页。

第五章 《诗章》现代主义风格的内化与吸收

> And if you want me to buy them
> Send the cash by Mr. Pitro the farrier
> And have him tell me by mouth or letter
> What yr ld wants me buy
> ...
>
> (Pound 125 – 126)

"I"（我）与"you"（你）的对话好像不是靠说表达出来的，是完全随着心情以及脚踏板弹奏出来的，或是清清嗓门后，随着时光机的节奏自然而然地唱出来的。每个词都是一个音符，每一行都像是五音步或六音步的曲调，余音绕梁，飘向远方。

再比如，在《诗章》第 117 章最后一个"诗歌碎片"（fragmented piece）里，庞德带着一种神秘的神话隐喻性和自我解嘲式的梦幻性，在带节奏的音乐声里，将潜滋暗长了半个多世纪的情怀，撒播在五线谱式的诗歌里，像舞台落幕时响起的带着些许伤感、些许希望的节奏和韵律——有慰藉，有挣扎，有幽怨，有释怀。尤其是最后的休止符"To be men not destroyers"（成为仁者，而非暴徒），意味深长，让人浮想联翩：

> Two mice and a moth my guides—
> To have heard the farfalla gasping
>   as toward a bridge over worlds.
> That the kings meet in their island,
>   where no food is after flight from the pole.
> Milkweed the sustenance
>   as to enter arcanum.
> To be men not destroyers.
>
> (Pound 822)

由此，可以这样做出小结：庞德早年倡导并大张旗鼓宣传的意象派诗歌原则及其作诗法，非但没有在他书写《诗章》时被摒弃，反而以更加隐蔽的方式，得到了井喷式的诗艺再现，并收到了意想不到的艺术效果，值得我们继续深入研究和讨论。

第五节 《诗章》与漩涡派诗学思想的实践

1914年，庞德29岁。这一年对于庞德而言，有几件大事不能不提。其一，他与小说家奥利维亚·莎士比尔之女多萝西·莎士比尔（Dorothy Shakespear）结为伉俪，拖拖了5年的婚姻终于尘埃落定。其二，由他主编的《意象派诗选》（Des Imagistes）在英美两国出版——英国出版公司是位于伦敦的 John Monro's the Poetry Book Shop，美国出版公司是位于纽约的 Albert & Charles Boni，该诗选宣告英美意象派诗歌运动正式进入如火如荼的发展期。其三，在小说家、诗人康拉德·艾肯（Conrad Aiken）的引荐下，庞德与 T. S. 艾略特结识，自此结下终生友谊。庞德欣赏艾略特的诗才，把他的诗作"The Love Song of J. Alfred Prufrock"（《J. 阿尔弗雷德·普鲁弗洛克的情歌》）推荐给哈丽特·蒙罗主编的《诗刊》，另外，庞德帮助乔伊斯在 The Egoist（《自我主义者》）杂志上分期连载 A Portrait of the Artist as a Young Man（《一个青年艺术家的画像》）。其四，庞德因与"女罗斯福"艾米·洛厄尔意见不合①，退出意象派，转而与英国作家、画家温德姆·路易斯通过《爆炸》杂志发动漩涡派运动（the Vorticist movement）。② 虽然漩涡派运动犹如昙花一现，但是它以惊世骇俗的作品和宣言震惊英美文坛，并对庞德《诗章》的创作产生了潜移默化的影响。

一 作为创造力的"漩涡"

在探讨漩涡派运动对《诗章》创作的影响之前，需要搞清楚几个重要话题。

首先，"漩涡"（Vortex）的来历及其内涵。

谈到"漩涡"一词的来历，还需要追溯到庞德。1913年，庞德在伦敦已经是名诗人，并与许多艺术家、雕塑家、画家、音乐家有来往。庞德特别欣赏温德姆·路易斯等前卫艺术家大胆创新的魄力与姿态，率先用"漩涡"一词来形容以路易斯为代表的艺术家在作品中呈现的多元融合性、主题开放性和现实主义激情。该术语得到路易斯及其他艺术家的认可③。他

---

① 赵毅衡：《诗神远游：中国如何改变了美国现代诗》，上海译文出版社2003年版，第22页。
② Ira B. Nadel, ed., The Cambridge Companion to Ezra Pound, Cambridge: Cambridge University Press, 1999, p. xx.
③ 李维屏：《英美现代主义文学概观》，上海外语教育出版社1998年版，第34—37页。

们认为"漩涡"具有丰富的内涵,意象又非常鲜明:一是能够吸纳一切,并且势不可挡;二是它的中心看似毫无波澜,却驱动着永无止境的动态变化。这两点既是机器驱动下现代社会的典型缩影,又以特立独行的方式展现了他们的艺术创作理念。此外,漩涡的独特形态也在潜意识里与他们绘画中特别强调的螺旋线条以及构图形成某种内在的呼应。

1914—1915年,路易斯担任《爆炸》等实验性杂志的编辑。1914年6月20日,《爆炸》杂志第一期刊登了庞德撰写的《漩涡派》("Vorticism")一文。同年9月,《漩涡派》一文出现在更具社会影响力的 *Fortnightly Review*(《双周刊评论》)上。作为漩涡派共同的创始人,路易斯与庞德在伦敦团结了一批后印象主义画家和作家,包括天才雕刻家亨利·戈蒂耶-布尔泽斯卡(Henri Gaudier-Brzeska),与其他前卫的艺术流派进行较量。漩涡派艺术家与诗人相信"漩涡是极力之点","它代表着机械上的最大功率",号召艺术工作者能够在音乐、诗歌、绘画等艺术领域进行大胆实践,努力做出突破。他们列出一些可以效仿的"开山鼻祖":在音乐方面,19世纪英国艺术评论家沃尔特·佩特(Walter Pater)的说法值得关注,"一切艺术均是探索音乐的媒介";在诗歌方面,庞德的意象呈现主张是一个焦点,"意象是瞬间表现的理性与情感的复合体";在绘画方面,20世纪美国画家詹姆斯·惠斯特(James Whistler)的观点是重要突破口,"你对某幅画产生兴趣是由于它是对线条与色彩的安排"。接着,庞德又说,"毕加索、康定斯基,这个运动的父母,它的古典主义与浪漫主义"不容忽视。[①]

其次,漩涡派运动与其他艺术流派的关系。

在20世纪初相互激荡着的前卫的艺术流派中,漩涡派运动与立体主义和未来主义的关系最为密切。立体主义以西班牙艺术家、画家毕加索(Pablo Picasso)为代表,利用现代主义抽象几何和结构颠覆根深蒂固的传统艺术;未来主义以意大利小说家、艺术理论家马里内蒂(Filippo Tomasso Marinetti)为代表,着力于表现重复、动态又充满活力的未来世界幻想。立体主义和未来主义成为当时现代主义艺术领域的"最强音",它们给漩涡派运动提供重要灵感和有待超越的目标。[②]

如果说立体主义在用新语言重塑传统主题,那么未来主义是用新语言

---

① [美]伊兹拉·庞德:《漩涡》,载[美]伊兹拉·庞德《庞德诗选——比萨诗章》,黄运特译,张子清校注,漓江出版社1998年版,第217—220页。

② 袁可嘉:《欧美现代派文学概论》,广西师范大学出版社2003年版,第156—162页;曾艳兵主编:《西方现代主义文学概论》,北京大学出版社2012年版,第107—122页。

预测未来的话题。对于漩涡派而言,既不沉湎于过去,也不耽溺于未来,而是介于它们之间,关注当时工业文明和大机器时代的全新气象和发展动态。漩涡派作家反对19世纪以来艺术家、诗人、作家面对工业社会及其时代时的多愁善感,极力鼓吹机器和工业产品产生的颠覆性成就,试图用类似机器形态的图像范式绘制拥有各种存在样态的现实生活,努力传递一种全新、乐观的生活态度。在视觉呈现方面,漩涡派折中并糅合了立体主义画派的几何立体分裂感和未来主义流派的机械重复观念,进而形成独具特色的视觉语言。他们提倡粗犷的线条,醒目的色彩,尖锐的棱角,隐约构成具有螺旋形状的扭曲图景。①

在诗学方面,虽然庞德已经宣布退出意象派,但是由于他的影响还在,漩涡派与意象派仍存在"剪不断,理还乱"的复杂关系。不过,它们已有本质的不同。意象派主要关注静态的意象,往往呈现单一或数量有限的意象;而漩涡派强调动态的意象,可以容纳多个或多重意象,这些意象还会"旋转起来",形成合力,变成漩涡,产生"机械上的最大功率"②。如果说意象呈现只是低级形式,那么漩涡就意味着一种复杂的高级形式。漩涡派是超越意象派的全新发展阶段。而且,漩涡派开放、包容的特点,使它积极融合并借鉴20世纪初发展起来的物理学、自然科学、生物学、音乐学、绘画艺术等领域全新的成果,形成一种具有"日日新"特点的话语表达体系。

最后,漩涡派运动倡导的艺术观点及主张。

在"基本色彩"方面,漩涡派认为"每一个概念、每一感情均以某种基本形式呈现给清晰的意识",这要求每一位音乐家、画家及诗人都要开动脑筋,把自己的个性特点动态呈现出来。一旦形成动能,产生漩涡的力量,奇迹就会发生:"一幅画等于一百首诗,一支曲子等于一百幅画。"③漩涡派的艺术活力、魅力和动态效果,也会随之产生。

让"一切经历蜂拥成这个漩涡","一切动量,由过去传送给我们"。漩涡不是孤立存在的"现在",它与过去紧密相关。这使漩涡派特别注重"一切充满活力的过去,一切重温或值得重温的过去",并把过去作为创作的素材加以发挥。此处的"过去"并非一般意义上的过去,它是"有生机的过

---

① 袁可嘉:《欧美现代派文学概论》,广西师范大学出版社2003年版,第33—44页。
② [美]伊兹拉·庞德:《漩涡》,载[美]伊兹拉·庞德《庞德诗选——比萨诗章》,黄运特译,张子清校订,漓江出版社1998年版,第217—218页。
③ [美]伊兹拉·庞德:《漩涡》,载[美]伊兹拉·庞德《庞德诗选——比萨诗章》,黄运特译,张子清校订,漓江出版社1998年版,第218—219页。

去","一切有能力延续到未来中去的过去",由"今日"这个漩涡连接两头。

漩涡派不是享乐主义,不是未来主义,不是印象主义。漩涡派是各种真正艺术形式的狂欢,以真实面目示人:"若是声音,则属音乐;若是成形的字词,则属文学;若有意象,则属诗歌;若有形式,则属设计;若是平面的色彩,则属绘画;若是三维的形式或设计,则属雕塑。"所以,"真正的艺术"——包括"真情流露的"诗歌——充满动能,能够"随舞蹈或音乐或诗的节奏而动"。诗歌应该是"真正的艺术"的重要表现形式,亦是其不可或缺的组成部分。

漩涡派作家要敢于充当"漩涡人"的角色,要体现创造性,要有激情和活力。他们不是依赖"相似或类比",也不是依赖"相像或模拟",追求的艺术绝不可以沦落到"松弛、修饰、模拟的境地"——那是一种失去动能、异常尴尬的境地。

在诗歌方面,要融入音乐的元素,要融入美术的元素,要有毕加索、康丁斯基等大艺术家的风范,要有动态的意象,要有 H. D. 在《山岳女神》中呈现的动能,譬如,"whirl up"(旋转)、"splash"(泼溅)、"hurl"(扔)、"cover"(淹没)等,要能够形成漩涡,即"极力之点"①。

总之,漩涡派崇尚真实和力量,就连意象也是带有动能的"辐射性节点或光束"。换言之,它不是一个观念,而是"a radiant node or cluster... a VORTEX from which, and through which, and into which, ideas are constantly rushing"(一种辐射性节点或光束……从漩涡开始,穿过漩涡,进入漩涡,各种概念不断地从中涌入)②。

二 《诗章》中"大功率"运转的意象与"辐射"意义的"漩涡"

《诗章》作为庞德诗学思想和观念的试验场,里面既有类似《在地铁车站》里静止、优美的意象,还包含诸多充满动能以及动态效果的意象。庞德甚至通过频繁书写他记忆中碎片化的意象,形成意象网络。这些意象及意象网络不是呈现平面分布,而是立体交叉,纵横组合,形成三维或多维结构,制造出意象的漩涡,于是产生意想不到的现代主义诗学效

---

① [美]伊兹拉·庞德:《漩涡》,载[美]伊兹拉·庞德《庞德诗选——比萨诗章》,黄运特译,张子清校订,漓江出版社1998年版,第219—220页。
② Ira B. Nadel, ed., *The Cambridge Companion to Ezra Pound*, Cambridge: Cambridge University Press, 1999, p. 3.

果。其艺术性也给读者的文本阅读，带来惊喜和快乐。

譬如，庞德会以互文的方式书写"漩涡派画展"的盛况以及看画展寻找诗歌创作灵感的叶芝（Pound 504），还会写他的"好搭档"——漩涡派运动的另一位创始人温德姆·路易斯，以及介绍庞德与他认识的"比尼恩先生"："……因此，最初我是获益于比尼恩先生，/路易斯先生，即温德姆·路易斯先生/……/'我们要把它们全部恢复'/……"（Pound 507）庞德凭借他天才的想象和构思创造了一系列意象，这些意象会形成群落，变成漩涡，就像现代社会里大功率作业的机器不停地运转、产生各种各样意想不到的"产品"一样。这些"产品"不仅美轮美奂，而且动感十足。在《诗章》第 74 章，有这样一个典型例子：

> under the olives
> saeculorum Athenae
>
> ...
>
> olive
> that which gleams and then does not gleam
> as the leaf turns in the air
> Boreas Apeliota libeccio
>
> （Pound 458）

> 橄榄树下
> 远古的雅典娜
> ……
>
> 橄榄树
> 闪亮然后又不闪亮
> 当叶子在空中翻动
> 北风、东风、南风
> （黄运特译）

根据上下文，橄榄树对于希腊神话中拥有高贵气质和美丽容颜的智慧女神雅典娜（Athenae）来说，神圣不可侵犯。这里的"小猫头鹰，闪亮的眼睛"是形容橄榄树的光泽。神奇的是，它"闪亮然后又不闪亮"。原因何在呢？是"叶子在空中翻动"。那是什么促使叶子不停歇地翻动呢？是一种力量。这种力量来自"北风、东风、南风"（Boreas Apeliota libeccio）。庞德写"北风、东风、南风"，表面上看采用了一种静态的、白描

第五章 《诗章》现代主义风格的内化与吸收

的、平面的呈现手法，但是在地理学意义上，包括在现实世界里，当它们呈现出来，给人的感觉往往是立体的、动感的、三维的。实际上，"北风、东风、南风"也可以写作"东方、北风、南风"或者"南风、北风、东风"，因为它们是"旋转"的，形成一个动感十足的"漩涡"。在这整个"漩涡"里，句子随之产生的意义汩汩而出，层出不穷，并让人浮想联翩。

再比如，在《诗章》第83章，庞德以"漩涡人"的身份设计了一个充满意象漩涡的立体画面：

> A fat moon rises lop-sided over the mountain
>   The eyes, this time my world,
> But pass and look from mine
>   between my lids
>   sea, sky, and pool
>   alternate
>   pool, sky, sea
>
> morning moon against sunrise
>   （Pound 555）

一轮肥月倾斜地升起在山头
眼睛，此时是我的世界，
 可越过和从我的双眼
  睫毛间看去
   海，天，池
    交替
   池，天，海

晨月对着旭日
    （黄运特译）

在这里，庞德依赖的"不是相似或类比"，也不是"相像或模拟"。他不希望他的艺术"沦落到一种松弛、修饰、模拟的境地"①。他做到了。

---

① ［美］伊兹拉·庞德：《漩涡》，载［美］伊兹拉·庞德《庞德诗选——比萨诗章》，黄运特译，张子清校订，漓江出版社1998年版，第219页。

他把"一轮肥月"下的世界,描写得那么唯美,那么逼真,如同一幅形体通透的立体画。先是"肥月"倾斜地升起,背景是高高的"山头"。然后以"眼睛"为中心辐射寰宇,"此时是我的世界"。有两种透视法:其一,可越过我的双眼;其二,从我的双眼/眉宇间看去。接着,奇迹发生了。"海,天,池"三种意象,交相辉映,本已具有足够的视觉冲击力,带给人的美感和想象也呼之欲出。但是,庞德并没有满足于平面的意象呈现,也没有仅仅停留在对"海,天,池"的静态描摹,而是灵机一动,让它们"交替"(alternate),生成另一幅立体式画面:"池,天,海"。其实,"交替"还可以接着发生,变成"池,海,天"。这里最令人拍案叫绝的是"交替",它也是画龙点睛之笔。原因何在呢?"交替"意味着"翻转"或"旋转",意味着"漩涡"的形成,意味着"机械上的最大功率"。"漩涡"的形成,可以造成三种不同的镜像:(1)"海,天,池"变成"池,天,海",再变成"池,海,天",接着不停地旋转;(2)"晨月对着旭日"变成"旭日对着晨月",并不停地反复;(3)"晨月对着旭日"既是"旧"诗行的结束,又是"新"诗行的开始,然后不停地翻转。从"充满活力的过去"开始,到"充满生机的现在"结束,再到"充电的未来"。这一切的一切"蜂拥成这个漩涡"——"一幅画等于一百首诗,一支曲子等于一百幅画"①。

还有一个特别的例子,是庞德从"中国表意文字"(Chinese ideogram)中获得漩涡般的智慧和灵感。庞德研究专家纳代尔在"Understanding Pound"(《理解庞德》)一文中指出,庞德受到"中国表意文字"的启发,从中看到诸多意义集群和神奇的动态效果,连接着大自然和人类世界。"The ideogram... means the thing, or the action, or situation, or quality germane to the several things that it pictures."(表意文字……意味着事物本身,或者行动本身,或者情境本身,或者属性本身,与它所描绘的一些事物密切相关。)② 譬如,庞德在《诗章》第104章,从"灵"的繁体字"靈"看到了漩涡派所说的"漩涡",以及由"漩涡"引发的"最大功率"造成的意象结果:

---

① [美]伊兹拉·庞德:《漩涡》,载[美]伊兹拉·庞德《庞德诗选——比萨诗章》,黄运特译,张子清校订,漓江出版社1998年版,第218—219页。

② Ira B. Nadel, ed., *The Cambridge Companion to Ezra Pound*, Cambridge: Cambridge University Press, 1999, p.2.

第五章 《诗章》现代主义风格的内化与吸收

>   Ling 靈 by ling only：
>   Semina
>   Flames withered；the wind blew confusion
>   巫
>   （Pound 758）
>
>   Ling 靈 仅凭感悟力
>   移动的种子
>   火焰熄灭；风吹来了混乱
>   巫

卡罗尔·F. 特里尔在他那部被钱兆明先生誉为是"《诗章》最扎实、最可靠的注释本"① 的《伊兹拉·庞德〈诗章〉指南》（*A Companion to The Cantos of Ezra Pound*）一书中，给上面的三个关键词"Ling 靈"、"semina"和"巫"做了注解：

（1）Ling："sensibility". If the ethics of the west were grounded in "ling", we would not have the conditions suggested by the proceeding glosses.

（2）semina："seeds". A part of the musical figure "semina motuum"："seeds in motion". Paraphrase：Only by a great human sensibility will the seeds that might blossom into a paradisio terrestre be put into motion.

（3）Ideogram：Wu，"ritual", the bottom component of "ling". ②

庞德从 1935 年开始全身心投入中国汉字和语言的学习。他那执着、认真的学习态度和精神，他对中国文化、中国古典诗歌、中国汉字的热忱，可以说，超越任何一位同时代的英美诗人。那年，庞德 51 岁。庞德通过学习"靈"，看到了"漩涡"般的意象群落和意义所指：（1）从发音来看，"靈"读作"Ling/ling"，它的含义是"sensibility"（感悟力、悟性）。特里尔推测庞德此处意思是说"If the ethics of the west were grounded in 'ling', we would not have the conditions suggested by the proceeding glosses"（如果西方的伦理以"靈"为基础，我们就不会有前面注释所假设的各种情况）。（2）从"靈"的整体形态着眼，庞德想到了"Semina"。

---

① 钱兆明：《序言》，载蒋洪新《庞德研究》，上海外语教育出版社 2014 年版，第 6 页。
② Carroll Terrell, *A Companion to the Cantos of Ezra Pound*, Volume 2（*Cantos 74 – 117*），Berkeley：University of California Press, 1984, p. 676.

"Semina"为拉丁语，意思是"seeds"（种子、胚胎）。在这里，它是指"A part of the musical figure 'semina motuum': 'seeds in motion'. Paraphrase: Only by a great human sensibility will the seeds that might blossom into a paradisio terrestre be put into motion."（音乐术语"semina motuum"的组成部分："移动的种子"。释义：只有借助人类的强烈感悟力，才能使可能在地上的乐园开花的种子进入运动的状态。）（3）因为"靈"的上方有"雨"，"火焰熄灭"（Flames withered）；但是"风吹来了混乱"（the wind blew confusion），三个"口"让人不寒而栗，并暗示读者风急且大。（4）"巫"对应英语中的"ritual"（巫术），是汉字"靈"下面的那部分（the bottom component of "ling"）。根据上下文，它指云南纳西族古代盛行的一种宗教仪式。

短短4行，意象重叠，意义变换，充满"动能"。尤其是"移动的种子"（Semina）连接着"靈"与"巫"，造成一种"漩涡"式的"流动之力"。有趣的是，庞德在第104章以"漩涡人"的前卫姿态，对"靈"进行了另一种充满实验性的"流动之力"的诠释：

　　……

　　靈　under the cold
　　　　　　　　　The three voices
　　And stopped（in lucid intervals）
　　　　　　　　　　　（Pound 760）
　　……

　　靈　冷雨冷风下
　　　　　三声呼吼
　　于是停止（在清醒的间歇期）

庞德的创造性想象基于上文提到的"基本色素"① 及其意义，认为"靈"中的"雨"由云携带水分汇聚而成，可视作"积雨云"（cumulus clouds/cumulonimbus）的化身。高空中，气态的云变为液态的雨时，温度骤降，雷电、阵雨和阵风突如其来，万物生灵立在"冷雨冷风下"（under the

---

① ［美］伊兹拉·庞德：《漩涡》，载［美］伊兹拉·庞德《庞德诗选——比萨诗章》，黄运特译，张子清校订，漓江出版社1998年版，第217—218页。

cold)。中间三个"口"发出"三声呼吼"(three voices),震耳欲聋。"巫"就是懂得神秘法术的巫师(wizard)或者能够占卜命运、预测未来的先知(prophet/seer),其身份类似于西方宗教仪式中主事的祭司(Pythoness)①。"三声呼吼"具有宗教仪式的神秘感,随后停止。"靈"中最下方的"巫",神志慢慢变得清醒,但是尚"在清醒的间歇期"。整个神奇的动态过程,都是通过"靈"这个汉字呈现出来。"靈"既是一个字,又是一幅画,暗示了漩涡派所说的"一幅画等于一百首诗"。其意义从漩涡开始,穿过漩涡,进入漩涡②,随后各种场景和意义不断地从中涌现,又接着从中隐去。如此反复,以致无穷。

总之,庞德和温德姆·路易斯共同发起的漩涡派运动是20世纪早期风起云涌的各种艺术流派中,散发奇光异彩的一支,也是英美艺术史和文学史上,存在时间短暂,却声名远播的现代主义艺术流派之一。虽然长期以来,它另类的表现方式被诗歌评论界轻视,但是它从未被忘记,因为它存在的价值和意义不容小觑。不过客观而论,相比其他艺术流派,漩涡派"短命"还有其自身的原因:一是庞德提出的漩涡派纲领及其宣言比较晦涩和抽象,逻辑上不缜密,有些表达前言不搭后语,甚至有自相矛盾之处,这让不少艺术家和作家难以操作和实践;二是与庞德搭档的另一位漩涡派发起人路易斯并未创作出让人信服和符合人们期待的艺术作品,也没有非凡的艺术成就问世,加上庞德本人在当时也只是提出"漩涡"理论,亦没有一鸣惊人的代表作,所以留给诗歌评论家和英美读者的印象不够深刻;三是漩涡派没有像《意象派诗选》那样的《漩涡派诗选》问世,没有成体系、成规模的作品可以供读者阅读、赏析和模仿;四是漩涡派组织机构比较松散,不像意象派有不少核心成员都在贡献智慧和力量,所以纵使庞德竭尽所能在他的史诗《诗章》中进行艺术性再现,但毕竟力量有限,面对20世纪英美各艺术流派百舸争流的咄咄气势,漩涡派只能黯然离场。

---

① Carroll Terrell, *A Companion to the Cantos of Ezra Pound*, Volume 2 (*Cantos 74 – 117*), Berkeley: University of California Press, 1984, pp. 677–678.

② Ira B. Nadel, ed., *The Cambridge Companion to Ezra Pound*, Cambridge: Cambridge University Press, 1999, p. 3.

第六章 《诗章》现代主义风格对欧美及中国的影响

《诗经·大雅·抑》有名句"投我以桃,报之以李"。狭义地去理解这句话,是说他把桃子送给我,我以李子回赠他,要知恩图报。广义地去解释,可理解为平等对话、礼尚往来。它体现一种豁达、积极的人生态度。清代周希陶编《增广贤文·上集》云:"有意栽花花不发,无心插柳柳成荫。"是说有心去栽花,花却始终不开放;无心去插柳,柳却自然地长大成荫。庞德在 1908 年离开美国前,曾梦想在故土干出一番事业。但是封闭、落后、愚昧的社会环境,使他对美国失望至极。既然有意栽花"花"不发,1908 年,庞德便决心离开美国到欧洲发展。从此,他以自我放逐的侨居者(expatriate)的身份,长期待在英国、法国、意大利等欧洲国家,徜徉在欧洲各国文学、艺术的"桃林"和天地之间。不过,庞德对欧洲之"桃"是选择性接受的,他有自己的创作原则、精神追求和人生方向。其间,因为走错路犯了叛国罪,庞德被美国政府审判并拘禁在华盛顿圣伊丽莎白医院近 13 年(1945—1958)。1958 年 4 月获释后,返回意大利。在度过人生最后沉寂和充满感伤的岁月后,庞德于 1972 年逝世于威尼斯。欧洲的文化氛围以及文学圈、艺术圈,对庞德《诗章》的创作产生过潜移默化的影响①。然而,需要说明的是,庞德在接受欧洲之"桃"后,也以特立独行的方式"报之以李"。只是他的这个"李"比较抽象,具有典型的个人主义特色。本质上讲,不只是欧洲文学史收到了他的"李",美国文学史收到了他的"李",就连遥远的东方文明中国也分享到了他的"李"。

---

① 具体细节参见本书第三、四章。

第六章 《诗章》现代主义风格对欧美及中国的影响

第一节 对欧洲文学传统的"反哺"

庞德在20世纪初到达欧洲后,先后在英国、法国、意大利等国居住并从事各种文学活动。伦敦、巴黎、拉帕罗(Rapallo)等地遂成为庞德拼搏奋斗、施展才华之地。他的《诗章》创作,亦是于1915年在伦敦正式起笔。可以说,当欧洲历史及传统赋予庞德以精神补给和生命养料之时,他本人也在竭尽全力证明自己,并希冀在欧洲全新的历史语境下、在它延续的文学传统中,能够获得一席之地。诚然,庞德在欧洲各国证明自己的过程,就是他对欧洲文学施加影响的过程,亦是他对欧洲文学传统做出贡献并实现"反哺"的过程。

一 英国伦敦:诗神的远游与唱响

庞德虽然不像好友 T. S. 艾略特、小说家亨利·詹姆斯(Henry James)那样直接加入英国国籍成为"名正言顺"的欧洲人,但是他于1908—1920年长期居住在英国伦敦,积极加入当地各种文学圈子并担任重要角色,使许多英国人默认他已经属于英国、属于欧洲了。

当庞德远游到英国伦敦并成为这个曾经辉煌的国际大都市的一员,他的"歌唱"就拉开了序幕,他的宏伟史诗《诗章》对欧洲波澜壮阔的书写也随之开始远航。当然,《诗章》等一系列有影响力的作品对欧洲的"反哺"也悄然萌发。庞德之所以选择伦敦并把伦敦当作他梦想的开启之地,是因为伦敦在18—19世纪,乃至20世纪早期都是欧洲文明及传统最具代表性的城市——该城市丰富多彩的文化生活和激情澎湃的文学氛围深深吸引着庞德。另一个重要原因是,庞德崇拜的"最睿智的头脑"、庞德心目中"最优秀的诗人"(the best poet)叶芝①,当时就居住在伦敦。

不过,庞德于1908年6月从美国离开后,并没有直接去伦敦,而是去了意大利的威尼斯。在那里,他先是会见了年长他11岁的音乐家、昔日好友凯瑟琳·露丝·海曼(Katherine Ruth Heyman)。随后,在7月间,他自费出版了第一部诗集《熄灭的细烛》(*A Lume Spento*),印制了150册,题赠英年早逝的大学好友威廉·布鲁克·史密斯(William Brooke

---

① Ira B. Nadel, ed., *The Cambridge Companion to Ezra Pound*, Cambridge: Cambridge University Press, 1999, p. 26.

Smith),其中一首题为"Scriptor Ignotus"的诗专为音乐家凯瑟琳而作。8月底,庞德到达伦敦,于 11 月出版《这个圣诞节的金曲》(*A Quinzaine for This Yule*),献给凯瑟琳①。如果说庞德在威尼斯及伦敦出版的这些作品是为了友谊、"为了忘却的纪念",那么它们的面世,却出人意料地为他日后在欧洲取得更大的文学成就奠定了基础。

1909 年在庞德的人生中意义非凡,它后来也被证明是欧洲文学史上的重要时刻。这一年,庞德在伦敦结识已小有名气的小说家奥利维亚·莎士比尔(Olivia Shakespear)及其女儿多萝西·莎士比尔,后者成为了他未来的妻子。此外,庞德在这一年还见到了进入巅峰创作时期、已出版《鸽翼》(*The Wing of a Dove*, 1902)、《大使》(*The Ambassador*, 1903)和《金碗》(*The Golden Bowl*, 1904)的著名作家、"幽默大师"亨利·詹姆斯;见到了英国当时权威杂志《英国评论》主编福特;见到了对日后意象派理论的提出做出重要贡献的 T. E. 休姆;见到了将与他合作创立漩涡派的温德姆·路易斯;见到了他心目中"最优秀的诗人"叶芝……庞德见到了许许多多优秀的作家、诗人。他在《诗章》第 74 章中称他们是"the companions"(志趣相投的人):

> Lordly men are to earth o'ergiven
>   these the companions
> Fordie that wrote of giants
> and William who dreamed of nobility
>   and Jim the comedian singing:
>   "Blarrney castle me darlin
>   you're nothing now but a StOWne"
> and Plarr talking of mathematics
>   or Jepson lover of jade
> Maurie who wrote historical novels
>   and Newbolt who looked twice bathed
>   are to earth o'ergiven
>   (Pound 452 – 453)

世上多豪杰

---

① Ira B. Nadel, ed., *The Cambridge Companion to Ezra Pound*, Cambridge: Cambridge University Press, 1999, p. xviii.

第六章 《诗章》现代主义风格对欧美及中国的影响

> 下列都是我志趣相投的人：
> 　写巨人的福特
> 　　梦想高贵的威廉
> 　　　幽默大师詹姆斯唱道：
> 　　　　"不拉尔尼城堡我亲爱的
> 　　　　你如今只是一块石头"
> 　谈数学的普拉尔
> 　　或爱玉器的杰普森
> 　写历史小说的莫里斯
> 　　在浴缸里泡过两次的纽博尔特
> 　　世上多豪杰
> 　　　　　　（黄运特译）

庞德把这些世上的"豪杰"（lordly men）写进《诗章》，把与他"志趣相投的人"变成《诗章》的组成部分，在为欧洲文学艺术添砖加瓦的过程中，已经在现实层面让他们变得不朽。莎士比亚在《十四行诗第18首》（"Sonnet 18"）写道："Shall I compare thee to a summer's day？/Thou art more lovely and more temperate/. . ./So long as men can breathe or eyes can see,/So long lives this, and this gives life to thee."（我能否把你比作夏日璀璨？/你可比夏日更可爱温存/……/只要人能呼吸眼睛可以看见,/我这诗就长存，使你万世流芳。）

在庞德"志趣相投的人"中，还有一位名为艾尔肯·马修（Elkin Mathews）的英国出版商非常欣赏庞德的才华。他与庞德结识后，先是在1909年帮助庞德出版了《面具》（*Personae*）和《狂喜》（*Exultations*），然后在1911年出版了《坎佐尼》（*Canzoni*），在1915年出版了庞德整理和翻译的、震惊欧美诗歌界的中国诗集《华夏集》（*Cathay*）以及《天主教徒诗选》（*Catholic Anthology*），1916年出版了《戈蒂耶-布尔泽斯卡：回忆录》（*Gaudier-Brzeska：A Memoir*），1920年出版了《本影：伊兹拉·庞德早期诗歌集》（*Umbra, the Early Poems of Ezra Pound*）……从某种意义上讲，庞德早年在伦敦的诗歌声誉与马修的出版工作有重要关系：马修出版的上述作品，一方面使庞德本人在伦敦的诗人圈子名气越来越大，另一方面也成为欧洲文坛亮丽的风景线，给伦敦当时保守、沉闷的文学氛围带来生机与活力。从初来乍到时的无名之辈，到后来在欧洲诗坛混的名声大噪，庞德的蜕变具有传奇色彩。

不过，庞德对欧洲文学做出的又一个重要贡献，是在 1912 年他作为核心成员及领导者发起意象派诗歌运动。因为庞德的存在，欧洲文学史在讨论意象派诗歌运动时，不得不谈到伦敦。意象派诗歌运动有两个中心：前期是英国伦敦，后期是美国芝加哥。在前期，庞德发挥了旗手的作用。他不仅在伦敦团结了理查德·奥尔丁顿、F. S. 弗林特、D. H. 劳伦斯等英国诗人及作家，使他们成为意象派诗人的代表人物，还使伦敦成为现代主义诗歌的前沿阵地，并把其影响扩大到法国、意大利、西班牙、德国等欧洲其他国家和地区。其间，庞德撰写的《意象派诗人的几个"不"》（1913）连同他的重要文论《我收集奥西里斯的肢体碎片》（"I Gather the Limbs of Osiris"，1912）、《严肃的艺术家》（"The Serious Artist"，1913）、《文艺复兴》（"Renaissance"，1914）等，成为英美诗歌评论界、艺术界热议的聚焦点和话题之一①。1914 年，庞德宣布退出意象派，转而与温德姆·路易斯发起"漩涡派"诗歌运动。接替庞德成为意象派新领袖的人物是美国诗人、"女罗斯福"艾米·洛厄尔②。随着洛厄尔回到美国，意象派诗歌运动的中心转移到芝加哥。

通常，评论家认为庞德于 1914 年主编的《意象派诗选》（*Des Imagistes*）以及于 1915 年翻译出版的《华夏集》明显表达了一批新诗诗人对维多利亚诗歌传统的背叛与革新。实际上，通过对庞德《诗章》的考察，我们发现该史诗也从各个方面实现了对维多利亚传统的创造性接受和突破。不仅如此，《诗章》还对意象派和漩涡派诗风的一些核心要素和写作优势进行了互文式的吸收和转化，使之成为 20 世纪意象派和漩涡派诗风最具代表性的呈现者和集大成者。

此外，还有一个重要方面需要论及：因为庞德的存在，批评家必然会讨论《诗章》；因为讨论《诗章》，他们必然会关注和研究欧洲。换言之，庞德造就了《诗章》；《诗章》成就了庞德，同时也使欧洲成为时代的焦点之一，并由此引发各派学者就欧洲及相关话题进行探索发现和各抒己见。《诗章》中有许多关于欧洲的描写，或直接，或隐蔽，为研究者在"知识后面航向"（sailing after knowledge）准备了丰富的语料③。譬如，庞德会在《诗章》里变形为古希腊神话中的奥德修斯，乘坐"黝黑的船"（the swart ship）④，扬帆起航在欧洲、非洲和亚洲大陆之间的神秘海域——地中海，

---

① 朱伊革：《跨越界限：庞德诗歌创作研究》，上海三联书店 2014 年版，第 65—68 页。
② 赵毅衡：《诗神远游：中国如何改变了美国现代诗》，上海译文出版社 2003 年版，第 22 页。
③ George Dekker, *Sailing after Knowledge*: *The Cantos of Ezra Pound*, London: Routledge, 1963.
④ Ezra Pound, *The Cantos of Ezra Pound*, New York: New Directions, 1996, p. 3.

还说"奥德修斯/我家族的名字":

> If the suave air give way to scirocco
> Oγ TIΣ, Oγ TIΣ? Odysseus
>   the name of my family
>   （Pound 445）

若和风让位给地中海的热风，
无人，无人？奥德修斯
    我家族的名字。
     （黄运特译）

在比萨监狱中的庞德，痛不欲生，对未来充满绝望，他通过但丁《神曲》里的地狱、炼狱和天堂，影射自己备受煎熬的悲惨处境：

> I don't know how humanity stands it
>   with a painted paradise at the end of it
>   without a painted paradise at the end of it
>   （Pound 456）

我不知道人性如何承受
  有一个画好的天堂在其尽头
  没有一个画好的天堂在其尽头
    （黄运特译）

> Le paradis n'est pas artificiel,
> l'enfer non plus
>   （Pound 480）

天堂不是人造的
  地狱也不是
   （黄运特译）

当谈到伦敦时，庞德的态度比较矛盾。在他看来，"一战"前的伦敦是"人间天堂"（paradise/Le paradis）（Pound 456，480），是诗人、艺术家、剧作家、小说家的乐园，充满生机和活力，充满希冀，充满各种可能性；一战后的伦敦是"地狱"（hell/hell-a-dice）（Pound 461），是污秽之地，是腐败和淫乱的藏身之所，是血腥战争制造的"荒原"(the waste land)，到处可见"病号呼叫：急救员/急救员，病号呼叫急救员"(Pound 460)。此外，还泛滥着种种"骗局"(rackets)：

> and the two largest rackets are the alternation
> of the value of money
> (of the unit of money METATHEMENON TE TON
> KRUMENON)
> and usury @ 60　or lending
> That which is made out of nothing
> ...
> And if the packet gets lost in transit
> ask Churchill's backers
> (Pound 460)

> 而两个最大的骗局
> 是转换货币值
> (货币的单位，转换货币)
> 以60%的高利　或借贷
> 从无造有
> ……
> 如果一大笔钱在流通中丧失了
> 就去问丘吉尔的支持者
> (黄运特译)

呈现以伦敦为代表的欧洲世界善（good）的方面也好，暴露它们恶（evils）的方面也罢，庞德的《诗章》装满了历史的记忆碎片，它是"一首包含历史的诗"(a poem including history)①。1920年6月，约翰·罗德克（John Rodker）创办的奥维德出版社（Ovid Press）出版了庞德的名诗《休·赛尔温·莫伯利》，初次印刷200册。该诗不仅是研究庞德在伦敦12年心路历程的重要参考，也是研究欧洲在20世纪早期悲剧性变化的珍贵资料。

---

① Ira B. Nadel, ed., *The Cambridge Companion to Ezra Pound*, Cambridge: Cambridge University Press, 1999, p. 5.

二　法国巴黎：诗神的自由飞翔

1921—1924 年，庞德移居法国巴黎。巴黎开放、自由的文化氛围，让他受益无穷，对他创作《诗章》亦产生了重要影响。事实上，庞德的《诗章》在颠覆欧洲传统的同时，还以欧洲艺术"代言人"（spokesman）的身份留下影响的痕迹。19 世纪末 20 世纪初法国的绘画、雕塑、音乐等艺术，通过《诗章》被更多的读者知道；当时法国著名画家、雕塑家、音乐家的音容笑貌，也进入了读者的视野。譬如，庞德在《诗章》第 74 章镶嵌了不少记忆碎片，里面有一些是关于法国艺术家、作家及其艺术作品的生动描绘，还涉及法国河流以及在当时比较著名的别墅、餐馆的描写等：

>　　　　la France dix-neuvième
> Degas Mane Guys unforgettable
> a great brute sweating paint said Vanderpyl 40 years later
> 　　　　　　　　　　　　　　of Vlaminck
> 　　　……
> 　　Past Malmaison in field by the river the tables
> 　　　Sirdar, Armenonville
> Or at Ventadour the keys of the chateau;
> 　　rain; Ussel
>
> 　　　　　　　　　　　　（Pound 455 – 456）

>　　19 世纪法兰西
> 德加、马奈和盖伊斯令人难忘
> 一位伟大的野蛮人流出的汗都是油彩
> 　　　　范德皮尔 40 年后这样
> 评价弗拉曼克
> ……
> 　　　　越过河边田野上的马尔麦逊别墅
> 　　　　　西尔达餐馆或阿尔芒农维尔餐馆的一排排餐桌
> 或在旺塔杜尔，别墅的钥匙；
> 　　雨，于塞尔
>
> 　　　　　　　　　　　　（黄运特译）

上述文字不仅有类似于叶芝的象征主义（symbolism）艺术手法在发挥作用，惠特曼自由体（free verse）诗歌的一些优秀品质也随着庞德情感的迸发彰显出无穷魅力。庞德在法国巴黎保持了博览群书的良好习惯，积极为《诗章》的写作搜集各种素材。与此同时，他保持了在伦敦广泛交友的习惯，注意发现和吸收欧洲各艺术流派之长，这使他的现代主义诗歌艺术依然能够保持在高层次、高水平。

1921年4月在巴黎安顿好住处，庞德很快与当地的文学家、艺术家、诗人们熟悉起来。在"巴黎自由的阳光"中，他与1909年发表《阿拉丁的神灯》的著名作家让·科克托（Jean Cocteau）交谈，与法国前卫画家、达达派的创始人之一弗朗西斯·毕卡比亚（Francis Picabia）交谈，与德裔美国作曲家、歌剧《横渡大西洋》的作者乔治·安太尔（George Antheil）交谈，与三山出版社（The Three Mountains Press）创始人威廉·布尔德（William Bird）交谈，与长期居住法国的雕塑家、《沉睡的缪斯》的设计者康斯坦丁·布朗库西交谈，与当时旅居法国的美国小说家、《三个女人》的作者格特鲁德·斯坦因交谈，与"新闻体"小说创始人、1954年诺贝尔文学奖获得者海明威交谈，与美国具象诗代表、画家卡明斯交谈，与才华横溢的爱尔兰小说家、"意识流"文学大师詹姆斯·乔伊斯交谈，与庞德最敬重的现代艺术家、立体派运动创始人巴勃罗·毕加索交谈，与有魅力的小提琴演奏家、后来成为庞德终生情侣的奥尔加·路德交谈，与《诗刊》创立人、芝加哥文化界名人哈丽特·蒙罗交谈，与庞德大学时代的室友、《红色小推车》的作者威廉·卡洛斯·威廉斯交谈……①庞德在法国依然像在英国那样精力旺盛、热情洋溢，是非常活跃的社会活动家。一方面，庞德广泛接触的上述艺术家、作家、诗人带给了他现代主义想象力、创造力和写作的灵感；另一方面，庞德也作为"反作用力"给他周围艺术圈、文学圈的人群施加他的影响，不管是以隐性的还是显性的方式。

庞德把他在法国的各种经历写进《诗章》，为欧洲塑造了一个既充满浪漫色彩又具有现代主义写实风格的艺术世界。庞德在《诗章》第2章写到"毕加索的眼睛"（eyes of Picasso）以及与"毕加索眼中"的雕塑、版画、油画或素描一样不平凡的事物及场景：

---

① Ira B. Nadel, ed., *The Cambridge Companion to Ezra Pound*, Cambridge: Cambridge University Press, 1999, pp. xxi – xxii.

第六章 《诗章》现代主义风格对欧美及中国的影响

>   Sleek head, daughter of Lir,
>   eyes of Picasso
>   Under black fur-hood, lithe daughter of Ocean;
>   And the wave runs in the beach-groove:
>   ……
>   (Pound 6)
>   圆滑的脑门,里尔的女儿
>   毕加索的眼睛
>   黑色的毛皮风帽下,海洋轻盈的女儿
>   海浪奔涌在海滩的凹槽里:
>   ……

庞德在《诗章》第 74 章写到法国象征主义诗人保罗·魏尔伦(Paul Verlaine),说他"如钻石般清纯"(as diamond clearness),同时模仿他的口吻写下具有象征主义风格的诗句:

>   Serenely in the crystal jet
>   as the bright ball that the fountain tosses
>   (Verlaine) as diamond clearness
>   How soft the wind under Taishan
>   where the sea is remembered
>   (Pound 469)
>   安谧地,在水晶煤玉里
>   如同喷泉抛出的亮球
>   (魏尔伦) 如钻石般清纯
>   泰山下风吹得多么轻柔
>   在那还被永久记忆的地方
>   (黄运特译)

庞德在《诗章》第 77 章不仅写到法国诗人安德烈·斯皮尔(André Spire)——庞德称之为"老安德烈"(old André),而且写到法国一家修道院院长、语音学家让·皮尔·鲁斯洛(Jean Pierre Rousselot)——庞德称之为"老鲁斯洛"(old Rousselot)。此外,他还别出心裁地写到法国以浪漫和传奇著称的塞纳河(the Seine),写到与它相关的法国象征派诗人

315

罗伯特·德·苏扎（Robert de Souza），写到法国神学家马里坦（Maritan）以及上文提到的《阿拉丁的神灯》的作者让·科克托等。庞德把他们的音容笑貌勾勒得惟妙惟肖，定格在读者心里，同时让读者对当时的法国社会及欧洲生活充满遐想：

>   an old André
>   preached vers libre with Isaiaic fury, and sent me to old Rousselot
>   who fished for sound in the Seine
>   and led to detectors
> "an animal" he said "which seeks to conceal the
>   sound of its foot-steps"
>   L'Abbé Rousselot
>   ...
> "Un curé déguisé" sd/Cocteau's of Maritain
>
> （Pound 492）

>   老安德鲁
> 以一种以赛亚的狂热宣扬自由诗
>   让我去见老鲁斯洛
> 他在塞纳河里打捞声音
>   探测器引来
> "一只动物，"他说。"它想掩盖
>   自己的脚步声。"
>   鲁斯洛院长
>   ……
> "一位伪装的牧师，"科克托的戏剧这样评价马里坦
>
> （黄运特译）

庞德喜欢法国的浪漫之城"Ussel"（于塞尔）。于塞尔除了在上文提到的记忆碎片中出现，还会以他者的形象与诗人现实生活中的伤感情绪形成呼应。譬如，他在《诗章》第74章中这样写道："伤怀遥寄/于塞尔。向旺达多尔/远托思绪，时光倒流/在利摩日年轻的推销员/以如此法国式的礼貌鞠躬：'没有不可能'"（Pound 448）。

"没有不可能"（No that is impossible）（Pound 448），说得太好了，庞德在法国居住的四年时光里，继续创造各种文学奇迹。1921年，他根

第六章 《诗章》现代主义风格对欧美及中国的影响

据法国中世纪杰出的抒情诗人弗朗索瓦·维庸的代表作《大遗言集》(Le Testament),互文式地创作了歌剧《维庸的遗言》(Le Testament de Villon)。此外,庞德还把维庸的诗句时不时穿插在《诗章》的字里行间,以实现一语双关的效果。譬如,在《诗章》第74章,他引用维庸的原话 "under les six potences/Absouldre, que tous nous vueil absoudre"(在六座绞架下/宽恕,请您宽恕我们所有的人)(Pound 447),暗示读者:在比萨监狱里的囚犯,都有罪过,有些罪过还相当严重,比如说杀人、强奸、纵火等。于是,他祈求心中的神灵"宽恕"——"请您宽恕我们所有的人"。当论及那时自己窘迫、尴尬的处境与生存状态时,他接着用维庸的诗句作为影射:"pouvrette et ancienne oncques lettre ne lus"(穷困年迈 我从不读一个字)(Pound 456)。1922年,庞德帮助艾略特大刀阔斧地修改了《荒原》的草稿,并说服约翰·昆因购买了该诗的版权,将它发表在《日暮》(The Dial) 杂志上。该诗后来被英美诗歌评论界权威梅纳德·麦克等人认为是西方"文学史上的标志性成果"(a literary-historical landmark),"展现了'一战'后欧洲社会的文化危机"(representing the cultural crisis in European society after World War I),开创了现代主义诗歌的新纪元①。同年,庞德翻译了法国后期象征主义诗坛领袖雷米·德·古尔蒙的《爱的自然法则》(The Natural Philosophy of Love),并由 Boni & Liveright 出版社出版。1923年,庞德做了大量文献查阅的研究工作后完成《马拉特斯塔诗章》,即《诗章》第8—11章。同年,完成《轻率之举》(Indiscretions, or, Une revue des deux mondes)。

相对而言,庞德在法国四年所取得的诗歌声誉没有他在伦敦时期那样响亮。不过,这并不是说庞德在这段历史时期没有作为,更不能说他的文学作品和诗歌成就没有对欧洲文学产生影响。相反,庞德通过《诗章》及其典籍翻译,对欧洲文学做出了积极贡献。正如艾略特在西方"文学史上的标志性成果"《荒原》(1922) 题词中所说的,庞德是 "the better craftsman"(最卓越的匠人)②。

---

① Maynard Mack, *The Norton Anthology of World Masterpiece*, New York & London: W. W. Norton & Company, 1997, pp. 2784–2785.
② Maynard Mack, *The Norton Anthology of World Masterpiece*, New York & London: W. W. Norton & Company, 1997, p. 2790;译文参见张子清《美国现代派诗歌杰作——〈诗章〉》,《外国文学》1998年第1期;张子清《美国现代派诗歌杰作——〈诗章〉》,载[美]伊兹拉·庞德《庞德诗选——比萨诗章》,黄运特译,张子清校订,漓江出版社1998年版,第1—11页。

三 意大利拉帕罗等地：诗神的迷茫与陨落

1924年10月，庞德离开巴黎，决定移居意大利。至于离开巴黎的原因，《伊兹拉·庞德传记》(The Life of Ezra Pound) 的作者诺尔·斯多克 (Noel Stock) 认为可归纳为两点：一是庞德想避免干扰，专注于《诗章》写作；二是他希望找到"一片乐土"，实现人生理想①。不过，庞德移居意大利之后，他的人生从此发生转向。一方面，庞德从1925年开始全身心投入《诗章》的创作，有了更加明确的写作计划和努力方向，在《诗章》创作之余，致力于翻译中国儒家经典，包括《论语》《大学》《中庸》等，事实证明这为欧洲文学史、文化史的发展做出了杰出贡献；另一方面，庞德从1931年开始迷信意大利法西斯主义，错误地把墨索里尼视为英雄人物。他像一只迷失方向的"羔羊"，行走在他既不熟悉又不擅长的政治道路上，不慎跌入泥潭，终因在意大利罗马电台发表的针对美国总统罗斯福及其联邦政府的各种不当言论，于1945年被美国军队逮捕。先是关进比萨监狱，后被运送到美国首都华盛顿接受政治审讯，罪名是"treason"（叛国罪）。已是花甲之年的庞德，幸亏有好友竭力相助，使他免于严酷刑罚，但是需要被软禁在位于华盛顿的圣伊丽莎白医院。庞德在那里度过了近13年的时光。1958年，在麦克利什 (Archibald MacLeish)、弗罗斯特、海明威、艾略特等友人四处奔波、呼吁和请愿之下，73岁的庞德终于走出圣伊丽莎白医院，重新获得人身自由。庞德是一位诗歌天才、奇才，但是同时，他也是一位"政治上的糊涂虫"②。

因为政治思想出现错误，加上受当时社会不良风气影响产生反犹太主义倾向，庞德在《诗章》创作过程中不幸沾染法西斯主义观念。对此，我们要有清醒的认识，并要做理性的甄别。1944年，庞德甚至用意大利语写下两首充满争议的《意大利诗章》(The Italian Cantos)，作为献给墨索里尼政府的颂歌。这两首诗章因政治立场问题，直到1986年才被收录到《诗章》全集③。此外，庞德的反犹主义思想和法西斯主义思想也从

---

① Noel Stock, *The Life of Ezra Pound*, New York: Avon, 1974, pp. 574 – 577；另参见张子清《20世纪美国诗歌史》（第一卷），南开大学出版社2018年版，第131页。
② 张子清：《20世纪美国诗歌史》（第一卷），南开大学出版社2018年版，第116—140页。
③ Ira B. Nadel, ed., *The Cambridge Companion to Ezra Pound*, Cambridge: Cambridge University Press, 1999, p. 7；另参见郭英杰《喧嚣的文本：庞德〈诗章〉研究》，中国社会科学出版社2020年版，第274页。

第六章 《诗章》现代主义风格对欧美及中国的影响

20世纪30年代开始散落在《诗章》的部分章节，使英美读者和诗歌评论家感到困惑，有些甚至产生了愠怒情绪。譬如，美国学者查尔斯·贝恩斯坦（Charles Bernstein）专门撰文《痛击法西斯主义（盗用意识形态——庞德诗歌实践中的神秘化、美学化与权威化）》["Pounding Fascism (Approaching Ideologies—Mystification, Aestheticization, and Authority in Pound's Poetic Practice)"][1]，于1984年12月29日在华盛顿举办的由庞德研究权威卡罗尔·F.特里尔、克莉斯汀·芙洛拉、罗伯特·卡西洛（Robert Casillo）等参加的"现代语言协会年会"（Modern Language Association Convention）上，做专题发言，论述他对"庞德与法西斯主义"关系的看法。该文开篇就一针见血地指出，"恶毒的反犹太主义和法西斯主义不仅是庞德政治信仰的核心，而且沾染了他的诗歌与诗论。宽恕、淡化或合理化这些主义只能以下面的辩解作为代价：主观的无知允许极权主义继续戴着权威的面具统治一切，种族歧视伪装科学知识，精英主义占据文化的特权"。接着，作者犀利地指出："或许在评述庞德的法西斯主义时，最大的危险并不在于他将被文学史授予不应有的宽恕，而在于他的罪过将从我们自己的罪过中被搁置并忘掉。"贝恩斯坦代表了他那个时代的不少读者和批评家对庞德《诗章》中"盗用意识形态"做法的不满，这种不满，曾在1949年2月20日上演过。当时，庞德因撰写《比萨诗章》荣获美国首届"伯林根诗歌奖"（Bollingen Prize for Poetry）。该奖随后引发巨大争议，美国《纽约时报》（*New York Times*）当天的标题写道："Pound, in Mental Clinic, Wins Prize for Poetry Penned in Treason Cell"（庞德，在精神病院，因叛国罪死囚室里写成的诗歌赢得大奖）[2]。

当然，我们不能因为庞德犯过政治错误就彻底否定他的文学成就，否定《诗章》的艺术价值，否定他在英美文学发展史上的价值和作用。当时给庞德评奖的专家委员会成员均来自英美诗歌界颇有影响力的"大腕"，包括T. S.艾略特、W. H.奥登、罗伯特·洛厄尔、艾伦·塔特、罗伯特·潘·沃伦（Robert Penn Warren）、凯瑟琳·安娜·波特（Katherine

---

[1] Charles Bernstein, "Pounding Fascism", in Charles Bernstein, ed., *A Poetics*, Cambridge, Massachusetts: Harvard University Press, 1992, pp. 121–127；又参见［美］查尔斯·伯恩斯坦《痛击法西斯主义》，载［美］伊兹拉·庞德《庞德诗选——比萨诗章》，黄运特译，张子清校订，漓江出版社1998年版，第267—275页。

[2] Ira B. Nadel, ed., *The Cambridge Companion to Ezra Pound*, Cambridge: Cambridge University Press, 1999, p. xxviii.

Anne Porter)等。塔特代表评奖委员会发言指出："诗人有罪，罪在他不该以美国诗人之名为法西斯张目，而反美广播内容本身与诗无关，《比萨诗章》本身并无叛国内容。"① 因此，对于庞德在意大利侨居期间的所作所为，我们应该保持理性和客观，要将其行为与其诗歌艺术一分为二地予以区分和对待，既不能偏执地走极端，亦不能盲从盲信。

首先，一个基本事实是，庞德《诗章》各个重要组成部分的整理、出版工作，都是他来到意大利之后完成的。1925 年 1 月，The Three Mountains Press 在巴黎出版了庞德的《16 首诗章草稿》(*A Draft of XVI Cantos*)；1928 年 9 月，John Rodker 出版社在伦敦出版了庞德的《诗章第 17—27 章草稿》(*A Draft of The Cantos 17 - 27*)；1930 年 8 月，Nancy Cunard's Hours Press 在巴黎出版了庞德的《30 首诗章草稿》(*A Draft of XXX Cantos*)；1934 年 10 月，Farrar & Rinehart 出版社在纽约出版了庞德的《11 首新诗章：诗章第 31—41 章》(*Eleven New Cantos XXXI - XLI*)；1937 年 6 月，Faber & Faber 出版社在伦敦出版了庞德的《诗章第 5 个十年》(*The Fifth Decade of Cantos*)；1940 年，Faber & Faber 出版社在伦敦出版了庞德的《诗章第 52—71 章》(*Cantos LII - LXXI*)；1945 年，庞德在比萨监狱完成《比萨诗章第 74—84 章》(*The Pisan Cantos LXXIV - LXXXIV*)，正式出版是在 1948 年 7 月 20 日，出版社为 New Directions；同年，New Directions 在纽约出版了庞德的首部诗章合集《诗章》(*The Cantos*)，即《诗章》第 1—84 章 (*Cantos 1 - 84*)；1955 年，All'Insegna del Pesce D'Oro 出版社在意大利米兰出版庞德的《部分：掘石机诗章》(*Section：Rock-Drill*)；1959 年，All'Insegna del Pesce D'Oro 出版社在米兰出版庞德的《王座诗章》(*Thrones*)；1967 年，Fuck You Press 在纽约出版庞德的《诗章》第 110—116 章 (*Cantos 110 - 116*)；1969 年，New Directions 在纽约出版庞德的《草稿及残篇诗章第 110—117 章》(*Drafts & Fragments of Cantos CX - CXVII*)。总之，《诗章》各个组成部分出版的过程，也是它对欧美读者产生影响并发挥作用的过程。《诗章》是"一首包含历史的诗"，它对欧美的历史、社会、政治、经济、文化等都有特别的聚焦和书写，与此同时借助现代主义风格对它们予以精彩呈现。

其次，庞德在意大利居住期间，以极为勤奋和一丝不苟的态度学习中国汉字，学习中国文化，学习儒家经典，并把他对中国汉字以及儒家经典

---

① 吴其尧：《庞德与中国文化——兼论外国文学在中国文化现代化中的作用》，上海外语教育出版社 2006 年版，第 184 页。

第六章 《诗章》现代主义风格对欧美及中国的影响

的认识和理解写进《诗章》，或者翻译成英语、意大利语。与此同时，庞德还着手翻译荷马的《奥德赛》、但丁的《神曲》等名作。庞德孜孜以求的目标，是通过文学给病入膏肓的西方社会提供"解药"，以挽救垂死挣扎的西方文学，并让堕落、麻木的西方人从醉生梦死中幡然醒悟。1928 年，庞德翻译完成儒学经典《大学》，将其命名为 *Ta Hio or The Great Learning*，由华盛顿大学书店出版；1934 年，庞德从 W. H. 劳斯（W. H. Rouse）那里获得版权开始翻译荷马史诗《奥德赛》，从劳伦斯·比尼恩（Laurence Binyon）那里获得版权着手翻译但丁的生命之书《神曲》；同年 11 月，庞德根据公元前 1 世纪后半叶古罗马诗人塞克斯都·普罗佩提乌斯（Sextus Propertius）的诗作，创造性地翻译完成又一首经典之作《致普罗佩提乌斯》（"Homage to Sextus Propertius"），由 Faber & Faber 出版社在伦敦出版；1937 年 6 月，Giovanni Scheiwiller 出版社在意大利米兰出版了他翻译的儒学经典《论语》（*Confucius, Digest of the Analects*）；1945 年 10 月 5 日—11 月 5 日，庞德翻译完成《中庸与大学》（*The Unwobbling Pivot & The Great Digest*），两年后由 New Directions 出版社出版；1951 年，Square & Series 出版社在纽约出版了他翻译的《孔子语录》（*Confucian Analects*）；接着在 1954 年，哈佛大学出版社出版了他翻译的《儒家经典选集》（*The Classic Anthology Defined by Confucius*）……庞德从 40 岁开始对中国儒学变得痴迷，越到晚年，越是爱不释手。庞德翻译儒家经典，是希望通过构筑理想化的中国形象，抨击混乱不堪的西方世界。按照索金梅在《庞德〈诗章〉中的儒学》一书中的观点，"庞德在《诗章》中描绘了西方社会的丑恶和满目疮痍，恰好衬托了儒家乐园的美好"①。此外，庞德还有两篇关于孔子和孟子的文章，《急需孔子》（"Immediate Need of Confucius"，1937）与《孟子——孟子的伦理观》（"Mang Tsze—The Ethics of Mencius"，1938），以"表明他想用孔孟之道去匡正西方资产阶级的腐败思想的愿望与决心"②。

最后，庞德在意大利居住期间，还发表了一系列艺术评论、诗集/诗歌、文论、社会学论著、经济学论著等，对欧洲社会也产生了潜移默化的影响。1924 年 10 月，庞德完成音乐评论专著《安太尔及和声论》（*Antheil and the Treatise on Harmony*），由威廉·博德（William Bird）创办的三山出版社在法国出版；1926 年 12 月，庞德诗集《面具：伊兹拉·庞德

---

① 索金梅：《庞德〈诗章〉中的儒学》，南开大学出版社 2003 年版，第Ⅲ页。
② 张子清：《20 世纪美国诗歌史》（第一卷），南开大学出版社 2018 年版，第 132 页。

诗选》（*Personae, The Collected Poems of Ezra Pound*）由 Boni & Liveright 出版社在纽约出版；1931 年，庞德的理论著作《如何阅读》（*How to Read*）由 Harmsworth 出版社在伦敦出版；1934 年 5 月，另一部理论著作《阅读 ABC》（*ABC of Reading*）由 Routledge 出版社在伦敦出版（1960 年，该书由美国纽约 New Directions 出版社再版），同年 9 月，他的重要作品《日日新》（*Make It New*）由 Faber & Faber 出版社出版；1935 年 5 月，庞德的社会学著作《社会信贷影响论》（*Social Credit: An Impact*）由伦敦的 Stanley Nott 出版社出版；1937 年 1 月，他的《文雅集》（*Polite Essays*）由 Faber & Faber 出版社出版；1938 年 7 月，他的《文化指南》（*Guide to Kulchur*）由 Faber & Faber 出版社出版；1939 年，金融学著作《金钱何为？》（*What Is Money For?*）在伦敦出版；1949 年 10 月，他的《诗选集》（*Selected Poems*）由 New Directions 出版；1950 年，D. D. 佩奇（D. D. Paige）主编的《伊兹拉·庞德书信集：1907—1941》（*The Letters of Ezra Pound, 1907–1941*）由纽约 Harcourt, Brace and Company 出版公司出版；1954 年，T. S. 艾略特主编的《伊兹拉·庞德文论集》（*Literary Essays of Ezra Pound*）由 Faber & Faber 出版社出版……庞德上述理论著作、文论集、艺术评论集、诗歌集、社会学论著、经济学论著、文学随笔等，都是研究 20 世纪早期以及中期欧洲艺术、文学、哲学、社会、政治、经济等方面不容忽视的参考资料，亦是重要的史料。

第二节　对美国本土文学产生的"蝴蝶效应"

《诗章》现代主义风格的形成与它在美国本土化的过程存在密不可分的关系。具体而言，《诗章》现代主义风格的本土化是指庞德在书写《诗章》的过程中，逐渐形成的现代主义风格及特色，同时在《诗章》文本成形、拓展和被认可的不平凡的历程里，对美国本民族诗人及诗歌在写作主题、风格、特色等方面产生的积极作用与影响。从宏观方面来看，《诗章》现代主义风格的本土化过程是一个动态变化的过程，也是一个具有"蝴蝶效应"（the Butterfly Effect）式的、不断延展的过程。"蝴蝶效应"本是气象学中的一个术语，根据美国气象学家爱德华·诺顿·洛伦茨（Edward Norton Lorenz）于 1963 年的研究发现，在一个动力系统中，初始条件下看似细微的、不经意的举动（譬如，蝴蝶扇动翅膀）能够带动整个宏观环境及系统比较大的连锁反应（譬如，天气和温度变化等）。"蝴蝶效应"的产生说明事物发展存在相互关联性（association），这种相互关

第六章 《诗章》现代主义风格对欧美及中国的影响

联性兼具自发的偶然性和发展的必然性。此外,"蝴蝶效应"作为一种"混沌状态"(chaotic state),意味着自然界一个微小的变化可以影响事物的整体存在状态和发展趋势,证实了事物在发展过程中具有复杂性。① 庞德的史诗《诗章》以及《诗章》中体现的现代主义风格就像是美国文学史上的一只蝴蝶。当它扇动翅膀,会在读者、评论家、艺术家中间产生"连锁反应"。而且,该"连锁反应"会一代一代传递,从小到大,从一人到多人,从一部作品波及美国诗歌界、文学界、艺术界的许多作品,恰如老子在《道德经·第四十二章》所云"一生二,二生三",由此造成相互关联的文学景观,场面不可谓不宏大也。

一 创造和革新是文学的使命

庞德之所以日后能使史诗《诗章》对美国本土文学产生"蝴蝶效应",与他个人的天资禀赋、早年的认真努力、大学时代的勤奋刻苦、研究生时代的孜孜不倦分不开。庞德是早慧型诗人,具有极高的语言天赋。根据庞德传记作家休姆弗利·卡朋特在《一位严肃的角色:伊兹拉·庞德的一生》一书中记载,庞德从小就学习拉丁语等古典语言,后来又积极学习意大利语、法语、德语等现代语言,这为庞德领略欧洲各国经典名著奠定了坚实基础。庞德12岁就读切尔顿哈姆军事学院(Cheltenham Military Academy)时,对拉丁语、古典文学、历史等科目产生浓厚兴趣,拉丁语教师弗雷德里克·詹姆斯·杜立特尔(Frederick James Doolittle)对少年庞德学习拉丁语以及培养他阅读古典文学作品的兴趣方面影响巨大。15岁,庞德进入宾夕法尼亚大学学习"艺术与科学"(Art and Science)。他回忆说,"(I) got into college on my Latin; it was the only reason they did take me in"(我能够上大学全靠我的拉丁文成绩好;这是他们招我入学的唯一原因)②。进入大学后,庞德学习目标明确,立志做个诗人:"I knew at fifteen pretty much what I wanted to do... I resolved that at thirty I would know more about poetry than any man living."(15岁时,我就很清楚自己要干什么……我决

---

① 相关论点参照 [英] 保罗·奥默罗德《蝴蝶效应经济学》,李华夏译,中信出版社 2006年版。

② Humphrey Carpenter, *A Serious Character: The Life of Ezra Pound*, Boston: Houghton Mifflin Company, 1988, p.35.

心在30岁时,要比在世的任何人都更了解诗歌。)① 孔子在《论语·为政》中说:"吾十有五而志于学,三十而立……"庞德希冀有孔子的智慧。不过,他又补充说:"Of course whether I was or wasn't a poet was a matter for the Gods to decide, but at least it was up to me to find out what had been done."(当然,我是否能成为诗人需要由诸神来定,但是至少我知道自己该干什么。)② 庞德按照自己的兴趣爱好选修课程,做到博览群书。最重要的是,他凭借惊人的语言天赋,除在宾夕法尼亚大学学习创意写作、伦理学、逻辑学、美国宪法、美国历史等课程,还继续学习拉丁语并钻研卡图卢斯(Gaius Valerius Catullus)、维吉尔、奥维德等诗人的作品,同时在课余时间广泛涉猎但丁、笛卡尔(René Descartes)、歌德(Johann Wolfgang von Goeth)等名家的著述。蒋洪新在研究庞德生平时发现,"在1903年至1904年,他(庞德)选修的课程有德语、法语、意大利语、英语。1904年秋季学期他选修的课程有古英语、德语、法语、普罗旺斯语、西班牙语、物理和解析几何"③。1905年6月取得学士学位时,他已经"熟练地掌握了拉丁文、古英语、德语、法语、意大利语、西班牙语,对葡萄牙语和希腊语也较为熟悉"。庞德通过习得这些语言,加上善于思考、敢于挑战权威,使认知视野得到极大提升。难能可贵的是,青年时代的庞德从未放松,也从不满足于已有语言知识的学习。20岁本科毕业后,于"1905年至1906年,庞德重返宾夕法尼亚大学攻读硕士学位。他主要研究西班牙戏剧、古法语、普罗旺斯语、意大利语"④。孔子在《论语·为政》中教诲曰:"学而不思则罔,思而不学则殆。"唐代大文豪韩愈在《进学解》中说:"业精于勤,荒于嬉。"庞德大量阅读欧洲各国古典文学名著,不知疲倦地吸收哲学、逻辑学、历史学等各学科知识,并及时进行批判性反思,这无疑在认知、思想等维度,为他日后非凡的文学成就铺设了道路。1993年美国普利策文学批评奖获得者、文学评论家迈克尔·德尔达(Michael Dirda)对此指出:虽然庞德没有专门选修关于英语诗歌赏析或英语诗歌评论方面的课程,但是凭着他的天资禀赋和博览群书获得的丰富知识,

---

① Humphrey Carpenter, *A Serious Character: The Life of Ezra Pound*, Boston: Houghton Mifflin Company, 1988, p. 36.
② Humphrey Carpenter, *A Serious Character: The Life of Ezra Pound*, Boston: Houghton Mifflin Company, 1988, p. 37.
③ 蒋洪新:《庞德研究》,上海外语教育出版社2014年版,第47—48页。
④ 蒋洪新:《庞德研究》,上海外语教育出版社2014年版,第48页。

第六章 《诗章》现代主义风格对欧美及中国的影响

"他日后脱颖而出成为20世纪最伟大的诗人和评论家之一,大概是不可避免的"①。

据庞德回忆:"I began the *Cantos* about 1904, I suppose. I had various schemes, starting in 1904 or 1905."(我想我是在1904年前后开始构思《诗章》内容的。从1904年或1905年开始,我着手制订了一些写作计划。)② 1904年,庞德在纽约的汉密尔顿学院(Hamilton College)读大三,学习普罗旺斯语、盎格鲁-撒克逊语等课程;1905年,庞德从汉密尔顿学院本科毕业,获得文学学士学位,同年秋再次进入宾夕法尼亚大学学习罗曼语等课程③。在1904—1905年间,与庞德有密切往来的人物包括威廉斯、H. D. 等。

威廉斯本是宾夕法尼亚大学医学院的学生,专业是医学。因为他与庞德同住一个寝室,便受到影响,开始写起诗来。相处久了,他们便"以诗唱和""把诗言欢",日子过得有滋有味。在威廉斯心目中,庞德是同龄人中"最有生气、最聪明和最不可思议之人"(the livest, most intelligent and unexplainable thing)④。他还写信给母亲夸赞庞德:"我对自己感兴趣的学科无时间去学,而他却能全身心地去做,那就是文学、戏剧和经典作品,还有哲学","我对他的诗印象深刻,他对我的诗也有好印象。我们彼此之间相处融洽"⑤。在庞德的鼓励之下,在他们持续一生的深厚友谊的滋润下,威廉斯后来写出《红色手推车》这样的诗歌杰作。另外还有一系列诗篇,诸如《教堂礼拜后的风琴独奏》《火的精灵》《给天国中的马克·安东尼》《贵妇人画像》《影子》《诗的形象》和《夏日之歌》,成为《意象派诗选》中的名篇⑥,至今在美国诗歌史上,仍旧熠熠

---

① [美]麦可尔·德尔达:《导读》,载[美]埃兹拉·庞德《阅读ABC》,陈东飚译,译林出版社2014年版,第1—11页。
② Donald Davie, *Ezra Pound: Poet as Sculptor*, New York: Oxford University Press, 1964, p. 30;郭英杰:《喧嚣的文本:庞德〈诗章〉研究》,中国社会科学出版社2020年版,第270页;另参见 Humphrey Carpenter, *A Serious Character: The Life of Ezra Pound*, Boston: Houghton Mifflin Company, 1988, p. 52。
③ Humphrey Carpenter, *A Serious Character: The Life of Ezra Pound*, Boston: Houghton Mifflin Company, 1988, pp. 46 – 53。
④ Humphrey Carpenter, *A Serious Character: The Life of Ezra Pound*, Boston: Houghton Mifflin Company, 1988, p. 41。
⑤ Humphrey Carpenter, *A Serious Character: The Life of Ezra Pound*, Boston: Houghton Mifflin Company, 1988, pp. 41 – 42;另参见蒋洪新《庞德研究》,上海外语教育出版社2014年版,第51页。
⑥ [英]彼得·琼斯编:《意象派诗选》,裘小龙译,重庆大学出版社2015年版,第215—224页。

发光。受到庞德《诗章》及其现代主义风格的影响,威廉斯也写出了他的史诗《佩特森》(Paterson),他亦像庞德那样把全部的文学经验、最纯粹的生命智慧融入平凡却楚楚动人的诗行里,展现他的现代主义风格——那是一部强调本土精神和对生活进行真诚赞美的、有温度的作品,洋溢着鲜明的惠特曼式民主精神和自由诗风格。诗人兼文学批评家罗伯特·洛威尔(Robert Lowell)评价他说:"威廉斯已融入我们文学强劲的气息之中。《佩特森》是我们的《草叶集》。"① 的确,这位受庞德鼓舞和惠特曼诗歌风格启发成长起来的"美国20世纪著名的大诗人"威廉斯,具有卓荦超伦的现代主义诗人气质和创造精神,他被不少追随者奉为"后现代主义诗歌的鼻祖",而他的长诗《佩特森》则被视作美国文学史上另一部不朽的诗章。彭予这样评论威廉斯书写的《佩特森》:"《佩特森》是一种激进的诗歌实验,使用了《荒原》和《诗章》的一些技巧……像《诗章》一样使用拼贴画的技巧,在诗中塞入许多杂乱的内容,甚至把一些稍加改动的散文、信件和文件也塞了进去。"② 《佩特森》深刻影响了纽约派、垮掉派等20世纪后半叶的美国诗歌,它闪烁的美丽光芒与庞德《诗章》及其现代主义风格闪烁的光芒交织、对话,共同映照着20世纪欧美文学的天空。

H. D. 受庞德的影响更是不言而喻。H. D. 是庞德大学时代的亲密女友,1907年庞德决定离开美国前往欧洲发展之前,还曾向她求婚。只是碍于H. D. 父亲的强烈阻挠,他们才没能走到一起。"从1905年起……他们在一起读书,在树林里大声朗读济慈、雪莱、史文朋、布朗宁、叶芝、惠特曼的作品,还研读并探讨布莱克的神秘主义诗篇、瑜伽书籍、佛教一些神秘主义、儒学伦理书……"③ 根据文森特·昆因(Vincent Quinn)和蒋洪新的研究,H. D. 在庞德的影响下,读完了维多利亚时期唯美主义诗人罗塞蒂(Dante Gabriel Rossetti)的全部诗作。庞德还把自己翻译的诗歌作品与H. D. 分享。庞德的博学、诗才与激情深深吸引H. D. 朝着诗人的方向发展。当她遇到有关荷马史诗《伊利亚特》《奥德赛》方面的困惑,抑或涉及有关中世纪意大利佛罗伦萨方面的难题,都求教于庞德并获得了满意

---

① Christopher MacGowan, *Twentieth-Century American Poetry*, Malden, MA: Blackwell Pub, 2004, pp. 46 - 49; Paul Mariani, *William Carlos Williams: A New World Naked*, New York: McGraw-Hill Book Co., 1982, pp. 425 - 430.

② 彭予:《二十世纪美国诗歌——从庞德到罗伯特·布莱》,河南大学出版社1995年版,第49—50页。

③ 蒋洪新:《庞德研究》,上海外语教育出版社2014年版,第54页。

解答①。1908 年，庞德到达英国伦敦后，H. D. 追随他而来。1912 年 10 月，庞德把"H. D. Imagiste"（意象派诗人 H. D.）的称号赋予她，同时将她写的几首"如希腊人一样"干脆、利落的诗"Epigram"（《格言》）、"Priapus"（《帕莱埃勃斯》）和"Hermes of the Ways"（《路神赫尔墨斯》）推荐给《诗刊》主编蒙罗并最终得以发表，"意象派诗人 H. D."的称号随后不胫而走，其影响力似乎远超其本名 Hilda Doolittle。H. D. 在晚年撰写的回忆录《痛苦的终结：追忆伊兹拉·庞德》（*End to Torment：A Memoir of Ezra Pound*, 1979）中，这样描绘庞德在大英博物馆茶歇室给她指导诗歌创作时的情景：

> "But dryad②", (in the Museum tea room), "this is poetry." He slashed with a pencil. "Cut this out, shorten this line. 'Hermes of the Ways' is a good title. I'll send this to Harriet Monroe of *Poetry*. Have you a copy? Yes? Then we can send this, or I'll type it when I get back. Will this do?" And he scrawled "H. D. Imagiste" at the bottom of the page. ③

> "但是，德雅德，"（在大英博物馆的茶歇室）"这就是诗。"他用铅笔画了一道。"把这个删除，缩短这一行。'Hermes of the Ways'是个不错的题目。我会把这个寄给《诗刊》杂志的哈丽特·蒙罗。你留底稿了吗？有吗？那么我们就可以把这个寄出去，或者等我回来把它打印好。意下如何？"说着，他在页面底端潦草地写下了"意象派诗人 H. D."。

在这里，H. D. 回忆了"H. D. Imagiste"作为一种文学现象诞生的具体细节，解答了读者长期存在的困惑，同时也为读者勾勒出才华横溢却个性强势的庞德，是如何帮助她成功走向意象派诗歌创作这条"星光大道"的。《意象派诗选》选录了 H. D. 的 10 首诗。除了上面提到的三首名篇之外，还有《奥丽特》（又译《山林女神》《山岳女神》）、《黄昏》、《西托

---

① Vincent Gerard Quinn, *Hilda Doolittle* (*H. D.*), New York: Twayne Publishers, Inc., 1967, pp. 16 – 20；另参见蒋洪新《庞德研究》，上海外语教育出版社 2014 年版，第 54 页。

② "dryad"或"Dryad"是庞德对 H. D. 的昵称。在《诗章》中，庞德也把 H. D. 称作"Dryas"。"Dryas"源自希腊语，对应于 H. D. 诗歌中的"希腊式风格"和"希腊人气质"。

③ Hilda Doolittle, *End to Torment：A Memoir of Ezra Pound*, New York: New Directions, 1979, p. 18.

尔卡斯》、《花园》、《水池》(又译《池塘》)、《海上的玫瑰》(又译《海玫瑰》)、《来自欧里庇得斯的〈陶洛人中的伊芙吉妮亚〉》》①。自此，H. D.名声大振，英美读者和评论家都会对"意象派诗人 H. D."和"H. D. 的诗"津津乐道。在现代美国诗歌史上，H. D. 的名字已经成为一种语言符号、象征符号，亦成为一种意义符号，牢固地与意象派、意象派诗歌以及意象派诗歌运动紧密联系在一起。不过，这也给 H. D. 后来的发展带来了一些"负面"影响。H. D. 的丈夫阿尔丁顿（Richard Aldington）曾为她打抱不平："我不喜欢他（即庞德）把'意象派诗人 H. D.'的称号强加给 H. D.，这听上去实在有些滑稽。我认为她（即 H. D.）也不喜欢这个标签。"但是，无论是阿尔丁顿还是 H. D. 本人，尽管心中有许多不满却无计可施，因为在当时"只有通过他（即庞德），我们的诗才能被《诗刊》接受"②。H. D. 在后期一直勤奋写作，像庞德创作《诗章》那样创作她人生中的辉煌作品。她努力向前，并有所突破。"一战"和"二战"曾给她带来各种心灵创伤（trauma），她把这些创伤变成血淋淋的文字，变成她的三首长诗：《墙不会倒下》（"The Walls Do Not Fall"，1944）、《致敬天使》（"Tribute to the Angels"，1945）和《权柄的荣耀》（"The Flowering of the Rod"，1946）。这三首长诗深刻讨论了"生与死、爱与恨、破坏与重建、战争与和平、时间与永恒"等严肃话题，亦涉及宗教和哲学等命题③。虽然它们未能完全摆脱 H. D. 早期具有的硬朗、明晰、精确、简洁等意象派作诗风格，但也足以见证她大胆的实验主义诗歌精神和希望在现代主义风格的呈现方面有所成就的决心。1971 年，H. D. 把上面三首诗汇编在一起，以《战争三部曲》（*War Trilogy*）为题发表。这是 H. D. 与庞德的《诗章》进行史诗性对话的作品，她以女性特有的敏感气质呈现了她的现代主义诗歌风格，亦彰显了"再生、复活以及爱的潜力"④。她去世前完成的另一首长诗《隐秘的定义》（*Hermitic Definition*，1972），延续了《战争三部曲》中的神秘主义话题，并以"隐秘的"方式，总结

---

① 具体参见 [英] 彼得·琼斯编《意象派诗选》，裘小龙译，重庆大学出版社 2015 年版，第 95—113 页；刘海平、王守仁主编《新编美国文学史（第三卷，1914—1945）》，杨金才主撰，上海外语教育出版社 2002 年版，第 88 页。

② 原文参见 Humphrey Carpenter, *A Serious Character: The Life of Ezra Pound*, Boston: Houghton Mifflin Company, 1988, p. 181。

③ 彭予：《二十世纪美国诗歌——从庞德到罗伯特·布莱》，河南大学出版社 1995 年版，第 37—38 页。

④ 彭予：《二十世纪美国诗歌——从庞德到罗伯特·布莱》，河南大学出版社 1995 年版，第 33—39 页。

第六章 《诗章》现代主义风格对欧美及中国的影响

了她一生对崇高艺术的追求、向往以及对幸福生活的深深渴望。此外，H. D. 还创作了《海普利特斯的妥协》(*Hippolytus Temporizes*，1927)、《赫弥翁》(*Hermione*，1981) 等 10 多部诗剧、小说。这些作品与她生前出版的 10 多部诗集一起，组合成一道道亮丽的风景线。奇怪的是，读者和评论家对她整体的创作关注不够。究其原因，可能是因为"人们一直把她当成意象派诗人，而意象派运动持续时间太短，庞德过强的光辉让她的形象黯淡失色"①。

庞德《诗章》的现代主义风格对威廉斯和 H. D. 诗歌创作的影响只是两个典型的个案。他在《诗章》中充分展现的现代主义诗歌技巧对罗伯特·弗罗斯特于 1923 年出版的《新罕布什尔》(*New Hampshire*)、玛丽安·穆尔 (Marianne Moore) 于 1924 年出版的《观察》(*Observations*)、T. S. 艾略特于 1943 年出版的《四个四重奏》(*Four Quartets*)、肯尼斯·雷克斯洛斯 (Kenneth Rexroth) 于 1952 年出版的《龙与独角兽》(*Dragon and Unicorn*)、罗伯特·勃莱 (Robert Bly) 于 1967 年出版的《身体周围的光》(*The Light Around the Body*) 等优秀作品，都产生过"蝴蝶效应"般的影响。庞德研究专家乔治·波恩斯坦 (George Bornstein) 在《伊兹拉·庞德与现代主义的形成》("Ezra Pound and the Making of Modernism") 一文中，刚开篇就引用庞德的原话盛赞庞德在世的时代是伟大的时代，"It is after all a grrrreat litttttttery period"（那真是一个伟大大大大的文学学学学学学时代），接着指出庞德的现代主义风格及其在《诗章》中呈现出来的现代主义风格，曾对许多作家、诗人、艺术家产生过潜移默化的影响。这种影响具有"个人的交互性"(personal interaction) 和"互文性"(intertextuality) 的显著特点，亦具有"撒播"(dissemination)、"现代性建构"(modernist construction) 以及"后续重构"(subsequent reconstruction) 等的开放性特征②。

二 创意性写作的生存之道

庞德通过《诗章》现代主义风格的建构告诉读者：《诗章》的现代主

---

① 具体细节参见彭予《二十世纪美国诗歌——从庞德到罗伯特·布莱》，河南大学出版社 1995 年版，第 33—39 页；刘海平、王守仁主编《新编美国文学史（第三卷，1914—1945）》，杨金才主撰，上海外语教育出版社 2002 年版，第 85—97 页。

② George Bornstein, "Pound and the Making of Modernism", in Ira B. Nadel, ed., *The Cambridge Companion to Ezra Pound*, Cambridge: Cambridge University Press, 1999, pp. 22–41.

义风格可以做到美国的本土化,这有利于标新立异的民族文学的诞生。但是,需要明确一点,这仅是庞德创意性写作生存之道的一个组成部分,并非全部。《诗章》的现代主义风格还具有国际化的特点,这是庞德通过《诗章》产生"蝴蝶效应"的另一个重要方面。

从唯物辩证法的理论视角看,《诗章》的诗歌艺术特色并不是诗人庞德随心所欲得以完成或者凭空想象杜撰出来的物质存在,因为《诗章》的撰写过程植根于欧美文学传统,同时得力于对前辈诗人风格的借鉴和吸收——"不仅是最好的部分,就是最个人的部分也是他前辈诗人最有力地表明他们不朽的地方"①。从《诗章》对布朗宁"独白体"的模仿,对惠特曼自由体诗歌的借鉴,对叶芝象征主义风格的超越,对艾略特、H. D. 等诗人"叛逆"文风的融合,以及对《奥德赛》《神曲》等史诗风格的戏仿等,都足以说明《诗章》同其他诗歌艺术作品一样,"必然会融入过去与现在的系统,对过去和现在的互文本发生作用"②。更何况,《诗章》对上述前辈诗人以及史诗风格的互文与戏仿,还只是其文本形成过程中荡漾起来的浪花,背后还隐藏着"令人生畏的庞然大物"③,有待我们深入探索和进行细致而全面的研究。

无可厚非,《诗章》现代主义风格的本土化是一个必然现象。它是庞德通过《诗章》将自己的写作观念、思想理念、语言风格等,与本民族诗人的诗歌作品建立"相互联系"(interrelation),并与本民族诗人及作家进行"沟通"(communication)和"对话"(dialogue)的结果④。对于庞德通过《诗章》所引发的现代主义诗歌的浪潮,休·肯纳评论说,那是整个"庞德时代"(the Pound Era)的诗人们需要完成的工作⑤;艾伦·塔特认为,像《诗章》这样"充满神奇的作品"(a work of marvels),特点之鲜明,值得美国民族诗人仿效学习⑥;威廉·卡洛斯·威廉斯也指出,《诗章》是庞德对他自己的"思想"(thought)、"观念"(concept)、"洞察力"(insight)等方面的艺术书写和再现,必然会对美国的民族诗歌

---

① [美] T. S. 艾略特:《艾略特诗文全集》,王恩衷译,国际文化出版公司1989年版,第2—3页;另参见王瑾《互文性》,广西师范大学出版社2005年版,第4页。

② 王瑾:《互文性》,广西师范大学出版社2005年版,第4—5页。

③ [法] 蒂费纳·萨莫瓦约:《互文性研究》,邵炜译,天津人民出版社2003年版,第134页。

④ A. E. Durant, *Ezra Pound*, *Identity in Crisis*: *A Fundamental Reassessment of the Poet and His Work*, New Jersey: Barnes & Noble Books, 1981, pp. 1 – 14.

⑤ Hugh Kenner, *The Pound Era*, Berkeley: University of California Press, 1971.

⑥ Allen Tate, "On Ezra Pound's *Cantos*", in E. San Juan, Jr., ed., *Critics on Ezra Pound*, Coral Gables, Florida: University of Miami Press, 1972, p. 23.

第六章 《诗章》现代主义风格对欧美及中国的影响

运动产生"思想和行动"的双重影响①;劳伦斯·S. 瑞尼(Lawrence S. Rainey)的话更是一语中的,作为"英美文学现代主义形成过程中最重要的实验性作品",《诗章》无疑对美国现代主义诗歌发展起到举足轻重的作用;此外,它对同时代民族诗人和作家的影响,亦远远超乎我们的想象……②除了海明威、艾略特、弗罗斯特等现代派小说家及诗人受到庞德及《诗章》的影响,还有诸如康拉德·艾肯、卡尔·桑德堡(Carl Sandburg)、多斯·帕索斯(Dos Passos)、詹姆斯·赖特(James Wright)以及语言诗诗人杰克逊·麦克·娄(Jackson Mac Low)、垮掉派诗人加里·斯奈德(Gary Snyder)等,均在不同程度或不同层面受到庞德《诗章》的影响③。黑山派开山鼻祖查尔斯·奥尔森(Charles Olson)、垮掉派"颓废"诗人艾伦·金斯堡(Allen Ginsberg)等,甚至在庞德囚禁于圣伊丽莎白医院期间(1945—1958)专程探望他,不仅对他的《华夏集》和《诗章》推崇备至,而且奉他为"后现代先锋诗的教父"④。不过,并不是所有的美国诗人都认可《诗章》的诗歌艺术特色。以"主观整理客观"诗学思想著称、强调"超级虚构"(supreme fiction)的华莱士·史蒂文斯,就拒不接受庞德《诗章》里那些"高度现代的诗歌","甚至拒绝在帮助庞德的请愿书上签名",然而这一切并"无损于庞德的成就"⑤。

如果说《诗章》诗歌艺术特色的本土化是一个向内的民族化的过程,那么在《诗章》诗歌艺术特色向外拓展和延伸的过程中,通过"蝴蝶效应"逐渐产生影响的过程中,其现代主义品格的建构又离不开与其他国家民族诗人之间的互动(interaction)和对其他民族诗歌文本的参照(reference)以及互文⑥。这就涉及《诗章》诗歌艺术特色的国际化——一个作用于其他民族诗人并对其他民族诗人产生广泛影响力,同时拥有开放性

---

① William Carlos Willliams, "Excerpts from A Critical Sketch: A Draft of *XXX Cantos* by Ezra Pound", in E. San Juan, Jr., ed., *Critics on Ezra Pound*, Coral Gables, Florida: University of Miami Press, 1972, pp. 20 – 22.

② Lawrence S. Rainey, "Introduction", in Lawrence S. Rainey, ed., *A Poem Containing History*, Michigan: The University of Michigan Press, 1997, p. 1.

③ 赵毅衡:《诗神远游:中国如何改变了美国现代诗》,上海译文出版社 2003 年版,第 50—62 页。

④ 赵毅衡:《诗神远游:中国如何改变了美国现代诗》,上海译文出版社 2003 年版,第 309—310 页。

⑤ 王敖:《序》,载[美]哈罗德·布鲁姆等《读诗的艺术》,王敖译,南京大学出版社 2010 年版,第 4 页。

⑥ George Bornstein, "Pound and the Making of Modernism", in Ira B. Nadel, ed., *The Cambridge Companion to Ezra Pound*, Cambridge: Cambridge University Press, 1999, p. 22.

品格和特征的"文本现象"①。

从区域研究和诗学研究的双重视角来看,《诗章》现代主义风格的国际化首先是指《诗章》作为自我放逐的诗人的代表作②,对庞德曾经的居住地——譬如英国、法国、意大利等地——的民族诗人及其诗歌产生的潜移默化的影响。可是,《诗章》的诗歌艺术特色到底影响到多少欧美诗人?诗歌评论家K. L. 古德温(K. L. Goodwin)研究发现,庞德凭借《诗章》等重要作品成为包括英国在内的欧洲"现代诗歌影响最大的诗人之一","对此人们有广泛的认识,而且该认识也可以从那个世纪最伟大的几位诗人那里得到证实"③;艾略特指出,不管是庞德的翻译作品《华夏集》,还是他的史诗作品《诗章》,都足以证明他"对20世纪(欧美)诗歌革命做出的贡献,比任何同时代诗人的贡献都要大"④;休姆弗利·卡朋特也不无感慨地说,庞德因为《诗章》这样不朽作品的存在,加上他特立独行的风格,成为20世纪对美国诗歌影响最大的诗人,也是对欧洲诗歌影响最大的诗人之一⑤。

阅读《一位严肃的角色:伊兹拉·庞德的一生》一书,读者不难发现:青年时代和中年时代的庞德不是一个与世隔绝、自我封闭的诗人。事实上,他的个性特点和交际能力也不允许他不与外界——尤其是他居住地的艺术圈子——进行接触和互动⑥。倘若立足于文化传播学,读者亦不难看出:庞德从始至终是一位擅长主动出击宣传自己的诗歌思想,并且积极学习当地文化及民风的诗人。更何况,他又是一位语言天才,精通多门外语,能够熟练使用这些语言进行诗歌交流和文学创作。从读者反映论来看,《诗章》里存在的各种欧洲语言——不管是古代的还是现代的——不只是为表达诗人思想的需要,而且还有迎合西方各国读者阅读口味的需要。所以,上述评论家的说法足以证明:《诗章》的现代主义风格在英美

---

① 王瑾:《互文性》,广西师范大学出版社2005年版,第140页。
② Stephen Sicari, *Pound's Epic Ambition: Dante and the Modern World*, New York: State University of New York Press, 1991, p. 17; 又参见 Hugh Kenner, *The Pound Era*, Berkeley: University of California Press, 1971。
③ K. L. Goodwin, *The Influence of Ezra Pound*, London: Oxford University Press, 1966, p. xv.
④ D. E. Standford, *Revolution and Convention in Modern Poetry*, London & Toronto: Associated University Presses, 1983, pp. 13 – 37.
⑤ Humphrey Carpenter, *A Serious Character: The Life of Ezra Pound*, Boston: Houghton Mifflin Company, 1988, pp. xi – xii.
⑥ Humphrey Carpenter, *A Serious Character: The Life of Ezra Pound*, Boston: Houghton Mifflin Company, 1988, pp. 417 – 423.

第六章 《诗章》现代主义风格对欧美及中国的影响

文学圈、艺术圈不仅会发挥重要作用,而且还会产生连锁反应。以此为依据,受《诗章》诗歌艺术特色影响的人数就不可能是定数了,只能用跨国别、跨民族、跨时代进行标签。1955 年在美国华盛顿大学完成博士学位论文《伊兹拉·庞德与中国》(*Ezra Pound and China*)[①]、后来担任美国奥尔冈大学中文教授的华裔学者荣之颖(Angela Chih-ying Jung)就认为:"庞德这样的天才是没有国界的……美国将他视为叛徒,意大利将他看作自己的诗人,他最后与但丁、奥维德等诗人葬在一起。"更让人不可思议的是,"他的作品有 246 种被译为外文"[②]。根据目前掌握的文献资料看,《诗章》不仅对叶芝、H. D.、理查德·奥尔丁顿、托马斯·哈代、詹姆斯·乔伊斯、D. H. 劳伦斯等一大批著名诗人、小说家产生影响,还以潜移默化的方式对路易斯·佐科夫斯基(Louis Zukofsky)、鲁伯特·布鲁克(Rupert Brooke)、罗伯特·布里奇斯(Robert Bridges)等比较著名的艺术家、诗人、小说家等产生"蝴蝶效应"般的影响[③]。只不过,有些影响直接而透明,已被读者讨论和研究;有些则间接而隐蔽,尚有待探索和发现。

另一方面,《诗章》现代主义风格的国际化还指除对欧美民族诗人的诗歌创作产生影响以外,亦包括对中国、日本、韩国在内的亚洲国家民族诗歌及小说创作产生积极的影响。日本评论家三宅明(Miyake Akiko)在其著作《伊兹拉·庞德与爱之秘密:〈诗章〉写作结构》(*Ezra Pound and the Mysteries of Love:A Plan for the Cantos*)中,除了谈到庞德对"日本能句""日本真言宗""日本禅宗"等的借鉴和模仿,还有理有据地论证说庞德的《诗章》对日本文学有再造和重塑之功,认为《诗章》对日本诗人及作家产生重要影响是情理之中的事[④]。《诗章》诗歌艺术特色对中国诗人、学者及作家产生的作用和影响,从 20 世纪初到现在的中国学者对庞德以及《诗章》持续不间断的研究热情可见一斑[⑤]。具体情况,下文会详述。

[①] Angela Chih-ying Jung, *Ezra Pound and China*, Diss., Washington:University of Washington, 1955.

[②] 蒋洪新、郑燕虹:《庞德与中国的情缘以及华人学者的庞德研究——庞德学术史研究》,《东吴学术》2011 年第 3 期。

[③] K. L. Goodwin, *The Influence of Ezra Pound*, London:Oxford University Press, 1966;又参见 Hugh Kenner, *The Pound Era*, Berkeley:University of California Press, 1971;Humphrey Carpenter, *A Serious Character:The Life of Ezra Pound*, Boston:Houghton Mifflin Company, 1988。

[④] 宁欣:《当代西方庞德研究述评》,《当代外国文学》2000 年第 2 期。

[⑤] 赵毅衡:《诗神远游:中国如何改变了美国现代诗》,上海译文出版社 2003 年版,第 172—181 页。

第三节　对中国民族文学的启示

至于庞德是如何获得艺术上的灵感并借助现代主义手法书写《诗章》的，他在《诗章》第35章中有这样一个巴赫金式（Bakhtin-style）[①] 的对话细节，给我们以暗示：

  Mr Elias said to me:
   "How do you get inspiration?
  "Now my friend Hall Caine told me he came on a case
  "a very sad case of a girl in the East End of London
  "and it gave him an i n s p i r a t i o n. The only
  "way I get inspiration is occasionally from a girl, I
  "mean sometimes sitting in a restaurant and
   looking at a pretty girl I
  "get an i‑de‑a, I‑mean‑a biz‑nis i‑de‑a?"
          （Pound 173‑174）

  艾里阿斯先生问我：

   "你如何获得灵感？
  现在我有一个名叫豪尔·凯恩的朋友告诉我他遇到了一件事
  一件非常悲伤的事，涉及东伦敦区的一位女孩
  它给了他一个灵　　感。""这种唯一的
  我获得灵感的方式是偶尔才会源自一位女孩，我
  的意思是，一次偶然的机会我闲坐在一家餐厅并且
   看到一位漂亮女孩，我
  才会有一个想　法，我的——意思是——粗糙的——想法，明白吗？"

从该对话，读者可以捕捉到至少三个信息：第一，庞德获得艺术灵感的方式完全不同于普通人，而该方式正是他异于普通人并且促使他最后成为伟大诗人的重要原因；第二，并不是所有的历史人物和事件都可以成为庞德的题材，所以在《诗章》中出现的涉及不同历史人物和事件的

[①] 王瑾：《互文性》，广西师范大学出版社2005年版，第5页。

情节都应该是庞德运筹帷幄、匠心独运的结果；第三，艺术创作中的灵感（inspiration）概念不同于日常生活中所说的想法（notion），想法只能算是获得艺术灵感的一个渠道、一种方式，或者只能算是获得艺术灵感的初级阶段，它不能等同于或者混淆于灵感。鉴于此，庞德在《诗章》艺术创作的过程中借助现代主义风格及书写方式，成功塑造了包罗万象、丰富多彩的内容。这对中国民族文学在新时代的发展与勃兴具有珍贵的启示。

一 "文学是什么，语言是什么，等等"

1934 年，伦敦的 Faber & Faber 出版社出版了庞德颇有影响力的 *ABC of Reading*（《阅读 ABC》）[①] 一书。在此期间，庞德一直居住在意大利。他已联系好纽约的 Farrar & Rinehart 出版社，将于同年出版他的史诗《诗章》的阶段性成果《11 首新诗章》(*Eleven New Cantos*, *XXXI-XLI*)。这是在继 1930 年出版的《30 首诗章草稿》(*A Draft of XXX Cantos*) 以及 1931 年发表的重要文学评论《如何阅读》(*How to Read*)[②] 之后又一部力作。实际上，几乎与此同时，庞德在利用所有闲暇时间认真研读并翻译孔子及"四书"。至于《阅读 ABC》的价值，评论家迈克尔·德尔达予以高度赞誉，认为庞德在此书中撰写了一套"尺度、标准、伏特计"之类的东西。这也是他将"品味的精准"与"精力充沛的宏阔"合二为一的杰作。[③] 庞德在这部充满意义符号的作品中，提出许多精彩的观点。这些观点在他撰写的《30 首诗章草稿》《11 首新诗章》中已有实践。在他将要书写的《中国诗章》《美国诗章》《王座诗章》等章节中也会有所体现。从该意义上讲，探讨庞德《诗章》现代主义风格对中国文学的影响，就需要对《阅读 ABC》中一些精彩的观点予以讨论，以此来考察贯穿在《诗章》中的一些诗学思想，到底能给中国文学发展带来哪些有价值的启示。

在该书开始部分，庞德就使用一句拉丁语"gradus ad Parnassum"，告诉读者这是"通向帕纳索斯山的阶梯"。其阅读对象是"那些乐于学习的

[①] Ezra Pound, *ABC of Reading*, New York: New Directions, 1934/1960.
[②] 1930 年，巴黎的 Nancy Cunard's Hours Press 出版了庞德的 *A Draft of XXX Cantos*（《30 首诗章草稿》）；1931 年，伦敦的 Harmsworth 出版社出版了庞德的重要文学评论 *How to Read*。
[③] ［美］麦可尔·德尔达:《导读》，载［美］埃兹拉·庞德《阅读 ABC》，陈东飚译，译林出版社 2014 年版，第 1—11 页。

人们。本书不是写给那些掌握了这一学科全部知识却不知道事实的人"①。该作品的写作目的明确,是告诉人们"How to Study Poetry"(怎样研究诗歌)。在第二章开始,庞德就以欲擒故纵的方式问道:"What is literature, what is language, etc. ??"(文学是什么,语言是什么,等等?)他给"文学"下了一个定义:"Literature is language charged with meaning."(文学是充注了意义的语言。)他还引述《如何阅读》一文中的话作为佐证——"Great literature is simply language charged with meaning to the utmost possible degree"(伟大的文学正是在可能的极致程度上充注了意义的语言)。那么,"语言"是什么呢?庞德把语言分为"口头语言"(spoken language)和"书面语言"(written language)两大类。其中,"口头语言"是一种"noise divided up into a system of grunts, hisses, etc."(被划分为咕噜咕噜音、嘶嘶嘶音等不同音系的声音系统),人们通常称为"'有声'语言"("articulate" speech);"书面语言"是"signs representing these various noises"(代表各种不同发音的符号系统)。至于"WHAT is the USE OF LANGUAGE? WHY STUDY LITERATURE?"(语言的功用到底是什么?为什么要研究文学?)等话题,庞德给出的解释是:(1)"LANGUAGE was obviously created, and is, obviously, USED for communication"(语言被创造出来,无论在过去还是现在,很明显是为了交流),换句话说,语言是人类交流的媒介和手段;(2)"Literature is news that STAYS news"(文学是历久弥新的新闻)②,也可以认为"文学是永不过时的新闻",因为文学作品里面充满表示意义的符号,充满各种暗示,不同时代的人群、不同文化氛围中的人群阅读起来,自然会产生不同的认知和理解,也会诞生不同的想法和感受,并因此获得不同的灵感和启示,这在某种意义上成为激发读者去研究文学的动因③。

庞德对文学和语言的理解与众不同,这得益于他本人对文学和语言比较个性化的(individualized)思考。而且,他对语言的功用和研究文学的目的也持有比较新颖的见解,这对我们国内的语言研究、文学研究、文学功能研究等,都具有一定的参考价值。

庞德还从他渊博的知识出发,从西方文明史的发展历程出发,从他对文学创作者角色的扮演出发,提出了一个极具时代感、富有启发性的

---

① [美]埃兹拉·庞德:《阅读ABC》,陈东飚译,译林出版社2014年版,第1页。
② 原文中,所有的大写单词均为黑体,旨在强调。
③ Ezra Pound, *ABC of Reading*, New York: New Directions, 1934/1960, pp. 28–29.

第六章 《诗章》现代主义风格对欧美及中国的影响

命题——纵观人类历史，文学由六类人（six classes of persons）创造出来，并使它传播于世：

第一类是 Inventors（发明家），他们最先发明一种写作范式（a new process），并为后世提供最早的范本；

第二类是 The Masters（大师级人物），他们经过大量实践，熟练掌握各种写作范式，做得甚至比发明家还好；

第三类是 The Diluters（模仿者），他们追随并模仿发明家和大师级人物的写作风格，不过达不到他们的水平；

第四类是 Good writers without salient qualities（没有卓越品质的好作家），幸运的是他们出生在一个文学繁荣的时代，只要能够写出符合时代潮流及需求的作品就可以；

第五类是 Writers of belles-lettres（擅长辞藻的专业作家），他们不发明写作范式，但是学有专长，并专注于某个写作领域；

第六类是 The starters of crazes（时尚作家）①，他们会引领某种时代风尚和潮流，作品具有一定的先锋性。

庞德对文学创作者的分类虽然不完全符合他宣称的"科学性"（scientific）原则，但是思想新颖，视角独特，观点明确，因此具有西方文学史上的代表性和典型性，值得我们国内学者关注和研究。

真正引起国内外学者瞩目的是庞德对诗歌的分类。他认为诗歌可以分为三类：

第一类称作 Melopoeia（声诗），是指可以用来吟唱、像音乐一样的诗，音乐引导意义的生成和变化（the bearing or trend of the meaning）；

第二类称作 Phanopoeia（形诗），这类诗能把事物形象浇筑在视觉想象之上（a casting of images upon the visual imagination），即像画一样可以用来"观看"的诗；

第三类称作 Logopoeia（理诗），是诗歌语言之间的智慧之舞（the dance of the intellect among words），这种诗出现最晚，却可能是最巧妙、最不可捉摸的类型（perhaps most tricky and undependable mode）。

国学大师钱锺书先生曾于1945年在《中国年鉴》发表英语文章"Chinese Literature"，批评庞德在诗歌翻译和写作过程中误解中国汉字，误读中国文化，说他对中国诗和中国文字一知半解："Pound is constructing Chinese rather than reading it, and as far as Chinese literature is con-

---

① Ezra Pound, *ABC of Reading*, New York: New Directions, 1934/1960, pp. 39–40.

cerned, his *A. B. C of Reading* betrays him as an elementary reader of mere A. B. C..".（庞德是在建构汉语，而不是在阅读汉语。就中国文学而言，他的作品《阅读ABC》暴露了他只是个 A. B. C. 的初级读者。）① 钱锺书的这种批判态度在他给小说《围城》的德译本前言中再次呈现出来："庞德对中国语文（是）一知半解、无知妄解、煞费苦心的误解……庞德的汉语知识常被人当作笑话。"② 但是，钱锺书并非一味地批评庞德。就庞德上面提出的关于诗歌的三种分类，钱锺书持一种肯定和赞赏的态度。他还用比较文学研究的方法将《文心雕龙》里的相关论述与庞德《阅读ABC》中的上述诗论进行比较。最精彩的论述出现在钱锺书的"智慧之书"《谈艺录》中。钱先生这样写道："《文心雕龙·情采》篇云：'立文之道三：曰形文，曰声文，曰情文。'按 Ezra Pound 论诗文三类，曰 Phanopoeia，曰 Melopoeia，曰 Logopoeia，与此词意全同。参见 *How to Read*, pp. 25 – 28；*ABC of Reading*, p. 49。惟谓中国文字多象形会意，故中国诗文最工于刻画人物，则稚駿之见矣。"③ 钱先生学贯中西、博古通今。他对《文心雕龙》和庞德的《阅读ABC》都有专门的研究和深入思考，所以能够在中国比较文学史上首次质疑庞德的语言观。而且，他还开创了中文诗学与庞德诗学相比较的先河④。

钱锺书先生是我国文学史上比较早地关注庞德及其诗歌作品的专家学者之一。他上面的评述及观点充满启发性并极具代表性。国内学者在研究庞德及《诗章》所采取的书写策略和技术路线时，一般先是从研究庞德的生平阅历着手，过渡到研究他的意象派诗歌如《在地铁车站》等，再到研究他的《华夏集》及博大精深的翻译思想，最后落脚到研究他厚达822页佶屈聱牙的"天书"——《诗章》。钱先生的研究独辟蹊径，启发我们研究庞德和《诗章》可以朝着比较文学的路子走，还可以打破学科、视野局限，开展学科之间、区域之间、国别之间等相关研究，把眼界拓宽、放大，尝试走一条别人不曾走过的路。就如同弗罗斯特在"The Road Not Taken"（《人迹罕至之路》）中所说："Two roads

---

① 钱锺书：《钱锺书英文文集》，外语教学与研究出版社2005年版，第283页；另参见蒋洪新、郑燕虹《庞德与中国的情缘以及华人学者的庞德研究——庞德学术史研究》，《东吴学术》2011年第3期。

② 钱锺书：《写在人生边上 人生边上的边上 石语》，生活·读书·新知三联书店2002年版，第171—172页。

③ 钱锺书：《谈艺录》，中华书局1993年版，第42页。

④ 蒋洪新：《庞德研究》，上海外语教育出版社2014年版，第369页。

diverged in a wood, and I—/I took the one less traveled by,/And that has made all the difference."（树林里分出两条路，而我——/我选择了人迹罕至的那一条，/它使我所见完全不同于从前。）① 庞德《诗章》现代主义风格的影响研究，在庞德研究以及《诗章》研究领域，仍属于待开拓的领域，值得我们选择"人迹罕至之路"，以便做出多方面的探索和努力。

二 "在知识后面航行"

庞德在《诗章》第47章的开篇部分，意味深长地写下下面2行文字：

Knowledge the shade of a shade
Yet must thou sail after knowledge
(Pound 236)
知识是影子的影子
但是你依然需要在知识后面航行

庞德在此处用到第二人称"thou"，潜意识是让"I"与"thou"进行对话。这里的"thou"可以特指庞德心目中那个言说对象，也可泛指读者。人类知识的传播与延续永无止境，即"学无止境"（Knowledge has no limit）。现在人们所学的知识，往往是从经验知识的基础上发展而来。如果说人类历史是长河，是大海，那么知识就是这条长河、这片大海里滚滚向前、奔流不息的浪花。庞德充分领悟到这一点。他说"知识是影子的影子"，也意味着他在《诗章》中所说的知识是继承前人智慧，受其影响"传递"而来。所以，根据已知经验，他给包括读者在内的所有人建议说，应该"在知识后面航行"。当然，"在知识后面航行"的另一层意思，是讲"尾随"如同"模仿"（imitation），只能算是学习知识的一种方式，不是唯一方式，更不是学习的全部。为了有突破和创新，学习者需要认真领悟"美国的孔子"、超验主义之父爱默生（Ralph Waldo Emerson）在《论自助》（"Self-Reliance"）中所说的话："Whoso would be a man must be a nonconformist"（要想成为人上人，就不做墨守成规之人），"Trust thyself"（相信你自己），"Let a man then know his worth"（让每一个知道他

---

① 吴伟仁编：《美国文学史及选读（2）》，外语教学与研究出版社2013年版，第142—143页。

存在的价值),"Envy is ignorance... imitation is suicide... he must take himself for better, for worse, as his portion"(嫉妒是无知……模仿是自杀……每一个人,无论何种境地,都要尽到本分)①。此外,学习者在求知的道路上,还需要具备敏锐的洞察力、理性的辨别力、澎湃的激情以及与困难作斗争的坚强意志力。

庞德在书写《诗章》的过程中,在塑造《诗章》现代主义诗歌风格的过程中,曾得到不少在美中国诗人、学者直接或间接的帮助。这些中国诗人、学者包括:方志彤、方宝贤(P. H. Fang)、宋发祥(Far-san T. Sung)、张君劢(Carsun Chang)、曾宝荪(Pao Swen Tseng)、杨凤岐(Fengqi Yang)、赵自强(Tze-chiang Chao)、荣之颖(Angela Chih-ying Jung)、孙慧兰(Veronica Huilan Sun)、王燊甫(David Wang)等②。他们的帮助,对《诗章》现代主义风格的成型和成熟起到重要作用。从庞德身上,我们学习到这样的经验:在研究英美文学的过程中,我们不能关起门来自说自话,而是需要敞开心扉接纳世界的多样性,与英美本国相关领域的专家学者展开对话与交流,上下求索,以获得真知。在这方面,杜兰大学哲学博士、新奥尔良大学校长亲命教授(Chancellor's Professor)、杭州师范大学"钱塘学者"特聘教授钱兆明先生做出了榜样和表率。他从2011年开始与管南异、欧荣、叶蕾、陈礼珍等国内中青年学者合作,撰写了一系列有重要参考价值的学术论文,包括《逆向而行——庞德与宋发祥的邂逅和撞击》《〈七湖诗章〉:庞德与曾宝荪的合作奇缘》《庞德纳西诗篇的渊源和内涵》《〈马典〉无"燊":庞德与江南才子王燊甫的合作探源》《〈管子〉"西游记"——赵自强和庞德〈诗章〉中的〈管子〉》

---

① Joel Porte and Saundra Morris, *The Cambridge Companion to Ralph Waldo Emerson*, Cambridge: Cambridge University Press, 1999;另参见吴伟仁编《美国文学史及选读(1)》,外语教学与研究出版社2013年版,第144—149页。

② Zhaoming Qian, *Ezra Pound's Chinese Friends-Stories in Letters*, Oxford: Oxford University Press, 2008, pp. xiii - xxvi;另参见钱兆明、管南异《逆向而行——庞德与宋发祥的邂逅和撞击》,《外国文学》2011年第6期;钱兆明、欧荣《〈七湖诗章〉:庞德与曾宝荪的合作奇缘》,《中国比较文学》2012年第1期;钱兆明、叶蕾《庞德纳西诗篇的渊源和内涵》,《中国比较文学》2013年第3期;钱兆明、欧荣《〈马典〉无"燊":庞德与江南才子王燊甫的合作探源》,《外国文学研究》2014年第2期;钱兆明、管南异《〈管子〉"西游记"——赵自强和庞德〈诗章〉中的〈管子〉》,《中国比较文学》2014年第2期;钱兆明、陈礼珍《兼听则明:庞德和杨凤岐的儒学政治化争论与情谊》,《杭州师范大学学报》(社会科学版)2014年第1期;钱兆明、欧荣《缘起缘落:方志彤与庞德后期儒家经典翻译考》,《浙江大学学报》(人文社会科学版)2015年第3期;钱兆明、陈礼珍《还儒归孔——张君劢和庞德的分歧与暗合》,《中国比较文学》2015年第3期。

《兼听则明：庞德和杨凤岐的儒学政治化争论与情谊》《缘起缘落：方志彤与庞德后期儒家经典翻译考》《还儒归孔——张君劢和庞德的分歧与暗合》等①，解答了困惑读者多年、涉及《诗章》文本研究的诸多复杂问题，对国内学者研究庞德、《诗章》及其现代主义风格具有启发性和指导性。

庞德在《回顾》("A Retrospect")一文中倡导三条作诗原则："1. 直接处理'事物'，无论主观还是客观；2. 绝不使用无济于呈现事物的词语；3. 至于节奏，创作要依照乐句的排列，而不是依照节拍器的机械重复。"②这在他的史诗《诗章》里亦有淋漓尽致的反映。一方面，读者可以看到，意象派的作诗原则对庞德《诗章》现代主义风格的塑造发挥了重要作用；另一方面，倘若读者观照20世纪初中国新诗诞生、发展的历程，还会惊喜地发现，意象派的作诗主张、写作风格和思想理念也曾发挥桥梁与催化剂的作用。

1919年爆发的五四运动掀开中国历史新的一页。一批致力于开创中国新文学、新文化格局的有志之士开始探索新路径，向美国、英国、法国、德国、俄国、日本等发达国家学习和借鉴经验。在新旧文化激烈冲突、新旧文学不断较量的过程中，胡适、闻一多、徐志摩等中国学者先是在海外接触到英美意象派诗歌作品及作诗原则，遂受到激励和启迪，回国后著书立说或办刊宣传新思想、新理念、新文艺。"1925年之前留学美国的诗人，胡适、陈衡哲、徐志摩、罗家伦、汪敬熙、黄仲苏、闻一多、许地山、梁实秋、冰心、林徽因、刘延芳、甘乃光、朱湘、饶孟侃、陆志伟、孙大雨、方令孺等，都接触过意象派诗歌。"③譬如，胡适的新诗、新文学主张——最著名的是他于1917年1月在《新青年》上发表的《文学改良刍议》提出的"八条主张"，受到庞德倡导的意象派诗歌三原则以及艾米·洛厄尔于1915年在《〈几个意象派诗人〉前言》提出的诗歌主张的影响④。胡适曾在《尝试集》中自述说，在美国康奈尔大学所在地"绮色佳"(Ithaca)，"我虽不专治文学，但也颇读了一些西方文学书籍，

---

① 上述论文后来结集出版，书名是《中华才俊与庞德》。参见钱兆明《中华才俊与庞德》，中央编译出版社2015年版。
② 英语原文转引自 Ira B. Nadel, ed., *The Cambridge Companion to Ezra Pound*, Cambridge: Cambridge University Press, 1999, p. 2; 中文译文参见［美］伊兹拉·庞德《回顾》，载［美］伊兹拉·庞德《庞德诗选——比萨诗章》，黄运特译，张子清校订，漓江出版社1998年版，第221页。译文有改动。
③ 王光明：《自由诗与中国新诗》，《中国社会科学》2004年第4期。
④ 朱徽：《中美诗缘》，四川人民出版社2001年版，第147—148页。

无形之中，总受了不少的影响"。正是在意象派作诗法和作诗原则的启发下，胡适写出《蝴蝶》《关不住了》等名篇①。"必须指出的是，《关不住了》不是胡适自己创作的作品，而是一首译诗，它是美国女诗人梯斯黛尔（Sara Teasdale）发表在美国《诗刊》（Poetry）1916年第3卷第4期的作品，原题为'Over the Roofs'（《在屋脊上》）。胡适以此为题翻译后发在《新潮》第1卷第4号（1919年4月1日）上。"②除胡适外，闻一多亦明显受到庞德及洛厄尔倡导的意象派诗风的影响。闻一多在美留学期间，曾主动与意象派诗人洛厄尔等应酬往来，回国后倡导新诗，提出新诗格律化和诗的"音乐美、绘画美、建筑美"。他的第一部诗集《红烛》受美国意象派诗歌影响的痕迹处处可见③。上述两个例子说明：在中国新诗发展史上，庞德及同时代诗人的现代主义写诗风格，对国内新诗诗人诗歌理论的创造和思想观念的革故鼎新，均起到重要的参考作用。

由此可见，庞德《诗章》的现代主义风格之所以能够在西方诗坛形成一股风气，并给中国诗人造成影响，证明了它存在的客观价值和意义。庞德在《诗章》中大胆呈现他的现代主义风格，并把现代主义作诗法变成一种现实的力量，也给我们新时代国内诗歌发展带来珍贵的启示。具体表现在以下四个方面：

第一，"新，日日新"。《大学·曾传》记载了关于"汤之盘铭"的典故："汤之盘铭曰：'日日新，苟日新，又日新。'"意思是说："果真要每天洗涤污垢，刷新自己，就要每天每天地刷新，又每天更加刷新。"④庞德把"汤之盘铭"的故事写进《诗章》第53章："Tching prayed on the mountain and/wrote MAKE IT NEW/on his bath tub/Day by day make it new/新，日日新"（Pound 264-265）。庞德把中国儒家古训"新，日日新"郑重地讲给西方读者听，讲给他们的执政者听，希望对西方社会产生影响，因为他认为这是西方社会所欠缺的精神品质。作为国人，我们要认识到"新，日日新"对当代民族诗歌发展的重要性、紧迫性和必要性。"创新"是时代交给我们的使命，也是国家发展、民族发展之大义。

---

① 胡适：《谈新诗》，载胡适《胡适文集（第2卷）》，北京大学出版社1998年版，第97—98页。

② 王光明：《自由诗与中国新诗》，《中国社会科学》2004年第4期；另参见蒋洪新《庞德研究》，上海外语教育出版社2014年版，第364—365页。

③ 黄维樑：《五四新诗所受的英美影响》，《北京大学学报》（哲学社会科学版）1988年第5期。

④ ［英］理雅各英译：《四书》，杨伯峻今译，湖南出版社1996年版，第4页。

第六章 《诗章》现代主义风格对欧美及中国的影响

第二,"我信仰《大学》"。1934年,T.S.艾略特问好友庞德:"你信仰什么?"庞德回答说:"我信仰《大学》。"(I believe the Ta Hio.)① 1955年,他再次重申自己的誓言:"我信仰《大学》。"② 庞德曾认真研读英国著名汉学家詹姆斯·理雅各(James Legge)③ 的英译本"四书",也曾全身心地学习中文,结果是他越接近中国文化,就越喜爱中国文化,喜爱中国儒学,喜爱孔子。与其说庞德信仰《大学》,不如说他信仰孔子的思想与智慧。作为接受过孔子思想洗礼的中华儿女,我们要充分认识其价值、魅力和影响力。一方面,我们不能忽视或轻视祖先留给我们的优秀文化传统;另一方面,我们不能忽视或轻视对它的继承与传播。庞德作为美国人都能对儒家思想和孔子智慧如此热爱、充满激情,我们又怎么能无动于衷呢?

第三,"一以贯之"。1938年,庞德在《文化导论》(Guide to Kulchur)一书的开篇就用手写体"一以贯之"作为他的"导论"④。他是受到《论语》中孔子话语的启发。在《论语·里仁篇第四》中,孔子对曾参说:"参乎!吾道一以贯之。"⑤ 这给我们以启示:(1)中国诗歌发展需要"一以贯之"地牢固树立自信、自强的意识,不仅做到"解放思想",而且做到"实事求是";(2)在"一以贯之"地执行中国诗歌发展理念的过程中,我们不能封闭、保守,相反,我们要开放和包容,要海纳百川,要有宽广的胸襟,要能从思想和行动两个层面做出努力;(3)在新时代背景下,我们要实现从"中国文学走出去"到"中国文学自信地走出去"的根本性转变。

第四,我们需要继续以"取其精华,去其糟粕"的方式去学习包括美国诗歌在内的西方文学和文化知识,继续以开放、包容的姿态对待西方的先进技术和科学思想。我们不可以画地为牢自我囚禁,也不可以画饼充饥自欺欺人,更不可以做井底之蛙只看头顶一片天。《孙子兵法·谋攻

---

① Ezra Pound, *Literary Essays of Ezra Pound*, T. S. Eliot, ed., New York: New Directions, 1954, p. 86.

② Mary Paterson Cheadle, *Ezra Pound's Confucian Translation*, Michigan: the University of Michigan, 1997, pp. 1 - 2;另参见蒋洪新《庞德的翻译理论研究》,《外国语》2001年第4期。

③ 詹姆斯·理雅各(James Legge, 1815—1897)曾任香港英华书院校长,伦敦布道会传教士。他是第一个系统研究、翻译中国古代经典的人,从1861—1886年的25年间,将"四书""五经"等中国主要典籍全部译出,共计28卷。当他离开中国时,已是著作等身。理雅格的多卷本《中国经典》《法显行传》《中国的宗教:儒教、道教与基督教的对比》和《中国编年史》等著作在西方汉学界占有重要地位。他与法国学者顾赛芬、德国学者卫礼贤并称汉籍欧译三大师,也是儒莲翻译奖的第一个获得者。

④ Ezra Pound, *Guide to Kulchur*, New York: New Directions, 1968, p. 15.

⑤ [英]理雅各英译:《四书》,杨伯峻今译,湖南出版社1996年版,第90页。

篇》云："知彼知己，百战不殆；不知彼而知己，一胜一负；不知彼不知己，每战必殆。"我们不仅要用知识、德行、仁义武装好自己，还要对西方的文学史、文明史、文化史、艺术史等烂熟于心，只有这样，我们才能"运筹帷幄，决胜于千里之外"。在当下，中国诗歌的现代化建设任重而道远。我们没有退路，只能勇往直前。作为新时代的弄潮儿，我们唯有不忘初心，牢记使命，砥砺前行，"撸起袖子加油干"，才会实现个人梦想和民族梦想，实现中华民族伟大复兴！

结　语

　　明代三大才子之首、文学家杨慎有词云："滚滚长江东逝水，浪花淘尽英雄。是非成败转头空。青山依旧在，几度夕阳红。"该词亦让人想到杜甫的名句"无边落木萧萧下，不尽长江滚滚来"，以及苏轼的慷慨陈词"大江东去，浪淘尽，千古风流人物"。诚然，历史的进程犹如滚滚江水，从古至今，永不停歇，没有谁能够阻挡这客观变化的规律，也没有谁可以控制时间的悄然流逝。成功也好，失败也罢，不过是历史的云烟。

　　伊兹拉·庞德是20世纪美国文学史上的风云人物，他也是一位颇有争议的美国现代派诗人。庞德在世时，曾经有极高的声誉并享有辉煌的荣耀，受人追捧；他也曾由于政治过失沦为阶下囚，跌入人生的低谷，经历"冰火两重天"。时至今日，仍有不少批评家对他口诛笔伐。但是，历史的"滚滚江水"没有完全埋没庞德。一般认为，庞德在文学上的成就主要是诗歌，所以国内外学者都重点关注他的诗歌创作，要么是研究他的早期诗歌、中期诗歌，要么是研究他带有悲凉气息的晚年诗歌。实际上，庞德不是传统意义上的诗人，他是一个复杂的多面体，拥有多重身份。

　　庞德是一位极富语言天赋的语言习得者，通过自学和在校学习掌握了包括汉语在内的20多种语言，不仅可以畅快淋漓地博览群书，还能灵活运用这些语言服务于他的诗歌创作和社会活动；庞德是诗歌理论家，他受T. E. 休姆、F. S. 弗林特、伯格森等学者影响倡导英美意象派诗歌运动，作为核心成员积极宣传"意象派三原则"，写下《意象派诗人的几个"不"》《如何阅读》《论传统》等名篇，他还与温德姆·路易斯一起发动漩涡派运动并写下《漩涡》作为理论武器；庞德是文学评论家，他撰写的《罗曼司的精神》《我收集奥西里斯的肢体碎片》以及艾略特主编的《伊兹拉·庞德文学论文集》等，具有极广泛的影响力；庞德是翻译家，他凭借表意文字法，以创造性翻译的方式翻译完成的中国诗集《华夏集》风靡欧美各国，他还翻译荷马史诗《奥德赛》，翻译但丁的《神曲》，翻译中国的《大学》《中庸》和《论语》——虽然《孟子》没有译完,但是关于《孟子》的翻译碎片撒播在他的现代史诗《诗章》里面;庞德是优秀的编辑,他担任哈丽特·蒙罗主编的《诗刊》海外特约编辑期间,尽职尽责,推荐发表了许多脍炙人口的优秀诗篇;庞德是社会活动家和独具慧眼的"伯乐",得到庞德物质帮助和精神鼓励的诗人、小说家、剧作家、艺术家有很多;庞德是东西方文化的继承者和传播者,他"信仰《大学》",崇拜孔子,希望把孔子思想传播到西方,以拯救堕落的西方社会;庞德是现代诗学史专家,他旨在创造"一首包含历史的诗",好吸纳人类各民族的优秀文化成果;庞德是敢于破旧立新的美学家,他倡导的美学不是"为艺术而艺术",而是让艺术发挥社会功能,为社会服务;庞德是充满悲剧色彩的"幻想家"和"政治糊涂虫",他因为笃信意大利墨索里尼的法西斯主义使身心遭受重创,晚年不得不郁郁而终。

《诗章》不是一般意义上的个人诗集,它是西方现代史诗,是20世纪英美现代主义风格得到登峰造极式演绎的艺术文本。劳伦斯·S.瑞妮等学者评述说,《诗章》是20世纪具有史诗性质的诗歌巨著,庞德在这部史诗中淋漓尽致地呈现了现代主义诗歌风格及其特点[①]。庞德研究专家休·肯纳也论述说,庞德的现代主义诗歌艺术引发了一个时代性的热潮[②]。作为诗歌代表作,庞德借助《诗章》充分彰显了西方现代主义诗歌风格的个性和魅力。一方面,《诗章》的艺术性通过庞德大胆的诗歌实验和文学创造得以完成;另一方面,《诗章》集中展示了20世纪初期英美现代主义诗歌的存在价值和诗学品格。可以说,《诗章》是庞德精湛的现代主义诗歌艺术与宏富的诗学思想性的荟萃与结晶。

《诗章》含历史、跨文化、无结尾,以高超的现代主义风格和艺术手法反映了新旧文化转型时期人类社会的精神面貌。长期以来,《诗章》被中外学者公认为20世纪美国诗歌史上优秀的诗歌艺术文本,但是对《诗章》现代主义风格研究的成果与它显赫的文学地位和声誉极不相符。截至目前,在国内外学者的研究成果中,还没有一部专门研究庞德《诗章》的现代主义风格并系统地对这种独特的艺术呈现方式进行梳理、探讨和阐释的著作。这就为本书的出现提供了难得的机遇。

本书聚焦庞德《诗章》的现代主义风格,借助比较文学理论、诗学

---

① Lawrence S. Rainey, ed., *A Poem Containing History*, Michigan: The University of Michigan Press, 1997.

② Hugh Kenner, *The Poetry of Ezra Pound*, Lincoln & London: University of Nebraska Press, 1985.

理论、传播学理论、社会学理论、历史学理论等，立足《诗章》第1—117章的文本内容，除去文献梳理的工作，重点解决了五个方面的问题，并力求有所突破和创新：

一是对国内外学者关于《诗章》研究比较有争议性的话题进行聚焦和评析，确立本书的研究立场；二是分析了《诗章》现代主义风格形成的历史背景，认为庞德除了实现了对维多利亚诗歌传统的悖逆与革新，还从美国诗歌传统中得到继承和发展，此外，他坚持"日日新"的诗学观、文化观与他对中国儒家哲学思想及经典的崇拜和吸收有密切关联；三是考察了《诗章》现代主义风格的模仿与创造，主要分析了《诗章》与布朗宁的"独白体"风格、《诗章》与惠特曼的自由体诗歌、《诗章》与叶芝的象征主义诗歌、《诗章》与艾略特的"荒原"式诗歌、《诗章》与卡明斯的"另类文风"、《诗章》与 H. D. 希腊人式的"冷硬"风格、《诗章》与其他作家及诗人的"对话"关系七个方面，以求管中窥豹，说明《诗章》现代主义风格的形成并非空穴来风，毫无依据，而是与英美文学史上许多优秀诗人的作诗风格存在互文与对话的内容；四是论述了《诗章》现代主义风格的内化与吸收，涉及的话题包括《诗章》与《奥德赛》的神话叙事、《诗章》与《神曲》的"光明"情结、《诗章》与"新希腊"的发现、《诗章》与意象派诗风的延续、《诗章》与漩涡派诗学思想的实践等方面，庞德通过内化和吸收世界文学经典以及实施由他担当领导者和核心成员的各诗歌流派的诗歌创作主张，使《诗章》的现代主义风格充满历史的厚重感和时代的朝气与活力；五是聚焦《诗章》现代主义风格对欧美及中国的影响，庞德在书写《诗章》的过程中不只是奉行"拿来主义"政策，仅吸收和借鉴欧美文学传统和包括中国在内的其他民族文学传统了事，他还通过《诗章》呈现出来的现代主义风格，对欧洲文学传统进行"反哺"，对美国本土文学更是产生了"蝴蝶效应"般的广泛影响，与此同时还给中国五四时期以胡适为代表和核心成员的新文化运动、新诗运动提供了理论与实践层面的参考和借鉴，对当下我国诗歌发展及革新提供珍贵的启示。

此外，通过研究庞德《诗章》的现代主义风格，我们还做出如下思考：

一是《诗章》现代主义风格的思想性和艺术性具有不容忽视的价值和意义。我们在这里讨论它的存在、它的影响力以及它的背景与表现形式等，旨在说明：庞德《诗章》的现代主义风格不是要割裂传统，另起炉灶，只求"现代"，他的"现代"深深扎根于"传统"，与"传统"不可剥离。庞德的《诗章》是"传统"与"现代"合力产生的结果，是个

"宁馨儿"。

二是站在读者反应论的角度,我们必须实事求是地承认:《诗章》作为庞德一生中写作时间最长、凝聚了诗人一生心血、蕴含诗人各种所思所想和人生智慧的诗歌总集,阅读起来确实晦涩难懂。而且,由于《诗章》所观照的整个诗歌体系博大精深,诗学内容包罗万象,风格标新立异,加上庞德又借助古希腊语、拉丁语、普罗旺斯语、古英语、古法语、汉语等20多种语言在《诗章》中演绎和想象人类历史的昨天、今天和未来,像但丁在《神曲》里绘制地狱、炼狱和天堂一样,通过《诗章》大胆书写20世纪人类社会,尤其是西方现代社会的肮脏、堕落与绝望,希望从中国儒家文化及其深邃的思想中找到救治西方弊病的良药。这些前无古人、超凡脱俗的作诗法,也最终导致《诗章》好像一部"天书",只"献给"那些懂得欣赏他诗艺的人群①。

三是由于各种因素影响,《诗章》直到今天仍有不少研究领域尚处于未被开垦的"处女地"②。有些方面无人涉猎,有些方面没有引起国内外学者的足够重视,还有些话题或主题尚未得到学者们比较深入的研究,这就意味着我们对庞德和《诗章》的研究工作非但不可能停止或结束,反倒是在新的历史条件下、在新的历史时期,还需要有新的开始。

---

① Noel Stock, *Reading The Cantos: A Study of Meaning in Ezra Pound*, New York: Pantheon Books, 1966.

② Lawrence S. Rainey, ed., *A Poem Containing History*, Michigan: The University of Michigan Press, 1997.

附　录

附录一　庞德人生"七阶段"[①]

阶段一　庞德幼年及少年时代（1985—1900）

诞生　1885年10月30日，庞德出生于美国西北部爱达荷州海利镇（Hailey, Idaho）。父亲是荷马（Homer Weston Pound），母亲是伊莎贝尔（Isabel Weston Pound）。庞德出生时，其父为当地联邦土地管理办公室（the Federal Land Office）主管，负责监督当地的矿业开采。

2岁　1887年冬，恶劣的自然环境让庞德母亲无法适应，庞德母亲遂带着18个月大的庞德离开海利镇住所，寄宿在叔叔（Isabel's uncle）伊兹拉·布朗·威斯顿（Uncle Ezra Brown Weston）和婶婶弗兰克·威斯顿（Frank Weston）家里。住址在纽约市第47号街东第24号（24 East 47th St. New York City）。伊莎贝尔的叔叔和婶婶对困难时期的庞德一家非常照顾，对年幼的庞德更是疼爱有加。为此，出于

[①] 书写该部分时，笔者参考了 Noel Stock, *The Life of Ezra Pound*, New York: Avon, 1974; Humphrey Carpenter, *A Serious Character: The Life of Ezra Pound*, Boston: Houghton Mifflin Company, 1988; Ira B. Nadel, ed., *The Cambridge Companion to Ezra Pound*, Cambridge: Cambridge University Press, 1999, pp. xvii–xxxi; Peter Wilson, *A Preface to Ezra Pound*, New York and London: Longman, 1997; 刘海平、王守仁主编《新编美国文学史（第三卷，1914—1945）》，杨金才主撰，上海外语教育出版社2002年版，第64—81页；吴其尧《庞德与中国文化——兼论外国文学在中国文化现代化中的作用》，上海外语教育出版社2006年版，第249—269页；蒋洪新《庞德研究》，上海外语教育出版社2014年版，第420—425页；朱伊革《跨越界限：庞德诗歌创作研究》，上海三联书店2014年版，第350—354页；胡平《庞德〈比萨诗章〉研究》，上海大学出版社2017年版，第251—259页；Wikipedia, *Ezra Pound* [2023-3-16], https://en.wikipedia.org/wiki/Ezra_Pound。特此鸣谢。

感恩，庞德母亲给庞德取名 Ezra，即沿用其叔叔的名字。伊莎贝尔婶婶的形象在庞德的《诗章》中多以回忆录或特写镜头的方式出现。庞德在《诗章》中亲切地称弗兰克·威斯顿为"Aunt Frank"。从辈分来说，庞德应该称 Ezra Brown Weston"外叔公"，称 Frank Weston（即"Aunt Frank"）"外叔婆"①。

4 岁　1889 年，父亲荷马辞去在爱达荷州海利镇的工作来到美国东部，在宾夕法尼亚州费城（Philadelphia）的美国铸币厂（the US Mint）谋得一职，任助理检验员（an assistant assayer）；庞德一家迁居费城。庞德父亲在美国铸币厂一直工作到 1928 年退休。

5 岁　1890 年，庞德一家暂住在宾夕法尼亚州金肯镇核桃街 417 号（417 Walnut Street Jenkintown）②，这是位于费城北部的一个郊区住所。

7 岁　1892 年，庞德一家定居在宾夕法尼亚州温科特镇（Wyncote）菲尔恩布鲁克大街第 166 号（166 Fernbrook Avenue）。

10 岁　1895 年，庞德进入温科特公立学校（Wyncote Public School）就读。

12 岁　1897 年，庞德转学到切尔顿哈姆军事学院（Cheltenham Military Academy）接受培训。

13 岁　1898 年，"Aunt Frank"与庞德和母亲伊莎贝尔一起赴欧洲旅行，游历直布罗陀海峡（Gibralter）、突尼斯（Tunisia）、威尼斯（Venice）等地。这是庞德第一次去欧洲旅行，印象极其深刻，相关记忆碎片镶嵌在《诗章》的字里行间。

---

① 参见蒋洪新《庞德研究》，上海外语教育出版社 2014 年版，第 42—43 页。
② 2012 年，国内庞德研究专家蒋洪新先生曾与朋友一起专程到庞德的这个故居进行实地考察，并在该故居前照相留念。在《庞德研究》一书"第一章　庞德的生平"中，蒋先生书写了不少感慨之词，颇有"睹物思人"的复杂情感。对于访问庞德故居的相关情况及其所见、所闻、所感，蒋先生还专门写下一个脚注（相关细节，请参见蒋洪新《庞德研究》，上海外语教育出版社 2014 年版，第 40 页）。谈到庞德全家移居费城后的故居地址，蒋先生认为"1890 年，庞德家住在费城西的南 43 街 208 号（208 South 43rd Street, West Philadelphia）；1892 年，庞德家搬到费城北金肯镇核桃街 417 号（417 Walnllt Street, Jenkintown），从此安居下来"（相关细节，请参见蒋洪新《庞德研究》，上海外语教育出版社 2014 年版，第 40、420 页）。但是根据 Ira B. Nadel 的《伊兹拉·庞德剑桥指南》（The Cambridge Companion to Ezra Pound）之《庞德年谱》（"Chronology"），Nadel 的说法是："1890 Pounds move to Jenkintown, Pennsylvania, a suburb just north of Philadelphia"（1890 年，庞德全家搬到费城北部郊区金肯镇），"1892 Pounds settle into their long-term residence at 166 Fernbrook Avenue, Wyncote, Pennsylvania"（1892 年，庞德一家定居在宾夕法尼亚州温科特菲尔恩布鲁克大街第 166 号）（相关细节，请参见 Ira B. Nadel, ed., The Cambridge Companion to Ezra Pound, Cambridge: Cambridge University Press, 1999, p. xvii）。对此，Ira B. Nadel 的说法和蒋先生的说法有些差异。本书以 Ira B. Nadel 的《伊兹拉·庞德剑桥指南》之《庞德年谱》（"Chronology"）为参照，遵循 Nadel 的说法。

| 15 岁 | 1900 年，自由且广泛地阅读文学、历史、语言等方面的书籍，同时为大学入学考试和面试做准备。|

阶段二　庞德青年时代之大学求学阶段（1901—1907）

16 岁	1901 年，庞德就读美国宾夕法尼亚大学（University of Pennsylvania），结识威廉斯（William Carlos Williams）、H. D.（Hilda Doolittle）、史密斯（William Brooke Smith）等，并成为好友。
17 岁	1902 年，与父母和"Aunt Frank"第二次游历欧洲。
18 岁	1903 年，由于成绩不佳，庞德转学到纽约汉密尔顿学院（Hamilton College），在那里学习普罗旺斯语（Provencal）和盎格鲁–撒克逊语（Anglo-Saxon）。
19 岁	1904 年，在汉密尔顿学院结识比自己年长 11 岁的女钢琴家、艺术家凯瑟琳·鲁斯·黑尔曼（Katherine Ruth Heyman），庞德称她为"Kitty"。诗集《熄灭的细烛》（*A Lume Spento*）中有一首题为"Scriptor Ignotus"的诗，就是献给她的。
20 岁	1905 年，在汉密尔顿学院本科毕业获文学学士学位；9 月，重返宾夕法尼亚大学，攻读罗曼语专业硕士研究生；开始约见"红颜知己"H. D.。
21 岁	1906 年 5 月，获宾夕法尼亚大学文学硕士学位；8 月，获奖学金资助，前往西班牙首都马德里（Madrid），研究古典剧作家瓦格（Lope del Vega）的作品；随后返回宾夕法尼亚大学，获取攻读博士研究生资格，在谢尔林（Felix Schelling）教授指导下研究文艺复兴时期文学。
22 岁	1907 年夏，与来自新泽西州特伦顿市（Trenton）的玛丽·穆尔（Mary Moore）坠入爱河，欲将诗集《面具》（*Personae*）送给她；因桀骜不驯的性格与导师谢尔林关系不融洽，后被迫终止学业，随后就业；在印第安纳州瓦伯什学院（Wabash Colege）谋得教职，担任罗曼语教师；完成献给 H. D. 的诗集 *Hilda's Book*（《希尔达之书》），内有情诗 25 首，不过该诗集一直未出版。

阶段三　庞德在伦敦的岁月（1908—1920）

| 23 岁 | 1908 年 2 月，被女房东举报"留宿一名女演员"（harboring an ac-

tress overnight in his room）；随后被瓦伯什学院解雇，并因此失去教职，失业在家；邀请 H. D. 一起去欧洲，并正式向她求婚，遭到 H. D. 父母的反对；说服父亲获得经济资助，离开美国第三次远游欧洲；暂居意大利威尼斯，度过夏天，自费出版处女作《熄灭的细烛》（*A Lume Spento*）；8 月，到英国伦敦追寻梦想并选择定居，自此开始"自我放逐"（self-exile）。

24 岁　1909 年，暂住在伦敦肯辛顿教堂路 10 号（10 Church Walk, Kensington）；在一次文艺沙龙上结识小说家奥利维亚（Olivia Shakespear）；通过奥利维亚，认识她的女儿多萝西（Dorothy Shakespear）；后者最后成为庞德的妻子；广交朋友，结识更多的文学名流，包括詹姆斯（Henry James）、福特（Ford Madox Ford）、休姆（T. E. Hulme）、路易斯（Wyndham Lewis）、叶芝（W. B. Yeats）等。

25 岁　1910 年，离开伦敦去意大利，又从意大利到巴黎；在巴黎短暂逗留后返回意大利，拜见多萝西和她的母亲奥利维亚；6 月，回到纽约和宾夕法尼亚。在纽约，庞德见到叶芝的父亲约翰·B. 叶芝（John B. Yeats），并通过他结识作家、文学评论家约翰·奎因（John Quinn），相见甚欢。

26 岁　1911 年，从美国返回欧洲，在法国巴黎会见鲁迈尔（Rummel）；获得玛格丽特·克拉文思（Margaret Cravens）的经济援助。H. D. 到达伦敦，追随庞德而来。

27 岁　1912 年，与 H. D. 等人建立意象派（the Imagist School）；成为哈丽特·蒙罗（Harriet Monroe）在芝加哥主编的《诗刊》（*Poetry: A Magazine of Verse*）杂志的海外编辑。

28 岁　1913 年，成为《新自由女性》（*The New Freewoman*）（该杂志后来更名为 *Egoist*）的诗歌编辑；会见法国雕塑家亨利·戈蒂耶·布尔泽斯卡（Henri Gaudier-Brzeska）以及费诺罗萨夫人（Mrs. Ernest Fenollosa）；在英国苏塞克斯郡（Sussex）的 Stone Cottage，庞德自愿担任叶芝的私人秘书和助手。

29 岁　1914 年 4 月，与多萝西结婚，搬迁至英国肯辛顿荷兰公园公寓 5 号（5 Holland Park Chambers, Kensington）；在《爆炸》（*BLAST*）杂志第 1 期，与好友温德海姆·路易斯共同发起漩涡派诗歌运动，宣告漩涡派作为一种文学流派的诞生；9 月，在《双周评论》（*Fortnightly Review*）上发表《漩涡主义》（"Vorticism"）一文，称"漩涡是极力之点"。同年 10 月，帮助艾略特在《诗刊》上发表《J. 阿尔弗雷德·普鲁弗洛克的情歌》（"The Love Song of J. Alfred Prufrock"），在《自我主义者》（*Egoist*）杂志上发表《一幅艺术家的画像》（"A Portrait of the Artist"）。

30 岁　1915 年 9 月，开始正式创作《诗章》，"他就是想写"，但是没有明确的写作目的和规划；根据美国汉学家厄内斯特·费诺罗萨（Ernest Fenollosa）的中国诗笔记，整理、翻译、出版《华夏集》（*Cathay*）；同年出版诗集《天主教徒诗选》（*Catholic Anthology*）。

31 岁　1916 年，整理、翻译、出版《日本贵族戏剧选集》（*Certain Noble Plays of Japan*）；出版诗集《仪式》（*Lustra*）；出版《戈蒂耶-布尔泽斯卡回忆录》（*Gaudier-Brzeska：A Memoir*）。

32 岁　1917 年 6—8 月，《诗章》前三章逐月在《诗刊》发表；与玛格丽特·安德森（Margaret Anderson）和简·荷阿普（Jane Heap）一起，成为《小评论》（*Little Review*）杂志的海外编辑；之后帮助乔伊斯（James Joyce）在《小评论》上发表《尤利西斯》（*Ulysses*）；同年，与美国摄影师埃尔文·L. 寇博恩（Alvin L. Coburn）一起创造了漩涡照片系列（"vortographs"）。

33 岁　1918 年，以威廉·阿特赫尔灵（William Atheling）和 B. H. 蒂阿斯（B. H. Dias）为笔名，在 A. R. 奥利奇（A. R. Orage）创办的《新时代》（*New Age*）杂志上，发表有关音乐及艺术方面的评论文章；会见道格拉斯（C. H. Douglas）并接受他的社会信贷（Social Credit）理论。

34 岁　1919 年，与多萝西、艾略特一起游历法国南部。同年，将道格拉斯的《经济民主论》（*Economic Democracy*）系列文章发表在《新时代》杂志。

35 岁　1920 年，担任《日暮》（*The Dial*）杂志的海外编辑。

阶段四　庞德在巴黎的岁月（1920—1924）

35 岁　1920 年 4 月，与多萝西一起游历意大利威尼斯；到达法国巴黎后，居住在那里；6 月，与乔伊斯见面；7 月，帮助乔伊斯全家搬迁至巴黎。

36 岁　1921 年，在巴黎新结识一批艺术家、作家及文坛新秀；会见考克托（Cocteau）、皮卡比尔（Picabia）、斯泰因（Gertrude Stein）、布朗库西（Brancusi）、海明威（Ernest Hemingway）和乔治·安特

	黑尔（George Antheil）；继续与乔伊斯交往并给他提供各种帮助；开始与卡明斯（E. E. Cummings）建立友谊关系。同年11月，艾略特在去瑞士休养途中，把《荒原》（*The Waste Land*）手稿交由庞德润色和修改。
37 岁	1922年，在新年除夕夜会见毕加索（Picasso）；1月底，在伦敦把《荒原》的删减稿交给艾略特；会见海明威；帮助艾略特及其他作家渡过难关；会见三山出版社（Three Mountains Press）创始人威廉·博德（William Bird），博德同意以后出版庞德的作品；11月帮助艾略特在《日晷》杂志上发表《荒原》。
38 岁	1923年，在意大利与海明威徒步旅行；在巴黎纳达利·巴尔内（Natalie Barney）的沙龙中，邂逅小提琴演奏家奥尔加·拉奇（Olga Rudge）；在巴黎首次会见《诗刊》主编蒙罗；帮助他的学生巴兹尔·邦廷（Basil Bunting）创办《跨大西洋评论》（*Transatlantic Review*）杂志。
39 岁	1924年6月，在巴黎会见威廉斯；周游意大利，寻找定居场所。

阶段五　庞德在意大利的岁月（Ⅰ）（1924—1945）

39 岁	1924年10月，与多萝西一起离开巴黎，正式移居意大利拉帕罗（Rapallo）。
40 岁	1925年，全身心投入打造"一首包含历史的诗"（a poem including history）。同年7月，庞德与奥尔加的私生女玛丽（Mary）在意大利的提洛尔（Tyrol）出生；庞德继续专注于《诗章》创作、孔子儒学经典的翻译以及经济学方面的研究。
41 岁	1926年10月，庞德与多萝西的儿子奥马尔·庞德（Omar Pound）在巴黎出生；随后不久，奥马尔被带到英格兰多萝西的母亲家里抚养。
42 岁	1927年，创办《流放》（*Exile*）杂志，出版四期后停刊；开始与路易斯·祖库夫斯基（Louis Zukofsky）建立友谊关系；在威尼斯与奥尔加度过了大部分时光，居住在意大利的多尔索杜罗252号（252 Dorsoduro）。
43 岁	1928年，庞德赢得"1927年《日晷》诗歌奖"；父亲荷马和母亲伊莎贝尔来到意大利拉帕罗，看望庞德。
44 岁	1929年1月，庞德父母再次从美国费城来到拉帕罗。同年，奥尔

加离开巴黎住所，迁往意大利威尼斯与庞德住在一起；他们在威尼斯的住所就是庞德在《诗章》第 76 章中所说的"秘密巢穴"（the hidden nest）。

45 岁	1930 年，会见德国人类学家里奥·弗罗贝尼乌斯（Leo Frobenius）；里奥关于文化有机进化的理论影响了庞德及其创作。
46 岁	1931 年，在意大利米兰的博科尼大学（Bocconi University）做关于杰弗逊（Thomas Jefferson）和凡·布伦（Martin Van Buren）的演讲；误入歧途，迷恋法西斯主义；开始按照意大利法西斯日程表，安排写作和演讲。
47 岁	1932 年，除了用意大利语写作支持法西斯，还在拉帕罗当地报纸 *Il Mare* 上发表各类文章。
48 岁	1933 年 1 月，在罗马会见墨索里尼（Mussolini），具体细节写进《诗章》第 41 章；8 月初，在拉帕罗会见祖库夫斯基，此后在热那亚（Genoa）首次接见邦廷（Bunting）；8 月底，首次接见詹姆斯·拉弗林（James Laughlin），后者答应庞德成为他的作品在美国出版的出版商。
49 岁	1934 年，在奥拉齐新创办的《新英语周刊》（*New English Weekly*）杂志，发表了一系列关于社会信贷方面的文章。
50 岁	1935 年夏末，与奥尔加一起到奥地利的萨尔斯堡（Salzburg）旅行，顺便会见拉弗林并参加在那里举行的音乐节。同年 10 月 2 日，墨索里尼宣战并侵略阿比西尼亚（Abyssinia）。在此期间，庞德与奥尔加、格尔哈特·曼什（Gerhart Munch）一起，频繁在拉帕罗及周边地区举行音乐会；开始在意大利电台，针对美国政府进行抨击和胡言乱语。
51 岁	1936 年，对意大利作曲家维瓦尔第（Vivaldi）产生研究兴趣；与奥尔加一起，在意大利锡耶纳建立维瓦尔第音乐研究中心（Vivaldi Studies at the Academy of Music）。同年，拉弗林在美国东北部康涅狄格州的诺福克（Norfolk），成立新方向出版公司（New Directions Publishing Corp.），对庞德《诗章》的出版工作发挥了重要作用。
52 岁	1937 年，出版《诗章第 5 个十年》（*The Fifth Decade of Cantos*）、《孔子：〈论语〉》（*Confucius: Digest of the Analects*）和《文雅集》（*Polite Essays*）；同年，发表《急需孔子》（"Immediate Need of Confucius"）等有影响力的文章。

53 岁	1938 年，开始给法西斯出版物 *Il Meridiano di Roma* 撰稿。
54 岁	1939 年，自 1910 年离开美国后第一次回国，试图说服美国罗斯福总统和国会避免战争；在哈佛大学宣读自己的诗歌。同年 6 月，获得汉密尔顿学院颁发的荣誉学位；6 月底，返回意大利。
55 岁	1940 年 1 月，在威尼斯与哲学家乔治·桑塔亚纳（George Santayana）交谈；撰写文章，发表在日本东京《日本时代杂志》（*Japan Times*）。
56 岁	1941 年，在罗马电台频繁对美国总统罗斯福及其联邦政府进行攻击，暴露出反犹太主义情绪。
57 岁	1942 年，执迷不悟。拒绝从意大利撤离且不愿加入美国在葡萄牙首都里斯本（Lisbon）的队伍（EP refused permission to join Americans being evacuated from Italy to Lisbon）。
58 岁	1943 年 2 月，继续通过罗马电台抨击美国介入战争；7 月，被华盛顿大陪审团指控，犯下 13 条"叛国罪"（treason）；7 月 25 日，墨索里尼政府垮台；9 月，庞德离开罗马，投奔在提洛尔的女儿玛丽。同年，意大利被德国侵占。
59 岁	1944 年，多萝西和庞德被德国人命令离开拉帕罗，他们被迫搬迁到奥尔加在圣·安布罗基奥（Sant'Ambrogio）的住所。
60 岁	1945 年，花甲之年的庞德到驻拉帕罗的美国军队自首，未果，回到奥尔加家中；5 月 2 日，被两名意大利游击队员带到拉帕罗南部的佐阿利（Zoagli），仍未果。庞德与奥尔加一起到美国军队指挥部自首，5 月 3 日被正式逮捕；于 5 月 24 日关押在比萨北部美军军纪训练集中营（US Army Disciplinary Training Center）的"猩猩笼子"里，音讯全无；庞德随后受尽精神、肉体的摧残和折磨；10 月初，妻子多萝西来集中营探望庞德，女儿玛丽和情人奥尔加也先后到来看望他；11 月 16 日，庞德突然被强行且秘密地带到罗马；从罗马押送至华盛顿；他被起诉犯有叛国罪，需要接受审判。

阶段六　庞德在美国华盛顿圣伊丽莎白医院的监禁岁月（1945—1958）

| 60 岁 | 1945 年 11 月 26 日，庞德被正式起诉犯有叛国罪，同时受到更多指控；27 日，在华盛顿被提审，不过最后的判决被推迟到他的精神病检查结果出来之后；12 月 21 日，四名较权威的精神病专家对 |

庞德的身体和精神状态进行医疗检查，发现其行为怪诞、精神失常、情绪躁动、注意力不集中，在签署的报告中称"他是疯子"。于是，庞德被送往华盛顿圣伊丽莎白医院（St. Elizabeths Hospital）接受治疗；在那里，庞德度过近 13 年时间。

61 岁　1946 年 2 月 13 日，第二次听证会在华盛顿举行，大陪审团给出结论：庞德"心智不健全"，患有精神病，因此不适合审判；7 月，艾略特来医院专程探望；庞德女儿玛丽与波利斯王子（Prince Boris de Rachewiltz）结婚。

62 岁　1947 年，庞德从罪犯病房换到条件比较舒适的切斯特纳特病房（Chestnut Ward）。7 月，玛丽安娜·莫尔（Marianne Moore）来访；随后艾伦·塔特（Allen Tate）、兰达尔·贾乐尔（Randall Jarrell）、罗伯特·邓肯（Robert Duncan）来访；此外，桑顿·怀尔德（Thornton Wilder）、斯蒂芬·斯彭德（Stephen Spender）、伊丽莎白·毕晓普（Elizabeth Bishop）、凯瑟琳·安娜·波特（Katherine Anne Porter）、兰斯顿·休斯（Langston Hughes）等也相继来访，探望庞德。

63 岁　1948 年，在狱中完成《比萨诗章》（*The Pisan Cantos*）；同年，纽约 New Dire ctions 将它出版。

64 岁　1949 年，鉴于《比萨诗章》的诗歌成就，美国国会图书馆把首届"博林根诗歌奖"（Bollingen Prize for Poetry）颁发给庞德；这是庞德一生中最高的诗歌奖项，不过在当时立刻引起轩然大波。

65 岁　1950 年，在伦敦出版《70 首诗章》（*Seventy Cantos*）；在纽约，佩奇（D. D. Paige）编辑、整理并出版《伊兹拉·庞德书信集》（*The Letters of Ezra Pound 1907 – 1941*），该《书信集》于 1971 年由纽约 New Directions 出版社再版，更名为《伊兹拉·庞德书信选集》（*Selected Letters of Ezra Pound*）。

66 岁　1951 年，庞德翻译出版英汉对照版《孔子：〈大学〉与〈中庸〉》（*Confucius：The Great Digest & The Unwobbling Pivot*），另出版《论语》（*Confucian Analects*）。

67 岁　1952 年，奥尔加克服各种困难，终于在圣伊丽莎白医院见到庞德；画家谢利·马蒂内利（Sheri Martinelli）来访。

68 岁　1953 年，女儿玛丽来访。

69 岁　1954 年，祖库夫斯基与儿子保罗（Paul）来访，保罗用小提琴演奏了庞德在《诗章》第 75 章里的乐谱。

70 岁　1955 年，在米兰出版《掘石机诗章》（Section: Rock-Drill, De Los Cantares LXXXV – XCV）。

71 岁　1956 年，在伦敦出版《特拉基斯的女人们》（The Women of Trachis, A Version of Ezra Pound）。

72 岁　1957 年，马塞拉·斯潘（Marcella Spann）来访；撰写《王座诗章》（Thrones De Los Cantares XCVI – CIX）。

73 岁　1958 年 4 月 18 日，释放已入古稀之年的庞德的请愿听证会，在华盛顿的美国地方法庭（US District Court）举行，阿奇博尔德·麦克利什（Archibald MacLeish）、罗伯特·弗罗斯特（Robert Frost）、海明威、艾略特等人发挥了重要作用，商议由庞德的妻子多萝西负责庞德的一切生活起居；5 月 7 日，庞德正式从圣伊丽莎白医院获释；随后，庞德回到儿时在宾夕法尼亚温科特的住所，拜访了新泽西州的好友威廉斯。

阶段七　庞德在意大利的岁月（II）（1958—1972）

73 岁　1958 年 6 月 30 日启程回到意大利。7 月 9 日，与多萝西和追随者马塞拉（Marcella Span）乘船抵达意大利西南港市那不勒斯，告诉记者，"整个美国是一个精神病院"（all America is an insane asylum），并在甲板上行法西斯军礼（Fascist salute）供记者们拍照。

74 岁　1959 年 5 月，庞德、多萝西和马塞拉一起回到拉帕罗寻找新的住处；夏末，马塞拉离去。

75 岁　1960 年 1 月，庞德独自去罗马与乌戈·达多那（Ugo Dadone）待在一起；3 月，接受诗人唐纳德·霍尔（Donald Hall）的访问；5 月，回到拉帕罗多萝西身边；从秋季开始沉默不语，抑郁不堪。

76 岁　1961 年春，回到罗马；6 月，到布鲁恩伯格（Brunnenburg）附近的诊所复查身体。

77 岁　1962 年春，身体好转，到奥尔加在圣·安布罗基奥的家中；6 月，接受急诊手术；夏末，回到奥尔加家中；二人随后住在威尼斯的卡勒·奎里尼（Calle Querini）。

78 岁　1963 年，获得"美国诗人协会诗歌奖"（Academy of American Poets Award）；再次接受尿道手术。同年 3 月，好友威廉斯去世。

79 岁　1964 年，在纽约出版《从孔子到卡明斯》（Confucius to Cummings）。

80 岁　1965 年 1 月，参加艾略特在伦敦威斯敏斯特公墓的葬礼；拜访叶芝在都柏林的遗孀；夏季参加斯波莱托节，给公众诵读罗伯特·洛威尔（Robert Lowell）、玛丽安娜·莫尔（Marianne Moore）的诗歌以及自己书写的《诗章》里的诗歌；重访巴黎，观看贝克特（Samuel Becket）的名剧《剧终》（*Endgame*）；第二天，贝克特到庞德住处拜访。

81 岁　1966 年，庞德几乎完全沉默不语，两年后宣称："我没有沉默；是沉默俘虏了我"（"I did not enter into silence; silence captured me"）①；抑郁症是罪魁祸首。

82 岁　1967 年，庞德到乔伊斯在瑞士北部城市苏黎世（Zurich）的墓前吊唁；夏，艾伦·金斯伯格（Allen Ginsburg）先后两次专程到圣·安布罗基奥以及威尼斯的家中，拜访庞德两次。

83 岁　1968 年，从曾被好友福特取笑过于"拖沓冗长"的早期诗集《坎佐尼》（*Canzoni*, 1911）中，选出一首代表作"Redondillas"，同时附庞德本人注释，由纽约新方向出版社出版。该出版物重新命名为 *Redondillas or Something of That Sort*。

84 岁　1969 年 6 月，庞德与奥尔加一起重访纽约，参加《荒原》手稿展出发布会以及美国诗人协会的例会；拉弗林带庞德去了他的家乡，庞德与奥尔加则带拉弗林去了汉密尔顿学院，汉密尔顿学院还授予拉弗林一个荣誉学位。

85—86 岁　1970—1971，庞德遭受身体病痛和精神抑郁的双重折磨；其间，其声名远播，范围不限于美国和欧洲，还逐渐到亚洲、非洲、拉丁美洲等地。赞美他者，不乏其人；诋毁他者，亦不乏其人。

87 岁逝世　1972 年 11 月 1 日，庞德在威尼斯去世；11 月 3 日，遗体安葬在圣·米歇尔（San Michele）海岛公墓（the Island Cemetery）的新教教徒区（the Protestant Section）。同年，庞德研究专刊《万象》（*Paideuma*）创刊。

---

① Ira B. Nadel, ed., *The Cambridgo Companion to Ezra Pound*, Cambridge: Cambridge University Press, 1999, p. xxx.

附录二　庞德作品及其出版简史①

9岁　1894年春,庞德在温科特镇(Wyncote)的切尔滕·希尔斯学校(Chelten Hills School)上小学期间,在学校校刊(school magazine)发表一首趣味横生的打油诗(a doggerel poem),其中包括这样2行:"Rushton was sucking his finger, /And laughing at Ra Pound."(拉什顿一边吮吸手指,/一边朝着小庞德大笑。)该小诗被认为是"庞德写的最早印成铅字的作品"(the first reference to Ezra in print)②。

11岁　1896年,《由11岁的E. L. 庞德写于温克特的诗》(by E. L. Pound, Wyncote, aged 11 years)发表在《珍金镇时报—纪实栏目》(Jenkintown Times-Chronicle)。这是一首政治打油诗,也是庞德人生中第一首在官方报纸上正式发表的诗。

22岁　1907年,完成《希尔达之书》(Hilda's Book)。这是庞德献给H. D. 的诗集,包含25首情诗。未正式出版③。

23岁　1908年,在威尼斯自费出版《熄灭的细烛》(A Lume Spento)。这

---

①　书写该部分时,笔者参考了Eva Hesse, ed., New Approaches to Ezra Pound: A Co-ordinated Investigation of Pound's Poetry and Ideas, Berkeley, California: University of California Press, 1969, pp. 381–387; John Driscoll, The China Cantos of Ezra Pound, Uppsala: Almqvist & Wiksell International Stockholm, 1983, pp. 161–166; Hugh Kenner, The Poetry of Ezra Pound, Lincoln & London: University of Nebraska Press, 1985, pp. 334–339; Peter Wilson, A Preface to Ezra Pound, New York and London: Longman, 1997, pp. 3–11; Ira B. Nadel, ed., The Cambridge Companion to Ezra Pound, Cambridge: Cambridge University Press, 1999, pp. xvii–xxxi;刘海平、王守仁主编《新编美国文学史(第三卷,1914—1945)》,杨金才主撰,上海外语教育出版社2002年版,第58—80页;吴其尧《庞德与中国文化——兼论外国文学在中国文化现代化中的作用》,上海外语教育出版社2006年版,第249—269页;蒋洪新《庞德研究》,上海外语教育出版社2014年版,第426—431页;朱伊革《跨越界限:庞德诗歌创作研究》,上海三联书店2014年版,第350—354页;钱兆明《中华才俊与庞德》,中央编译出版社2015年版,第81—121页;胡平《庞德〈比萨诗章〉研究》,上海大学出版社2017年版,第251—259页;Wikipedia, Ezra Pound [2023-3-16], https://en.wikipedia.org/wiki/Ezra_Pound. 特此鸣谢。

②　庞德传记研究专家Humphrey Carpenter在A Serious Character: The Life of Ezra Pound(《一位不容忽视的人物:伊兹拉·庞德生平研究》)一书的第一部分第4小节"The Way Poundie Felt"中写道:"The first reference to Ezra is in a doggerel poem published in the spring of 1894." Rushton是庞德的小学同学,也是当时Chelten Hills School唯一的黑人小孩。参见Humphrey Carpenter, A Serious Character: The Life of Ezra Pound, Boston: Houghton Mifflin Company, 1988, p. 26。

③　参见Richard Sieburth, ed., Ezra Pound: Poems and Translations, New York: Library of America, 2003。

是庞德第一部正式出版的诗集，共印 150 册，献给已故大学好友威廉·布鲁克·史密斯（William Brooke Smith）；该书被休·肯纳称作"当时不可多得的极具现代主义风格的作品之一"。12 月，在伦敦自费出版诗集《这个圣诞节的两周见闻》（*A Quinzaine for This Yule*），题献女钢琴家凯瑟琳·鲁斯·赫尔曼（Katherine Ruth Heyman）。

24 岁　1909 年，《面具》（*Personae*）和《欣喜》（*Exultations*）在伦敦出版，出版商为慧眼独具的艾尔肯·马修（Elkin Mathews）。这两部诗集随后得到英国批评家的推崇，从此奠定庞德在英美诗坛的地位和影响力。

25 岁　1910 年，《罗曼斯的精神》（*The Spirit of Romance*）在伦敦出版。这是庞德第一部文学评论专著，1932 年予以修订。里面包括对但丁（Dante Alighieri）、维庸（Francois Villon）、瓦格（Lope del Vega）等经典作家的评论，是庞德对罗曼语文学的批判性反思。同年，诗选集《普罗旺斯》（*Provenca*）在波士顿出版，这是庞德第一部在美国出版的诗集，其诗歌主要选自《面具》和《欣喜》。

26 岁　1911 年，《坎佐尼》（*Canzoni*）在伦敦出版。该诗集被好友福特（Ford Madox Ford）称作"拖沓冗长"（overwritten），总体影响不大。

27 岁　1912 年，《还击》（*Ripostes*）在伦敦出版。在该诗集中，庞德把英国诗人休姆（T. E. Hulme）的诗篇附在后面，称休姆为意象派诗人（Imagiste），这是庞德首次正式使用"意象派诗人"一词。同年，《古尔德·卡瓦尔坎蒂的十四行诗和歌谣》（*The Sonnets and Ballate of Guido Cavalcanti*）在波士顿出版。这是庞德第二部在美国出版的诗集，也是第一部翻译诗集。此外，庞德在《新时代》（*The New Age*）发表《我收集奥西里斯的肢体碎片》（"I Gather the Limbs of Osiris"）、《论音乐》（"On Music"）等系列文章。

28 岁　1913 年 3 月，庞德在哈丽特·蒙罗（Harriet Monroe）主编的《诗刊》（*Poetry*）第 1 期上发表《意象派诗人的几个不》（"A Few Don'ts by an Imagiste"）；同期，F. S. 弗林特（F. S. Flint）发表《意象主义》（"Imagisme"）一文，提出意象派三原则。此外，庞德在《双周刊评论》（*Fortnightly Review*）发表《拉宾德拉纳特·泰戈尔》（"Rabindranath Tagore"），对印度诗人泰戈尔及其诗作非常推崇。

29 岁　1914 年，《意象派诗选》（Des Imagistes）在纽约出版发行的出版社是 Albert and Charles Bone。这是庞德主编的一部具有划时代意义的作品，里面收录了包括 H. D.（Hilda Doolittle）、罗厄尔（Amy Lowell）、弗莱切（John Gould Fletcher）、奥尔丁顿（Richard Aldington）、劳伦斯（David Herbert Lawrence）、弗林特等意象派诗人的诗歌作品。从此，意象派诗歌运动在欧美轰轰烈烈地展开。

30 岁　1915 年，《华夏集》（Cathay，或译为《神州集》等）在伦敦出版。该作品是庞德根据东方学家费诺罗萨（Ernest Fenollosa）的中国诗笔记，加上他个人独特的表意文字法（ideogram method）翻译完成的诗集，被福特称作"英语写成的最美的诗"，包括《诗经》1 首、古乐府 2 首、陶潜诗 1 首、卢照邻诗 1 首、郭璞诗 1 首、王维诗 1 首、李白诗 12 首，共计 19 首。《华夏集》在欧美引起轰动，一方面掀起了"中国风"（chinoiserie），缔造了"东方精神的入侵"，另一方面为美国新诗的发展和变革做出了不容忽视的贡献。对庞德而言，《华夏集》成为庞德《诗章》的"铅笔底稿"。同年，《天主教徒诗选》（Catholic Anthology）在伦敦出版，里面有艾略特诗歌 5 首，威廉·卡洛斯·威廉斯诗歌 2 首以及庞德诗歌 10 首。

31 岁　1916 年，《仪式》（Lustra，或译作《光芒》等）在伦敦出版。该诗集有《约定》（"A Pact"）、《在地铁车站》（"In a Station of the Metro"）、《艺术》（"L'Art"）、《春天》（"The Spring"）等名篇。同年，《戈蒂耶·布尔泽斯卡：回忆录》（Gaudier-Brzeska: A Memoir）在伦敦出版。此外，从费诺罗萨的笔记中整理出版《日本贵族戏剧》（Certain Noble Plays of Japan），并由叶芝作序，在英国邓德拉姆出版，在伦敦再版时更名为《日本能剧：日本古典能剧研究》（"Noh", or Accomplishment: A Study of the Classical Stage of Japan）。

32 岁　1917 年 6 月、7 月和 8 月，在《诗刊》杂志发表《三首诗章》（"Three Cantos"），正式拉开《诗章》写作的序幕。同年，翻译完成《丰特内勒的十二则对话》（Twelve Dialogues of Fontenelle）；此外，完成名诗《向普罗佩提乌斯致敬》（"Homage to Sextus Prpertius"）。

33 岁　1918 年，庞德的论说文《回顾》（"A Retrospect"）发表，里面有著名的"意象派三原则"（the Imagiste Credo）。同年，散文作品

《舞曲与分门》（*Pavannes and Divisions*）在纽约出版。

34 岁　1919 年，诗集 *Quia Pauper Amavi* 在伦敦出版。该诗集包含《三首诗章》和《向普罗佩提乌斯致敬》。《第四首诗章》（"The Fourth Canto"）在伦敦发表。

35 岁　1920 年，《休·赛尔温·莫伯利》（"Hugh Selwyn Mauberley"）在伦敦发表，该作品被誉为庞德早期创作的巅峰之作。同年，完成诗集《本影：伊兹拉·庞德早期诗歌集》（*Umbra, the Early Poems of Ezra Pound*）。此外，发表随笔集《伊兹拉·庞德的呐喊》（*Instigations of Ezra Pound*），里面收录费诺罗萨一篇重要评论性文章《作为诗歌手段的中国文字》（"An Essay on the Chinese Written Character as a Medium for Poetry"）。

36 岁　1921 年，《诗集 1918—1921》（*Poems, 1918-1921*）在纽约出版。同年，撰写歌剧《维庸的遗言》（*Le Testament de Villon*）。

37 岁　1922 年，庞德的法译英作品《雷米·德·古尔蒙：爱的自然法则》（*Remy de Gourmount: The Natural Philosophy of Love*）在纽约出版。

38 岁　1923 年，《轻率之举》（*Indiscretions, or, Une revue des deux mondes*）在巴黎出版。研究并撰写《马拉特斯塔诗章》（*Malatesta Cantos, VIII-XI*）。同年，在《标准》（*Criterion*）杂志发表《论通识批评》（"On Criticism in General"）。

39 岁　1924 年，庞德的论说文集《安泰尔及和谐论》（*Antheil and the Treatise on Harmony*）在巴黎出版。

40 岁　1925 年，庞德《诗章》中第一部诗集《16 首诗章草稿》（*A Draft of XVI Cantos*）在巴黎出版。

41 岁　1926 年，《面具：伊兹拉·庞德诗歌集》（*Personae: The Collected Poems of Ezra Pound*）在纽约出版。同年 6 月，歌剧《维庸的遗言》在巴黎上演。

43 岁　1928 年，《诗章第 17—27 章草稿》（*A Draft of the Cantos 17-27*）在伦敦出版。同年，由艾略特（T. S. Eliot）编辑整理并作序的《庞德诗选》（*Selected Poems*）在伦敦出版。此外，庞德翻译完成第一部中国儒家经典《大学》（*Ta Hio or The Great Learning*），由华盛顿大学出版社出版。

45 岁　1930 年 8 月，200 本《30 首诗章草稿》（*A Draft of XXX Cantos*）在巴黎出版。同年 10 月，《想像的信件》（*Imaginary Letters*）在巴

	黎出版，其中包含1917—1918年庞德发表在《小评论》（*Little Review*）杂志上的八篇论说文。
46岁	1931年，《如何阅读》（*How to Read*）在伦敦出版。
47岁	1932年1月，用意大利文写成的 *Guido Calvalcanti：Rime* 在热那亚（Genoa）出版。同年5月，《缩影：一部选集》（*Profile：An Anthology*）在米兰编辑出版。
48岁	1933年，《经济学入门》（*ABC of Economics*）在伦敦出版。同年，编辑出版《活跃文集》（*Active Anthology*）。
49岁	1934年，《11首新诗章：第31—41章》（*Eleven New Cantos：XXXI – XLI*）在纽约出版。同年，《向普罗佩提乌斯致敬》（*Homage to Sextus Propertius*）在伦敦以单行本形式出版，《阅读ABC》（*ABC of Reading*）在伦敦出版。此外，与劳伦斯·滨庚（Lawrence Binyon）合作翻译但丁的《神曲》（*The Divine Comedy*），与劳斯（W. H. Rouse）合作翻译荷马的《奥德赛》（*Odyssey*）。
50岁	1935年，《社会信贷影响论》（*Social Credit：An Impact*）和《杰弗逊和/或墨索里尼》（*Jefferson and/or Mussolini*）在伦敦出版。此外，《日日新》（*Make It New*）出版。
51岁	1936年，费诺罗萨的《作为诗歌手段的中国文字》（"An Essay on the Chinese Written Character as a Medium for Poetry"）在伦敦再版，里面加入庞德的序言和注释。
52岁	1937年，《诗章第5个十年：第42—51章》（*The Fifth Decade of Cantos LXII – LI*）在纽约出版。同年，《论语》（*Confucius，Digest of the Analects*）在意大利米兰出版；此外，《文雅集》（*Polite Essays*）在伦敦出版。
53岁	1938年，《文化指南》（*Guide to Kulchur*）在伦敦出版。该书在纽约新方向出版公司（New Directions Publishing Co.）成立后，于1952年有了新版本。
54岁	1939年，《金钱何为？》（*What Is Money For?*）在伦敦出版。同年，《这是休姆的事业》（"This Hulme Business"）一文发表在《同乡人》（*Townsman*）杂志。
55岁	1940年1月，《诗章第52—71章》（*Cantos LII – LXXI*）在伦敦出版。同年9月，该诗集在美国首次出版，书名为 *Ezva Pound Cantos LII – LXXI*。
57岁	1942年，意大利语作品 *Carta da Visita di Ezra Pound* 在罗马出版，

	后由约翰·德罗姆蒙德（John Drummond）于 1952 年译为英文《一张来访卡片》（*A Visiting Card*）在伦敦出版。
59 岁	1944 年，完成两首《意大利诗章》（*The Italian Cantos*），于 1945 年初发表在 *Marina Repubblicana* 杂志上，直到 1986 年才正式收入《诗章》全集中。意大利语作品 *L'America, Roosevelt e le cause della guerra presente* 在威尼斯出版，后来由约翰·德罗姆蒙德（John Drummond）于 1951 年译为英文《美国、罗斯福以及现代战争的起源》（*America, Roosevelt and the Causes of the Present War*）在伦敦出版。同年，*Introduzione alla Natura Economica degli S. U. A.* 在威尼斯出版，卡尔米那·艾莫尔（Carmine Amore）于 1950 年将其译为英文《美国经济现象导言》（*An Introduction to the Economic Nature of the United States*）在伦敦出版。此外，*Oro et lavoro: alla memoria di Aurelio Baisi* 在拉帕罗出版，*Orientamini* 在威尼斯出版。
62 岁	1947 年，翻译的中国儒家经典《中庸》与《大学》（*The Unwobbling Pivot & The Great Digest*）在纽约出版。
63 岁	1948 年，庞德亲法西斯言论愈加明显。他因在罗马电台胡言乱语，被抓进比萨监狱。在狱中完成《比萨诗章》（*The Pisan Cantos*），并在纽约出版。同年，庞德人生中第一次以《诗章》（*The Cantos*）为标题作为诗歌总集的作品在纽约出版。
64 岁	1949 年，美国国会图书馆鉴于《比萨诗章》的成就把首届"博林根诗歌奖"（Bollingen Prize for Poetry）颁发给庞德，引起轩然大波。《纽约时报》头条写道："庞德，在精神病院，因叛国罪死囚室里写成的诗歌赢得大奖"（"Pound, in Mental Clinic, Wins Prize for Poetry Penned in Treason Cell"）。同年，《庞德诗选》（*Selected Poems*）在纽约出版。
65 岁	1950 年，《70 首诗章》（*Seventy Cantos*）在伦敦出版。同年，佩奇（D. D. Paige）编辑整理的《伊兹拉·庞德书信集》（*The Letters of Ezra Pound, 1907–1941*）在纽约出版；庞德英译《论语》（"Analects"），在《哈德逊评论》（*The Hudson Review*）两期连载；《金钱小册子》（*Money Pamphlets*，被译为英文在伦敦出版）。
66 岁	1951 年，庞德与哈佛大学华裔学者方志彤（Achilles Fang）合作[①]，修订英汉对照版《孔子：《大学》与《中庸》（*Confucius: The*

[①] 钱兆明：《中华才俊与庞德》，中央编译出版社 2015 年版，第 87 页。

		Great Digest & The Unwobbling Pivot），在纽约出版；《论语》（Confucian Analects）英语版在纽约出版。
68 岁	1953 年，	《庞德译文集》（the Translations）在伦敦出版，休·肯纳（Hugh Kenner）作序，里面收录了"卡瓦尔坎蒂诗选"（"Caval Canti Poems"）、"华夏集"（"Cathay"）、能剧（Noh plays）以及其他一些诗作。
69 岁	1954 年，	《孔子经典文集》（The Classic Anthology Defined by Confucius）由哈佛大学出版社出版。同年，Lavoro ed Usura 在米兰出版，该作品是庞德用意大利语写成的关于"高利贷"（Usura）的论文集。同年，艾略特编辑整理《伊兹拉·庞德文论集》（Literary Essays of Ezra Pound）在伦敦出版。
70 岁	1955 年，	《掘石机诗章》（Section：Rock-Drill, De Los Cantares LXXXV – XCV）在米兰出版。
71 岁	1956 年，	翻译古希腊悲剧诗人索福克勒斯（Sophokles）的名作《特拉基斯的女人们》（The Women of Trachis, A Version of Ezra Pound），在伦敦出版。
72 岁	1957 年，	《部分：掘石机诗章》以及《伊兹拉·庞德诗章》（第 1—95 章）在伦敦出版。
74 岁	1959 年，	《王座诗章》（Thrones De Los Cantares XCVE – CIX）在米兰出版。
75 岁	1960 年，	《王座诗章》在伦敦出版。
77 岁	1962 年，	整理并翻译出版《古埃及爱情诗》（Love Poems of Ancient Egypt）。
79 岁	1964 年，	《从孔子到卡明斯》（Confucius to Cummings）在纽约出版。该作品由庞德和马塞拉·斯潘（Marcella Spann）共同完成，旨在为学生书写一部"有指导意义的"文学史；同年，《伊兹拉·庞德诗章》第 1—109 章在伦敦出版。
82 岁	1967 年，	《伊兹拉·庞德诗章选集》（Selected Poems）在伦敦再版。
83 岁	1968 年，	从早期诗集《坎佐尼》（Canzoni, 1911）中，选出一首代表作"Redondillas"，同时附庞德本人注释，由纽约新方向出版社出版。该出版物重新命名为 Redondillas or Something of That Sort。
84 岁	1969 年，	《草稿及残篇：诗章第 110—117 章》（Drafts and Fragments：Cantos CX – CXVII）在纽约出版；同年，纽约新方向出版

社出版《孔子:〈大学〉、〈中庸〉、〈论语〉》合集。其中《大学》和《中庸》为英汉对照版,《论语》仅有英译①。

85 岁　1970 年,《草稿及残篇:诗章第 110—117 章》在伦敦出版。

86 岁　1971 年,《伊兹拉·庞德诗章全集》(*The Cantos of Ezra Pound*)由美国新东方出版公司出版。随后几年,经授权,该《全集》亦由伦敦费伯 & 费伯出版有限公司(Faber & Faber Ltd.)出版;佩奇(D. D. Paige)主编的《伊兹拉·庞德书信选集》(*Selected Letters of Ezra Pound, 1907 – 1941*)在纽约出版。

---

① 钱兆明:《中华才俊与庞德》,中央编译出版社 2015 年版,第 87—88 页。

附录三　The Cantos、Cathay 等多种译名及出处①

一　关于 The Cantos 的中文译名及出处

1.《长诗》——代表人物：常沛文

（出处：常沛文《埃兹拉·庞德——传播中国文化的使者》，《外国文学》1985 年第 5 期。）

2.《诗篇》——代表人物：钟玲、申奥

（出处：钟玲《美国诗与中国梦：美国现代诗里的中国文化模式》，广西师范大学出版社 2003 年版，第 23 页；[美] 伊兹拉·庞德等《美国现代六诗人选集》，申奥译，湖南人民出版社 1985 年版，第 1、3 页。）

3.《诗章》——代表人物：袁可嘉、李文俊、王誉公、赵毅衡、彭予、张子清、李维屏、杨金才、王贵明、董衡巽、索金梅、蒋洪新、钱兆明、叶维廉

（出处：袁可嘉《略论英美"现代派"诗歌》，《文学评论》1963 年第 3 期，第 64—85 页；李文俊《美国现代诗歌 1912—1945》，《外国文学》1982 年第 9 期，第 82—95 页；王誉公、魏芳萱《庞德〈诗章〉评析》，《山东外语教学》1994 年第 1 期，第 132—137 页；赵毅衡《远游的诗神：中国古典诗歌对美国新诗运动的影响》，四川人民出版社 1985 年版，第 6 页；赵毅衡《儒者庞德——后期〈诗章〉中的中国》，《中国比较文学》1996 年第 1 期，第 42—60 页；彭予《二十世纪美国诗歌——从庞德到罗伯特·布莱》，河南大学出版社 1995 年版，第 21 页；张子清《20 世纪美国诗歌史》（第一卷），南开大学出版社 2018 年版，第 116—139 页；李维屏《英美现代主义文学概观》，上海外语教育出版社 1998 年版，第 78、82 页；刘海平、王守仁主编《新编美国文学史（第三卷），1914—1945）》，杨金才主撰，上海外语教育出版社 2002 年版，第 68 页；王贵明《汉字的魅力与〈诗章〉的精神》，《北京理工大学学报》2001 年

---

① 在研究庞德和《诗章》的过程中，笔者发现学者们对庞德的同一作品有着不同的中文译名。这在一定程度上给读者造成困扰，并直接影响读者对相关文献的阅读效率和质量。为解决该问题，笔者把自己 10 多年来搜集、整理的关于 The Cantos、Cathay 等作品的中文译名及出处呈现出来，以方便读者查阅。需说明的是，笔者仅选择了比较有代表性的 10 个案例，管中窥豹，难免挂一漏万，这里权当抛砖引玉，请各位方家、学者批评指正！

第 1 期，第 36—38 页；董衡巽《美国文学简史》，人民文学出版社 2003 年版，第 245—247 页；索金梅《庞德〈诗章〉中的儒学》，南开大学出版社 2003 年版；蒋洪新《庞德研究》，上海外语教育出版社 2014 年版；钱兆明：《中华才俊与庞德》，中央编译出版社 2015 年版；叶维廉《庞德与潇湘八景》，北京联合出版公司 2019 年版。)

二 关于 Cathay 的中文译名及出处

1. 《契丹集》——代表人物：钱锺书

（1945 年，钱锺书首次对庞德翻译的中国诗进行评论，说庞德"大胆地把翻译和创作融贯，根据中国诗的蓝本来写自己的篇什，例如他的《契丹集》"。出处：钱锺书《写在人生边上　人生边上的边上　石语》，生活·读书·新知三联书店 2002 年版，第 161—162 页。）

2. 《古中国》——代表人物：钟玲

（出处：钟玲《美国诗与中国梦：美国现代诗里的中国文化模式》，广西师范大学出版社 2003 年版，第 6 页。）

3. 《国泰集》——代表人物：叶维廉、蒋洪新

（出处：叶维廉《庞德与潇湘八景》，北京联合出版公司 2019 年版，第 12、14 页；[美] 罗森堡《庞德、叶维廉和在美国的中国诗》，蒋洪新译，《诗探索》2003 年第 1—2 期，第 320—326 页。）

4. 《汉诗译卷》——代表人物：赵毅衡

（出处：赵毅衡《意象派与中国古典诗歌》，《外国文学研究》1979 年第 4 期，第 3—10 页。）

5. 《中国诗抄》——代表人物：申奥

（出处：[美] 伊兹拉·庞德等《美国现代六诗人选集》，申奥译，湖南人民出版社 1985 年版，第 4 页。）

6. 《中国诗集》——代表人物：陶乃侃

（出处：陶乃侃《庞德与中国文化》，首都师范大学出版社 2006 年版，第 3—5、66 页。）

7. 《华夏》——代表人物：李文俊、董衡巽、彭予

（出处：李文俊《美国现代诗歌 1912—1945》，《外国文学》1982 年第 9 期，第 82—95 页；董衡巽《美国文学简史》，人民文学出版社 2003 年版，第 243 页；彭予《二十世纪美国诗歌——从庞德到罗伯特·布莱》，河南大学出版社 1995 年版，第 15 页。）

8.《华夏集》——代表人物：张子清、杨金才、吴其尧、蒋洪新、朱伊革、钱兆明

（出处：[美]杰夫·特威切尔-沃斯《庞德的〈华夏集〉和意象派诗》，张子清译，《外国文学评论》1992年第1期，第86—91页；刘海平、王守仁主编《新编美国文学史（第三卷，1914—1945）》，杨金才主撰，上海外语教育出版社2002年版，第68页；吴其尧《庞德与中国文化——兼论外国文学在中国文化现代化中的作用》，上海外语教育出版社2006年版，第253页；蒋洪新《庞德研究》，上海外语教育出版社2014年版，第8页；朱伊革《跨越界限：庞德诗歌创作研究》，上海三联书店2014年版，第68页；钱兆明《中华才俊与庞德》，中央编译出版社2015年版，第10页。）

9.《神州集》——代表人物：袁可嘉、赵毅衡、张隆溪、朱徽、周宁、区鉷、李春长、曾艳兵、晏清皓

（出处：袁可嘉《欧美现代派文学概论》，上海文艺出版社1993年版，第199页；袁可嘉《欧美现代派文学概论》，广西师范大学出版社2003年版，第183页；赵毅衡《远游的诗神——中国古典诗歌对美国新诗运动的影响》，四川人民出版社1985年版，第12—15、147—159页；赵毅衡《诗神远游：中国如何改变了美国现代诗》，上海译文出版社2003年版，第163页；张隆溪《序》，载朱徽《中美诗缘》，四川人民出版社2001年版，第4页；朱徽《中美诗缘》，四川人民出版社2001年版，第6页；周宁等《中国-美国卷》，山东教育出版社2015年版，第36—37页；区鉷、李春长《庞德〈神州集〉中的东方主义研究》，《中山大学学报》2006年第3期，第33—38页；曾艳兵主编《西方现代主义文学概论》，北京大学出版社2012年版，第92—94页；晏清皓《庞德〈三十章草〉中的女性形象研究》，科学出版社2018年版，第8页。）

三 关于 *A Lume Spento* 的中文译名及出处

1.《熄灭的烛芯》——代表人物：李维屏

（出处：李维屏《英美现代主义文学概观》，上海外语教育出版社1998年版，第80页。）

2.《熄灭的细烛》——代表人物：蒋洪新、张子清、杨金才、朱伊革、胡平

（出处：蒋洪新《庞德研究》，上海外语教育出版社2014年版，第

421页;张子清《20世纪美国诗歌史》(第一卷),南开大学出版社2018年版,第117页;刘海平、王守仁主编《新编美国文学史(第三卷,1914—1945)》,杨金才主撰,上海外语教育出版社2002年版,第66页;朱伊革《跨越界限:庞德诗歌创作研究》,上海三联书店2014年版,第351页;胡平《庞德〈比萨诗章〉研究》,上海大学出版社2017年版,第252页。)

3.《一盏熄灭的灯》——代表人物:吴其尧

(出处:吴其尧《庞德与中国文化——兼论外国文学在中国文化现代化中的作用》,上海外语教育出版社2006年版,第250页。)

四 关于Personae的中文译名及出处

1.《人》——代表人物:申奥

(出处:[美]伊兹拉·庞德等《美国现代六诗人选集》,申奥译,湖南人民出版社1985年版,第1页。)

2.《人物》——代表人物:李维屏、赵毅衡、陶乃侃

(出处:李维屏《英美现代主义文学概观》,上海外语教育出版社1998年版,第77、81页;赵毅衡《远游的诗神:中国古典诗歌对美国新诗运动的影响》,四川人民出版社1985年版,第14页;赵毅衡《诗神远游:中国如何改变了美国现代诗》,上海译文出版社2003年版,第20页;陶乃侃《庞德与中国文化》,首都师范大学出版社2006年版,第4页。)

3.《面具》——代表人物:李文俊、彭予、董衡巽、蒋洪新、胡平、晏清皓

(出处:李文俊《美国现代诗歌1912—1945》,《外国文学》1982年第9期,第82—95页;彭予《二十世纪美国诗歌——从庞德到罗伯特·布莱》,河南大学出版社1995年版,第13页;董衡巽《美国文学简史》,人民文学出版社2003年版,第242页;蒋洪新《庞德研究》,上海外语教育出版社2014年版,第106、421页;胡平《庞德〈比萨诗章〉研究》,上海大学出版社2017年版,第252页;晏清皓《庞德〈三十章草〉中的女性形象研究》,科学出版社2018年版,第133页。)

4.《人物面具》——代表人物:吴其尧、朱伊革

(出处:吴其尧《庞德与中国文化——兼论外国文学在中国文化现代化中的作用》,上海外语教育出版社2006年版,第6、250页;朱伊革《跨越界限:庞德诗歌创作研究》,上海三联书店2014年版,第192、351页。)

5.《人格面具》——代表人物：蒋洪新、张子清、杨金才、朱伊革

（出处：蒋洪新《英诗新方向——庞德、艾略特诗学理论与文化批评研究》，湖南教育出版社2001年版，第19页；张子清《20世纪美国诗歌史》（第一卷），南开大学出版社2018年版，第118、131页；刘海平、王守仁主编《新编美国文学史（第三卷，1914—1945）》，杨金才主撰，上海外语教育出版社2002年版，第66页；朱伊革《跨越界限：庞德诗歌创作研究》，上海三联书店2014年版，第62—63页。）

五 关于 The Spirit of Romance 的中文译名及出处

1.《罗曼精神》——代表人物：陶乃侃

（出处：陶乃侃《庞德与中国文化》，首都师范大学出版社2006年版，第5、8、12页。）

2.《罗曼司精神》——代表人物：吴其尧、朱伊革、胡平

（出处：吴其尧《庞德与中国文化——兼论外国文学在中国文化现代化中的作用》，上海外语教育出版社2006年版，第251页；朱伊革《跨越界限：庞德诗歌创作研究》，上海三联书店2014年版，第65、351页；胡平《庞德〈比萨诗章〉研究》，上海大学出版社2017年版，第253页。）

3.《罗曼司的精神》——代表人物：蒋洪新

（出处：蒋洪新《庞德研究》，上海外语教育出版社2014年版，第421页。）

4.《罗曼语的精神》——代表人物：蒋洪新

（出处：蒋洪新《英诗新方向——庞德、艾略特诗学理论与文化批评研究》，湖南教育出版社2001年版，第57、78页。）

5.《罗曼诗歌的精神》——代表人物：杨金才

（出处：刘海平、王守仁主编《新编美国文学史（第三卷，1914—1945）》，杨金才主撰，上海外语教育出版社2002年版，第66页。）

6.《罗曼文学的精神》——代表人物：叶维廉

（出处：叶维廉《东西方文学中"模子"的应用》，载温儒敏、李细尧编《寻求跨中西文化的共同文学规律——叶维廉比较文学论文选》，北京大学出版社1987年版，第14页。该文具体内容又参见https：//www.docin.com/p-1284594414.html。）

7.《论罗曼司精神》——代表人物：申奥

（出处：[美]伊兹拉·庞德等《美国现代六诗人选集》，申奥译，湖

南人民出版社 1985 年版，第 1 页。）

六 关于 *Lustra* 的中文译名及出处

1. 《鲁斯特拉》——代表人物：赵毅衡、吴其尧

（出处：赵毅衡《远游的诗神：中国古典诗歌对美国新诗运动的影响》，四川人民出版社 1985 年版，第 14—20 页；吴其尧《庞德与中国文化——兼论外国文学在中国文化现代化中的作用》，上海外语教育出版社 2006 年版，第 253 页。）

2. 《献祭》——代表人物：申奥

（出处：[美] 伊兹拉·庞德等《美国现代六诗人选集》，申奥译，湖南人民出版社 1985 年版，第 1 页。）

3. 《祓除》——代表人物：张子清

（出处：[美] 杰夫·特威切尔-沃斯《庞德的〈华夏集〉和意象派诗》，张子清译，《外国文学评论》1992 年第 1 期，第 86—91 页。）

4. 《五年间》——代表人物：傅浩

（出处：傅浩《Ts'ai Chi'h 是谁？》，《外国文学评论》2010 年第 2 期，第 218—224 页。）

5. 《光芒》——代表人物：杨金才

（出处：刘海平、王守仁主编《新编美国文学史（第三卷，1914—1945）》，杨金才主撰，上海外语教育出版社 2002 年版，第 68 页。）

6. 《大祓》——代表人物：李维屏

（出处：李维屏《英美现代主义文学概观》，上海外语教育出版社 1998 年版，第 77、81 页。）

7. 《大祓集》——代表人物：朱伊革、胡平

（出处：朱伊革《跨越界限：庞德诗歌创作研究》，上海三联书店 2014 年版，第 64、351 页；胡平《庞德〈比萨诗章〉研究》，上海大学出版社 2017 年版，第 254 页。）

8. 《仪式》——代表人物：钱兆明、蒋洪新

（出处：钱兆明《序言》，载蒋洪新《庞德研究》，上海外语教育出版社 2014 年版，第 5 页；蒋洪新《庞德研究》，上海外语教育出版社 2014 年版，第 125、422 页。）

9. 《仪式诗章》——代表人物：晏清皓

（出处：晏清皓《庞德〈三十章草〉中的女性形象研究》，科学出版

社 2018 年版，第 iv—v 页。）

七 关于 *Ripostes* 的中文译名及出处

1. 《还击》——代表人物：蒋洪新

（出处：蒋洪新《庞德研究》，上海外语教育出版社 2014 年版，第 421 页。）

2. 《回击》——代表人物：杨金才

（出处：刘海平、王守仁主编《新编美国文学史（第三卷，1914—1945）》，杨金才主撰，上海外语教育出版社 2002 年版，第 60、74 页。）

3. 《反击》——代表人物：申奥、李维屏、朱伊革、胡平

（出处：[美]伊兹拉·庞德：《美国现代六诗人选集》，申奥译，湖南人民出版社 1985 年版，第 1 页；李维屏《英美现代主义文学概观》，上海外语教育出版社 1998 年版，第 77、81 页；朱伊革《跨越界限：庞德诗歌创作研究》，上海三联书店 2014 年版，第 64、351 页；胡平《庞德〈比萨诗章〉研究》，上海大学出版社 2017 年版，第 253 页。）

4. 《反驳》——代表人物：陶乃侃

（出处：陶乃侃《庞德与中国文化》，首都师范大学出版社 2006 年版，第 4 页。）

5. 《里波斯忒斯》——代表人物：吴其尧

（出处：吴其尧《庞德与中国文化——兼论外国文学在中国文化现代化中的作用》，上海外语教育出版社 2006 年版，第 252 页。）

6. 《回去》——代表人物：裘小龙

（出处：[英]彼德·琼斯《编者导论》，裘小龙译，载[英]彼德·琼斯编《意象派诗选》，裘小龙译，重庆大学出版社 2015 年版，第 10 页。）

八 关于 *ABC of Reading* 的中文译名及出处

1. 《读书入门》——代表人物：张子清

（出处：刘海平、王守仁主编《新编美国文学史（第三卷，1914—1945）》，杨金才主撰，上海外语教育出版社 2002 年版，第 135 页。）

2. 《阅读初阶》——代表人物：赵毅衡

（出处：赵毅衡《诗神远游：中国如何改变了美国现代诗》，上海译文出版社 2003 年版，第 281 页。）

3. 《阅读入门》——代表人物：杨金才、陶乃侃、朱伊革

（出处：刘海平、王守仁主编《新编美国文学史（第三卷，1914—1945）》，杨金才主撰，上海外语教育出版社 2002 年版，第 70 页；陶乃侃《庞德与中国文化》，首都师范大学出版社 2006 年版，第 28 页；朱伊革：《跨越界限：庞德诗歌创作研究》，上海三联书店 2014 年版，第 65 页。）

4. 《阅读 ABC》——代表人物：陈东飚、晏清皓

（出处：[美] 埃兹拉·庞德《阅读 ABC》，陈东飚译，译林出版社 2014 年版；晏清皓《庞德〈三十章草〉中的女性形象研究》，科学出版社 2018 年版，第 16、21 页。）

九 关于"In the Station of the Metro"的中文译名及出处

1. 《巴黎地铁站》——代表人物：叶维廉

（出处：叶维廉《庞德与潇湘八景》，北京联合出版公司 2019 年版，第 23—26 页。）

2. 《地铁站台》——代表人物：赵毅衡、张子清

（出处：赵毅衡《远游的诗神——中国古典诗歌对美国新诗运动的影响》，四川人民出版社 1985 年版，第 214—215 页；[美] 杰夫·特威切尔-沃斯《庞德的〈华夏集〉和意象派诗》，张子清译，《外国文学评论》1992 年第 1 期，第 86—91 页。）

3. 《地铁车站》——代表人物：周上之、朱伊革、裘小龙、晏清皓

（出处：周上之《美的瞬间和意象派的创作方法——庞德代表作〈地铁车站〉赏析》，《淮北煤师院学报》1986 年第 2 期，第 83—84 页；朱伊革《跨越界限：庞德诗歌创作研究》，上海三联书店 2014 年版，第 23 页；[英] 彼得·琼斯编《意象派诗选》，裘小龙译，重庆大学出版社 2015 年版，第 200 页；晏清皓《庞德〈三十章草〉中的女性形象研究》，科学出版社 2018 年版，第 5 页。）

4. 《地铁站里》——代表人物：张子清、杨金才

（出处：张子清《20 世纪美国诗歌史》（第一卷），南开大学出版社 2018 年版，第 120 页；刘海平、王守仁主编《新编美国文学史（第三卷，1914—1945）》，杨金才主撰，上海外语教育出版社 2002 年版，第 60 页。）

5. 《在地铁站》——代表人物：蒋洪新

（出处：蒋洪新《庞德研究》，上海外语教育出版社 2014 年版，第 381 页。）

6.《在地铁车站》——代表人物：彭予、蒋洪新、朱徽

（出处：彭予《二十世纪美国诗歌——从庞德到罗伯特·布莱》，河南大学出版社1995年版，第16页；蒋洪新、郑燕虹《庞德与中国的情缘以及华人学者的庞德研究——庞德学术史研究》，《东吴学术》2011年第3期，第122—134页；朱徽《中美诗缘》，四川人民出版社2001年版，第380页。）

7.《在一个地铁车站》——代表人物：袁可嘉、曾艳兵

（出处：袁可嘉《欧美现代派文学概论》，上海文艺出版社1993年版，第200页；袁可嘉《欧美现代派文学概论》，广西师范大学出版社2003年版，第184页；曾艳兵主编《西方现代主义文学概论》，北京大学出版社2012年版，第87页。）

8.《在地铁站上》——代表人物：王晓莉

（出处：王晓莉《从〈在地铁站上〉看意象派诗歌的特色与成就》，《兰州大学学报》2002年第6期，第121—124页。）

9.《在地铁车站上》——代表人物：董洪川

（出处：董洪川《接受的另一个维度：我国新时期庞德研究的回顾与反思》，《外国文学》2007年第5期，第54—62页。）

十 关于"Hugh Selwyn Mauberley"的中文译名及出处

1.《毛伯莱》——代表人物：袁可嘉、李文俊、董衡巽

（出处：袁可嘉《略论英美"现代派"诗歌》，《文学评论》1963年第3期，第64—85页；李文俊《美国现代诗歌1912—1945》，《外国文学》1982年第9期，第82—95页；董衡巽《美国文学简史》，人民文学出版社2003年版，第243—245页。）

2.《莫伯利》——代表人物：袁可嘉、李维屏、蒋洪新、晏清皓

（出处：袁可嘉《欧美现代派文学概论》，上海文艺出版社1993年版，第202页；袁可嘉《欧美现代派文学概论》，广西师范大学出版社2003年版，第187页；李维屏《英美现代主义文学概观》，上海外语教育出版社1998年版，第84页；蒋洪新、郑燕虹《庞德与中国的情缘以及华人学者的庞德研究——庞德学术史研究》，《东吴学术》2011年第3期，第122—134页；晏清皓《庞德〈三十章草〉中的女性形象研究》，科学出版社2018年版，第133页。）

3.《休·赛尔温·毛伯莱》——代表人物：袁可嘉

（出处：袁可嘉《略论英美"现代派"诗歌》，《文学评论》1963年

第 3 期，第 64—85 页。)

4.《休·西尔文·毛伯莱》——代表人物：李文俊、董衡巽

（出处：李文俊《美国现代诗歌 1912—1945》，《外国文学》1982 年第 9 期，第 82—89 页；董衡巽《美国文学简史》，人民文学出版社 2003 年版，第 243 页。）

5.《休·塞尔温·毛勃莱》——代表人物：林骧华

（出处：林骧华《西方现代派文学述评》，上海人民出版社 1987 年版，第 39 页。）

6.《休·塞尔温·莫伯利》——代表人物：张子清、杨金才、吴其尧

（出处：张子清《20 世纪美国诗歌史》（第一卷），南开大学出版社 2018 年版，第 123—124 页；刘海平、王守仁主编《新编美国文学史（第三卷，1914—1945）》，杨金才主撰，上海外语教育出版社 2002 年版，第 69 页；吴其尧《庞德与中国文化——兼论外国文学在中国文化现代化中的作用》，上海外语教育出版社 2006 年版，第 254 页。）

7.《休·赛尔温·莫伯利》——代表人物：申奥、袁可嘉、彭予、李维屏、赵毅衡、钱兆明、蒋洪新

（出处：[美]庞德等《美国现代六诗人选集》，申奥译，湖南人民出版社 1985 年版，第 3 页；袁可嘉《欧美现代派文学概论》，上海文艺出版社 1993 年版，第 202 页；袁可嘉《欧美现代派文学概论》，广西师范大学出版社 2003 年版，第 187 页；彭予《二十世纪美国诗歌——从庞德到罗伯特·布莱》，河南大学出版社 1995 年版，第 18 页；李维屏《英美现代主义文学概观》，上海外语教育出版社 1998 年版，第 78、84 页；赵毅衡《诗神远游：中国如何改变了美国现代诗》，上海译文出版社 2003 年版；钱兆明《序言》，载蒋洪新《庞德研究》，上海外语教育出版社 2014 年版，第 5 页；蒋洪新《庞德研究》，上海外语教育出版社 2014 年版，第 185 页。）

附录四 《诗章》名篇与对应的章节内容[①]

（一）

《三首诗章》/《诗章三首》/[②]《元诗章》（Ur-Cantos）[③]

            《诗章》第 1—3 章的合称

《仪式诗章》/《一长诗中的三首诗章》[④]

            《诗章》第 1—3 章的单行本诗集

---

  ① 撰写该部分内容时，笔者参阅了 Hugh Kenner, *The Pound Era*, Berkeley：University of California Press, 1971；Ronald Bush, *The Genesis of Ezra Pound's Cantos*, Princeton：Princeton University Press, 1976, pp. xiii - xv；Ira B. Nadel, *The Cambridge Companion to Ezra Pound*, Cambridge：Cambridge University Press, 1999, pp. 1 - 21；M. O'Driscoll, "Ezra Pound's Cantos：'A Memorial to Archivists and Librarians'", *Studies in the Literary Imagination*, No. 32, Vol. 1, 1999, pp. 173 - 188；[美]伊兹拉·庞德《庞德诗选——比萨诗章》，黄运特译，张子清校订，漓江出版社 1998 年版；李维屏《英美现代主义文学概观》，上海外语教育出版社 1998 年版，第 76—99 页；赵毅衡《诗神远游：中国如何改变了美国现代诗》，上海译文出版社 2003 年版；刘海平、王守仁主编《新编美国文学史（第三卷，1914—1945）》，杨金才主撰，上海外语教育出版社 2002 年版，第 64—81 页；吴其尧《庞德与中国文化——兼论外国文学在中国文化现代化中的作用》，上海外语教育出版社 2006 年版；陶乃侃《庞德与中国文化》，首都师范大学出版社 2006 年版；朱伊革《跨越界限：庞德诗歌创作研究》，上海三联书店 2014 年版；蒋洪新《庞德研究》，上海外语教育出版社 2014 年版；兆明《中华才俊与庞德》，中央编译出版社 2015 年版；胡平《庞德〈比萨诗章〉研究》，上海大学出版社 2017 年版；晏清皓《庞德〈三十章草〉中的女性形象研究》，科学出版社 2018 年版；郭英杰《喧嚣的文本：庞德〈诗章〉研究》，中国社会科学出版社 2020 年版。相关期刊论文包括：常沛文《埃兹拉·庞德——传播中国文化的使者》，《外国文学》1985 年第 5 期；赵毅衡《儒者庞德——后期〈诗章〉中的中国》，《中国比较文学》1996 年第 1 期；王贵明《汉字的魅力与〈诗章〉的精神》，《北京理工大学学报》2001 年第 1 期；王晶石《主体性、历史性、视觉性——论艾兹拉·庞德〈三十章草〉中"我"的多重性》，《国外文学》2019 年第 3 期；等等。特此致谢！

  ② 1917 年 6 月、7 月、8 月，庞德在《诗刊》（*Poetry*）上连续发表"三首诗章系列之一、二、三"（"Three Cantos Ⅰ, Three Cantos Ⅱ, Three Cantos Ⅲ"），统称为《三首诗章》。参见 Ronald Bush, *The Genesis of Ezra Pound's Cantos*, Princeton：Princeton University Press, p. xiii。

  ③ 关于"Ur-Cantos"的出处，参见 Ira B. Nadel, *The Cambridge Companion to Ezra Pound*, Cambridge：Cambridge University Press, 1999, p. 31；另参见 Hugh Kenner, *The Pound Era*, Berkeley：University of California Press, 1971, p. 356。

  ④ 1917 年 10 月，庞德在《诗刊》发表《三首诗章》后，其修订本（superficially revised versions of *Three Cantos*）以《仪式诗章》（*The Lustra Cantos*）之名，由纽约 Alfred A. Knopf 出版社以单行本诗集的形式于同年发表。该诗集还有一个别名 *Three Cantos of a Poem of Some Length*（《一长诗中的三首诗章》）。该版本于 1919 年由伦敦 The Ovid Press 重印。虽然《三首诗章》和《仪式诗章》均涉及诗章第 1—3 章，但是实质上它们有区别。

附 录

《未来诗章》①　　　　　　　　　　　《诗章》第 1—3 章的节选/选段
《马拉特斯塔诗章》/《马拉泰斯塔诗章》　《诗章》第 8—11 章
《孔子诗章》/《孔子篇》　　　　　　　《诗章》第 13 章
《地狱诗章》②　　　　　　　　　　　《诗章》第 14—15 章
《炼狱诗章》　　　　　　　　　　　　《诗章》第 16 章
《天堂诗章》/《乐园诗章》　　　　　　《诗章》第 17 章
《杰弗逊诗章》　　　　　　　　　　　《诗章》第 31—34 章
《高利贷诗章》/《尤苏拉诗章》　　　　《诗章》第 45、51 章
《七湖诗章》　　　　　　　　　　　　《诗章》第 49 章
《中国诗章》/《中国诗篇》/《中国史篇》/《中国诗集》③
　　　　　　　　　　　　　　　　　　《诗章》第 52—61 章
《美国诗章》/《美国史诗章》/《亚当斯诗章》/《亚当斯篇》④
　　　　　　　　　　　　　　　　　　《诗章》第 62—71 章
《意大利诗章》/《遗漏诗章》⑤　　　　《诗章》第 72—73 章

---

①　庞德的《未来诗章》(The Future Cantos)，是指庞德于 1918 年 2—4 月以《一首长诗的序言选段》("Passages from the Opening Address in a Long Poem")、《一首长诗之第二诗章剪影》("Images from the Second Canto of a Long Poem") 和《一首长诗之第三诗章拾遗》("An Interpolation Taken from the Third Cantos of a Long Poem") 为题，分别发表在伦敦刊物《未来》(The Future) 杂志上的三首诗。该三首诗的内容，实际上节选自《仪式诗章》(The Lustra Cantos)。具体请参见 Ronald Bush, The Genesis of Ezra Pound's Cantos, Princeton: Princeton University Press, p. xiii.

②　关于《诗章》中《地狱诗章》("the Hell Cantos")、《炼狱诗章》("the real-life purgatory, that is Canto XVI") 和《天堂诗章》("the paradise of Canto XVII") 的说法和出处，请参见 M. O'Driscoll, "Ezra Pound's Cantos: 'A Memorial to Archivists and Librarians'", Studies in the Literary Imagination, No. 32, Vol. 1, 1999, p. 178. 原文全文为第 173—188 页。

③　关于《中国诗集》的说法，请参见陶乃侃《庞德与中国文化》，首都师范大学出版社 2006 年版，第 185 页。

④　关于《亚当斯篇》的说法，参见王贵明《汉字的魅力与〈诗章〉的精神》，《北京理工大学学报》2001 年第 1 期，第 36—41 页。

⑤　庞德研究权威 Ira B. Nadel 在《伊兹拉·庞德研究剑桥指南》(The Cambridge Companion to Ezra Pound) 一书的引言部分，即"Introduction: Understanding Pound"中，这样写道: "Cantos LXXII and LXXIII form the 'Italian Cantos,' unavailable in a complete Cantos until 1985."（《诗章第 72 章》和《诗章第 73 章》构成了《意大利诗章》，直到 1985 年得以正式出版，这使《诗章》成为一个完整的版本），"In 1985 Mary de Rachewiltz published I Cantos, a dual language version of the poem and the first complete edition containing the formerly excluded Cantos LXXII and LXXIII, the 'Italian Cantos'" [1985 年，（庞德的女儿）玛丽·德·拉切维茨出版了《诗章第一辑》的双语版，这是第一个完整的版本，其中包含了之前被排除在外的《诗章第 72 章》和《诗章第 73 章》，即"《意大利诗章》"]。具体参见 Ira B. Nadel, "Introduction: Understanding Pound", in Ira B. Nadel, ed., The Cambridge Companion to Ezra Pound, Cambridge: Cambridge University Press, 1999, pp. 7, 14.

《比萨诗章》/《比萨长诗》/《比萨篇》	《诗章》第 74—84 章
《"音乐"诗章》①	《诗章》第 75 章
后期《诗章》	《诗章》第 85—117 章
《纳西诗篇》/《纳西诗章》	《诗章》第 110、112 章

(二)

《30 首诗章草稿》/《三十章草》	《诗章》第 1—30 章
《16 首诗章草稿》	《诗章》第 17—30 章
《11 首诗章》/《11 首新诗章》	《诗章》第 31—41 章
《掘石机诗章》/《燧石篇》/《凿石篇》/《钻石篇》②	
	《诗章》第 85—95 章
《王座》/《王座诗章》/《王冠诗章》/《帝王篇》/《御座》/《御座篇》/《御座诗章》/《宝座诗章》	《诗章》第 96—109 章
《残篇》/《草稿与残篇》/《草稿和残篇》/《草稿与片段》/《诗稿与残篇》③/《最后的诗稿部分》④	《诗章》第 110—117 章

---

① John Steven Childs 把 Canto 75 称作《"音乐"诗章》("the 'Music' Canto")。具体参见 John Steven Childs, *Modernist Form: Pound's Style in the Early Cantos*, London and Toronto: Associated University Press, 1986, p. 27。

② 关于《钻石篇》的说法,参见王贵明《汉字的魅力与〈诗章〉的精神》,《北京理工大学学报》2001 年第 1 期。

③ 关于《诗稿与残篇》的说法,参见钱兆明《庞德〈诗稿与残篇〉中的双重突破》,《外国文学》2019 年第 2 期。

④ 关于《最后的诗稿部分》的说法,参见王贵明《汉字的魅力与〈诗章〉的精神》,《北京理工大学学报》2001 年第 1 期,第 36—41 页。

附录五 人名索引

A

阿卜杜勒卡德尔（K. S. Abdulqadr） 37
阿布莱姆斯（M. H. Abrams） 115
阿尔布赖特（Daniel Albright） 33，59，66
阿尔迪里（Charles Altieri） 35
阿耳特弥斯（Artemis） 23，192
阿奎纳（Thomas Aquinas） 229
埃莉诺（Eleanor） 118
艾肯（Conrad Aiken） 296，331
艾勒斯（Sarah Ehlers） 36
艾略特（T. S. Eliot） 2，3，9－11，13，16，26，31，32，34，37，40，41，50，53，76－78，87，97，104，112，113，160－168，170－172，174，175，200，203，205，235，242，249，283，296，307，317－319，322，329－332，343，345，347
爱默生（Ralph Waldo Emerson） 54，89－93，128，140，249，339
爱新觉罗 25
安太尔（George Antheil） 314，321
奥德修斯（Odysseus） 17，20－24，208－211，213，214，219，221－226，229，240，249，310，311
奥登（Wystan Hugh Auden） 31，319
奥尔丁顿（Richard Aldington） 7，10，34，76，150，189，278，281，310，333
奥尔加（Olga Rudge） 176，314
奥尔森（Charles Olson） 331
奥古斯丁（Aurelius Augustine） 231
奥利奇（A. R. Orage） 8
奥西里斯（Osiris） 8，310，345
奥维德（Ovid/Publius Ovidius Naso） 5，170，203，212，231，234，240，312，324，333

B

巴赫金（Mikhail M. Bakhtin） 75，76，127，334
巴奇加卢波（Massimo Bacigalupo） 33
巴辛斯基（Michael Basinsky） 64
拜伦（George Gordon Byron） 204
拜伦（Glennis Byron） 115
班婕妤 290，291
贝恩斯坦（Charles Bernstein） 15，64，319
贝尔（Ian F. A. Bell） 33
贝雅特丽齐（Beatrice） 229，234，238，240，243，248
比尼恩（Laurence Binyon） 300，321
毕加索（Pablo Picasso） 3，21，40，45，118，175，176，193，297，299，314，315
毕卡比亚（Francis Picabia） 314
冰心 341
伯恩斯坦（George Bornstein） 33，34
伯尔尼（Bertram dal Bornio） 234
伯格森（Henri Bergson） 6，162，345
伯托尔夫（Robert Bertholf） 64
柏拉图（Plato） 14，20，27，151，156，157，234，246，249，277
波德莱尔（Charles Baudelaire） 96，144
波蒂埃（M. G. Pauthier） 107
勃莱（Robert Bly） 329
布尔德（William Bird） 314

布莱克（William Blake） 128，157，326

布朗库西（Constantin Brancusi） 175，314

布朗宁（Robert Browning） 21，38，53，78，82，113-119，127，225，326，330，347

布里奇斯（Robert Bridges） 333

布鲁克（Peter Brooker） 94

布鲁克（Rupert Brooke） 333

布鲁克斯（Cleanth Brooks） 31

布鲁克斯（Van Wyck Brooks） 111

布伦（Martin Van Buren） 23，27

布什（Ronald Bush） 33，36，66

布瓦洛（Nicolas Boileau） 74

C

彩姬 260

常耀信 20，90，128，143

陈衡哲 341

成吉思汗 25

D

达尔文（Charles Robert Darwin） 97，98，239，244

达芬波特（Guy Davenport） 102

戴森布鲁克（Reed W. Dasenbrock） 33，228

戴维（Donald Davie） 17，31

但丁（Dante Alighieri） 5，20，22，28，38，53，54，78，140，170，182，185，191，206，227-251，292，311，321，324，333，345，348

丹尼斯（Helen M. Dennis） 33

道格拉斯（C. H. Douglas） 22-24，244

德尔达（Michael Dirda） 324，325，335

德里达（Jacques Derrida） 185

邓恩（John Donne） 171

狄俄尼索斯（Dionysus） 17，21，125，153，224

狄乌斯（Andreas Divus） 210

笛卡尔（René Descartes） 324

丁尼生（Alfred Tennyson） 82，113，114，206

董洪川 44，50，76，233

杜甫 177，200，290，345

杜立特尔（Charles Doolittle） 188

杜立特尔（Frederick James Doolittle） 323

多萝西（Dorothy） 147，165，256，257，296，308

E

厄普瓦德（Allen Upward） 256，259，260

F

方宝贤（P. H. Fang） 340

方令孺 341

方志彤（Achilles Fang） 41，68-71，340，341

费德勒（Leslie Fiedler） 208

费诺罗萨（Ernest Fenollosa） 2，9，14，54，252-263，265-268，271，273-275，290

费尔玛奇（George J. Firmage） 176

冯文坤 49，50

逢尼法西八世（Bonifazio VIII） 234

富兰克林（Benjamin Franklin） 25，95

福特（Ford Madox Ford） 34，119，120，245，248，258，308，309

弗莱契（John Gould Fletcher） 76，150，258

弗雷泽（James Frazer） 168，170

弗林特（F. S. Flint） 6，7，76，144，150，151，278，281，284，310，345

弗卢拉（Christine Froula） 31，32
弗洛瑞（Wendy Flory） 33
弗罗斯特（Robert Frost） 9，11，31，34，40，160，167，192，200，318，329，331，338
弗洛伊德（Sigmund Freud） 6，98，145，239，244
付江涛 49，50

G

甘乃光 341
高尔特（Sier Escort） 130
戈蒂耶-布尔泽斯卡（Henri Gaudier-Brzeska） 297
格雷（Thomas Gray） 267
歌德（Johann Wolfgang von Goeth） 324
公输子 57
公西华/赤 287，288
古德温（K. L. Goodwin） 332
古尔蒙（Remy de Gourmont） 175，317

H

H. D.（Hilda Doolittle） 7，10，34，40，53，76，113，150，188-195，197，198，200，201，278，281，299，325-330，333，347
哈代（Thomas Hardy） 53，200，202，203，333
哈特（Bernard Hart） 282
哈特（James D. Hart） 128
海曼（Katherine Ruth Heyman） 307
海明威（Ernest Hemingway） 11，12，34，78，167，176，199，314，318，331
汉密尔顿（Hamilton） 25，27，88，158，325
荷马（Ὅμηροϛ/Homer） 5，21，26，38，53，78，82，105，118，162，207-214，220-226，231，233，240，241，321，326，345
荷马（Homer L. Pound） 189
贺拉斯（Quintus Horatius） 74，231，241
贺永雄（Ariga Nagao） 254
赫伯特（George Herbert） 179
赫耳墨斯（Hermes） 192
赫里克（Robert Herrick） 179
赫胥黎（Aldous Huxley） 170
忽必烈 22，25
胡平 46，67，68
胡适 341，342，347
华兹华斯（William Wordsworth） 97，136，204，205
黄文俞 45，46
黄运特 5，7，8，12，14，19，20，28，44，47，48，50，54，63，64，66，80，85，86，89，92，94，95，98，99，101-104，106，108-112，119，120，123，134-136，138，139，142，144，145，151，153-156，158，159，161，169，170，174，191-193，196，197，215，217-219，232，240-242，245，246，248-250，254，260-263，273，275，278，281，284，291，292，297-302，304，309，311-313，315-317，319，341
黄仲苏 341
黄宗英 44
惠斯特（James Whistler） 297
惠特曼（Walt Whitman） 4，5，13，16，26，38，53，90，93-95，113，128-134，136-143，179，201，225，314，326，330，347
霍克斯（David Hawkes） 37
霍桑（Nathaniel Hawthorne） 93
霍维（Elisabeth A. Howe） 115

J

济慈（John Keats） 97, 185, 204-206, 326

吉布森（Mary E. Gibson） 117

贾尼特（Edward Garnet） 2

建文帝 25

蒋洪新 2, 6, 8, 24, 30, 38, 41, 42, 48-51, 87, 97, 104, 105, 161, 198, 199, 241, 242, 265, 273, 286, 288, 303

杰弗逊（Thomas Jefferson） 18, 22, 23, 25, 95, 135, 217, 225, 249

杰普森（Edgar Jepson） 120

皎然 280

金斯堡（Allen Ginsberg） 331

K

卡丁那尔（Peire Cardinal） 231

卡夫卡（Franz Kafka） 236

卡明斯（E. E. Cummings/e. e. cummings） 16, 34, 41, 53, 78, 113, 129, 167, 175-188, 200, 225, 270, 271, 314, 347

卡朋特（Humphrey Carpenter） 255, 323, 332

卡图卢斯（Gaius Valerius Catullus） 324

卡瓦尔坎蒂（Guido Cavalcanti） 10

卡西洛（Robert Casillo） 319

康熙 25, 27, 43, 138, 216, 217, 264

科克托（Jean Cocteau） 314, 316

克莱恩（Stephen Crane） 129

克莱蒙（Virginia Clemm） 96

克利里（Robert Creeley） 64

肯纳（Hugh Kenner） 16, 17, 35, 78, 211, 286, 330, 346

孔子 9, 10, 12, 13, 17, 20, 22, 24- 30, 45-47, 57, 74, 89, 102, 107, 108, 113, 138, 205, 222, 225, 259, 269, 286-289, 321, 324, 335, 339, 343, 346

库克森（William Cookson） 9, 265

昆因（John Quinn） 164, 317

昆因（Vincent Quinn） 326

L

赖特（James Wright） 331

兰波（Arthur Rimbaud） 96

兰塞姆（John C. Ransom） 40

朗费罗（Henry Wadsworth Longfellow） 136

劳伦斯（D. H. Lawrence） 34, 245, 281, 310, 321, 331, 333, 346

劳斯（W. H. Rouse） 321

雷克斯洛斯（Kenneth Rexroth） 329

李白 290

李春长 47

李维屏 18, 39, 41, 58, 59, 61, 62, 160-162, 167, 168, 176, 179, 182, 201, 239, 296

李英 45

离娄 57

理雅各（James Legge） 233, 343

里埃克斯（Lyaeus） 118

利维斯（F. R. Leavis） 31

梁实秋 283, 341

林徽因 341

林肯（Abraham Lincoln） 89

林赛（Vachel Lindsay） 76, 77

林骧华 58

刘白 46

刘彻 5, 236, 237, 260

刘延芳 341

刘勰 279

娄（Jackson Mac Low） 331

路易斯（Wyndham Lewis） 7, 31-34, 151, 158, 204, 206, 296, 297, 300, 305, 308, 310, 333, 345

卢坎（Marcus Lucanus） 231

罗斯金（Ruskin） 13

鲁斯洛（Jean Pierre Rousselot） 315, 316

陆志伟 341

洛厄尔（Amy Lowell） 7, 76, 144, 278, 281, 296, 310, 319, 341, 342

洛伦茨（Edward Norton Lorenz） 322

洛克（Joseph F. Rock） 28

洛威尔（Robert Lowell） 326

罗德克（John Rodker） 312

罗家伦 341

罗塞蒂（Dante Gabriel Rossetti） 206, 326

M

马拉美（Stéphane Mallarmé, 1842-1898） 96, 128, 144

马拉特斯塔（Malatesta） 17, 21, 22, 123, 131, 203, 231, 249, 317

马里内蒂（Filippo Tomasso Marinetti） 297

马里坦（Maritan） 316

马洛（Christopher Marlow） 203

马斯特斯（Edgar Lee Masters） 129

马修（Elkin Mathews） 309

马致远 292

玛丽（Mary de Rachewiltz） 87

玛丽（Mary Fenollosa） 255

玛兹诺（Laurence W. Mazzeno） 113

麦克（Maynard Mack） 160

麦克里德（Glen Macleod） 187

麦克利什（Archibald MacLeish） 318

麦克唐纳（Gail McDonald） 32

梅洛-庞蒂（Maurice Merleau-Ponty） 49

梅光迪 283

蒙罗（Harriet Monroe） 6, 7, 11, 152, 162, 189, 190, 211, 251, 252, 259, 278, 283, 284, 286, 296, 314, 327, 346

孟子 10, 57, 109, 207, 225, 259, 266, 276, 321, 346

明宪宗 25

明孝宗 25

摩尔（Marianne Moore） 34

莫里斯（Adalaide Morris） 188

莫斯（Gemma Moss） 34

莫扎特（Wolfgang Amadeus Mozart） 28

穆尔（Marianne Moore） 329

N

纳代尔（Ira B. Nadel） 1, 17, 33, 59-61, 64, 66, 101, 302

奈都夫人（Sarojini Naidu） 255-257

尼采（Friedrich Wilhelm Nietzsche） 145

尼克尔斯（Peter Nicholls） 33

尼科罗三世（Niccolo III） 234

涅普顿（Neptune） 26

纽博尔特（Henry Newbolt） 120, 309

纽曼（Robert Newman） 64

诺维洛（Malatesta Novello） 231

P

帕洛夫（Marjorie Perloff） 51

帕索斯（Dos Passos） 331

潘恩（Thomas Paine） 95

佩奇（D. D. Paige） 322

佩特（Walter Pater） 297

彭予 2, 3, 10, 39, 40, 62, 90, 91,

97，158，188，194，204，242，326，328，329

平井（Hirai） 255

坡（Edgar Allen Poe） 64，90，95，96，136，144，247

珀尔曼（Daniel Pearlman） 229

蒲伯（Alexander Pope） 6，213

普拉尔（Victor Plarr） 120，309

普莱斯（John Press） 160

普罗佩提乌斯（Sextus Propertius） 10，321

Q

乾隆 25

钱锺书 2，192，337，338

钱兆明 2，28，42，47，51，70，71，303，340，341

乔叟（Geoffrey Chaucer） 87，136，171，172，185，203

乔伊斯（James Joyce） 11，16，34，53，65，106，170，200，296，314，333

R

冉求 287，288

饶孟侃 341

荣之颖（Angela Chih-ying Jung） 333，340

瑞德曼（Tim Redman） 33

瑞尼（Lawrence S. Rainey） 331

S

萨堤洛斯（Satyrus） 192

三宅明（Miyake Akiko） 333

桑德堡（Carl Sandburg） 129，331

森海南（Mori Kainan） 254

莎士比尔（Olivia Shakespear） 189，308

莎士比亚（William Shakespeare） 78，140，170，204，225，249，309

申富英 47

史蒂文斯（Wallace Stevens） 31，40，51，160，331

史密斯（William Brooke Smith） 307

师旷 57

叔本华（Arthur Schopenhauer） 145

司空图 280

舜 24，28，52，108，123，207，216，225，265

顺治 25

斯宾塞（Edmund Spenser） 156

斯卡里（Stephen Sicari） 207-209，227，233，241

斯奈德（Gary Snyder） 331

斯皮阿尔（Morris Speare） 36

斯皮尔（André Spire） 315

斯泰因（Gertrude Stein） 176

斯托克（Noel Stock） 67

斯温伯恩（Algernon Charles Swinburne） 206

宋发祥（Far-san T. Sung） 340

苏格拉底（Socrates） 14，234，246

苏瑞特（Leon Surette） 32

苏轼 15，290，345

苏扎（Robert de Souza） 316

孙大雨 341

孙慧兰（Veronica Huilan Sun） 340

孙宏 45，51

索福克勒斯（Sophokles） 10

T

塔特（Allen Tate） 40，120，121，319，320，330

泰勒（Richard Taylor） 33

坦克雷德（Mr Tancred） 157

汤 24，103，122

唐顺宗 24

陶渊明　114

特里尔（Carroll F. Terrell）　71，230，303，319

梯斯黛尔（Sara Teasdale）　342

提瑞西阿斯（Tiresias）　21，209，210，223，224，226

托勒密（Claudius Ptolemy）　229

W

王安石　24

王弼　279

王昌龄　279，280

王充　279

王尔德（Oscar Wilde）　70，96

王贵明　48，50，51

王燊甫（David Wang）　340

王氏（Lady Ouang Chi）　25

王维　281，290

王卓　49

汪敬熙　341

威尔逊（Peter Wilson）　208

威廉斯（William Carlos Williams）　5，34，40，53，160，200，201，278，314，325，326，329，330

威瑟（George Wither）　179

威斯顿（Jessie Weston）　168

维吉尔（Virgil/Publius Vergilius Maro）　5，78，170，229，230，233，234，238，243，248，250，324

维特米艾尔（Hugh Witemeyer）　33，151

维庸（François Villon）　28，232，317

魏尔伦（Paul Verlaine）　96，128，154，155，315

韦勒克（René Wellek）　199

文王　122，123

闻一多　341，342

沃尔（Helen Wolle）　188

吴玲英　45，46

吴其尧　58，66，67，111，320

伍德瓦德（Anthony Woodward）　68

X

锡德尼（Sir Philip Sidney）　74

谢里（Vincent B. Sherry）　32，38

谢明　33

辛西娅（Cynthia）　10

熊琳芳　45，46

休利特（Maurice Hewlett）　120

休姆（T. E. Hulme）　6，34，39，58，60，144，204，206，255，277，281，282，308，323，332，345

徐艳萍　43，44，180

徐志摩　341

许地山　341

雪莱（Percy Bysshe Shelly）　157，204，205，225，326

Y

雅典娜（Athenae）　221，222，224，300

亚当斯（John Adams）　19，23，25，89，135，217，225，249

亚当司务（Maestro Adamo）　235

亚历山大（Alexander）　27

亚里士多德（Aristotle）　74，210，225，226，229，233，234，248，286

颜回　108，113

晏清皓　63，106

杨凤岐（Fengqi Yang）　340，341

杨金才　6，8，9，15，42，43，60，144，150，178，188，189，191，194，281，328，329

杨慎　345

杨晓丽　44

尧　24，27，28，58，66，67，108，111，

123,207,216,225,265,320
叶维廉 24,71,195,258,265
叶艳 47
叶芝(William Butler Yeats) 4,11,13,16,26,31,34,53,97,113,144,146-153,155-160,212,225,257,258,300,307,308,314,326,330,333,347
伊诺(Ino) 20
英格哈姆(Michael Ingham) 33
雍正 25,27
禹 24,122,123,216,225
余宝琳(Pauline Yu) 281
袁可嘉 39,58,60,63,65,158,170,202,297,298

Z

曾宝荪(Pao Swen Tseng) 24,340
曾参 343
曾晳 287,288
曾艳兵 13,59-62,96,297
翟理思(Herbert Allen Giles) 259,260,290
詹姆斯(Henry James) 307,308
张君劢(Carsun Chang) 340,341
张强 45
张子清 2,5,7,8,12,14,19,20,28,39,40,44,51,54,60,64,66-68,98,101,104,106,112,120,134,142,144,145,151,153,161,163-165,167,174,191-193,215,232,240-242,245,246,248-250,254,260,263,273,278,281,284,285,297-299,301,302,304,317-319,321,341
赵毅衡 2,6,7,11,14-16,38,43,51,54,58,61,66,77,88,107,109,148,165,251-253,255,257-260,265,280,283-285,290,291,296,310,331,333
赵自强(Tze-chiang Chao) 340
郑敏 43,285
郑燕虹 48-50,333,338
周敦颐 114
朱湘 341
朱伊革 8,46,47,62,63,66,68,310
紫田(Shida) 255
子路 261,269,286,288
佐科夫斯基(Louis Zukofsky) 333
佐佐木玄龙 24,265

参考文献

一 英文参考文献

Ackroyd, Peter, *Ezra Pound and His World*, New York: Scribner Book Company, 1980.

Abdulqadr, Kizhan Salar, R. J. Omer, and R. H. Sharif, "Ezra Pound's Poetry between Victorianism and Modernism: A Historical-Biographical Analysis", *Technium Social Sciences Journal*, Vol. 21, 2021.

Albright, Daniel, *Quantum Poetics: Yeats, Pound, Eliot, and the Science of Modernism*, Cambridge, New York: Cambridge University Press, 1997.

Alexander, Michael, *The Poetic Achievement of Ezra Pound*, Edinburgh: Edinburgh University Press, 1998.

Allison, Alexander W., et. al., eds., *The Norton Anthology of Poetry*, New York & London: W. W. Norton & Company, 1983.

Bacigalupo, Massimo, *The Formed Trace: the Later Poetry of Ezra Pound*, New York: Columbia University Press, 1980.

Barthes, Roland, *The Pleasure of the Text*, New York: Hill and Wang, 1975.

Baumann, Walter, *Roses from the Steel Dust: Collected Essays on Ezra Pound*, London: University Press of New England, 2000.

Beach, Christopher, *ABC of Influence: Ezra Pound and the Remaking of American Poetic Tradition*, Berkeley: University of California Press, 1992.

Bell, Ian F. A., *Critic as Scientist: The Modernist Poetics of Ezra Pound*, London: Methuen, 1981.

Bernstein, Michael André, *The Tale of the Tribe: Ezra Pound and the Modern*

Verse Epic, Princeton, New Jersey: Princeton University Press, 2014.

Bernstein, Charles, "Pounding Fascism", in Charles Bernstein, ed., *A Poetics*, Cambridge, Massachusetts: Harvard University Press, 1992.

Bloom, Harold, *Poetry and Repression: Revisionism from Blake to Stevens*, New York: Yale University Press, 1976.

Bornstein, George, *Ezra Pound among the Poets: Homer, Ovid, Li Po, Dante, Whitman, Browning, Yeats, Williams, Eliot*, Chicago: Chicago University Press, 1985.

Brooker, Peter, *A Student's Guide to the Selected Poems of Ezra Pound*, London: Faber & Faber, 1979.

Bush, Ronald L., *The Genesis of Ezra Pound's Cantos*, Princeton: Princeton University Press, 1976.

Carpenter, Humphrey, *A Serious Character: The Life of Ezra Pound*, Boston: Houghton Mifflin Company, 1988.

Carson, Luke, *Consumption and Depression in Gertrude Stein, Louis Zukofsky, and Ezra Pound*, New York: St. Martin's Press, 1999.

Chace, William M., *The Political Identities of Ezra Pound & T. S. Eliot*, Stanford, Calif., Stanford University Press, 1973.

Cheadle, Mary Paterson, *Ezra Pound's Confucian Translations*, Ann Arbor: University of Michigan Press, 1997.

Childs, John Steven, *Modernist Form: Pound's Style in the Early Cantos*, Selinsgrove: Susquehanna University Press; London: Associated University Press, 1986.

Cookson, William, *A Guide to The Cantos of Ezra Pound*, London: Croom Helm, 1985.

Coyle, Michael, *Ezra Pound, Popular Genres, and the Discourse of Culture*, University Park, Pa.: Pennsylvania State University Press, 1995.

Craig, C., *Yeats, Eliot, Pound, and the Politics of Poetry: Richest to the Richest*, Pittsburgh, Pa.: University of Pittsburgh Press, 1982.

Dasenbrock, R. W., *The Literary Vorticisim of Ezra Pound & Wyndham Lewis: Towards the Condition of Painting*, Baltimore: Johns Hopkins University Press, 1985.

Dasenbrock, R. W., "Why The Commedia is Not the Model for The Cantos and What is", in Peter Makin, ed., *Ezra Pound's Cantos: A Case-book*,

Oxford: Oxford University Press, 2006.

Davenport, G., *Cities on Hills: A Study of I – XXX of Ezra Pound's Cantos*, Ann Arbor, Michigan: UMI Research Press, 1983.

Davie, Donald, *Ezra Pound: Poet as Sculptor*, New York: Oxford University Press, 1964.

Davie, Donald, *Ezra Pound*, New York: Viking Press, 1975.

Davis, Earle Rosco, *Vision Fugitive: Ezra Pound and Economics*, Lawrence: University Press of Kansas, 1968.

Dekker, George, *Sailing after Knowledge: The Cantos of Ezra Pound*, London: Routledge & Kegan Paul, 1963.

Dickey, Frances, *The Modern Portrait Poem from Dante Gabriel Rossetti to Ezra Pound*, Charlottesville: University of Virginia Press, 2012.

Doolittle, Hilda, *End to Torment: A Memoir of Ezra Pound*, New York: New Directions, 1979.

Driscoll, John, *The China Cantos of Ezra Pound*, Stockholm: Almqvist & Wiksell International, 1983.

Durant, Alan, *Ezra Pound, Identity in Crisis: A Fundamental Reassessment of the Poet and His Work*, Brighton: Harvester Press, 1981.

Eliot, T. S., "Introduction to Ezra Pound", in T. S. Eliot, ed., *Selected Poems*, London: Faber & Gwer, 1928.

Eliot, T. S., *Literary Essays of Ezra Pound*, London: Faber & Faber, 1954.

Ellmann, Maud, *The Poetics of Impersonality: T. S. Eliot and Ezra Pound*, Cambridge, Mass.: Harvard University Press, 1987.

Emery, Clark, *Ideas into Action: A Study of Pound's Cantos*, Coral Gables, Fla.: University of Miami Press, 1958.

Eyck, David Ten, *Ezra Pound's Adams Cantos*, London, New York: Bloomsbury Academic, 2012.

Ferkiss, Victor C., "Ezra Pound and American Fascism", *The Journal of Politics*, Vol. 17, No. 2, 1955.

Ferkiss, Victor C., "Populist Influence on American Fascism", *Western Political Quarterly*, Vol. 10, No. 2, 1957.

Ferrall, Charles, *Modernist Writing and Reactionary Politics*, Cambridge: Cambridge University Press, 2004.

Flory, Wendy Stallard, *Ezra Pound and The Cantos: A Record of Struggle*,

New Haven: Yale University Press, 1980.

Flory, Wendy Stallard, *The American Ezra Pound*, New Haven: Yale University Press, 1989.

Fogelman, Bruce, *Shapes of Power: The Development of Ezra Pound's Poetic Sequences*, Ann Arbor: UMI Research Press, 1988.

Froula, Christine, *To Write Paradise: Style and Error in Pound's Cantos*, New Haven: Yale University Press, 1984.

Gallup, Donald, *Ezra Pound: A Bibliography*, Charlottesville: University Press of Virginia, 1983.

Garnet, E., "Critical Notes on American Poets", *The Atlantic Monthly*, Vol. 9, 1917.

Gat, Azar, *Nations: The Long History and Deep Roots of Political Ethnicity and Nationalism*, Cambridge: Cambridge University Press, 2013.

Gibson, Mary Ellis, *Epic Reinvented: Ezra Pound and the Victorians*, Ithaca, N. Y.: Cornell University Press, 1995.

Giovannini, Giovanni, *Ezra Pound and Dante*, New York: Haskell House, 1974.

Glenn, Jerry & Gage, J. T., *In the Arresting Eye: the Rhetoric of Imagism*, Baton Rouge: Louisiana State University Press, 1981.

Goodwin, K. L., *The Influence of Ezra Pound*, London: Oxford University Press, 1968.

Graziosi, Barbara, *Inventing Homer: The Early Perception of Epic*, Cambridge: Cambridge University Press, 2002.

Grieve, T. F., *Ezra Pound's Early Poetry and Poetics*, Columbia: University of Missouri Press, 1997.

Hamilton, Scott, *Ezra Pound and the Symbolist Inheritance*, Princeton: Princeton University Press, 2014.

Harmon, William, *Time in Ezra Pound's Work*, Chapel Hill: University of North Carolina Press, 1977.

Hawkes, David, "Modernism, Inflation and the Gold Standard in T. S. Eliot and Ezra Pound", *Modernist Cultures*, Vol. 16, No. 3, 2021.

Henriksen, Line, *Ambition and Anxiety: Ezra Pound's Cantos and Derek Walcott's Omeros as Twentieth-century Epics*, Amsterdam & New York: Rodopi, 2006.

Hesse, Eva, *New Approaches to Ezra Pound: A Co-ordinated Investigation of*

Pound's Poetry and Ideas, Berkeley, California: University of California Press, 1969.

Hickman, Miranda B. , *The Geometry of Modernism the Vorticist Idiom in Lewis, Pound, H. D. , and Yeats*, Austin: University of Texas Press, 2005.

Homberger, Eric, ed. , *Ezra Pound: The Critical Heritage*, London & Boston: Routledge and Kegan Paul, 1972.

Hsieh, Ming, *Ezra Pound and the Appropriation of Chinese Poetry: Cathay, Translation, and Imagism*, New York: Garland Pub. , 1999.

Huang, Guiyou, *Whitmanism, Imagism, and Modernism in China and America*, Cranbury, New York: Associated University Presses, 1997.

Jackson, Thomas H. , *The Early Poetry of Ezra Pound*, Cambridge: Harvard University Press, 1968.

Juan, E. San Jr. , *Critics on Ezra Pound*, Coral Gables, Florida: University of Miami Press, 1972.

Kayman, Martin A. , *The Modernism of Ezra Pound: the Science of Poetry*, London: Macmillan, 1986.

Kearns, George, *Ezra Pound: The Cantos*, Cambridge: Cambridge University Press, 1989.

Kenner, Hugh, *The Poetry of Ezra Pound*, Lincoln: University of Nebraska Press, 1985.

Kenner, Hugh, *The Pound Era*, Berkeley & Los Angeles: University of California Press, 1971.

Lan, Feng, *Ezra Pound and Confucianism: Remaking Humanism in the Face of Modernity*, Toronto: University of Toronto University, 2005.

Laughlin, James, *Pound as Wuz: Essays and Lectures on Ezra Pound*, Saint Paul: Graywolf Press, 1987.

Leary, Lewis Gaston, *Motive and Method in the Cantos of Ezra Pound*, New York: Columbia University Press, 1961.

Lindberg, Kathryne V. , *Reading Pound: Modernism after Nietzsche*, New York: Oxford University Press, 1987.

Longenbach, J. , *Modernist Poetics of History: Pound, Eliot, and A Sense of the Past*, Princeton, New Jersey: Princeton University Press, 1987.

Longenbach, J. , *Stone Cottage: Pound, Yeats and Modernism*, New York: Oxford University Press, 1988.

Mack, Maynard, *The Norton Anthology of World Masterpiece*, New York & London: W. W. Norton & Company, 1997.

Macleish, Archibald, *Poetry and Opinion: the Pisan Cantos of Ezra Pound, A Dialog on the Role of Poetry*, Urbana: University of Illinois Press, 1950.

Makin, Peter, *Pound's Cantos*, London: George Allen & Unwin, 1985.

Marsh, Alec, *Money and Modernity: Pound, Williams, and the Spirit of Jefferson*, Tuscaloosa: University of Alabama Press, 1998.

Materer, Timothy, *Vortex: Pound, Eliot, and Lewis*, Ithaca, N. Y.: Cornell University Press, 1979.

McDonald, Gail, *Learning to Be Modern: Pound, Eliot, and the American University*, Oxford: Clarendon Press; New York: Oxford University Press, 1993.

McDougal, Stuart Y., *Ezra Pound and the Troubadour Tradition*, Princeton: Princeton University Press, 1972.

Merritt, Robert C., *Early Music and the Aesthetics of Ezra Pound: Hush of Older Song*, Lewiston, New York: E. Mellen Press, 1993.

Miyake, Akiko, *Ezra Pound and the Mysteries of Love: A Plan for The Cantos*, Durham: Duke University Press, 1991.

Moody, A. David, *Ezra Pound: Poet: A Portrait of the Man and His Work*, Oxford: Oxford University Press, 2007.

Morrison, Paul, *The Poetics of Fascism: Ezra Pound, T. S. Eliot, Paul de Man*, Oxford: Oxford University Press, 1996.

Mullins, Eustace Clarence, *This Difficult Individual*, Ezra Pound, New York: Fleet Pub. Corp., 1961.

Nadel, Ira B., ed., *The Cambridge Companion to Ezra Pound*, Cambridge: Cambridge University Press, 1999.

Nadel, Ira B., ed., *The Cambridge Introduction to Ezra Pound*, Cambridge: Cambridge University Press, 2007.

Nassar, Eugene Paul, *The Cantos of Ezra Pound: the Lyric Mode*, Baltimore: Johns Hopkins University Press, 1975.

Nicholls, Peter, *Ezra Pound: Politics, Economics and Writing: A Study of the Cantos*, London: Macmillan, 1984.

Nolde, John J., *Blossoms from the East: The China Cantos of Ezra Pound*, Orono, Maine: National Poetry Foundation, University of Maine, 1983.

North, Michael, *The Political Aesthetic of Yeats, Eliot, and Pound*, Cambridge, New York: Cambridge University Press, 1991.

Nurmi, Jennifer Marie, *Epistempology and Intertextual Practice in Ezra Pound's The Cantos*, Washington, D. C.: UMI Microform 1464810, 2007.

Paige, D. D., ed., *The Selected Letters of Ezra Pound (1907 - 1941)*, New York: New Directions Publishing Corporation, 1971.

Pearlman, Daniel D., *The Barb of Time: On the Unity of Ezra Pound's Cantos*, Oxford: Oxford University Press, 1969.

Pound, Ezra, *ABC of Reading*, New Haven: Yale University Press, 1934.

Pound, Ezra, *Ezra Pound and the Visual Arts*, New York: New Directions, 1980.

Pound, Ezra, *Ezra Pound's Letters to Olivia Rossetti Agresti*, Urbana: University of Illinois Press, 1998.

Pound, Ezra, *Gaudier-Brzeska: A Memoir*, Hessle, England: Marvell Press, 1960.

Pound, Ezra, *Guide to Kulchur*, New York: New Directions, 1938/1968.

Pound, Ezra, "How I Began", *T. P. 's Weekly*, Vol. 21, 1913.

Pound, Ezra, *Love Poems of Ancient Egypt*, Norfolk, Conn: New Directions, 1962.

Pound, Ezra, *Polite Essays*, Freeport, New York: Books for Libraries Press, 1966.

Pound, Ezra, *Pound/Cummings: the Correspondence of Ezra Pound and E. E. Cummings*, Ann Arbor: University of Michigan Press, 1996.

Pound, Ezra, *Pound/Lewis: the Letters of Ezra Pound and Wyndham Lewis, the Correspondence of Ezra Pound*, New York: New Directions Publishing Corporation, 1985.

Pound, Ezra, *Pound/Williams: Selected Letters of Ezra Pound and William Carlos Williams*, New York: New Directions, 1996.

Pound, Ezra, *Selected Prose: 1905 - 1965*, William Cookson, ed., New York: New Directions, 1973.

Pound, Ezra, *The Cantos of Ezra Pound*, New York: New Directions Publishing Corporation, 1996.

Pound, Ezra, *The Classic Anthology Defined by Confucius*, Cambridge: Harvard University Press, 1954/1976.

Pound, Ezra, *The Spirit of Romance: An Attempt to Define Somewhat the Charm of the Pre-Renaissance Literature*, New York: E. P. Dutton, 1910.

Qian, Zhaoming, *Orientalism and Modernism: the Legacy of China in Pound and Williams*, Durham: Duke University Press, 1995.

Quinn, M. B., *Ezra Pound: An Introduction to the Poetry*, New York: Columbia University Press, 1972.

Rainey, Lawrence S., *A Poem Containing History: Textual Studies in The Cantos*, Ann Arbor: University of Michigan Press, 1997.

Read, Forrest, *One World and The Cantos of Ezra Pound*, Chapel Hill: University of North Carolina Press, 1981.

Rinaldi, Andrea & Matthew Feldman, "'Penny-wise…': Ezra Pound's Posthumous Legacy to Fascism", *Journal of Literary and Cultural Inquiry*, Vol. 2, No. 1, 2015.

Rosenthal, M. L., *Sailing into the Unknown: Yeats, Pound, and Eliot*, New York: Oxford University Press, 1978.

Ruthven, K. K., *Ezra Pound as Literary Critic*, London & New York: Routledge, 1990.

Schneidau, Herbert N., *Ezra Pound: The Image and the Real*, Baton Rouge: Louisiana State University Press, 1969.

Schneidau, Herbert N., "Vorticism and the Career of Ezra Pound", *Modern Philology*, Vol. 65, No. 3, 1968.

Sherry, Vincent, *Ezra Pound, Wyndham Lewis, and Radical Modernism*, New York: Oxford University Press, 1993.

Sicari, Stephen, *Pound's Epic Ambition: Dante and the Modern World*, Albany: State University of New York Press, 1991.

Simpson, L., *Three on the Tower: the Lives and Works of Ezra Pound, T. S. Eliot, and William Carlos Williams*, New York: Morrow, 1975.

Singh, G., *Ezra Pound as Critic*, New York: St. Martin's Press, 1994.

Smith, Marcel & Ulmer, William A., eds., *Ezra Pound: The Legacy of Kulchur*, Tuscaloosa: The University of Alabama Press, 1988.

Smith, Paul, *Pound Revisited*, London: Crrom Helm, 1983.

Smith, Stan, *The Origins of Modernism: Eliot, Pound, Yeats and the Rhetorics of Renewal*, New York: Harvester Wheatsheaf, 1994.

Stock, Noel, *Reading the Cantos: A Study of Meaning in Ezra Pound*, New

York: Pantheon Books, 1966.

Stock, Noel, *The Life of Ezra Pound*, New York: Pantheon Books, 1970; New York: Avon, 1974.

Stoicheff, Peter, *The Hall of Mirrors: Drafts & Fragments and the End of Ezra Pound's Cantos*, Ann Arbor: University of Michigan Press, 1995.

Surette, Leon, *A Light from Eleusis: A Study of Ezra Pound's Cantos*, Oxford: Clarendon Press, 1979.

Surette, Leon, *The Birth of Modernism: Ezra Pound, T. S. Eliot and the Occult*, Montréal: McGill-Queen's University Press, 1993.

Sutton, Walter, *Ezra Pound, A Collection of Critical Essays*, Englewood Cliffs, New Jersey: Prentice-Hall, 1963.

Symons, Julian, *Makers of the New: The Revolution in Literature 1912 – 1939*, New York: Random House, 1987.

Terrell, Carroll F., *A Companion to the Cantos of Ezra Pound, Volume 1 (Cantos 1 – 71)*, Berkeley: University of California Press, 1980.

Terrell, Carroll F., *A Companion to the Cantos of Ezra Pound, Volume 2 (Cantos 74 – 117)*, Berkeley: University of California Press, 1984.

Tryphonopoulos, Demetres P., *The Celestial Tradition: A Study of Ezra Pound's the Cantos*, Waterloo, Ont., Canada: W. Laurier University Press, 1992.

Tryphonopoulos, Demetres P. & Adams, Stephen J., *The Ezra Pound Encyclopedia*, Westport: Greenwood Publishing Group, 2005.

Tytell, John, *Ezra Pound: The Solitary Volcano*, New York: Anchor Press, 1987.

Wees, W. C., "Ezra Pound as A Vorticist", *Wisconsin Studies in Contemporary Literature*, Vol. 6, 1965.

Wilhelm, James J., *Dante and Pound: The Epic of Judgment*, Orono: University of Maine Press, 1974.

Wilhelm, James J., *The American Roots of Ezra Pound*, New York: Garland Pub., 1985.

Wilson, Peter, *A Preface to Ezra Pound*, New York and London: Longman, 1997.

Wolfe, Cary, *The Limits of American Literary Ideology in Pound and Emerson*, Cambridge, New York: Cambridge University Press, 1993.

Woodward, Anthony, *Ezra Pound and The Pisan Cantos*, Boston: Routledge &

Kegan Paul, 1980.

Yip, Wai-lim, *Ezra Pound's Cathay*, Princeton, New Jersey: Princeton University Press, 1969.

二 中文参考资料

(一) 期刊论文

北塔:《论庞德乌托邦意识的嬗变》,《江汉论坛》2014年第4期。

陈才忆:《吹向西方的东方杏花——庞德等对中国古代文化的吸收与传播》,《重庆交通学院学报》(社会科学版)2001年第4期。

陈历明:《庞德的音乐诗学探颐》,《外语研究》2021年第5期。

陈水平:《意象·漩涡·会意——庞德的细节翻译论》,《牡丹江大学学报》(社会科学版)2011年第1期。

董洪川:《接受的另一个维度:我国新时期庞德研究的回顾与反思》,《外国文学》2007年第5期。

董洪川:《庞德与英美现代主义诗歌的形成》,《外语与外语教学》2006年第5期。

杜予景:《庞德〈诗章〉中的"荒原"与"救赎"》,《西南农业大学学报》(社会科学版)2011年第4期。

杜予景:《庞德〈诗章〉中的"人间天堂"解读》,《名作欣赏》2008年第16期。

杜夕如:《生态女性主义视阈中庞德诗的自然意象》,《世界文学评论》2009年第1期。

范岳:《庞德:西方劫后的新意象和新思考》,《辽宁大学学报》(哲学社会科学版)1993年第3期。

丰华瞻:《庞德与中国诗》,《外国语》1983年第5期。

丰华瞻:《意象派与中国诗》,《社会科学战线》1983年第3期。

冯文坤:《论伊兹拉·庞德诗学观之意义》,《四川师范大学学报》(社会科学版)2010年第5期。

付江涛:《主观与客观的悖论——析伊兹拉·庞德诗学中的对立统一》,《四川师范大学学报》(社会科学版)2010年第5期。

高博:《伊兹拉·庞德:为西方世界打造一座"儒家乐园"》,《社会科学报》2022年10月27日。

郭明辉:《庞德〈诗章〉之后现代主义思辨》,《时代文学》2011年第5期。

郭为：《伊兹拉·庞德的中国汤》，《读书》1988 年第 10 期。

郭英杰：《20 世纪国外庞德研究综述》，《美国文学研究》2016 年第 1 期。

郭英杰：《〈诗章〉对〈神曲〉的互文式书写》，《外国文学研究》2023 年第 5 期。

郭英杰：《〈诗章〉对惠特曼自由体诗歌模仿的两面性》，《广东外语外贸大学学报》2021 年第 6 期。

郭英杰：《〈诗章〉对维多利亚诗歌传统的颠覆》，《跨语言文化研究》2021 年第 1 期。

郭英杰：《〈诗章〉对〈奥德赛〉叙述风格的戏仿》，《青海师范大学学报》（社会科学版）2022 年第 2 期。

郭英杰：《〈诗章〉与〈奥德赛〉思想主题的互文》，《跨语言文化研究》2019 年第 2 期。

郭英杰：《互文式独白：庞德〈诗章〉与布朗宁的"独白体"》，《江南大学学报》（人文社会科学版）2021 年第 4 期。

郭英杰：《惠特曼〈自我之歌〉的主题思想研究》，《北京第二外国语学院学报》2010 年第 2 期。

郭英杰：《模仿与超越——庞德对叶芝象征主义风格的习得性研究》，《北京第二外国语学院学报》2015 年第 12 期。

郭英杰：《庞德〈诗章〉中的文化观》，《外语教学》2020 年第 3 期。

郭英杰：《庞德〈诗章〉的写作背景、文本结构和文学价值》，《跨语言文化研究》2016 年第 1 期。

郭英杰：《以"文化韵味"谱写的诗——评爱华德·埃斯特林·卡明斯的"怪诞"诗歌》，《跨语言文化研究》2011 年第 2 期。

郭英杰：《一位不容忽视的美国现代诗人——重读 E. E. 卡明斯的"怪诞"诗歌》，《美国文学研究》2010 年第 5 期。

郭英杰、王文：《政治互文下的〈比萨诗章〉》，《复旦外国文学研究论丛》2013 年第 1 期。

郭英杰、赵青：《"他者"视阈下"I"在惠特曼〈草叶集〉中的多重意象研究》，《北京第二外国语学院学报》2011 年第 10 期。

郭英杰、赵青：《传统与现代的集大成者——E. E. 卡明斯的诗歌探析》，《陕西教育学院学报》（社会科学版）2010 年第 2 期。

郭英杰、赵青：《惠特曼〈自我之歌〉的主题思想研究》，《北京第二外国语学院学报》2010 年第 2 期。

胡平：《论〈比萨诗章〉叙事的复调性》，《名作欣赏》2010 年第 23 期。

胡平：《论美国诗人伊兹拉·庞德的反犹思想》，《北方工业大学学报》（社会科学版）2019年第3期。
胡平：《论庞德〈诗章〉的叙事空间》，《名作欣赏》2011年第29期。
胡平：《论庞德〈比萨诗章〉中的极权主义儒家思想》，《当代外国文学》2016年第3期。
胡平：《论庞德〈比萨诗章〉中诗化的儒家思想》，《中国比较文学》2013年第4期。
胡平：《伊兹拉·庞德〈诗章〉中的观音形象》，《中国比较文学》2019年第1期。
胡平：《伊兹拉·庞德诗歌创作中的酒神形象》，《河南大学学报》（哲学社会科学版）2019年第4期。
黄运特：《美国人想象的中国人》，《书城》2014年第11期。
黄运特：《庞德的中国梦》，《书城》2015年第10期。
黄运特：《庞德是新历史主义者吗？——全球化时代的诗歌与诗学（英文）》，《外国文学研究》2006年第6期。
黄运特：《中国制造的庞德（英文）》，《外国文学研究》2014年第3期。
黄宗英：《"一张嘴道出一个民族的话语"：庞德的抒情史诗〈诗章〉》，《国外文学》2003年第3期。
蒋洪新：《庞德的翻译理论研究》，《外国语》2001年第4期。
蒋洪新：《庞德的〈华夏集〉探源》，《中国翻译》2001年第1期。
蒋洪新：《庞德的〈七湖诗章〉与潇湘八景》，《外国文学评论》2006年第3期。
蒋洪新：《庞德的文学批评理论》，《外国文学评论》1999年第3期。
蒋洪新：《庞德〈诗章〉结构研究述评》，《外国文学研究》2012年第5期。
蒋洪新、郑燕虹：《庞德与中国的情缘以及华人学者的庞德研究——庞德学术史研究》，《东吴学术》2011年第3期。
姜蕾：《意象派诗人伊兹拉·庞德的中国文化情结》，《辽宁大学学报》（哲学社会科学版）2007年第4期。
［美］杰夫·特威切尔：《庞德的〈华夏集〉和意象派诗》，张子清译，《外国文学评论》1992年第1期。
蓝峰：《"维护说"析——庞德诗歌理论及其与孔子思想的关系》，《文艺研究》1984年第2期。
李春长：《〈诗章〉理想国的神学构建及其思想来源》，《中山大学学报》（社会科学版）2010年第2期。

李永毅：《论庞德诗学的古罗马渊源》，《四川师范大学学报》（社会科学版）2010年第5期。

李正栓、孙蔚：《庞德对中国诗歌与思想的借鉴》，《当代外国文学》2011年第1期。

刘象愚：《从两例译诗看庞德对中国诗的发明》，《中国比较文学》1998年第1期。

罗坚：《西方中心主义的变奏——重评庞德的中国文化态度》，《湖南师范大学》（社会科学学报）2009年第2期。

罗朗：《意象的中西合奏与变奏——庞德意象主义诗歌和中国古典诗歌的意象差异研究》，《解放军外国语学院学报》2004年第5期。

［美］罗纳德·布什、王霞、孙浙微、陈哲：《20世纪西方与中国的同化：美国诗人庞德〈比萨诗章〉中的"观音"想象》，《浙江大学学报》（人文社会科学版）2012年第3期。

［美］罗森堡、蒋洪新：《庞德、叶维廉和在美国的中国诗》，《诗探索》2003年第1期。

莫雅平：《试图建立一个地上乐园——从〈比萨诗章〉窥庞德之苦心》，《出版广角》1999年第5期。

宁欣：《当代西方庞德研究述评》，《当代外国文学》2000年第2期。

区锳、李春长：《庞德〈神州集〉中的东方主义研究》，《中山大学学报》（社会科学版）2006年第3期。

钱兆明：《庞德〈诗稿与残篇〉中的双重突破》，《外国文学》2019年第2期。

钱兆明、陈礼珍：《兼听则明：庞德和杨凤岐的儒学政治化争论与情谊》，《杭州师范大学学报》（社会科学版）2014年第1期。

钱兆明、管南异：《〈管子〉"西游记"——赵自强和庞德〈诗章〉中的〈管子〉》，《中国比较文学》2014年第2期。

钱兆明、管南异：《逆向而行——庞德与宋发祥的邂逅和撞击》，《外国文学》2011年第6期。

钱兆明、欧荣：《〈马典〉无"桑"：庞德与江南才子王燊甫的合作探源》，《外国文学研究》2014年第2期。

钱兆明、欧荣：《〈七湖诗章〉：庞德与曾宝荪的合作奇缘》，《中国比较文学》2012年第1期。

钱兆明、欧荣：《缘起缘落：方志彤与庞德后期儒家经典翻译考》，《浙江大学学报》（人文社会科学版）2015年第3期。

钱兆明、叶蕾：《庞德纳西诗篇的渊源和内涵》，《中国比较文学》2013

年第 3 期。
尚思：《谈"In a Station of the Metro"一诗的翻译》，《上海师范大学学报》（哲学社会科学版）1994 年第 3 期。
申富英：《论庞德诗歌创作对中国文化的借鉴》，《齐鲁学刊》2005 年第 3 期。
宋晓春：《新柏拉图之光与庞德的〈中庸〉翻译》，《中国比较文学》2014 年第 2 期。
孙宏：《论庞德对中国诗歌的误读与重构》，《外国文学》2010 年第 1 期。
孙宏：《美国现代诗人庞德与中国古代诗歌》，《华夏文化》1996 年第 4 期。
孙宏：《庞德的史诗与儒家经典——一个现代诗人在中国古代文化中的求索》，《西北大学学报》（哲学社会科学版）1999 年第 2 期。
孙宏、李英：《为君主撰写教科书：伊兹拉·庞德对历史的曲用》，《外国文学评论》2011 年第 2 期。
谭琼琳：《重访庞德的〈七湖诗章〉——中国山水画、西方绘画诗与"第四维—静止"审美原则》，《外国文学评论》2010 年第 2 期。
王光明：《自由诗与中国新诗》，《中国社会科学》2004 年第 4 期。
王贵明：《〈比萨诗章〉中的儒家思想》，《国外文学》2001 年第 2 期。
王贵明：《汉字的魅力与〈诗章〉的精神》，《北京理工大学学报》（社会科学版）2001 年第 1 期。
王贵明：《庞德之于中国文化功过论》，《外国文学》2003 年第 3 期。
王贵明：《中国古典诗歌美学与庞德现代主义诗学》，《北京理工大学学报》（社会科学版）2004 年第 6 期。
王贵明、刘佳：《今韵古风——论伊兹拉·庞德诗歌翻译和创作中的仿古倾向》，《北京理工大学学报》（社会科学版）2006 年第 6 期。
王晶石：《主体性、历史性、视觉性——论艾兹拉·庞德〈三十章草〉中"我"的多重性》，《国外文学》2019 年第 3 期。
王年军：《伊兹拉·庞德〈诗章〉中的光学与生物隐喻》，《文化与诗学》2021 年第 2 期。
王伟均、陈义华：《庞德〈诗章〉中儒家文化的视觉化分析》，《外国语文研究》2017 年第 2 期。
王文、郭英杰：《庞德〈比萨诗章〉中的互文与戏仿》，《陕西师范大学学报》（哲学社会科学版）2013 年第 3 期。
王湘云、申富英：《中国古典艺术对庞德诗学思想和诗歌创作的影响》，《云南社会科学》2011 年第 3 期。
王誉公、魏芳萱：《庞德〈诗章〉评析》，《山东外语教学》1994 年第 1 期。

王卓:《论〈诗章〉中的黑人形象隐喻与美国历史书写》,《外国文学研究》2019年第3期。

王卓:《庞德〈诗章〉中的纳西王国》,《外国文学研究》2016年第4期。

[美] 威廉·C. 普拉特:《图圄中的诗人——伊兹拉·庞德印象记》,《世界文化》1991年第4期。

吴玲英、熊琳芳:《浅析〈诗章〉的叙述模式》,《湖南医科大学学报》(社会科学版) 2005年第2期。

吴其尧:《是非恩怨话庞德》,《外国文学》1998年第3期。

吴其尧:《诗人的天真之思——庞德的政治和经济思想浅论》,《外国文学》2008年第3期。

肖杰:《庞德的意象概念辨析与评价》,《天津大学学报》(社会科学版) 2009年第2期。

谢丹:《"势"与"语势":庞德诗学研究》,《西南科技大学学报》(哲学社会科学版) 2012年第3期。

熊琳芳:《流淌于心理时间之上的异质历史——试析庞德〈诗章〉中的历史》,《名作欣赏》2010年第21期。

熊琳芳、黄文命:《庞德〈诗章〉中的拼贴艺术》,《长沙大学学报》2005年第4期。

许文茹:《伊兹拉·庞德对儒家经典文化误读与挪用之根源探究》,《宁夏社会科学》2013年第6期。

晏清皓:《庞德〈诗章〉的赋格结构模式研究》,《外国文学研究》2015年第2期。

晏清皓、熊辉:《庞德〈诗章〉的历史书写与文化阐释》,《文艺争鸣》2019年第6期。

晏清皓、晏奎:《力量、知识与生命:庞德〈诗章〉的语言能量研究》,《外国文学研究》2016年第2期。

杨晓丽:《庞德〈诗章〉现代西方文明的挽歌性史诗》,《西华大学学报》(哲学社会科学版) 2014年第4期。

叶维廉:《遥远与贴近:翻译庞德的一些理论问题》,《华文文学》2011年第3期。

叶艳、申富英:《从〈诗章〉看庞德的英雄崇拜情结》,《中国石油大学学报》(社会科学版) 2014年第2期。

[美] 伊丽莎白·B. 布兹:《美国意象派大师伊兹拉·庞德》,杨波译,《文化译丛》1991年第4期。

张强:《意象派、庞德和美国现代主义诗歌的发轫》,《外国文学研究》2001年第1期。

张媛:《"无我境界"在庞德诗歌中的延展》,《西安外国语大学学报》2011年第1期。

张子清:《美国现代派诗歌杰作——〈诗章〉》,《外国文学》1998年第1期。

赵毅衡:《儒者庞德——后期〈诗章〉中的中国》,《中国比较文学》1996年第1期。

赵毅衡:《为庞德/费诺罗萨一辩》,《诗探索》1994年第3期。

赵毅衡:《意象派与中国古典诗歌》,《外国文学研究》1979年第4期。

赵毅衡:《美国新诗运动中的中国热》,《读书》1983年第9期。

郑敏:《庞德——现代派诗歌的爆破手》,《当代文艺思潮》1980年第6期。

郑敏:《意象派诗的创新、局限及对现代派诗的影响》,《文艺研究》1980年第6期。

郑佩伟、张景玲:《谈〈比萨诗章〉中的儒家思想》,《管子学刊》2016年第1期。

周建新:《从意象主义到漩涡派的诗学转向——试析庞德的"三诗"观》,《求索》2011年第1期。

周洁:《儒家思想对庞德及其〈诗章〉的影响》,《山东社会科学》2005年第11期。

周运增:《孔子之道与〈诗章〉的生成》,《河南师范大学学报》(哲学社会科学版)2009年第5期。

祝朝伟:《现代主义诗歌技法的萌芽——庞德〈华夏集〉对美国诗歌的创新》,《西华师范大学学报》(哲学社会科学版)2007年第2期。

祝朝伟:《庞德翻译研究中东方主义视角的质疑》,《西华师范大学学报》(哲学社会科学版)2006年第2期。

朱伊革:《庞德〈诗章〉经济主题的美学呈现》,《国外文学》2011年第3期。

朱伊革:《庞德诗学及其〈诗章〉的孔子思想渊源与呈现》,《上海师范大学学报》(哲学社会科学版)2012年第2期。

朱伊革:《论庞德〈诗章〉的现代主义诗学特征》,《国外文学》2014年第1期。

(二) 中文译著及相关研究专著

[俄] 巴赫金:《文本、对话与人文》,白春仁等译,河北教育出版社1998年版。

[英] 彼得·琼斯编:《意象派诗选》,裘小龙译,重庆大学出版社2015

参考文献

年版。

［法］布瓦洛：《诗的艺术》（修订本），任典译，人民文学出版社 2009 年版。

常耀信：《美国文学简史（第二版）》，南开大学出版社 2003 年版。

［意］但丁：《神曲》，王维克译，上海文艺出版社 2014 年版。

［法］蒂费纳·萨莫瓦约：《互文性研究》，邵炜译，天津人民出版社 2003 年版。

董洪川：《英美现代主义诗歌与审美现代性研究》，科学出版社 2020 年版。

方志彤：《庞德〈诗章〉研究》，中西书局 2016 年版。

傅浩：《英国运动派诗学》，译林出版社 1998 年版。

［德］古斯塔夫·施瓦布：《希腊古典神话》，曹乃云译，译林出版社 2002 年版。

郭英杰：《喧嚣的文本：庞德〈诗章〉研究》，中国社会科学出版社 2020 年版。

郭英杰：《20 世纪中美诗歌比较研究新视野——基于互文与戏仿的艺术考察》，人民出版社 2017 年版。

［美］哈罗德·布鲁姆等：《读诗的艺术》，王敖译，南京大学出版社 2011 年版。

［古希腊］荷马：《奥德赛（第一至六卷）》，王焕生译，上海译文出版社、上海人民出版社 2014 年版。

胡平：《庞德〈比萨诗章〉研究》，上海大学出版社 2017 年版。

［美］J. 兰德：《庞德》，潘炳信译，中国社会科学出版社 1992 年版。

蒋洪新：《庞德研究》，上海外语教育出版社 2014 年版。

蒋洪新：《英诗新方向——庞德、艾略特诗学理论与文化批评研究》，湖南教育出版社 2001 年版。

蒋洪新、李春长编选：《庞德研究文集》，译林出版社 2014 年版。

李平：《西方人眼中的东方文学艺术》，上海教育出版社 2004 年版。

李维屏：《英美现代主义文学概观》，上海外语教育出版社 1998 年版。

［英］理雅各英译：《四书》，杨伯峻今译，湖南出版社 1996 年版。

李岫、秦林芳主编：《中外文学交流史》，河北教育出版社 2001 年版。

刘海平、王守仁主编：《新编美国文学史（第三卷，1914—1945）》，杨金才主撰，上海外语教育出版社 2002 年版。

刘岩：《中国文化对美国文学的影响》，河北人民出版社 1999 年版。

潞潞主编：《准则与尺度——外国著名诗人文论》，北京出版社 2003 年版。

彭予：《20世纪美国诗歌——从庞德到罗伯特·布莱》，河南大学出版社1995年版。

钱锺书：《钱锺书英文文集》，外语教学与研究出版社2005年版。

钱锺书：《谈艺录》，中华书局1993年版。

钱兆明：《中华才俊与庞德》，中央编译出版社2015年版。

索金梅：《庞德〈诗章〉中的儒学》，南开大学出版社2003年版。

陶乃侃：《庞德与中国文化》，首都师范大学出版社2006年版。

王家新编选：《叶芝文集卷三·随时间而来的智慧》，东方出版社1996年版。

王瑾：《互文性》，广西师范大学出版社2005年版。

王文：《美国现代诗歌》，陕西师范大学出版社2002年版。

王文主编，周丽艳、郭英杰副主编：《二十世纪英美文学选读：英汉对照》，世界图书出版西安有限公司2013年版。

伍蠡甫主编：《西方古今文论选》，复旦大学出版社1984年版。

吴其尧：《庞德与中国文化——兼论外国文学在中国文化现代化中的作用》，上海外语教育出版社2006年版。

[英]锡德尼、扬格：《为诗辩护 试论独创性作品》，钱学熙、袁可嘉译，人民文学出版社1998年版。

[古希腊]亚里士多德：《诗学》，陈中梅译注，商务印书馆1996年版。

[古希腊、古罗马]亚里斯多德、贺拉斯：《诗学 诗艺》，罗念生、杨周翰译，人民文学出版社1962年版。

晏清皓：《庞德〈三十章草〉中的女性形象研究》，科学出版社2018年版。

叶维廉：《庞德与潇湘八景》，岳麓书社2006年版。

[美]伊兹拉·庞德：《庞德诗选——比萨诗章》，黄运特译，张子清校订，漓江出版社1998年版。

袁可嘉：《欧美现代派文学概论》，广西师范大学出版社2003年版。

张伯香主编：《英美文学选读》，外语教学与研究出版社2009年版。

张隆溪：《道与逻各斯》，江苏教育出版社2006年版。

张隆溪：《中西文化研究十论》，复旦大学出版社2005年版。

张晓永：《论庞德》，中国人口出版社2003年版。

张子清：《20世纪美国诗歌史》（全三卷），南开大学出版社2018年版。

赵毅衡：《诗神远游：中国如何改变了美国现代诗》，上海译文出版社2003年版。

赵毅衡：《远游的诗神：中国古典诗歌对美国新诗运动的影响》，四川人民出版社1985年版。

钟玲：《美国诗与中国梦：美国现代诗里的中国文化模式》，广西师范大学出版社 2003 年版。
祝朝伟：《构建与反思——庞德翻译理论研究》，上海译文出版社 2005 年版。
朱伊革：《跨越界限：庞德诗歌创作研究》，上海三联书店 2014 年版。
朱立元主编：《当代西方文艺理论》，华东师范大学出版社 2014 年版。

后 记

2020年10月，中国社会科学出版社出版了笔者的拙著《喧嚣的文本：庞德〈诗章〉研究》。该书是我在原博士论文基础上修改、增补和完善而成。该书出版后，受到一些读者的关注。有位陕西师范大学的教授在雁塔校区图书馆前散步时，遇到我，特意跟我说，他阅读该书后获得不少关于《诗章》研究方面的具体知识，同时勉励我继续努力，不断耕耘，在《诗章》文本的研究工作中产出更多的成果。或许那次持续不到五分钟的谈话，只是一次简单且平凡的"寒暄"，却不想，正是这次"寒暄"，在我的脑海中留下深刻的印记，并激发我在《诗章》研究的道路上，能够再前进一步。

2016年5月，我最后参加毕业答辩的博士论文除去引言和结语，共分五章内容。其中第二、三、四、五章，成为《喧嚣的文本：庞德〈诗章〉研究》一书的主体内容。原第一章的内容框架如下：

第1章 作为诗歌艺术文本的《诗章》
  1.1 意象与漩涡：众声喧哗的诗歌
    1.1.1 《诗章》对维多利亚诗歌传统的颠覆
    1.1.2 《诗章》对意象派和漩涡派诗风的继承和发展
  1.2 影响与踪迹：叶芝、惠特曼、布朗宁和其他
    1.2.1 《诗章》与叶芝的象征主义风格
    1.2.2 《诗章》与惠特曼的自由体诗歌
    1.2.3 《诗章》与布朗宁的"独白体"
    1.2.4 《诗章》与艾略特、卡明斯、H. D. 等诗人的叛逆文风
  1.3 《诗章》对《奥德赛》艺术呈现方式的戏仿
    1.3.1 《诗章》对《奥德赛》思想体系的戏仿
    1.3.2 《诗章》对《奥德赛》叙述风格的戏仿
  1.4 《诗章》对《神曲》艺术呈现方式的戏仿

1.4.1 《诗章》对《神曲》思想体系的戏仿
1.4.2 《诗章》对《神曲》叙述风格的戏仿
1.5 《诗章》诗歌艺术特色的本土化和国际化
1.6 小结

虽然上面提及的论文内容是我自 2012 年以来绞尽脑汁、冥思苦想的结果，但是里面有一些缺憾。而且，当时仅书写了大约 5 万字，工作量不够饱满，存在可以往深处拓展的空间。这就为《庞德〈诗章〉的现代主义风格研究》一书的酝酿、书写和出版埋下伏笔。

唐代诗人贾岛在《剑客》一诗中说："十年磨一剑，霜刃未曾试。"可叹的是，我现在这把"剑"也"磨"了十多年！虽然"磨"得时间够长，但是笔者心里却忐忑不安——"剑刃"是否锋利，就留给读者去评判了。

《庞德〈诗章〉的现代主义风格研究》不是对我原博士论文的照搬挪用。许多标题看似一样或雷同，但是内容已经发生比较大的变化。在撰写和扩充相关内容的过程中，除了做非常重要的《诗章》文本细读的工作，我还重新阅读了国外学者 T. S. Eliot 主编的 *Literary Essays of Ezra Pound*（1954），D. D. Paige 主编的 *The Selected Letters of Ezra Pound，1907 – 1941*（1971），Carroll F. Terrell 的注释本 *A Companion to the Cantos of Ezra Pound*（Vols. 1 – 2，1980，1984），Yip Wai-lim 撰写的 *Ezra Pound's Cathay*（1969），Humphery Carpenter 撰写的 *A Serious Character：The Life of Ezra Pound*（1988），Charles Bernstein 撰写的"Pounding Fascism"（1992），George Dekker 撰写的 *Sailing after Knowledge：The Cantos of Ezra Pound*（1963），David Davie 撰写的 *Ezra Pound：Poet as Sculptor*（1964），K. L. Goodwin 撰写的 *The Influence of Ezra Pound*（1966），Ronald L. Bush 撰写的 *The Genesis of Ezra Pound's Cantos*（1969），Hugh Kenner 撰写的 *The Pound Era*（1971）以及 *The Poetry of Ezra Pound*（1985），Eric Homberger 撰写的 *Ezra Pound：The Critical Heritage*（1972），Michael Alexander 撰写的 *The Poetic Achievement of Ezra Pound*（1979），Martin A. Kayman 撰写的 *The Modernism of Ezra Pound：The Science of Poetry*（1986），Mary Ellis Gibson 撰写的 *Epic Reinvented：Ezra Pound and the Victorians*（1995），Leon Surette 撰写的 *The Birth of Modernism：Ezra Pound，T. S. Eliot and the Occult*（1993），Lawrence S. Rainey 主编的 *A Poem Containing History：Textual Studies in The Cantos*（1997），Ira B. Nadel 主编的 *The Cambridge Companion to Ezra Pound*（1999），等等。同时，我还带着一颗虔诚的心阅读了黄运

特翻译的《庞德诗选——比萨诗章》(1998),裘小龙翻译的《意象派诗选》(2015),袁可嘉撰写的《欧美现代派文学概论》(2003),李维屏撰写的《英美现代主义文学概观》(1998),赵毅衡撰写的《诗神远游:中国如何改变了美国现代诗》(2003),蒋洪新撰写的《庞德研究》(2014),张子清撰写的《20世纪美国诗歌史》(全三卷)(2018),钱兆明撰写的《中华才俊与庞德》(2015),叶维廉撰写的《庞德与潇湘八景》(2006),杨金才主撰的《新编美国文学史(第三卷,1914—1945)》(2002),彭予撰写的《二十世纪美国诗歌——从庞德到罗伯特·布莱》(1995),索金梅撰写的《庞德〈诗章〉中的儒学》(2003),陶乃侃撰写的《庞德与中国文化》(2006),吴其尧撰写的《庞德与中国文化——兼论外国文学在中国文化现代化中的作用》(2006),钟玲撰写的《美国诗与中国梦:美国现代诗里的中国文化模式》(2003),朱伊革撰写的《跨越界限:庞德诗歌创作研究》(2014),胡平撰写的《庞德〈比萨诗章〉研究》(2017),晏清皓撰写的《庞德〈三十章草〉中的女性形象研究》(2018),董洪川撰写的《英美现代主义诗歌与审美现代性研究》(2020)等译作及专著。

笔者之所以大张旗鼓地把上述学者及其作品单列出来,是想对他们表达诚挚的谢意和感激之情。同时,我也想在此说明:他们的作品对《庞德〈诗章〉的现代主义风格研究》一书的完成关系重大。从某种意义上说,如果没有上述学者睿智思想的全面指引,如果没有上述学者优秀作品醍醐灌顶式的启发,该书的写作简直不可想象。

本书部分章节的相关内容曾以18篇论文的形式,发表在《外国文学研究》《美国文学研究》《复旦外国文学研究论丛》《外语教学》《广东外语外贸大学学报》《陕西师范大学学报》《江南大学学报》《青海师范大学学报》《北京第二外国语学院学报》《跨语言文化研究》《陕西教育学院学报》等刊物上(参见本书"中文参考资料")。有多篇论文被硕博论文以及国内高校学者引用或转载。幸运的是,2018年10月21日,在浙江大学举行的全国美国文学研究会第十九届年会上,本书的阶段性成果《庞德〈诗章〉中的文化观》(即本书第三章第三节"'日日新':庞德的文化观及其诗学思想"),被评为年会优秀论文。

此外,在笔者撰写书稿的过程中,曾经非常荣幸地得到苏州大学方汉文教授、西安外国语大学聂军教授、西安外国语大学南健翀教授、西北大学梅晓云教授、西北大学胡宗峰教授、陕西师范大学苏仲乐教授、陕西师范大学李强教授、陕西师范大学张亚婷教授等专家学者的提携、勉励和指导。在此,笔者深表谢忱!

后 记

  孔子在《论语·为政篇》中教诲弟子曰:"温故而知新,可以为师矣。"意思是温习旧知识从而获得新的理解与体会,凭借这一点就可以成为老师了。说明人的新知识、新学问,往往都是在过去所学知识的基础上发展而来。我们不仅不能轻视已有的"旧知识",反而要充分挖掘和利用好"旧知识"为我所用,方能"更上一层楼"。除了"温故而知新",学者们亦讲究"天时、地利、人和"。《孟子·公孙丑下》教诲说:"天时不如地利,地利不如人和。"《孙膑兵法·月战》从战略角度强调曰:"天时、地利、人和,三者不得,虽胜有殃。"任何事情的成功从来都不可能随随便便。凡事要成功,天时、地利、人和,缺一不可。

  讲到"人和",我要特别感谢我的导师王文教授。没有他多年来对我的谆谆教诲和悉心培养,没有他一直以来对我的关心和帮助,我不可能走到今天。而且,我对庞德和《诗章》研究的兴趣和动力,皆离不开导师的点拨、鞭策与启发。当然,我还要感谢我的妻子赵青女士。她贤惠、能干,在我爬格子的漫长岁月里任劳任怨。如果没有她在我背后默默支持、辛勤付出,如果没有她为我营造舒适、安静的写作环境,这本书不可能完成。另外,我要感谢我的儿子郭子睿。每当他走近书房看到我忙碌的身影,他总是默默地选择离开,正如他默默地到来。他的每一个脚步都踩着许多无奈——他怕打搅到我!他的眼睛里装满了期许,就像他每次看到窗台的花儿,总会问:"妈妈,这花儿怎么还不开?"

  最后,还要衷心感谢该书的责任编辑梁世超老师及出版社其他工作人员。为保证图书质量,他们在审稿、编辑、校对、出版等各个环节付出了辛勤的劳动。他们一丝不苟的工作态度和兢兢业业的工作精神,让人感动!

  我自知资质平庸、才疏学浅。为了弥补先天之不足,唯有以勤补拙、谨慎小心。尽管如此,书中谬误在所难免,祈请方家与读者批评指正!

郭英杰
于古城西安欣景苑小区
2023 年 3 月 16 日